SANDRA BROWN

Blinder Stolz

Buch

»Ich muss dich töten. Das kapierst du doch, oder? Ich muss dich töten.« Das sind die letzten Worte, die Berry Malone von Oren Starks hört, bevor er flüchtet. Der Stalker verfolgt sie seit Monaten – doch selbst als er sich gewaltsam Zugang zum Haus ihrer Mutter verschafft, dort einen Mann niederschießt und Berrys Leben bedroht, zweifelt die Polizei an Berrys Glaubwürdigkeit. Caroline sieht nur eine Möglichkeit, ihre Tochter zu schützen, und die führt sie tief in ihre eigene Vergangenheit …
Privatdetektiv Dodge Hanley ist wenig begeistert von dem unerwarteten Anruf aus Texas. Seit dreißig Jahren hatte er keinen Kontakt mehr zu Caroline, und nun bittet die Frau, der einst sein Herz gehörte, ihn um Hilfe. Dodge fliegt nach Texas, um Carolines Tochter Berry zu helfen, und eine mörderische Jagd nach dem perfiden Stalker beginnt.

Autorin

Sandra Brown arbeitete mit großem Erfolg als Schauspielerin und TV-Journalistin, bevor sie mit ihrem Roman *Trügerischer Spiegel* auf Anhieb einen großen Erfolg landete. Inzwischen ist sie eine der erfolgreichsten internationalen Autorinnen, die mit jedem ihrer Bücher Spitzenplätze auf den Bestsellerlisten erobert. Sandra Brown lebt mit ihrer Familie abwechselnd in Texas und South Carolina.

Von Sandra Brown bereits erschienen (Auswahl)

Envy – Neid (36370), Crush – Gier (36608), Rage – Zorn (36838), Weißglut (36986), Eisnacht (37396), Warnschuss (37206), Ewige Treue (37205), Süßer Tod (37806), Sündige Gier (37805), Böses Herz (0454, geb. Ausgabe)

Sandra Brown

Blinder Stolz

Roman

Deutsch von Christoph Göhler

blanvalet

Die Originalausgabe erschien 2010 unter dem Titel
»Tough Customer« bei Simon & Schuster, New York.

MIX
Papier aus verantwortungsvollen Quellen
FSC® C014496

Verlagsgruppe Random House FSC® N001967
Das für dieses Buch verwendete FSC®-zertifizierte Papier
Holmen Book Cream liefert Holmen Paper, Hallstavik, Schweden.

1. Auflage
Taschenbuchausgabe September 2014 im Blanvalet Verlag,
in der Verlagsgruppe Random House GmbH, München

Umschlaggestaltung: www.buerosued.de, München,
unter Verwendung eines Motivs von Getty Images/Flickr Open/M. Miyata
Redaktion: Miriam Vollrath
wr · Herstellung: sam
Satz: Uhl + Massopust, Aalen
Druck und Einband: GGP Media GmbH, Pößneck
Printed in Germany
ISBN: 978-3-442-38361-0

www.blanvalet.de

Prolog

Er war bereits aus dem Geländewagen gesprungen, noch während die dichte Staubwolke um die Reifen aufstieg.

Die rotierenden Lichter des Krankenwagens, dessen Türen sperrangelweit geöffnet waren, flackerten über das nahegelegene Wäldchen. Vermutlich waren die Rettungssanitäter bereits im Haus.

Der Kies knirschte unter seinen Stiefeln, als er mit drei großen Schritten den Weg zur Veranda überwand. Er betrat eine großzügige Diele und ließ den Blick durchs Wohnzimmer zu seiner Linken schweifen. Leer. Alles wirkte auf den ersten Blick normal. Zwei leere Weingläser standen auf dem Couchtisch vor einem Hussensofa. Eines davon trug Lippenstiftspuren.

Das Sofa stand vor einem gemauerten Kamin mit einem Farn darin – offenbar war er während der heißen Sommermonate ins Haus geholt worden. Daneben ein Schaukelstuhl mit einer geflochtenen Sitzfläche. Auf der Armlehne des üppig gepolsterten Lehnsessels lag ein zusammengelegter Patchworkquilt. Bücher und Zeitschriften stapelten sich auf Tischen und in den Regalen.

Der Raum verströmte Behaglichkeit und Wärme.

Er brauchte nur wenige Sekunden, um die Einzelheiten zu registrieren. Hinter dem Wohnzimmer befand sich vor einem großen Panoramafenster der Essbereich, doch er betrat ihn nicht, da in diesem Moment Stimmen aus dem oberen Stockwerk drangen. Sein Blick richtete sich auf die über die gesamte Breite des Hauses verlaufende Galerie. Immer zwei Stufen auf einmal nehmend, lief er die Treppe hinauf und umrundete den Absatz, sorgsam darauf bedacht, den Geländerpfosten nicht zu berühren.

Er betrat die Galerie, ging einen kurzen Flur entlang und blieb vor einer geöffneten Zimmertür stehen. Auch hier genügte ein kurzer Blick: zueinanderpassende Nachttischlampen zu beiden Seiten eines ungemachten schmalen Doppelbetts, deren Lichtkegel die pfirsichfarben gestrichene Wand erhellten. Drei große Fenster. Durch die Schlitze in den Fensterläden war das Rotieren der Lichter des Krankenwagens zu erkennen.

Die Rettungssanitäter knieten neben einer Gestalt, den behaarten Beinen und den nackten Füßen nach ein Mann. Mehr konnte Nyland nicht erkennen, abgesehen von dem blutgetränkten Teppich unter ihm.

Einer der Sanitäter warf einen Blick über die Schulter und nickte knapp. »Hey, Ski. Wir haben schon auf Sie gewartet.«

Ski betrat den Raum. »Wie sieht's aus?«

»Ziemlich üble Schussverletzung im linken Unterbauch.«

»Kommt er durch?«

»Wissen wir noch nicht.«

Erst jetzt bemerkte Ski, dass es sich bei dem zweiten Sanitäter um eine Frau handelte.

»Aber er war die ganze Zeit bei Bewusstsein, bis wir gekommen sind, hat die Frau gesagt. Das ist schon mal ein gutes Zeichen«, fügte sie hinzu.

»Die Frau?«

Der erste Sanitäter nickte in Richtung des Raums hinter der Tür, die sie im Moment blockierten. »Sie hat uns gerufen.«

»Name?«

»Ihrer? Hm…« Er richtete seine Aufmerksamkeit auf den Infusionsbehälter und korrigierte seinen Sitz. Offenbar konnte er sich nicht daran erinnern.

»King«, sagte die Sanitäterin.

»Caroline King? Die Immobilienmaklerin?«, fragte Ski verblüfft. »Das ist ihr Haus?«

Die Sanitäterin zuckte mit den Schultern. »So steht's zumindest in der Datenbank.«

»Und wer ist der Mann, der angeschossen wurde?«

»Die Frau meinte, er heißt Ben Lofland.«

»Ist außer den beiden noch jemand im Haus?«

»Sieht nicht so aus. Die Haustür stand offen, als wir kamen. Wir haben sie schreien gehört und sind gleich nach oben gelaufen. Er lag hier, und sie kniete neben ihm, hielt seinen Kopf fest und weinte. Sonst haben wir niemanden gesehen. Die Frau ist ganz schön fertig. Das Ganze ist ihr ziemlich an die Nieren gegangen.«

»Hat sie auf ihn geschossen?«

»Das werden Sie schon selber herausfinden müssen. Ist doch Ihr Job, oder?«, gab die Sanitäterin zurück.

Allem Anschein nach war das Opfer inzwischen stabil genug, um auf die Rolltrage verfrachtet zu werden, die sie mit nach oben gebracht hatten. Was Ski Gelegenheit gab, einen Blick auf den Mann zu werfen. Er war Mitte dreißig, hatte ein ebenmäßiges Gesicht und wirkte ziemlich durchtrainiert; Läufer oder Tennisspieler, vermutete Ski. Kein Bart und weder erkennbare Tattoos noch sonstige besondere Merkmale.

Er trug lediglich graue Jerseyunterhosen, die auf der linken Seite zerschnitten worden waren. Ein Verband bedeckte die Schusswunde. Die Sanitäterin breitete eine Decke über ihn.

Der Mann war noch immer bewusstlos, stöhnte jedoch, als sie die Gurte festzurrten.

Schritte ertönten auf der Treppe. Ski drehte sich um, als ein weiterer Deputy ins Zimmer gestürmt kam und abrupt stehen blieb. »Ich bin so schnell hergekommen, wie ich konnte«, stieß er atemlos hervor, während er erschrocken an Ski vorbei auf den dunklen Blutfleck auf dem Teppich spähte und dann das Opfer auf der Rolltrage anstarrte.

Er war gute zehn Jahre jünger als Ski, fast dreißig Zentimeter kleiner und hatte einen leichten Bauchansatz. Seine Apfelbäckchen waren gerötet, und er war außer Atem – vor Aufregung oder vom kurzen Sprint die Treppe herauf. Ein Grünschnabel. Dies war sein erstes Opfer mit einer Schussverletzung. Für ihn war das Ganze eine ganz große Sache.

»Helfen Sie denen mal, Andy. Könnte schwierig werden, die Trage um die Ecke zu manövrieren. Und fassen Sie bloß nichts an, solange Sie keine Handschuhe anhaben«, sagte Ski.

»Mach ich.«

»Hal hilft uns, das Haus zu sichern. Er ist schon unterwegs.«

»Wird wohl noch eine ganze Weile dauern.«

»Und bis dahin«, erklärte Ski streng, »werden Sie dafür sorgen, dass hier keiner reinkommt. Auch keiner von unseren Leuten. Ich verlasse mich auf Sie. Klar?«

»Klar.« Der Deputy zog seinen Pistolengürtel hoch, der ihm halb über die Hüfte gerutscht war, und begleitete die Sanitäter nach unten.

Ski trat durch die geöffnete Tür, in deren Rahmen das Opfer gelegen hatte, und spähte ins Badezimmer.

Eine junge Frau saß auf dem Wannenrand. Sie hatte die Ellbogen auf die Knie gestützt, die Hände vors Gesicht geschlagen und wiegte sich rhythmisch vor und zurück. Er blickte auf ihren Kopf hinab. Ihr Haar war in der Mitte gescheitelt. Kastanienbraun, vermutete er, wollte es aber lieber nicht beschwören, da es nass war. Es hing ihr wie ein schwerer Vorhang zu beiden Seiten des Gesichts herab.

Sie trug einen dünnen Baumwollbademantel, den Gürtel nachlässig in der Taille gebunden. Die weiten Ärmel waren ein Stück nach hinten gerutscht und gaben den Blick auf ihre schlanken, mit blassen Sommersprossen bedeckten Arme frei. Der Stoff hatte sich über ihren Knien geteilt, sodass ihre nackten Beine zum Vorschein kamen. Ihre Zehen krallten sich in den flauschigen Duschvorleger.

Diese Frau war nicht Caroline King.

Die Badewanne war noch nass. Der Duschvorhang hing auf einer Seite, wo die Metallringe von der Stange gerissen waren, schlaff herunter. Eine Shampooflasche mit offenem Deckel stand auf dem Wannenrand.

Wahrscheinlich war sie beim Duschen gestört worden. Das würde die feuchten Stellen auf ihrem Bademantel erklären.

Direkt neben ihr lag ein .38er-Revolver, ein billiges Ding, wie man es an jeder Ecke bekam. Die Waffe stand in krassem Gegensatz zum unschuldigen Anblick ihrer nackten rosigen Zehen. Sie war durch die Toilette verdeckt, deshalb hatten die Sanitäter sie offenbar nicht bemerkt. Absicht?, fragte sich Ski.

Er zog ein Paar Latexhandschuhe aus der Tasche seiner Jeans und streifte den rechten über, ehe er sich behutsam vorbeugte und den Finger durch den Abzugsbügel schob. Er richtete sich wieder auf und drückte mit dem Daumen den Hahn nach vorn, worauf die Trommel heraussprang. In jeder der sechs Kammern steckte eine Patrone. Er roch am Lauf. Die Waffe war seit Längerem nicht mehr abgefeuert worden.

Als hätte sie erst jetzt bemerkt, dass jemand neben ihr stand, ließ die Frau die Hände sinken und sah zu Ski hoch. Trotzdem schien sie ihn nur vage wahrzunehmen. Ihre hellbraunen Augen waren vom Weinen gerötet. Sie war kreidebleich, ihre Lippen beinahe farblos.

Die Frau schluckte vernehmlich. »Geht es ihm gut?«

»Das würde ich nicht gerade sagen.«

Ein Wimmern drang über ihre Lippen, während sie an Ski vorbei auf den Blutfleck hinter der Tür blickte. »O Gott.« Sie presste sich die zitternden Finger auf die Lippen. »Ich kann nicht glauben, dass das passiert ist.«

»Was ist denn passiert?«

»Er muss wieder gesund werden. Ich sollte bei ihm sein. Ich muss gehen.«

Sie wollte aufstehen, doch Ski legte ihr die Hand auf die Schulter und drückte sie auf den Wannenrand zurück. »Nicht jetzt.«

Zum ersten Mal, seit er den Raum betreten hatte, sah sie ihm ins Gesicht. »Sind Sie … Wer sind Sie?«

Er zog das Ledermäppchen von seinem Gürtel, klappte es auf und hielt ihr seine Marke vor die Nase. »Deputy Ski Nyland, Büro des Sheriffs von Merritt County.«

»Verstehe.« Doch Ski sah ihr an, dass sie überhaupt nichts verstand. Sie nahm noch nicht einmal seine Dienstmarke richtig zur Kenntnis. Ein flehender Ausdruck lag in ihren tränenfeuchten Augen. »Bitte sagen Sie mir, dass er wieder in Ordnung kommt.«

»Wie heißen Sie?«

Sie schien erst über die Frage nachdenken zu müssen.

Dann schob sie sich das feuchte Haar hinter die Ohren und antwortete mit belegter Stimme: »Berry Malone.«

Ski registrierte, dass der Nachname nicht derselbe war wie der des Opfers. Und dass keiner der beiden King hieß.

»Der Verletzte, Ben Lofland … richtig?«

Sie nickte knapp.

»Sie bringen ihn gerade ins Krankenhaus.«

»Er ist also nicht tot?«

»Vorhin war er es jedenfalls noch nicht.«

»Er hat viel Blut verloren.«

»Allerdings.«

»Er darf nicht sterben.«

»Das lässt sich womöglich nicht verhindern.«

Sie gab einen erstickten Laut von sich. »Ich muss seine Frau anrufen«, flüsterte sie.

»Seine *Frau*?«

Sie sah Ski sekundenlang an, dann schlug sie erneut die Hände vors Gesicht und begann laut zu schluchzen.

Ski verlagerte das Gewicht und baute sich breitbeinig vor ihr auf. »Was ist heute Abend hier passiert, Ms Malone?«

Ohne die Hände von ihrem Gesicht zu lösen, stöhnte sie und schüttelte den Kopf.

»Ist das Ihre Waffe da? Haben Sie damit auf Lofland geschossen?« Er glaubte es zwar nicht, zumindest nicht mit der Waffe, die er in der Hand hielt, aber er wollte sehen, wie sie auf die Frage reagierte.

Sie ließ die Hände sinken und starrte ihn an. »Was?«

»Haben Sie …«

»Nein!« Sie sprang auf, geriet jedoch ins Wanken und musste sich mit einer Hand am Waschbecken abstützen. »Ich habe die Pistole erst geholt, nachdem ich den Krankenwagen gerufen hatte.«

»*Nachdem* Sie den Krankenwagen gerufen hatten?«

Sie nickte und holte tief Luft. »Ich hatte Angst … ich hatte Angst, dass er zurückkommt.«

»Wer?«

Ehe sie antworten konnte, drang Lärm aus dem Erdgeschoss herauf. Eine Tür wurde zugeknallt. Stimmen wurden laut. Ski hörte Andy zu jemandem sagen, er dürfe nicht nach oben gehen, ehe ihm eine Frauenstimme mit derselben Beharrlichkeit befahl, aus dem Weg zu gehen. Offenbar erkannte Berry Malone die Stimme, denn sie stieß einen spitzen Schrei aus und rannte an Ski vorbei aus dem Badezimmer.

»Hey!« Er folgte ihr, sorgsam darauf bedacht, nicht in die Blutlache auf dem Boden zu treten. Auf halbem Weg durch das Schlafzimmer versuchte er sie am Arm zu packen, erwischte aber nur den Bademantel. Sie fuhr herum und entriss ihm den Stoff – wenn auch den Bruchteil einer Sekunde zu spät.

Ein Streifen nackte Haut und etwas Buntes blitzte auf, dann war sie zur Tür hinausgestürzt.

Er setzte ihr nach, stürmte die Galerie entlang und polterte hinter ihr her die Treppe hinunter.

1

Als das Läuten des Handys Dodge aus dem Tiefschlaf riss, dachte er im ersten Moment, es sei Derek. Bestimmt hielt sein Boss eines seiner legendären nächtlichen Brainstormings ab. Dazu sollte er seinen Beitrag leisten.

Er konnte sich zwar nichts vorstellen, was so wichtig wäre, dass es nicht bis morgen früh warten konnte. Andererseits bezahlte Derek ihn dafür, dass er ihm rund um die Uhr zur Verfügung stand, und wenn auch nur als Diskussionspartner oder Zuhörer.

Mit geschlossenen Augen grapschte er nach dem Handy, in der Erwartung, gleich losgeschickt zu werden, um irgendetwas zu erledigen. »Ja?«, meldete er sich barsch und ohne einen Funken Begeisterung.

»Dodge?«, sagte eine Frauenstimme.

Verblüfft setzte er sich auf und schwang die Füße über die Bettkante. Im Dunklen tastete er nach der Nachttischlampe und knipste sie an, ehe er mit den Lippen eine Zigarette aus dem Päckchen fummelte und sie anzündete. Er sog den Rauch tief in seine Lungen. Dabei fragte er sich, welche von seinen zahlreichen weiblichen Bekanntschaften er nun wieder verärgert hatte. Er konnte sich nicht erinnern, in letzter Zeit jemandem auf die Füße getreten zu sein, aber vielleicht war ja genau das sein Vergehen – sein mangelndes Erinnerungsvermögen.

»Ich spreche doch mit Dodge Hanley, ja?«, fragte die Frau.

Noch hatte er keine Reaktion gezeigt, und eigentlich wollte er auch erst antworten, wenn er erfahren hatte, wer das wissen wollte. Normalerweise hielt er sich in puncto Identität eher bedeckt. Er hatte zwar einen Führerschein, aber nur, weil man sich ohne ihn nicht hinters Steuer setzen durfte, und die einzige Kreditkarte in seiner Brieftasche war auf Derek ausgestellt. Dodge benutzte sie nur, um Kosten für die Anwaltskanzlei zu begleichen. Privat hielt er sich ausschließlich an Bargeld, und nicht einmal Derek wusste, wo er wohnte.

»Dodge? Bist du's?«

»Ja«, knurrte er, halb ein Wort, halb ein trockenes Husten.

»Hier ist Caroline.«

Das Feuerzeug entglitt seinen Fingern und fiel zu Boden.

»Caroline King.«

Als wäre der Nachname notwendig gewesen, um seinem Gehirn auf die Sprünge zu helfen.

»Bist du noch dran?«, fragte sie in die ausgedehnte Stille hinein.

Er nahm einen tiefen Zug und ließ den Rauch entweichen. »Ja. Ja.« Um sicherzugehen, dass dies kein Traum war, stand er auf und trat ein paar Schritte vom Bett weg. Doch seine Beine zitterten so sehr, dass er rückwärts taumelte und sich auf die weiche Matratze sinken ließ.

»Ich schätze, du hast nicht mit meinem Anruf gerechnet, was?«

»Ja.« Ein anderes Wort schien ihm nicht über die Lippen kommen zu wollen. Wie oft war das jetzt gewesen? Viermal? Fünfmal?

»Bitte entschuldige die Störung«, sagte sie. »Hier ist es schon ziemlich spät, und in Atlanta ist es noch eine Stunde später, das ist mir klar. Ich gehe doch davon aus, dass du immer noch in Atlanta bist, oder?«

»Ja.« Das war dann wohl Nummer sechs.

»Wie geht es dir? Geht es dir gut?«

»Ja.« Scheiße! Hatte er denn auf einmal das Reden verlernt? *Lass dir endlich mal was anderes einfallen, verdammt noch mal*! »Äh, mir geht's gut. Na ja. Okay eben.«

Was auch stimmte, abgesehen von der plötzlichen Leere in seinem Kopf, seinem Puls, der in astronomische Höhen geschnellt war, und seinen Atemproblemen. Er tastete nach dem Aschenbecher auf dem vollgemüllten Nachttisch und legte seine Zigarette ab.

»Das ist schön«, sagte sie. »Freut mich zu hören.«

Beide schwiegen, bis die Stille in der Leitung förmlich zu vibrieren schien.

»Natürlich würde ich dich nicht belästigen, wenn nicht … ich würde dich niemals um etwas bitten, Dodge. Das ist dir bestimmt klar. Aber es ist wirklich wichtig. Es geht um Leben und Tod.«

Oh Gott. Sie war krank. Sie lag im Sterben. Sie brauchte eine neue Leber, eine neue Niere, ein neues Herz.

Er fuhr sich mit den Fingern durchs Haar und presste sich die Hand auf die Stirn. »Was ist passiert? Bist du krank?«, fragte er beklommen.

»Krank? Nein, nein. Nichts Derartiges.«

Eine Woge der Erleichterung erfasste ihn, gefolgt von Wut, weil seine Gefühle im Nu die Oberhand gewonnen hatten. »Wieso rufst du mich dann an?«, fuhr er sie an, aus Frust, weil es ihm nicht gelang, kühl und nüchtern zu bleiben.

»Ich stecke in der Klemme.«

»Du steckst in der Klemme?«

»Ja, ich habe Ärger.«

»Was für Ärger?«

»Kannst du herkommen?«

»Nach Houston?« Eine Stadt, in die er, das hatte er sich geschworen, nie wieder einen Fuß setzen wollte. »Wozu?«

»Es ist kompliziert.«

»Was ist mit deinem Mann? Ist es für ihn auch zu kompliziert? Oder ist er etwa das Problem?«

Die Sekunden verstrichen. »Er ist tot, Dodge. Schon seit ein paar Jahren.«

Die Neuigkeit hallte in seinen Ohren wider, in seinem Kopf. Dumpf. Ihr Mann war tot. Sie war nicht mehr verheiratet. Das hatte er nicht gewusst. Aber woher auch? Schließlich hatte sie ihm keine Traueranzeige geschickt.

Er wartete darauf, dass sie fortfuhr, doch sie tat es nicht. »Du hast mir immer noch nicht verraten, um welche Art Ärger es sich handelt«, sagte er nach einer Weile.

»Um die Art, auf die du spezialisiert bist.«

»Das kann alles Mögliche sein.«

»Ich will das nicht am Telefon erklären, Dodge. Also, was ist? Kann ich auf dich zählen?«

»Wann soll ich da sein?«

»So schnell du kannst. Kommst du?«

Ihre störrische Weigerung, ins Detail zu gehen, ärgerte ihn. »Wahrscheinlich nicht.«

Eisiges Schweigen hing in der Leitung. Er griff nach seiner Zigarette, nahm einen Zug und stieß den Rauch aus. Am liebsten hätte er einfach aufgelegt. Er wünschte, er würde es tun; er wünschte, er könnte es.

»Ich verstehe ja, dass du nicht scharf darauf bist, dich da reinziehen zu lassen. Ehrlich.«

»Was hast du erwartet, Caroline?«

»Keine Ahnung. Ich habe spontan angerufen. Ohne mir vorher Gedanken darüber zu machen.«

»Scheiße noch mal, du rufst mich mitten in der Nacht an

und erzählst mir einen Scheißdreck, was vorgefallen ist, aber ich soll alles stehen und liegen lassen und loslaufen, um dich aus irgendeinem Schlamassel rauszuholen? Und dabei weiß ich noch nicht mal, worum es geht!« Er machte eine effektvolle Pause. »Moment mal. Wieso kommt mir das bloß so bekannt vor? Klingt das für dich nicht, als hättest du das schon mal gehört?«

Sie reagierte genau so, wie er es erwartet hatte – gekränkt. »Ich bitte dich nicht, mir zu helfen, Dodge.«

»Prima. Denn ...«

»Berry steckt in Schwierigkeiten.«

»Sieht ja fast aus, als würde tatsächlich jemand auf dem Ding kochen.« Dodge setzte sich an den Frühstückstisch in Dereks und Julies Küche, die zwar tadellos aufgeräumt war, aber sichtliche Gebrauchsspuren trug.

Derek lachte. »Ich erinnere mich nicht, dass ich vor unserer Hochzeit den Herd jemals angeschaltet hätte.« Er griff nach der Kaffeekanne und schwenkte sie einladend.

»Klar«, sagte Dodge. »Zwei Stück Zucker. Wenn schon, denn schon.«

Derek kehrte mit einem Kaffeebecher, der Zuckerdose, einem Löffel und einer fransenbesetzten Leinenserviette zum Tisch zurück. Dodge betastete den Saum der Serviette und musterte seinen Boss mit hochgezogenen Brauen.

»Julie besteht auf Stoffservietten.«

Dodge rümpfte die Nase und schaufelte Zucker in seinen Becher. »Benutzt sie diesen ganzen Krempel tatsächlich?«

Derek folgte Dodges Blick zu dem Keramikkrug, in dem allerlei Kochutensilien steckten. »Ja. Es ist unglaublich, aber es gibt für alles irgendeine Gerätschaft.«

»Wo ist sie überhaupt?«

»Oben. Sie übergibt sich.«

Dodge blies in seinen Kaffee und nippte daran. »Das ist ja nicht schön.«

»Nein, eigentlich ist sie sogar froh darüber.«

»Sie steht drauf, sich die Seele aus dem Leib zu kotzen?«

»Morgendliche Übelkeit ist ein gutes Zeichen. Es bedeutet, dass sich der Embryo in der Gebärmutter einnistet, was alle möglichen hormonellen Schwankungen auslöst. Deshalb kann es zu Übelkeit kommen, weshalb …«

»Danke«, brummte Dodge in seinen Kaffeebecher. »Eigentlich habe ich kein Bedürfnis, mich in Julies Gebärmutter wie in meinem Wohnzimmer auszukennen. Offen gesagt wäre es mir lieber, wenn die Geheimnisse der menschlichen Fortpflanzung auch weiterhin geheim blieben.«

»Dachte ich's mir doch, dass ich deine Stimme gehört habe.« Julie betrat die Küche und lächelte Dodge an. Trotz ihres Übelkeitsanfalls sah sie wie das blühende Leben aus. »Wieso bist du so früh schon auf den Beinen? Für dich ist es ja noch mitten in der Nacht, oder? Noch dazu an einem Samstag.«

»Klingt, als hättest du einen anstrengenden Morgen hinter dir.«

»Halb so wild. Das legt sich bald, außerdem ist die Übelkeit ein gutes Zeichen. Der Embryo nistet sich in der Gebärmutter ein.«

Derek lachte. »Das habe ich ihm alles schon erklärt. Aber Dodge will nichts mehr davon hören.«

»Verstehe ich.« Sie erkundigte sich, ob Derek ihrem Gast bereits etwas zu essen angeboten hatte. Als er verneinte, schnitt sie ihm ein Stück Rührkuchen ab, das er gern annahm. Schließlich wusste er, was für eine ausgezeichnete Köchin sie war.

»Wärst du meine Frau, hätte ich garantiert schon zehn Kilo mehr auf den Rippen«, murmelte er und schob sich den zweiten Bissen in den Mund.

»Hast du Derek in letzter Zeit mal nackt gesehen?«

»Hey!« Derek gab ihr einen Klaps aufs Hinterteil, zog sie auf seinen Schoß und vergrub das Gesicht an ihrem Hals. »Du bist diejenige von uns, die dick und rund wird.« Er legte seine Hand auf ihren Bauch, der allerdings noch kein Anzeichen ihrer Schwangerschaft trug. Sie legte ihre Hand über seine, dann tauschten sie einen liebevollen, vielsagenden Blick.

Dodge räusperte sich. »Soll ich vielleicht lieber gehen?«

Julie glitt von Dereks Schoß und setzte sich auf einen Stuhl gegenüber von Dodge. »Nein, ich freue mich, dass du hier bist. Derek sieht dich ja fast jeden Tag, ich aber nicht.«

Dodge zog seinen Boss zwar regelmäßig damit auf, dass er wegen seines jungen Eheglücks völlig durch den Wind war, doch in Wahrheit freute er sich für die beiden. Derek und Julie Mitchell gehörten zu den wenigen Menschen auf diesem Planeten, für die Dodge zumindest ein Minimum an Toleranz aufbringen konnte. Er würde sogar so weit gehen zu behaupten, er respektiere und möge sie, trotzdem hielt er sie sorgsam auf Distanz, ebenso wie alle anderen Menschen um sich herum – wenn auch eher um deren Sicherheit als um seiner eigenen willen. Er tat anderen Menschen nicht gut. Er schien dazu verdammt, alles und jeden um sich herum zu ruinieren.

»Also, was verschafft uns die Ehre?«

Dereks Frage mochte sich ganz unschuldig anhören, doch Dodge ließ sich davon nicht täuschen. Derek hatte einen messerscharfen Verstand und einen untrüglichen Instinkt – Eigenschaften, die ihm in seinem Job als Strafverteidiger überaus gelegen kamen. Sein Boss hatte trotz des lockeren Geplänkels sofort gespürt, dass etwas im Busch war. Wann war Dodge das letzte Mal an einem Samstagmorgen um diese Uhrzeit bei ihm zu Hause aufgetaucht? Genau. Noch nie.

Dodge zuckte mit gespielter Lässigkeit die Schultern und nippte an seinem Kaffee, während er einen Anflug von Gewissensbissen niederkämpfte. Er würde den Mann belügen müssen, der beinahe so etwas wie ein Freund für ihn geworden war.

»Wie sauer wärst du, wenn ich dich fragen würde, ob ich ein paar Tage freinehmen kann?« Er starrte auf die schwarze Flüssigkeit in seinem Becher, trotzdem entging ihm nicht, dass Derek einen verwirrten Blick mit seiner Frau wechselte.

»Überhaupt nicht«, antwortete Derek. »Du hast dir einen Urlaub mehr als verdient.«

»Denk lieber nach, bevor du Versprechungen machst, Anwalt. Ich habe keine Lust, loszufahren und dich dann mitten in der Nacht an der Strippe zu haben, nur weil ich irgendeinen miesen Drecksack für dich aufstöbern soll…«

»Von mir hörst du keinen Ton, Dodge. Du bist längst urlaubsreif. Und sollte irgendetwas sein, während du weg bist, kann es bis nach deiner Rückkehr warten.«

»Einen Teufel kann es. Schon möglich, dass du nichts dagegen hast, wenn ich eine Weile weg bin, aber die Wichtigtuer, die für dich arbeiten, würden regelrecht ausflippen. Dabei reden die sowieso nur mit mir, wenn sie was wollen; nach dem Motto ›Wann kriege ich endlich die Hintergrundinformationen, Dodge?‹ oder ›Wann kommen Sie dazu, sich den Typen mal anzusehen?‹ und so.«

»Die Kanzlei läuft eben nicht ohne dich.«

»Genau das meine ich ja. Wenn ich ein paar Tage weg wäre, würde der ganze Laden zusammenbrechen.«

Dodge war eine enorme Hilfe bei der Lösung des Falls gewesen, in den Julie verstrickt gewesen war. Der Mord an Paul

Wheeler war eine echte Tragödie gewesen, trotzdem hatten Derek und Julie es diesem Fall zu verdanken, dass sie einander gefunden hatten. Anfangs hatte Dodge Julie für eine manipulative Lügnerin oder sogar Schlimmeres gehalten. Sie hatte seine Feindseligkeit und seine Verdächtigungen mit großer Würde ertragen und schien sie ihm nicht nachzutragen. Vielleicht mochte sie ihn ja sogar.

Er sah sie an. Was vielleicht ein Riesenfehler war, denn sie musterte ihn mit unverhohlener Besorgnis. In seiner derzeitigen Verfassung war das womöglich noch gefährlicher als der instinktive Scharfsinn ihres Mannes.

»Ich hoffe, deine Bitte um eine Auszeit hat keine gesundheitlichen Gründe«, sagte sie sanft.

»Du meinst, ich brauche vielleicht etwas Zeit, weil ich an Lungenkrebs sterbe? Nein, nein, das ist es nicht«, erwiderte er, als er bemerkte, dass ihre Besorgnis in aufrichtige Angst umschlug. »Nicht dass ich wüsste. Zumindest noch nicht.« Er betastete seine Jacketttasche, um sicherzugehen, dass die Zigarettenschachtel noch darin steckte. Aber er würde eher die Mona Lisa anpissen, als sich in ihrer Küche eine Zigarette anzuzünden.

Er wandte sich wieder an Derek. »Vergiss es. War blöd, überhaupt zu fragen.« Er legte sich die Hand aufs Herz. »Die Firma braucht mich, und auch wenn Loyalität sonst ein Fremdwort für mich ist, hinter Mitchell and Associates stehe ich natürlich voll und ganz.«

»Hör auf mit dem Blödsinn. Was ist los?«

»Was los ist? Gar nichts. Ich wollte nur …«

»… ein paar Tage freinehmen, schon klar, und ich habe gesagt, dass das kein Problem ist. Aber jetzt fängst zu plötzlich an, mit mir herumzudiskutieren. Wieso?«

»Es gibt keinen Grund dafür. War eine Schnapsidee, das

ist alles. Ich dachte, ich verziehe mich mal für ein paar Tage, aber…«

»Hattest du schon etwas Konkretes im Auge, wo du hin wolltest?« Derek grinste. »Eine dieser Tropeninseln, von denen du pausenlos schwärmst? Eines dieser *National-Geographic*-Paradiese, wo alle Frauen oben ohne herumlaufen?«

»Schön wär's.«

»Wohin willst du dann?«

»In ein Hinterwäldlerkaff am Arsch von Texas.«

Dodge hätte sich am liebsten geohrfeigt. Es war nicht seine Absicht gewesen, damit herauszuplatzen.

Derek starrte ihn sekundenlang verdattert an. »Hat das Kaff auch eine Postleitzahl?«, fragte er dann.

Dodge hob die Schultern. »Egal. Ich fahre sowieso nicht.«

Einige Momente lang herrschte Stille. Dodge registrierte, wie Derek und Julie sich einen weiteren fragenden Blick zuwarfen. »Und was gibt es in Texas so Besonderes?«, fragte Julie schließlich.

»Texaner.«

Seine schlagfertige Erwiderung löste nicht den Heiterkeitsanfall aus, den er sich erhofft hatte. Wieder sah er sie an und konnte sich nur fragen, was verdammt noch mal heute Morgen mit ihm los war. Wieso musste er sie ständig ansehen? Okay, sie war schon immer eine Augenweide gewesen, doch diese hormonelle Berg-und-Tal-Fahrt in ihrem Körper schien allerlei sentimentale Regungen in ihm heraufzubeschwören, die so gar nicht seinem Naturell entsprachen.

Wenn ihn sonst jemand etwas Persönliches fragte, selbst wenn es noch so unverfänglich war, schnauzte er denjenigen an, sich gefälligst nicht in sein Leben einzumischen. Stattdessen ertappte er sich nun dabei, wie er antwortete: »Ich habe etwas Geschäftliches zu erledigen.«

Derek sah ihn verblüfft an. »Etwas Geschäftliches?«

»Entspann dich, Anwalt. Ich fahre nicht zu einem Vorstellungsgespräch. Es geht eher um etwas Persönliches.«

»Etwas Persönliches.«

»Heilige Scheiße, gibt's hier drin vielleicht ein Echo?«, schnaubte er verdrossen. »Wieso machst du so einen Wind um die Sache? Es gibt etwas, um das ich mich kümmern muss – das könnte genauso gut eine Verstopfung sein.«

»Du musstest dich noch nie um irgendwelche Privatangelegenheiten kümmern, und schon gar nicht in Texas.«

»Tja, das beweist doch nur, dass du nicht alles weißt, oder? Aber wieso reden wir überhaupt noch darüber? Ich werde nicht fahren. Ich weiß doch, was passieren würde – kaum wäre ich dort, würde alle zwei Sekunden mein Handy läuten, und du würdest fragen, wann ich zurückkomme. Das ist es nicht wert. Vergiss es einfach.« Er warf die Leinenserviette auf den Tisch und stand auf. »Danke für den Kaffee. Der Kuchen war echt lecker, Julie, aber jetzt muss ich los.«

»Setz dich.«

»Wie war das?«

Derek musterte ihn streng. »Du wirst dieses Haus erst verlassen, wenn du uns erzählt hast, was verdammt noch mal los ist.«

»Ich hab's doch schon gesagt. Ich hatte nur Lust …«

»Hier geht es nicht um einen Urlaub. Setz dich hin.«

Dodge ließ sich auf seinen Stuhl fallen, wenn auch widerstrebend. Mit feindseliger Miene saß er einige Sekunden lang da, dann hob er die Schultern. »Was?«

»Erinnerst du dich, als ich dir von Julie und mir erzählt habe?«, fragte Derek.

»Redest du von dem Paris-Flug?«

»Genau. Ich habe dir erzählt, weshalb ich befangen sei und

Creighton Wheeler nicht als Mandanten vertreten könnte. Ich habe mein Innerstes vor dir ausgebreitet, weil ich wusste, dass ich dir mein dunkelstes Geheimnis anvertrauen kann. Den schwärzesten Fleck meiner gesamten Karriere. Meines *Lebens.*«

»Ja. Und?«

»Und Vertrauen beruht auf Gegenseitigkeit. Also, was ist los?« Derek wartete. Dodge schwieg. »Muss etwas sehr Wichtiges sein, sonst würdest du nicht so ein Riesentamtam machen, von wegen Urlaub und so. Du bist hergekommen, weil du uns etwas sagen willst, aber nicht weißt, wie du es anstellen sollst.«

»Bist du neuerdings auch Seelenklempner, oder was? Georgias heißester Strafverteidiger zu sein, reicht dir wohl nicht mehr, wie?«

Derek zuckte mit keiner Wimper.

»Was ist in Texas, Dodge?«, fragte Julie noch einmal.

Die Sanftheit ihrer Stimme berührte ihn mehr, als Derek es mit seiner Beharrlichkeit je vermocht hätte. Resigniert ließ er die Schultern sinken. »Nicht *was*. Sondern *wer*.«

»Okay, also, wer ist in Texas?«

Sorgsam darauf bedacht, Derek und Julie nicht ins Gesicht zu sehen, stand er auf, trug seine Tasse zur Spüle und kippte den Rest Kaffee in den Ausguss. »Meine Tochter.« Er spürte ihre Verblüffung, noch bevor er sich umdrehen und in ihre geschockten Gesichter blicken konnte.

»Du hast doch gar keine Tochter«, sagte Derek.

»Doch, habe ich.«

»Seit wann das denn?«

»Seit dreißig Jahren«, antwortete Dodge.

Derek schüttelte den Kopf. »Aber du hast explizit gesagt, du hättest keine Tochter.«

»Nein, das habe ich nicht.«

»Ich erinnere mich noch genau an das Gespräch, Dodge. Es war, als du Creighton Wheeler auf den Zahn gefühlt hast. Du hast gesagt, nach allem, was du über ihn herausgefunden hättest, würdest du nicht wollen, dass deine Tochter sich mit ihm einlässt. Und ich sagte: ›Aber du hast keine Tochter‹, worauf du gesagt hast: ›Aber wenn ich eine hätte.‹«

»Siehst du? Nicht ich habe das gesagt, sondern du.«

»Aber du hast es angedeutet.«

»Und? Dann verklag mich doch.«

»Dieser Hickhack bringt uns jetzt auch nicht weiter«, schaltete sich Julie ein und wandte sich an Dodge. »Wir sind nur überrascht, Dodge. Du hast zwei Exfrauen erwähnt, aber keine Kinder.«

»Nicht mehrere Kinder, sondern nur eines.«

Er starrte auf seine Schuhe und fragte sich, wann sie das letzte Mal anständig poliert worden waren. Falls überhaupt. Er müsste sie dringend in Schuss bringen. Vielleicht am Flughafen, wenn er ein bisschen Zeit hatte…

Flughafen? Der verdammte Flughafen. Er würde nicht fliegen.

»Wann hast du sie das letzte Mal gesehen?«

»An ihrem Geburtstag.«

»An ihrem letzten?«

Er schüttelte den Kopf. »Nein. Ihrem ersten. Dem Tag, als sie geboren wurde.«

Tausend ungestellte Fragen schienen in der staunenden Stille zu schweben. Er wollte keine davon beantworten. Doch Derek hatte die Beharrlichkeit einer Bulldogge am Leib. »Wieso kommst du ausgerechnet jetzt auf die Idee, sie besuchen zu wollen?«

»Will ich gar nicht.«

»Lass uns doch für einen Moment einfach so tun, als wäre es so.«

Verärgert und unentschlossen kaute Dodge auf der Innenseite seiner Wange herum, ehe er sich zu seiner Verblüffung sagen hörte, dass seine Tochter in Schwierigkeiten stecke. »Ich weiß nicht genau, was passiert ist, jedenfalls ist die Polizei eingeschaltet. Und ihre… Jemand kam auf die Idee, dass ich ihr vielleicht helfen könnte. Wegen meines Jobs und so. Aber ich sehe das ein bisschen anders. Außerdem – wieso sollte ich das tun wollen?«

Derek und Julie musterten ihn weiter. Ihre Blicke sprachen Bände, ihr Schweigen war ohrenbetäubend. Er senkte den Kopf und rieb sich mit Daumen und Zeigefinger die Augen. Schließlich ließ er seine Hand sinken und seufzte. »Scheiße, Scheiße und noch mal Scheiße.«

2

Seit einer knappen halben Stunde saßen Caroline und Berry auf einer der harten, ungemütlichen Holzbänke neben dem Eingang des Bezirksgerichts von Merritt County. Endlich tauchte Ski Nyland auf und kam mit entschlossenen Schritten auf sie zugehastet.

»Tut mir leid, dass ich Sie so lange habe warten lassen. Aber es kam noch ein wichtiger Anruf dazwischen.«

»Etwas Positives?«, fragte Caroline.

»Ich fürchte, nein, Ms King. Oren Starks ist immer noch auf freiem Fuß, und ich habe nur ein paar Minuten, bevor ich mich wieder auf die Jagd nach ihm machen muss.« Er warf einen Blick auf das Handy an seinem Gürtel, als wolle er sichergehen, dass er sich nicht in einem Funkloch befand. Schließlich richteten sich seine grauen Augen zum ersten Mal an diesem Tag auf Berry. »Bereit?«

»Schon die ganze Zeit.«

Er schwieg für den Bruchteil einer Sekunde. »Vermutlich ist ein strenger Zeitplan in der Marketingbranche wichtiger als bei der Polizei«, konterte er dann.

Touché, Deputy, dachte sie. Ihr war bewusst, wie zickig ihre Bemerkung geklungen hatte und dass sie ihre spitze Zunge tunlichst in den Griff bekommen sollte. Andererseits stand ihr unter diesen schwierigen Umständen ein kleiner Rückfall wohl zu.

»Ich dachte nur, ich hätte Ihnen gestern Abend schon alles

erzählt, was Sie wissen müssen«, sagte sie eine Spur friedfertiger. »Ich hatte nicht damit gerechnet, dass Sie mich heute Morgen noch mal herbestellen.«

»Sheriff Drummond hat den Termin anberaumt. Ihr Anwalt ist bereits oben in seinem Büro.«

»Dann sollten wir lieber nicht noch mehr Zeit verlieren und ebenfalls hinaufgehen«, warf Caroline mit einer eleganten Liebenswürdigkeit ein, um die Berry sie nur beneiden konnte. Es schien, als fehle ihr diese Eigenschaft gänzlich, wohingegen sie ihrer Mutter in die Wiege gelegt worden war.

Deputy Nyland machte eine auffordernde Geste und ließ ihnen den Vortritt.

Während sie die Eingangshalle durchquerten, fragte sich Berry, weshalb er nicht in Uniform erschienen war. Auch am Vorabend war er in Zivil aufgetaucht, aber das lag wahrscheinlich daran, dass er keinen Dienst gehabt hatte, als der Notruf eingegangen war. Der hatte seinem Freitagabend ein jähes Ende gesetzt.

Heute war er, abgesehen von seinem Sportjackett, gekleidet, als wäre er auf dem Weg zum Rodeo – Jeans und Cowboystiefel und dazu ein strahlend weißes, perfekt gebügeltes Hemd im Western-Stil. Außerdem war er so wortkarg, wie man es von einem Cowboy aus einem Western erwarten würde. Sie fragte sich, ob er sich selbst genauso sah; fehlte nur noch ein breitkrempiger weißer Stetson, ein protziger Sheriffstern auf der Brust und ein Revolver mit sechs Kammern an der Hüfte.

Vermutlich war er tatsächlich bewaffnet. Durchaus möglich, dass er seine Pistole im Gerichtsgebäude offiziell nicht bei sich tragen durfte, es aber trotzdem tat, ohne dass es jemand mitbekam; so wie er sie gestern Abend ohne Blaulicht in seinem ramponierten Geländewagen aufs Revier gebracht hatte, um ihre Aussage über die »Schießerei«, wie er es nannte, aufzunehmen.

Als sie auf den Aufzug warteten, fiel Berry auf, wie winzig ihre Muter neben ihm wirkte. Selbst Berry, die seit der siebten Klasse sämtliche Jungs überragt und Mühe gehabt hatte, beim Abschlussball einen Begleiter zu finden, der es größenmäßig mit ihr aufnehmen konnte, kam sich klein neben ihm vor.

Sie beschlossen, lieber die Treppe zu nehmen, statt noch länger auf den Fahrstuhl zu warten. Nylands Blick schien sich förmlich in Berrys Rückgrat zu bohren, als sie vor ihm her die Treppe hinaufging.

Das Gerichtsgebäude war im Jahr 1898 erbaut worden, befand sich jedoch in einem ausgezeichneten Zustand. Das Büro des Sheriffs war noch mit der Originalvertäfelung und der handgefertigten Stuckverzierung an der Zimmerdecke ausgestattet, und das Fensterglas wies leichte Unebenheiten auf, was dem Raum jedoch Charakter verlieh. Der Schreibtisch war von der amerikanischen und der texanischen Flagge flankiert, dazwischen hing ein riesiges Gemälde, das die Kapitulation von Santa Anna vor Sam Houston zeigte.

Als sie eintraten, erhoben sich die beiden Männer von ihren Stühlen: Sheriff Drummond und der Anwalt, den Caroline noch am Vorabend zu sich bestellt hatte.

Der Sheriff trat hinter seinem Schreibtisch hervor und kam ihnen auf halbem Weg entgegen. Er legte Caroline die Hände auf die Schultern und küsste sie auf die Wange. »Es ist mir wie immer ein Vergnügen, Sie zu sehen, wenngleich die Umstände heute Morgen überaus bedauerlich sind.«

»Geht mir genauso, Tom.« Caroline wandte sich um und zeigte auf Berry. »Soweit ich weiß, haben Sie meine Tochter beim Picknick des Country Clubs zum Labor Day vergangenes Jahr kennengelernt.«

»Natürlich, Ms Malone.«

»Berry, bitte.«

Er ergriff ihre Hand und tätschelte sie freundlich. »Ich kann Ihnen versichern, dass dieser Fall oberste Priorität für uns hat. Die Firma Ihrer Mutter war der Gemeinde eine große Hilfe beim Versuch, dem stagnierenden Immobilienmarkt neues Leben einzuhauchen. Alles, was ihr am Herzen liegt, liegt auch mir am Herzen, allem voran Ihre Sicherheit. Wir werden den Kerl schnappen. Darauf gebe ich Ihnen mein Wort.«

»Danke. Sie haben mein vollstes Vertrauen, dass es Ihnen gelingt.«

Der Anwalt – Carlisle Harris oder Harris Carlisle, Berry konnte sich nicht erinnern – war grob geschätzt im selben Alter wie der Sheriff. Er wirkte sehr nett und freundlich, doch Berry war sich sicher, dass ihre Mutter ihn wegen des unübersehbar gerissenen Ausdrucks in seinen hellblauen Augen und nicht wegen seines umgänglichen Wesens engagiert hatte.

Es schien, als hätte Caroline ihn am Vorabend mit einem kurzen Wink ihres Zauberstabs heraufbeschworen. Kaum hatte sie gesehen, was sich in ihrem Haus abgespielt hatte, und festgestellt, dass Ski Nyland sie bereits mit Fragen über die Waffe bombardierte, hatte Caroline eingegriffen und ihn höflich gebeten, er möge warten, bis sie ihren Anwalt zu Rate gezogen habe. Das Ganze hatte dem Deputy nicht geschmeckt, aber ihm war nichts anderes übrig geblieben, und Berry hatte kein Wort mehr gesagt.

Der Anwalt trat ebenfalls vor, um ihr und Caroline die Hand zu schütteln.

Offenbar spürte der Sheriff Nylands Ungeduld, denn er bereitete dem Austausch von Höflichkeiten ein rasches Ende und bat alle Beteiligten, sich zu setzen. Berry und ihre Mutter ließen sich nebeneinander auf ein abgenutztes Ledersofa sinken, während die Männer auf drei im Halbkreis arrangierten Sesseln Platz nahmen.

Der Sheriff ergriff das Wort. »Ski hat mich darüber in Kenntnis gesetzt, was sich gestern Abend in Ihrem Haus ereignet hat, Caroline, und mir liegt auch eine Kopie Ihrer Aussage vor, Berry. Haben Sie ebenfalls eine Kopie bekommen, Harry?«

»Ja«, antwortete Harris Carlisle. »Vielen Dank.«

»Möchten Sie noch irgendetwas hinzufügen, Berry?«, erkundigte sich der Sheriff. »Vielleicht ist Ihnen ja seit gestern Abend noch etwas eingefallen, das uns helfen könnte, den Kerl zu schnappen.«

Berry schüttelte den Kopf. »Ich habe alles gesagt, was ich weiß. Oren Starks verfolgt mich schon seit Monaten. Gestern Abend ist er auf einmal in Mutters Haus unten am See aufgetaucht, hat auf Ben geschossen und mir gedroht, mich ebenfalls umzubringen. Das war's.«

»Sie haben Starks bei der Arbeit kennengelernt, ist das richtig?«

»Ja. Bei Delray Marketing in Houston.«

»Soweit ich mitbekommen habe, wurde er gekündigt.«

»Vor ein paar Monaten.«

»Wissen Sie, weshalb?«

»Er passte nicht ins Team«, antwortete sie. »Zumindest hat das in der Kantine die Runde gemacht.«

»Passte er Ihrer Meinung nach denn hinein?«

Sie wandte sich Deputy Nyland zu, der die Frage gestellt hatte. »Die Bewertung der Kompatibilität meiner Kollegen steht nicht in meinem Arbeitsvertrag«, erwiderte sie kühl.

»Trotzdem frage ich Sie nach Ihrer ehrlichen Meinung.

Finden Sie, dass Oren Starks gut in Ihre Firma gepasst hat?«

»Nein, das finde ich nicht.«

»Wieso nicht? Hat er seine Arbeit nicht gut erledigt?«

Ein angedeutetes Lächeln erschien auf Berrys Zügen. »Oren hat seine Arbeit nicht nur gut erledigt, sondern sogar ganz außergewöhnlich.«

»Ich kann Ihnen nicht ganz folgen, Berry«, schaltete sich der Sheriff ein. »Ski sagte, Sie hätten den Kerl als reichlich schrägen Vogel beschrieben.«

»Das stimmt, aber seine Persönlichkeit hat nichts mit seinen beruflichen Fähigkeiten zu tun«, gab Berry zurück. »Im Marketing dreht sich alles um Kreativität, um strategisches Denken und darum, ein Dutzend Faktoren zu einem harmonischen Ganzen zusammenzufügen. Ein falsches Detail kann alles zunichte machen. Oren war die Allzweckwaffe bei Delray, wenn eine Kampagne nicht so funktionierte, wie sie sollte. Er hatte ein Händchen dafür, innerhalb kürzester Zeit das Teilstück herauszufiltern, das nicht hineinpasst.«

»Und doch hat er nicht gut in die Firma gepasst«, bemerkte der Sheriff.

»Ironischerweise. Die Mitarbeiter haben sich in seiner Gegenwart nicht wohlgefühlt. Vor allem die weiblichen. Ich war nicht die Erste, die ungewollt ins Zentrum seiner Aufmerksamkeit gerückt ist.«

»Gab es jemals eine Anzeige wegen sexueller Belästigung?«

Sie schüttelte den Kopf. »Nein. Zumindest nicht offiziell. Oren hat nichts getan, womit er gegen ein Gesetz verstoßen hätte. Er hat niemanden angefasst und weder obszöne Mails noch sonstige Anstößigkeiten herumgeschickt. Er ist viel zu clever, um etwas zu tun, was gegen ihn verwendet werden könnte. Dafür hat er es verstanden, anhand von Andeutungen eine Intimität zu suggerieren, die in Wahrheit gar nicht existiert.« Sie hielt einen Moment inne. »Und wenn man auf seine Andeutungen einging, gab er einem das Gefühl, als hätte man etwas missverstanden.«

»War das die Erfahrung, die Sie mit ihm gemacht haben?«, hakte der Sheriff nach.

»Ja. Am Anfang. Ich dachte, ich interpretiere zu viel in die Dinge hinein, die er sagte und tat. Aber nach seiner Kündigung wurde er zunehmend penetranter und aggressiver. So sehr, dass ich irgendwann regelrecht Angst vor ihm bekam. Ich dachte, wenn ich den Sommer über herkomme und in Mutters Haus wohne – sie versucht schon mich dazu zu bewegen, seit sie es gekauft hat –, das heißt, wenn ich einfach für eine Weile von der Bildfläche verschwinde, gibt er vielleicht auf, verliert das Interesse an mir und lässt mich in Ruhe.«

»Wenn Sie sagen, er hätte Sie verfolgt …« Der Sheriff beugte sich vor und musterte sie auffordernd.

»Er hat mehrmals am Tag angerufen und mir pausenlos SMS geschickt.«

»Wieso haben Sie sich nicht einfach eine neue Nummer zugelegt?«, fragte Deputy Nyland.

»Weil viel zu viele Leute meine Nummer haben. Kunden, Kollegen, Leute, die bei einem dringenden Problem eine möglichst rasche Lösung brauchen. Es wäre sehr umständlich gewesen, sie alle zu informieren.«

»Zu umständlich, um dafür einen Stalker in Kauf zu nehmen?«

»Sie brauchen diese Frage nicht zu beantworten, Berry«, schaltete sich der Anwalt ein.

Das hatte sie auch nicht vor. Stattdessen wandte sie sich

erneut an den Sheriff. »Oren ist uneingeladen bei mir zu Hause aufgetaucht. Manchmal hat er am Straßenrand geparkt, manchmal sogar auf der Veranda gesessen und auf mich gewartet. Er ist in Restaurants gekommen, in denen ich gerade beim Abendessen saß, und hat mir Blumen mit einer romantischen Karte geschickt, als wären wir ein Paar oder so was. Aber ich versichere Ihnen, dass nie etwas zwischen uns war. Er hat mir kleine Geschenke gemacht…«

»Zum Beispiel?«

Berry dachte einen Moment nach. Die Verärgerung über den Deputy, der sie mit seinen ständigen Fragen unterbrach, war ihr ins Gesicht geschrieben. »Einmal hat er mir ein Videospiel geschickt, so etwas im Stil von Dungeons & Dragons. Fantasy-Kram mit Hexen und Zauberern und Schlössern mit geheimen Labyrinthen und all solchem Zeug.«

»Mögen Sie derartige Spiele?«

»Absolut nicht, Deputy Nyland. Aber Oren mag sie. Er liebt Rätsel jeglicher Art und ist sehr gut darin, sie zu lösen.«

»Deshalb ist es wohl auch seine Stärke, nicht funktionierende Marketingkampagnen zum Laufen zu bringen«, bemerkte der Deputy.

»Genau.«

»Was noch? Welche Geschenke haben Sie sonst von ihm bekommen?«

»Den Bestseller eines Autors, von dem er weiß, dass ich ihn gern mag. Er hat sich sogar stundenlang in der Schlange angestellt, um das Buch für mich signieren zu lassen – hat er zumindest behauptet. Und eine selbst gebrannte CD. Das persönlichste Geschenk war ein silbernes Bettelarmband. Eine dünne Kette mit einem einzigen Anhänger dran, einem Herz.«

»Haben Sie ihm die Geschenke zurückgegeben?«, wollte Nyland wissen.

»Anfangs habe ich es versucht, aber Oren hat sich geweigert, sie zurückzunehmen. Am Ende habe ich die Sachen eben behalten.«

»Wieso?«

»Wenn ich sie ihm zurückgegeben hätte, hätte das bedeutet, dass ich ihn sehen und mit ihm reden muss, und das wollte ich vermeiden.«

»Ich glaube, wir wissen alle, was Stalking bedeutet, oder?«, warf Harris ein. »Der Mann hat sie über die Grenzen des Erträglichen hinaus belästigt, und gestern Abend ist seine Besessenheit endgültig ins Gewalttätige umgeschlagen.«

Der Sheriff nickte. »Bitte, fahren Sie fort, Berry.«

»Ich habe den Faden verloren.«

»Sie sind über den Sommer zu Ihrer Mutter gezogen.«

»Genau. Ich hoffte, Oren damit für immer los zu sein. Keine Ahnung, wie er das Haus gefunden hat – die Adresse steht nicht im Telefonbuch. Jedenfalls hat er es aufgestöbert«, sagte sie mit erstickter Stimme. Es schien, als schnüre ihr die Erinnerung an die Ereignisse vom Vorabend die Kehle zu.

Ihre Mutter fragte sie leise, ob sie ein Glas Wasser wolle. Berry schüttelte den Kopf. Caroline nahm ihre Hand und drückte sie ermutigend. Der Deputy verlagerte sein Gewicht im Sessel, wobei das antike Holz ein leises Ächzen von sich gab, und sah zur Tür, als könne er es kaum erwarten, endlich hier herauszukommen.

Berry lag schon die Frage auf der Zunge, ob sie ihn von etwas Wichtigerem abhalte, als ihr bewusst wurde, dass sie ja genau das tat: Er koordinierte die Fahndung nach Oren. Je schneller sie hier fertig waren, umso schneller konnte er sich wieder an die Arbeit machen.

»Gestern Abend ist Oren ins Haus eingedrungen«, fuhr sie fort. »Er hat mir Todesangst eingejagt. Ich stand gerade unter der Dusche, als der Vorhang weggerissen wurde und er vor mir stand. Wie in *Psycho*, nur hatte er kein Messer dabei, sondern zielte mit einer Waffe auf mich.«

Der Sheriff wandte sich an Caroline. »Sie waren nicht zu Hause, soweit ich informiert bin.«

»Ich war den ganzen Tag unterwegs. Ich habe mich mit Absicht rar gemacht, weil Berry gemeint hatte, sie und Mr Lofland müssten an einem wichtigen Projekt arbeiten, deshalb wollte ich nicht stören. Nach der Arbeit bin ich vom Büro aus direkt zu einer Dinnerparty von ehemaligen Kunden von mir gefahren. Es war eine Art Einweihungsfeier. Ich hatte Berry gesagt, sie solle nicht auf mich warten, weil ich nicht sicher war, wie lange die Party dauern würde. Offenbar kam ich kurz nach Deputy Nyland an. Einer Ihrer Mitarbeiter fing mich an der Haustür ab, Sheriff. Er wollte mir verbieten, das Haus zu betreten. Berry hatte versucht mich anzurufen, aber mein Handy lag in meiner Handtasche. Ich hatte es auf Vibrationsalarm gestellt und nicht mehr daran gedacht, es auf Rufton zurückzuschalten.«

Der Sheriff wandte sich an Nyland. »Als Ms King eintraf, waren Sie und Berry noch oben im Badezimmer?«

»Wir haben die Auseinandersetzung zwischen ihr und Andy vor der Haustür gehört und sind gleich nach unten gelaufen. Anschließend hat Ms King Mr Carlisle angerufen.«

»Was mein gutes Recht war.«

Der Deputy nickte. »Als er kam, habe ich die Befragung mit Ms Malone fortgesetzt. Als Erstes habe ich sie gefragt, ob Starks ins Haus eingebrochen sei. Was jedoch nicht der Fall war.«

»Das ist korrekt, Sheriff«, bestätigte Berry. »Sämtliche Türen waren unverschlossen. Ben und ich hatten eine Runde im Pool gebadet und Steaks auf den Grill gelegt. Deshalb sind wir ständig zwischen der Veranda und dem Haus hin und her gelaufen. Ich hatte noch nicht abgeschlossen. Oren ist einfach zur Haustür hereinspaziert. Zumindest nehme ich es an, denn er ist auch durch die Haustür wieder verschwunden. Zwischen dem Moment, als er den Duschvorhang zur Seite riss, und dem, als ich den Notruf gewählt habe, können nur ein paar Minuten vergangen sein. Genau weiß ich es nicht mehr, es war alles so unwirklich.«

»In Ihrer Aussage haben Sie angegeben, er sei völlig außer sich gewesen.«

»*Verstört*, so hat sie es genannt.«

Wieder warf Berry einen kurzen Seitenblick auf Deputy Nyland. Es überraschte sie, dass er sich an den exakten Wortlaut erinnerte, mit dem sie Orens Verfassung beschrieben hatte. »Das stimmt. Er hat mich angestarrt, als sei er nicht ganz bei Sinnen, und seine Stimme hat sich regelrecht überschlagen. ›Ich muss dich töten. Das kapierst du doch, oder? Ich muss dich töten‹, hat er geschrien. Immer wieder.«

Caroline erschauderte und umfasste die Hand ihrer Tochter noch fester.

»Als ich ihn und die Pistole gesehen habe, habe ich geschrien. Aber das schien ihn nur noch weiter anzustacheln. Ich solle still sein, hat er gezischt. ›Ich hab keine andere Wahl. Ich muss es tun. Kapierst du das nicht? Kapierst du das nicht?‹, hat er die ganze Zeit gesagt. Ununterbrochen. Wie ein Mantra. Er war …«

Die vier sahen sie erwartungsvoll an. Während sie nach dem passenden Wort suchte, ließ sie ihren Blick von einem zum anderen wandern, ehe er am Deputy hängen blieb. Seine grauen Augen waren unverwandt auf sie gerichtet.

»Na ja, verstört eben«, sagte sie schließlich und zuckte hilflos mit den Schultern. »Besser kann ich es nicht umschreiben.«

»Na ja, er wollte Sie immerhin töten«, bemerkte der Anwalt. »So jemand kann wohl kaum die Vernunft in Person sein.«

»Nein.«

»Haben Sie ihn jemals zuvor so erlebt?«, wollte der Sheriff wissen.

»Nur einmal, als er extrem wütend war, weil ich ihn zurückgewiesen hatte. Aber so aufgebracht wie gestern Abend habe ich ihn eindeutig noch nie erlebt.« Sie wünschte, sie könnte einen Moment darüber nachdenken, doch als ihr auffiel, dass Nylands Blick erneut zur Tür schweifte, fuhr sie eilig fort. »Ben muss meine Schreie und Orens Wutanfall gehört haben, denn er kam aus dem Gästezimmer angelaufen. Als Oren ihn bemerkte, stand er schon in der Badezimmertür. Oren hat sich umgedreht und sofort auf ihn geschossen.«

Wieder hielt sie inne, während der grauenhafte Moment noch einmal vor ihrem inneren Auge vorüberzog – der ohrenbetäubende Knall, der unfassbare Anblick von Ben, der hintenüberfiel, Orens verzerrte Fratze, als er sich wieder zu ihr umdrehte. Und die ganze Zeit über hatte sie nur einen Gedanken gehabt: Dass all das nicht wahr sein konnte. Dass nette, normale Menschen doch niemals Opfer von derart traumatischen Gewalttaten wurden.

Aber es *war* passiert. Und sie *hatte* es erlebt. Doch als sie nun versuchte, das Szenario und ihre Empfindungen in Worte zu fassen, war ihr nur allzu bewusst, dass es ihr niemals gelingen würde. Zu beschreiben, wie sie sich in diesem Augenblick gefühlt hatte.

»Ich kann nur sagen, dass die Situation absolut surreal

schien. Und trotzdem war es Realität. Eine Realität, die in eine andere Dimension gehoben wurde. Es war, als würde ich alles um mich herum nur noch verzerrt wahrnehmen. Ich erinnere mich, dass ich nach dem Schuss eine Art Zeitlosigkeit empfunden habe, so als befände ich mich in einem Schwebezustand. Aber dann hat Oren sich plötzlich umgedreht und ist davongelaufen. Das hat mich ins Hier und Jetzt zurückgerissen. Ich bin aus der Wanne gestiegen und zu Ben gelaufen, ich wollte wissen, ob er noch lebt. Ich habe ihm versprochen, Hilfe zu holen, dann bin ich aus dem Zimmer gelaufen, um nach Oren zu sehen.«

»Hatten Sie denn keine Angst, dass er auch auf Sie schießen würde?«

»Das hat sie gestern Abend doch schon Ski erzählt.«

»Nur die Ruhe, Harry«, wiegelte der Sheriff beschwichtigend ab. »Ich frage aus reiner Neugier.«

Harris Carlisle bedeutete ihr fortzufahren.

»Ehrlich gesagt, habe ich nicht darüber nachgedacht, sonst hätte ich es wahrscheinlich nicht getan«, sagte sie. »Es war eine spontane Reaktion. Ich bin Oren gefolgt, und als ich auf die Galerie kam, rannte er gerade die Treppe hinunter. Auf dem unteren Treppenabsatz ist er ausgerutscht und hingefallen. Er ist die Treppe hinuntergestürzt, bis ganz nach unten, und auf dem Rücken gelandet. Er hat mich oben auf der Galerie stehen sehen, hat sich aufgerappelt und auf mich gezielt. In diesem Augenblick wusste ich, dass ich gleich sterben würde. Ich habe mich auf den Boden geworfen und bin hinter dem Geländer in Deckung gegangen. Er hat abgedrückt und geschossen, bis das Magazin leer war.«

Ihre Mutter presste sich eine Hand auf den Mund, um einen bestürzten Aufschrei zu unterdrücken.

»Wie durch ein Wunder hat er nicht getroffen«, fuhr Berry

fort. »Als er merkte, dass er keine Patronen mehr hat, ist er aufgestanden und hat geschrien: ›Ich werde dich umbringen. Du musst sterben.‹ Wieder und wieder. Dann hat er kehrtgemacht und ist hinausgetaumelt.«

»Er hat also nicht nachgeladen?«, hakte Nyland nach einer kurzen Pause nach.

»Nein.«

»Stattdessen ist er geflüchtet, aber erst, nachdem er geschworen hatte, Sie zu töten.«

»Genau.«

»Was Berrys Aussage von gestern Abend entspricht«, schaltete sich der Anwalt ein.

»Ja, weiß ich.« Er musterte Berry. Sie sah, wie die Rädchen hinter seiner Stirn ratterten. »Lofland war außer Gefecht gesetzt, das heißt, Sie waren allein und schutzlos.«

»Ja.«

»Starks hatte Sie in der Badewanne angetroffen, wo er Sie aus nächster Nähe hätte erschießen können. Stattdessen hat er kehrtgemacht und ist davongelaufen. Und Sie sind ihm gefolgt, immer noch ohne die Möglichkeit, sich zu verteidigen. Richtig?«

»Richtig.«

»Zu diesem Zeitpunkt hatten Sie Ihre Pistole noch nicht bei sich.«

»Nein.«

»Starks hat das gesamte Magazin aus einem ziemlich ungünstigen Winkel und einer Entfernung von … keine Ahnung, zehn Metern? … auf Sie abgefeuert.«

»Kann sein. Ich weiß es nicht.«

Der Sheriff beugte sich vor. »Worauf wollen Sie hinaus, Ski?«

Ski musterte seinen Vorgesetzten. »Wenn Starks so fest

entschlossen war, sie zu töten, und die ganze Zeit heruntergebetet hat, er müsse sie umbringen, sie müsse sterben und all das, wieso hat er sie dann nicht gleich in der Badewanne erledigt? Wieso sollte er ihr drohen und dann davonlaufen, wo er sie doch gleich an Ort und Stelle hätte abknallen können? Das will mir nicht ganz einleuchten.«

»Manchmal tun Menschen eben verrückte Dinge«, sagte der Sheriff. »Im letzten Moment hat er gekniffen. Vielleicht hatte er auch eine göttliche Eingebung. Wer kann das schon sagen? Als es hart auf hart kam, konnte er eben nur noch drohen, sie umzubringen, aber es nicht in die Tat umsetzen.«

»Möglich«, sagte der Deputy, wenig überzeugt.

»Ich kann nur wiedergeben, was passiert ist, Deputy Nyland«, sagte Berry. »Orens Verhalten erklären kann ich nicht. Ich habe keine Ahnung, wieso er die Gelegenheit nicht beim Schopf gepackt und mich erschossen hat. Aber ich bin jedenfalls heilfroh, dass er es nicht getan hat.«

»Das versteht sich wohl von selbst«, murmelte er.

»Bitte fahren Sie fort, Berry«, drängte der Sheriff. »Was ist als Nächstes passiert?«

»Als Oren weg war, bin ich ins Zimmer zurückgelaufen und habe vom Festnetzanschluss aus den Notruf gewählt. Ich hatte kein Auto gehört, deshalb war ich nicht sicher, ob Oren auch wirklich weg ist. Aus Angst, er könnte noch mal wiederkommen, habe ich die Pistole aus der Nachttischschublade genommen. Ich hatte sie an dem Tag reingelegt, als ich eingezogen bin.«

»Auch nachdem sie aus Houston weg war, hatte sie Angst um ihre Sicherheit«, erklärte der Anwalt. »Die Pistole war eine reine Sicherheitsmaßnahme, Tom. Sie ist auf Berry eingetragen, und sie hat einen gültigen Waffenschein.«

»Ich glaube Ihnen, Harry«, erklärte der Sheriff leicht ungeduldig. »Meine Frau hat auch immer eine .22er in der Nachttischschublade liegen, die sie nur rausnimmt, wenn unsere Enkel zu Besuch kommen.« Er wandte sich wieder Berry zu.

»Mehr kann ich nicht dazu sagen«, erklärte sie. »Danach bin ich bei Ben geblieben, bis der Krankenwagen kam.«

Der Sheriff ließ den Atem entweichen. »Wir können von Glück sagen, dass Sie heute noch bei uns sind.«

Caroline stimmte ihm mit ernster Miene zu.

»Was gibt es Neues von Ben Lofland? Wie ist sein Zustand?«, fragte der Sheriff.

»Den Umständen entsprechend«, antwortete Nyland. »Er wurde operiert. Im Augenblick ist seine Frau bei ihm.«

Berry wusste, dass die letzte Bemerkung darauf abzielte, sie in Verlegenheit zu bringen. Sie warf ihm einen vernichtenden Blick zu, doch er hatte sich an den Sheriff gewandt und bemerkte es nicht. »Die Polizei von Houston und das Sheriff's Department von Harris County unterstützen uns bei der Fahndung nach Stark.«

»Ist der Haftbefehl schon ausgestellt?«

»Den habe ich bei mir«, antwortete Nyland und tätschelte seine Brusttasche. »Ich habe ihn auf dem Weg hierher im Büro des Staatsanwalts abgeholt.« Er warf Berry einen Blick zu. »Deshalb war ich so spät dran.«

»Wurde Starks früher schon mal verhaftet?«

Nyland sah wieder den Sheriff an und schüttelte den Kopf. »Nein. Der Typ ist sauber wie ein frisch gewaschenes Laken. Nicht mal ein offener Strafzettel. Bei sich zu Hause ist er nicht, allerdings steht sein Wagen in der Garage.«

»Wahrscheinlich ist er mit einem Mietwagen unterwegs«, warf Berry ein.

»Uns liegen keinerlei derartige Hinweise vor.«

»Dann hat er vielleicht einen gestohlen«, sagte sie gereizt.

»Oder sich einen geborgt. Oder ist auf Rollerblades hergekommen, was weiß ich. Fest steht nur, dass er viel zu clever ist, um mit seinem eigenen Wagen hier aufzukreuzen, wenn er vorhatte, mich umzubringen.«

Caroline meldete sich zu Wort. »Deputy Nyland, vielleicht wären wir alle ja ein wenig beruhigter, wenn Sie uns schildern würden, was Sie im Augenblick unternehmen, um ihn zu schnappen.«

Er musterte sie mit kühlem Blick. »Ja, Ma'am. Während ich Ms Malone gestern Abend befragt habe, wurden die Sheriffs der umliegenden Bezirke informiert, die unverzüglich ihre eigenen Leute auf die Suche angesetzt haben. Aber Merritt County hat eine Fläche von knapp zweieinhalbtausend Quadratkilometern, von denen ein großer Teil unbebaut ist. Unsere Abteilung besteht gerade mal aus zwölf Leuten, einschließlich dem Gerichtsdiener, dem Gefängniswärter und einer pensionierten Lehrerin, die dreimal pro Woche herkommt, um uns beim Papierkram zu helfen.«

»Er hat recht«, bestätigte der Sheriff. »Und die benachbarten Bezirke sind ähnlich, was Größe und Beschaffenheit angeht, und die haben sogar noch weniger Personal als wir.«

»Was wir damit sagen wollen«, ergriff Nyland wieder das Wort, »ist, dass es in diesem Teil von Texas massenhaft Verstecke und nur wenige Leute gibt, die ihn aufstöbern könnten.«

Berry war sicher, dass ihre Mutter keineswegs Deputy Nylands Kompetenz hatte infrage stellen wollen, weit gefehlt. Doch wie es aussah, reagierte Nyland ziemlich empfindlich auf jede Form von Kritik.

Einen Moment lang herrschte Stille im Raum. »Ich bin ziemlich sicher, dass Oren sich beim Sturz die Treppe hinunter den Fuß verstaucht hat. Er ist praktisch auf einem Bein zur Tür hinausgehüpft.«

»Sicherlich haben Sie bereits alle medizinischen Einrichtungen in der Gegend abgeklappert.« Der Sheriff warf Deputy Nyland einen fragenden Blick zu.

»Ja, gleich gestern Abend, und im Augenblick geht die Befragung weiter.«

»Das Department of Public Safety?«

»Ich habe gestern Abend noch sämtliche Behörden informiert – das DPS, die Texas Rangers, die städtischen Polizeidezernate. An alle ist eine Personenbeschreibung von Starks rausgegangen, aber leider wissen wir nicht, mit welchem Fahrzeug er unterwegs ist.«

»Das tut mir leid«, warf Berry ein. »Vielleicht hätte ich Oren nachlaufen sollen, als er aus dem Haus geflüchtet ist. Aber da wusste ich noch nicht, ob Ben noch lebt oder tot ist. Ich wollte zuerst Hilfe holen.«

»Verständlich«, sagte der Sheriff.

Nyland wandte sich an Berry. »Haben Sie zufällig ein Foto von ihm?«

»Von Oren? Nein.«

»Wir haben sein Haus durchsucht, aber auch dort sind wir nicht fündig geworden.«

»Kein einziges Foto von ihm? Ziemlich merkwürdig, finden Sie nicht auch?«, fragte Caroline in die Runde.

»Der ganze Fall ist merkwürdig«, sagte der Deputy halb laut. »Ich werde die Kollegen aus Houston bitten, in dieser Marketingfirma vorbeizufahren und sich ein Foto von Starks aus der Personalakte geben zu lassen, das wir in Umlauf geben können.« Er stand auf. »Tut mir leid, aber ich muss mich wieder auf den Weg machen. Sir, Sie wissen ja, wie Sie mich erreichen.«

»Ich will, dass Sie mich auf dem Laufenden halten, Ski. Und rufen Sie mich gleich auf dem Handy an, nicht erst über die normale Büroleitung.«

»In Ordnung, Sir.« Er nickte in Carlisles Richtung. »Mr Carlisle«, sagte er und tippte sich vor Berry und Caroline an den imaginären Hut. »Ladys.«

Dann verschwand er. Kaum hatte sich die Tür hinter ihm geschlossen, sagte Sheriff Drummond: »Skis Manieren könnten ein bisschen Schliff vertragen, aber einen besseren Mann für die Jagd auf einen Verbrecher gibt es wohl nicht. Er ist ...«

Ein leises Piepsen ertönte. »Bitte entschuldigen Sie mich, Tom.« Caroline zog ihr Handy aus der Tasche und sprang auf, als sie die Nummer auf dem Display sah. »Ich warte schon die ganze Zeit auf diesen Anruf, deshalb sollte ich rangehen.«

Ohne eine weitere Erklärung verließ sie das Büro. Verblüfft über die ungewohnte Unhöflichkeit, starrte Berry ihrer Mutter nach.

»Muss wichtig sein«, bemerkte der Sheriff.

»Muss es wohl«, echote Berry.

3

Dodge stieß einen wütenden Fluch aus. Wer zum Teufel hatte Finger, die zierlich genug waren, um auf den Touchscreen-Tastaturen dieser modernen Handys eine Nachricht zu tippen? »Diese beschissenen Computerfuzzis«, knurrte er.

Natürlich hätte es die Angelegenheit erheblich vereinfacht, wenn er nicht gleichzeitig am Steuer eines Wagens gesessen wäre, an den er nicht gewöhnt war, und sich eine Zigarette anzuzünden versucht hätte.

Schließlich gab er es auf, die Nachricht ohne Tippfehler hinzukriegen, und schickte sie ab. Das Wichtigste war doch, dass Caroline sie bekam und erfuhr, dass er sich auf dem Weg nach Merritt befand.

Er konnte es immer noch nicht fassen, dass sie nach über dreißig Jahren Kontakt zu ihm aufgenommen hatte. Sie hatte ihn um Hilfe angefleht, wenn auch nicht für sich selbst, sondern für Berry. *Ich bitte dich nicht, mir zu helfen, Dodge,* hatte sie gesagt.

Prima, hatte er erwidert. Denn hätte sie ihn gebeten, ihr einen Gefallen zu tun, hätte er sofort aufgelegt. Ganz bestimmt. Wahrscheinlich. Vielleicht.

Aber Caroline war viel zu schlau, um es auf diese Tour bei ihm zu versuchen. Stattdessen hatte sie angerufen, weil es um das Wohl ihres Kindes ging. Folglich würde er wie der letzte Dreckskerl dastehen, wenn er ihr nicht half, oder?

Derek und Julie sahen es jedenfalls so und hatten aus ihrer

Meinung keinen Hehl gemacht. Sie hatten darauf bestanden, ihn zum Flughafen zu bringen, und ihn kurzerhand in ihren Wagen verfrachtet. Sie waren ihm nicht von der Seite gewichen, als er das Ticket gekauft hatte, und hatten ihn bis zur Sicherheitskontrolle begleitet – aus Skepsis, er könnte vielleicht im letzten Moment nicht in die Maschine steigen.

Er könnte am Flughafen von Houston immer noch kehrtmachen und wieder zurück nach Georgia fliegen, hatte er sich den ganzen Flug über gesagt. Oder irgendwo anders hin. Mexiko klang doch ganz gut. Tequila und hübsche Mädchen mit großen braunen Augen. Oder auf eine Insel in der Karibik. Auswahl gab es schließlich massenhaft. Irgendwohin, wo die Mädchen String-Bikinis in denselben Pastellfarben wie die Drinks trugen, die einem direkt ins Blut gingen. Ja genau – Sonne, Strand und sich anständig die Kante geben, das klang nach einer Spitzenidee.

Stattdessen rief er sofort nach der Landung Caroline an, noch bevor die Maschine zum Gate gerollt war.

Als sie abhob, klang sie ein wenig atemlos – vor Erleichterung? –, meinte jedoch, sie könne im Moment schlecht reden. Sie versprach ihm, ihm die Wegbeschreibung zu ihrem Treffpunkt per SMS zu schicken. Was sie auch tat. Mit der Bitte, sich zu melden, sobald er im Mietwagen sitze und losgefahren sei.

Er hatte gehorcht. Und nun trennte ihn lediglich eine neunzigminütige Fahrt von ihrem Wiedersehen nach dreißig Jahren.

Allein bei der Vorstellung überkam ihn ein Gefühl der Erregung und der Vorfreude, was ihn stinkwütend machte. Er würde gleich von Anfang an klarstellen müssen, dass er sich unter keinen Umständen in einen Schlamassel hineinziehen lassen würde, den er nicht selbst zu verantworten hatte.

Stattdessen sei er lediglich gekommen, um sich anzuhören, was vorgefallen war, ein paar gute Ratschläge zu erteilen und wieder nach Hause zu fliegen. Sollte er feststellen, dass sie blinden Alarm geschlagen hatte, würde er ihr erklären, sie solle sich zum Teufel scheren und sehen, wie sie alleine klarkam. Schließlich hatte sie es doch nicht anders gewollt. War es nicht so?

Genau das hätte er ihr bereits gestern sagen sollen, als sie angerufen hatte. Er hätte auflegen, seine Zigarette zu Ende rauchen und weiterschlafen sollen.

Stattdessen war er aufgestanden, hatte geduscht und sich angezogen. Er hatte sogar ein paar Sachen gepackt, für den unwahrscheinlichen Fall, dass er jede Vernunft über Bord werfen und ihrer Bitte Folge leisten sollte.

Während er darauf gewartet hatte, dass die Dämmerung anbrach und er sich auf den Weg zu Derek machen konnte – in der Hoffnung, dass er ihm seine Bitte abschlagen würde –, hatte er auf dem Doppelbett in seiner schäbigen Bude gesessen, ins einsame Dunkel gestarrt und sich ein weiteres Mal gefragt, ob er ihren Anruf nur geträumt hatte.

Denn er hatte bereits eine halbe Ewigkeit nicht mehr von Caroline geträumt, bestimmt … drei oder vier Nächte nicht.

Er war noch nie in Merritt gewesen, ja, er war noch nicht einmal sicher, jemals von diesem Kaff gehört zu haben. Er verließ Houston auf der nördlichen Interstate, bog auf einen vierspurigen Highway und fuhr siebzig Meilen in östliche Richtung, bis er zu einem zweispurigen Highway kam, der sich pfeilgerade durch einen dichten Pinienwald nach Osten schnitt.

Die Landschaft war wunderschön – ein herrliches Waldgebiet, obwohl die Leute mit Texas meist nur topfebene Ödnis, Steppenläufer und die Silhouetten von Ölfördertürmen vor einem scheinbar endlosen Horizont assoziierten. Im östlichen Teil des Bundesstaats gab es durchaus massenhaft Ölraffinerien, nur waren sie durch die dichten Wälder verdeckt. In diesem Teil von Texas wirkte der Himmel irgendwie näher, weniger endlos.

Zwanzig Meilen vor Merritt tauchten die ersten Werbeschilder von Geschäften für Anglerzubehör und Tierpräparationswerkstätten, für öffentliche Anlegestellen, Wohnanlagen am See, Hüttenvermietungen und Campingplätze auf. Eine Meile weiter fiel sein Blick auf das rosa-weiß gestrichene Schild von Mabel's Teestube. Sein Magen krampfte sich zusammen.

Mabel's Teestube, am Ortseingang links, direkt nach dem Schild mit der Geschwindigkeitsbeschränkung. 14:30 Uhr, hatte Caroline auf seine SMS geantwortet.

Er warf einen Blick auf die Uhr am Armaturenbrett und sah, dass er es gerade noch rechtzeitig schaffen würde. Er hatte darauf gehofft, ein paar Minuten früher dort zu sein, damit er Gelegenheit hatte, einen Blick auf sie zu werfen, bevor sie ihn sah.

Dreißig Jahre konnten so einiges mit einem Menschen anstellen. Er fragte sich, wie Caroline dem Zahn der Zeit widerstanden hatte. Vielleicht war ihr Haar ja inzwischen grau, und sie könnte fett, faltig und schlaff geworden sein. Falls ja, hätte er sich im Vergleich dazu sogar halbwegs gut gehalten.

Doch er fürchtete, dass sein Lebensstil während der letzten dreißig Jahre nicht spurlos an ihm vorübergegangen war. Sie würde die Furchen sehen, die all seine Laster und die konsequente Missachtung seiner Gesundheit in seine Züge gegraben hatten.

Zu spät, sich jetzt deswegen noch einen Kopf zu machen, dachte er. Der Schaden war angerichtet, und er war hier.

An den Fenstern von Mabel's Teestube hingen Spitzenvorhänge, und der Eingang wurde von zwei weißen, mit Geranien bepflanzten Holzkästen flankiert. Er fragte sich, welches der drei Autos vor dem Haus wohl Caroline gehörte.

Er war heilfroh, dass er sich am Flughafen die Zeit genommen hatte, seine Schuhe auf Hochglanz polieren zu lassen. Vielleicht hätte er noch zum Friseur gehen und sich eine professionelle Rasur gönnen sollen, aber dann hätte er es nicht geschafft, rechtzeitig hier zu sein.

Er sehnte sich nach einer Zigarette. Ein einziger Zug würde ihm vielleicht über die nächsten Sekunden hinweghelfen, aber…

Er öffnete die Tür und trat ein. Ein Glöckchen läutete – so laut und pompös wie Big Ben. Mabel's Teestube bestand aus einem einzelnen Raum mit mehreren Tischen, von denen drei besetzt waren; an einem von ihnen saß Caroline.

Bei ihrem Anblick geriet sein Herz, dieser elende Verräter, ins Stocken und drohte seinen Dienst zu versagen. Gütiger Himmel, wie schön sie war. So unfassbar, wahnsinnig, atemberaubend schön wie damals, als er sie das letzte Mal gesehen hatte.

Er war das einzige männliche Wesen in diesem Laden und fühlte sich beim Durchqueren des Raums so leichtfüßig und unauffällig wie ein pelziges Mammut. Als er näher kam, stand sie auf und streckte ihm die rechte Hand hin.

Tja, damit war zumindest eine Frage geklärt: Es würde keine Umarmung geben. Nicht mal eine im Sinne von »Meine Güte, wir haben uns ja eine Ewigkeit nicht mehr gesehen«.

»Danke, dass du gekommen bist, Dodge.«

Zwar hatte er ihre Stimme am Vorabend nicht auf Anhieb

erkannt, was wahrscheinlich daran lag, dass sie so ziemlich die letzte Person auf Gottes Erden war, mit deren Anruf er gerechnet hatte, doch die Zeit hatte ihr definitiv nichts anhaben können. Dennoch glaubte er ein leises Zittern in ihren Worten wahrzunehmen, als mache sie das Wiedersehen ebenso nervös wie ihn.

»Ich hatte schon Angst, du kommst nicht«, gestand sie.

»Ich war drauf und dran.«

Sie schüttelte seine Hand einmal kräftig, ehe sie sie abrupt losließ und sich wieder setzte. Er zog den Stuhl gegenüber von ihr heran und nahm Platz. Einen Moment lang musterten sie einander wortlos.

Ihr Haar war heller, als er es in Erinnerung hatte. Vielleicht ließ sie sich ja blonde Strähnen färben, um das Grau zu überdecken. Egal. Ihm gefiel es jedenfalls. Es hatte noch immer diese satte zimtbraune Farbe, die er an keinem anderen Menschen außer ihr je gesehen hatte.

Und sherryfarbene Augen. Einmal hatte er sich zu einem Anfall poetischer Schwärmerei – zumindest für seine Begriffe – über ihre Haar- und Augenfarbe hinreißen lassen, doch sie hatte ihn nur ausgelacht. *Zimt und Sherry? Das hast du wohl in einem Kochbuch gelesen.* Und er hatte erwidert: *Kann sein, denn du siehst definitiv zum Anbeißen aus.*

Er ging jede Wette ein, dass er ihre Taille noch immer mühelos mit zwei Händen umfassen könnte. Sie wirkte leicht wie eine Feder. Bei genauerer Betrachtung bemerkte er ein paar feine Linien um ihre Augen und registrierte, dass ihre Haut am Kiefer ein klein wenig an Straffheit verloren hatte, doch ihr Teint war noch immer makellos und herrlich weich wie früher. Allein sie anzusehen, schmerzte ihn.

Er wusste, dass diese eingehende Musterung für sie ebenso schmerzlich war wie für ihn: für ihn, weil er Mühe hatte, ihren Anblick schnell genug in sich aufzusaugen; für sie, weil sie ihm die zerstörerische Wirkung des Lebens ablesen konnte, das er seit ihrer letzten Begegnung geführt hatte.

Sie räusperte sich. »Wie war die Fahrt?«

»Gut.«

»Viel Verkehr?«

»Es ging.«

»Hast du gleich hergefunden?«

»Ja, ja.« Er versuchte zu lächeln, doch seine Lippen wollten ihm nicht gehorchen.

»Herzlich willkommen im Mabel's. Was darf ich Ihnen bringen?«

Dodge hatte gar nicht mitbekommen, dass die Kellnerin an ihren Tisch getreten war. Hilfesuchend sah er Caroline an. »Ich nehme einen Darjeeling, bitte«, sagte sie.

Er hatte keine Ahnung, was zum Teufel das sein sollte. Schließlich zwang er seine Lippen, sich in Bewegung zu setzen, und fragte, ob sie eine gewöhnliche Cola hätten. Die Kellnerin bejahte.

»Möchten Sie vielleicht etwas essen? Unsere Aprikosenscones sind die Kalorien definitiv wert.«

»Für mich nicht«, sagte Caroline.

»Für mich auch nichts, danke.«

Die Kellnerin verschwand. Dodge hatte noch nicht einmal mitbekommen, wie sie aussah – ob sie jung oder alt war, groß oder klein, schlank oder dick, ob sie enttäuscht war, weil ihre Gäste kein Interesse an den wunderbaren Aprikosenscones gezeigt hatten, oder ob es ihr schnurzegal war und sie sich ohnehin nichts anderes wünschte, als dass ihre Schicht möglichst bald zu Ende war und sie hier rauskam. Er befand sich in einer Art Vakuum.

Offenbar entging Caroline sein Unbehagen nicht. »Ich

habe mich für dieses Café entschieden, weil ich sonst nie hierherkomme. Ich kenne ziemlich viele Leute in der Stadt und wollte nicht, dass wir bei unserem ersten Wiedersehen ständig gestört werden. Die Menschen hier sind sehr nett und kommunikativ.«

Ihm lag auf der Zunge, sie zu fragen, was gegen ein Treffen bei ihr zu Hause sprach, doch er kannte die Antwort bereits: Sie bevorzugte einen Ort in der Öffentlichkeit, an dem das Risiko, dass es zu einer Szene kam, nicht so groß war.

»Es ist wunderbar. Nur fürchterlich …« Er sah sich um. »… rüschig.«

Sie lächelte. Augenblicklich entspannte er sich ein wenig.

»Ich weiß gar nicht, wo ich anfangen soll«, sagte sie. »Ich habe keine Ahnung, wie du in Atlanta so lebst.«

»Was willst du denn wissen?«

»Wieso wohnst du ausgerechnet dort?«

»Weil mir genau da das Benzin ausging. Ich fand die Stadt genauso gut wie jede andere.«

»Du bist zur Polizei gegangen?«

»Ja. Ich habe für den Sheriff von Fulton County gearbeitet. Die hatten gerade eine Stelle frei. Ich habe dort als Ermittler angefangen. Anständiger Job. Anständige Bezahlung. Ich bin fünfundzwanzig Jahre dabeigeblieben. Aber die Stadt wurde immer größer, vor allem die Selbstgefälligkeit und das Ego der Leute. Mit der Zeit wurde es ziemlich bürokratisch, und ich war es leid, mich an all die Vorschriften und Regeln halten zu müssen. Irgendwann habe ich einen Fall gelöst und musste vor Gericht aussagen. Dort habe ich Derek Mitchell kennengelernt. Er war Strafverteidiger und hat mich ins Kreuzverhör genommen. Wir standen zwar nicht auf derselben Seite, waren aber trotzdem sehr beeindruckt voneinander. Nach dem Prozess hat er mich gefragt, ob ich nicht Lust hätte, für seine Kanzlei als Ermittler zu arbeiten.«

»Und dort ging es weniger bürokratisch zu?«

Er zuckte mit den Schultern. »Bisher läuft es ganz gut.«

»Das war ziemlich großzügig von Mr Mitchell, dich so kurzfristig zu entbehren.«

»Als Boss ist er echt okay.«

Sie verlagerte das Gewicht auf ihrem Stuhl und strich mit gesenktem Kopf sorgfältig ihre Serviette auf dem Tisch glatt, ohne Dodge anzusehen. »Hast du Familie?«

»Nein.«

Sie hob den Kopf und blickte ihn über den Tisch hinweg an. »Du hast nie geheiratet?«

Er brach in schallendes Gelächter aus. »Schön wär's.«

Sie schien drauf und dran zu sein, ihrer angeborenen Neugier nachzugeben und ihn auf den Kopf zu nach seinem Familienstand zu fragen, verkniff es sich jedoch. Sehr klug, dachte er.

»Du weißt ja auch erst seit gestern Abend, dass ich Witwe bin«, sagte sie stattdessen.

»Stimmt.«

»Ich arbeite immer noch als Immobilienmaklerin. Wusstest du das?«

»Ich dachte es mir.«

»Ich dachte, du hättest vielleicht … na ja, wenn man seine Brötchen als Ermittler verdient … ich dachte, du hättest …«

»All die Jahre über verfolgt, was du so machst?«

»Ja, wenn ich ehrlich sein soll.«

»Wenn ich ehrlich sein soll, habe ich das auch getan. Eine Zeit lang. Aber irgendwann habe ich damit aufgehört.«

»Weil du das Interesse verloren hast?«

»Weil ich die Hoffnung verloren habe.«

Selbst in seinen eigenen Ohren klang die Erwiderung erbärmlich. »Rauchen darf man hier drin wohl nicht, oder?«, fragte er knurrend.

Sie wich zurück. »Du *rauchst*?«

Er lachte. »Eigentlich rauche ich nicht, ich inhaliere das Zeug. Mir dauert es zu lange, bis das Nikotin in den Blutkreislauf gelangt.«

»Wann hast du damit angefangen?«

»Vor dreißig Jahren.«

Die zeitliche Deckungsgleichheit entging Caroline nicht. Sie sah ihm sekundenlang in die Augen. »Du solltest damit aufhören.«

»Weshalb?«

Sie blickten einander an, bis die Kellnerin mit dem Tee und der Cola zurückkehrte, die in einer der antiquiert anmutenden Flaschen und mit einem hohen Glas voll Eis auf einem kleinen Porzellantablett mit einem weißen Papieruntersetzer serviert wurde. In Merritt, Texas, gab es offenbar keine gewöhnlichen Getränkedosen, was? Er traute sich nicht, das Glas anzufassen, aus Angst, er könnte etwas kaputt machen.

Caroline dankte der Kellnerin, gab Zucker in ihre Tasse und goss den dampfenden Tee aus dem Kännchen mit rosa Blumenmuster. »Er ist zu dünn. Ich habe ihn nicht lange genug ziehen lassen«, bemerkte sie.

Okay, genug mit dem Unsinn, dachte er. »Na schön, willst du mir nun endlich verraten, was hier los ist?«

Sie legte ihren Teelöffel auf den Untersetzer, wobei sie gegen die Tasse stieß, als zittere ihre Hand ein wenig. Wieder blickte sie ihn an. »Gestern Abend wurde in meinem Haus ein Mann angeschossen und schwer verletzt. Berry war auch dabei.«

Dodge schlug die Hand vor den Mund und lauschte wortlos, während Caroline die nächste Viertelstunde schilderte, was vorgefallen war. Sie hielt lediglich inne, um die Wichtigkeit eines Punkts hervorzuheben oder sich einen Moment lang zu sammeln. Er hätte problemlos auf seinem Stuhl sitzen, sie ansehen und ihr zuhören können, bis seine Laster ihren Tribut forderten und sein Herz endgültig seinen Dienst versagte.

Irgendwann kam sie zum Ende und holte tief Luft. »Heute Mittag hatten wir eine Unterredung im Büro des Sheriffs«, sagte sie. »Tom Drummond. Ein sehr netter Mann. Wir kennen uns. Er ist schon seit einer halben Ewigkeit im Amt. Berry hat ihm genau erzählt, was gestern Abend vorgefallen ist, allerdings glaube ich eher, dass er mir mit diesem Gespräch einen Gefallen tun wollte. Toms Arbeit ist hauptsächlich administrativer Natur, für die eigentlichen Ermittlungen ist Deputy Nyland zuständig.«

»War bei dem Gespräch ein Anwalt anwesend?«

»Sowohl gestern Abend als auch heute Mittag.«

»Gut.«

»Eigentlich war es gar nicht notwendig. Berry steht nicht unter Verdacht. Ihre Aussage heute hat sich auch nicht von dem unterschieden, was sie Deputy Nyland gestern schon erzählt hat.«

»Und glauben die ihr?«

Sie sah ihn verblüfft an. »Weshalb sollten sie es nicht tun?«

»Tun sie's?«

»Sieht ganz so aus.«

Dodge sagte nichts darauf. »Und wie ist der derzeitige Stand der Dinge?«, fragte er.

»Offiziell wird nach Oren Starks gefahndet, um ihn zu befragen, inoffiziell hat Deputy Nyland aber schon einen Haftbefehl in der Tasche. Sobald er mir grünes Licht gibt, kommt eine Reinigungsfirma, um das Chaos im Haus zu beseitigen. Eigentlich müssten sie schon da sein. Ich wollte, dass Berry die Zimmer erst wieder betritt, wenn alles so ist wie vorher. Deshalb sind wir nach dem Gespräch mit dem Sheriff in den Country Club gefahren und haben dort zu Mittag gegessen. Anschließend habe ich sie ins Krankenhaus gebracht, weil sie nach ihrem Freund sehen wollte. Und dann bin ich hierhergekommen.«

Sie nippte an ihrem Tee, von dem mittlerweile kein Dampf mehr aufstieg. Er betrachtete ihre anmutigen Hände, die Art und Weise, wie sie die hauchzarte Tasse umfassten. Ihre Finger waren beinahe ebenso fragil wie das Porzellan selbst. »Das ist der momentane Stand der Dinge.«

Dodge wartete einige Sekunden. »Weiß sie, dass ich hier bin?«

Caroline schüttelte den Kopf.

»Weiß sie, dass du mich angerufen hast?«

Wieder Kopfschütteln.

Es gab so viele Fragen, die unausgesprochen zwischen ihnen hingen. Und für den Moment war es wohl klüger, es dabei zu belassen. »Dieser Deputy. Nyland, richtig? Der ist doch hoffentlich nicht zu dumm zum Kacken?«

Sie lächelte. »Du hast immer noch eine ziemlich blumige Ausdrucksweise, wie ich sehe.«

»Manche Dinge ändern sich eben nie«, bemerkte er, worauf sie in Gelächter ausbrach. Musik in seinen Ohren. Dann wurde ihre Miene wieder ernst. Er bemerkte, dass sich an der Art, wie sie beim Nachdenken die Stirn in Falten legte, nichts geändert hatte, nur die Linien gruben sich ein wenig tiefer in ihre Haut ein.

»Tom schwärmt in den höchsten Tönen von ihm. Nyland genießt sein volles Vertrauen.«

»Das sollte er auch. Schließlich ist er sein Stellvertreter.«

»Nach allem, was ich bisher von ihm gesehen habe, scheint er genau zu wissen, was er tut.«

»Wie ist er so?«

»Charakterlich, meinst du? Sehr ernst und geschäftsmäßig. Wachsam. Kein Mann vieler Worte. Manchmal sogar regelrecht brüsk.«

»Ich kenne jede Menge zugeknöpfter, ultrakorrekter Cops, die keinen einzigen Fall gelöst oder einen Flüchtigen geschnappt haben«, knurrte Dodge. »Also noch mal.«

»Ich kann seine Kompetenz nicht einschätzen, Dodge«, erwiderte Caroline mit einem Anflug von Ungeduld in der Stimme. »Das ist einer der Gründe, weshalb ich dich angerufen habe.«

Es wäre interessant zu erfahren, welches die anderen Gründe gewesen waren, doch diese Frage hob er sich für später auf. *Falls* es ein »Später« geben sollte, was noch keineswegs auf der Hand lag. Nach allem, was er bisher gehört hatte, war das Ganze ein Kinderspiel: eine Kugel, viel Blut, aber bei Weitem nicht die alles erschütternde Riesenkatastrophe, auf die er sich eingestellt hatte, als er in Atlanta aufgebrochen war.

»Und dieser Irre, dieser Starks?«, fragte er. »Was weißt du über ihn?«

»Nur das, was Berry mir erzählt hat.«

»Das reicht mir nicht, Caroline. Ich brauche mehr. Ich muss wissen, was sie dir nicht erzählt hat und vielleicht sogar nicht einmal selber weiß.«

»Das dachte ich mir schon. Ich kann dir sagen, dass er sie seit Monaten belästigt. Sie wusste einfach nicht mehr weiter, deshalb habe ich sie überredet, Houston über den Sommer zu verlassen. Sie war einverstanden, aber es fiel ihr nicht gerade leicht.«

»Inwiefern?«

»Sie ist sehr zielstrebig und ehrgeizig. Sie hat zwar genauso viel gearbeitet wie sonst, aber natürlich ist es nicht dasselbe, wie wenn sie jeden Tag in ihrem Büro in Houston wäre. Das weiß ich, weil ich es selber ausprobiert habe. Die Arbeit von einem externen Büro aus bringt automatisch Probleme mit sich. Sie hat zwar nicht mit mir darüber geredet, aber mir entgeht nicht, wenn ihr etwas Bauchschmerzen bereitet …«

»Steht ihr euch sehr nahe?«

»Ja, Dodge«, antwortete Caroline ernst. »Sehr.«

Die Erkenntnis, wie wichtig die beiden füreinander gewesen waren und wie wenig sie ihn gebraucht hatten, fühlte sich an wie ein Messer, das sich mitten durch sein Herz schnitt. Andererseits hatte er nie etwas getan, das ihn unentbehrlich für sie gemacht hätte, oder? Dass er keinerlei Bedeutung für ihr Leben besaß, hatte durchaus seine Gründe.

Schuld war wie ein Parasit, der einen von innen heraus bei lebendigem Leib zerfraß, wenn man sich nicht dagegen wehrte. Deshalb schob er die selbstzerstörerischen Gedanken beiseite und konzentrierte sich auf das, was Caroline ihm über die Tochter sagen konnte, die er nicht kannte.

»Oren Starks hat ihr das Leben zur Hölle gemacht, sonst wäre sie nie im Leben nach Merritt gezogen, nicht einmal vorübergehend. Sie wäre in Houston geblieben und hätte bei Delray ihre Arbeit gemacht. Dieser Job ist ihr Leben. Letztes Jahr wurde jemand befördert und bekam die Stelle, auf die sie sich Hoffnungen gemacht hatte. Sie war am Boden zerstört. Aber sie hat aus ihrer Enttäuschung neue Motivation geschöpft, damit sie diejenige ist, die beim nächsten Mal den Zuschlag bekommt. Dafür kann man sie nur bewundern. Ihre Karriere bei Delray ist ihr Ein und Alles.«

Carolines Miene wurde noch besorgter. »Sie hätte sich niemals in dieses Exil begeben, wenn sie eine andere Möglichkeit gesehen hätte. Was dir einen Eindruck davon geben sollte, wie groß ihre Angst vor diesem Mann am Ende war. Du hast ihn vorhin als Irren bezeichnet, aber ich glaube, er ist noch viel gefährlicher, Dodge. Ich glaube, genau das befürchtet Berry auch. Und dieser Auftritt von gestern Abend beweist das ganz klar.«

»Genau. Lass uns über gestern Abend reden.« Dodge überwand seine Zurückhaltung gegenüber allem, was zu Bruch gehen könnte, und schob das hauchzarte Glas beiseite, um die Cola direkt aus der Flasche zu trinken. »Vor allem über diesen Ben Lofland. Was ist mit ihm?«

»Er wird überleben.«

»Das meine ich nicht.«

Caroline spielte mit ihrem Löffel herum, sorgsam darauf bedacht, Dodge nicht in die Augen zu sehen. »Er und Berry sind Freunde.«

»Aber er ist verheiratet.«

»Glücklich, sagt Berry.« Er schwieg. Caroline hob den Kopf und sah ihn an. »Ich glaube ihr, Dodge. Sie hat mich noch nie belogen. Wenn sie sagt, die Beziehung ist rein platonisch, dann ist sie es auch.«

Er nahm einen weiteren Schluck aus der Flasche, ohne den Blick von ihrem Gesicht zu lösen. »Okay. Na schön, der Typ in Unterhosen erholt sich also von seiner Schussverletzung und lebt glücklich und zufrieden mit seiner ach so verständnisvollen Angetrauten bis zum Ende ihrer Tage. Tom, der kompetente Sheriff-Veteran und liebe Freund, und sein Deputy, der die Zähne nicht auseinanderkriegt, aber durchaus vertrauenswürdig ist, schnappen den Bösewicht und bringen ihn hinter Schloss und Riegel. Berry kehrt nach Houston ins Büro zurück. Alles ist in bester Ordnung, und das Leben geht wieder seinen geregelten Gang.« Er beugte sich vor. »Aber wieso hast du mich dann hier antanzen lassen? Du solltest schon mit etwas Handfesterem kommen, sonst bin ich ruckzuck wieder in Atlanta.«

»Was könnte handfester sein als die Tatsache, dass jemand gedroht hat, Berry umzubringen?«

»Genau das versuche ich ja die ganze Zeit aus dir herauszulocken«, stieß er leise hervor. »Die Todesdrohungen eines verstörten, wutschnaubenden Irren, der irgendwelchen Unsinn skandiert, kann man wohl kaum ernst nehmen, es sei denn, er hat ein ernst zu nehmendes Motiv, verstört zu sein, vor Wut zu schnauben und irgendwelchen Unsinn zu skandieren. Also, entweder du rückst endlich mit der Sprache heraus und sagst mir, was du mir bisher verschwiegen hast, oder ich bin weg.«

Ihre Augen glühten. »Du bist immer noch derselbe grobe Klotz wie früher, was?«

»Ja. Und ich will dich immer noch am liebsten vögeln. So wie an dem Tag, als ich dich das erste Mal gesehen habe.«

4

Houston, Texas, 1978

Dodge stellte zwei Styroporbecher mit Deckel auf den Tresen.

Die Kassiererin lächelte ihn an. »War's das?«

»Wie wär's, wenn Sie diese beiden Donuts noch gratis dazugeben?« Er deutete auf die Acrylvitrine, die morgens stets mit frischen Backwaren gefüllt war, um diese späte Uhrzeit allerdings nur noch einen glasierten Donut mit Zuckerstreuseln und einen mit Schokoladenguss enthielt.

»Nein, vergessen Sie's.«

»Aber die können Sie doch sowieso nicht mehr verkaufen. Sie sind staubtrocken. Sehen Sie die Risse im Schokoladenguss bei dem einen?«

»Als ich Ihnen das letzte Mal etwas geschenkt habe – den Eisriegel, wissen Sie noch? –, habe ich echt Ärger mit dem Boss bekommen.«

»Ach, kommen Sie schon, Doris«, säuselte Dodge. »Er ist doch nicht da.« Er zwinkerte ihr zu. »Und ich werde Sie ganz bestimmt nicht verpetzen.«

»Aber der Typ ist *Araber*«, sagte Doris halb laut. »Er könnte es als Diebstahl auslegen und mir die Hand abhacken oder so was.«

»Und wenn ich ganz lieb bitte sage?«

»Ach, pfeif drauf«, erwiderte sie und sah zur Überwachungskamera hinüber. »Aber tun Sie wenigstens so, als würden Sie dafür zahlen.«

»Sie sind die Allerbeste, Doris.«

»Und Sie sind ein elender Mistkerl. Glauben Sie bloß nicht, ich hätte vergessen, dass Sie mich zum Tanzen ausführen wollten.«

»Ich nehme auch schon Stunden«, gab er grinsend zurück.

»Ach, hauen Sie bloß ab.«

Aus dem Augenwinkel registrierte er die Scheinwerfer des Streifenwagens vor der Tür. »Ich muss los. Sie brauchen die Donuts nicht einzupacken, ich nehme sie gleich so.«

Sie legte die Donuts auf die Deckel der Kaffeebecher, und er drehte sich um und stieß vorsichtig mit dem Rücken die Tür auf. »Ich werde Sie bei Gelegenheit an unser Date erinnern«, rief sie ihm hinterher.

Jimmy Gonzales, der bei laufendem Motor hinterm Steuer wartete, griff über den Beifahrersitz hinweg und öffnete Dodge die Tür. »Mach schon, wir haben einen Einsatz.«

Dodge legte die Donuts auf die Mittelkonsole. »Ich kriege den mit Schokolade, du nimmst den mit den Zuckerstreuseln.«

»Aber du hattest doch schon letztes Mal den mit Schokolade.«

»Leck mich.« Dodge platzierte seinen Kaffeebecher in der Halterung und schnallte sich an. »Ich bin schließlich derjenige, der den Araber beklaut hat, außerdem kann es gut sein, dass ich eines Tages mein Versprechen einlösen und mit Doris tanzen gehen muss. Also, was liegt an?«, fragte er, während er den Plastikdeckel vom Becher abmachte, damit sein Partner bei der Fahrt trinken konnte. Dieser warf bereits das Blaulicht an und schoss vom Parkplatz des 7-Eleven.

»Familienstreit.«

»Scheiße!« Dodge konnte es auf den Tod nicht ausstehen, zu einem Fall von häuslicher Gewalt gerufen zu werden, weil die Täter ihren Zorn häufig auf die Polizisten übertrugen. So etwas konnte einen schlimmstenfalls sogar das Leben kosten. Er biss die Hälfte des altbackenen Donuts ab und begann zu kauen. »Wer hat angerufen?«

»Das mutmaßliche Opfer.«

»Gut. Das heißt, er hat sie nicht umgebracht.«

»Noch nicht.« Jimmy Gonzales lächelte grimmig.

Trotz seines spanisch klingenden Namens sah Gonzales wie der Inbegriff des weißen Amerikaners aus, mehr noch als Dodge. Als die beiden Männer Partner geworden waren, hatte Dodge ihn gefragt, woher sein Name käme, doch Gonzales hatte nur mit den Schultern gezuckt und geantwortet: »Keine Ahnung. Irgendwo muss da ein spanisches oder mexikanisches Gen rumgeschwommen sein.«

»Hat die Anruferin ihren Namen genannt?«, fragte Dodge weiter.

»Nein. Die Verbindung wurde unterbrochen, kaum dass sie die Adresse durchgegeben hatte. Seither hat die Einsatzleitung ein paar Mal angerufen, aber es hat niemand abgenommen. Das Haus ist gemietet.«

Gonzales war ein guter Partner, verlässlich und immer für ein Späßchen zu haben, aber er wusste auch, wann er die Klappe halten und sich auf seine Arbeit konzentrieren musste. So wie jetzt, als sie den kurzen Weg vom Lebensmittelladen zu dem hübschen Einfamilienhäuschen in der ruhigen Straße einer Mittelklasse-Wohnsiedlung zurücklegten.

Er bog in die Auffahrt und hielt an, ohne die Scheinwerfer abzuschalten. Sie meldeten ihre Ankunft in der Einsatzzentrale, stiegen aus und näherten sich vorsichtig dem Haus.

Dodges größte Sorge waren die Fenster auf der Vorderseite und die gleißend helle Außenbeleuchtung, die ihm das Gefühl gab, als seien Scheinwerfer auf Gonzales und ihn gerichtet.

Sie schafften es, ohne Schüsse oder Drohungen zur Veranda zu gelangen, was er als gutes Zeichen wertete. Vor der Haustür trat Gonzales einen Schritt zur Seite und legte eine Hand auf seine Waffe. Dodge griff nach dem Messingtürklopfer und ließ ihn mehrmals laut gegen das Holz knallen. »Polizei. Gibt es ein Problem da drin?«

Die Tür wurde unverzüglich aufgerissen, und vor ihnen stand ein Mann von Ende zwanzig. Das Hemd hing ihm aus der Hose, doch seine Kleidung wirkte teuer und exklusiv. Er war gut aussehend und glatt rasiert, obgleich sein schwarzes Haar aussah, als wäre es jüngst mit einem Gartengerät in Form gebracht worden. Er wirkte ziemlich aufgebracht und bedachte die beiden Polizisten mit einem angewiderten Blick. »Ich fasse es nicht, dass sie die Polizei angerufen hat.«

»Wo ist sie?«, knurrte Dodge.

Der Mann wies mit dem Daumen hinter sich. »Im Bad. Am Ende des Flurs rechts. Sie hat sich eingeschlossen. Könnten Sie endlich diese Scheißscheinwerfer ausschalten?«

Dodge machte sich nicht die Mühe, etwas darauf zu erwidern, sondern schob sich an dem Mann vorbei, durchquerte das hübsch eingerichtete Wohnzimmer und trat in den dunklen Korridor. Er hörte Gonzales den Mistkerl anschnauzen, dass die Scheinwerfer angeschaltet bleiben würden, ehe er ihn fragte, ob er einen Krankenwagen rufen solle. »Nein, verdammt noch mal!«, rief der Kerl. »Ich hab ihr nichts getan.«

»Vielleicht sollte ich ja trotzdem einen rufen«, meinte Gonzales.

»Ich sage Ihnen doch, es geht ihr gut.«

»Wie heißen Sie?«

»Jesus Christus.«

»Ist das jetzt ein Fluch, oder wollen Sie mich verarschen?«

Inzwischen hatte Dodge das Ende des Korridors erreicht und klopfte an die Badezimmertür. »Ma'am? Hier ist Police Officer Dodge Hanley. Würden Sie bitte die Tür aufmachen?« Er drehte am Türknauf. Es war abgeschlossen. »Ma'am? Ist alles in Ordnung mit Ihnen? Können Sie mich hören?«

Das Klicken des Schlosses ertönte, dann wurde die Tür geöffnet. Sie war zierlich und reichte ihm höchstens bis zur Schulter. Der Kerl, der sie hereingelassen hatte, war etwa so groß wie Dodge, also gut einsachtzig. Ohne die genauen Umstände zu kennen, hätte Dodge den Typ am liebsten umgebracht.

Das Deckenlicht fiel auf ihr rötliches Haar. Sie stand mit gesenktem Kopf vor ihm und hielt sich einen nassen zusammengelegten Waschlappen an die Schläfe. Sie war vollständig bekleidet, doch ihr Haar war zerzaust und ihre Sachen leicht knittrig.

»Brauchen Sie einen Krankenwagen, Ma'am?«

Sie schüttelte den Kopf, ließ die Kompresse sinken und sah ihn an.

Dodge hatte das Gefühl, als fülle sich sein Körper mit Luft und schwebe ungehindert über dem Boden, wie einer dieser Luftballons bei der Thanksgiving-Parade. Dann schienen ihre Augen die Schnur zu fassen zu bekommen und holten ihn auf die Erde zurück, doch das eigentümliche Gefühl der Losgelöstheit blieb.

»Es geht mir gut.« Ihre Augen hatten die Farbe von Sherry, und besäße gealterter Whiskey die Fähigkeit zu sprechen, hätte er ihre Stimme. »Ich hätte ja noch mal angerufen und Bescheid gesagt, dass es keinen Grund gibt, einen Streifenwagen zu schicken, aber Roger hatte mir das Telefon weggenommen, und ich hatte Angst…«

»Aus dem Bad zu kommen«, endete Dodge, als ihr die Stimme versagte.

Wieder senkte sie den Kopf und presste sich die Kompresse auf die Schläfe.

»Wie heißen Sie?«

»Caroline King.«

»Sind Sie mit dem Mann da draußen verheiratet?«

»Nein, er ist mein Freund.«

»Wem gehört das Haus hier?«

»Mir. Ich meine, ich habe es gemietet.«

»Lebt er auch hier?«

»Nein.

»Zahlt er die Miete?«

Sie hob abrupt den Kopf. Dodge sah ihr an, dass seine Andeutung sie bis ins Mark traf. »Nein. Die bezahle ich.«

Er war froh darüber. Doch er entschuldigte sich nicht dafür. Stattdessen zeigte er auf ihre Wange. »Darf ich mir das mal ansehen?« Sie ließ den Waschlappen sinken. Die Haut neben ihrem Auge war gerötet und begann bereits anzuschwellen. »Wir bringen Sie ins Krankenhaus.«

»Das ist nicht nötig. Wirklich nicht.«

»Okay, aber geben Sie wenigstens etwas Eis drauf.« Er machte einen Schritt zur Seite.

Sie trat an ihm vorbei und ging den Korridor entlang ins Wohnzimmer, wo der Täter inzwischen von Gonzales befragt wurde. Als sie hereinkam, sprang er vom Sofa auf und schrie: »Siehst du das, Caroline? Bist du jetzt glücklich, wie man mich hier vorführt?«

»Okay, Mr Campton. Bitte beruhigen Sie sich.«

»Sagen Sie mir gefälligst nicht, was ich zu tun habe.«

Campton schubste Gonzales mit beiden Händen zur Seite. »Haben Sie überhaupt eine Ahnung, wen Sie vor sich haben?«

»Allerdings.« Ehe er sich's versah, hatte Gonzales ihn an den Schultern gepackt, umgedreht und mit dem Gesicht voran aufs Sofa gedrückt. Sekunden später klickten die Handschellen auf seinem Rücken. »Den Mann, der auf dem direkten Weg in den Knast ist.«

Campton stieß eine wilde Flut an Flüchen aus, von der Gonzales sich nicht im Mindesten beeindruckt zeigte. Er wandte sich an Dodge. »Alles klar mit ihr? Oder brauchen wir einen Krankenwagen?«

»Ich glaube nicht. Sieh nur zu, dass er die Klappe hält.«

Caroline King war inzwischen aus dem Raum geflohen. Dodge folgte ihr in die kleine Küche. Sie stand vor der Arbeitsplatte und umfasste mit beiden Händen die Kante, während sie sichtlich um Fassung rang. »Wird er festgenommen?«

»Ja, Ma'am.«

»Und kommt er ins Gefängnis?«

»Allerdings.« Ein wohliges Gefühl durchrieselte Dodge bei dem Gedanken.

Sie drehte sich zu ihm um. »Das wird eine Menge Ärger geben. Seine Familie hat Geld. Sehr viel Geld. Und eine ganze Armee an Anwälten.«

Das kümmerte Dodge einen Scheißdreck. »Haben Sie Eis im Haus?« Ohne auf ihre Antwort zu warten, trat er vor den Kühlschrank, riss das Tiefkühlfach auf und nahm einen Eiswürfelbehälter heraus. Er ließ mehrere Würfel auf ein Geschirrtuch fallen und faltete es zu einer Art Eisbeutel zusammen, den er ihr reichte.

»Danke«, sagte sie und presste ihn gegen ihre Schläfe.

»Gern geschehen.«

Er rückte einen Stuhl vom Küchentisch weg und wartete, bis sie sich gesetzt hatte, ehe er auf dem zweiten Stuhl Platz nahm. Dann zog er einen Block und einen Stift aus der Brusttasche seines Uniformhemds und notierte sich ihren Namen. »Und wie heißt Ihr Freund?«

Sie zögerte einen Moment. »Roger Campton«, sagte sie schließlich.

Dodge notierte sich den Namen mit einem Fragezeichen dahinter, während er überlegte, wo er diesen Namen schon mal gehört hatte. Sie schien seine Gedanken zu erraten. »Seiner Familie gehört Campton Industries.«

Heiliges Kanonenrohr. Wie sie gesagt hatte – *sehr viel Geld.*

Die Küche, das Haus und die Gegend selbst waren eindeutig bestenfalls Mittelklasse. Alles sehr hübsch und liebevoll gepflegt, aber nach Wohlstand roch es hier definitiv nicht. Wieder schien ihn die Verwirrung auf seinen Zügen zu verraten.

»Sie fragen sich, woher Roger und ich uns kennen, stimmt's?«

Er nickte vage.

»Von einer Weihnachtsfeier im Haus seiner Eltern im letzten Jahr.«

Dodges Brauen schossen in die Höhe. »Sie waren dort als Gast?«

»Nein, als Kellnerin. Ich habe in der Weihnachtszeit für ein Cateringunternehmen gearbeitet. Es war mein Zweitjob.«

Das verriet einiges über sie: Sie war alleinstehend und musste einen Nebenjob annehmen, um über die Runden zu kommen. Sie verdiente sich ihren Lebensunterhalt selbst und war nicht zu stolz, es offen zuzugeben. Sie war hübsch und hatte eine tolle Figur, was dem reichen jungen Mann logischerweise nicht entgangen war. Und sie wiederum war einem Campton-Erben mit einem Haufen Geld und allem, was damit einherging, logischerweise nicht abgeneigt.

Für den Moment hatte ihr dieser Ehrgeiz allerdings nur ein blaues Auge eingebracht, dessen Anblick Dodge stinksauer machte. Wie konnte sich eine Frau, die ansonsten recht vernünftig wirkte, so etwas gefallen lassen?

»Hat er das schon mal gemacht?«, fragte er.

»Nein. Nie.«

»Nie mit Ihnen oder auch sonst mit niemandem?«

»Mit mir nie. Für andere kann ich nicht sprechen.«

Dodge machte sich eine Notiz. Dieser Frage würde er später weiter nachgehen. »Was hat ihn so in Rage versetzt?«

Sie hob die Schultern. Wieder konnte Dodge ihre Zartgliedrigkeit nur bestaunen. »Wir haben uns gestritten, wie es eben manchmal vorkommt. Eine ganz normale Meinungsverschiedenheit, und plötzlich ist er völlig ausgeflippt. So habe ich ihn noch nie erlebt.« Sie fuhr sich mit der Zunge über die Lippen. »Aber er steht in letzter Zeit unter enormem Druck.«

»Welche Art von Druck?«

»Geschäftlich. Zwischen ihm und seinem Vater gibt es einige Unstimmigkeiten, die Roger sich sehr zu Herzen nimmt.«

»Und was hat ihn dazu bewogen, Sie zu schlagen?«

»Ich habe gesagt, sein Vater hätte nun mal mehr Erfahrung, und Roger sollte sich seinem Urteil in diesem konkreten Fall vielleicht beugen.«

»Sie haben sich also auf die Seite seines alten Herrn und damit gegen ihn gestellt.«

Sie ließ den Kopf sinken und starrte auf den Tisch. »Ich schätze, so kam es bei Roger an.«

»Aber das ist noch lange keine Entschuldigung dafür, Sie zu schlagen.«

»Nein.«

»Haben Sie vor, trotzdem bei ihm zu bleiben?«

Sie hob den Kopf und blickte ihn erstaunt an. »Natürlich.«

Dodge musterte sie schweigend.

Wieder fuhr sie sich mit der Zunge über die Lippen. »Ich bin sicher, das Ganze war ein einmaliger Ausrutscher, Officer. Roger hat nur für einen Moment die Beherrschung verloren. So etwas kann doch jedem einmal passieren, wenn er unter großem Druck steht.«

Dodge schüttelte vehement den Kopf. »Die meisten Leute stehen auf die eine oder andere Weise unter Stress und schlagen ihre Partner deswegen trotzdem noch lange nicht. So etwas tun nur Menschen, die ohnehin einen Hang zu körperlicher Gewalt haben.«

Sie legte den provisorischen Eisbeutel auf den Tisch, da bereits das Wasser der schmelzenden Eiswürfel heraustropfte, und stand auf. »Meiner Wange geht es schon viel besser. Das Eis hat wirklich geholfen. Ich komme schon zurecht. Ich will Sie nicht länger von Ihren anderen Pflichten abhalten.«

Widerstrebend verstaute Dodge Block und Stift in seiner Tasche und folgte ihr ins Wohnzimmer. Sie beobachteten, wie Gonzales draußen vor dem Haus nicht allzu behutsam Camptons Kopf nach unten drückte und ihn auf den Rücksitz des Streifenwagens verfrachtete. »Wird er angezeigt?«

»Ja, wegen tätlichen Angriffs eines Polizeibeamten«, antwortete Dodge. »Ob die Sache weiter verfolgt wird, liegt weder in meinen noch in Officer Gonzales' Händen.« Er hielt einen Moment inne. »Bei Ihnen sieht die Sache etwas anders aus. Sie sollten ebenfalls Anzeige wegen tätlichen Angriffs erstatten. Dazu rate ich Ihnen dringend.«

»Ich werde darüber nachdenken, versprochen.« Doch die Tatsache, dass sie ihm dabei nicht in die Augen sehen konnte, verriet Dodge, dass es eine leere Versprechung war. »Danke, dass Sie so schnell gekommen sind«, fügte sie hinzu.

»Keine Ursache. Dafür sind wir doch da.«

»Das weiß ich, aber trotzdem.« Sie lächelte zaghaft. Ihm war klar, dass sie in Tränen ausbrechen würde, sobald er fort war. Schon jetzt hatte sie alle Mühe, sie zurückzuhalten. »Gute Nacht, Officer ...« Sie nickte kaum merklich. »Tut mir leid.«

»Hanley. Dodge Hanley. Gute Nacht, Ms King.« Er nickte in Richtung Streifenwagen mit dem wutschäumenden Roger Campton auf dem Rücksitz. »Er wird frühestens morgen früh auf freien Fuß gesetzt. Wir werden uns mit dem Papierkram kein Bein ausreißen, nehme ich an. Aber sorgen Sie trotzdem dafür, dass Türen und Fenster gut verschlossen sind.«

»Das werde ich.«

Auf der Schwelle blieb er noch einmal kurz stehen und sah sie an, doch ihm fiel nichts ein, was er hinzufügen könnte. Es war alles gesagt. Da er keine brauchbare Ausrede mehr hatte, noch länger in ihrem Haus zu bleiben, nickte er knapp, wandte sich ab und kehrte zum Streifenwagen zurück.

»Also ich habe mir überlegt, wir sollten uns freiwillig melden«, sagte Gonzales.

Dodge, der seinen Tagträumereien nachgehangen hatte, sah seinen Partner an. Ihre Schicht war seit einer halben Stunde beendet, und sie saßen in einer Nische bei Denny's, um einen Happen zu frühstücken, bevor sie nach Hause fuhren.

»Was?«

»Du hast überhaupt nicht zugehört, stimmt's?« Gonzales rührte mit dem Griff der Gabel seinen Kaffee um und leckte ihn ab, ehe er sich über die Eier mit Bratkartoffeln und

Speck hermachte. »Du bist in Gedanken immer noch bei diesem Weibsstück.«

»Welches Weibsstück?«

Sein Partner brach in schallendes Gelächter aus. »Tu doch nicht so. Die Zierliche? Die mit den roten Haaren?«

Zornig spießte Dodge eine Kartoffelscheibe auf und schob sie sich in den Mund. »Sie war kein Weibsstück.«

Gonzales grinste. »Na, na, wer wird denn gleich so empfindlich sein?«

»Hör auf mit dem Scheiß.«

Gonzales zuckte gutmütig die Achseln. »Jedenfalls habe ich gerade gesagt, dass wir uns freiwillig für die Sondereinsatztruppe melden sollten, die sie zusammenstellen, um diesen Bankräuber zu schnappen.« Er schob sich eine Erdbeere in den Mund und zerkaute sie genüsslich. »Was sagst du dazu?«

»Genau dasselbe habe ich mir auch schon gedacht.«

»Ehrlich?«

Dodge dachte bereits darüber nach, seit er vor einigen Tagen von dem Sondereinsatzkommando gehört hatte. Seit über einem Jahr überfiel ein bewaffneter Bankräuber immer wieder Banken in der Gegend, und beim letzten Mal war sogar ein Wachmann der Bank angeschossen worden. Er würde die schwere Verletzung zwar überleben, doch man befürchtete, dass es über kurz oder lang zu Todesopfern kommen würde. Der Mistkerl war mit jedem Überfall dreister geworden, und inzwischen hatte es den Anschein, als sonne er sich förmlich in seinem Ruhm und mache sich einen Spaß daraus, die Polizei an der Nase herumzuführen.

Doch die Houstoner Polizei, die mit einigen weiteren Behörden zusammenarbeitete, darunter auch dem FBI, war fest entschlossen, den Kerl zu schnappen. Man hatte zwar eine

Liste von Verdächtigen zusammengestellt, die wegen ähnlicher Banküberfälle eine Gefängnisstrafe abgesessen hatten und sich nun wieder auf freiem Fuß befanden, doch bislang fehlten ihnen hieb- und stichfeste Beweise, die eine Verbindung zu den aktuellen Verbrechen herstellten. Der Bankräuber konnte einer der Vorbestraften, aber ebenso gut ein unbeschriebenes Blatt sein, das erst jetzt zu krimineller Hochform auflief.

Offen gestanden hatte die Polizei rein gar nichts in der Hand. Daher war von oberster Stelle beschlossen worden, ein Sondereinsatzkommando zusammenzustellen.

Die Tinte auf Dodges Abschlusszeugnis des Texas Tech war noch feucht gewesen, als er der Polizei von Houston beigetreten war. Er hatte sich das Ziel gesetzt, so schnell wie möglich Detective zu werden und den Sprung ins Morddezernat zu schaffen. Er besaß ein angeborenes Talent, Fälle zu knacken, sprich, er musste sich lediglich brav in der Diensthierarchie hocharbeiten und sich nichts zuschulden kommen lassen.

Und dieses Sondereinsatzkommando könnte sich als hervorragende Gelegenheit entpuppen, zu zeigen, dass er mehr draufhatte als alle anderen. Sollte es ihm gelingen, einen der begehrten Plätze zu ergattern und seine Vorgesetzten zu beeindrucken, würde dies seinen Aufstieg erheblich beschleunigen.

»Ich habe mich gestern Nachmittag schon eingeschrieben.«

Gonzales sah ihn bestürzt an. »Ehrlich? Oh.«

Dodge grinste. »Deinen Namen habe ich natürlich auch mit auf die Liste gesetzt.«

Gonzales strahlte. »Gut. Super. Wir werden absolut klasse aussehen in diesen Uniformen.«

»Nur die Ruhe, es gibt massenhaft Kollegen außer uns, die ihr Glück versuchen. Noch sind wir nicht drin.«

»Aber wir werden es schaffen. Zumindest du.«

»Wie kannst du dir da so sicher sein?«

»Weil Undercover-Arbeit gefragt ist.« Gonzales hob die Brauen. »Und das ist schließlich dein Spezialgebiet, Partner.«

Dodge säbelte einen Bissen von seinem blutigen Steak ab. »Alles nur Gerüchte.«

Gonzales warf ihm einen vielsagenden Blick zu.

»Dieses ganze Gequatsche über mich ist doch sowieso Blödsinn«, sagte Dodge.

Gonzales schob seinen leeren Teller beiseite und beugte sich vor. »Und dieser Mehrfachmord in dem Stripklub letzten Monat?«

»Was soll damit sein?«

»An der Geschichte, du wärst mit der Hostess mal kurz hinters Haus verschwunden, während die Detectives die vermeintlichen Augenzeugen befragt haben, ist also nichts dran?«

»Ich hatte dienstfrei. Es ist eben passiert. Ich hatte Glück, mehr nicht.«

»Glück«, höhnte Gonzales. »Das kannst du laut sagen. Nicht einmal zwanzig Minuten, und schon hat sie ausgepackt, wer der Schütze war. Und du hast die Detectives schnurstracks zu seinem Versteck geschickt, das sie dir bei der Gelegenheit auch noch gesteckt hatte. Und an dieser Geschichte soll also nichts dran sein, sagst du?«

Dodge griff nach seiner Kaffeetasse. »Ich war nicht mit ihr hinterm Haus.«

»Aber du hast sie dazu gebracht, dass sie ihn verpfeift.«

»So schwierig war das nicht.« Er grinste. »Zumindest nicht, nachdem ich sie erst mal davon überzeugt hatte, dass der Kerl nicht gut genug für sie ist und sie was Besseres verdient hätte.«

Gonzales lachte und schüttelte bewundernd den Kopf. »Stammt der Spruch, die Lösung für die meisten Geheimnisse stecke unter dem Rock einer Frau, nicht auch von dir?«

»Das habe ich nie gesagt.«

»Heißt es aber immer.«

»Kantinengeschwätz.« Doch sein verschmitztes Grinsen strafte seine Worte Lügen.

Sie verputzten ihr Essen, teilten sich die Rechnung und machten sich auf den Weg. »Dass es mal eine Frau geben könnte, die du nicht kriegst… da fühle ich mich gleich viel besser. Deine kleine Rothaarige wird ihren superreichen Schnösel jedenfalls nicht wegen eines gewöhnlichen Bullen in die Wüste schicken, selbst wenn er ihr ab und zu mal eins auf die Nase gibt. Damit wirst du dich wohl oder übel abfinden müssen, Dodge.«

Gonzales sollte recht behalten. Als Dodge sich an diesem Abend zum Dienst meldete, erfuhr er, dass Roger Campton noch vor der Mittagszeit aus seiner Verwahrungszelle entlassen worden war. Seine Anwälte – Plural, wohlgemerkt – hätten mit einer Gegenklage wegen Schikane gedroht, und Ms Caroline King hatte auf eine Anzeige verzichtet. Die Anwälte ließen sogar anklingen, dass sie ihren Entschluss, die Polizei zu rufen, bereits bereue; das Ganze sei nichts als ein dummes Missverständnis gewesen, bei dem aus einer Mücke ein Elefant gemacht worden war. Bla bla bla…

Dodge hatte sich bereits gedacht, dass es so enden würde, doch es gefiel ihm nicht. Und er würde es nicht darauf beruhen lassen.

Nach der Schicht sagte er zu Gonzales, er hätte keine Lust

auf ein Frühstück, und fuhr stattdessen zu ihr nach Hause. Als sie herauskam, um die Zeitung zu holen, stieg er aus dem Wagen und ging die Einfahrt hinauf.

»Ms King?«

Sie schirmte ihre Augen mit einer Hand gegen die Sonne ab und musterte ihn argwöhnisch.

»Ich bin's, Officer Hanley.«

Sie trug lediglich Shorts und ein T-Shirt und war barfuß. Im Vergleich zu seinen Quadratlatschen wirkten ihre Füße wie die eines Kindes.

»Oh. Hallo. Ich habe Sie ohne Uniform gar nicht erkannt.«

»Ich habe gerade Dienstschluss, deshalb dachte ich, ich fahre kurz vorbei und sehe nach Ihnen, bevor ich mich auf den Nachhauseweg mache.«

»Mir geht's gut.«

»Sie haben da ein ziemliches Veilchen.«

Vorsichtig berührte sie ihren Augenwinkel. »Kein Wunder. Meine Haut ist so hell, dass ich schon blaue Flecken kriege, wenn mich nur jemand scharf ansieht.«

»Allerdings hat der Drecksack wesentlich mehr getan, als Sie nur scharf anzusehen.« Die Worte waren über seine Lippen gekommen, bevor er es verhindern konnte, und ihm war bewusst, dass er barscher und bedrohlicher als der Kerl klang, der sie geschlagen hatte. Trotzdem machte er keine Anstalten, sich zu entschuldigen.

Sie schien zutiefst verlegen zu sein, sogar regelrecht beklommen. »Ich habe keine Anzeige erstattet.«

»Ich weiß. Ich habe mich erkundigt.«

»Roger war selbst entsetzt über sein Verhalten. Er hatte zuvor eine lautstarke Auseinandersetzung mit seinem Vater gehabt und hat seine Wut an mir ausgelassen. Beide haben sich inzwischen bei mir entschuldigt, und Roger hat geschworen, dass es nie wieder vorkommen wird. Ich bin sicher, dass er sich daran hält.«

Dodge war keineswegs überzeugt, doch er verkniff sich die Bemerkung. »Dann ist also alles in Ordnung?«

»Ja, alles bestens.«

Verlegen stand er da und überlegte fieberhaft, was er sagen könnte, um das Ende ihrer Unterhaltung hinauszuzögern, doch ihm fiel beim besten Willen nichts ein.

»Ich muss …« Sie deutete hinter sich zur Haustür, die weit offen stand. »Sonst komme ich zu spät zur Arbeit.«

»Oh, klar, tut mir leid. Ich bin nur hergekommen, um … na ja … Sie wissen schon … nach Ihnen zu sehen und so.«

»Ich weiß Ihre Aufmerksamkeit sehr zu schätzen, Officer Hanley. Wirklich. Vielen Dank.«

»Gern geschehen.«

»Auf Wiedersehen.«

»Bis dann.«

Er blieb stehen, bis sie ins Haus zurückgekehrt war und die Tür hinter sich geschlossen hatte.

Dodge und Gonzales wurden getrennt voneinander zu einem Bewerbungsgespräch für das Sondereinsatzkommando eingeladen. Dodge nahmen sie, Gonzales nicht.

»Hey, Dodge, mach dir keinen Kopf deswegen, Mann.«

»Wenn mein Partner nicht gut genug für ihre Scheißeinheit ist, können die mich am Arsch lecken.« Seit dem Morgen, als er zu Caroline King gefahren war und aus ihrem eigenen Mund gehört hatte, dass zwischen ihr und Roger Compton eitel Sonnenschein herrschte, war seine Ausdrucksweise genauso miserabel wie seine Laune.

Auch seine Kollegen gingen ihm inzwischen tunlichst aus dem Weg. Und selbst Doris, die Kassiererin der Nachtschicht im 7-Eleven, spürte, dass er nicht in Stimmung für ihr Geplänkel in Bezug auf ihr Tanz-Date war. Stattdessen verliefen ihre Begegnungen an der Kasse ungewohnt steif.

Gonzales hingegen schien immun gegen seine Übellaunigkeit zu sein. »Okay, Partner, ich weiß deine Loyalität echt zu schätzen, aber versau es dir nicht. Du wolltest unbedingt dabei sein, und sie haben dich genommen. Also mach dich selbst stolz. Und mich dazu«, sagte er nur.

Dodge maulte und protestierte zwar weiter, doch Gonzales ließ nicht zu, dass er sich die Gelegenheit entgehen ließ.

»Du bist zwei Jahre länger dabei als ich. Ich kriege meine Chance schon noch«, sagte er voller Überzeugung. »Zeig denen, was du draufhast. Tritt den Typen kräftig in den Hintern.«

Er schlug Dodge kameradschaftlich auf den Rücken und wandte sich zum Gehen, hielt jedoch inne und drehte sich noch einmal um. »Ach ja, beinahe hätte ich es vergessen. Hast du die Sonntagszeitung gelesen? Deine Kleine und der reiche Schnösel haben es offiziell gemacht: Sie sind verlobt.«

5

Höchstwahrscheinlich hörte man das böse V-Wort nicht allzu häufig aus den Mündern der Stammgäste des rosa-weißen Teesalons. Caroline verschlug es die Sprache. Früher hatte sie seine rüde Ausdrucksweise nicht abgeschreckt, aber immerhin waren dreißig Jahre vergangen, seit sie sich das letzte Mal in seiner Nähe aufgehalten hatte. Deshalb waren ihre Ohren an solche Ausdrücke nicht mehr gewöhnt.

Natürlich hatte er das Wort mit Absicht gewählt, um sie zu schockieren. Er war es leid, ihr die Details über Berry und ihre Verbindung zu der Schießerei aus der Nase zu ziehen. Und manchmal war eine Schocktherapie das beste Mittel, um Leute dazu zu bringen, Dinge preiszugeben, die sie lieber für sich behalten wollten.

»Also, Caroline, raus mit der Sprache.«

Sie räusperte sich. »Ich glaube, nein, ich *fürchte*, Oren Starks hat seine Drohung, Berry umzubringen, ernst gemeint.«

»Das heißt, er ist nicht nur ein durchgeknallter Dummkopf, mit dem eben mal die Gäule durchgegangen sind?«

»Ganz im Gegenteil. Berry sagt, er sei ein ganz brillanter Kopf.«

»Brillante Köpfe haben auch Aussetzer«, warf Dodge ein. »Sie flippen aus, werden eifersüchtig auf Konkurrenten und sagen Dinge, die sie nicht so meinen. *Ich werde dich umbringen!* zum Beispiel. Aber am Ende machen sie ihre Drohung fast nie wahr, Caroline. Würden alle Leute, die schon mal *Ich bringe dich um …*«

»Ist ja schon gut«, fuhr sie ihn an. »Ich hab's verstanden.«

Er wartete. Sie schwieg. Er warf einen Blick über die Schulter. Inzwischen waren sie die einzigen Gäste im Teesalon. Die Kellnerin war nicht mehr an ihren Tisch gekommen, seit sie die Getränke serviert hatte. »Ich frage dich zum letzten Mal. Was verschweigst du mir?«, sagte er und drehte sich wieder um.

»Nichts. Ich schwöre.«

»Okay, dann verrate mir wenigstens deine Vermutung.«

Sie versteifte sich. »So was sagt auch nur ein Polizist.«

»Aber so wie du reagierst, weiß ich, dass ich den Nagel auf den Kopf getroffen habe.«

»So gerissen bist du also?«

Er schlug mit der Faust auf den Tisch; nicht mit voller Wucht, aber trotzdem heftig genug, dass das Porzellan klirrte. »Wie es aussieht, hältst du mich ja tatsächlich für gerissen, sonst hättest du mich wohl kaum mitten in der Nacht angerufen und von mir verlangt, dass ich alles stehen und liegen lasse und meinen Hintern hierherschwinge. Was ich blöderweise auch getan habe und allmählich aufrichtig bereue.«

Wieder flackerte die Wut in ihren Augen auf. Dieser Mann schaffte es immer wieder, sie auf die Palme zu bringen. »Berry ist mir in vielerlei Hinsicht sehr ähnlich.«

»Prima. Dafür kann die Welt dankbar sein. Und wo liegt das Problem?«

»Das Problem ist …«, begann sie und zögerte, ehe sie das Einzige aussprach, wovon sie wusste, dass es ihn zum Bleiben bewegen würde, »… dass sie eher so ist wie du.«

Berry stand gegen die Wand des Krankenhausflurs gelehnt und starrte niedergeschlagen ins Leere, als sie aus dem Augenwinkel Ski Nyland registrierte.

Er redete mit einer Krankenschwester am Empfangstresen. Die Schwester nickte in Berrys Richtung, worauf er sich umdrehte. Ihre Blicke begegneten sich. Geistesabwesend dankte er der Schwester und kam auf sie zu.

Wie immer fühlte sie sich unter seinem Blick, als stehe sie auf dem Prüfstand. Was sahen diese bohrenden grauen Augen? Wonach suchten sie? Trotzig feuerte sie den ersten Schuss ab.

»Und? Schon Fortschritte gemacht?«, fragte sie, kaum dass er in Hörweite war.

»Beispielsweise?«

»Hat man Oren gefunden?«

»Nein, Ma'am. Zumindest wurde uns nichts dergleichen gemeldet.«

Der ironische Unterton in seiner Stimme entging ihr nicht. »Wieso machen Sie das?«, fragte sie verärgert.

»Was denn?«

»Mich so von oben herab behandeln.«

Er leugnete es nicht. Stattdessen schien ihm sogar eine Erwiderung auf der Zunge zu liegen, die er sich jedoch in letzter Sekunde verkniff. Stattdessen wies er auf die geschlossene Tür des Krankenzimmers. »Ich habe darum gebeten, mich sofort zu informieren, sobald Lofland aus dem Aufwachraum kommt und auf die Station verlegt wird.«

»Man hat ihn gerade eben hochgebracht.« Sie zeigte auf die leere metallene Klemmvorrichtung an der Tür. »Die hatten noch nicht mal Zeit, ihm ein Namensschild anzufertigen.«

»Haben Sie schon mit ihm geredet?«

»Nein. Eine Schwester hilft ihm gerade, sich einzurichten.«

»Wo befindet sich seine Frau?«

»Sie heißt Amanda und ist auch da drin.«

»Dann lassen Sie uns mal eine Runde plaudern.«

Das war weder ein Vorschlag noch eine freundliche Einladung, sondern eine Anweisung, doch Berry beschloss, sich nicht zu ärgern. Er schob sie vor sich her den Flur entlang zu einem kleinen Wartebereich. Ihr fiel auf, wie gut er sich hier auszukennen schien.

»Meine Mom war eine Zeit lang Patientin auf der Station. Ich habe in der Nacht vor ihrem Tod hier geschlafen«, erwiderte er auf ihre Frage, ob er schon häufiger hier gewesen sei.

Berry blieb stehen und wandte sich zu ihm. »Das tut mir sehr leid«, sagte sie aufrichtig.

»Danke.«

Sie musterte ihn abwartend, doch er deutete lediglich auf ein kleines Zweiersofa, das sich als genauso hart und ungemütlich erwies, wie es aussah. Berry fragte sich, wie er eine ganze Nacht darauf hatte schlafen können.

Er ertappte sie dabei, wie sie ihn fragend ansah. »Was ist?«, erkundigte er sich.

»Nichts.«

»Sie wollten doch gerade etwas sagen.«

»Nur dass… mich Ihr Verlust sehr traurig stimmt.«

»Traurig?«

»Ich kann mir ein Leben ohne meine Mutter nicht vorstellen. Standen Sie sich sehr nahe?«

»Ja. Sie war eine wunderbare Frau. Aber leider schwer krank.« Er hob die Faust vor den Mund und hustete – eine überflüssige Geste, die ihr seine Verlegenheit verriet. Einen Moment lang verschwand die Härte aus seinem Blick, und Berry fragte sich, ob sich vielleicht doch so etwas wie ein

Mensch mit Gefühlen hinter der reservierten Fassade verbarg. Vielleicht war er ja in Wahrheit gar kein so knallharter Bursche, wie der Rest der Welt glauben sollte.

Er zog einen Stuhl heran und setzte sich ihr gegenüber, sorgsam darauf bedacht, dass sich ihre Knie nicht berührten, was sie zu weiteren Spekulationen anstachelte. Wollte er nur höflich sein, oder signalisierte die Tatsache, dass er absichtlich jeden Körperkontakt vermied, etwa Verletzlichkeit?

Was natürlich eine völlig idiotische Vorstellung war. Er hielt die Fäden in der Hand. Weshalb sollte er verhindern wollen, sie zu berühren, selbst wenn es nur zufällig war?

»Bevor ich Mr Lofland befrage, will ich Ihnen noch ein paar Fragen über Oren Starks stellen«, sagte er.

Der kurze private Moment war vorüber, und er kehrte zur gewohnten Sachlichkeit zurück. Wie es sich gehörte. »Mr Carlisle würde das nicht wollen, ohne dass er zugegen ist.«

»Sie können ihn meinetwegen anrufen, aber nötig ist es nicht. Ich würde nur gern ein paar Dinge über Starks erfahren. Über seinen Charakter, seine Gewohnheiten, solche Dinge.«

Berry zögerte einen Moment. »Na gut«, sagte sie. »Ich erzähle Ihnen gern alles, was ich weiß. Und Ben wird bestimmt ebenso kooperativ sein.«

»Ihm bleibt gar nichts anderes übrig. Er ist einer der Tatzeugen. Ich *muss* mir seine Version der Ereignisse anhören.«

»Seine Version? Glauben Sie etwa, ich belüge Sie?«

»Ich glaube nur, dass zwei Menschen denselben Vorfall aus völlig unterschiedlichen Perspektiven wahrnehmen können«, erwiderte er ungerührt.

»Sehr diplomatisch ausgedrückt, Deputy.«

Er zuckte die Achseln. »Könnte sein, dass sich nach Loflands Aussage meine Sichtweise der Dinge von Grund auf ändert und ich auf neue Ideen komme, die uns bei der Suche nach Starks helfen könnten.«

»Oren könnte inzwischen längst über alle Berge sein.«

»Möglich. Aber wenn er verletzt ist, versteckt er sich vielleicht irgendwo hier in der Nähe.«

»Jemand könnte ihm Unterschlupf gewährt haben.«

»Freunde? Oder seine Familie? Verraten Sie es mir, Ms Malone. Wissen Sie, ob er so jemanden hat?«

»Offen gestanden, nein.«

»Wir leider auch nicht«, meinte er. »Die Houstoner Polizei hilft uns bei den Ermittlungen, aber bisher haben wir noch nichts gefunden. Er geht im Augenblick keiner Beschäftigung nach, sondern bezieht seit seiner Kündigung bei Delray Arbeitslosengeld. Außer seiner Mutter scheint er keine Verwandten zu haben. Sie lebt allerdings schon seit mehreren Jahren in einem Heim für Alzheimer-Patienten, und die Krankheit hat bereits das Endstadium erreicht. Im Prinzip ist sie… na ja, hinüber.« Er machte eine Handbewegung, um anzudeuten, dass die alte Dame nicht länger über eine bewusste Wahrnehmung verfügte.

»Laut Aussage der Nachbarn ist Starks ein Einzelgänger. Er geht nicht zu Partys, und niemand hat mitbekommen, dass er je Besuch bekommen hätte. Wir haben die Nachbarn auch gefragt, ob er Hobbys hat, ob er ins Fitnessstudio geht, Tennis oder Golf spielt oder sich in der Kirchengemeinde engagiert, aber auch das konnte uns keiner beantworten. Der allgemeine Tenor war, dass er überwiegend für sich bleibe.«

Müßig glitt sein Blick über Berrys Körper, auf diese typische Art und Weise, die keine Frau missverstehen konnte. »Sie scheinen seine einzige Leidenschaft zu sein.« Der vielsagende Unterton in seiner Stimme hatte etwas überaus Beunruhigendes.

»Das stimmt nicht. Ich habe Ihnen doch heute Mittag schon erzählt, wofür er sich begeistern konnte.«

»Richtig. Puzzles, Spiele, Rätsel knacken. Die Beamten, die seine Wohnung durchsucht haben, sind auf einige entsprechende Seiten in seinem Computer gestoßen. Er geht regelmäßig in Boards und Blogs, postet aber selbst nie etwas.« Wieder sah er sie bedeutungsvoll an. »Aber ich bezweifle, dass ein kompliziertes Labyrinth so spannend sein könnte wie Sie.«

»Vielleicht ist es nur eine Frage des Schwierigkeitsgrads«, erwiderte sie kühl.

»Vielleicht.« Ein, zwei Sekunden verstrichen, ehe er fortfuhr. »Inzwischen wird im gesamten Südosten von Texas und bis nach Louisiana nach ihm gefahndet. Wir überprüfen auch Hotels, obwohl ich bezweifle, dass er sich irgendwo einquartiert hat. Normalerweise verlangen Hotels eine Kreditkarte, aber keine von seinen Karten wurde seit letzter Woche benutzt. Die letzte Abhebung vom Geldautomaten über zweihundert Dollar wurde vor drei Tagen in einer Zweigstelle einer Bank in Houston vorgenommen.«

»Er ist viel zu schlau, um so leicht nachvollziehbare Spuren zu hinterlassen.«

»Das dachte ich mir schon«, sagte er nickend. »Trotzdem haben wir es überprüft. Wir klappern Motels und Vermietagenturen von Hütten ab. Am meisten macht mir zu schaffen«, erklärte er und zog die Brauen zusammen, »dass das Gebiet so riesig ist und es massenhaft Verstecke gibt.«

»Das sagten Sie bereits heute Mittag.«

»Wenn er sich irgendwo in die Wälder geschlagen hat …«

»In die Wälder?« Berry lachte. »Da müsste er schön verrückt sein.«

»Genau das sagten Sie doch.«

»Ich sagte, er sei verstört gewesen.«

»Ist das nicht dasselbe?«

»Nein.«

»Und worin liegt der Unterschied?«

»In der Dauerhaftigkeit. Verrücktheit ist ein Zustand, Verstörtsein dagegen eine Reaktion.«

»Dass er Sie mit Lofland erwischt hat, hat ihm den Rest gegeben.«

»Er hat mich nicht mit Ben ›erwischt‹. Sondern unter der Dusche. Allein.«

»Stimmt. Als ich kam, waren Sie noch immer ganz feucht.« Er sah ihr sekundenlang in die Augen, ehe er fortfuhr. »Sie haben Sheriff Drummond erzählt, Sie hätten Starks nur ein einziges Mal davor in so einem Zustand gesehen. Wann war das?«

»Zu Beginn des Sommers. Bevor ich nach Merritt gezogen bin.«

»Starks ist ausgeflippt, weil Sie ihn zurückgewiesen hatten, und für eine Weile aus Houston wegzugehen, war Ihr letzter Ausweg?«

»Genau. Ich bekam es mit der Angst.«

»Glauben Sie, er schlittert immer tiefer in eine Psychose hinein?«

»Keine Ahnung, ich bin kein Psychiater. Ich kann Ihnen nur sagen, dass Oren sich normalerweise nicht wie ein tobender Irrer gebärdet.«

Er schlug die Beine übereinander und kreuzte die Arme vor der breiten Brust. »Beschreiben Sie mir, wie er sonst so ist. Unter normalen Umständen.«

»Also, erstens ist er kein Frischlufttyp. Ich kann mir beim besten Willen nicht vorstellen, dass er auf einem Campingplatz Zuflucht sucht, ganz zu schweigen von den Wäldern.

Diese Möglichkeit können Sie getrost von Ihrer Liste streichen.«

»Okay. Wohin ist er Ihrer Meinung nach dann geflüchtet?«

Sie senkte den Kopf und massierte sich die Stirn. »Keine Ahnung, Deputy Nyland.«

»Ski.«

Sie sah ihn an, ging jedoch nicht näher darauf ein. »Oren ist ein pingeliger Mensch. Sehr ordnungsliebend.«

»Zwangsgestört?«

»Hart an der Grenze«, antwortete sie und nickte geistesabwesend. »Ich habe ihn bei Delray immer damit aufgezogen, dass er den saubersten Schreibtisch der ganzen Firma hätte. Alles lag immer an Ort und Stelle. Und sein Gehirn funktioniert genauso.«

»Zum Beispiel?«

»Bei mir kann es während einer Diskussion über ein Projekt vorkommen, dass ich von einem Punkt zum anderen springe, aber Oren arbeitete sich immer ganz systematisch von Punkt A zu Punkt B, wenn Punkt A von allen Seiten beleuchtet, besprochen und hundertprozentig abgesegnet war. Er konnte sich so lange mit einer Sache auseinandersetzen, bis alles so war, wie er es sich vorstellte.«

»Sie wollen damit sagen, er gibt nicht auf, ehe alles so ist, wie er es haben will?«

»Ja«, sagte sie mit rauer Stimme. »Bis ich tot bin.«

»Ich werde alles daransetzen, dass es nicht dazu kommt.«

»Danke.«

»Sie haben also keine Ahnung, wohin er geflüchtet sein könnte?«

»Nein.«

»Okay.« Er stellte seinen Fuß wieder auf den Boden und beugte sich vor. »Sie sagten heute Mittag, nicht nur Sie hätten sich in seiner Gegenwart unwohl gefühlt, sondern auch all die anderen Mitarbeiterinnen bei Delray.«

»Das stimmt.«

Nyland zog einen Block und einen Stift aus der Brusttasche seines Jacketts und bat sie, ihm einige Namen zu nennen. »Vor allem Sally Buckland«, sagte sie. »Sie hat Anfang des Jahres bei Delray gekündigt. Und Oren war einer der Hauptgründe dafür.«

»Sind Sie ganz sicher?«

»Absolut. Er war völlig verrückt nach ihr. Sie war nicht interessiert und hat alles getan, um ihm aus dem Weg zu gehen, aber er ließ sich nicht abschütteln. Sie hat sich sogar mehrmals bei mir beschwert, weil er ihr Nein nicht akzeptieren wollte.«

»Ihr Nein wozu?«

»Zu allem. Es wurde so schlimm, dass ihre Arbeit darunter litt, deshalb habe ich eingegriffen. Ich habe zu Oren gesagt, dass Sally nichts von ihm wolle und er nur seine Zeit verschwende, wenn er sein Glück weiter versuche.«

»Und wie hat er reagiert?«

Sie lächelte traurig. »Er hat sich stattdessen auf mich gestürzt.«

»Gab es mal eine Zeit, da Sie Interesse an ihm hatten?«

»Sie meinen, ob ich in Erwägung gezogen habe, etwas mit ihm anzufangen? Gütiger Himmel, nein.«

Er hob eine von der Sonne gebleichte Braue.

»Definitiv nicht!« Sie lachte leise. »Wenn Sie ihn erst mal sehen, werden Sie es verstehen. Er ist absolut nicht mein Typ.«

»Wie sieht denn Ihr Typ aus?«

Ihre Belustigung verflog schlagartig, als ihr bewusst wurde, was ihr als Erstes in den Sinn gekommen war: so wie *Sie.* Die

Erkenntnis fuhr ihr durch Mark und Bein. Würde Deputy Nyland nicht in einem Mordfall ermitteln, in den sie verwickelt war, und ein Misstrauen gegen sie hegen, das über das übliche Maß an instinktivem Argwohn des Gesetzeshüters gegenüber allem und jedem hinausging, fände sie ihn durchaus attraktiv. Sie konnte nicht leugnen, dass er ihr gefiel – das souveräne Auftreten, die schiere physische Präsenz und sogar diese verdammten grauen Augen.

Doch er schien sich in den Kopf gesetzt zu haben, sie hinters Licht zu führen, sie bei einer Lüge zu ertappen, was ihre Sympathie für ihn erheblich schmälerte. Sie richtete sich auf. »Oren war mein Kollege. Ein kluger Mann, ja, ich würde sogar so weit gehen und ihn als begnadet bezeichnen. Aber er hat sich als zurückgewiesener Verehrer entpuppt, der mich verfolgt und gestern Abend sogar gedroht hat, mich zu töten. Weil er es *müsse*, hat er gesagt.«

Der Deputy musterte sie einen weiteren Moment lang, ehe er Stift und Block wieder einsteckte und sich erhob. »Vielleicht ist Lofland ja inzwischen so weit.«

Wie es aussah, war keiner der Anwesenden besonders erfreut über Skis Auftauchen im Krankenzimmer. Die Krankenschwester erklärte, der Patient sei immer noch sehr schwach, und bat ihn, ihn nicht allzu lange zu belästigen. Mrs Lofland war zwar höflich, aber nur, weil ihr nichts anderes übrig blieb. Und der Patient selbst schien am allerwenigsten begeistert zu sein, ihn zu sehen.

Ben Lofland, frisch aus dem OP, war noch immer an eine ganze Reihe von Schläuchen und Kabeln angeschlossen und sah aus wie der leibhaftige Tod. Oren Starks hatte ihm einen glatten Durchschuss verpasst. Die Kugel hatte zwar eine Ein- und Austrittswunde hinterlassen, doch wie durch ein Wunder das umliegende Gewebe nur minimal in Mitleidenschaft gezogen und keines der lebenswichtigen Organe oder den Darm verletzt. Das Schlimmste war der enorme Blutverlust gewesen. Entweder hatte Lofland im Leben etwas richtig gemacht, oder aber er hatte einfach nur Riesenschwein gehabt.

Ski tippte auf Letzteres.

Er schwebte zwar keineswegs in Lebensgefahr, trotzdem gebärdete er sich wie der letzte Waschlappen. »Ich glaube nicht, dass ich dem jetzt schon gewachsen bin«, winselte er, nachdem die Schwester den Raum verlassen hatte.

»Ich werde es kurz machen«, versprach Ski.

»Wieso müssen Sie Ben überhaupt befragen? Hat sie ihnen nicht schon alles erzählt, was passiert ist?«

Ski wandte sich Amanda Lofland zu, die das Wort *sie* ausgesprochen hatte, als wäre es das Synonym für etwas Übelriechendes. »Ms Malone hat gestern Abend und heute Morgen eine detaillierte Aussage gemacht. Aber vielleicht hilft es uns ja, Starks zu schnappen...«

»Haben Sie den Kerl etwa noch nicht?«

Verärgert registrierte Ski den Unterton in Loflands Stimme, der auf Zweifel an seiner Kompetenz schließen ließ. »Ms Malone hat nicht mitbekommen, ob er einen Wagen hatte, weil sie alle Hände voll zu tun hatte, dafür zu sorgen, dass Sie nicht auf dem Boden ihres Schlafzimmers verbluten.«

Ski entging nicht, dass Lofland zusammenzuckte – nicht etwa vor Schmerz, sondern vielmehr aufgrund der Erwähnung von Berry Malones Schlafzimmer. Lofland sah zu seiner Frau hinüber, die sich die Arme um den Oberkörper geschlungen hatte, als fürchte sie, jede Sekunde vor Wut zu platzen.

»Ich habe Berry schreien gehört. Und dann ihre und Orens Stimme. Ich bin nach oben gelaufen...«, begann Lofland ohne weitere Aufforderung.

»Hatten Sie schon geschlafen?«, fragte Ski und zückte Block und Stift.

»Was?«

»Hat ihr Schrei Sie geweckt?«

»Äh, nein, ich war noch nicht im Bett.« Wieder warf er einen kurzen Blick auf seine Frau, die ans Fenster getreten war und durch die Jalousien zu den Lüftungsschächten auf dem Krankenhausdach blickte.

»Sie waren also noch auf.«

»Genau.«

»Aber Sie haben nicht gehört, wie Starks das Haus betreten hat.«

»Nein.«

»Keinen Wagen? Kein Bootsmotor?«

»Glauben Sie, er ist mit dem Boot gekommen?«

»Möglich. Wir überprüfen das noch.«

»Ich habe keinen Bootsmotor gehört.«

»Sonst irgendetwas?«

»Nein.«

»Okay.«

Lofland hielt inne und sah Ski in der Erwartung der nächsten Frage an, ehe er fortfuhr. »Ich bin über die Galerie auf die andere Seite des Hauses gelaufen.« Wieder schweifte sein Blick zu seiner Frau, als wolle er sichergehen, dass sie auch mitbekommen hatte, wie weit die beiden Zimmer voneinander entfernt waren.

»Ich bin also durch Berrys Zimmer und ins Bad gelaufen, von wo die Stimmen kamen. Oren stand vor der Badewanne mit dem Rücken zu mir. Offenbar hatte er mich gehört, denn er hat sich umgedreht und sofort auf mich geschossen.«

»Hat er vorher irgendetwas gesagt?«

»Nein.« Lofland verzog das Gesicht. »Könnte ich vielleicht ein Glas Wasser haben?«

Amanda trat an die Bettkante, schenkte Wasser aus einer Karaffe in einen Plastikbecher, beugte sich vor und schob ihm den Strohhalm zwischen die Lippen. Während er trank, sah er ihr in die Augen und strich über ihre Hand. »Danke, Schatz.«

Sie schenkte ihm ein lauwarmes Lächeln, stellte den Becher auf den Nachttisch zurück und widmete sich wieder der Betrachtung der Lüftungsschächte vor dem Fenster.

»Er ist also nur herumgewirbelt, hat Sie in Unterhosen dastehen sehen und die Waffe abgefeuert?«, fragte Ski.

»Ja. Er schien völlig außer sich zu sein.«

»Wieso, was glauben Sie? Aus Eifersucht, weil Sie beide allein in dem Haus am See waren?«

»Ich habe keine Ahnung, was der Grund für Orens gefährlichen Gemütszustand sein könnte, Deputy.«

Ski gefiel der Ton ganz und gar nicht. Er überflog seine Notizen, um sich von dem Wunsch abzulenken, dem scheinheiligen Idioten eins auf die Nase zu geben. »Was ist dann passiert, nachdem Starks auf Sie geschossen hatte?«

»Das kann ich Ihnen leider nicht sagen. Ich habe das Bewusstsein verloren.«

»Aber Ms Malone hat ausgesagt, Sie seien bei Bewusstsein gewesen, bis der Notarzt eintraf.«

»Tatsächlich? Falls dem so war, kann ich mich nicht daran erinnern. Ich muss unter Schock gestanden haben. Ich erinnere mich noch nicht einmal daran, dass ich Schmerzen hatte. Das ist mir erst wieder eingefallen, als ich heute Morgen im Aufwachraum zu mir gekommen bin. Im ersten Moment wusste ich nicht, wo ich war, und bin total ausgeflippt. Die Schwester hat mir erzählt, dass ich angeschossen wurde und notoperiert werden musste. Erst allmählich ist mir alles wieder eingefallen, aber der Teil zwischen dem Augenblick, als Oren abgedrückt hat, und wie ich in diesem Krankenhauszimmer wieder zu mir gekommen bin, fehlt mir komplett.«

»Wie gut kennen Sie Starks?«

»Nur als Kollegen.«

»Sie hatten ihn seit seiner Kündigung nicht mehr gesehen?«

»Nein.«

»Hatten Sie privaten Kontakt? Sind Sie mal zusammen nach der Arbeit auf ein Bier gegangen oder so?«

Lofland schüttelte den Kopf. »Nein, ich hatte privat nichts mit ihm zu tun.«

»Mrs Lofland?« Beim Klang ihres Namens fuhr sie zusammen und drehte sich abrupt um. »Welchen Eindruck hatten Sie von Oren Starks?«

»Überhaupt keinen.«

»Sie sind ihm also nie begegnet?«

»Doch, schon. Ben hat uns mal bei einer Firmenveranstaltung vorgestellt.«

»Das war die einzige Gelegenheit?«

»Insgesamt bin ich ihm vielleicht ein- oder zweimal begegnet. Ich erinnere mich nicht genau.«

»Aber Ihnen ist nichts an ihm aufgefallen.«

»Wir wurden einander nur bei einer Veranstaltung vorgestellt, völlig informell, Deputy. Hätte ich gewusst, dass er eines Tages versuchen würde, meinen Mann zu töten, hätte ich ihn bestimmt genauer beobachtet.«

Diese beiden hatten einander weiß Gott verdient, dachte Ski – einer war so unsympathisch wie der andere. Er wandte sich wieder an Ben. »Haben Sie und Starks sich beruflich gut verstanden?«

»Er hat einige Kollegen ziemlich vor den Kopf gestoßen, aber ich hatte nie Probleme mit ihm.«

»Und Ms Malone?«

»Würden Sie Stalking nicht als Problem bezeichnen?«

Wieder ging Ski der Tonfall dieses Superschlaumeiers geradewegs auf die Nerven. Am liebsten hätte er Lofland den Blasenkatheter herausgerissen, um zu sehen, welche Auswirkung die Schmerzen auf seinen ätzenden Sarkasmus hatten. Doch er begnügte sich damit, ihm einen eisigen Blick zuzuwerfen.

Der Blick schien seine Wirkung nicht zu verfehlen. Das überhebliche Lächeln war wie weggewischt. »Berry hat mir erzählt, Oren hätte sie verfolgt.«

»Wann?«

»Wann sie es mir erzählt hat? Das erste Mal habe ich davon gehört, als sie beschlossen hat, den Sommer hier in Merritt zu verbringen. Natürlich bin ich aus allen Wolken gefallen.«

»Wieso?«

»Weil Berry ein absoluter Workaholic ist. Sie nimmt so gut wie nie frei, ist morgens die Erste und abends die Letzte im Büro. Aber Oren sei ihr ziemlich auf den Pelz gerückt, meinte sie. Deshalb wollte sie für ein, zwei Monate von der Bildfläche verschwinden, in der Hoffnung, dass er das Interesse verlieren würde. Also hat sie von dem Haus ihrer Mutter aus gearbeitet. Dem Seitenflügel, so hat sie es bezeichnet.«

»Und wie hat das funktioniert?«

»Nicht so gut, wie wenn wir beide im selben Büro gewesen wären. Wir arbeiten quasi als Zweierteam an einer Kampagne für einen wichtigen Kunden.« Sein Blick glitt flüchtig zu seiner Frau hinüber.

»Hundert Meilen überwindet man nun mal nicht so einfach wie einen Büroflur«, bemerkte Ski.

»Genau. Die Entfernung brachte etliche Probleme hinsichtlich der Effizienz unserer Arbeit mit sich. Außerdem ist die Internetverbindung hier draußen in der Pampa nicht hundertprozentig stabil, erst recht nicht hier unten am See. Aber irgendwie ging es schon. Und wenn Berry dadurch Oren abschütteln konnte, war ich auch bereit, mich damit abzufinden, dass unsere Zusammenarbeit nicht ganz so reibungslos funktionierte wie sonst.«

»Hmm.« Ski tat so, als denke er über Loflands Worte nach. »Und gestern haben Sie ihr Unterlagen vorbeigebracht.«

Amanda Loflands Schultern hoben und senkten sich unübersehbar, als sie tief Luft holte.

Lofland verlagerte sein Gewicht im Krankenbett, um eine bequemere Position zu finden. »Wie lange dauert das denn noch, Deputy?«

»Wir sind gleich fertig. Sie haben ihr also Arbeit mitgebracht.«

»Wir mussten unserem Vorschlag noch den letzten Schliff verpassen, bevor wir ihn am Montag dem Kunden präsentieren. Leider liefen die Simulationen in den PDFs nicht so richtig, deshalb wollte Berry sie genauso sehen, wie die Kunden sie zu sehen bekommen. Außerdem musste sie noch ein paar Details absegnen, die wir ergänzt hatten. Folglich ließ es sich nicht vermeiden hierherzukommen.«

»Wer wusste sonst noch, dass Sie zu ihr fahren wollten?«

»Na ja, Amanda.«

»Außer ihr, meine ich. Kollegen bei Delray?«

»Ich musste im Büro Bescheid sagen, dass ich den ganzen Tag außer Haus bin, deshalb… ja, ich habe einigen Leuten davon erzählt.«

»Wie vielen? Drei, vier?«

»Unserer Abteilungssekretärin, weil sie Telefondienst hat«, erklärte er mit unüberhörbarer Ungeduld. »Meinem direkten Vorgesetzten und seiner Sekretärin. Ich kann Ihnen die Namen gern geben.«

»Wer wusste sonst noch davon?«

»Niemand. Es sei denn, sie haben es weitererzählt.«

»Könnten diese Leute Oren Starks erzählt haben, dass Sie den Tag mit Berry verbringen?«

»Ich bezweifle, dass sie noch Kontakt mit ihm haben, aber wenn Sie das so interessiert, werden Sie sie wohl oder übel selber fragen müssen.«

Ski lächelte. »Das werde ich wohl müssen.« Ehe Lofland etwas darauf erwidern konnte, fuhr Ski fort: »Wann sind Sie gestern Morgen in Ms Kings Haus eingetroffen?«

»Gegen halb elf. Wir haben uns sofort an die Arbeit gemacht und den ganzen Tag durchgeackert.«

Ski blätterte in seinen Notizen. »Und dann sind Sie in den Pool gesprungen?«, fragte er betont beiläufig.

Wieder warf Lofland seiner Frau einen Blick zu, die noch immer mit dem Rücken zu ihnen am Fenster stand. »Nachdem wir fertig waren, hat jeder ein paar Bahnen gezogen, um sich ein bisschen abzukühlen und die Schultern zu lockern.«

»Hatten Sie eine Badehose mitgebracht?«

Mit dieser Frage schien er nicht gerechnet zu haben. »Äh ... nein. Aber ich hatte noch eine Sporthose im Wagen.«

»Wie praktisch.« Lofland schwieg. »Ich vermute, die Shorts liegen noch im Haus?«, fuhr Ski fort.

»Ich habe sie an einen Handtuchhaken im Gästebadezimmer gehängt.«

»Okay.« Ski ließ die Worte einen Moment im Raum hängen, dabei hatte er die Sporthose längst gefunden, genauso wie Lofland es beschrieben hatte. Er wollte ihn lediglich vor seiner Frau in Verlegenheit bringen und beobachten, was passierte. Wieder richtete er seine Aufmerksamkeit auf seine Notizen, obwohl er genau wusste, was auf dem Block stand. »Und dann haben Sie und Ms Malone ein paar Steaks auf den Grill geworfen.«

»Wir hatten das Mittagessen ausfallen lassen und waren hungrig.«

»Es war spät geworden, deshalb haben Sie beschlossen, über Nacht zu bleiben.«

»Erst nachdem ich mit Amanda gesprochen hatte«, erwiderte Lofland schnell. »Berry und ich hatten etwas gegessen, danach habe ich ihr beim Aufräumen geholfen, und es war schon eine ganze Weile dunkel. Dabei wird es frühestens um halb zehn dunkel. Also habe ich meine Frau angerufen.«

»Es war drei Minuten nach elf«, bemerkte Amanda, ohne sich umzudrehen.

Lofland wandte sich Ski zu. »Ich hatte gar nicht mitbekommen, dass es schon so spät war. Aber Amanda meinte, ich solle lieber nicht mehr nach Houston zurückfahren«, fügte er kleinlaut hinzu.

Ski nickte. »Wahrscheinlich war es klüger.«

»Stimmt. Ich wäre nicht vor ein Uhr früh zu Hause gewesen.«

»Außerdem hätten Sie sowieso nicht mehr fahren dürfen, nachdem Sie schon etwas getrunken hatten.«

Amanda fuhr herum und starrte ihren Ehemann an, der den Blick von ihrem Rücken löste und ihn mit einer Mischung aus Unbehagen und Verärgerung auf Ski richtete. »Berry und ich haben ein Glas Rotwein zu unseren Steaks getrunken.«

»Und Bier.«

Lofland sog seine Unterlippe zwischen die Zähne. »Ich

habe zwei Bier getrunken, während wir auf die Steaks gewartet haben.«

»Und Ms Malone?«

»Eines.«

»Äh.« Ski blickte auf Amandas stocksteife Gestalt, ehe er sich wieder Lofland zuwandte. »Sie haben im Wohnzimmer gegessen?«

»Nein, im Essbereich.«

Ski bedachte Lofland mit einem langen Blick, der ihm verriet, dass er die Weingläser auf dem Tisch vor dem behaglich aussehenden Sofa sehr wohl bemerkt hatte. Er beschloss jedoch, Lofland solle die Bedeutung dieser Frage seiner Frau lieber selbst erklären.

Dann klappte er sein Notizbuch zu und verstaute es in seiner Tasche. »Das ist für den Augenblick erst einmal alles.«

»Gut«, sagte Lofland. »Ich fühle mich hundsmiserabel und würde jetzt gern schlafen.«

Ski versprach, ihn lediglich zu stören, wenn etwas Wichtiges passieren sollte, und sie über die Entwicklungen bei der Jagd auf Oren Starks auf dem Laufenden zu halten. Auf dem Weg hinaus begegnete er einer Schwester mit einem Tablett, auf dem ein Gummischlauch, eine Injektionsnadel und mehrere Plastikröhrchen lagen. Ski hielt ihr die Tür auf und trat auf den Korridor hinaus, wo Berry Malone noch immer Wache stand.

»Wahrscheinlich wird es einen Moment dauern, während sie ihm Blut abnimmt«, sagte er.

Sie nickte. »Wie geht es ihm?«

»Besser, als tot zu sein, was unter diesen Umständen durchaus hätte passieren können.«

»Sie tun es schon wieder«, stieß sie wütend hervor.

»Wie?«

»Sie machen ständig irgendwelche Bemerkungen, die meisten davon abfällig, obwohl eine einfache Antwort völlig ausreichen würde.«

Er vergrub die Hände in den Gesäßtaschen seiner Jeans, ehe ihm bewusst wurde, dass er dadurch den Blick auf seine Waffe im Holster am Gürtel freigab, und ließ die Arme sinken. »Ihr Freund fühlt sich erwartungsgemäß nicht besonders, aber der Arzt, mit dem ich auf der Fahrt hierher telefoniert habe, meint, es sei ein glatter Durchschuss gewesen, und er würde sich wieder vollständig erholen. Und er hat eine tolle Narbe, die er mit Stolz herumzeigen kann.«

Die Schwester kam mit dem Tablett heraus, auf dem mehrere mit Blut gefüllte Plastikröhrchen lagen. Trotzdem schien Berry zu zögern, das Krankenzimmer zu betreten. »Wie geht es ihm sonst? Mental, meine ich. Er muss mich doch hassen«, sagte sie.

»Weshalb denn?«

»Ich habe ihn hier antanzen lassen, und dann wird er in meinem Haus angeschossen! Die arme Amanda.«

»Er hat gesagt, er hätte sie vorher angerufen.«

»Hat er auch.«

»Und sie hat ihm erlaubt, über Nacht zu bleiben.«

»Es war schon spät.«

»Das wusste sie.« Ski hielt inne und wartete auf Berrys Reaktion. »Allerdings wusste sie nichts von dem Bier vor dem Essen und von dem Rotwein.«

Berry stemmte die Hände in die Hüften. »Was wollen Sie damit sagen? Dass etwas zwischen uns gelaufen ist, nur weil wir etwas getrunken haben?«

»Nein. Ich habe mich nur gefragt ...«

»Was?«

»Welcher Rotwein zu einem Arbeitstreffen passt.«

»Den Wein habe ich erst aufgemacht, als wir mit der Arbeit fertig waren, und Cabernet passt ganz ausgezeichnet zu Filetsteaks«, erwiderte sie mit übertriebener Geduld.

»Und wann haben Sie den Morgenrock angezogen?«

Sie musterte ihn sekundenlang, ehe sie verwirrt den Kopf schüttelte. »Wovon reden Sie da?«

Ski trat einen Schritt näher. »Als ich kam, waren Sie lediglich mit einem Morgenrock bekleidet.«

Einen Morgenrock aus einem weichen, fließenden Stoff, der sich um ihren feuchten Körper geschmiegt und sich angefühlt hatte, als löse er sich zwischen seinen Finger auf, als er versucht hatte, sie festzuhalten. Das Bild, das sich vor sein inneres Auge schob, war überaus eindringlich. Und völlig deplatziert. Ebenso wie die irrationale Verärgerung, mit der er sich an sie wandte. »Wann haben Sie diesen Morgenrock übergestreift? Nachdem Sie Ihren nassen Badeanzug ausgezogen hatten? War er das einzige Kleidungsstück, das Sie während des Abendessens mit Lofland anhatten?«

Er beugte sich zu ihr vor. Unnötig dicht. Wieso? Um die Wahrheit aus ihr herauszukitzeln? Oder aus einem Grund, der rein gar nichts mit den Ermittlungen zu tun hatte?

In diesem Augenblick trat Amanda Lofland aus dem Krankenzimmer ihres Mannes. Die Missbilligung über Berrys Anblick war ihr deutlich ins Gesicht geschrieben.

Ski wich eilig zurück, sorgsam darauf bedacht, eine angemessene Distanz zwischen sich und Berry zu schaffen.

»Hallo, Amanda«, sagte Berry in einem Tonfall, in dem zumindest für Skis Empfinden aufrichtiges Mitgefühl mitschwang. »Wie geht es Ben?«

»Er schläft.«

Amandas knappe Erwiderung spiegelte die Wut wider, die in ihr zu brodeln schien.

»Ich kann gar nicht sagen, wie leid mir das alles tut«, fuhr Berry fort. »Ich wäre froh, wenn Oren auf mich geschossen hätte, statt auf …«

»Das bezweifle ich«, unterbrach Amanda sie mit einem bitteren Lachen.

»Aber ich meine es ernst.« Berrys Stimme drohte zu brechen. »Ich hätte nie im Leben gedacht, dass Oren zu so etwas fähig ist.«

Doch Amanda schien gar nicht hinzuhören. Stattdessen starrte sie Berry mit unverhohlenem Hass an. »Du musstest es unbedingt beweisen, stimmt's?«

»Was denn?«

»Dass Ben sofort angetanzt kommt, wenn du nur mit den Fingern schnippst.«

»Wovon redest du da?«

»Du erträgst es nicht, dass er mit mir glücklich verheiratet ist. Du hast ihn hierhergelockt, um …«

»Amanda, was …«

»Ich fand die Vorstellung, dass er einen ganzen Tag mit dir hier draußen verbringt, absolut grauenhaft. Aber ich habe so getan, als würde es mir nichts ausmachen. Schließlich war es doch rein geschäftlich, oder?«

»Genau das war es auch. Der Abgabetermin für die Kampagne ist kommenden Montag, und wir dürfen auf keinen Fall überziehen.«

»Genau. Das heißt, ich hätte wie der letzte Drache dagestanden, wenn ich ihm verboten hätte, herzukommen. Was wäre ich für eine Ehefrau, wenn ich gezeigt hätte, dass ich meinem Mann nicht über den Weg traue?«

»Aber du kannst ihm doch trauen. Er liebt dich heiß und innig. Er hat dich mehrmals während des Tages angerufen. Das habe ich selber gehört.«

»Oh ja, er hat alle paar Stunden angerufen, um mich zu beruhigen, dass ihr beide bis über die Ohren in Arbeit steckt.«

»Genau so war es auch.«

»Zwischen kurzen Planschereien im Pool und einem hübschen Gläschen Rotwein.«

Berry stöhnte. »So lief es doch nicht. Bitte, Amanda, tu das nicht.«

Sie streckte die Hände vor, doch Amanda Lofland wich zurück. »Fass mich nicht an. Und halte dich von meinem Mann fern.«

Sie trat an ihnen vorbei und stürzte davon, wobei sie um ein Haar zwei Leute über den Haufen rannte, die wenige Meter neben ihnen gestanden und alles mit angehört hatten.

Ski bemerkte sie erst jetzt. Caroline King sah ihre Tochter bestürzt an. Die Miene des Mannes mit den markanten Zügen neben ihr war nicht ganz so einfach zu deuten, doch seine tief liegenden Augen waren ebenfalls auf Berry gerichtet.

6

Dodge war heilfroh, in diesem Augenblick den Mund halten zu dürfen, denn ihm wäre beim besten Willen nichts eingefallen, was er hätte sagen können.

Er hatte schon zu viel gesehen und erlebt, als dass ihm die Grausamkeit, die ein Mensch einem anderen zufügte, noch nahegegangen wäre. Ihn brachte so schnell nichts aus der Fassung. Oh, der Anblick hungernder Kinder in Afrika oder amerikanischer Soldaten, die im Namen des Gottes irgendwelcher Fanatiker brutal zerfetzt wurden, ließ ihn natürlich nicht kalt, doch war es eher Wut als Mitleid, was er empfand. Für Mitleid war nur sehr wenig Platz im Herzen eines überzeugten Zynikers. Dasselbe galt auch für alle anderen Sentimentalitäten.

Er hatte geglaubt, er sei gewappnet, seine Tochter zu sehen. Schließlich hatte er sie nie kennengelernt; er war niemals Teil ihres Lebens gewesen und hatte keine innere Bindung zu ihr aufgebaut, nur um danach erleben zu müssen, wie sie ihm entrissen wurde. Es gab keine Fotos von ihnen beiden, er teilte keine Erinnerungen mit ihr so wie mit Caroline.

Abgesehen vom Blut, das in ihren Adern floss, gab es nichts, was ihn mit seiner Tochter verband. Er war davon ausgegangen, ein leises Flattern in der Magengegend zu spüren oder vielleicht feuchte Hände zu bekommen, mehr aber auch nicht. Und dass diese Regungen genauso schnell verfliegen würden, wie sie gekommen waren.

Aus diesem Grund traf ihn die Wucht der Gefühle völlig unvorbereitet, als er und Caroline um die Ecke des Krankenhausflurs bogen.

Kaum fiel sein Blick auf die schlanke junge Frau mit dem kastanienbraunen Haar, schien es, als erwache ein instinktiver Erkennungsmechanismus in jeder einzelnen Zelle seines Körpers zum Leben; so als gingen sie in Habachtstellung und verkündeten lautstark: »Ja, die kenne ich.«

Sein Herzschlag drohte auszusetzen. Er musste sich beherrschen, sich nicht die Hand auf die Brust zu pressen und nach Luft zu schnappen. In seinen Ohren rauschte es. Ihm war schwindlig, und seine Beine drohten unter ihm nachzugeben, sodass er beinahe nach Carolines Arm greifen und sich an ihr festhalten musste.

Noch verblüffender als all die körperlichen Reaktionen waren aber die Gefühle, die ihn überkamen – ein dumpfes Ziehen tief in seinen Eingeweiden, ein Gefühl der Enge in der Brust, ein heftiges Stechen, das sich in seine Seele zu bohren schien, allesamt von schmerzhafter Intensität.

Diese bildschöne junge Frau, deren Haar, Augen und Teint dieselbe Farbe hatten wie Carolines, war seine Tochter, sein Fleisch und Blut – ein Wunder, dessen Anblick ihn zu überwältigen drohte. Zum zweiten Mal. Nur war er beim ersten Mal zu jung, zu dumm und viel zu verliebt in ihre Mutter gewesen, um das Wunder der Geburt in seiner Gänze zu erfassen.

Und zugleich spürte er einen Impuls in seinem Innern, der ihn noch mehr verblüffte; einen Impuls, der seinen körperlichen und emotionalen Regungen in nichts nachstand: Von einer Sekunde zur nächsten mutierte er zu einer Art Conan, der Barbar; einem Geschöpf, das sein Fleisch und Blut notfalls mit der Rohheit eines wilden Tiers beschützen und verteidigen würde. Gott möge jedem helfen, der es wagte, seiner Tochter etwas anzutun. Er würde ihm bei lebendigem Leib das Herz herausreißen, ohne auch nur mit der Wimper zu zucken.

Ja, angesichts all dieser neuen und überwältigenden Gefühle, die in ihm tobten, war es nur gut, dass er nichts zu sagen brauchte. Aber Gott (oder wer auch immer bei dieser Show hier das Sagen hatte) ließ Gnade walten und ihn die nächsten Sekunden überstehen, ohne sich komplett zum Narren zu machen.

Es gelang ihm, obwohl seine Knie sich spontan aufgelöst zu haben schienen, halbwegs normal neben Caroline den Korridor entlangzugehen. Doch so groß seine Freude, Berry zu sehen, auch sein mochte, hatte Caroline ihn gewarnt, sie sei nicht sicher, wie Berry reagieren würde, wenn sie erfuhr, dass ihr Vater vor ihr stand.

Vielleicht wäre sie genauso nervös wie er. Vielleicht würde sie ihm auch ins Gesicht spucken, sich weigern, ein Wort mit ihm zu wechseln. Durchaus möglich, dass sie einen Wutanfall bekam und tobte, oder aber sie stieß einen entsetzten Schrei aus und fiel in Ohnmacht. Wie auch immer ihre Reaktion ausfiel – er würde damit leben müssen. Mit dem Besten konnte er nicht rechnen, verdient hätte er das Allerschlimmste, und innerlich war er auf alles gefasst.

Doch der gefürchtete Moment der Wahrheit würde noch ein wenig warten müssen, denn im Augenblick war Berry mit anderen Dingen beschäftigt. Dodge und Caroline waren nahe genug herangekommen, um den Wortwechsel zwischen ihr und der zierlichen Blondine mit dem wutverzerrten Gesicht mitzubekommen.

»Oh ja, er hat alle paar Stunden angerufen, um mich zu beruhigen, dass ihr beide bis über die Ohren in Arbeit steckt.«

»Genau so war es auch.«

»Zwischen kurzen Planschereien im Pool und einem hübschen Gläschen Rotwein.«

Berry stöhnte. »So lief das doch nicht. Bitte, Amanda, tu das nicht.«

Doch ihre Bitte fand kein Gehör. Nachdem die Blondine Berry angeherrscht hatte, sie nicht anzurühren und die Finger von ihrem Mann zu lassen, trat sie um einen hoch gewachsenen, kräftigen Kerl in Cowboystiefeln herum, wobei sie um ein Haar gegen ihn und Caroline geprallt wäre. Sie murmelte eine Entschuldigung und taumelte weiter.

Dodge legte die Hand an Carolines Ellbogen. »Sie hätte dich beinahe über den Haufen gerannt. Alles klar?«

Caroline nickte abwesend und trat eilig zu ihrer Tochter. »Gütiger Himmel, Berry. Was war das denn?«

»Oh, Mutter, es wird von Stunde zu Stunde schlimmer.«

Caroline drehte sie an den Schultern herum und begann leise auf sie einzureden. Dodge und der Pseudo-Cowboy, die aus dem vertraulichen Gespräch ausgeschlossen waren, nutzten die Gelegenheit, einander prüfend anzusehen. »Ski Nyland«, stellte sich der Polizist schließlich vor.

Dodge ergriff seine ausgestreckte Pranke und schüttelte sie. »Der stellvertretende Sheriff.«

»Genau.«

Er hatte graue, kühl dreinblickende Augen und verströmte eine souveräne Sachlichkeit, genau wie Caroline es beschrieben hatte. »Ich habe schon von Ihnen gehört«, sagte Dodge.

»Aha.« Er hielt inne. »Und wer sind Sie?«, fragte er dann.

Dodge konnte ihm seine Direktheit unter den gegebenen Umständen nicht verübeln und beschloss, mit derselben Direktheit zu antworten. »Ich bin ein Freund der Familie.« Er warf einen Blick über seine Schulter in die Richtung, in der die Blondine verschwunden war. »Ben Loflands Frau?«, fragte er und drehte sich wieder herum.

Der Deputy nickte. »Und sie ist nicht gerade bester Dinge.« Sein Handy läutete. »Entschuldigung«, sagte er und kehrte Dodge den Rücken zu.

Berry und Caroline redeten immer noch im Flüsterton miteinander, deshalb beschloss Dodge, sich auf die Suche nach Ben Loflands unglücklicher Frau zu machen, die offenbar dringend jemanden zum Reden brauchte.

Und siehe da – schon steckte er bis zur Hutschnur drin. Das hier war sein Mädchen, sein Problem und folglich auch sein Kampf.

Eine halbe Stunde später läutete Dodges Telefon. Er sah Carolines Nummer auf dem Display. »Wo sind Sie?«, fragte sie, kaum dass er abgehoben hatte – das »Sie« verriet ihm, dass sie nicht allein war.

»Draußen. Eine rauchen.«

»Wir sind gerade auf dem Weg nach draußen.«

»Hast du Berry gesagt …«

»Nein.«

Er ließ die Nachricht einen Moment auf sich wirken. »Ich warte im Wagen«, sagte er dann.

Sie legten auf. Dodge ging einen der hübsch angelegten Wege entlang über das Krankenhausgelände bis zum Parkplatz, wo er und Caroline ihre Autos nebeneinander abgestellt hatten. Er drückte seine Zigarette aus, stieg ein und startete den Motor, um die Klimaanlage anwerfen zu können.

In Atlanta konnte es an manchen Tagen ziemlich schwül werden, aber, heilige Scheiße, hier in der texanischen Pampa war es, als schlage einem jemand ein nasses Handtuch um die Ohren. Alles klebte – Haare, Kleider, Haut. Die Luftfeuchtigkeit verstopfte die Nase und die Bronchien. Die gnadenlose Schwüle war einer der Gründe, weshalb er dreißig Jahre zuvor der texanischen Küstenregion den Rücken gekehrt hatte. Der einzige Grund.

Er sah die beiden Frauen aus dem Krankenhaus kommen. Berry war einen Kopf größer als Caroline, aber ebenso zartgliedrig, und sie bewegte sich mit derselben Anmut. Als sie den Wagen erreichten, beugte Caroline sich zu Dodge hinunter. »Fahren Sie mir einfach nach«, sagte sie durch das heruntergelassene Fahrerfenster.

Er nickte und blickte an ihr vorbei zu Berry, die bereits die Beifahrertür von Carolines Wagen geöffnet hatte. Sie zog ihre Sonnenbrille ein Stück nach unten und musterte ihn neugierig über das Wagendach hinweg. Nach einer scheinbaren Ewigkeit – Dodges Herz schlug wie ein Presslufthammer in seiner Brust – schob sie die Sonnenbrille wieder hoch und stieg ein.

Es dauerte mehrere Minuten, bis sich sein Herzschlag wieder beruhigt hatte. Dodge fragte sich, was Caroline Berry erzählt haben mochte. Wie hatte sie ihrer Tochter sein unvermitteltes Auftauchen erklärt?

Tja, er würde es in absehbarer Zeit erfahren.

Die Fahrt vom Krankenhaus zu Carolines Haus am Seeufer dauerte exakt siebzehn Minuten, von denen mindestens drei auf das Konto der Ampel an der Bowie Street, der Hauptstraße quer durch Merritt, gingen.

Dodge folgte Carolines Wagen am Footballstadion der Highschool am Stadtrand vorbei, ehe sie auf die Lake Road bog, die, wie der Name bereits ahnen ließ, zum See führte. Nach etwa fünf Meilen gelangten sie an eine T-förmige Kreuzung mit einem Lebensmittel- und Anglerbedarfsladen, einer Pier und einem öffentlichen Bootsanleger. Dahinter erstreckte sich der See. Links und rechts davon führten zwei schmale, von Pinien gesäumte Straßen zu den Anwesen.

Caroline bog nach links ab und fuhr die gewundene Straße am Ufer entlang, vorbei an einer Reihe exklusiv und luxuriös wirkender Häuser, die hinter extravaganten Hecken und hohen Mauern verborgen lagen. Einige von ihnen standen zum Verkauf. *Caroline King Immobilien* stand in weißen Kursivbuchstaben auf dem dunkelgrünen Schild mit dem Krönchen auf dem K ihres Nachnamens.

Carolines Haus befand sich etwa hundert Meter von der Straße zurückversetzt auf einer Lichtung inmitten des Waldes. Inzwischen waren die Pinien und Eichen hohen, schlanken Zypressen gewichen, und die Sonnenstrahlen tanzten auf der glatten Wasseroberfläche. Ein kurzer Anleger führte ein Stück nach draußen aufs Wasser, doch von einem Boot war nichts zu sehen.

Das Haus selbst war erstaunlich bescheiden – bei Weitem nicht so pompös wie einige der Anwesen, an denen sie vorbeigefahren waren. Die Schindeln waren taubengrau gestrichen, dazu weiße Fensterläden und Verandasäulen. Vor und hinter dem Haus befand sich ein mit dichtem Büffelgras bewachsener Garten, der bis an den Rand der Lichtung reichte, während gepflegte, mit Pinienmulch bedeckte Beete mit leuchtend bunten Blumen einen hübschen Farbtupfer inmitten von all dem Grün bildeten.

Er hielt neben Carolines Wagen, schaltete den Motor ab und stieg aus. Wieder fühlten sich seine Knie ziemlich schwammig an.

»Ich würde euch lieber drinnen bekannt machen. Berry und ich kriegen leicht Sommersprossen, deshalb sollten wir besser aus der Sonne gehen.«

Ich weiß, lag ihm auf der Zunge. Schließlich hatte er einmal eine geschlagene Nacht damit zugebracht, jede einzelne davon zu küssen. Noch immer hatte er keinen blassen Schimmer, was Caroline Berry über ihn erzählt hatte – *das* jedenfalls nicht, so viel stand fest. Schweigend folgte er den beiden Frauen über die hintere Verandatreppe nach oben und durch eine Tür, die in die Küche führte.

»Ich hoffe, es stört Sie nicht, dass wir durch die Hintertür reinkommen, Mr Hanley«, sagte Caroline, »aber wir nehmen es hier mit den Förmlichkeiten nicht so genau und benutzen die Eingangstür nur selten.« Sie klang ein wenig atemlos, genauso wie zuvor, als sie sich in Mabel's Teestube gegenübergesessen hatten. »Berry, das ist Dodge Hanley.«

Berry nahm ihre Sonnenbrille ab, legte sie neben ihre Handtasche auf den Küchentisch und streckte ihm die Hand hin. »Hallo.«

Er ergriff sie und spürte zum ersten Mal ihre Haut. »Hi.« Sekundenlang brachte er keinen weiteren Ton heraus. »Nennen Sie mich ruhig Dodge«, murmelte er dann.

»Wie wär's mit einem Glas Eistee?«, fragte Caroline, immer noch in diesem aufgesetzt fröhlichen Tonfall.

Berry musterte ihn eindringlich. »Klingt gut«, sagte sie geistesabwesend.

»Gern«, sagte er.

Caroline schlug vor, dass die beiden ins Wohnzimmer gingen und es sich gemütlich machten, während sie sich um den Eistee kümmerte.

»Hier entlang«, sagte Berry und trat durch einen Durchgang.

Dodge warf Caroline einen bestürzten Blick zu. »Los, geh schon. Es ist alles in Ordnung«, flüsterte Caroline.

Er folgte der jungen Frau aus der Küche. »Mutter sagt, Sie seien Privatdetektiv«, sagte sie ohne Umschweife.

Caroline hatte also beschlossen, sich bis zu einem gewissen Grad an die Wahrheit zu halten. Die Wahrheit war immer gut, wenn es ans Lügen ging. »Stimmt.«

»Ich habe noch nie einen Privatdetektiv kennengelernt.«

»Unsere Arbeit läuft jedenfalls nicht so ab wie im Fernsehen.«

»Inwiefern unterscheidet sie sich denn?«

»Na ja, ich musste noch nie von einem Hochhaus springen, weil jemand auf mich geschossen hat, oder bin noch nie von einem üblen Burschen in einer dunklen Gasse geschnappt worden. Meistens mache ich eher Jagd auf Akten als auf Menschen.«

Sie lächelte, als sei sie nicht sicher, ob sie ihm tatsächlich glauben sollte. »Und Sie sind aus Atlanta?«

»Ja. Aber ich lebe jetzt hier. Ich arbeite für einen Anwalt. Einen Strafverteidiger. Den allerbesten. Oder vielleicht auch allerschlimmsten«, fügte er hinzu. »Je nachdem, auf welcher Seite man steht.«

»Ein knallharter Bursche?«

»Der härteste von allen. Ich habe gehört, wie ein Staatsanwalt mal gemeint hat, Derek gebe morgens Glasscherben über seine Frühstücksflocken statt Milch.«

Wieder lächelte sie, doch dann runzelte sie die Stirn. Sie trat zur Tür und schaltete den Deckenventilator an. »Heute Morgen war ein Putztrupp hier. Ich kann das Lösungsmittel noch riechen. Sie nicht auch?«

»Nein. Mein Geruchssinn ist komplett im Eimer. Zu viele Zigaretten.«

»Ich habe auf der Highschool auch mal geraucht. Nur eine einzige. Aber Mutter hat mich erwischt. Damals wäre ich jede Wette eingegangen, dass sie so was wie Superkräfte hat – Augen im Hinterkopf und ein unnatürlich ausgeprägtes Gehör. Jedenfalls hatten sie und Daddy einen Riesenstreit deswegen, ich habe zwei Wochen Hausarrest bekommen, und, was noch viel schlimmer war, einen Monat Handyverbot. Ich habe mir nie wieder eine angezündet.«

Er lächelte, doch beim Wort »Daddy« schnitt sich ein Messer durch sein Herz. »Gut. Sehr gut. Rauchen ist eine absolut dämliche Angewohnheit.«

Sie blickte ihm direkt in die Augen, dann deutete sie auf einen Schaukelstuhl. »Bitte entschuldigen Sie, ich vergesse heute meine Manieren. Setzen Sie sich doch.«

Sie ließ sich in die eine Ecke des Sofas sinken, als Caroline ein Tablett mit drei hohen schlanken Gläsern hereintrug, das sie auf dem Couchtisch abstellte.

»Unsere Weingläser«, murmelte Berry.

Dodge nahm das Glas entgegen, das Caroline ihm reichte. Trotz Zuckerdose und Löffeln auf dem Tablett bot Caroline ihm keinen Zucker an, da sie wusste, dass er seinen Kaffee zwar mit zwei Löffeln, seinen Tee jedoch lieber pur trank. Er fragte sich, ob Berry es mitbekommen hatte. Offenbar nicht, denn sie starrte noch immer wie gebannt auf das Tablett.

»Was ist damit, Schatz?«, fragte Caroline, gab Zucker in eines der Gläser und reichte es Berry.

Berry nahm es entgegen und nippte daran, während sie aus ihrer Trance zu erwachen schien. »Gar nichts.«

Sie blickte zu Dodge hinüber, der sich darum bemühte, möglichst still zu sitzen, da der Schaukelstuhl bei jeder Bewegung ein vernehmliches Knarzen, fast schon eine Art Stöhnen von sich gab.

Berry stellte ihr Glas auf das Tablett zurück, rieb sich die von den Kondenstropfen feuchten Hände und warf einen Blick in Carolines Richtung, ehe sie sich erneut an Dodge wandte. »Mir ist nicht ganz klar, weshalb Mutter Sie engagiert hat.«

»Das habe ich dir doch erklärt«, warf Caroline ein. »Mr Hanley genießt einen ausgezeichneten Ruf.«

»Richtig, das hast du mir erzählt, Mutter. Du kennst ihn über eine Freundin in Houston, für die er mal gearbeitet hat.« Wieder richtete sie den Blick auf ihn. »Aber ich wüsste nicht, was er für mich tun kann. Für uns.«

»Das weiß ich auch nicht. Aber nach allem, was Ihre Mutter mir erzählt hat und was ich im Krankenhaus vorhin selbst erlebt habe, steht wohl außer Frage, dass Sie ziemlich in der Patsche stecken«, entgegnete Dodge.

»Mr Hanley ...«, sagte Caroline.

»Lassen wir das mit dem Mr Hanley.«

Sein barscher Tonfall brachte sie für einen Moment zum Schweigen.

Wenn er ungehaltener geklungen hatte als beabsichtigt, tat es ihm leid, aber die förmliche Anrede trieb ihn nun mal auf die Palme. Und war es nicht ein klein wenig albern, dass sie ihn nicht beim Vornamen nannte, noch dazu, wenn man in Betracht zog ...

Nein, es war wohl klüger, lieber in Betracht zu ziehen, dass sie ...

»Tut mir leid«, lenkte sie ein. »Wenn Sie lieber mit dem Vornamen angesprochen werden wollen ...«

»Ich bestehe darauf, Caroline.«

»Gut, Dodge.«

»Tja, ich bin jedenfalls Berry.« Ihre Tochter schien den kleinen Disput mit einer Mischung aus Belustigung und Verwirrung zu verfolgen. Sie blickte zwischen ihnen hin und her, ehe sich ihr Blick auf ihre Mutter heftete. »Mutter, du sagtest gerade ...«

»Ach ja. Ich sagte gerade, dass Dodge jahrelange Erfahrung mit der Ermittlung in Kriminalfällen hat. Und ich dachte, es wäre gut, jemanden an unserer Seite zu haben, der sich mit so etwas auskennt.«

»Wieso das denn?«, fragte Berry.

»Erstens, um das Arschloch zu finden, das gedroht hat, Sie umzubringen.« Dodge hielt inne. »Bitte entschuldigen Sie meine Ausdrucksweise.«

Berry wiegelte mit einer ungeduldigen Geste ab.

»Ich muss diesen Kerl finden, bevor er seine Drohung wahr machen kann«, fuhr Dodge fort.

»Aber ist das nicht Aufgabe der Polizei?«, fragte Berry.

Dodge schnaubte abfällig. »Etwa unser kleiner Wild Bill Hickok?«

Sie lachte. »Sie meinen Deputy Nyland?«

»Ich mag ihn«, erklärte Caroline in unerschütterlicher Treue.

Berry sah sie verblüfft an. »Aber du bist ihm doch nur ein einziges Mal begegnet.«

»Stimmt. Aber was ich gesehen habe, gefällt mir trotzdem.«

Dodges kurzer Anfall von Eifersucht war völlig deplatziert, trotzdem ließ es sich nicht leugnen. Was um alles in der Welt gefiel Caroline denn an dem großen, grobschlächtigen Deputy Nyland? Sein von der Sonne gebräuntes Gesicht und das sandfarbene Haar? Die breiten Schultern und der flache Bauch? Der strenge Zug um den Mund und das Grübchen am Kinn?

»Nyland mag ein tüchtiger Kerl sein«, grummelte er. »Und bestimmt ist er auch kompetent genug, aber ich habe definitiv nicht dasselbe Vertrauen in unsere Gesetzeshüter wie Sie, Berry. Ich habe schon flüchtige Täter aufgestöbert, als die Polizei noch dabei war, sich eine Strategie für die Suche zu überlegen. Bei mir fällt der gesamte Papierkram weg. Und ich muss mir nicht erst die Erlaubnis von irgendwelchen Idioten einholen, die wesentlich ahnungsloser sind als ich. Ich muss mich weder an Vorschriften halten noch mich fürchten, dass ich wieder den Verkehr regeln muss, wenn das Ganze in die Hose geht.«

Berry sah Caroline an, die ihre Hand ergriff und sie drückte. »Dodge kann sich doch mal ein bisschen umsehen und uns auf dem Laufenden halten über seine Beobachtungen. Wir müssen auf alles vorbereitet sein. Ich will nicht, dass es uns völlig aus heiterem Himmel trifft, wenn Oren Starks plötzlich wieder auftaucht.«

»Allerdings.« Berry wandte sich erneut an Dodge. »Aber brauchen Sie dafür keine offizielle Lizenz des jeweiligen Bundesstaats, in dem Sie arbeiten?«

Er zuckte die Achseln. »Keine Ahnung. Kann sein. Wahrscheinlich.«

Sie lachte. »Aber das stört Sie nicht.«

»Stört es Sie?«

Sie sah ihre Mutter an. »Wir, äh, Dodge und ich hatten noch keine Zeit, die Art seiner … äh … Tätigkeit in sämtlichen Details zu besprechen«, stammelte Caroline.

Er kam ihr zu Hilfe. »Ich habe mich Deputy Nyland als Freund der Familie vorgestellt. Das heißt, ich arbeite nicht offiziell für Sie.«

»Zumindest so lange, bis Sie uns die Rechnung schicken«, bemerkte Berry trocken. »Apropos Rechnung. Was nehmen Sie eigentlich für das *bisschen Umhören*?«

»Ein angemessenes Honorar. Ich werde Sie jedenfalls nicht über den Tisch ziehen, das kann ich Ihnen versprechen. Und solange ich keinen Vorschussscheck von Ihnen bekommen habe, kann ich Deputy Nyland und jedem anderen, der danach fragt, guten Gewissens erzählen, dass meine Tätigkeit absolut inoffiziell ist.«

Offenbar hatte Berry Bedenken. »Ziemlich ungewöhnliches Arrangement. Andererseits sind die Umstände auch reichlich ungewöhnlich, zumindest für mich und Mutter. Es kann wohl nicht schaden, wenn jemand hinter den Kulissen für uns die Augen offen hält.«

»Ich bin überzeugt, Dodge wird uns eine große Hilfe sein«, warf Caroline ein.

»Weiß Mr Carlisle, dass er uns hilft?«, fragte Berry.

»Ich werde ihn zu gegebener Zeit darüber informieren.«

Berry entzog ihrer Mutter die Hand, erhob sich und begann, ruhelos im Zimmer umherzuwandern. »Ich verstehe sowieso nicht, wieso wir überhaupt einen Anwalt brauchen. Ich habe doch nichts getan.«

»Noch ein Grund mehr, einen Anwalt an der Seite zu haben«, erklärte Dodge. »Wann immer Nyland Sie befragen will, sagen Sie einfach, dass Sie nur in Gegenwart Ihres Anwalts mit ihm sprechen.«

»Aber ich habe schon mit ihm geredet.«

Dodge stieß einen Fluch aus.

»Wann denn?«, fragte Caroline.

»Vorhin, im Krankenhaus, bevor du gekommen bist. Wir haben uns unterhalten.«

»Worüber?«

»Darüber, wie Oren so ist. Über alles, was Deputy Nyland einen Hinweis auf Orens derzeitigen Aufenthaltsort geben könnte. Es war ein völlig harmloses Gespräch.«

Dodge schien seine Zweifel zu haben. »Machen Sie das bitte nicht noch mal. Verstanden? Mein Boss würde Ihnen genau dasselbe raten.«

»Das glaube ich gern. Schließlich verdient er ja sein Geld damit.«

»Stimmt. Und zwar eine ganze Stange. Aber ich würde ihm notfalls mein Leben anvertrauen. Und viele andere Menschen haben genau das getan.«

»Schuldige Menschen.«

»Auch unschuldige«, erwiderte er ruhig. »Unter anderem sogar die Frau, mit der er heute verheiratet ist.«

Caroline beugte sich interessiert vor. »Er hat eine Mandantin geheiratet? Hört sich nach einer interessanten Geschichte an.«

Dodge warf ihr einen Blick zu. »Allerdings. Die Frau steckte in Schwierigkeiten, und er war derjenige, der sie da rausgeholt hat. Eine uralte Geschichte. Mann trifft Frau, sie braucht ihn, und siehe da – schon kommt er da nicht mehr raus.«

»Und verliert der Mann die Frau am Ende wieder?«, erkundigte sich Berry.

»Nein, zum Glück für Derek und Julie hatte ihre Geschichte ein Happy End«, sagte er, ohne den Blick von Caroline zu lösen. Einen Moment lang war die Anspannung im Raum förmlich mit Händen greifbar. Schließlich wandte Caroline den Blick ab.

Dodge verlagerte umständlich sein Gewicht auf dem knarzenden Schaukelstuhl und deutete auf das Tablett auf dem Couchtisch. »Als Sie dieses Tablett vorhin sahen, ist Ihnen etwas eingefallen. Sie sagten etwas von Weingläsern«, wandte er sich an Berry.

Sie setzte sich wieder in die Sofaecke und zog die Beine an. »Nach dem Essen haben Ben und ich beschlossen, uns den restlichen Wein in der Flasche zu teilen. Wir haben hier gesessen und unsere Gläser ausgetrunken, bevor wir nach oben gingen. Offenbar hat Deputy Nyland die Gläser auf dem Tisch stehen sehen und falsche Schlüsse daraus gezogen, was hier passiert ist.«

»Angesäuseltes Gefummel?«, fragte Dodge.

»Etwas in dieser Art.« Eine vertikale Furche erschien zwischen ihren Brauen. »Ich frage mich, ob er auch die Mülltonne durchwühlt und die Bier- und Weinflaschen gezählt hat.«

»Am meisten hat Mrs Lofland Ihre kleine Happy Hour auf die Palme gebracht«, bemerkte Dodge. Die beiden Frauen blickten ihn fragend an. »Ich habe mit ihr geredet.«

»Sie haben mit ihr geredet?«

»Wann?«, fragten die beiden wie aus einem Munde.

»Nach dieser hässlichen Szene vor dem Krankenzimmer. Sie beide haben die Köpfe zusammengesteckt, und Nyland kriegte einen Anruf. Deshalb dachte ich, es wäre vielleicht eine gute Idee, nach der kleinen Lady zu sehen und herauszufinden, was sie auf dem Herzen hat. Sie saß ganz allein mit einer Cola in der Cafeteria und weinte. Ich ging zu ihr, sagte ihr auf den Kopf zu, mir sei aufgefallen, wie durcheinander sie sei, und ob ich ihr vielleicht helfen könnte.«

Er gab nahezu wortwörtlich die Unterhaltung mit Bens Frau wieder – die so einiges erklärte. Und die in höchstem Maße besorgniserregend war.

Als er geendet hatte, brachten weder Caroline noch Berry es über sich, ihm in die Augen zu sehen. Die dünne Kette am Deckenventilator schlug leise klappernd gegen die Metallabdeckung. Dodge sog den Atem tief in seine geteerten Lungen und ließ ihn wieder entweichen. Der Schaukelstuhl gab ein Knarzen von sich, obwohl er hätte schwören können, dass er sich nicht vom Fleck gerührt hatte. All diese Geräusche verliehen ihrem Schweigen noch größere Eindringlichkeit.

»Stimmt das, Berry?«, fragte Dodge unverblümt.

Sie nickte.

Er runzelte die Stirn und sah zu Caroline hinüber, die auf ihre Hände starrte und sie abwechselnd zu Fäusten ballte und wieder löste. Er räusperte sich und stand auf. »Ich brauche eine Zigarette.«

Er hatte den Raum zur Hälfte durchquert, als Berry, ohne den Kopf zu heben, leise sagte: »Wenn Sie wieder hereinkommen, erkläre ich Ihnen alles.«

»Das würde uns enorm helfen.«

»Nur eines verstehe ich nicht …«

»Ja?«

Sie blickte auf und sah ihn an. »Kannten Sie Amanda Lofland denn?«

»Ich habe die Frau zum ersten Mal gesehen, als sie zu Ihnen gesagt hat, Sie sollen sich von ihrem Mann fernhalten.«

»Und trotzdem hat sie Ihnen nach nicht einmal einer halben Stunde ihr Herz ausgeschüttet. Wie haben Sie es geschafft, so schnell ihr Vertrauen zu gewinnen?«

»Das ist seine Spezialität«, sagte Caroline leise.

7

Houston, Texas, 1978

Die Sondereinheit war der reinste Witz.

Zumindest in Dodges Augen. Ihr anzugehören, war nicht einmal ansatzweise so anspruchsvoll, wie man ihn glauben gemacht hatte, und bei Weitem nicht so spannend, wie er es sich selbst ausgemalt hatte. Er war heilfroh, keine Uniform tragen und keine Nachtschichten mehr schieben zu müssen, doch seine Tätigkeit bei der Einheit beschränkte sich bislang darauf, an Pflichtbesprechungen unter der Leitung aufgeblasener Egomanen teilnehmen zu müssen, die weder Konstruktives noch Informatives zum Bankräuber-Fall beizutragen hatten.

Die Truppe, bestehend aus Elitepolizisten und FBI-Agenten, schob täglich in ihrem sogenannten Headquarter Dienst – obwohl die Räumlichkeiten weit davon entfernt waren, diese Bezeichnung zu verdienen. Die diskreten, unbeschilderten Büros waren im Erdgeschoss eines unauffälligen Bürogebäudes am Stadtrand untergebracht. Es war das mit Abstand heruntergekommenste Gebäude im gesamten schäbigen Viertel, dessen einziger Pluspunkt die billige Miete darstellte.

Hier brachten sie Stunden damit zu, Augenzeugenberichte vergangener Überfälle durchzuackern, sich Videos der Überwachungskameras anzusehen, sich gegenseitig auf ihre Fortschritte bei der Verfolgung von Hinweisen auf den neuesten

Stand zu bringen und über die weitere Vorgehensweise zu diskutieren.

Die Behauptung, das Sondereinsatzkommando setze sich aus Elitebeamten zusammen, war absolut lachhaft. Sie kauten die Aussagen durch und sahen sich die Videos so lange an, bis sie sie auswendig kannten. Sie hatten rein gar nichts in der Hand und keine Ahnung, wie sie die Ermittlungen fortführen sollten. Keiner von ihnen, und schon gar nicht die zuständigen Vorgesetzten, hatte den Hauch einer Idee, wie sie dem Bankräuber jemals das Handwerk legen sollten. Und ihre superwichtigen Meetings dienten meist nur als Plattform für Veteranengeschichten über irgendwelche großen Fische, die ihnen in grauer Vorzeit ins Netz gegangen waren.

Als Nächstes machten versaute Witze die Runde, dann wurde in aller Ausgiebigkeit über Autos diskutiert, über Sportveranstaltungen schwadroniert und unsinnige Wetten abgeschlossen. Sie schütteten literweise teerschwarzen Kaffee in sich hinein und stopften sich mit Fast Food voll. Die Raucher verpesteten die Luft in den Büros. Sie warfen einander Beleidigungen an den Kopf und zogen über Klamotten, Autos, Alma Mater, Ehefrauen, Mütter und Hunde ihrer Kollegen her. Sie veranstalteten Furzwettbewerbe. Sie ließen sich endlos über Frauen aus – diejenigen, die sie bereits flachgelegt hatten, und diejenigen, die sie gern mal flachlegen würden.

Nur eines taten sie nicht – den Bankräuber schnappen.

Am Ende des zweiten Monats waren nicht nur die versauten Witze schal geworden, sondern auch die Snacks, mit denen sie sich vollstopften. Die Nerven lagen blank, und es kam immer häufiger zu Wutausbrüchen, vor allem unter den diensthöheren Beamten der Houstoner Polizei. Denn die sahen sich mit der harscher werdenden Kritik ihrer Vorgesetzten und der Herablassung der FBI-Typen konfrontiert.

Schließlich wurde ein Meeting ausschließlich für die Beamten des HPD angesetzt, in dem all diese Probleme erörtert werden sollten.

»Selbst der Chief kriegt vom Bürgermeister schon Feuer unterm Arsch gemacht. Er will unbedingt, dass der Kerl noch vor seiner Wiederwahl geschnappt wird.« Der Captain, der die Zusammenkunft leitete, hatte einen solchen Wanst, dass er seine eigenen Füße bestimmt seit Jahren nicht mehr zu Gesicht bekommen hatte. Mit wachsendem Unmut lauschte Dodge seinem Endlosmonolog und fragte sich, wie lange es her sein mochte, seit der Fettsack das letzte Mal einem Hinweis nachgegangen war, einen miesen kleinen Dreckskerl aufgestöbert und ihn hopsgenommen hatte. Und jetzt besaß der Typ auch noch die Frechheit, die dienstniedrigeren Beamten zur Sau zu machen. Dabei hatte er selbst nichts anderes getan, als seine Kollegen um Kleingeld für den Zigarettenautomaten anzuschnorren und drittklassige Witze zu erzählen.

Da es sonst nichts zu tun gab, machten sich die Mitglieder des Sondereinsatzkommandos daran, die Verdächtigen abzuklopfen. Die galten aber auch lediglich auf der Basis ihrer kriminellen Vorgeschichte als verdächtig und nicht etwa, weil einem der Männer hätte nachgewiesen werden können, dass er sich zur fraglichen Zeit am oder in der Nähe des Tatorts aufgehalten hätte.

Einer von ihnen war am vergangenen Wochenende wegen Trunkenheit am Steuer verhaftet worden. »Jetzt sitzt er wegen Verstoßes gegen die Bewährungsauflagen. Sollte er unser Mann sein, wird er in nächster Zeit wohl keine Bank mehr überfallen«, erklärte der Captain.

»Ich glaube aber nicht, dass er es ist«, warf einer der Officers ein. »Der Typ ist ein aufgeblasener Rotzlöffel. Aufbrausend und unverschämt. Der hat nicht die Coolness, die man braucht, um diese Art von Banküberfällen zu planen und durchzuziehen.«

»Beim letzten Mal hat der Typ sogar den Stinkefinger in die Überwachungskamera gehalten«, sagte ein anderer.

»Und?«

»Wenn unser Mann also so unverschämt ist, wie du behauptest, wäre ihm so was doch ohne Weiteres zuzutrauen, oder nicht? Unser Bankräuber ist ein elender Klugscheißer, der sich mit seinen Taten gern mal ein bisschen brüstet.«

»Hinter seiner Maske.«

»Kann ja sein, aber trotzdem …«

Eine Debatte brach los. Dodge, der die Meinung des ersten Kollegen teilte, hatte nichts dazu beizutragen, deshalb hielt er sich zurück und unterdrückte vergeblich ein Gähnen.

»Hanley!«

Dodge setzte sich auf seinem Stuhl auf. »Ja, Sir?«

»Wie weit sind Sie mit Madisons Freundin?«

Tommy Ray Madison, einer ihrer Verdächtigen, hatte wegen Überfalls auf ein Fast-Food-Restaurant gesessen, war jedoch inzwischen auf Bewährung draußen. Ihre Täterbeschreibung passte in puncto Körpergröße und -gewicht auf ihn.

»Wenn Sie es genau wissen wollen, bin ich nicht mal ansatzweise rangekommen, Sir«, antwortete Dodge.

»Nicht mal ein bisschen fummeln?«, gackerte einer seiner Kollegen. »Gib's zu, du hast den Schwanz eingezogen.«

»Genau so war's.«

»Wie das? Ich dachte, Sie sind unser Romeo hier im Department, Hanley.«

»Die Chemie stimmt nicht mehr. Das Mädchen hat einen Braten in der Röhre.«

»Oh, scheiße. Von wem denn? Von Madison?«

Dodge reckte den Daumen. »Sie ist im vierten Monat. Sie und Tommy Ray lieben sich heiß und innig. Er wird jetzt solide, liebt sie und das Baby und will heiraten.«

»Du sagtest doch, die Kleine hätte was in der Birne.«

»Diesen Eindruck habe ich zumindest von ihr.«

»Aber Madison ist ein beschissener Verbrecher!«, schrie der Captain. »Und sie fällt auf diesen Schwachsinn mit Blümchen und Herzchen herein?«

Dodge zuckte die Achseln. »Vielleicht ist das ja ihre Vorstellung von Liebe, Sir. Außerdem sagt sie, Tommy Ray hätte im Knast zu Jesus gefunden.«

»Wie das? Hat Jesus etwa einen Abstecher nach Huntsville gemacht?«, fragte einer der anderen in die Runde.

»Immer dort, wo man ihn am wenigsten vermuten würde«, warf ein anderer ein.

Wieherndes Gelächter brach los. Der Captain bedeutete seinen Männern, sich wieder zu beruhigen, und wandte sich erneut an Dodge. »Was glaubt die Schlampe, wer Sie sind?«

»Nur ein Stammgast, der immer die Fajita mit zweierlei Fleisch bestellt. Sie stellt mir ein Corona hin, sobald ich mich hinsetze. Mit zwei Zitronenschnitzen. Ich gebe ihr ein anständiges Trinkgeld und kann gut zuhören.«

»Sie reden also viel mit ihr?«

»So gut es geht, ohne dass sie Verdacht schöpft. Ich bleibe meistens bis kurz vor der Sperrstunde. Wenn es allmählich leerer wird, hat sie ein bisschen Zeit, mit mir zu plaudern. Ich glaube, ich habe inzwischen ihr Vertrauen gewonnen.«

»Und welche Story haben Sie ihr aufgetischt?«

»Dass ich nichts habe, wo ich sonst hin könnte. Dass ich

es hasse, in meiner Wohnung herumzuhocken, die ich mir genommen habe, weil meine Frau einen Kerl aufgegabelt hat, mit dem sie inzwischen in unserem gemeinsamen Haus lebt.«

»Ich fang gleich an zu heulen«, warf einer von Dodges Kollegen ein und betupfte seine staubtrockenen Augenwinkel. »Klingt wie ein rührseliger Country-Song.«

Der Captain runzelte die Stirn und wandte sich wieder an Dodge. »Und wie schätzen Sie die Sache ein?«

Dodge hatte ausgiebig über Tommy Ray Madison und seine Freundin nachgedacht. Ihm war sonnenklar, dass seine Einschätzung seinen Kollegen nicht gefallen würde, trotzdem hielt er nicht damit hinterm Berg.

»Sie ist ein nettes Mädchen. Viel zu nett für Madison, aber man weiß nie, wo die Liebe hinfällt. Und vielleicht hat er ja tatsächlich zu Jesus gefunden und ist heute ein anderer Mann als früher. Allerdings bin ich sicher, sie würde Tommy Ray in die Wüste schicken, wenn sie wüsste, dass er Banken ausraubt oder auch nur gegen seine Bewährungsauflagen verstößt, Baby hin oder her. Ich glaube, sie würde ihn notfalls sogar verpfeifen, nur zu seinem eigenen Besten. Die Frau ist für absolute Ehrlichkeit und so, deshalb kann ich mir nicht vorstellen, dass sie ihn decken würde, wenn er unser Mann wäre.«

»Ist er aber nicht. Das wollen Sie doch damit sagen, stimmt's?«

»Beschwören kann ich es nicht, Captain, aber er steht jedenfalls nicht ganz oben auf meiner Liste.«

Inzwischen war Ruhe eingekehrt. Die Männer saßen nachdenklich auf ihren Stühlen. Es war schmeichelhaft, dass sie seinen Worten so große Bedeutung beimaßen. Der Captain fuhr sich mit der Hand übers Gesicht und sortierte seine Fettwülste. »Machen Sie einfach so weiter, Hanley. Behalten

Sie die Kleine im Auge, und achten Sie darauf, ob sich irgendetwas an der Beziehung der beiden Turteltäubchen verändert.«

Natürlich wusste Dodge längst, wie er am besten vorzugehen hatte. Trotzdem nickte er, als wolle er sagen *Gute Idee, Captain. Werde ich machen.*

»Was ist mit der anderen? Mit Albrights Schlampe?«

Franklin Albright war ein weiterer Exhäftling auf Bewährung, doch abgesehen davon hatten er und Tommy Ray Madison so gut wie nichts gemeinsam. Albright war wesentlich abgebrühter und fieser, und Dodge war sich ziemlich sicher, dass er im Knast nicht nach Jesus gesucht hatte – ganz zu schweigen davon, dass er jemals vorhatte, ihn zu finden und seinem Verein beizutreten.

Dodge runzelte die Stirn. »Seine Freundin heißt Crystal, bei ihr ist die Sache nicht ganz so einfach.«

»Inwiefern?«

»Albright ist tierisch eifersüchtig. Lässt sie keine Sekunde aus den Augen. Er bringt sie jeden Morgen zur Arbeit und holt sie nach der Schicht wieder ab. Sie darf nur aus dem Haus, wenn er dabei ist, nicht mal für die einfachsten Besorgungen. Normalerweise ist der Supermarkt ideal, um einem Mädchen, ob zufällig oder absichtlich, über den Weg zu laufen und sie in ein Gespräch zu verwickeln, aber er ist immer an ihrer Seite. Er hat dafür gesorgt, dass sie den Kontakt zu ihrer Familie und ihren Freunden abbricht. Damit ist klar, wo das Problem liegt. Ich hatte bisher keine Chance, auch nur in die Nähe der Lady zu kommen, geschweige denn, sie näher kennenzulernen.«

Der Captain strich sich nachdenklich übers Kinn. »Und wo arbeitet sie?«

»Und jetzt lässt mich der Fettsack auch noch dort Dienst schieben, wo sie arbeitet.«

Gonzales musste so lachen, dass er sich an seinem Orangensaft verschluckte. »Du machst Witze.«

»Ich schwöre bei Gott, nein. Nach dem Meeting hat er ein bisschen herumtelefoniert, und zwölf Stunden später musste ich mich zu meiner ersten Schicht als Hausmeister melden.«

»Oh Mann.«

»Die haben mir einen Wischmopp, einen Eimer und ein Hemd mit meinem Namen auf der Brusttasche in die Hand gedrückt. Ist das zu fassen? Aber damit komme ich wenigstens überall rein. Ich kann herumlaufen und mich umsehen, ohne dass sich einer etwas dabei denkt. Zumindest muss ich nicht den ganzen Tag am selben Fleck herumstehen.«

Sie hätten ihn ebenso gut ans Fließband der Reifenfabrik stellen und ihn Alu-Sportfelgen montieren lassen können, statt kaputte Neonröhren auszutauschen und Mülleimer zu leeren. Trotzdem schmeckte ihm das Ganze nicht.

»Hausmeister, was?« Gonzales kriegte sich vor Lachen kaum ein. »Wer weiß, vielleicht wechselst du am Ende ja die Branche.«

»Zum Teufel mit dem Job. Und mit dir auch.« Dodge sprenkelte großzügig Tabasco über seine Eier. Sie hatten sich zwischen dem Ende von Gonzales' Nachtschicht und dem Beginn von Dodges Tagschicht zum Frühstück verabredet.

»Und hast du deine Zielperson schon gesehen?«, erkundigte sich Gonzales.

»Ja, ganz kurz. Sie arbeitet in der Lohnbuchhaltung.«

»Und wie sieht sie aus?«

Dodge grinste. »Na ja, sagen wir mal so, Erschwerniszulage kriege ich jedenfalls keine.«

»Titten?«

»Zwei Stück«, erwiderte Dodge und lachte beim Anblick von Gonzales' Miene. »C-Körbchen. Mindestens. Und anständige Beine.«

Gonzales musterte ihn mit einer Mischung aus Neid und Bewunderung. »Und du wirst auch noch dafür bezahlt, mit ihr anzubandeln.«

Dodge sah sich im Diner um. »Natürlich ist das nicht meine offizielle Aufgabe.« Er zog eine ernste Miene. »Das HPD würde niemals dulden, dass ein Beamter …«

»Schon gut«, sagte Gonzales und beugte sich vor. »Aber wir wissen beide, dass sie genau das von dir wollen«, flüsterte er und stopfte sich einen Bissen von seinem Tripledecker-Pfannkuchen mit Sirup in den Mund. »Du führst ein Leben in Saus und Braus, Kumpel.«

»Vergiss nicht, dass sie mit einem abgebrühten Knastbruder zusammen ist. Nach allem, was ich über den Kerl weiß, würde er mir eiskalt die Kehle aufschlitzen, wenn ich versuchen würde, ihr an die Titten zu fassen. Ich dürfte noch nicht mal daran *denken*.«

»Ziemlich übler Bursche, was?«

»Einer der schlimmsten Sorte. Hat eine ganze Reihe an bewaffneten Überfällen auf dem Kerbholz. Zwei tätliche Angriffe und eine Anklage wegen Vergewaltigung, die allerdings in der Vorverhandlung fallen gelassen werden musste. Außerdem stand er unter Verdacht, einen Mitgefangenen in der Gefängnisdusche erstochen zu haben, aber die Tatwaffe wurde nie gefunden, und falls es Zeugen für die Tat gab, hatten die viel zu große Angst, gegen ihn auszusagen.« Dodge nickte ernst. »Mit dem Kerl ist nicht zu spaßen.«

Gonzales musterte ihn besorgt. »Okay, hol aus seiner Alten alle Informationen raus, die du brauchst. Finde den Bankräuber, lass dir einen Orden anstecken und dich zum Detective befördern. Aber sieh bloß zu, dass er dich nicht kaltmacht.«

»Ich werde mich bemühen.«

Mehr durfte Dodge über seinen Undercover-Einsatz nicht preisgeben, nicht einmal seinem ehemaligen Partner gegenüber, der sein vollstes Vertrauen genoss. Deshalb wechselte Gonzales bereitwillig das Thema, als Dodge ihn fragte, wie es mit seinem neuen Partner lief.

»Wir verstehen uns gut, aber natürlich ist er nicht wie du.«

»Fehle ich dir etwa?«, zog Dodge ihn auf.

»Nein. Verdammte Scheiße, natürlich nicht. Er ist sogar besser als du. Aber Doris aus dem 7-Eleven weint dir dicke Tränen nach. Damit hat es sich natürlich mit kostenlosen Donuts und Eiscreme.«

Sie verputzten ihr Frühstück und zahlten die Rechnung. Auf dem Parkplatz blieb Gonzales stehen und blickte auf den Highway hinaus, wo sich der Stoßverkehr im Schneckentempo dahinquälte. Dann hob er den Kopf und betrachtete die dicken Wolken, die sich über dem Golf bauschten. Dodge spürte die Unentschlossenheit seines Partners, der alles tat, nur um ihm nicht in die Augen blicken zu müssen.

»Was ist los, Mann?«

»Ach, nichts Besonderes.« Er warf Dodge einen flüchtigen Blick zu, wandte ihn jedoch sofort wieder ab. »Es ist nur… na ja, das Ganze geht mich nichts an, okay? Und wahrscheinlich interessiert es dich sowieso nicht.«

»Aber?«

Endlich sah er Dodge ins Gesicht. »Vorgestern Abend wurden mein neuer Partner und ich wegen eines Notrufs in die Shadydale beordert.« Er musterte Dodge aufmerksam, um zu sehen, ob es beim Klang des Straßennamens bei ihm klingelte.

Natürlich tat es das. Es waren zwar über zwei Monate vergangen, seit sie Caroline King zu Hilfe geeilt waren, doch Dodge kam es immer noch vor, als sei es gestern gewesen. Dodge spürte die kalte Wut in sich aufsteigen, vermischt mit Angst. »Hat er ihr etwas getan?«

»Nein. Das Ganze entpuppte sich als blinder Alarm. Eigentlich war es ja die Nachbarin, die angerufen hat. Sie hätte ein Poltern, laute Stimmen und Beschimpfungen aus dem Haus nebenan gehört. Als wir hinkamen, war Campton schon weg. Ich habe mit Ms King geredet. Der Vorfall war ihr furchtbar peinlich, und es tat ihr wahnsinnig leid, dass ihre Nachbarin durch sie gestört worden war. Aber diesmal ist Campton nicht handgreiflich geworden.«

Gonzales zögerte einen Moment, ehe er fortfuhr. »Ich wusste nicht, ob du immer noch … na ja, du weißt schon.« Er hob flüchtig die Schultern. »Ich sage es nur, weil … an dem Abend, als wir dort waren … na ja, ich hatte das Gefühl, als würde dir das Wohlergehen der kleinen Lady ganz besonders am Herzen liegen.«

Dodge biss die Zähne zusammen und schwieg.

»Sie sind immer noch verlobt«, fuhr Gonzales fort. »Ich habe sie gefragt. Außerdem war der Brillant an ihrem Finger kaum zu übersehen.«

Dodge nickte.

»Verdammt, ich hätte lieber erst gar nicht damit anfangen sollen. War ein Fehler«, stöhnte Gonzales reumütig.

»Nein, ich bin froh, dass du es mir gesagt hast, Jimmy.«

Gonzales musterte ihn besorgt. »Du machst doch keine Dummheiten, oder?«

Dodge rang sich ein Lächeln ab. »Ich? Nein, verdammt. Ich will schließlich Detective werden und würde ganz bestimmt nichts tun, womit ich das aufs Spiel setze.«

Eine halbe Stunde später meldete er sich in der Reifenfabrik zum Dienst. Während der Mittagspause sah er Crystal in der Kantine und lächelte ihr zu. Sie erwiderte das Lächeln, wandte jedoch schüchtern den Blick ab und sah kein zweites Mal in seine Richtung.

Am Ende der Schicht stempelte er sich aus, machte sich auf die Suche nach Roger Campton und prügelte ihm die Seele aus dem Leib – falls der Typ überhaupt so etwas besaß.

Es war bereits dunkel, doch Dodge hätte es notfalls auch am helllichten Tag getan. Er schnappte ihn sich auf dem Parkplatz seines exklusiven Fitness-Klubs. Sein Haar war noch feucht vom Duschen, und er roch nach Irischem Frühling. Dodge trat hinter ihn, nahm ihn in den Schwitzkasten und verpasste ihm einen Haken in die rechte Niere.

Campton ließ seine Sporttasche fallen. Da Dodges Arm ihm den Kehlkopf abdrückte, brachte er lediglich gutturale, unverständliche Laute hervor. Dodge versetzte ihm einige weitere Schläge, die Campton zu Boden gehen ließen. Er riss ihn herum, verpasste ihm mit dem Handrücken einen Schlag auf die Nase, die mit einem lauten Knacken brach, während ihm ein Schwall Blut aus den Nasenlöchern spritzte.

Dann zerrte er ihn hoch und beförderte ihn mit dem Rücken auf die Motorhaube seines auf Hochglanz polierten Mercedes. Die Hand unter sein Kinn gelegt, damit er nicht umkippen konnte, ließ er seine Faust mit der Wucht eines Presslufthammers in die Rippen und den Magen des Millionärs krachen.

Als er schließlich von ihm abließ und zurücktrat, glitt Campton am Kotflügel hinunter und sank auf dem Asphalt zusammen. Aus reiner Lust an der Gewalt verpasste Dodge ihm noch einen Tritt in die Rippen und in die Eier, worauf

Campton einen spitzen Schrei ausstieß und das Bewusstsein verlor.

Dodge ging in die Hocke, riss ihn an den Haaren hoch und schlug ihm so lange ins Gesicht, bis er wieder bei sich war. »Hören Sie mich?«

»Bitte bringen Sie mich nicht um«, bettelte Campton mit nasaler Stimme, die seinem Gewinsel etwas beinahe Lächerliches verlieh.

»Nicht heute. Aber ich will, dass Sie mir ganz genau zuhören, Sie beschissener Drecksack. Sie bilden sich ein, Sie könnten sich alles erlauben und keiner könne Ihnen ans Leder, nur weil Ihr Daddy eine Menge Kohle hat. Vielleicht war das auch bisher so. Aber eines kann ich Ihnen versichern. Wenn Sie Caroline King noch einmal wehtun, und sei es nur ein winziges bisschen, sind Sie ein toter Mann. Haben Sie mich verstanden?«

Er löste den Griff um Camptons Haar, um ihm Gelegenheit zu geben, kaum merklich zu nicken.

»Und Sie werden auch nicht vergessen, was ich Ihnen gerade gesagt habe, verstanden, Roger?«

Campton schüttelte den Kopf.

»Denn falls Sie es vergessen und morgen, übermorgen, in einem Jahr oder in zehn Jahren noch mal die Hand gegen sie erheben, werde ich Sie umbringen. Kapiert?«

Wieder verlor Roger Campton das Bewusstsein, und diesmal ließ Dodge ihn liegen. Und er bedauerte zutiefst, dass er keine Rechtfertigung dafür fand, dem Dreckskerl hier und jetzt vollends das Licht auszublasen.

Es dämmerte, und eine schwülwarme Dunstglocke hing über Houston. Auch der untergehenden Sonne war es nicht gelungen, die feuchte Hitze zu vertreiben. Dodge saß auf einer schattigen Steinbank im Innenhof eines Bürokomplexes. Rings um ihn herum erhoben sich vier wuchtige Glasgebäude mit jeweils sechs Stockwerken. Er wartete, ruhelos wie eine Hure in der Kirche, und fragte sich, wieso sie ihn um dieses Treffen gebeten haben könnte. Er konnte nur hoffen, dass es Gutes für ihn bedeutete.

Fünf Minuten nach der verabredeten Zeit trat sie durch die Drehtüren von Gebäude Nummer zwei. Das Hemd klebte ihm inzwischen am Rücken, und Schweißperlen rannen über seinen Brustkasten. Als sie näher kam, erhob er sich und flehte innerlich, sein Deo möge nicht versagen. Er wünschte, er hätte sich ein Pfefferminzbonbon in den Mund geschoben.

Sie trug schwarze Hosen und ein cremefarbenes ärmelloses Oberteil. Ihr Haar schimmerte wie flüssiges Kupfer in den sanften rosigen Schatten der Abenddämmerung. Sein Blick heftete sich auf ihre Arme, die unglaublich zart wirkten. Sie trug flache Sandalen, die noch betonten, wie klein sie war.

Doch ihre Zierlichkeit stand in scharfem Kontrast zu der Entschlossenheit in ihrem Gang, und als sie nahe genug herangekommen war, dass er ihre Miene erkennen konnte, verflog seine Hoffnung schlagartig, dass ihr Treffen positiv verlaufen würde.

Selbst ihr rotes Haar schien zu glühen, als sie vor ihm stehen blieb und ihn ohne Umschweife anherrschte: »Waren Sie das?«

Dodge versuchte noch nicht einmal, so zu tun, als hätte er keine Ahnung, wovon sie sprach. Doch er machte auch keine Anstalten, den tätlichen Angriff und die Körperverletzung zuzugeben. Stattdessen deutete er auf die Bank.

»Nein, danke«, sagte sie steif. »Ich stehe lieber. Und ich bestehe darauf, dass Sie mir auf der Stelle sagen, ob Sie derjenige waren, der Roger um ein Haar totgeprügelt hätte. Er wird mindestens eine Woche im Krankenhaus bleiben müssen und hätte sogar sterben können.«

»Ich weiß. Jimmy Gonzales hat mir davon erzählt.«

Sein Expartner hatte ihn am Vorabend zu erreichen versucht, doch Dodge hatte ihn erst am Morgen zurückgerufen. Gonzales hatte ihm erzählt, dass Roger Campton mit schweren Verletzungen ins Krankenhaus eingeliefert worden sei, nachdem ihn ein unbekannter Täter vor dem Fitness-Klub überfallen habe.

Einen Moment lang war eine bedeutungsschwangere Stille in der Leitung gehangen.

Schließlich hatte Dodge gefragt, ob es sich um einen Raubüberfall gehandelt habe, und Gonzales hatte erwidert, Campton habe seine Brieftasche mit Kreditkarten und etwa siebenhundert Dollar in bar noch bei sich gehabt, als er ins Krankenhaus eingeliefert worden sei.

Gonzales hatte Dodge nicht gefragt, ob er es getan hatte, da er seinen Verdacht offenbar nicht bestätigt hören wollte. Gonzales war eine grundehrliche Haut, und Dodge wusste nur allzu genau, dass er sich Vorwürfe machte, weil er sich selbst zum Komplizen gemacht hatte. Dabei hatte er Dodge lediglich vom jüngsten Einsatz in der Shadydale Lane erzählt. Aber für einen Mann wie Gonzales genügte das vollauf, um ihm schlaflose Nächte zu bereiten.

Dodge verabscheute den Gedanken, seinen einstigen Partner und Freund in die Zwickmühle zu bringen. Denn er wusste genau, dass der ihn nie im Leben verpfeifen würde, solange er sich nicht gerade eines kaltblütigen Mordes schuldig machte.

Dann hatte Gonzales die Bombe platzen lassen. »Sie will dich sehen«, hatte er gesagt und Dodge Ort und Uhrzeit genannt.

Hier war er nun – und Caroline King stand vor ihm und starrte ihn vorwurfsvoll an. »Officer Gonzales brauchte Ihnen den Grund nicht zu nennen, hab ich recht? Sie wussten warum, weil Sie derjenige sind, der Roger zusammengeschlagen hat.«

»Wieso setzen wir uns nicht?« Wieder deutete Dodge auf die Bank, und diesmal trat sie neben ihn und nahm Platz. Er setzte sich ebenfalls, sorgsam darauf bedacht, ihr nicht zu nahe zu kommen. Der Brillant an ihrem Ringfinger war nicht zu übersehen – der Stein war etwa so groß wie ein Autoscheinwerfer. Vermutlich würden sich Tausende Frauen mit einer Ohrfeige hier und da arrangieren, wenn sie im Gegenzug mit einem solchen Klunker am Finger herumlaufen durften.

Aber nicht Caroline King. Sie schien viel zu stark und zu klug dafür zu sein. Er fragte sich, welche verborgenen Qualitäten Roger Campton besitzen mochte, die seinen Hang zur Gewalt wettmachten. Hatte er einen Zauberstab in der Hose? Oder war es der Treuhandfonds, der eine solche Anziehungskraft auf Caroline King ausübte?

Dodge unterdrückte die Wut, die ihn beim Gedanken an diese Alternativen überkam, und sagte: »Gonzales hat mir erzählt, Sie seien ziemlich aufgebracht gewesen, als Sie ihn angerufen haben.«

»Wären Sie nicht aufgebracht, wenn jemand, der Ihnen am Herzen liegt, halb zu Tode geprügelt wurde?«

»Ja«, räumte er leise ein. »Das wäre ich allerdings.«

Sie wandte sich ihm zu. Ihre Blicke trafen sich, und er sah ihr an, dass ihr die unterschwellige Botschaft in seinen Worten nicht entgangen war. Schließlich wandte sie den Kopf ab und starrte blicklos auf das Gebäude, aus dem sie gekommen war.

»Arbeiten Sie dort drin?«, fragte er.

Sie schüttelte den Kopf. »Ich arbeite im Büro des Bezirkssteuersachverständigen in der Innenstadt, aber dreimal pro Woche besuche ich Abendkurse.«

»Wofür?«

»Immobilien. Ich lerne gerade für meine Maklerlizenz. Um sieben ist immer Pause. Deshalb habe ich Officer Gonzales gebeten, Ihnen auszurichten, dass ich Sie gerne treffen würde. Er hat versprochen, es zu versuchen.«

»Wieso haben Sie mich nicht direkt angerufen?«

»Ich wusste nicht, wie ich Sie erreichen sollte. Officer Gonzales hat mir neulich Abend seine Nummer gegeben, als …«

Sie ließ ihre Stimme verklingen. »Neulich Abend, als er zum zweiten Mal wegen einer Auseinandersetzung zu Ihrem Haus gerufen wurde«, beendete Dodge ihren Satz.

»Aber es ist nichts passiert. Meine Nachbarin hat völlig überreagiert. Wir haben uns nur angeschrien. Das ist alles.«

»Zumindest dieses Mal.«

Seine rechte Hand ruhte auf seinem Oberschenkel. Sie musterte sie und registrierte die verdächtig geschwollenen Knöchel, die blauen Flecken. Dann wanderte ihr Blick zu seiner linken Hand, die noch immer sichtbare Kratzspuren trug: Ehe Roger Campton auf dem Boden zusammengebrochen war, hatte er vergeblich versucht, sich aus dem Schwitzkasten zu befreien, und dabei tiefe Kratzer auf dem Handrücken und Unterarm hinterlassen. Dodge unternahm keinerlei Versuch, es vor ihr zu verbergen. Sie sollte ruhig sehen, wie erbittert der Kampf zwischen den beiden Männern gewesen war.

»Sie hätten das nicht tun dürfen«, sagte sie mit mildem Tadel. »Sie kennen ihn ja noch nicht einmal. Und mich genauso wenig. Sie sind Polizist.« Sie blickte ihn fragend an. »Wieso haben Sie das getan?«

Er schwieg einige Momente lang, dann drehte er den Spieß um. »Wieso gehen Sie davon aus, dass ich es war?«

»Ich gehe nicht davon aus, ich *weiß* es. Von der Sekunde an, als ich von dem Überfall erfahren habe, wusste ich, dass er auf Ihr Konto geht.«

»Wie kommen Sie auf diese Idee?«

Er fragte aus einem ganz bestimmten Grund – in der Gewissheit, dass sie die Antwort auf *ihre* Frage in der Antwort auf *seine* Frage finden würde. Sie hatte sofort gewusst, dass er der Übeltäter war. Die Art, wie er sie ansah, hatte ihn verraten. Sie mochte bei der Wahl ihres Verlobten danebengegriffen haben, aber diese Frau war keineswegs dumm. Oder blind. Oder taub.

Vermutlich hatte sie bereits an jenem Abend, als sie allein an ihrem Küchentisch gesessen hatten, gespürt, dass seine Sorge um sie weit über das übliche Engagement eines Polizeibeamten hinausging. Und falls es Zweifel daran gegeben haben sollte, hatte er sie endgültig ausgeräumt, als er am nächsten Morgen vor ihrer Haustür aufgetaucht war, um nach ihr zu sehen.

Und auch jetzt spürte sie wahrscheinlich seine Sehnsucht, ihr übers Haar zu streichen, sie zu küssen, ihren zierlichen Körper in die Arme zu schließen und so eng an seine Brust zu ziehen, dass er ihren Herzschlag spüren konnte. Sie sollte die Intensität seiner Gefühle begreifen, doch allem Anschein nach war er zu weit gegangen, denn sie erhob sich abrupt.

»Sie haben Ihre Befugnisse überschritten, Mr Hanley. Das hier ist mein Leben. Ihre Verantwortung dafür endete damit, als Sie an dem Abend in meinem Haus Ihre Pflicht als

Polizist erfüllt haben. Und ich werde Roger Campton heiraten.«

Dodge erhob sich ebenfalls. »Das werden Sie bitter bereuen.«

»Sollten Sie sich noch einmal in unser Leben einmischen, werde ich Sie anzeigen. Und was diesen brutalen Angriff angeht – Sie werden mir jetzt versprechen, dass Sie so etwas nie wieder tun.«

Dodge schwieg. Er würde einen Teufel tun und ihr ein Versprechen geben, das das genaue Gegenteil von dem war, das er Campton gegeben hatte – dass er ihn töten würde, falls er noch einmal die Hand gegen sie erheben sollte.

»Gut. Ich habe Sie gewarnt.« Sie warf ihm einen letzten vernichtenden Blick zu, dann wandte sie sich ab und ging auf das Gebäude zu, aus dem sie gekommen war. Doch nach wenigen Schritten blieb sie noch einmal stehen und drehte sich zu Dodge um. »Officer Gonzales hat mir erzählt, Sie seien neuerdings einem Sondereinsatzkommando zugeteilt.«

»Das ist richtig.«

»Ist die Arbeit gefährlich?«

»Die Gefahr ist nicht so groß wie die, in die Sie sich begeben.«

Sie schien drauf und dran zu sein, etwas zu erwidern, besann sich jedoch offenbar eines Besseren. »Passen Sie gut auf sich auf.«

Damit ging sie davon.

Dodge kehrte zu seinem Wagen zurück und stellte fest, dass ein Anruf auf seinem Pager eingegangen war. Er fuhr zur nächsten Telefonzelle und rief die Hotline des Sondereinsatzkommandos an. »Hier ist Hanley«, sagte er, als sich einer seiner Kollegen mit brüsker Stimme meldete. »Jemand hat mich angefunkt.«

»Wo zum Teufel hast du gesteckt? Der Captain ist kurz vor dem Durchdrehen. Er hat dich mindestens zehnmal angepiept.«

»Ich hab mir irgendwas eingefangen. Heute Nachmittag fing es an. Seit ich in der Reifenfabrik Schluss gemacht habe, bin ich kaum noch von der Kloschüssel gekommen.«

»Tja, blöd gelaufen. Schaff sofort deinen Hintern hierher. Und zwar schleunigst.«

»Was ist los?«

»Unser Mann ist kurz vor Geschäftsschluss in eine Bankfiliale reingegangen, hat dreißigtausend Mäuse mitgenommen und einen Wachmann hopsgehen lassen.«

»Hopsgehen lassen? Das heißt, er hat ihn als Geisel genommen?«

»Nein, das heißt, er hat ihn abgeknallt.«

8

Ms Buckland?«

»Ja?«

Die Stimme am anderen Ende der Leitung war so leise, dass Ski Nyland sie kaum verstehen konnte. Er presste sich das Handy fester ans Ohr und legte sich den Zeigefinger aufs andere. »Sally Buckland?«

»Ja. Hier spricht … Ich bin Sally Buckland.«

»Mein Name ist Ski Nyland. Ich bin Deputy Sheriff in Merritt County.« Sie schwieg. »Es kam hier gestern Abend zu einem Vorfall, Ms Buckland, in den mehrere Personen verwickelt waren, die Sie kennen«, fuhr er fort.

»Oren und Berry. Ja, ich hab's in den Nachrichten gehört.«

Es war keine große Überraschung, dass sich die Houstoner Medien auf die Schießerei gestürzt hatten. Höchstwahrscheinlich war es gestern Abend mindestens zu einem Dutzend vergleichbarer Vorfälle gekommen, aber Caroline King war eine große Nummer in der Houstoner Immobilienbranche gewesen, bevor sie nach Merritt gezogen war. Deshalb war sie nach wie vor ein perfektes Zugpferd, wenn es darum ging, Schlagzeilen zu machen. Und Ski war froh darüber, denn auf diese Weise würden mehrere Millionen Menschen die Augen nach Oren Starks offen halten.

Er ließ sich von Ms Buckland noch einmal bestätigen, dass Starks und Berry Malone bei Delray Kollegen gewesen waren und sie auch das Opfer, Ben Lofland, gut kannte.

»Es hieß, Bens Zustand sei ernst.«

»Mittlerweile haben die Ärzte Entwarnung gegeben«, erklärte Ski. »Er wird wieder vollständig gesund.«

In diesem Augenblick betraten zwei Deputys mit mehreren Papiertüten einer Burger-Kette den Einsatzraum. Augenblicklich sprangen die anderen auf und stürzten sich wie eine Horde Kojoten auf die Fressalien. Ski legte die Hand über die Sprechmuschel und rief ihnen zu, gefälligst leiser zu sein. Sein Magen gab ein dumpfes Grollen von sich, das ihn daran erinnerte, dass auch er heute noch nichts Anständiges zu essen bekommen hatte.

»Ich wollte Sie bitten, mir ein paar Fragen zu beantworten«, sagte er.

»Nein.«

Er hielt verblüfft inne. Mit dieser barschen Absage hatte er nicht gerechnet. »Ich verspreche Ihnen auch, Ihre kostbare Zeit nicht allzu lange in Anspruch zu nehmen.«

»Wieso haben Sie mich angerufen?«

»Weil ich eine Ermittlung durchführe und Sie die drei an der Tat Beteiligten kennen. Oren Starks hat eine ernst zu nehmende Drohung ausgestoßen und befindet sich nach wie vor auf freiem Fuß. Alles, was Sie mir über ihn sagen können, ist eine große Hilfe für mich.« Wieder herrschte Schweigen in der Leitung. »Ms Buckland?«, fragte Ski schließlich.

»Tut mir leid, aber ich weiß nichts.«

Einer der Deputys trat zu Ski und hielt ihm einen Burger vor die Nase, aus dem geschmolzener Käse quoll, doch Ski winkte trotz des verlockenden Geruchs ab. »Ms Malone hat ausgesagt, dass Oren Starks auf Mr Lofland geschossen hat.« Sally Buckland schwieg weiter beharrlich. »Haben Sie im Zuge Ihrer Tätigkeit bei Delray Marketing mitbekommen, dass zwischen Mr Starks und Mr Lofland eine gewisse Feindseligkeit herrschte?«

»Nein.«

»Keine Animositäten jeglicher Art? Zu keinem Zeitpunkt?«

»Nein.«

»Okay. Was ist mit …«

»Das Ganze geht mich nichts an.«

Sie klang unverhältnismäßig aufgebracht. Skis Erfahrung nach fühlten sich die Menschen – vor allem diejenigen, die nichts zu verbergen hatten – gebauchpinselt, wenn ein Polizist sie um Mithilfe bat. Die meisten platzten förmlich vor Wichtigkeit und ließen sich in aller Ausgiebigkeit über den Fall aus, auch wenn die Informationen nicht im Geringsten zur Lösung beitrugen.

»Bitte, Ms Buckland, nur noch ein paar kurze Fragen.«

»Aber ich weiß nichts. Ich bin schon seit Monaten nicht mehr bei Delray und habe keinerlei Kontakt zu den Leuten dort.«

»Haben Sie die Firma wegen Oren Starks verlassen?«

»Wer hat Ihnen das erzählt?«

»Haben Sie?«

»Das ist doch lächerlich.«

»Starks hatte also nichts mit Ihrem Entschluss zu tun, bei Delray zu kündigen?«

»Natürlich nicht.«

»Hat Oren Starks Ihnen nicht beharrlich Avancen gemacht?«, fragte Ski weiter, um jedes Missverständnis auszuschließen.

»Gütiger Himmel, nein.«

»Sie haben also nicht gekündigt, um seinen Annäherungsversuchen zu entgehen?« Sie gab keine Antwort, doch er hörte sie am anderen Ende der Leitung atmen. »Ms Buckland?«

»Nichts davon ist wahr. Wenn Berry Ihnen erzählt hat, dass Oren ein Stalker ist, lügt sie. Und jetzt muss ich Schluss machen.«

Sie legte auf, noch bevor Ski etwas erwidern konnte.

»Das hast du sehr gut gemacht, Sally. Wenn man bedenkt, wie schwierig die Umstände sind und wie nervös du bist, hast du dich sehr geschickt angestellt und dem Deputy genau das erzählt, was er hören sollte. Ich danke dir.«

Oren Starks griff nach der Hand, die noch immer den Hörer ihres Festnetztelefons umklammert hielt. »Lass los, Sally«, sagte er mit einem salbungsvollen Lachen. »Du klammerst dich ja an das Ding, als hänge dein Leben davon ab.«

Sie ließ los und blickte aus den Augenwinkeln so weit nach links, wie sie nur konnte, ohne den Kopf zu bewegen. Denn gegen ihre Schläfe war der Lauf einer Waffe gepresst. »Ich habe getan, was du von mir verlangt hast, Oren.«

»Und ich habe mich bei dir dafür bedankt.«

»Wirst du jetzt wieder gehen?«

Er lächelte mit gespieltem Bedauern. »Nein, ich fürchte nicht.«

»Aber du hast doch gesagt …«

»Ich habe nur gesagt, dass ich wieder gehen werde, wenn du getan hast, worum ich dich gebeten habe.«

»Was ich ja getan habe.«

»Aber leider war das noch nicht alles, Sally.« Er strich mit dem Pistolenlauf an ihrem Kiefer entlang, ehe er ihn wieder gegen ihre Schläfe drückte. Beim Klang ihres verängstigten Wimmerns durchrieselte ihn eine wohlige Wärme. »Du hast mir den Deputy vom Hals geschafft und damit einen Teil deiner Gemeinheiten mir gegenüber wettgemacht. Aber eben leider nicht alle. Wir beide sind noch längst nicht quitt.«

»Aber woher … woher wusstest du, dass er mich anrufen würde?«

»Dafür braucht man kein Genie zu sein, Sally. Ist doch logisch. Als Erstes will ein Bulle – in diesem Fall der Deputy Sheriff – herausfinden, weshalb ich gestern Abend auf Ben Lofland geschossen habe. Natürlich hat Berry ihm erzählt, ich sei ein verschmähter Verehrer. Daraufhin muss er sie fragen, ob jemand das bestätigen kann, und dann … fällt … natürlich … dein … Name.« Er tippte rhythmisch mit dem Pistolenlauf gegen ihre Schläfe, um seinen Worten Nachdruck zu verleihen, ehe er die Waffe abwärts wandern ließ und gegen ihren Wangenknochen drückte. »Also hält sich der Typ an die Vorschriften und überprüft ihre Aussage. Wie hieß er noch mal?«

»N-Nyland«, stammelte Sally. »Glaube ich.«

Er zuckte achtlos mit den Schultern. »Egal. Wichtig ist nur, dass du Berrys Aussage abgestritten hast. Dadurch wird sie erst mal einige Fragen beantworten müssen.«

»Aber trotzdem könnte es doch sein, dass der Deputy ihr glaubt. Vielleicht konnte ich ihn ja doch nicht überzeugen.«

»Oh, ich denke schon. Für mich hast du jedenfalls sehr überzeugend geklungen, Sally.«

»Aber Polizisten nehmen das, was man ihnen erzählt, doch nie für bare Münze. Vielleicht hat er die Nervosität in meiner Stimme gehört. Er könnte in dieser Sekunde …«

»Sally, Sally, du machst dir nur falsche Hoffnungen.«

»Falsche Hoffnungen?«

»Dass du gerettet wirst.« Wieder glitt ein trauriges Lächeln über seine Züge. »Glaub mir, das Büro des Sheriffs von Merritt County hat Wichtigeres zu tun, als sich Gedanken über jemanden zu machen, der so unbedeutend ist wie du.«

Ihre Unterlippe begann zu beben. Er strich mit dem Zeigefinger darüber. Sie wich zurück.

»Lass das!« Er ließ seinen Finger gegen ihre Lippe schnellen. Obwohl er wusste, dass er sie in der Hand hatte, ärgerte ihn ihre Zurückweisung. Wie konnte sie es wagen?

Er war schließlich derjenige, der hier das Sagen hatte. Das hatte sie in dem Augenblick begriffen, als sie mit ihren Einkaufstüten zur Haustür hereingekommen war. Bei seinem Anblick in der Küche hatte sie vor Schreck aufgeschrien, hatte die Tasche fallen lassen und war beim Versuch zu fliehen darüber gestolpert.

Er hatte sie gepackt und festgehalten. Um sicherzugehen, dass sie den Mund hielt, hatte er beteuert, er werde ihr nichts tun. Aber natürlich hatte sie längst gehört, was in Merritt vorgefallen war, deshalb war ihr klar gewesen, was sein Auftauchen zu bedeuten hatte. Sie war völlig hysterisch gewesen, bis er ihr die Pistole an die Schläfe gehalten hatte. Das hatte geholfen. Schlagartig hatte sie sich kooperativer gezeigt. Trotzdem hatte sie weiter ununterbrochen auf ihn eingequasselt und gefragt, was er von ihr wolle.

Er hatte erwidert, dass sie zusammen darauf warten würden, bis irgendein Gesetzeshüter vor Sallys Tür stehen oder anrufen würde, um ihr Fragen zu stellen. Und bis es so weit war, hatte er ihr eingebläut, welche Antworten sie darauf geben würde.

Er hatte ihr versprochen, dass sie am Leben bleiben würde, wenn sie seinen Aufforderungen nachkam. Wenn nicht, würde er ihr eine Kugel in den Kopf jagen. Offenbar hatte sie ihm geglaubt, denn sie hatte die Fragen des Deputys so korrekt beantwortet, als hätte sie sie abgelesen.

Doch nun, nach dem unvermeidlichen Telefongespräch, schien ihre Angst noch größer zu sein. Wahrscheinlich hatten ihr die Fragen des Deputys in Erinnerung gerufen, wie schäbig sie Oren behandelt hatte. Sie hatte seine Zuneigungsbekundungen zurückgewiesen und, als wäre das nicht genug, sogar noch dazu beigetragen, dass er seinen Job verlor, den er so geliebt und der so perfekt zu ihm gepasst hatte.

Kein Wunder, dass sie jetzt vor Angst schlotterte.

Er tippte mit dem Pistolenlauf gegen ihre Schläfe, um sie daran zu erinnern, dass ihr Schicksal ganz allein in seinen Händen lag.

»W-w-was soll ich noch tun, Oren?«

»Ich erinnere mich gar nicht, dass du früher auch schon gestottert hättest, Sally. Als du all meine Einladungen zum Abendessen abgelehnt hast, war das jedenfalls nicht so. Oder als du meine Rosen zum Valentinstag zurückgeschickt hast. Jedenfalls konntest du dich ausreichend artikulieren, als du zwei Kollegen erzählt hast, dass du es nicht erträgst, auch nur in meiner Nähe zu sein.«

»Ich habe nie…«

Er rammte ihr die Waffe gegen die Schläfe. Ihr erschrockener und schmerzerfüllter Aufschrei war viel, viel besser als dieses nichtssagende Gewinsel. »Leugne gefälligst deine grausame Zurückweisung nicht auch noch, Sally. Das ist eine Beleidigung meiner Intelligenz.«

Inzwischen war sie in Tränen ausgebrochen. Ihr Gesicht, das ihm stets so hübsch erschienen war, sah mit einem Mal hässlich aus, verzerrt vor Angst und Schmerz. Der Rotz lief ihr aus der Nase, und Tränen strömten über ihre Wangen. »Bitte, Oren.«

»Bitte *was,* Sally?«, fragte er mit samtweicher Stimme.

»Bitte tu mir nicht weh.«

»Aber du hast mir doch auch wehgetan. Du hast mir Schaden zugefügt, sowohl privat als auch geschäftlich.«

»Aber das wollte ich doch nicht.« Ihre Stimme brach, und sie zitterte am ganzen Leib.

»Ach, Sally«, sagte er beschwichtigend, »kein Grund, gleich den Mut zu verlieren. Habe ich dir nicht versprochen, dass dir kein Leid geschieht, wenn du alles tust, was ich von dir verlange?«

»Ja.«

»Habe ich dir nicht versprochen, dass ich dir nicht wehtun werde, wenn du Berry wie eine Lügnerin dastehen lässt?«

»Ja.«

»Na, siehst du. Bisher habe ich doch meine Versprechen auch gehalten, oder etwa nicht?«

Sie nickte.

Wieder presste er ihr den Lauf an die Schläfe, legte die Finger um ihren Oberarm und schob sie von sich. »Leider reicht eine kleine Unterhaltung mit dem Deputy Sheriff als Wiedergutmachung nicht aus. Und deshalb werden wir jetzt ins Schlafzimmer gehen.«

Sie geriet ins Straucheln. »Aber wozu denn?«

»Streng deine Fantasie mal ein bisschen an.«

Sie schluchzte. »Bitte, Oren. Es tut mir leid. Alles. Wirklich. Bitte, tu mir nicht weh. Ich tue auch alles, was du verlangst.«

Er lachte. »Allerdings, das wirst du.«

Gerade als Ski ein zweites Mal Sally Bucklands Nummer wählen wollte, ertönte das Klopfzeichen, das ihm verriet, dass ein zweiter Anruf einging. Er ging ran. »Nyland.«

»Hier ist Andy.«

»Was liegt an?«

»Der Typ, der im Anglerladen die Nachtschichten schiebt …«

»Der an der Kreuzung auf der Lake Road?« Ski hatte den

Mann am Vormittag befragt, doch er hatte behauptet, ihm sei während des gesamten Abends nichts Ungewöhnliches aufgefallen. »Was ist mit ihm?«, fragte er ungeduldig.

»Er sieht während seiner Schicht ziemlich viel fern. Der Typ kennt jede Folge von *Law & Order*, auch die Wiederholungen im Kabelprogramm. Dort senden sie jeden Abend gleich mehrere Folgen nacheinander.«

»Okay.«

»Der Typ passt genau auf, wie die Cops dort die Fälle lösen. Er ist ein echter Experte und versäumt keine Episode, deshalb hat er heute selber mal ein bisschen Detektiv gespielt.«

Gütiger Himmel. Ski fuhr sich mit den Fingern durchs Haar und wünschte plötzlich, er hätte den Cheeseburger vorhin doch nicht abgelehnt. Inzwischen schien sein Magen irgendwo knapp oberhalb der Knie zu hängen.

»Jedenfalls hat er sich die Quittungen von gestern Abend vorgenommen …«, fuhr Andy fort.

»Die habe ich schon gesehen. Keine der Kreditkarten gehört Starks, und die Personenbeschreibung passt auf keinen Kunden, der in bar bezahlt hat.«

»Stimmt, aber er hat sie noch mal durchgeschaut, nur für den Fall, dass vielleicht etwas übersehen wurde. Heute sei sowieso nicht viel los, hat er gemeint. Jedenfalls ist er an einem Typ hängen geblieben, der gestern spätabends noch Sprit für sein Sportfischerboot haben wollte. Und dieser Typ mit dem Sportfischerboot erinnert sich, dass er einen anderen Mann gesehen hat, während er an der Zapfsäule stand. Er sei auf die Herrentoilette gegangen, und es hätte so ausgesehen, als hätte er eine Verletzung am Bein.«

9

Sie gestatten.« Dodge schnippte sein Einwegfeuerzeug an. »Danke.« Die Frau mit der Zigarette zwischen den Lippen lächelte und beugte sich vor, um die Spitze in die Flamme zu halten. Während Dodge sich ebenfalls eine anzündete, nahm sie ein paar Züge und ließ den Rauch entweichen. »Wie weit ist es gekommen, wenn man in einer Bar nicht einmal mehr rauchen darf«, bemerkte sie.

Dodge seufzte. »Das können Sie laut sagen.«

Er hatte mit ihr geflirtet, während er ein Bier getrunken hatte – ganz langsam, um den Laden und die Gäste, die sich zur Happy Hour eingefunden hatten, in aller Ruhe in Augenschein zu nehmen –, und war zu dem Schluss gelangt, dass seine Chancen auf Erfolg bei der Frau hinter dem Tresen wohl am besten standen.

Sie war in den Vierzigern und sah keinen Tag jünger aus. Ihr Gesicht spiegelte harte Zeiten und bittere Enttäuschungen wider, und in ihren Augen lag ein Ausdruck trauriger Resignation. Doch ihr Lächeln, mit dem sie keineswegs sparsam umging, besaß eine aufrichtige Wärme. Sämtliche hereinkommende Gäste, egal ob weiblich oder männlich, sprach sie mit ihrem Namen an. Und sie kannte nicht nur ihre Lieblingsdrinks, sondern wusste auch sonst so einiges über sie. Er hörte, wie sie sich nach dem neuen Job, dem jüngsten Angelausflug, nach betagten Eltern, nach krisengebeutelten Kindern und einem lahmenden Pferde erkundigte.

Als sie die Bar an einen jüngeren Mann übergab, um Zigarettenpause zu machen, folgte Dodge ihr an den Toiletten vorbei und einen schmalen Korridor entlang durch die Hintertür nach draußen.

Nun stand sie neben ihm, hob ihr Haar im Nacken an und hielt es einen Moment lang hoch – eine provokante Geste und eine unübersehbare Einladung an Dodge, den Anblick zu genießen, der gar nicht mal so übel war.

»Ich bin Grace.«

»Dodge.«

»Hi, Dodge.«

»Hi, Grace.«

Sie lächelten einander an. Schließlich ließ sie den Arm sinken, worauf ihr das Haar wieder über die Schultern fiel. »Wenn Sie in Merritt wohnen würden, hätte ich das bestimmt schon mitbekommen.«

»Atlanta.«

»Atlanta, Texas?«

»Nein. Atlanta, Georgia.«

»Ohne Scheiß? Ziemlich weit weg von zu Hause. Und was machen Sie so?«

»Ein bisschen dies, ein bisschen das.«

Sie lächelte vielsagend. »Ein Mann voller Geheimnisse.«

»Ich? Ach wo, nie im Leben, Ma'am.«

Sie lachte. »Und was führt Sie hierher, in den Südosten von Texas?«

Er tischte ihr irgendeine Geschichte auf, er wolle sich vielleicht in Houston niederlassen. »Mein Bruder will unbedingt, dass ich in sein Geschäft einsteige. Es wäre eine gute Gelegenheit, außerdem hält mich nichts in Atlanta, deshalb denke ich ernsthaft darüber nach. Aber ein Leben ausschließlich in der Großstadt, das ertrage ich nicht – und meinen Bruder schon gar nicht. Falls ich also tatsächlich umziehen sollte, brauche ich irgendetwas Ruhiges. Etwas, wohin ich mich zurückziehen kann. Nichts Großartiges. Nur ein hübsches Häuschen fürs Wochenende, um ein bisschen zu angeln und die Natur zu genießen.« Er zauberte ein Lächeln auf seine Züge, das problemlos Eis zum Schmelzen gebracht hätte. »Und diese Stadt hier macht mir den Eindruck, als wäre sie ideal, um ein bisschen runterzukommen.«

»Tja, das ist sie allerdings. An den Wochenenden verdreifacht sich die Bevölkerung von Merritt, vor allem während der Frühlings- und Sommermonate.«

»Und wie sieht der Markt für Immobilien als Zweitwohnsitz aus? Besser für Verkäufer oder für Käufer?«

»Tja, wenn ich das wüsste.« Sie stieß ein kehliges Raucherlachen aus, ließ ihre Zigarette auf den Asphalt fallen und drückte den Stummel mit der Schuhspitze aus. »Ich kann mir nicht mal ein Haus als ersten Wohnsitz leisten, geschweige denn als zweiten.«

»Ich habe eine ganze Menge Maklerschilder gesehen. Grün. Mit einer Krone drauf.«

»Caroline King. Sie ist eine ganz große Nummer im Immobiliengeschäft hier.«

Er gab ihr ein weiteres Mal Feuer. »Große Nummern sind leider ein paar Nummern zu groß für meinen Geldbeutel.«

Sie ließ den Rauch entweichen und schüttelte den Kopf. »Nein, sie hat alles, teure Häuser, billige Häuser, völlig egal. Außerdem ist sie nett.«

»Haben Sie schon mal Geschäfte mit ihr gemacht?«

»Dafür müsste ich schon im Lotto gewinnen.« Sie lachte schallend. »Aber ich habe mich mit ihr unterhalten. Sie kommt ab und zu in die Bar. Manchmal mit Kunden, um mit ihnen bei einem Glas Wein den Vertrag zu besprechen. Vor ein paar Wochen hatte sie eine junge Frau dabei. Ihre Tochter, sagte sie. Ich hatte schon gehört, dass die Tochter während des Sommers bei ihr ist, sie aber noch nie vorher gesehen. Ms Kings Haus ist draußen am See. Gestern Abend muss es irgendwelchen Ärger gegeben haben.«

»Ärger?«

»Eine Schießerei.«

Er tat so, als hätte er sich am Rauch verschluckt. »Eine *Schießerei*?«

»Ja, ein Kollege der Tochter. Irgendeine Dreiecksgeschichte, nach allem, was die Leute so erzählen.«

»Wow. Und ich dachte, das hier sei ein verschlafenes Nest.«

»Auch wir haben unsere Skandale, das können Sie mir gern glauben«, sagte sie und verdrehte die Augen. »Aber als ich das von Ms King gehört habe, war ich echt von den Socken. Sie ist gar nicht der Typ für so was, genauso wenig wie ihre Tochter.«

»Was für einen Typ meinen Sie?«

»Na ja, der Typ Frau, der leicht mal Ärger mit Männern kriegt. Aber das beweist wohl nur wieder mal, dass man nicht weiß, was sich hinter verschlossenen Türen so abspielt.«

»Tja, bestimmt hat diese Maklerin im Augenblick andere Sorgen, als sich um einen neuen Kunden zu kümmern, wo ihre Kleine so in der Klemme steckt.«

»Keine Ahnung. Versuchen Sie's doch einfach. Ms King ist eine knallharte Geschäftsfrau, die sich in Houston eine goldene Nase mit dem Verkauf von noblen Häusern verdient hat. Sie ist nach Merritt gezogen, um sich hier zur Ruhe zu setzen.«

»Wann war das?«

»Vor ein paar Jahren, zwei oder drei vielleicht.«

»Aber der Ruhestand war wohl nicht das Richtige für sie?«

Sie lachte. »Anscheinend nicht. Kaum war sie hier, hat sie sich mit einem Bauprojektentwickler zusammengetan und …«

»Zusammengetan?« Er hob vielsagend die Brauen. »Höre ich da etwas heraus?«

Lachend legte Grace ihm die Hand auf den Arm und stieß ihn an, wobei sein Ellbogen ihre vollen Brüste streifte. »Ach wo. Ms King ist mindestens zwanzig Jahre älter als er.«

»Aber das ist doch jetzt modern, oder nicht? Reifere Frau, jüngerer Mann.«

»Kann sein, aber er hat eine bildschöne Frau und drei reizende Kinder. Seine Partnerschaft mit Ms King war rein geschäftlich. Er hat sie als Exklusivmaklerin für seine Objekte engagiert, und sie hat sie alle in Rekordzeit verkauft.« Grace zuckte mit den Schultern und drückte ihre Zigarette erneut mit der Schuhspitze aus. »Sie hat wohl gemerkt, dass sie nicht bereit war für den Ruhestand. Zumindest noch nicht. Bei all den Projekten, die hier aus dem Boden geschossen sind, ist sie sogar noch reicher geworden.«

»Tja, dann muss sie wohl ziemlich Köpfchen haben.«

Grace nickte. »Allerdings. Und sie setzt es auch ein. Die Frau hat meinen allergrößten Respekt, und nicht nur meinen. Ich habe zumindest noch keinen etwas Schlechtes über sie sagen hören, obwohl sich die Leute nach dem, was gestern Abend da draußen passiert ist, natürlich das Maul zerreißen werden.« Sie warf einen Blick auf ihre Uhr. »Meine Güte, die werden da drin schon glauben, Sie hätten mich entführt.« Ein leiser Hoffnungsschimmer lag in dem Lächeln, das sie ihm über die Schulter zuwarf, als sie wieder hineinging.

Dodge nahm einen letzten Zug, drückte den Stummel auf dem Asphalt aus und folgte ihr nach drinnen. Sie hatte ihm unwissentlich so viele Informationen geliefert, dass er sich verpflichtet fühlte, noch ein Bier bei ihr zu bestellen. Doch noch bevor die Flasche leer war, bedeutete er ihr, dass er zahlen wolle.

»Wie lange werden Sie in der Stadt sein, Dodge?«

»Ich weiß es nicht«, antwortete er wahrheitsgetreu.

»Schauen Sie doch mal wieder rein.«

»Mach ich.«

»Haben Sie eine Frau?«

»Gerade nicht.«

Sie lachte. »Lügen Sie?«

»Nein.«

Sie schob eine weiße Visitenkarte über den Tresen. »Sollten Sie irgendetwas brauchen, solange Sie hier sind – eine Wegbeschreibung, Restauranttipps oder ein Plätzchen, wo Sie rauchen dürfen –, rufen Sie mich an.«

Dodge hatte seinen Wagen auf einem gebührenpflichtigen Parkplatz im Schatten eines Baums an der Bowie Street abgestellt. Das schien geholfen zu haben. Trotzdem fühlte sich das Innere des Wagens immer noch wie ein Backofen an.

Er startete den Motor, um die Klimaanlage anwerfen zu können, zündete sich eine Zigarette an und zog ein zierliches rosafarbenes Handy aus seiner Jackentasche: Amanda Loflands Telefon, das sie während ihres Gesprächs im Krankenhaus nachlässigerweise auf dem Tisch hatte liegen lassen. Er hatte es an sich genommen, während sie ihre tränenfeuchten Augen mit einem Kleenex trocken getupft hatte.

Üblicherweise folgte ein Ermittler bei seiner Arbeit immer zuerst der Spur des Geldes. Dodge nicht. Sein Ausgangspunkt war die betrogene Ehefrau.

Er scrollte durch die Liste der am Vortag eingegangenen

Anrufe, die allesamt von derselben Nummer stammten, und drückte die grüne Wahltaste. Augenblicklich ertönte eine fröhliche Männerstimme. »Hi, hier ist Ben. Bitte hinterlassen Sie eine Nachricht.«

Also hatten die beiden im Lauf des Tages mehrmals telefoniert, während Ben mit Berry zusammen gewesen war. Ein klein wenig enttäuschend, denn damit war seine Theorie, dass die Suche nach dem Täter in den Reihen eifersüchtiger Frauen den größten Erfolg versprach, vorläufig widerlegt.

Aber vielleicht ja auch nicht. Vielleicht waren Loflands häufige Anrufe lediglich eine Art Überkompensation dafür, dass er seine Frau betrog – wenn schon nicht mit seinem Schwanz, dann zumindest im Herzen.

Trotzdem war es Amanda Lofland gewiss wert, sie ein wenig genauer unter die Lupe zu nehmen.

Als Nächstes scrollte er durch das Menu und landete bei der Liste ihrer Kontakte.

Dodge hielt sich an die Gepflogenheiten im Hause King und nahm die Hintertür. Caroline stand am Herd und rührte in einem großen Topf. »Gut. Du bist wieder da«, sagte sie. »Das Essen ist gleich fertig.«

»Was gibt es denn?«

»Spaghetti bolognese.«

»Eine deiner Spezialitäten.«

Sie warf einen besorgten Blick in Richtung Tür, die auf den Flur und ins Wohnzimmer führte. »Pass auf, dass dir so etwas nicht versehentlich herausrutscht. Woher solltest du wissen, was meine Spezialitäten sind?«

»Und woher solltest du wissen, dass ich meinen Tee ohne Zucker trinke?«

Sie dachte einen Moment lang nach. »Heute Nachmittag«, sagte sie bekümmert.

»Genau.«

»Gewohnheiten lassen sich nun mal schwer ablegen.«

»Und sie bringen einen in Schwierigkeiten.« Die Visitenkarte mit Grace' Telefonnummer fühlte sich plötzlich wie ein glühendes Stück Kohle in seiner Jacke an. »Brauchst du Hilfe?«

»Nein, danke.«

»Ich könnte den Tisch decken. Ich glaube, ich weiß sogar noch, auf welche Seite die Gabel kommt.«

»Schon erledigt. Möchtest du etwas zu trinken?«

Er schüttelte den Kopf. »Ich habe in der Stadt schon ein Bier getrunken.« Er sah ihr an, dass sie drauf und dran war, ihn zu fragen, wo er gewesen sei, doch bevor sie Gelegenheit dazu hatte, fragte er: »Wo ist Berry?«

»Als ich das letzte Mal nachgesehen habe, hat sie geschlafen.«

Noch stand das Gespräch darüber aus, was er bei seiner Unterredung mit Amanda Lofland in der Krankenhauscafeteria erfahren hatte. Am Nachmittag, als er Caroline und Berry davon erzählt hatte, war er nach draußen gegangen, um eine Zigarette zu rauchen. Nach seiner Rückkehr hatte Caroline vorgeschlagen, dass Berry ihm die Vorkommnisse des vergangenen Abends noch einmal schilderte und ihm alles zeigte. Offen gestanden war der Vorschlag sogar von ihm selbst gekommen.

Während der nächsten Stunde waren sie von Zimmer zu Zimmer gegangen, und Berry hatte ihm chronologisch und in sämtlichen Details geschildert, was vorgefallen war. Der Duschvorhang war mittlerweile wieder an die Stange gehängt, der blutdurchtränkte Teppich im Schlafzimmer durch einen anderen ersetzt und an dieselbe Stelle gelegt worden, um den Fleck im Holzboden zu überdecken. Trotzdem verströmte der Raum eine bedrückende Atmosphäre, als hätte sich darin etwas Traumatisches ereignet.

An der Stelle, wo Ben Lofland gelegen hatte, war Dodge in die Hocke gegangen und hatte den Ersatzteppich zurückgeschlagen, um den Blutfleck in Augenschein zu nehmen. Dann war er ins Badezimmer gegangen. Vor der Badewanne hatte er sich umgedreht und die Entfernung zum Türrahmen abgeschätzt. »Hier hat Starks gestanden, als er den Schuss abgegeben hat?«

Berry nickte.

»Anderthalb Meter, höchstens knappe zwei. Lofland kann von Glück sagen, dass er den Schuss überlebt hat.«

»Offenbar ist Oren ein lausiger Schütze.«

»Sieht ganz so aus.«

Anschließend hatte Dodge die Einschusslöcher in der Wand hinter der Galerie untersucht, aus denen Ski Nyland oder ein anderer Mitarbeiter des Sheriff's Department die Kugeln entfernt hatte. Danach hatte Berry ihm gezeigt, wo genau Starks nach seinem Sturz von der Treppe gelegen und die Schüsse auf sie abgefeuert hatte.

Er hatte sich an die Stelle gelegt und die Szene nachgespielt, während Berry sich genauso wie am Abend zuvor hinter das Galeriegeländer gekauert hatte. Caroline hatte die ganze Zeit mit um den Oberkörper geschlungenen Armen danebengestanden und zugesehen.

»Ich kann nicht glauben, wie knapp du mit dem Leben davongekommen bist, Berry«, hatte sie mit tränenerstickter Stimme gesagt.

Auch Dodge war die Vorstellung, dass Starks' Kugeln seine Tochter nur um Haaresbreite verfehlt hatten, mächtig an die Nieren gegangen. Wäre es ihr nicht gelungen, hätte Carolines Anruf in der vorletzten Nacht einen gänzlich anderen Anlass gehabt. Aber vielleicht hätte sie sich auch gar nicht die Mühe gemacht, es ihm zu sagen. Allein der Gedanke daran war unerträglich.

Danach war Berry so erschöpft gewesen, dass sie darum gebeten hatte, das Gespräch über sie und Lofland ein andermal fortzusetzen. »Ich weiß ja, dass ich es erklären muss, aber kann das vielleicht warten, bis ich mich ein bisschen ausgeruht habe?«, hatte sie gefragt.

Er und Caroline hatten zugesehen, wie sie sich die Treppe hinaufgeschleppt hatte. Sie war ins Gästezimmer gegangen – vermutlich weil die Erinnerungen an das Geschehene in ihrem eigenen Zimmer noch zu lebendig waren, um dort Ruhe zu finden.

Kaum war sie außer Hörweite gewesen, hatte Caroline sich ihm zugewandt. »Was du von Amanda Lofland erfahren hast, hat keinerlei Bedeutung für das, was sich hier abgespielt hat«, hatte sie abwehrend gesagt.

»Das habe ich auch nicht behauptet.«

»Aber du hast es angedeutet.«

»Nein, das stimmt nicht.«

»Ich kenne dich, Dodge. Du bist von Natur aus skeptisch. Wie kommt es, dass du Amanda Loflands Aussage über die deines eigenen Kindes stellst?«

Er hatte Caroline am Arm gepackt und sie durchs Wohnzimmer in die Küche bugsiert, damit Berry seine wütende Stimme im Gästezimmer nicht hören konnte. Er hatte sie hineingeschoben, die Tür hinter sich geschlossen und sich zu ihr vorgebeugt.

»Wann immer dir etwas besonders wichtig ist oder du mich daran erinnern willst, dass ich Berry gefälligst blind vertrauen soll, kommst du mit dieser Mein-eigen-Fleisch-und-Blut-Nummer an. Dabei warst du am Tag ihrer Geburt ganz und gar nicht begeistert davon, dass sie genau das ist.«

»Willst du mir daraus etwa einen Vorwurf machen?«

»Nein, Caroline, das will ich nicht, und das habe ich auch nie getan. Du warst im Recht. Ich im Unrecht. Und ich habe es zugegeben.«

»Aber das war nicht genug.«

»Als wüsste ich das nicht.« Sie hatte ihn wütend angefunkelt. Mit einem Anflug von Befriedigung hatte er registriert, dass sie diejenige war, die als Erste den Blick abwandte. »Vermutlich solltest du dich innerlich vorbereiten«, hatte er nach einem kurzen Moment mit leiser Stimme gesagt.

»Worauf?«

»Auf den Fall, dass Berry dir gegenüber vielleicht nicht ganz so aufrichtig war, wie du denkst.« Sie hatte etwas erwidern wollen, doch er hatte sie mit einer knappen Geste zum Schweigen gebracht. »Genau das ist es doch, was dir solche Angst macht, stimmt's, Caroline? Das hast du heute Nachmittag in der Teestube gesagt.«

»Ich habe gesagt …«

»Ich habe dich gefragt, wo das Problem liegt, und deine Antwort darauf war, Berry sei mir sehr ähnlich. Du wusstest genau, dass ich aus keinem anderen Grund geblieben wäre. Denn wir wissen beide, dass die Gene, die sie von mir geerbt hat, ziemlich hässlich sein können, wenn sie an die Oberfläche kommen. Ich werde ihr da raushelfen, aber es kann sein, dass der Weg dorthin gelinde gesagt alles andere als angenehm wird.« Und damit hatte er sich zum Gehen gewandt.

»Wo willst du hin?«

»In die Stadt.«

»Weswegen?«

»Ich brauche eine Unterkunft. Und wenn ich ein Zimmer gefunden und meine Sachen abgestellt habe, sehe ich mich ein bisschen um. Vielleicht schnappe ich ja irgendetwas Brauchbares auf.«

»Und wann kommst du wieder?«

»Weiß ich nicht.«

»Sei rechtzeitig zum Abendessen hier.«

Er hatte innegehalten und sie angesehen. Leise Besorgnis hatte in ihrem Blick gelegen, so als hätte sie Angst, dass er möglicherweise doch nicht wieder zurückkommen würde. Einen Moment lang hatte ihm die Frage auf der Zunge gelegen, ob sie überhaupt wollte, dass er es tat und, falls ja, wie wichtig es ihr war.

Doch dann hatte er sich mit einem knappen »Wenn etwas passiert, hast du ja meine Nummer« begnügt und war gegangen. Doch sie hatte ihn nicht angerufen, deshalb ging er davon aus, dass es nichts Neues gab.

Sie hatte sich inzwischen umgezogen und trug eine weiße knöchellange Hose und ein gelbes T-Shirt, unter dem sich die Umrisse ihres BHs abzeichneten. Sie hatte ihre Brüste stets als zu klein empfunden, doch für ihn waren sie absolut perfekt.

»Hast du ein Zimmer gefunden?«

Er löste den Blick von ihren Brüsten und richtete ihn auf neutraleres Terrain. »Äh … Ja. In der Cypress Lodge.«

»Da findet sich bestimmt etwas Besseres für dich. Ich kenne ein paar Hausbesitzer, die vermieten, wenn sie nicht da sind. Ich hätte dir eines der Häuser reservieren sollen, aber ich war einfach … ich weiß im Moment nicht, wo mir der Kopf steht. Aber ich könnte im Büro anrufen und …«

»Die Lodge ist völlig okay. Ich habe keine besonderen Ansprüche. Das Zimmer dort hat alles, was man braucht. Es ist sogar noch ein bisschen schöner als meine Bleibe in Atlanta.«

Sie tauchte einen Holzlöffel in die Spaghettisoße, pustete und probierte, ehe sie den Löffel in einen Keramikbehälter neben dem Herd stellte und den Deckel auf den Topf gab. Sie trat in die Frühstücksecke, setzte sich und deutete auf den Stuhl gegenüber von ihr. Dodge setzte sich ebenfalls.

»Mr Mitchell bezahlt dich also nicht gut?«

»Er bezahlt mich sogar ganz hervorragend. Einen ganzen Haufen mehr, als ich wert bin.« Er hielt einen Moment inne. »Nur eben nicht annähernd so viel, wie du mit deinen Häusern verdienst.«

»Ich hatte Glück.«

»Du arbeitest dir den Hintern wund.«

Ein bestätigendes Lächeln flog über ihre Züge. »Manchmal ist meine Arbeit ziemlich zeitintensiv, das stimmt. Aber ich liebe sie.«

»Und sie hat dich reich gemacht. Zuerst in Houston und jetzt hier.«

Sie kreuzte die Arme vor der Brust und musterte ihn scharf. »Mit wem hast du geredet? Nein, warte … wo hast du dein Bier getrunken?«

»In einer Bar in der Bowie Street.«

»Dem Chat and Chill?«

Er hüstelte verlegen. »Ja, ich glaube, so hieß der Laden«, sagte er dann.

»Grace. Das hat dir Grace erzählt.« Sie blickte ihm in die Augen und fragte mit sanfter Stimme: »Und was hat es dich gekostet?«

»Zwei Biere und zwei Zigaretten.«

Wieder lächelte sie, doch diesmal lag ein trauriger Ausdruck in ihren Augen. »Es hat sich nichts verändert.«

»Doch, Caroline. Alles hat sich verändert. Vor dreißig Jahren haben wir uns geliebt, während die Spaghettisoße auf dem Herd stand.«

Ihre Miene verriet ihm, dass sie sich genauso gut daran erinnerte wie er. Sie hatten ein bisschen herumgealbert und das Essen auf dem Herd dabei völlig vergessen. Erst der Gestank nach angebrannten Tomaten hatte sie daran erinnert, dass sich im Kochtopf eine Katastrophe anbahnte. »Nicht loslassen«, hatte er gesagt und es irgendwie geschafft, sich und Caroline in die Küche zu bugsieren, ohne dass sie ihre ineinander verschlungenen Glieder voneinander lösen mussten. Er hatte den Herd abgeschaltet, und dann hatten sie dort weitergemacht, wo sie vor der Unterbrechung aufgehört hatten – gleich an Ort und Stelle.

Sie errötete und schaffte es nicht, ihm in die Augen zu sehen. »Damals waren wir noch jung.«

»Und ein bisschen verrückt. Verrückt vor Liebe.«

»Nicht, Dodge.« Ein verzweifeltes Flehen lag ihn ihrem Flüstern.

»Nicht *was*? Soll ich nicht darüber reden? Oder mich nicht daran erinnern? Ich kann nicht anders. An diesem Tag, als die Spaghettisoße angebrannt ist, war der Sex zwischen uns so herrlich ausgelassen.« Es war eine Mischung aus Lachen und Lust gewesen. Allein bei der Erinnerung daran wurde er hart.

Caroline hatte die Ellbogen auf die Tischplatte gestützt und sich die Hände vors Gesicht geschlagen. Er wusste nicht, was sie vor ihm zu verbergen versuchte, ihre Scham oder ihre Belustigung; vielleicht auch Tränen. Doch als sie sie schließlich sinken ließ, waren ihre Augen trocken und ihre Miene ausdruckslos. Er hatte keine Ahnung, was in ihrem Kopf vorging.

»Wenn dieser Anwalt dich so gut bezahlt, wieso wohnst du dann in einer Wohnung, die noch ungemütlicher ist als die Cypress Lodge?«

»Weil ein Rattenloch keinerlei Verpflichtungen mit sich bringt und weil ich eine Menge Ausgaben habe, wegen denen ich trotz eines anständigen Gehalts und Bonuszahlungen meistens knapp bei Kasse bin.« Sie sah ihn fragend an. Er tastete in seiner Hemdtasche nach seinen Zigaretten und wünschte, er könnte den Mut aufbringen, sich eine anzuzünden. »Unterhaltszahlungen. Gleich zweimal.«

»Du warst zweimal verheiratet?«

»Ja. Das erste Mal, um mir selber zu beweisen, dass ich es kann.«

»*Was* kann?«

»Dich vergessen. Die zweite Scheidung hat allerdings gezeigt, dass es sinnlos ist.«

Sie sah ihn lange an, ehe sie abrupt aufstand und an die Spüle trat, den Wasserhahn auf- und sofort wieder zudrehte. »Hör auf, solche Sachen zu sagen.«

»Verklag mich doch.«

Sie fuhr herum und starrte ihn wutentbrannt an. »Hör auf mit diesem Blödsinn, Dodge. Diese Krise kriegst du nicht mit einer deiner Phrasen vom Tisch. Die Situation …«

»Ist beschissen«, sagte er, stand auf und trat auf sie zu. »So sieht's doch aus. Schämst du dich?«

»Schämen? Wofür?«

»Wieso hast du Berry nicht gesagt, wer ich bin?«

»Wieso hast *du* es nicht getan?«

Er blieb abrupt stehen. Ihm fiel nichts ein, was er darauf erwidern könnte, selbst wenn er sich noch so das Hirn zermarterte. »Scheiße.«

Angespannte Stille machte sich im Raum breit. »Ich hätte

dich nicht anrufen sollen«, sagte sie schließlich. »Du hättest mir nie deine Telefonnummer schicken dürfen.«

Vor einigen Jahren hatte er – voll wie eine Haubitze, einsam und voller Reue und Sentimentalität – seine Handynummer und drei Worte auf eine Postkarte geschrieben. *Verklag mich doch.* »Der Slogan deines Lebens«, so hatte sie es einst bezeichnet. Vermutlich hatte sie recht, denn er hatte gewusst, dass sie die Telefonnummer auf der Stelle richtig zuordnen würde. Auf der Postkarte war ein Foto von Margaret Mitchells Haus abgebildet, ein weiterer Hinweis, dass die Karte aus Atlanta kam.

Die Gewissheit, dass sie die Karte nicht in den Reißwolf geschoben, sie in tausend Fetzen gerissen und in alle Winde zerstreut hatte, war Balsam für sein altes, trauriges Herz. »Niemand hat dich gezwungen, die Nummer aufzubewahren, Caroline. Als ich dir die Karte geschickt habe, wusste ich nicht mal, ob du immer noch in dieser Firma arbeitest. Ich habe sie an Caroline King adressiert, ohne zu wissen, ob du überhaupt noch so heißt.«

»Ich habe meinen Nachnamen behalten.«

»Wieso?«

»Aus beruflichen Gründen.«

»Wie fand er das?«

»Er hat keine Einwände erhoben.«

Dodges Herz fühlte sich an, als stecke es in einem Schraubstock, doch er *musste* sie danach fragen, *musste* es wissen. »Wieso hast du ihn geheiratet?«

»Dodge …«

»Los, sag es mir. Wieso?«

»Weil ich es wollte.«

»Um es mir heimzuzahlen?«

»Überschätz deine Bedeutung nicht.«

»Hast du ihn geliebt?«

»Ja.«

»Du hast ihn also geliebt.«

»Ja.«

»Nach mir, nach uns, war es also so einfach …«

Er unterbrach sich, als sich ihre Augen unvermittelt auf etwas hinter ihm richteten, und er fuhr herum. Berry stand in der Tür und sah zwischen ihnen hin und her. »Was ist denn hier los?«

»Es hat sich herausgestellt, dass unser Gast ziemlich rechthaberisch ist, was die Spaghettisoße angeht«, sagte Caroline und lächelte Dodge zu, der sich ebenfalls ein Lächeln abrang. Oder es zumindest versuchte. »Jedenfalls ist das Essen gleich fertig«, fuhr Caroline fort. »Wenn Sie sich frisch machen wollen, Dodge … die Gästetoilette ist gleich hier …«

Sie zeigte in Richtung Flur. »Ja, klar, danke«, murmelte er und schob sich an Berry vorbei aus der von Dampf erfüllten Küche.

Caroline hielt während des Abendessens das Gespräch am Laufen, und Dodge beteiligte sich an der Unterhaltung, so gut er konnte, sorgsam darauf bedacht, bloß keinen Fehler zu machen, und stets im Bewusstsein, dass Berry zwar still, aber höchst wachsam war. Er spürte, dass sie ihn nicht aus den Augen ließ, selbst wenn sie gar nicht in seine Richtung blickte.

Rein äußerlich sah sie genauso aus wie Caroline, was ein Segen war. Doch sie war auch seine Tochter, kein Zweifel. Sollte sie seinen Scharfsinn geerbt haben, würde sie ihr kleines Versteckspiel innerhalb kürzester Zeit durchschauen. Vielleicht bemühten er und Caroline sich ja auch zu sehr darum, normal zu wirken. Oder vielleicht machte er sich völlig unnötig verrückt.

Caroline bedrängte ihn, ihnen doch von besonders spannenden Fällen zu erzählen, die er gelöst hatte. Also schilderte er die Romanze von Derek und Julie Mitchell in aller Ausgiebigkeit.

»Nicht gerade eine Geschichte, wie man sie jeden Tag erlebt«, bemerkte er. »Definitiv nicht. Für beide stand eine Menge auf dem Spiel, aber sie haben sich Hals über Kopf ineinander verliebt, und das war das Einzige, was zählte. Und jetzt, wo das Baby unterwegs ist, kriegen sie sich fast nicht mehr ein vor Glück. Sie sollten Derek mal sehen. Er, der früher gern mal auf den Putz gehauen hat, ist plötzlich häuslich geworden. Heilige Scheiße, der Typ wischt sich neuerdings sogar mit fransenbesetzten Leinenservietten den Mund ab! Eigentlich würde ich Julie ja vorwerfen, dass sie dem armen Kerl die Eier abschneidet, aber ich glaube, sie ist viel zu scharf auf die Dinger.«

Berry brach in Gelächter aus. Caroline blinzelte im ersten Moment entsetzt, aber dann lachte auch sie.

Doch die Aussicht auf das bevorstehende Gespräch über Amanda Lofland hing wie eine düstere Wolke über dem Esstisch. Er war heilfroh, als die Teller endlich leer waren und er sich entschuldigen konnte, um nach draußen zu gehen und eine Zigarette zu rauchen.

»Eine Zigarette«, sagte er zu Berry, ehe er verschwand. »Dann müssen wir über Sie und Lofland reden.«

10

Nur wenige Schritte trennten Ski noch von dem Mann, als er unvermittelt herumfuhr und mit seiner Waffe geradewegs auf Skis Kopf zielte. »Hey! Nur die Ruhe!«

»Heilige Scheiße, Sie Dreckskerl!« Dodge ließ die Hand sinken und warf dem Deputy einen düsteren Blick zu. »Ich hätte Sie um ein Haar erschossen.«

»Das wäre für uns beide übel gewesen.«

»Für Sie allerdings eindeutig übler als für mich.« Dodge verstaute seinen Revolver im Holster hinten in seinem Hosenbund.

»Haben Sie überhaupt einen Waffenschein?«

»Ja. In Georgia.«

»Wir sind hier aber in Texas.«

Dodge zuckte mit den Schultern. »Hat Georgia kein Abkommen mit dem Lone Star State?«

»Haben Sie das nicht vorher geklärt?«

»Nein. Und? Ja oder nein?«

»Ja.«

»Wo liegt dann das Problem?«

Ski schob sich an einem Schößling vorbei und trat neben Dodge, der auf einem Baumstumpf gesessen hatte. Die nächtliche Luft war erfüllt vom hohen Sirren der Insekten und den tiefen Basstönen der Ochsenfrösche am See, eine lautstarke Geräuschkulisse, die Ski gestattet hatte, sich Dodge nahezu lautlos von hinten zu nähern.

Es war noch immer brüllend heiß. Kein Lüftchen regte sich und ließ die Blätter an den Bäumen erzittern. Das Licht, das aus den Fenstern von Carolines Haus drang, tauchte das Grundstück in unwirkliches Licht. Die beiden Männer konnten einander gerade noch ausmachen, alles andere lag in tiefer Dunkelheit.

Dodge ließ sich wieder auf den Stumpf sinken, zündete sich eine frische Zigarette an und löschte mit einer wedelnden Handbewegung das Streichholz, während er Ski von oben bis unten musterte. »Sind Sie etwa Indianer, oder was? Einer von diesen Coushatta, die hier in der Gegend leben?«

»Sehe ich wie einer aus?«

»Ich habe Sie erst gehört, als Sie nur noch ein paar Meter hinter mir waren. Ich hatte kaum Zeit, die Waffe zu ziehen.«

Ski ließ sich an einem Pinienstamm nach unten gleiten und lehnte sich mit dem Rücken dagegen. »Armee. Special Forces. Geheime Operationen.«

»Sie sind gut.«

»Wäre ich wirklich gut, hätte ich Ihnen die Kehle aufgeschlitzt, noch bevor Sie gemerkt hätten, dass ich hinter Ihnen bin.«

»Dachten Sie, Starks wäre an den Tatort zurückgekehrt?«

Ski schüttelte den Kopf. »Ich habe Ihren Zigarettenrauch gerochen. Starks ist Nichtraucher.«

Dodge musterte ihn einen Moment lang eindringlich. »Wie kommt es, dass Sie nicht mehr in der Armee sind?«

»Ich wurde verwundet.«

»Irak?«

»Nein, Afghanistan. Aber vor der Zeit, als es in Mode kam«, bemerkte er trocken. »Ich wurde angeschossen. Hat mehrere Monate gedauert, bis ich wieder auf den Beinen war. Als ich aus dem Krankenhaus entlassen wurde, war meine Dienstzeit fast abgelaufen. Ich habe nicht verlängert.«

Dodge saß da und rauchte wortlos. Aus einem unerklärlichen Grund war Ski daran gelegen, dass dieser Mann ihn akzeptierte. Zumindest aber sollte die Verachtung, mit der Dodge Hanley ihn anzusehen schien, aus seinem Blick verschwinden.

»Ich hatte zwar schon meinen Abschluss in der Tasche, bin aber trotzdem an die Uni zurück und habe Kurse in Kriminaltechnik belegt. Und mit dieser Zusatzqualifikation bin ich nach Hause zurückgekehrt.«

»Wieso ausgerechnet dieses Kaff und nicht in ein Revier in der Großstadt?«

»Ich fahre gern Ski.«

Dodges Miene wurde ausdruckslos. »Ich fürchte, ich kann Ihnen nicht ganz folgen.«

»Wasserski. Bootfahren. Angeln. Wandern. All das ist in einer Großstadt nicht so ohne Weiteres möglich.«

Dodge schnaubte abfällig. »Vielleicht sind Sie auch nur faul und haben keinen Ehrgeiz.«

»Das hat man mir auch schon nachgesagt«, erwiderte er sachlich, ohne Anstalten zu machen, sich zu entschuldigen oder ihm zu widersprechen.

Dodge drückte seine Zigarette am Baumstumpf aus, ohne den Blick von Nyland zu wenden. »Sie fahren also gern Ski. Haben Sie daher auch Ihren Spitznamen?«

Ski hob ein Stück Pinienrinde vom Boden auf und warf es von einer Hand in die andere. »Eines Abends im Hochsommmer – es muss in der achten, neunten Klasse gewesen sein – haben ein paar Jungs und ich uns ein paar Flaschen billigen Fusel gekauft und das Motorboot geklaut, das einem der Väter meiner Freunde gehörte. Es war eine Mutprobe.

Ich hab's versucht. Hab mir den Arm, ein paar Rippen und das Schlüsselbein gebrochen. Seitdem heiße ich Ski.«

»Und woraus bestand die Mutprobe genau?«

»Eine halbe Meile barfuß und mit verbundenen Augen fahren.«

Dodge lachte glucksend. »Heilige Scheiße.«

»Vielleicht hätte ich es geschafft, wenn ich nüchtern gewesen wäre, aber der Typ am Steuer des Boots war total breit. Er hat mich zuerst ins seichte Wasser und dann geradewegs in ein Zypressenwäldchen gezogen.« Er lachte bei der Erinnerung an dieses ausgelassene Abenteuer. Doch dann wurde er ernst, und Dodge hatte unvermittelt wieder den professionellen Polizisten vor sich. »Wenn ich heute jemanden betrunken in einem Boot erwische, wandert er ohne Umweg in den Knast. Da hilft kein Heulen und kein Zähneknirschen.«

Dodge zündete sich eine weitere Zigarette an. Einen Moment lang herrschte Schweigen.

»Wer sind Sie?«, fragte Ski schließlich. »Und erzählen Sie mir nicht wieder, Sie seien ein Freund der Familie, denn ich sehe Ihnen den Cop aus zehn Meilen Entfernung an.«

»Ex-Cop. Im Augenblick arbeite ich als Ermittler für eine Anwaltskanzlei in Atlanta.«

»Okay.«

»Was?«

»Und was machen Sie hier?«

»Ein bisschen freiberufliche Tätigkeit.«

»Sie sind Ms King sehr kurzfristig zu Hilfe geeilt.«

»Ich war vor Jahren mal für eine Freundin von ihr in Houston tätig. Sie hat mich weiterempfohlen.«

»Sie haben also alles stehen und liegen lassen und sind sofort hergeflogen.«

»Man sagte mir, Caroline King hätte eine Menge Geld, und

ich brauchte ein kleines Extrapolster. Ich habe zwei Exfrauen im Genick, die den Hals nicht voll kriegen können.«

Ski konnte sich nur wundern, was er getan hatte – Dodge Hanley schien ihn allen Ernstes für dämlich genug zu halten, dass er ihm diesen Schwachsinn abkaufte. Er überlegte einen Moment, ihm von den Erkenntnissen seiner Ermittlungen des heutigen Tages zu erzählen, doch dann beschloss er, einfach mitzuspielen und, zumindest für den Augenblick, den dummen Hinterwäldler zu mimen.

»Und was machen Sie hier draußen, vom Rauchen mal abgesehen?«, fragte er.

Dodge stieß den Rauch aus und deutete auf den See. »Anfangs dachte ich, Starks sei vielleicht mit dem Boot gekommen. Ich habe mich ein bisschen am Anleger und am Ufer umgesehen, aber keinen Hinweis darauf gefunden.« Er wandte sich wieder Ski zu und grinste verschmitzt. »Zumindest nichts so Handfestes wie die Reifenspuren, auf die Sie gestoßen sind.«

Ski lächelte säuerlich. »Wen haben Sie dafür gefoltert?«

»Das war gar nicht nötig. Wenn man sich eine Weile in einem Gerichtsgebäude herumdrückt, kriegt man so einiges mit. Irgendeinen gibt es immer, der die Klappe nicht halten kann.«

Ski musterte den älteren Mann, dann erhob er sich und wies mit einem Nicken in Richtung Wald. »Lust auf einen kleinen Spaziergang?«

Dodge erhob sich ebenfalls. »Bitte. Nach Ihnen.«

»Machen Sie aber die Zigarette aus. Ich will nicht auch noch, dass Sie unseren Wald abfackeln.«

Dodge nahm einen letzten tiefen Zug und ließ die Luft mit einem unterdrückten Schwall wütender Flüche entweichen. Dann löschte er die Zigarette und folgte Ski, der bereits durchs Unterholz stapfte, herabhängende Äste beiseiteschob und über Baumstämme und Wurzeln auf dem Boden trat, ohne sich die Mühe zu machen, sich so geräuschlos zu bewegen wie zuvor. »Ich habe meine Taschenlampe ein Stück weiter vorn abgelegt. Kommen Sie klar?«

»Machen Sie sich um mich mal keine Sorgen«, knurrte Dodge.

Ski tauchte unter einem Ast durch und konnte nur hoffen, dass Dodge ihn rechtzeitig bemerkte, um ihn nicht ins Gesicht zu bekommen. Eigentlich hatte er nicht vorgehabt, ihn in seine Ermittlungen einzuweihen, doch nun ertappte er sich dabei, wie er den Ex-Cop dazu einlud, seinen Senf dazuzugeben. »Sie kennen doch den Anglerladen an der Lake-Road-Kreuzung, oder?«

»Ja. Was ist damit?«

»Ich habe mit einem Typen geredet, der dort gegen Mitternacht getankt hat.« Sein Stolz verbot ihm, dem Profiermittler auf die Nase zu binden, dass in Wahrheit ein Amateurdetektiv den Bootsbesitzer aufgestöbert hatte.

»Ziemlich spät zum Tanken.«

»Er wollte sein Boot fertig haben, um gleich im Morgengrauen rausfahren zu können.«

»Das ist einer der Gründe, weshalb ich es nie mit Angeln versucht habe. Viel zu früh für mich.«

»Deshalb«, fuhr Ski fort, »war er so spät noch an der Tankstelle, als ein Toyota seitlich neben dem Haus anhielt. Der Zeitpunkt stimmt in etwa mit Ms Malones Notruf überein.«

»Und er kam aus der Richtung des Hauses am See?«

»Ja.«

»Und der Angler ist sich sicher, dass es ein Toyota war?«

»Absolut. Seine Tochter fährt auch so einen. Der Fahrer sei ausgestiegen und zur Männertoilette gehumpelt, sagt er.«

»Außen um das Gebäude herum, nicht durch den Laden?«

»Genau.«

»Gehumpelt?«

»Er hat es mir gezeigt. Sah wie ein Humpeln aus. Als sein Kanister voll ist, fällt ihm ein, dass er vielleicht mal nach dem Kerl sehen sollte. Er geht also rüber zur Toilette, klopft an die Tür und sagt zu dem Kerl, ihm sei aufgefallen, dass er humpeln würde, und ob er vielleicht Hilfe brauche. Und der Typ ruft…«

»Er macht die Tür nicht auf?«

»Nein. Er ruft, es sei alles in Ordnung. Er sei nur hier, weil er ›dringend mal pissen‹ müsse. Genau dieselben Worte. Der Angler ist ein bibeltreuer Mann, wie er im Buche steht, deshalb wollte er – ich zitiere – nichts mehr von diesen *schmutzigen Ausdrücke*n hören.«

»Klingt ja nach einem echten Spaßvogel.«

Ski nahm die Taschenlampe, die er auf einem Baumstumpf hatte liegen lassen, knipste sie an und richtete den Lichtkegel auf Dodge, der sichtlich Mühe gehabt hatte, ihm zu folgen. »Alles in Ordnung mit Ihnen?«

»Ja. Ich habe bloß kein festes Schuhwerk an.«

Seine Schuhe waren wohl kaum der Grund dafür, dass seine Lungen wie ein kaputter Blasebalg pfiffen. »Sie sollten mit dem Rauchen aufhören.«

»Los, weiter.«

Ski richtete den Lichtkegel auf den Boden, was ihren Marsch erheblich einfacher machte. »Also hat der Angler ihn in Ruhe gelassen und das Ganze vergessen.«

»Und es hat auch nicht geklingelt bei ihm, als er hörte, dass es um diese Uhrzeit in der Gegend eine Schießerei gegeben hat?«

»Er war den ganzen Tag auf dem See und hat erst davon

erfahren, als er am späten Nachmittag wieder nach Hause kam. Aber da standen wir schon vor der Tür.«

»Hat er den Kerl beschrieben?«

»Ja. Er konnte ihn ziemlich genau erkennen, weil über der Toilettentür ein Licht brannte. Größe, Gewicht und Alter stimmen mit Oren Starks überein. Beginnende Glatze. Laut seiner Beschreibung trug der Typ Freizeithosen und ein dunkles Poloshirt. Ms Malone hat ausgesagt, dass Starks Freizeithosen und ein dunkelblaues Poloshirt angehabt hätte.«

»Und keiner hatte dem Angler vorher etwas gesagt? Er konnte die Beschreibung nicht aus dem Fernsehen oder von seiner Frau haben?«

»Er sagt, nein, und ich kann mir nicht vorstellen, dass er lügt.«

Dodge hustete einen Klumpen Schleim hoch und spuckte ihn aus. »Scheiße noch mal, nein. Nicht wenn er sich bei dem Wort *pissen* schon ins Hemd macht.«

Ski lachte. »Außerdem habe ich ihm ein Foto von Starks gezeigt, das uns die Personalabteilung der Marketingfirma zugefaxt hat. Der Angler meinte, er sei sich zu fünfundneunzig Prozent sicher, dass das der Typ sei.«

»Nicht zu hundert?«

»Es war dunkel, außerdem war er rund zwanzig Meter weit entfernt.« Ski deutete auf eine Stelle vor ihnen. »Da ist es.«

Der Schein der Taschenlampe fiel auf das gelbe Absperrband um etwas, das wie das Ende eines überwucherten Zufahrtswegs aussah. »Ich nehme an«, fuhr Ski fort, »dass die Baufirma während der Bauzeit ihre Fahrzeuge hier abgestellt hat, weil es schattig war und sie den Vorgarten nicht verschandeln wollten. Und als das Haus fertig war, wurden der Weg und die Lichtung nicht mehr gebraucht, deshalb ist alles überwuchert.« Er richtete den Lichtkegel auf die Reifenspuren im Schmutz. »Ganz frisch. Und sie stammen nicht von einem schweren Baufahrzeug oder so was. Ich habe sie heute Morgen kurz nach Tagesanbruch entdeckt und gleich einen meiner Männer darauf angesetzt. Er ist zwar kein Experte, hat aber einen ziemlich guten Abdruck davon hinbekommen.«

»Ein Glück, dass es gestern Abend nicht geregnet hat.«

Ski nickte. »Ich gehe jede Wette ein, dass der Abdruck von einem Toyota stammt.«

»Haben Sie sonst noch etwas gefunden?«

»Undeutliche Schuhabdrücke, aber nichts, wovon wir hätten einen Abdruck nehmen können.«

»Keine Bonbonpapierchen, den Schraubverschluss einer Flasche, ein Fetzen Stoff?«

»Nichts. Ich habe die ganze Gegend zweimal eigenhändig abgesucht, und zwei meiner Kollegen haben dasselbe getan. Fehlanzeige. Aber wenn man erst mal weiß, wonach man sucht, stellt man fest, dass Starks eine eindeutige Spur zum Haus hinterlassen hat.«

Er zeigte Dodge einen dürren herabhängenden Zweig mit einer frischen Bruchstelle und eine niedergedrückte Stelle im Gras. »Ms Malone hat ausgesagt, er sei nicht gerade der Frischlufttyp.«

Dodge musterte die einzelnen abgebrochenen Äste, die Ski mit der Taschenlampe beleuchtete. »Ihre Pfadfinderqualitäten hat er jedenfalls nicht, so viel steht fest.«

Er kaute nachdenklich auf der Innenseite seiner Wange herum, was Ski verriet, dass ihn etwas beschäftigte. »Worüber denken Sie nach?«, hakte er nach.

»Ich frage mich, wieso er bei dem Anglerladen angehalten hat und auf die Toilette gegangen ist. Damit hat er doch riskiert, gesehen zu werden?«

»Das sehe ich genauso. Klingt zu leichtsinnig für jemanden, der so kontrolliert ist, wie Ms Malone ihn beschrieben hat, finden Sie nicht auch? Aber sie hat auch gesagt, er sei verstört gewesen. Immerhin hatte er gerade einen Menschen angeschossen. Vielleicht war er durcheinander und konnte keinen klaren Gedanken fassen. Oder aber er wollte in seiner gewohnten Akribie die Toilette aufsuchen, um sich um sein verletztes Bein zu kümmern.«

»Mit anderen Worten«, warf Dodge ein, »Sie haben nicht die leiseste Ahnung.«

Ski besaß immerhin die Größe zu lächeln. »Ich bin offen für jeden Hinweis.«

»Woher soll man verdammt noch mal wissen, wieso jemand etwas tut? Ich tu's jedenfalls nicht. Tatsache ist, dass Starks auf dieser Toilette war. Man hat ihn gesehen. Und was bedeutet das für Sie, Deputy?«

»Für mich ist das der Beweis, dass er gestern Abend tatsächlich hier war.«

Dodge kniff die Augen zusammen. »Hatten Sie denn Zweifel daran?«

Ski zuckte unverbindlich mit den Schultern. »Es bestätigt die Aussagen von Ms Malone und Mr Lofland. Und es erklärt, weshalb keiner von ihnen einen Wagen gehört hat.«

»Okay.«

»Wenn wir die Auswertung des Reifenabdrucks erst mal haben, werden wir wissen, um welches Modell und Baujahr es sich handelt, und ich kann den Wagen zur Fahndung ausschreiben. Auf Oren Starks ist kein Toyota zugelassen, aber Ms Malone meinte, er sei viel zu gerissen, um mit seinem eigenen Wagen herzukommen.«

»Aber dumm genug, um frische Reifenspuren zu hinterlassen«, sagte Dodge halb laut. Ski bedeutete ihm, fortzufahren. »Dabei soll der Typ doch angeblich ein Genie sein, stimmt's?«, fügte Dodge hinzu.

»Aber Klugheit bedeutet noch lange nicht, dass jemand auch ein gerissener Verbrecher ist«, führte Ski den Gedanken weiter.

»Das nicht, aber hilfreich ist es.« Dodge zeigte auf die Reifenspur. »Und das hier ist absolut dämlich.«

»Genauso dämlich, wie vom Tatort zu flüchten und auf direktem Weg irgendwohin zu fahren, wo man gesehen wird.«

»Ja, genauso dämlich«, bestätigte Dodge. »Unser Angler hat nicht zufällig das Kennzeichen des Toyotas erkennen können?«

»Nein, so viel Glück haben wir leider nicht. Auch bei der Farbe war er sich nicht ganz sicher. ›Dunkel‹, mehr konnte er mir nicht sagen.«

»Damit werden Sie einer ganzen Menge Toyotafahrern mächtig auf den Geist gehen, wenn Sie eine Kontrolle anleiern.«

»Das lässt sich nicht vermeiden.« Ski hielt einen Moment lang inne. »Haben Sie genug gesehen?«

»Vielleicht komme ich später noch mal her und sehe mich ein bisschen um. Wenn Sie nichts dagegen haben.«

»Sie bitten mich um Erlaubnis?«

»Eigentlich nicht.«

»Dachte ich mir schon.«

Ski ging um das abgesperrte Areal herum auf die andere Seite der Lichtung und den überwucherten Weg entlang zurück zur Straße und zu seinem Geländewagen, der halb im Straßengraben geparkt stand. Er öffnete die Fahrertür, holte eine Flasche Mineralwasser heraus und reichte sie Dodge. »Danke.« Er schraubte sie auf und nahm einen Schluck.

»Brauchen Sie noch einen Moment, um Atem zu schöpfen?«, erkundigte sich Ski.

Dodge schraubte den Verschluss auf die Flasche und warf sie auf den Fahrersitz. »Sie würde ich problemlos jederzeit windelweich prügeln, mein Sohn.«

»Aber nicht in einem fairen Kampf.«

»Ich kämpfe nie fair. Fairness ist gleichbedeutend mit Tod. Haben die Ihnen bei der Army denn überhaupt nichts beigebracht?«

Die beiden Männer standen da und maßen einander, genau wie schon einige Stunden zuvor, als sie sich auf dem Krankenhausflur das erste Mal begegnet waren. Schließlich schien Dodge zu einem Entschluss zu gelangen, zog etwas aus der Hosentasche und drückte es Ski in die Hand.

»Amanda Loflands Handy.«

Ski starrte auf das Telefon in seiner Handfläche, dann richtete er den Blick auf das Gesicht des Privatermittlers, der ihn unverwandt ansah.

»Ich hab's gefunden«, sagte er. »In der Cafeteria des Krankenhauses.«

»Gibt's da keine Fundstelle?«, fragte Ski.

»Kann sein. Ich hab jedenfalls keine gesehen. Außerdem hatte ich es eilig.«

»Und deshalb mussten Sie es anschalten, um herauszufinden, wem es gehört.«

Dodge zuckte flüchtig mit den Schultern. Das Ganze schien ihm nicht im Mindesten leidzutun.

»Ich sorge dafür, dass Mrs Lofland es zurückbekommt.«

»Ich bin sicher, sie wird Ihnen sehr dankbar dafür sein.«

Wieder tauschten sie einen langen, abwägenden Blick, ehe Ski Dodge bedeutete, auf der Beifahrerseite seines Geländewagens einzusteigen. Dodge trat um die Motorhaube herum, und Ski hörte ihn erneut einen Fluch über seine dünnsohligen Schuhe ausstoßen, als er versuchte, auf dem stark abfallenden Gras Halt zu finden.

Am Ende der Zufahrtsstraße zum Haus stand ein Wagen. »Der ist mir heute Nachmittag schon aufgefallen. Lassen Sie das Haus überwachen?«, fragte Dodge.

»Ein Reservedeputy. Wir haben hier etwa ein Dutzend Männer und Frauen, die für uns arbeiten. Wir können es uns zwar nicht leisten, sie fest anzustellen, greifen aber bei Notfällen auf sie zurück. Ein zweiter behält die Anlegestelle im Auge.«

»Ja, auch den habe ich vorhin gesehen«, sagte Dodge. »Er hat mich genau in Augenschein genommen.«

Ski lächelte. *Das kann ich mir vorstellen*, dachte er. »Ich will kein Risiko eingehen, dass Starks zurückkommt und seine Drohung wahr macht«, sagte er.

»Das wundert mich nicht. Berrys Mutter ist eine ziemlich große Nummer hier in der Stadt. Wenn Caroline Kings Tochter etwas zustößt, reißt Ihnen Ihr Boss den Arsch auf.«

Ski starrte ihn an. »Echt mies von Ihnen, so was zu sagen.«

»Verklagen Sie mich doch.« Er hielt inne. »Okay, okay, das war gemein. Was ist mit der städtischen Polizei? Helfen die Ihnen?«

»Sie haben gerade mal fünf Mann, und die sind allein schon damit überfordert, Streitereien bei den Footballspielen der Highschool zu schlichten oder die Parade zum 4. Juli zu organisieren.«

»Dachte ich mir.«

»Wir, die Männer des Sheriff's Department, sind diejenigen hier, die für Recht und Ordnung sorgen. Es ist unsere Aufgabe …«

»*Ihre* Aufgabe.«

Ski zuckte mit den Schultern. »Stimmt. Es ist *meine* Aufgabe, Starks zu finden.«

»Tja, in der Cypress Lodge ist er jedenfalls nicht. Dort habe ich schon nachgesehen.«

»Danke«, gab Ski trocken zurück. »Dann kann ich sie ja von meiner Liste streichen.« Er hielt einen Moment lang inne. »Ich dachte, Sie übernachten in Ms Kings Haus.«

Dodge schluckte den Köder nicht, sondern schwieg beharrlich, während sie auf das Haus zufuhren. Die Scheinwerfer glitten über die Haustür, gerade als Caroline herauskam und die Veranda betrat. Die Erleichterung stand ihr ins Gesicht geschrieben, als Dodge aus dem Wagen stieg.

Er zündete sich eine Zigarette an. »Ich hatte schon Angst, Sie seien ins Wasser gefallen, oder ein Alligator hätte Sie erwischt, Dodge«, sagte sie.

»Hier gibt's Alligatoren?«

Sie sah zwischen den beiden Männern hin und her, als Ski die Treppe heraufkam. Offenbar fragte sie sich, wo sie einander begegnet waren. »Was ist los?«

»Noch konnte ich Starks nicht in Gewahrsam nehmen, aber es gibt einige Neuigkeiten«, sagte Ski. »Außerdem habe ich noch ein paar Fragen an Ms Malone.«

»Sie ist drinnen.«

Caroline ging vor den Männern her ins Haus und bedeutete ihnen, im Wohnzimmer zu warten. »Ich werde Berry holen.« In diesem Augenblick gab Skis Magen ein lautes Knurren von sich. Sie blieb stehen.

»Tut mir leid, Ma'am.«

Sie lächelte ihn an. »Sie brauchen sich nicht zu entschuldigen.«

Berry hatte gerade das schmutzige Geschirr weggeräumt, als ihre Mutter die Küche betrat. »Hast du die restlichen Spaghetti schon in den Kühlschrank gestellt?«

»Gerade eben.«

Caroline öffnete den Kühlschrank, nahm den verschlossenen Behälter heraus und reichte ihn Berry. »Könntest du für Deputy Nyland einen Teller voll warm machen?«

»Wie?«

Caroline holte Besteck aus der Schublade. »Er und Dodge sind gerade gekommen.«

Berry warf einen Blick durchs Küchenfenster auf den Garten hinter dem Haus, wo der Ermittler vor einer knappen Stunde mit der Erklärung verschwunden war, er gehe eine Zigarette rauchen, bevor er sich die Beziehung zwischen Ben und ihr erklären lassen wolle. »Wie das?«

»Keine Ahnung. Jedenfalls sitzen beide im Wohnzimmer, und Deputy Nyland hat zugegeben, dass er den ganzen Tag noch nichts gegessen hat. Wir müssen ihm etwas anbieten. Das ist das Mindeste, was wir tun können.«

»*Das Mindeste, was wir tun können*? Mutter, dieser Mann hasst mich.«

»Sei nicht albern. Und bitte bring die Kanne mit dem Eistee auch gleich mit herein.«

Ihre Mutter verschwand mit Besteck, einem Tischset und einer Serviette ins Wohnzimmer.

Berry blickte auf den Behälter in ihrer Hand, der sich ebenso surreal anfühlte wie alles andere, was in den vergangenen vierundzwanzig Stunden um sie herum vor sich gegangen war.

Ein Akt der Gewalt, der alles übertraf, was sie je erlebt hatte.

Eine Ermittlung, die eigentümlich und beängstigend anmutete.

Ein Deputy Sheriff, der keinen Hehl aus seiner Skepsis gegenüber jedem Wort machte, das über ihre Lippen kam.

Ein Privatermittler, dessen Anwesenheit sie sich nicht recht erklären konnte.

Sie beförderte den Behälter in die Mikrowelle und stellte die Uhrzeit ein. Während sie zusah, wie die Sekunden verstrichen, dachte sie über die Entscheidung ihrer Mutter nach, Dodge Hanleys Dienste in Anspruch zu nehmen – eines Mannes, der, gelinde gesagt, ziemlich viele Ecken und Kanten zu haben schien. Er war das krasse Gegenteil von Carolines restlichem Freundes- und Bekanntenkreis, der sich vorwiegend aus reichen Geschäftsmännern, Bankern, Anwälten und Ärzten zusammensetzte, allesamt kultivierte und gebildete Männer vom Schlag ihres Vaters.

Noch erstaunlicher war, dass ihre Mutter – eine Lady, wie sie im Buche stand – sich nicht im Mindesten an Dodges Derbheiten zu stoßen schien; eine Tatsache, die Berry mit großer Sorge erfüllte. Es gab nur eine Erklärung, weshalb Caroline so viel Nachsicht mit seiner Grobklotzigkeit zeigte: Sie hatte das Gefühl, als würden sie ihn brauchen. Er war genau die Sorte Mann, die man hinter sich wissen wollte, wenn es hart auf hart kam. Und genau das schien ihre Mutter zu erwarten.

Nicht anders sie selbst. Oren würde nicht einfach aufgeben, so viel stand fest. Seine Besessenheit hatte ihr gesamtes Leben auf den Kopf gestellt, und sie hatte die vergangenen beiden Monate mit dem Versuch zugebracht, wieder festen Boden unter den Füßen zu bekommen. Aber gestern Abend war ihre Welt erneut aus den Fugen und komplett außer Kontrolle geraten. Und im Moment deutete nichts darauf hin, dass sie es in absehbarer Zeit wieder in den Griff bekam.

Aber sie musste es schaffen. Sie häufte eine Portion Spaghetti auf einen Teller und gab zwei Scheiben Knoblauchbrot dazu. Dann stellte sie den Teller und den Eisteekrug auf das Tablett und trug alles ins Esszimmer, wo die anderen mittlerweile um den Tisch saßen. Ihre Mutter hatte ein Tischset vor Deputy Nyland gelegt, der sich erhob, als Berry eintrat.

»Ich hoffe, ich habe Ihnen keine Umstände bereitet.«

»Nein. Keine Umstände.« Sie stellte alles vor ihm ab. Erst als sie sich gesetzt hatte, nahm er wieder Platz.

Reglos saß er vor seinem Teller. »Bitte, lassen Sie es doch nicht kalt werden«, sagte ihre Mutter. Erst jetzt legte er sich die Serviette auf den Schoß, griff nach der Gabel und fing an zu essen.

Dieser Mann besaß eine unglaubliche Präsenz. Er schien geradezu überlebensgroß, und nicht nur aufgrund seiner beeindruckenden Statur; nein, auch seine Aura hatte etwas Übermächtiges. Berry war sich jeder seiner Bewegungen, jedes Blinzelns seiner grauen Augen überdeutlich bewusst. Seine Gegenwart raubte ihr den Atem. Allerdings schien sie die Einzige am Tisch zu sein, der es so ging.

Während Ski seine Spaghetti verputzte, erzählte Dodge den beiden Frauen – mit Skis Erlaubnis –, dass Oren offenbar ein gutes Stück vom Haus entfernt an der Straße geparkt und nach der Tat die Toilette im Angelladen aufgesucht hatte.

»Das heißt, ich brauche kein schlechtes Gewissen zu haben, weil ich mir sein Nummernschild nicht gemerkt habe«, erklärte Berry.

»Das war völlig unmöglich«, sagte ihre Mutter.

Dodge erkundigte sich, ob Oren jemals einen Toyota gefahren hatte.

»Keine Ahnung. Ich habe nie auf seinen Wagen geachtet.«

»Sie sind also nie mit ihm zusammen irgendwo hingefahren?«, hakte Ski nach.

Sie zögerte und sah Dodge an. »Sollen wir bis morgen früh warten, bis Mr Carlisle hier sein kann?«

»Ich sammle nur Informationen über Starks«, warf Ski ein, ehe Dodge etwas erwidern konnte. »Sie stehen nicht unter Verdacht.«

Dodge musterte ihn mit zusammengekniffenen Augen. »Okay, Deputy, fragen Sie. Aber übertreiben Sie's nicht. Wenn Sie sich bei einer Frage irgendwie unwohl fühlen, Berry, beantworten Sie sie einfach nicht.«

Ski sah Berry an und bedeutete ihr fortzufahren, indem er die Brauen hob, da er den Mund voll hatte und nichts sagen konnte.

»Ich bin nie mit Oren irgendwo hingefahren.«

Er musterte sie einige Sekunden lang wortlos, ehe er sich mit der Serviette den Mund abtupfte. »Danke, das war wirklich köstlich«, sagte er, an Berry gewandt.

Er hatte die Spaghetti bis auf die letzte Gabel aufgegessen und die Soße mit dem Knoblauchbrot aufgestippt. »Gern geschehen«, erwiderte Berry, »aber ich habe sie nur aufgewärmt, gekocht hat meine Mutter. Ich bin eine miserable Köchin.«

Er lächelte ihrer Mutter zu. »Da bin ich aber froh, dass mein Magen in Ihrer Gegenwart geknurrt hat.«

Caroline erwiderte das Lächeln freundlich.

Dodge verlagerte sein Gewicht auf dem Stuhl, tastete in der Brusttasche seines Hemds nach den Zigaretten und kreuzte mit verdrossener Miene die Arme vor der Brust.

Ski schob seinen Teller beiseite und legte die Unterarme auf den Tisch. »Ich habe mit einigen der Kolleginnen gesprochen, die Sie mir genannt haben«, sagte er zu Berry.

»Und, haben sie Ihnen von Orens unangemessenen Flirtversuchen erzählt?«

»Eher von seinen ungeschickten Bemühungen. Neckereien, die in die Hose gingen, oder ungelenke Versuche, Smalltalk zu betreiben, solche Dinge. Er klang eher nach jemandem, der nervt, als nach einem gemeinen Widerling.«

»Er *ist* aber ein gemeiner Widerling«, beharrte sie. »Er ist hochintelligent, sogar fast so was wie ein Genie, aber als Mensch absolut grauenhaft. Bei den anderen hat er sich nicht ganz so ins Zeug gelegt wie bei mir und Sally Buckland. Haben Sie mit ihr auch geredet?«

»Ja.«

»Und?«

Er tauschte einen Blick mit Caroline und Dodge, ehe er sich wieder an sie wandte. »Vielleicht sollten wir ja doch lieber warten, bis Ihr Anwalt dabei sein kann.«

Rein oberflächlich betrachtet schien sein Rat nur zu ihrem eigenen Besten gemeint zu sein, doch in seiner Stimme schwang ein unüberhörbar herausfordernder Unterton mit.

»Fragen Sie weiter.«

»Berry.«

»Ist schon gut, Dodge.«

»Nein, es ist absolut schwachsinnig.«

Sie hielt Ski Nylands Blick fest, ohne Dodge zu beachten. »Also?«

»Sally Buckland hat mir unmissverständlich klargemacht, dass Starks rein gar nichts mit ihrer Kündigung bei Delray zu tun hatte und dass allein die Vorstellung absolut lächerlich sei. Und sie hat gesagt, Sie seien eine Lügnerin, wenn Sie so etwas behaupten würden.«

Berry ließ langsam den Atem entweichen und starrte Nyland völlig verblüfft an. »Aber wie kommt sie denn darauf?«, fragte sie. »Wie kommt sie darauf?«, wiederholte sie, während ihre Stimme anschwoll.

»Berry…«

»Nein, Mutter«, unterbrach sie. »Hier stimmt doch etwas nicht. Das kann nicht sein.« Abrupt schob sie ihren Stuhl zurück, stand auf, beugte sich über die Lehne und starrte die drei Gestalten am Tisch an.

»Oren hat Sally bei der Arbeit das Leben in der Firma dermaßen zur Hölle gemacht, dass sie am Ende gekündigt hat. Und dann war ich an der Reihe. Ich habe keine Ahnung, weshalb Sally das jetzt auf einmal abstreitet, aber ich sage die Wahrheit.«

»Ich glaube dir, Berry«, warf ihre Mutter ein. »Niemand bestreitet, was du gesagt hast. Also, setz dich wieder hin und lass uns in Ruhe über alles reden.«

»Ich stehe lieber, aber reden möchte ich trotzdem darüber.« Sie warf Ski einen vernichtenden Blick zu und wünschte inbrünstig, es nur ein einziges Mal zu erleben, dass die kühle Gelassenheit in seinen grauen Augen verschwand. »Also. Und weiter?«

»Waren Sie gemeinsam mit Starks bei der Firmenweihnachtsfeier?«

Sie ließ den Kopf sinken, bis ihr Kinn die Brust berührte. Die Ungläubigkeit ihrer Mutter, Dodges unausgesprochener Vorwurf und die Verachtung des Deputys waren förmlich mit Händen greifbar. Schließlich reckte sie das Kinn vor und warf mit einer trotzigen Kopfbewegung ihr Haar zurück.

»Ja, ich habe mich bereit erklärt, mit ihm auf die Weihnachtsfeier zu gehen. Ich dachte, wenn ich einmal mit ihm ausgehe, hört er vielleicht auf, mir ständig in den Ohren zu liegen. Und die Party schien ein sichereres Umfeld zu sein, als allein mit ihm in ein Restaurant zu gehen. Dort wären wir wenigstens nie allein, es wären immer Leute um uns herum. Und ich habe unter der Bedingung zugesagt, dass wir uns erst dort treffen. Ich bin allein hingefahren und auch allein wieder nach Hause. Was ich über seinen Wagen gesagt habe, ist wahr, Deputy. Ich bin nie mit ihm irgendwo hingefahren.«

»Und die Party?«

»Oren hat dafür gesorgt, dass alle wissen, dass wir zusammen da sind. Er ist mir den ganzen Abend nicht von der Seite gewichen, sondern hat wie eine Klette an mir gehangen und mich behandelt, als wären wir ganz dicke. Und er hat mich ständig angefasst. Allein wenn ich daran denke, wird mir schlecht. Ich habe seine Zudringlichkeit über mich ergehen lassen, in der Hoffnung, dass er, wenn er einmal damit prahlen kann, mit mir ausgegangen zu sein, endlich zufrieden ist und verschwindet. Aber das ist nicht passiert.«

Sie hielt inne und starrte einen Moment lang ins Leere, ehe sie den Blick wieder auf den Deputy richtete. »Am letzten Tag vor Weihnachten hat Oren seine Kündigung erhalten. Er ist zu mir gekommen, um sich trösten zu lassen, als wäre ich seine Partnerin, seine Freundin oder seine Geliebte.« Wieder hielt sie inne und sah die drei an. »Da hat es angefangen, das Stalking.«

Sie wandte sich an Dodge, offenbar fest entschlossen, alle wunden Punkte auf einmal auszumerzen. »Amanda Lofland hat Ihnen während Ihres Tête-à-Têtes von mir und Ben erzählt, stimmt's?«

Dodge nickte unglücklich.

»Es gab eine Zeit, als Ben und ich mehr als Kollegen waren«, sagte sie, wieder an den Deputy gewandt. Doch er zeigte keinerlei Reaktion. »Aber das scheint Sie nicht zu überraschen.«

Er nickte flüchtig. »Mrs Lofland hat mich heute Nachmittag angerufen. Sie meinte, ich sollte vielleicht wissen, dass Sie zusammen mit Oren Starks bei der Weihnachtsparty waren und früher mal ein Verhältnis mit ihrem Ehemann hatten.«

»Zu einem Zeitpunkt, als sie noch nicht mit ihm verheiratet war«, erklärte Berry scharf. »Und bis zum heutigen Tag war mir nicht klar, dass Amanda etwas davon wusste. Jedenfalls ist das Schnee von gestern und hat keinerlei Bedeutung, schon gar nicht für das, was gestern Abend vorgefallen ist.« Sie löste ihre Finger von der Stuhllehne und begann im Raum auf und ab zu gehen.

»Ben und ich haben eines Abends länger gearbeitet und sind danach noch etwas trinken gegangen. Es war, als müssten wir beide Dampf ablassen, und eins führte zum anderen. Die Tatsache, dass wir Kollegen waren und uns jeden Tag im Büro sahen, machte das Ganze noch ein bisschen pikanter. Aber wenig später reichte der Reiz des Verbotenen nicht mehr, um die Sache weiterlaufen zu lassen. Wir wollten nicht, dass eine Pseudoromanze unsere gute Kollegenbeziehung zunichte machte, und uns ist bewusst geworden, wie idiotisch es wäre, unser Verhältnis aufrechtzuerhalten, obwohl keiner von uns richtig verliebt war. Also haben wir uns darauf geeinigt, einfach wieder das zu sein, was wir vorher gewesen waren – gute Freunde und Kollegen. Die Affäre dauerte nicht mal einen Monat. Damals kannte er Amanda noch nicht. Und als er sie kennengelernt hat, war ich eine der Ersten, der er von dieser ›Wahnsinnsfrau‹ erzählt hat. Und als sie sich verlobt haben, habe ich eine Party für sie geschmissen. Du erinnerst dich doch bestimmt noch daran, Mutter.«

»Du hast den Raum im Country Club gemietet.«

Berry nickte und sah Ski an. »Das ist alles. Das große, schmutzige Geheimnis. Bis zu dieser hässlichen Szene im Krankenhaus war Amanda immer sehr nett zu mir. Vielleicht ist sie ja aus Angst und Sorge um Bens Zustand so ausgeflippt. Vielleicht war ihr Ausbruch die verzögerte Reaktion auf das Trauma, das sie erlitten hat, weil er angeschossen wurde.«

Sie hob in einer hilflosen Geste die Hände. »Keine Ahnung, wann Ben ihr von uns erzählt hat, ob vor oder nach ihrer Hochzeit oder sogar erst heute Morgen, als er im Aufwachraum zu sich gekommen ist. Vielleicht ging ihm da auf, dass er angeschossen worden war, und das, während er lediglich in Unterhosen in meinem Haus herumlief. Ich habe nicht die leiseste Ahnung.« Sie hielt inne.

»Allerdings weiß ich, dass meine gemeinsame Zeit mit Ben sehr kurz und ohne jede Bedeutung war. Seit dem Ende unserer Affäre lief nie wieder etwas zwischen uns, und schon gar nichts Ehebrecherisches, auch nicht gestern Abend.«

Ski erhob sich, trat um den Tisch herum und blieb direkt vor Berry stehen. »Gestern Abend war das Bett im Gästezimmer immer noch unberührt.«

»Dazu kann ich nichts sagen. Vielleicht hat Ben ja im Sessel gesessen und gelesen, vielleicht war er auch … keine Ahnung, was er gemacht hat. Ich habe mich nicht mehr um ihn gekümmert, nachdem wir uns voneinander verabschiedet und uns in unsere Zimmer zurückgezogen hatten.«

»Die Decke Ihres Bettes war allerdings zurückgeschlagen.«

»Worauf wollen Sie hinaus, Nyland?«, fragte Dodge.

Weder Berry noch Ski sagten etwas. Sie hatte keine Ahnung, was daran so wichtig sein sollte, wollte diesen Punkt aber um jeden Preis zwischen ihr und dem Deputy ausgeräumt wissen. »Ich habe sie zurückgeschlagen, bevor ich unter die Dusche gegangen bin.«

»Was soll das ständige Gequatsche über diese Scheißbetten? Welchen Unterschied macht es überhaupt, ob sie und

Lofland sich die Seele aus dem Leib gevögelt haben? Wichtig ist doch nur, dass dieses Arschloch von Starks …«

»Ich weiß, was wichtig ist und was nicht«, unterbrach Ski ihn barsch, ohne den Blick von Berry zu lösen.

»Wieso hacken Sie dann pausenlos darauf herum, wer wo geschlafen hat?«, blaffte Dodge zurück.

»Ihre Beziehung zu Lofland könnte einen Einfluss auf Starks' Motiv gehabt haben.«

»Aber sie hat Ihnen doch erzählt, wie sie zu Lofland steht«, argumentierte Dodge. »Könnten wir jetzt endlich weitermachen?«

Doch Ski schien nicht bereit zu sein, den Punkt abzuhaken, solange er nicht zu seiner vollständigen Zufriedenheit geklärt war.

»Ben und ich hatten vor Jahren eine absolut bedeutungslose Affäre«, sagte sie erneut. »Gestern Abend ist hier rein gar nichts passiert, bis auf das, was ich Ihnen erzählt habe.«

»Okay. Wunderbar. Ganz toll. Dann bin ich ja froh, dass das endlich abgehakt wäre«, meinte Dodge. »Sind Sie damit auch endlich zufrieden, Nyland?«

Ski zeigte keinerlei Reaktion.

Berry holte tief Luft. »Und um Ihre Frage von vorhin zu beantworten …«

»Berry.«

»Setzen Sie sich wieder, Dodge«, warf Caroline ein.

»Sie hat Rechte. Wenn sie nicht will, braucht sie nichts zu sagen.«

»Aber vielleicht will sie es ja.«

Berry hörte nur mit einem Ohr zu. Skis Blick war geradewegs auf sie gerichtet, und sie konnte sich ihm nicht entziehen. »Um Ihre Frage von vorhin zu beantworten – ich war während des Abendessens vollständig bekleidet. Ich habe mich nur ausgezogen, um unter die Dusche zu steigen. Diese Sanitäterin meinte, ich sollte mir vielleicht etwas überziehen. Erst in diesem Augenblick habe ich gemerkt, dass ich immer noch splitternackt war.«

11

Es war Davis Coldares Glückstag.

»Aber nicht hier, wo uns jeder sehen kann.« Lisa Arnold zog seine Hand zwischen ihren Schenkeln hervor und schob ihn weg, dann setzte sie sich auf und zog ihr Top herunter. »Und auch nicht auf dem Rücksitz. Das ist so was von *retro*.«

Davis' Erektion pochte, sein Gehirn war vernebelt vor Lust, deshalb fiel ihm beim besten Willen kein geeigneterer Ort ein, um es mit Lisa Arnold zu treiben, als der Rücksitz seines Wagens. »Ich … äh …«

»Ein Motel.« Züchtig zog sie ihren Jeansrock über die Körperregion, die Davis gerade erkundet hatte – ein Territorium, das seine Jungfräulichkeit längst verloren hatte.

»Ein Motel?«, echote er tumb, da es ihm noch immer nicht gelang, im Gewirr seiner Sinnesempfindungen einen klaren Gedanken zu fassen.

Lisa öffnete die Wagentür und stieg aus. »Fahr einfach. Ich sage dir, wohin.«

Als Davis' Synapsen endlich einen Impuls abgaben, saß sie bereits auf dem Beifahrersitz. Er verzog das Gesicht, stopfte seinen Penis in die Unterhose zurück und stieg aus dem Wagen, wobei er den geöffneten Bund seiner Jeans mit der linken Hand umklammert hielt. Er setzte sich hinters Steuer, ließ den Motor an und navigierte den Wagen über den Parkplatz des Autokinos, in dem an diesem lauen Sommerabend zwei Slasher-Streifen im Double-Feature gezeigt wurden. Doch wie Lisa und er war die Mehrzahl der Besucher nicht wegen der Filme hier.

Als sie vom Parkplatz auf den Highway fuhren, wies Lisa ihn an, nach links abzubiegen und die Scheinwerfer anzuschalten. Dann streckte sie den Arm aus und schob ihre Hand in seine Hose. »Und sieh bloß zu, dass das hier so bleibt, bis wir dort sind.«

»Mach ich«, japste er. Sie begann ihn zu streicheln, worauf sein Blick unverzüglich glasig wurde, sodass er Mühe hatte, den gelben Mittelstreifen auf dem zweispurigen Highway im Auge zu behalten.

»Hast du Kondome dabei?«, fragte sie.

»Äh …«

»Ist schon gut. Ich habe welche. Aber in Zukunft ist es deine Aufgabe, immer welche mitzubringen, okay?«

»Okay«, entgegnete er. Davis hätte zu allem Ja und Amen gesagt, nicht zuletzt wegen dem *in Zukunft*, was auf eine Fortsetzung ihrer sexuellen Abenteuer hoffen ließ.

»Da vorn rechts rein«, wies sie ihn an. »Ich weiß nicht, wie der Laden heißt, aber auf dem Schild ist ein Waschbär drauf.«

Er kannte das Motel: ein heruntergewirtschafteter Laden, den es schon gab, seit er denken konnte, wahrscheinlich sogar schon vor seiner Geburt. Er war unzählige Male daran vorbeigefahren, ohne einen Gedanken daran zu verschwenden. Nicht einmal in seinen wildesten Träumen hätte er sich ausgemalt, dass er eines Tages mit Lisa Arnold hier landen würde – dem Mädchen, von dem die ganze Merritt Highschool wusste, dass sie sich bereitwillig flachlegen ließ.

Er hielt vor dem hell erleuchteten Büro an, über dessen Eingang ein rotes »Zimmer frei«-Schild blinkte. Wahrscheinlich würde die Miete seinen gesamten Wochenlohn auffressen, den er sich mit Rasenmähen verdient hatte. Aber notfalls würde er sogar zwei Wochenlöhne springen lassen, wenn er sie nur ein einziges Mal flachlegen könnte. Jungs, die es schon mal mit ihr getrieben hatten, meinten, ein Blowjob gehöre bei ihr zum Standardprogramm. Andererseits hatte sie unbedingt hierherkommen wollen, deshalb hatte sie vielleicht mehr im Sinn als das Übliche. Allein beim Gedanken daran wurde ihm ganz schwummrig.

»Kannst du damit überhaupt gehen?«, fragte sie und stupste spielerisch seine Erektion an, worauf er ein Stöhnen von sich gab. Wenn er zu früh käme, wäre das die Blamage des Jahrhunderts. Er würde vor Peinlichkeit sterben, und dann würde er sie umbringen, weil sie es vergeigt hatte. Sie kicherte beim Anblick seiner unbehaglichen Miene. »Wohl nicht. Los, gib mir vierzig Mäuse.«

Sie ließ ihn los. Er stemmte sich mit den Füßen am Bodenblech ab, hob die Hüfte an, um seine Brieftasche aus der Gesäßtasche seiner Jeans zu zerren, und zog zwei Zwanziger heraus. Sie nahm sie ihm aus der Hand und stieg mit einem aufreizenden Grinsen über die Schulter aus dem Wagen. Beim Anblick ihres Hinterns, den ihr Jeansrock nur knapp bedeckte, ganz zu schweigen von ihrem Tanga, stöhnte er vor Lust.

Hinter der Rezeption saß eine fette Frau mit strähnigem grauem Haar und einem Tattoo, das nahezu die gesamte Fläche ihres schwabbligen Arms bedeckte. Sichtlich verdrossen, weil sie aus ihrer Lektüre einer Zeitschrift gerissen worden war, riss sie Lisa die beiden Zwanziger aus der Hand und knallte einen Zimmerschlüssel auf den Tresen. Das Ganze dauerte nicht einmal fünfzehn Sekunden.

Davis war heilfroh, dass Lisa kein Anmeldeformular oder

so was ausfüllen musste. Das hätte ihn zwar nicht davon abgehalten, eine Nummer mit ihr zu schieben, aber es war ihm lieber, wenn seine Eltern nichts davon erfuhren. Lisa war genau die Sorte Mädchen, vor der ihn sein Vater – und im Zuge einer besonders peinlichen Unterredung auch seine Mutter – eindringlich gewarnt hatte.

Als Lisa wieder einstieg, rutschte ihr Rock über ihre Schenkel und gestattete ihm einen Blick auf das Paradies, das ihn gleich erwartete. Augenblicklich waren sämtliche elterliche Vorträge über Vernunft und Anstand vergessen, ihre Warnungen vor tödlichen Krankheiten und ungewollten Schwangerschaften, die all seine Pläne für ein Baseball-Collegestipendium und sein gesamtes Leben jäh zerstört hätten.

»Alles klar«, sagte sie. »Nummer acht. Ganz hinten am Ende.«

Etwas sagte ihm, dass sie nicht zum ersten Mal hier war.

Vor der Tür mit der Nummer acht hielt er an. Lisa stieg aus. Davis folgte ihr, während er sich fragte, ob er vielleicht lieber den Wagen hinter dem Haus abstellen sollte, wo man ihn von der Straße aus nicht sehen konnte. Aber seine Eltern waren zu einem Kartenabend zu Freunden gefahren, außerdem lebten sie am anderen Ende der Stadt, deshalb würden sie auf dem Heimweg garantiert nicht hier vorbeikommen.

Noch immer die Finger um seinen Jeansbund gekrallt, stolperte er Lisa hinterher, die an der Tür auf ihn wartete. Sie drückte ihm den Schlüssel in die Hand. »Los, sei ein Gentleman.«

»Ja, Ma'am.« Er nahm den Schlüssel entgegen und versuchte mehrmals vergeblich, ihn ins Schlüsselloch zu bekommen.

Lisa trat neben ihn, quetschte seinen Bizeps zwischen ihre

Wahnsinnsbrüste, die ihn seit Monaten in seinen Träumen verfolgten, und strich mit der Zunge an seiner Ohrmuschel entlang. »Ich hoffe nur, nachher triffst du ein bisschen besser«, flüsterte sie.

Er rammte den Schlüssel ins Schloss und drehte ihn um. »Mach dir darüber mal keine Sorgen. Ich treffe das Ziel immer.«

»Ohhh. Reden wir hier etwa vom G-Punkt?«

Er öffnete die Tür und betrat das Zimmer, während er mit der Hand nach dem Lichtschalter tastete. Davis Coldare hätte mit allem gerechnet, aber ganz bestimmt nicht damit, einen Mann mit zerzaustem Haar neben dem Bett stehen zu sehen.

Berry lag auf dem Rücken und starrte an die Decke des Gästezimmers, als Caroline an die Tür klopfte und fragte, ob sie hereinkommen dürfe. »Ist er weg?«, fragte Berry, noch bevor sie die Schwelle überquert hatte.

Caroline lächelte schief. »Er hat auf das Dessert und den Kaffee verzichtet. Außerdem hätte er ohnehin keine Zeit mehr dafür gehabt, weil er einen Anruf bekam und weg musste. Dodge ist mit ihm gefahren.«

»Sind die beiden neuerdings ein Team?«

»So würde ich es nicht gerade bezeichnen.« Caroline faltete eine Chenilledecke zusammen und legte sie über die Armlehne des Sessels, ohne Berry anzublicken. »Dodge wollte wissen, was los ist, und als Ski meinte, es sei etwas Offizielles, hat Dodge zu ihm gesagt: ›Na, wunderbar, verraten Sie es mir nicht. Dann ist es eine Überraschung, wenn wir gleich hinkommen.‹ Darauf meinte Ski, Dodge wisse ja gar nicht, wo er hinfahren würde, aber Dodge sagte nur, er würde es ja dann herausfinden, wenn er ihm nachfahre. Ich schätze, Ski war irgendwann klar, dass es sowieso zwecklos ist. Also ist Dodge in seinen Wagen gestiegen, und weg waren sie.«

Berry richtete sich auf. »Vielleicht haben sie ja Oren geschnappt.«

»Schön wär's.« Caroline setzte sich auf die Bettkante, nahm Berrys Hand und verschränkte ihre Finger mit denen ihrer Tochter. »Du verschweigst mir doch etwas, Berry.«

»Ich?«, stieß Berry hervor. »Dasselbe denke ich ständig von dir.«

»Netter Versuch, aber diese Taktik hat schon in der Schule nicht funktioniert, und jetzt tut sie es genauso wenig. Du wirst es nicht schaffen, das Gespräch von dir abzulenken.«

»Du hast meine Manipulationsversuche durchschaut?«

»Schon seit du groß genug warst, sie an mir auszuprobieren. Aber ich würde es nicht als Manipulation bezeichnen, weil dieser Begriff eine böse Absicht impliziert. Denn böse warst du nie, nur extrem clever.«

»So clever nun auch wieder nicht. Du hast mich immerhin durchschaut. Und ich dachte, ich sei so wahnsinnig schlau.«

»Das bist du auch.« Ein weicherer, ernsterer Unterton schlich sich in Carolines Stimme. »Dich hat nichts aus der Ruhe gebracht, und du hattest deine Gefühle immer gut im Griff. Es passt gar nicht zu dir, dass du so ausflippst wie vorhin bei Ski.«

»Ski? Dodge? Ich wusste ja gar nicht, dass du neuerdings so dicke mit den beiden bist, obwohl du sie erst so kurz kennst. Wobei ...«

»Da. Du tust es schon wieder. Hier geht es nicht um mich. Sondern um dich.«

»Wobei«, wiederholte Berry beharrlich, »ich ja glaube, dass du Dodge Hanley nicht erst seit heute kennst. Und ich will gar nicht von mir und meinen Problemen ablenken. Dazu kommen wir noch, versprochen. Aber vorher möchte ich, dass du mir erzählst, was hier los ist.« Sie legte sich wieder hin und verschränkte die Hände im Nacken. »Ich höre. Wer ist der Kerl? Du kanntest ihn schon vorher. Ich weiß es. Sonst hättest du ihm seine Ausdrucksweise und seine Manieren nie im Leben durchgehen lassen.«

Caroline seufzte. »Also gut, ich gebe es zu. Ich habe Dodge Hanley vor einigen Jahren in Houston kennengelernt.«

»Wie?«

»Durch eine Freundin, die ihn engagiert hat, damit er einige private Ermittlungen für sie durchführt. Sie hatte ein ungutes Gefühl dabei, weil es etwas Schmieriges und Schäbiges an sich hatte, wie in einem zweitklassigen Film. Und Dodge hat es mit seiner unnachahmlichen Art noch schlimmer gemacht. Deshalb hat sie mich gebeten, ihn mir mal anzusehen und ihr meine aufrichtige Meinung über ihn zu sagen. Ob man ihm vertrauen könne und ob er sein Honorar wert sei und solche Dinge. Natürlich hatte ich auch keinerlei Erfahrung mit so etwas, aber sie hatte eine hohe Meinung von meiner Menschenkenntnis im Allgemeinen.«

»Welche Freundin? Kenne ich sie?«

»Ja. Aber ich kann dir nicht verraten, wer es ist.«

»Wieso nicht?«

»Weil ich damit ihr Vertrauen verraten würde.«

»Hat Daddy ihn je kennengelernt? Dodge, meine ich.«

Caroline lachte. »Du meine Güte, nein. Kannst du dir die beiden zeitgleich in einem Zimmer vorstellen?«

Berry lächelte. Ihr Dad war ein schlanker, nicht allzu großer Mann gewesen, dessen würdevolles Auftreten jedoch über seine mangelnde Körpergröße hinweggetäuscht hatte. Er war gepflegt, kultiviert und sanftmütig gewesen, ein Mann der leisen Töne. Und somit das genaue Gegenteil von Dodge Hanley.

»Ich habe niemandem von dem Ärger erzählt, den meine Freundin am Hals hatte, nicht einmal Jim. Es war das blanke Chaos und schrecklich peinlich.«

»Ein untreuer Ehemann?«

»Ich kann nur so viel verraten, dass sie völlig verzweifelt war, sonst hätte sie nie und nimmer die Dienste eines Privatdetektivs in Anspruch genommen.«

Berry dachte einen Moment über die Worte ihrer Mutter nach. »Ist das der Grund, weshalb du jetzt seine Dienste in Anspruch nimmst?«, fragte sie leise. »Empfindest du meine Situation auch als verzweifelt?«

»Noch nicht. Weil er verhindern wird, dass es so weit kommt.«

»Er ist ein Mann, der weiß, wie man sich durchsetzt.«

»Davon kann man ausgehen.«

»Er ist respektlos, lässt sich von Autoritäten nichts sagen und überschreitet gnadenlos jede Grenze.«

»Ich bezweifle, dass er sich an Gesetze und Vorschriften hält.«

»Er ist ein ungehobelter Klotz.«

»Du hättest ihn mal in Mabel's Teestube sehen sollen.«

Berry lachte. »Du warst in einem Teesalon mit ihm?«

»Irgendwo musste ich mich schließlich mit ihm treffen.« Caroline dachte einen Moment nach. »Aber im Grunde hat er sich besser geschlagen, als man annehmen würde.«

»Eigentlich ist er ganz süß«, meinte Berry. »Wenn man auf den schrofferen Typ steht.«

»So habe ich ihn noch gar nicht gesehen.«

Berry stieß ihre Mutter spielerisch an. »Komm schon, gib's zu, du findest ihn auch süß. Los, gib's zu.«

»Es gibt gewiss Frauen, die ihn attraktiv finden.«

Berry musste über die ausweichende Antwort grinsen, vor allem aber über Carolines verzweifelten Versuch, ihrer Tochter auszuweichen.

Nach einer angemessenen Trauerphase nach dem Tod ihres Dads hatte Berry ihre Mutter ermutigt, wieder auszugehen und sich mit Männern zu treffen; vor allem nach Carolines Umzug nach Merritt, wo die Leute sie nicht aus der Zeit als Jim Malones Ehefrau kannten. In Merritt gab es ziemlich viele Leute reiferen Alters, darunter auch eine ganze Reihe alleinstehender und wohlsituierter Männer, die für Caroline infrage kämen.

Aber Caroline hatte nichts davon hören wollen.

»Damit bin ich durch«, hatte sie gesagt, als Berry sie gedrängt hatte, sich doch wieder ins Getümmel zu stürzen. »Ich habe eine gute Ehe geführt und bin der Liebe meines Lebens begegnet. Ein weiteres Mal wird es das nicht für mich geben.«

Aber Berry hatte die Hoffnung nicht aufgegeben, dass ihre Mutter eines Tages den Mann kennenlernen würde, der sie dazu bewegte, ihre Meinung zu ändern. Sie war bildschön, klug, nett und witzig. Sie hatte so viel zu geben, und Berry graute bei der Vorstellung, dass sie den Rest ihres Lebens allein verbringen müsste.

»Ich mag Dodge«, sagte Berry nun, halb in der Erwartung, dass ihre Mutter ihre klare Ansage infrage stellen würde.

Aber sie tat es nicht. Stattdessen trat ein ernster Ausdruck auf ihre Züge. »Wirklich?«, fragte sie.

»Ja, wirklich. Mit all seinen Ecken und Kanten. Und am meisten mag ich an ihm, dass er gar nicht erst versucht, sich für sie zu entschuldigen.«

»Dann bin ich ja froh. Ich habe nämlich beschlossen, ihn endgültig zu engagieren.«

Besorgt biss Berry sich auf die Unterlippe. »Seine Aufgabe besteht darin, Schadensbegrenzung zu betreiben, stimmt's?«

»Unter anderem. Aber auch Ski könnte von seinen Fähigkeiten als Ermittler profitieren.«

»Sofern er sie in Anspruch nimmt.«

Caroline nickte nachdenklich. »Männer sind nun mal Platzhirsche, aber Ski scheint zu intelligent zu sein, als dass er Hilfe ablehnen würde, wenn er welche braucht.«

Berry zog einen Arm unter ihrem Kopf hervor und legte ihn über die Augen. »Diese Affäre mit Ben …«, sagte sie nach einem kurzen Moment.

»Du bist eine erwachsene Frau, Berry. Und definitiv über das Alter hinaus, in dem du mir Rechenschaft über deine Privatangelegenheiten schuldig bist.«

»Hört, hört«, sagte Berry und linste unter ihrem Arm hervor. »Spreche ich etwa nicht mit der Frau, die ständig irgendwelche Andeutungen macht, sie hätte gern Enkelkinder, bevor sie zu alt und tattrig ist, um noch mit ihnen spielen zu können?«

Caroline lächelte. »Ich wünsche mir nach wie vor Enkel. Aber«, fügte sie nachdrücklich hinzu, »ich verstehe auch, wie wichtig dir deine Karriere ist, weil mir meine auch immer sehr am Herzen lag. Und Karriere zu machen und gleichzeitig eine Familie zu gründen, kann erhebliche Probleme verursachen.«

»Ich schließe ja nicht aus, dass es eines Tages einen Ehemann und Kinder geben wird, Mutter. Wann immer ich Frauen in meinem Alter mit ein, zwei Knirpsen an der Hand und einem Mann an ihrer Seite sehe, der sie anschmachtet, beginnt meine biologische Uhr zu ticken. Das würde mir gefallen. Aber eines kann ich dir klipp und klar sagen: Ben Lofland war kein potenzieller Lebenspartner für mich. Er und ich haben ein paar harmlose Nächte miteinander verbracht. Unser Verhältnis ist definitiv nicht die Staatsaffäre, die Deputy Nyland daraus macht.«

»Er hat keine Staatsaffäre daraus gemacht.«

»Aber es fehlte nicht viel.«

»Es muss irgendeinen Grund geben, weshalb ihn die Sache so beschäftigt.«

»Den hat er dir doch genannt. Orens Motiv.«

Caroline warf ihr einen wissenden Blick zu – einen von der Sorte, die niemand so gut beherrscht wie Mütter.

»Was ist?«, fragte Berry.

»Nichts. Gar nichts. Egal.«

»Was ist?«

Caroline schüttelte den Kopf. »War nur so ein Gedanke, völlig abstrus. Wahrscheinlich ist gar nichts dran. Entschuldige, dass ich dich unterbrochen habe. Was sagtest du gerade?«

Verärgert, weil sie nur zu genau wusste, dass an ihrer Bemerkung mehr dran war, als Caroline zugeben wollte, nahm Berry den Gesprächsfaden wieder auf. »Ich weigere mich, das Büßerhemd anzuziehen, nur weil ich ein paarmal bei ihm über Nacht geblieben bin.«

»Die Affäre hätte bei Weitem keine solche Bedeutung, wenn du sie von Anfang an zugegeben hättest.«

»Das ist mir auch klar«, entgegnete Berry. »Ich hätte gleich die Wahrheit sagen müssen.«

»Wieso hast du es dann nicht getan?«

»Wegen Amanda. Ich wusste nicht, ob Ben ihr von uns erzählt hatte, habe aber vermutet, dass er es nicht getan hat. Ich wollte verhindern, dass sie sich mit einer uralten Affäre herumschlagen muss, wo sie schon genug damit zu tun hat, dass er angeschossen wurde und operiert werden musste. Ich hatte Angst, dass ich in ein Wespennest steche, wenn ich Deputy Nyland davon erzähle. Also habe ich nichts gesagt, um Amandas Gefühle zu schützen und Ben den Ärger mit der Frau zu ersparen, die er von ganzem Herzen liebt. So viel zu meinen guten Absichten, die mir regelrecht um die Ohren geflogen sind.«

»Ich kann dir nur ans Herz legen, Ski ab sofort nichts mehr zu verschweigen«, sagte Caroline leise.

Berry ließ ihren Arm sinken und sah ihrer Mutter in die Augen. »Du meinst also, ich soll ihm erzählen, dass ich Oren vorgestern angerufen habe?«

Caroline starrte sie entsetzt an. »Du hast ihn angerufen?«

»Ja, am Donnerstagnachmittag. Oren und ich haben mehrere Minuten miteinander geredet.«

»Das verstehe ich nicht. Du bist doch hergekommen, weil du ihm entgehen wolltest. Wieso um alles in der Welt hast du das getan?«

»Um mich zu entschuldigen.«

»Wofür, um Himmels willen?«

Berry rutschte auf die andere Seite des Bettes, schwang die Beine über die Kante und stand auf. Sie trat ans Fenster, um auf den See hinauszublicken, obwohl es zu dunkel war, um etwas anderes als ihr Gesicht in der Fensterscheibe zu erkennen.

»Dafür muss ich etwas ausholen«, sagte sie. »Erinnerst du dich… natürlich erinnerst du dich an diesen Tag«, sagte sie reumütig, »als ich so ausgeflippt bin?«

Caroline schwieg. Berry wandte sich zu ihr um. Ihre Mutter blickte auf ihre Hände. »Du warst aufgebracht, Berry. Was absolut nachvollziehbar war. Was du gesagt hast, war nicht ernst gemeint.«

»Hör auf, das Unentschuldbare zu entschuldigen, Mutter. An diesem Tag habe ich es sehr wohl so gemeint.«

Ein Delray-Kundenbetreuer hatte einem von Berrys Kollegen ein dickes Lob ausgesprochen und im selben Atemzug harsche Kritik an ihrer eigenen Arbeit geübt und all ihre Verbesserungsvorschläge vom Tisch gefegt.

Berry war gekränkt und wütend gewesen. Sie war ins Büro ihrer Mutter gefahren, wo sie eine geschlagene halbe Stunde lang ihrer Wut Luft gemacht hatte. Die Kritik an ihrer Arbeit sei absolut unfair gewesen, hatte sie getobt, wohingegen die hochgelobte Kampagne ihres Kollegen farblos und uninspiriert sei. »Was nur ein Beweis dafür ist, was für einen lausigen Geschmack der Kundenbetreuer hat«, hatte sie gezetert. »Und das Schlimmste ist, dass ich dem Kerl auch noch unterstellt bin. Mein Standing in der Firma ist von der Meinung dieses dämlichen Schwachkopfs abhängig.«

Caroline hatte versucht, sie zu beschwichtigen, doch Berry hatte sich geweigert, den Argumenten ihrer Mutter Gehör zu schenken. Und sie hatte Carolines Rat, sich von dieser Bagatelle nicht aus dem Konzept bringen und sie zu einem Hindernis für ihre weitere Arbeit werden zu lassen, vom Tisch gefegt.

»Du kniest dich mehr in deine Arbeit hinein als irgendjemand sonst in dieser Firma«, hatte Caroline gesagt. »Niemand ist so engagiert wie du. Du hast Talent, und irgendwann werden es die richtigen Leute schon merken, und all deine Mühen und deine Geduld werden belohnt werden.«

Doch Carolines wohlmeinende Worte hatten Berrys Wut nur noch weiter geschürt. Sie war zu ihrer Mutter gegangen, weil sie auf ihr Mitleid gehofft hatte, und nun bekam sie nichts als Binsenweisheiten aufgetischt. »Wenn ich ganz nach oben will, kann ich mir die Katzbuckeleien auch sparen und es gleich so machen wie du. Ich heirate einfach den Boss und Schluss.«

Bereits als die Worte über ihre Lippen gekommen waren, hatte sie gewusst, dass sie nicht wahr waren. Caroline hatte jahrelang bis spät in die Nacht geackert, an Feiertagen und an den Wochenenden Dienst geschoben. Ihren Erfolg hatte sie sich redlich verdient; er war das Ergebnis harter Arbeit, und sie hatte ihn ihrem Instinkt und nicht dem Nepotismus zu verdanken.

Außerdem war Berry bewusst gewesen, wie verletzend ihre Worte waren, und sie hatte sie bereut, sobald sie über ihre Lippen waren. Aber sie hatte sich nicht dafür entschuldigt. Stattdessen war sie aus dem Büro gestürmt und hatte ihre Mutter zurückgelassen, völlig verblüfft von diesem unerwarteten und unberechtigten Ausbruch, dessen Ursachen viel tiefer lagen, als ihre momentane Wut und Enttäuschung über eine kürzlich erlittene Niederlage ahnen ließen. Mit diesem Ausbruch hatte Berry ihren lang gehegten Groll gegenüber den Erfolgen ihrer Mutter preisgegeben.

»Als ich nach Hause gekommen bin«, sagte sie nun, »hat Oren schon auf mich gewartet.« Sie lachte freudlos. »Ich weiß noch genau, was ich damals gedacht habe – dass ich es wahrscheinlich nicht besser verdiente, nach dem, wie ich dich behandelt hatte. Er hatte mir etwas vom Chinesen mitgebracht und schimpfte mit mir, weil ich viel zu hart und lange arbeiten, nicht genug essen und nicht auf mich achtgeben würde. Ich war nicht in der Stimmung für noch mehr wohlwollende Ratschläge, schon gar nicht von ihm. Ich bin völlig ausgeflippt und habe ihn angeschrien, er soll sein beschissenes Hühnchenfleisch süß-sauer nehmen und verdammt noch mal von meiner Veranda verschwinden. Und dann habe ich ihm gedroht, die Polizei zu rufen, wenn ich ihn noch einmal hier erwische.« Berry hielt inne.

»Anfangs hat er herumgejammert, wie ich so grausam sein

und ihm das Herz brechen und all seine Träume zerstören könnte. Ich habe mir das Ganze ein paar Minuten angehört und ihm dann an den Kopf geworfen, er sei die reinste Witzfigur. Alle würden über ihn lachen, vor allem die Frauen. Er sei ein Langweiler und eine Nervensäge und nicht ganz richtig im Kopf und dass ich nicht die Einzige sei, die so denkt. Er sei erbärmlich und widerlich und dass mir schlecht würde, wenn ich ihn nur sehen müsste.«

Sie rieb sich die Augen, als könne sie damit auch die Erinnerung aus ihrem Gedächtnis tilgen. »Ich muss einen wunden Punkt getroffen haben. Oder gleich mehrere, denn er ist komplett ausgeflippt. Vor meinen Augen hat er sich in die Oren-Starks-Version von Mr Hyde verwandelt. Eine derart dramatische Verwandlung habe ich noch nie außerhalb eines Kinosaals erlebt. Sein Gesicht lief dunkelrot an und war wutverzerrt, wie ich es noch nie bei einem Menschen gesehen habe, Mutter. ›Das kannst du nicht mit mir machen. Das habe ich nicht verdient!‹, hat er gebrüllt. Dann hat er den Karton mit dem Essen gegen meine Haustür geschleudert, der prompt aufging, sodass alles durch die Gegend gespritzt ist. Er hat mir die schlimmsten Schimpfnamen an den Kopf geworfen und grässliche Dinge zu mir gesagt, obszöne Dinge. Es sei kein Wunder, dass ich seine Zuneigung nicht erwidern würde, wenn Ben Lofland mich ficken würde, hat er geschrien.«

Sie erschauderte. »Ich kann gar nicht wiederholen, was er gesagt hat. Du willst all das gewiss auch gar nicht hören. Aber am Ende hat er mir gedroht, dass es mir noch leidtun würde, dass ich ihn zurückgewiesen hätte. Mit wesentlich drastischeren Worten, aber das war die Quintessenz davon. Ich bin ins Haus gelaufen und habe die Tür verriegelt. Ich hatte schon mein Handy in der Hand und wollte den Notruf wählen – so große Angst hatte ich vor ihm –, aber dann ist er auch schon weggefahren. Ich musste mich übergeben. Danach habe ich mir das Gesicht gewaschen und in den Spiegel geschaut.« Sie hielt inne. »In diesem Augenblick habe ich gesehen, was aus mir geworden war. Ich habe mich selbst kaum wiedererkannt, Mutter. Ich war genauso ein Monster wie Oren. Ich war grausam gewesen, hatte schreckliche Dinge gesagt. Ich war gemein zu dir gewesen, dem Menschen, den ich mehr liebe und respektiere als irgendjemanden sonst auf der Welt. Und wieso? Aus Wut, weil mir jemand im Büro einen kleinen Klaps auf die Finger gegeben hatte.«

Sie wandte sich Caroline zu. »Ich wollte um jeden Preis Erfolg haben. Mein Ehrgeiz hatte mich von innen heraus zerfressen. Ich hatte völlig aus den Augen verloren, was im Leben eigentlich wichtig ist, und meine Beziehung zu Kollegen, zu Freunden und zu dir aufs Spiel gesetzt.«

Sie wischte sich die Tränen ab und fuhr fort. »Als Oren an diesem Tag vor mir stand, hatte ich Angst um mein Leben. Aber genauso habe ich mich vor dem Menschen gefürchtet, zu dem ich geworden war. Ich bin die ganze Nacht wach geblieben und habe im ganzen Haus das Licht brennen lassen. Weil ich Angst hatte, dass er zurückkommen könnte, aber auch davor, dass ich es mir noch einmal anders überlegen und meinen Entschluss über Bord werfen würde. Als die Sonne aufging, hatte ich meine Sachen gepackt. Ich bin hierhergekommen, weil ich gehofft habe, mein Leben ins Lot zu bringen und das wiederzufinden, was ich aus irgendeinem Grund verloren hatte.«

Sie trat ans Bett und setzte sich neben ihre Mutter, die eine Hand auf Berrys Rücken legte und die verspannte Stelle zwischen ihren Schulterblättern zu massieren begann. »Ich bin so stolz auf dich.«

Berry sah sie an und brach in Gelächter aus. »Stolz? Auf mich? Nach allem, was ich dir gerade erzählt habe?«

»Es ist schwer, sich selbst gegenüber so brutal ehrlich zu sein, und noch schwerer, nach dieser Selbsterkenntnis die Konsequenzen zu ziehen und zu handeln.« Caroline drückte ihr einen Kuss auf die Stirn. »Du hast Oren am Donnerstagnachmittag also angerufen, um dich für die Dinge zu entschuldigen, die du ihm an den Kopf geworfen hattest?«

»Mehr oder weniger. Ich habe ihm auch erzählt, dass Ben und ich gerade letzte Hand an die Kampagne anlegen würden, an der er gearbeitet hatte, als er entlassen wurde. Sie sei ganz hervorragend geworden, und er könne stolz darauf sein, habe ich gesagt.«

»Und wie hat er darauf reagiert?«

»Neutral. Er war ziemlich überrascht. Er hat mir nicht gedroht, hat aber auch nicht gesagt ›Lassen wir die Vergangenheit doch einfach ruhen‹. Stattdessen meinte er nur ›Okay‹ und hat aufgelegt. Und ich dachte, wir wären damit quitt. Zumindest bis auf einmal der Duschvorhang zur Seite gerissen wurde und er vor mir stand.«

»Du hast ihm doch nicht etwa erzählt, dass du und Ben am Freitag hier zusammen arbeiten würdet.«

»Natürlich nicht. Aber ich bin mir ziemlich sicher, dass er das Haus und das Büro beobachtet hat. Irgendwie muss er gemerkt haben, dass ich nicht mehr zu Hause war, sondern von einem anderen Ort aus arbeitete. Offenbar ist er Ben gefolgt, als er am Freitagmorgen hierher aufgebrochen ist. Vielleicht hat er auch den ganzen Tag auf dieser Lichtung gestanden, wo die Polizei die Reifenspuren gefunden hat, und darauf gewartet, dass es dunkel wird. Und bis er uns zusammen im Bett erwischt.«

Berry presste sich die Fingerspitzen gegen die Stirn und

begann mit kräftigen Bewegungen ihre Kopfhaut zu massieren. »Am meisten setzt mir zu, dass Ben nur angeschossen wurde, weil ich unbedingt versuchen musste, mich mit Oren zu versöhnen.«

»Berry? Wach auf, Schatz!«

Berry drehte sich auf den Rücken und stöhnte, als die Stimme ihrer Mutter sie aus dem Tiefschlaf riss. Sie strich sich das Haar aus dem Gesicht und schlug die Augen auf. Caroline stand in einem kurzen Baumwollnachthemd neben ihrem Bett und beugte sich über sie.

»Wie spät ist es?«

»Viertel nach fünf.«

Wieder stöhnte Berry. Nach dem Gespräch mit ihrer Mutter war sie viel zu aufgewühlt gewesen, um Schlaf zu finden. Von schweren Selbstvorwürfen gequält, hatte sie sich stundenlang im Bett herumgeworfen, bis sie schließlich ein rezeptfreies Schlafmittel eingenommen hatte, um ein wenig Ruhe zu finden. Deshalb war sie, nach nicht einmal drei Stunden Schlaf, völlig benebelt, und ihre Augen fühlten sich an, als hätte sie Sandpapier unter den Lidern.

Doch Carolines eindringlicher Tonfall ließ sie hochfahren. »Steh auf und zieh dich an. Dodge hat gerade angerufen. Er meinte, wir sollen sofort kommen.«

Berry warf die Decke zurück. »Wohin denn?«

»Ins Büro des Sheriffs.«

»Haben sie Oren geschnappt?«

»Dodge sagte, er würde uns später alles erklären.« Caroline war bereits auf dem Weg hinaus. »Wir sehen uns gleich unten.«

Berry zog eine alte Jeans und ein T-Shirt über, putzte sich die Zähne und band ihr Haar zu einem Pferdeschwanz zusammen. Nicht einmal fünf Minuten später trat sie zu ihrer Mutter, die bereits an der Hintertür auf sie wartete. Caroline schaltete die Alarmanlage ein und erklärte Berry, dass sie mit ihrem Wagen fahren würden.

Ein Deputy Sheriff stand vor dem Gerichtsgebäude und schien sie zu erwarten. Er dirigierte Caroline zu einem reservierten Parkplatz und berührte flüchtig die Krempe seiner Mütze, als sie ausstiegen.

»Ladys. Ich bin Deputy Stevens. Ski hat mich gebeten, Sie nach oben zu begleiten.«

Er führte sie zu einem Eingang im Erdgeschoss, der den Mitarbeitern der Behörde vorbehalten war, und gab den Sicherheitscode ein, worauf sich die Tür mit einem lauten metallischen Klicken öffnete. Er ließ die beiden Frauen eintreten, ging voran zum Aufzug und fuhr mit ihnen in den dritten Stock.

Die Aufzugtüren glitten auf und gaben den Blick auf den Einsatzraum frei. Als Erstes sahen sie Dodge, der sie allem Anschein nach ebenfalls bereits erwartet hatte.

Er kam ohne Umschweife zur Sache. »Ich habe Sie nur ungern aus dem Schlaf gerissen, aber Ski war der Ansicht, Sie sollten Bescheid wissen. Er dachte«, sagte er an Berry gewandt, »Sie könnten vielleicht helfen.«

»Helfen? Wobei denn?«

Dodge starrte sie finster an. »Oren Starks hat einen Jugendlichen erschossen.«

12

Noch bevor Caroline und Berry Gelegenheit hatten, Dodges Worte sacken zu lassen, hörten sie ein lautes, verzweifeltes Schluchzen. Auf einer Bank an der Wand saß ein Paar mittleren Alters. Vor ihnen kauerte ein etwas jüngerer Mann mit einem Priesterkragen, der die Arme um sie gelegt hatte und leise auf sie einredete.

»Das sind Mr und Mrs Coldare«, sagte Dodge mit respektvoll gesenkter Stimme, in der jedoch mühsam unterdrückte Wut mitschwang. »Ihr sechzehnjähriger Sohn und einziges Kind wurde vor wenigen Stunden erschossen. Von Oren Starks.«

Eine Woge der Übelkeit stieg in Berry auf. Sie schwankte. Dodge nahm ihren Arm. »Hey, schön stehen bleiben.«

»Setz dich«, sagte ihre Mutter.

Berry warf einen Blick auf die verzweifelten Eltern und schüttelte beharrlich den Kopf. »Geht gleich wieder. Diese Menschen da drüben haben heute Nacht ihr Kind verloren.«

In diesem Augenblick trat Ski aus einem Büro am anderen Ende des Raums. Sein Blick heftete sich auf Berry und ließ sie nicht mehr los, während er sich einen Weg durch das Gewirr aus Schreibtischen bahnte. »Ich muss mich bei Ihnen entschuldigen«, sagte er, als er vor ihr stehen blieb.

»Weswegen?«

»Weil ich Sie nicht so ernst genommen habe, wie ich es hätte tun sollen. Ich dachte, Sie übertreiben, was Starks und seine Drohungen angeht. Aber das war falsch. Es tut mir leid.«

Berry spürte, wie ihre Gefühle sie zu überwältigen drohten. Doch damit würde sie sich später auseinandersetzen. Jetzt war nicht der richtige Zeitpunkt dafür.

»Jedenfalls danke ich Ihnen, dass Sie hergekommen sind. Ich dachte, wenn Sie sich vielleicht anhören, was das Mädchen aussagt…«

»Das Mädchen?«

»Ich hatte noch keine Zeit, ihnen die Details zu erklären«, sagte Dodge.

Ski nickte knapp. »Ein junges Mädchen war bei Davis Coldare, als er erschossen wurde. Es geht ihr gut. Sie ist ein bisschen wacklig auf den Beinen, ansonsten aber unverletzt. Sie hat Starks anhand einer Reihe von Fotos identifiziert. Es besteht keinerlei Zweifel, sagt sie.«

»Er ist schon wieder entwischt?«

»Der Junge fiel direkt vor ihren Füßen tot um. Sie rannte um ihr Leben und rief vom Büro des Motels aus die Polizei.«

»Motel?«, fragte Caroline.

»Ein Schäferstündchen«, stieß Dodge zwischen zusammengepressten Lippen hervor. »Zwei Kids auf der Suche nach einer Matratze.«

»Als die ersten Beamten am Tatort eintrafen, war Oren Starks längst über alle Berge«, fügte Ski hinzu.

»Und was hat die Schüsse provoziert?«, fragte Berry.

»Absolut gar nichts.«

»Davis Coldare war einfach zur falschen Zeit am falschen Ort.« Auch Ski schien alle Mühe zu haben, seine Wut im Zaum zu halten.

»Mein Gott«, flüsterte Caroline, während Berry in stummem Entsetzen neben ihr stand.

»Ich dachte, vielleicht fällt Ihnen ja irgendetwas auf, wenn Sie zuhören, während wir die Aussage des Mädchens – sie heißt Lisa Arnold – aufzeichnen. Irgendetwas, das uns weiterhilft, Starks zu finden. Keine Ahnung, was. Aber den Versuch ist es wert«, sagte Ski, an Berry gewandt.

»Natürlich. Ich tue alles, was Sie wollen.«

Er schien zu merken, dass sie Mühe hatte, auf den Beinen zu bleiben, denn er nahm kein einziges Mal seine Hand von ihrem Rücken, während sie den Einsatzraum durchquerten. »Besorgen Sie einen Kaffee, Andy«, forderte er einen Deputy auf, der sie mit weit aufgerissenen Augen anstarrte. Es war derselbe Beamte, der auch nach der Schießerei im Haus am See aufgetaucht war. »Wie trinken Sie ihn?«, erkundigte sich Ski.

»Mit Sahne oder Milch, was Sie gerade haben.«

»Kaffeesahne«, erklärte der jüngere Deputy. »Und Sie, Ms King?«

»Ich übernehme das. Ich wollte sowieso nach draußen gehen und eine Zigarette rauchen«, erklärte Dodge und schloss sich dem Deputy an.

Ski führte Caroline und Berry in einen kleinen Raum. Kaum hatte er die Hand von ihrem Rücken gelöst, vermisste Berry sie bereits.

Er deutete auf einen rechteckigen Tisch mit braunen Metallbeinen und einer sichtlich abgenutzten Spanholzplatte. »Setzen Sie sich bitte. Sie können die Aufzeichnung aber auch durch das verspiegelte Fenster mitverfolgen, wenn es Ihnen nichts ausmacht, zu stehen. Der Ton wird durch einen Lautsprecher übertragen, den Sie im gesamten Raum hören können.«

Caroline nahm am Tisch Platz, während Berry ans Fenster trat und in den angrenzenden Raum blickte. Dort saß ein junges Mädchen an einem identisch aussehenden Tisch. Neben ihr lümmelte eine etwa fünfzehn Jahre ältere Frau auf ihrem Stuhl. »Ist das ihre Mutter?«

»Ihre Stiefmutter.«

»Und ihr Vater?«

»Sie haben sich letztes Jahr getrennt. Keiner weiß, wo er sich jetzt aufhält. Die beiden scheinen nicht gerade glücklich darüber zu sein, dass sie zusammenleben müssen, aber ihnen bleibt wohl nichts anderes übrig.«

»Wo ist ihre richtige Mutter?«

»Auch das weiß keiner.«

Lisa Arnold war ein üppiges Mädchen, was durch ihren kurzen Rock und das Top, unter dem sie keinen BH trug, noch betont wurde. Sie war das krasse Gegenteil des gesunden, frischen All-American-Girls mit den rosigen Wangen und gehörte zu der Sorte Mädchen, die nicht minder schnell in eine Schublade gesteckt wurde.

Doch unter ihrer provokanten Aufmachung bemerkte Berry eine Verletzlichkeit, die sie zutiefst berührte. Trotz des dick aufgetragenen Make-ups waren die Tränenspuren, die sich über ihre Wangen bis zum Kinn zogen, nicht zu übersehen. Und auch jetzt weinte das Mädchen so verzweifelt, dass ihr Körper von heftigen Krämpfen geschüttelt wurde.

Die Stiefmutter saß mit vor der Brust gekreuzten Armen auf ihrem Stuhl und starrte ins Leere. Berry konnte nicht sagen, ob sie schläfrig oder stoned war oder sich nur zu Tode langweilte, doch ihr war deutlich anzusehen, dass sie das Leid ihrer Stieftochter völlig kaltließ.

Der Unterschied zwischen ihnen und dem erschütterten Ehepaar, das draußen auf der Bank mit ihrem Pfarrer betete, hätte nicht größer sein können – sowohl was das äußere Erscheinungsbild als auch die Körpersprache betraf.

Ski trat neben Berry ans Fenster. »Alles in Ordnung?«, fragte er leise.

Sie nickte. »Wie sind die beiden an Oren Starks geraten? Was ist passiert?«

»Das werden Sie gleich von ihr selbst hören.«

In diesem Moment betraten Dodge und der Deputy mit mehreren Styroporbechern, Kaffeesahnedöschen und einer Auswahl an Zucker und Süßstoff den Raum. Dodge ließ eine Handvoll Rührstäbchen auf den Tisch fallen und zog einen Stapel Papierservietten aus der Jackentasche, die er vor Caroline auf den Tisch legte.

Sie lächelte ihn an. »Danke, dass Sie daran gedacht haben.«

Er grinste schief und murmelte etwas Unverständliches.

Ski trat zur Tür und öffnete sie. »Es sollte nicht allzu lange dauern«, sagte er und sah Berry an. »Ich komme wieder, sobald wir fertig sind, damit Sie die Aussage noch einmal durchlesen können.«

Damit verschwand er. Berry trat zum Tisch und gab einen Schuss Sahne in ihren Kaffee. Als sie ans Fenster zurückkehrte, bereitete Ski im angrenzenden Raum mit dem Deputy, der sie und Caroline in Empfang genommen hatte, eine Videokamera auf einem Stativ für die Aufnahme vor.

Ski sagte etwas zu dem Mädchen und tätschelte ihr die Schulter, ehe er um den Tisch herumging und sich auf einen Stuhl setzte. Berry sah zu, wie seine Hand unter der Tischplatte verschwand. Sekunden später erwachten die Lautsprecher brummend zum Leben.

»Ms Arnold«, hörte sie seine Stimme durch die Lautsprecher, »erzählen Sie mir bitte so detailliert wie möglich, was passiert ist. Ich werde Sie nur unterbrechen, wenn ich irgendetwas nicht verstehe. In Ordnung? Nehmen Sie sich ruhig so viel Zeit, wie Sie brauchen.«

»Okay.« Sie putzte sich die Nase, verlagerte das Gewicht auf ihrem Stuhl, schlug die Beine übereinander, schien es sich jedoch anders zu überlegen und platzierte sie nebeneinander auf dem Boden. »Soll ich Sie ansehen oder in die Kamera?«

»Sie können gern mich ansehen, wenn Sie sich dabei wohler fühlen.«

»Klar. Ich meine, keine Ahnung. Wo soll ich anfangen?«

»In welcher Beziehung standen Sie zu Davis Coldare?«

»Ich hab ihn erst diese Woche kennengelernt. Ich hatte ihn vorher schon in der Schule gesehen, wir hatten aber nie zusammen Unterricht oder so. Wir haben, na ja, nie geredet oder so was. Am Montag war ich bei einem Baseballspiel. Er spielt. Spielte, meine ich.« Ein unterdrücktes Schluchzen drang über ihre Lippen.

»Ich hab vergessen, auf welcher Position. Zweite Base, glaube ich. Jedenfalls sind wir mit ein paar Leuten nach dem Spiel noch zum See runtergefahren. Ich und Davis haben, na ja, ein bisschen rumgemacht und so. Er war echt süß. Und er hat mich gefragt, ob ich mit ihm ausgehen würde.«

»Sie haben sich fürs Autokino verabredet.«

Sie nickte.

»Erzählen Sie mir bitte, was passiert ist, nachdem Sie von dort losgefahren waren.«

Sie schniefte. »Na ja, inzwischen ging es ziemlich heiß zwischen uns her und so.«

Ski nickte.

»Deshalb haben wir beschlossen, in dieses Motel zu fahren, wo wir es ein bisschen bequemer haben.«

Wieder nickte Ski.

»Als wir hinkamen, bin ich zur Rezeption gegangen und hab der alten Frau, keine Ahnung, wie die heißt, das Geld gegeben. Sie hat mir die Schlüssel zu Zimmer Nummer acht ausgehändigt. Dann sind wir rübergefahren, ausgestiegen und zur Tür gegangen. Ich hab Davis den Schlüssel in die Hand gedrückt und noch ›Los, sei ein Gentleman‹ zu ihm gesagt. Na ja, er sollte mir wenigstens die Tür aufmachen.«

»Verstehe.«

»Aber er kriegte den Schlüssel nicht ins Schloss, weil er mit einer Hand seine Hose festhalten musste. Sie war, äh, na ja, sie war offen, verstehen Sie?«

Ski nickte ein weiteres Mal.

Die Stiefmutter gab ein abfälliges Schnauben von sich und verdrehte die Augen. Das Mädchen warf ihr einen vernichtenden Blick zu. »Oh, schon klar, als wärst du eine Heilige.«

Ehe die Stiefmutter etwas erwidern konnte, schaltete sich Ski ein: »Bitte fahren Sie fort, Ms Arnold.« Sein Tonfall war sanft, doch hatte er eine Autorität, die jede Auseinandersetzung zwischen den beiden Frauen im Keim erstickte.

Das Mädchen wandte sich wieder ihm zu. »Also… jedenfalls hatte Davis Mühe, den Schlüssel reinzukriegen, aber irgendwann hat er es dann doch geschafft. Er hat die Tür aufgemacht, ist reingegangen und hat das Licht angeknipst. Und da stand plötzlich dieser Typ neben dem Bett. Er sah genauso verdattert aus wie wir. Wir hatten ja nicht damit gerechnet, dass einer in dem Zimmer ist, verstehen Sie?«

Ski nickte ein weiteres Mal.

»Und dann… dann…« Ihre Unterlippe begann zu beben, und neuerliche Tränen flossen ihr über die Wangen. »… hat er auf einmal geschossen.«

»Hat er nach der Waffe gegriffen?«

Lisa schüttelte den Kopf. »Nein, er hatte sie schon in der Hand.«

»Hat er noch etwas gesagt, bevor er sie abgefeuert hat?«

Wieder schüttelte sie den Kopf, während sie ihre Gefühle zu übermannen drohten.

Ski beugte sich vor. »Brauchen Sie eine kurze Pause, um sich zu sammeln, Ms Arnold?«

»Heilige Scheiße«, fauchte die Stiefmutter. »Sag dem Mann doch einfach, was passiert ist, damit wir endlich hier rauskommen. Geht das vielleicht, ja?«

Ski ignorierte sie und fragte das Mädchen noch einmal freundlich, ob sie ein wenig Zeit brauche, ehe sie weitermachten.

Sie verneinte. Es gehe schon, meinte sie. Ski schob ihr die Kleenex-Schachtel über den Tisch zu. Sie zupfte eines heraus, putzte sich die Nase und wischte sich die Augen ab.

»Er hat also nichts zu Ihnen gesagt?«, fragte Ski, als sie sich ein wenig beruhigt hatte.

»Nein.«

»Konnten Sie ihn genau erkennen?«

»Ja. Davis hatte ja das Licht angemacht, und da stand er, nicht mal zwei Meter weit von uns weg.«

»Sie sagten vorhin, er sei vollständig bekleidet gewesen.«

»Ja, er hatte eine Freizeithose und ein dunkelblaues Poloshirt an.«

»Neben dem Bett haben wir ein Paar Herrenschuhe gefunden.«

»Seine Füße konnte ich nicht sehen. Aber seine Haare waren ganz zerzaust. Mir fiel auf, dass sie auf einer Seite abstanden. Und seine Augen waren, na ja, irgendwie ganz weit aufgerissen. So als hätte er geschlafen, und wir hätten ihn aus dem Schlaf gerissen. Und als Davis reinkam, hat er sofort gezielt und abgedrückt.«

»Spontan? Aus Reflex? Was glauben Sie?«

»Ja. So was in der Art.«

»Bitte lassen Sie sich von mir keine Worte in den Mund legen, Ms Arnold.«

»Tue ich doch gar nicht. Genau so war's.«

»Und Sie sind ganz sicher, dass es dieser Mann war?« Er schlug einen Aktendeckel auf, der vor ihm auf dem Tisch lag, und nahm eine Vergrößerung von Oren Starks' Foto aus der Personalabteilung von Delray heraus. Das Mädchen nickte eifrig. »Ja, ich bin ganz sicher.«

Ski legte das Foto in den Aktendeckel zurück. »Und was ist dann passiert? Nachdem er den Schuss auf Davis abgegeben hatte?«

Wieder brach sie in Tränen aus. »Ich weiß es nicht«, schluchzte sie. »Ich bin nicht mal lange genug da geblieben, um zu sehen, ob mit Davis alles in Ordnung ist. Ich hab mich einfach umgedreht und bin weggelaufen. Ins Büro, wo diese dicke Alte immer noch gesessen und in ihrer Scheißzeitschrift geblättert hat. Ich hab sie angeschrien, sie soll die Polizei rufen und dass jemand auf Davis geschossen hätte. Aber die fette Schlampe hat nur gesagt: ›Ich will hier aber kein' Ärger.‹«, stieß Lisa Arnold hervor, wobei sie die Stimme der Motelbesitzerin imitierte. »Ich hab zu ihr gesagt, sie soll ihren beschissenen, fetten A…« Sie wandte abrupt den Kopf und sah in die Kamera, dann wieder zu Ski. »Tut mir leid.«

»Schon gut. Bitte fahren Sie fort.«

»Ich hab zu ihr gesagt, sie soll sofort ihren Hintern ans Telefon schwingen. Aber sie hat nur ihre fetten Arme vor ihrem fetten Wanst verschränkt. Also hab ich mir das Telefon geschnappt und selber angerufen. Erst da hab ich bemerkt, dass ich meine Handtasche fallen gelassen haben muss, als der Typ auf Davis geschossen hat. Deshalb hatte ich mein Handy nicht bei mir.«

»Zwischen Ihrem Anruf und dem Eintreffen des ersten

Beamten vergingen nicht mal fünf Minuten«, sagte Ski zu ihr.

»Fünf Minuten?«, rief sie. »Sind Sie ganz sicher? Mir kam es wie eine halbe Ewigkeit vor.«

»Was haben Sie in der Zwischenzeit gemacht?«

Ihr Kinn begann zu beben, und ihre Züge verzerrten sich. »Ich hätte zurückgehen und nach ihm sehen sollen«, schluchzte sie in das Papiertaschentuch. »Aber ich hatte solche Angst. Ich wusste nicht, wo dieser Irre ist und was er tut. Ich hatte Angst, er knallt mich gleich als Nächstes ab. Deshalb hab ich mich hinter den Tresen der Rezeption gehockt. Die fette alte Schlampe hat mich die ganze Zeit angeplärrt, sie würde mich umbringen, wenn die ihr wegen mir den Laden dichtmachen. Ich hab sie angeschrien, sie solle endlich ihre verdammte Scheißklappe halten, aber sie hat die ganze Zeit auf mir rumgehackt, bis die Polizei kam.«

»Und Sie haben den Mann nicht wieder gesehen?«

»Nein.«

»Was ist mit seinem Wagen? Haben Sie gesehen, in welche Richtung er gefahren ist?«

»Nein.« Sie wischte sich die Tränen ab und holte zitternd Luft, um sich zu beruhigen. »Ich glaube, alles andere wissen Sie sowieso schon.«

»Können wir jetzt gehen?«, schaltete sich die Stiefmutter ein.

Ski warf ihr einen vernichtenden Blick zu, ehe er sich wieder an Lisa wandte. »Danke, Ms Arnold.«

»Danken Sie nicht mir. Ich hab ein furchtbar schlechtes Gewissen, weil ich Davis hängen gelassen hab.«

»Natürlich müssen wir die offizielle Untersuchung des Gerichtsmediziners abwarten, aber ich habe schon eine Menge Schusswunden in meinem Leben gesehen. Für mich sah es so aus, als wäre die Kugel direkt ins Herz gegangen. Falls ja, war er auf der Stelle tot.« Er hielt inne. »Sie hätten nichts mehr für ihn tun können«, fügte er mit sanfter Stimme hinzu.

Ski begleitete Lisa Arnold und ihre Stiefmutter persönlich hinaus und trug einem Deputy auf, sie nach Hause zu bringen und bis auf Weiteres bei ihnen zu bleiben. Er fürchtete, Oren Starks könnte zurückkehren und die einzige Augenzeugin seines blutigen Mordes an Davis Coldare beseitigen. Außerdem hatte er bereits überall Bescheid gesagt, dass Lisa Arnolds Name unter keinen Umständen preisgegeben werden dürfe.

Da das Büro des Sheriffs von Merritt County über keine eigene Spurensicherung verfügte, arbeiteten sie mit der nächstgelegenen Niederlassung der Texas Rangers zusammen. Ski rief den zuständigen Ranger an, der das Motelzimmer untersucht hatte, und bat darum, auf den neuesten Stand gebracht zu werden. Der Ranger meinte, er sei soeben fertig geworden und packe gerade seine Sachen zusammen.

»Ich lasse einen Mann vor der Tür Wache stehen, weil ich der Besitzerin nicht traue. Die entfernt noch das Absperrband und geht trotzdem rein. Die Frau hat ein Vorstrafenregister, das so lang ist wie mein Arm. Ich habe sie schon zweimal wegen Drogenhandels hopsgenommen. Und sie ist selber medikamentenabhängig.«

Der Ranger lachte leise. »Ja, sie hat mich unmissverständlich wissen lassen, was sie davon hält, dass ich ihren Romantiktempel verschandle.«

»Geben Sie mir Bescheid, was Sie gefunden haben, okay?«

»Mach ich, Ski.«

Die Stimmung im Nebenraum war spürbar gedrückt, als Ski endlich zurückkehrte. Die Kaffeebecher waren leer. Caroline und Dodge musterten ihn düster. Berry saß am Tisch und spielte mechanisch mit dem Rührstäbchen zwischen ihren Fingern. Ski zog einen Stuhl heran und setzte sich ihr gegenüber.

»Dieser Junge ist wegen mir gestorben«, sagte sie leise.

»Er ist gestorben, weil Oren Starks ihm ins Herz geschossen hat.«

Sie ließ das Rührstäbchen sinken, stützte die Ellbogen auf dem Tisch auf und vergrub den Kopf in den Händen. »Ich werde niemals das Weinen seiner Eltern vergessen. All das ist meine Schuld, ganz allein meine Schuld.«

»Wieso sollte es Ihre Schuld sein?«

Sie schwieg.

Carolines Blick war auf ihre Tochter geheftet – ein stummes Angebot des Mitgefühls und der Unterstützung.

Schließlich räusperte sich Dodge mit einem ungesunden Rasseln. »Sie, äh, sie glaubt, es sei ihre Schuld, weil sie …«

»Ich habe ihn angerufen.«

Ski wandte sich zu ihr. »Wie bitte?«

Sie holte zitternd Luft und straffte die Schultern. »Ich habe Oren angerufen.«

13

Ski starrte sie sekundenlang an, dann ließ er den Blick zu Caroline wandern, die sich jedoch weigerte, ihm in die Augen zu sehen. Schließlich sah er Dodge an, der etwas Unverständliches murmelte und die Jackentasche nach dem Zigarettenpäckchen abklopfte.

»Wovon redet sie da? Sie hat Starks angerufen?«, fragte er.

»Sie haben es mir erzählt, während Sie …« Er machte eine vage Geste in Richtung Tür, ehe er in den knappen Worten des Expolizisten das Telefongespräch wiedergab, wie Caroline und Berry es ihm beschrieben hatten.

Ski lauschte konzentriert. Es schien, als grüble er, welche Logik wohl hinter diesem Entschluss stecken mochte; scheinbar ohne Erfolg. Er unterdrückte den Impuls, Berry anzufahren, was zum Teufel sie sich dabei gedacht hatte, und beschloss, ein wenig sanftere Töne anzuschlagen.

»Dieser Anruf. Ging der auf sein Festnetz oder auf sein Handy?«

»Auf sein Festnetz«, antwortete sie. »Wieso?«

»Wir hatten gehofft, mittels GPS ein Handysignal zu orten. Aber dafür muss das Telefon eingeschaltet sein. Wann immer wir bei ihm angerufen haben, kam nur die Ansage, der Teilnehmer sei im Moment nicht erreichbar.«

»Natürlich weiß er, dass er sein Telefon nicht angeschaltet lassen kann.«

»Klar.« Er zögerte einen Moment, ehe er die Frage stellte,

die ihm in Wahrheit auf der Zunge lag. »Wieso hatten Sie das Gefühl, sich bei ihm entschuldigen zu müssen?«

»Das hat Dodge Ihnen doch gerade erklärt.«

»Ich will es aber von Ihnen hören.«

»Weil ich grässliche Dinge zu ihm gesagt hatte. Ich hatte ihm an den Kopf geworfen, er sei erbärmlich, ein Widerling.«

»Aber er *ist* ein Widerling«, warf Ski ein.

»Das weiß ich auch, aber wäre ich an diesem Tag nicht so gemein zu ihm gewesen, hätte er vielleicht...«

»Sie sind nicht für sein Handeln verantwortlich.«

Sie widersprach ihm nicht, doch überzeugt war sie ebenso wenig. »Ich wollte mich eben entschuldigen. Nett sein, das ist alles.«

Wieder blickte Ski prüfend zu Caroline hinüber, doch sie brachte es immer noch nicht über sich, ihn anzusehen. Dodge hingegen machte keinen Hehl daraus, was er dachte. Er hob die Schultern und warf Ski einen Blick zu. *Weiber. Was soll man machen?*

Ski trat auf Berry zu, die mit leerem Gesichtsausdruck auf einen Punkt auf seiner Brust starrte. »Ich hätte nie im Leben gedacht, dass eine Entschuldigung so katastrophale Folgen haben könnte.« Sie hob den Blick und sah ihn an.

Die Schuld und das Leid in ihren Augen rührte etwas tief in seinem Innern. Er spürte ihren Schmerz; er wünschte, er könnte ihn lindern, wünschte, er wüsste nicht, wie er sich anfühlte.

»Wenn Oren sich rächen wollte«, fuhr sie fort, »wieso hat er dann nicht auf mich geschossen? Wieso auf Ben und nicht auf mich? Wieso musste dieser unschuldige Junge sterben?«

Sie wirkte so bekümmert, dass Ski es nicht über sich brachte, ihr ins Gesicht zu sagen, wie er die Sache sah: Dass sie es sich besser zweimal überlegt hätte, bevor sie diesen

Mann anrief, der sie erbarmungslos verfolgte. Doch mittlerweile war ihr das längst klar geworden – klarer als jedem anderen in diesem Raum –, deshalb war es unnötig, es ihr zusätzlich noch aufs Brot zu schmieren.

»Ist Ihnen während der Befragung von Ms Arnold irgendetwas aufgefallen?«, wechselte er das Thema.

»Nichts, was uns irgendwie weiterhelfen würde. Aber ich stimme Ihnen zu. Es hört sich ganz so an, als hätte Oren geschlafen, wahrscheinlich mit der Pistole in der Hand. Und als hätte er aus einem Reflex heraus geschossen.«

»Seine Treffsicherheit hat sich jedenfalls erheblich verbessert, seit er auf Lofland gefeuert hat«, bemerkte Dodge.

»Wie hätte er den Jungen auch verfehlen können?«, warf Berry bekümmert ein.

All diese Fragen würden sie sich noch lange stellen. Und niemals eine befriedigende Antwort darauf bekommen.

Einige Momente lang herrschte nachdenkliches Schweigen im Raum. »Wir haben hinter dem Motel Reifenspuren gefunden, die exakt zu denen in der Nähe des Hauses am See passen. Er hatte den Wagen in einem dichten Wäldchen abgestellt, sodass man ihn weder vom Highway noch von der Zufahrt des Motels aus sehen konnte.«

»Bestimmt wird er jetzt versuchen, den Wagen so schnell wie möglich loszuwerden«, sagte Dodge.

Ski nickte. »In der Zwischenzeit hält jeder Polizeibeamte im gesamten Bundesstaat Ausschau nach einem Toyota dieses Typs. Leider haben wir nach wie vor weder die genaue Farbe noch das Kennzeichen. Sie haben vorhin gehört, wie ich Lisa Arnold von den Herrenschuhen erzählt habe, die wir im Motelzimmer gefunden haben. Offenbar hat Starks sie stehen lassen, als er geflüchtet ist. Wir haben Schuhabdrücke gefunden, die ins Zimmer hinein-, und Fußabdrücke, die wieder herausführen. Er hat ein Stück Seife und ein Handtuch im Zimmer benutzt, sodass wir die DNA analysieren und abgleichen können, wenn wir ihn schnappen. Damit können wir nachweisen, dass er sich in dem Zimmer aufgehalten hat, was vor Gericht sehr hilfreich sein wird. Aber vorher müssen wir ihn erwischen, und im Augenblick haben wir so gut wie keinen Hinweis, wo er sich aufhalten könnte. Er hat nichts aus dem Zimmer mitgenommen.«

»Nur die Pistole«, sagte Dodge.

»Ja, die hat er allerdings mitgenommen«, gab Ski grimmig zurück. »Aber ansonsten haben wir rein gar nichts in der Hand. Keine Bonbonpapierchen, keine leeren Getränkedosen, keine Sachen zum Wechseln. Die Papierkörbe im Zimmer waren leer. Keine Quittungen. Keine Straßenkarten oder Flyer. Absolut nichts.«

Er zögerte, ehe er fortfuhr. »Die Kugel steckt noch immer im Körper des Jungen. Sobald sie entfernt wurde, können wir sie mit denen vergleichen, die im Haus am See sichergestellt wurden. Wir müssen davon ausgehen, dass er die Waffe immer noch bei sich hat.«

Einen Moment lang sagte niemand etwas.

»Ich dachte, sämtliche Motels und Lodges in der Gegend seien abgesucht worden. Wurde ausgerechnet dieses Motel übersehen?«, fragte Caroline schließlich.

Ski schüttelte den Kopf. »Es wurde überprüft, aber ausgeschlossen. Starks hatte sich nicht offiziell eingemietet, sondern hat das Badezimmerfenster auf der Rückseite des Gebäudes eingeschlagen. Da ist er reingeklettert.«

»Wie lange hat er sich da drin aufgehalten?«, wollte Berry wissen.

»Das konnten wir leider nicht in Erfahrung bringen«, antwortete er. »Das Zimmer wurde vor drei Tagen das letzte

Mal sauber gemacht, zumindest behauptet das die Besitzerin. Seither wurde es nicht wieder vermietet. Starks kann ohne Weiteres am Freitagabend direkt vom Angelladen hingefahren sein und gestern den ganzen Tag dort zugebracht haben. Aber vielleicht ist er auch erst gestern Abend eingebrochen. Jedenfalls brauchte er einen Unterschlupf, um sich ein bisschen auszuruhen. Schließlich ist er verletzt.«

Ski erklärte, dass die Fußabdrücke zu dieser Erkenntnis geführt hatten. »Die einen sind tiefer als die anderen. Er belastet hauptsächlich sein rechtes Bein. Deshalb brauchte er ein Bett und hat offenbar die Gelegenheit beim Schopf gepackt, dass das Zimmer leer stand. Zumindest gestern Nacht.«

»Nur leider blieb es nicht leer«, warf Berry mit kaum hörbarer Stimme ein. Sie hatte die Arme um ihren Oberkörper geschlungen, und Ski bemerkte die Gänsehaut auf ihren Armen. »Allein die Vorstellung, was seine Eltern jetzt durchmachen, ist unerträglich.«

»Es ist die reinste Hölle für sie, und ich kann dir nur beipflichten, Berry. Der Gedanke ist unerträglich.« Caroline stand auf und nahm ihre Handtasche. »Was dem Sohn von diesen Leuten passiert ist, könnte nach wie vor auch dir passieren. Oren Starks ist bewusst, dass er, wenn man ihn schnappt, aufgrund der Zeugenaussage dieses Mädchens wegen Mordes an Davis Coldare angeklagt werden kann. Natürlich wird er versuchen, dir die Schuld in die Schuhe zu schieben, was ihn zu einer noch größeren Bedrohung macht.«

Dodge erhob sich ebenfalls. »Da kann ich Ihnen nur recht geben.«

»Dann sind wir uns ja einig«, erklärte Ski. »Ich werde die Anzahl der Beamten, die Ihr Haus überwachen, verdoppeln.«

»Und ich ziehe zu Ihnen ins Haus«, verkündete Dodge.

Caroline warf ihm einen scharfen Blick zu.

»Ich werde in dem Zimmer schlafen, in dem Ben Lofland angeschossen wurde. Dort will sich außer mir sowieso keiner aufhalten«, fügte Dodge hinzu, ehe er sich wieder an Ski wandte. »Sie sollten mich am besten zu einem Ihrer Reserveleute erklären.«

»Dafür ist aber eine Ausbildung erforderlich.«

»Betrachten Sie's als erledigt.«

»Das geht nicht, Dodge. Immerhin vertraue ich Ihnen …«

»In einem Punkt können Sie mir absolut vertrauen: Dass ich diesen Drecksack über den Haufen schieße, sobald er dort auftaucht. Heute Nacht hat er noch einen draufgesetzt. Wenn ich den Typen sehe, mache ich ihn, ohne mit der Wimper zu zucken, kalt.«

Offiziell würde Ski einen Akt der Selbstjustiz niemals durchgehen lassen. Aber ihm war die Aufgabe zugefallen, den Coldares beizubringen, dass ihr Sohn tot war. Er hatte sie persönlich ins Leichenschauhaus begleitet, wo sie die Leiche ihres Kindes hatten identifizieren müssen. Der Angriff auf Ben Lofland am Freitagabend war eine Eifersuchtstat gewesen, ein persönlicher Racheakt, den er anfänglich als belanglos abgetan hatte.

Doch nun hatte Oren Starks kaltblütig einen unschuldigen Jungen ermordet. Natürlich würde man ihm die Rechte gewähren, die ihm laut Gesetz zustanden, doch Ski würde keinerlei Milde walten lassen. Insgeheim hoffte er sogar, ebenso wie Dodge, dass sich ihm die Gelegenheit bot, dem Kerl das Licht auszublasen.

Dodge und Caroline machten sich zum Gehen bereit. »Ihr Wagen steht noch vor dem Haus. Sie werden also mit mir fahren müssen. Auf dem Weg dorthin halten wir kurz in der Cypress Lodge an und holen Ihre Sachen«, sagte Caroline.

»Machen Sie das. Ich bringe in der Zwischenzeit Berry nach Hause«, sagte Ski.

»Ich wollte mit Ihnen über Sally Buckland reden«, sagte Ski, kaum dass sie in seinem Geländewagen saßen.

Berry hockte stocksteif auf dem Beifahrersitz, starrte durch die Windschutzscheibe auf die Straße und fragte sich, ob ihm aufgefallen sein mochte, dass er sie soeben das erste Mal beim Vornamen genannt hatte. Inzwischen herrschte offenbar stillschweigendes Einvernehmen, dass die Dienste von Harris Carlisle nicht länger benötigt wurden. Dodge hatte sie mit keiner Silbe gewarnt, ohne sein Beisein mit Ski zu sprechen. Nach dem tödlichen Schuss auf Davis Coldare schien auf der Hand zu liegen, wer der Übeltäter war.

Als sie nichts erwiderte, fragte Ski, ob er die Klimaanlage auf- oder herunterdrehen sollte.

»Nein, es ist gut so. Was soll mit Sally sein?«

»Wie ist sie so? Als Mensch, meine ich.«

»Sie ist attraktiv, aber auf eine bescheidene, intellektuelle Art. Der Bibliothekarinnentyp, aber mit Potenzial.«

»Verstehe. Und wie ist sie sonst so?«

»Charakterlich?«

In der Hoffnung, die dumpfen Kopfschmerzen zu vertreiben, löste Berry ihren Zopf und schüttelte ihr Haar. Außerdem war sie völlig erledigt. Sie fühlte sich verkatert und lethargisch, ihre Augen brannten vom Schlafmangel und von den Tränen, die die ganze Zeit über direkt unter der Oberfläche gelauert hatten. Die Sonne ging auf, doch auch das vermochte ihre Lebensgeister nicht zu wecken. Vielmehr erschien ihr der Sonnenaufgang wie der blanke Hohn.

»Ist Ms Buckland ein umgänglicher Mensch? Geht sie auf andere Menschen zu? Oder ist sie eher schüchtern?«

»Eher introvertiert. Als schüchtern würde ich sie allerdings nicht bezeichnen. Sie ist ziemlich gewissenhaft, will es allen recht machen. Deshalb hat sie sich so schwer damit getan, Oren einen Korb zu geben.«

»Klatscht sie gern?«

»Nicht dass ich wüsste.«

»Lügt sie?«

»Auch nicht.«

»Ist sie eifersüchtig? Boshaft?«

»So habe ich sie nie erlebt.«

»Weshalb hat sie dann so beharrlich behauptet, Sie würden im Hinblick auf Oren Starks lügen? Es steht doch völlig außer Frage, dass alles, was Sie über ihn erzählt haben, der Wahrheit entspricht. Sie haben ihn sogar noch unterschätzt.«

»Leider«, flüsterte sie.

»Sie dürfen sich deswegen keine Vorwürfe machen.«

»Ich kann aber nicht anders. Ich hätte ihn niemals anrufen dürfen.«

Voller Dankbarkeit registrierte sie, dass er nicht weiter darauf einging. Dabei hätte er jedes Recht gehabt, ihr aufs Brot zu schmieren, wie idiotisch ihr Verhalten gewesen war.

»Wenn Sally Buckland ähnliche Erfahrungen mit Oren Starks gemacht hat wie Sie, wieso sollte sie mir dann das genaue Gegenteil erzählen? Das frage ich mich schon die ganze Zeit. Sie hat behauptet, dass Sie lügen, noch bevor ich das Wort *Stalker* auch nur aussprechen konnte.«

»Es tut mir leid«, sagte Berry aufrichtig. »Ich kann mir beim besten Willen nicht vorstellen, weshalb Sally lügen sollte, weil es ihr so gar nicht ähnlich sieht. Vielleicht wollte sie ja nicht in die Sache hineingezogen werden. Ich habe keine Ahnung. Eins kann ich aber mit Gewissheit sagen: Oren war der Grund, weshalb sie bei Delray gekündigt hat.«

»Was mich wieder zu der Frage zurückbringt, weshalb sie deswegen lügen sollte.« Frustriert fuhr er sich mit den Fingern durchs Haar. »Diese ganze Unterhaltung mit ihr war …«

»Was?«

»Merkwürdig. Fragen Sie mich nicht, wieso, aber es war so. Ich habe jemanden aus dem Büro des Sheriffs von Harris County zu ihr geschickt, damit er ihr dieselben Fragen noch mal stellt und sieht, wie sie reagiert, aber sie war nicht zu Hause. Ich habe mehrmals versucht, sie anzurufen. Es geht niemand ran. Wissen Sie, wo sie jetzt arbeitet?«

»Anscheinend frei, von zu Hause aus. Das ist zumindest das Letzte, was ich gehört habe.«

»Sobald ich dazu komme, will ich noch mal mit ihr reden.«

»Sie haben ziemlich viel am Hals.«

»Bisher bewege ich mich nur im Kreis und habe nichts vorzuweisen außer einem toten Jungen, der seinen Eltern alles bedeutet hat.«

Es würde nichts bringen, ihm zu erklären, dass er sich keine Vorwürfe zu machen brauchte. Sie empfand ganz genauso wie er. »Wie Dodge vorhin gesagt hat – heute hat Oren noch mal einen draufgesetzt. Er spürt, dass er jetzt noch mehr unter Druck steht, so viel ist klar.«

»Das hoffe ich. Verbrecher, die unter Druck stehen, werden leichtsinnig, machen Fehler. Vermutlich wird er so schnell wie möglich den Wagen loswerden wollen, wenn er es nicht schon getan hat. Sofern er nicht irgendwo einen Ersatzwagen herumstehen hat, wird er sich einen klauen müssen. Ich werde die Anzeigen von gestohlenen Fahrzeugen im Auge behalten. Und die öffentlichen Verkehrsmittel. Aber vielleicht«, fügte er mit einem grimmigen Lächeln hinzu, »haben wir ja Glück, und der Toyota gerät in den nächsten fünf Minuten in eine Straßenkontrolle der Highwaypolizei, die ihn hopsnimmt.«

»Darauf würde ich lieber nicht wetten.«

»Ich auch nicht.«

Sie musterte einen Moment lang sein Profil und bemerkte seine müden Züge. »Dieser Fall beschert Ihnen eine Menge Überstunden.«

»Das gehört nun mal zu meinem Job.«

»Und was sagt Ihre Frau dazu?«

Er wandte den Kopf und sah sie an.

»Ich frage nur, weil Sie seit meinem Notruf vorgestern Abend anscheinend pausenlos im Dienst waren.«

»Ich werde wohl erst wieder nach Hause kommen, um zu duschen und mich zu rasieren, wenn Oren Starks in Untersuchungshaft sitzt.«

»Wo wohnen Sie überhaupt?«

»Am See. Ich habe ein Boot.«

»In der Nähe von Mutters Haus?«

Er lachte leise. »Wohl kaum. Ihres steht im Nobelviertel. Mein Haus ist halb so groß. Höchstens. Es ist nett und gemütlich, aber nicht mit Ihrem Anwesen zu vergleichen.«

»Es gehört nicht mir, sondern meiner Mutter.«

»Das läuft auf dasselbe hinaus.«

Er gab dem Deputy ein Zeichen, als sie auf die private Zufahrtsstraße bogen, und fuhr um das Haus herum auf die Rückseite.

Berry öffnete die Beifahrertür. »Danke fürs Herbringen.« Sie hatte nicht allzu viele Fragen beantwortet. Ski hatte aber auch nicht besonders viele gestellt, und die Sachen, die er gefragt hatte, hätten sich ohne Weiteres auch am Telefon klären lassen.

Er stieg ebenfalls aus. »Sie müssen mich nicht ins Haus begleiten«, sagte sie.

»Ich fühle mich aber wohler, wenn ich es vorher überprüft habe.«

»Ich werde ja nicht lange allein sein. Mutter und Dodge sind gleich nach uns losgefahren.« Sie blickte auf den See zum Anleger hinaus, wo ein weiterer Deputy Wache schob. »Und Ihre beiden Männer …«

»Ich möchte trotzdem lieber nachsehen.«

Weshalb sollte sie ihm widersprechen? Sie wandte sich um, ging zur Hintertreppe und nahm den Schlüssel aus einem Topf mit rosafarbener Kaladien.

»Das ist aber kein besonders raffiniertes Versteck«, bemerkte er.

»Die Alarmanlage ist eingeschaltet.« Sie ging die Treppe hoch und schloss die Tür auf. Augenblicklich sprang die Alarmanlage an. »Sehen Sie?« Sie gab den Code für die Deaktivierung ein.

Er griff hinter sie und drückte die Statustaste auf der Tastatur. Die LED-Anzeige verriet, dass niemand versucht hatte, das System abzuschalten, seit es aktiviert worden war. »Sind sämtliche Fenster und Türen an die Anlage angeschlossen?«

»Ich denke schon.«

»Glasbruch- und Bewegungsmelder?«

»Vermutlich. Normalerweise ist Mutter allein hier draußen, deshalb ist sie immer besonders vorsichtig.«

»Verstehe.«

Berry stellte ihre Handtasche auf den Küchentisch. »Möchten Sie einen Kaffee?«

»Danke, aber ich habe keine Zeit. Ich muss gleich wieder los. Und Sie sollten zusehen, dass Sie eine Mütze voll Schlaf bekommen. Die letzten beiden Nächte waren kurz.«

»Ein kleines Nickerchen klingt gut. Später wollte ich ins Krankenhaus fahren und Ben besuchen.«

Skis Augen verengten sich kaum merklich.

Sofort ging sie in die Defensive. »Ich habe ihn nicht mehr gesehen, seit sie ihn auf der Trage hier herausgetragen haben. Gestern habe ich mich wegen der hässlichen Szene mit Amanda nicht in sein Zimmer getraut. Aber ich habe ein Recht darauf, meinen Freund zu besuchen.«

»Ich bin sicher, Ihr *Freund* wird sich über Ihren Besuch sehr freuen. Bei seiner Frau wäre ich da nicht so sicher.«

Die Betonung auf dem Wort *Freund* entging ihr nicht. »Nein, wohl eher nicht. Denn offensichtlich kann sie genauso wenig wie Sie vergessen, dass ich nackt war, als Ben angeschossen wurde. Aber ist es angesichts dessen, was seither passiert ist, nicht albern und lächerlich, sich daran festzuklammern?«

Sie trat um ihn herum zu der Tür, die in die anderen Räume des Hauses führte. »Sie finden ja bestimmt selbst hinaus«, sagte sie über die Schulter.

Kaum war sie zwei Schritte weit gegangen, stand er hinter ihr, drehte sie zu sich herum und zog sie an seine Brust. »Ich habe keine Ehefrau«, sagte er leise. »Und dass ich nicht vergessen kann, dass Sie nackt waren, liegt daran, dass ich Sie nackt *gesehen* habe.«

Und dann küsste er sie. Fordernd und leidenschaftlich glitt seine Zunge in ihren Mund. Doch der Kuss dauerte kaum mehr als ein paar Sekunden, dann löste er sich unvermittelt von ihr.

Seine Brust senkte sich, als er den Atem entweichen ließ. Sein Blick irrte durch die Küche und blieb hier und da hängen, ehe er ihn wieder auf sie richtete. »Dafür könnten Sie mir Verstöße gegen sämtliche Dienstvorschriften der Welt vorwerfen.«

Berrys Atem kam in kurzen, heftigen Stößen. Sekundenlang starrte sie ihn an, ehe sie die Hände ausstreckte und die Finger in seinem Nacken verschränkte. »Scheiß auf die Vorschriften.«

Sie zog seinen Kopf so abrupt zu sich herab, wie er es zuvor getan hatte, und presste ihre Lippen auf seinen Mund. Für den Bruchteil einer Sekunde zögerte er, dann erwiderte er den Kuss, hungriger und leidenschaftlicher als zuvor. Darauf war es also die ganze Zeit hinausgelaufen: Die Feindseligkeiten zwischen ihnen waren lediglich ein Abwehrmechanismus gewesen, mit dem sie beide vergeblich versucht hatten zu leugnen, wie sehr sie sich zueinander hingezogen fühlten. Genau darum war es vom ersten Moment an gegangen.

Er schlang den Arm um ihre Taille und legte seine andere Hand auf ihr Hinterteil. Schließlich umfasste er es mit beiden Händen und zog sie hoch, bis sie auf den Zehenspitzen stand und sein Unterleib perfekt in die kleine Kuhle zwischen ihren Schenkeln passte. Und, oh Gott, er war so hart, so stark, und es fühlte sich so wunderbar an. Augenblicklich spürte sie, wie ein warmes Verlangen ihren Körper durchströmte, und als sie die Hüften noch ein wenig fester gegen ihn presste, drang ein Stöhnen aus seiner Kehle.

Ihr Kuss wurde noch leidenschaftlicher. Es war die Art von Kuss, wie man ihn nur einmal im Leben erleben durfte. Wenn man Glück hatte. Ein Kuss, der sich über jede Regel hinwegsetzt und jeden bewussten Gedanken verbannt, ein Kuss, der nichts als puren Sex verheißt. Ein Kuss, der einem das Gefühl verleiht, lebendig zu sein, vom Schicksal begünstigt. Ein Kuss, der so viel aussagte wie: *Wenn ich dich nicht sofort vögle, sterbe ich.*

Vielleicht würde er ja genau das tun.

Vielleicht würde *sie* es tun.

Vielleicht würden sie beide es tun.

Hätten sie nicht in diesem Augenblick den Wagen in der Einfahrt gehört.

Der Motor erstarb. Türen wurden geöffnet und wieder zugeschlagen. Abrupt ließen sie voneinander ab und wichen zurück. Wahrscheinlich sollte sie ihr T-Shirt zurechtzupfen und sich das Haar aus dem Gesicht streichen. Doch ihr blieb keine Zeit mehr dafür, da Caroline und Dodge bereits zur Tür hereinkamen.

Caroline betrat die Küche und blieb unvermittelt stehen. Die Worte erstarben auf ihren Lippen. Ihr Blick schweifte zwischen den beiden hin und her.

Dodge, der nicht damit gerechnet hatte, dass sie stehen bleiben würde, prallte von hinten gegen sie, worauf sie um ein Haar die Einkaufstüte in der Hand fallen gelassen hätte. Offenbar spürte auch er die gespannte Atmosphäre im Raum, denn er blickte ebenfalls zwischen Ski und Berry hin und her.

Caroline, stets die Meisterin der Diplomatie, ignorierte die verlegene Anspannung. »Wir sind noch kurz im Supermarkt vorbeigefahren und haben ein paar Sachen fürs Frühstück eingekauft. Ich hoffe, Sie leisten uns Gesellschaft, Ski.«

»Das würde ich gern, aber leider kann ich nicht.«

Ohne ein weiteres Wort oder einen Blick schob er sich an ihnen vorbei und ging hinaus.

Caroline und Dodge drehten sich um und blickten ihm überrascht nach, ehe sie sich wieder Berry zuwandten. Beiden stand das Fragezeichen gewissermaßen auf der Stirn.

Berry wandte sich ab und ging zur Tür. »Ich habe keinen Hunger.«

14

Houston, Texas, 1978

Der Mord an dem Wachmann der Bank war tagelang die Schlagzeile Nummer eins in der Stadt, und sämtliche Medien sprangen auf den Zug auf. Das Opfer der grauenhaften Bluttat war gerade einmal vierundzwanzig Jahre alt gewesen. Der junge Mann hatte bereits blutend und tödlich verwundet am Boden gelegen, doch der Bankräuber war vor ihn getreten, hatte gezielt und ihm in den Kopf geschossen, ehe er mit der Beute unter dem Arm geflüchtet war.

Der Wachmann, der wenige Wochen später seine Highschool-Jugendliebe hätte heiraten sollen, würde nun in dem Anzug begraben werden, den er bei der Trauung hätte tragen sollen. Seine Verlobte und seine Eltern waren untröstlich, und es brach einem das Herz, ihnen zuzuhören, wenn sie vor der Kamera über ihren Verlust sprachen. Ehemalige Lehrer bezeichneten ihn als einen der talentiertesten Schüler, den sie in ihrer Laufbahn hatten unterrichten dürfen. Sein Gruppenleiter bei den Pfadfindern lobte sein Engagement und seinen respektvollen Umgang mit anderen. In der Kirche seiner Pfarrei fand ein Gedenkgottesdienst statt, bei dem keiner der zahllosen Anwesenden die Tränen zurückhalten konnte.

Die Kompetenz all jener, die den Bankräuber und nun auch kaltblütigen Mörder jagten, wurde von der Presse ebenso infrage gestellt wie von Stadtvätern sämtlicher Couleur, die um ihre Wiederwahl fürchteten, und von allerlei Miesmachern. Die erschienen auf der Bildfläche, wann immer sich die Gelegenheit bot, gegen die Houstoner Polizei zu stänkern.

Die Negativberichte der Medien drückten gewaltig auf die Stimmung des Spezialtrupps. Statt die Männer in ihrer Entschlossenheit zu bestärken, mit vereinten Kräften Jagd auf den hinterhältigen Mörder zu machen, untergrub man das Selbstvertrauen jedes Einzelnen und die Moral der gesamten Mannschaft. Das einst dicht gewobene Netz ihrer Kameradschaft begann sich aufzulösen. Ihre Kritik aneinander wurde immer ätzender und verbitterter, was in Zerwürfnissen zwischen einzelnen Männern, zwischen Cliquen und zwischen Vorgesetzten und Untergebenen gipfelte.

Zwar hatten alle nach wie vor das Bestreben, den Übeltäter im Zuge eines möglichst spektakulären Polizeimanövers zu schnappen, was alle ihre Kritiker zu Kreuze kriechen lassen würde, doch zur selben Zeit verfolgte jeder der Männer seine eigenen Ziele – eigennützige Motive wie der Entschluss, sich in den Vordergrund zu drängen und zu brillieren. Doch egal, welche Absichten jeder Einzelne hegte, eine Niederlage war von vornherein ausgeschlossen, was dafür sorgte, dass die Egos der Männer unweigerlich aufeinanderprallten.

Irgendwann wurde die Anspannung während ihrer Einsatzbesprechungen so unerträglich, dass Dodge sich regelrecht auf seine Schichten in der Reifenfabrik freute. Auf diese Weise blieb er wenigstens für ein paar Stunden von den ständigen Boshaftigkeiten und Kabbeleien verschont. Und solange er die Mülleimer auf dem Fabrikgelände in halbwegs vertretbaren Zeiträumen leerte, hatte er seine Ruhe.

Trotzdem musste er nach wie vor an den Briefings teilnehmen, die sich mittlerweile zu regelrechten Schreiduellen entwickelt hatten. Erst vor wenigen Tagen hatte ihn der Captain – der selbst gerade von seinen Vorgesetzten einen anständigen Tritt in den fetten Arsch bekommen hatte – mit dunkelrot verfärbtem, wutverzerrtem Gesicht daran erinnert, weshalb man ihn zum Hausmeisterdienst abkommandiert hatte.

Er hatte getobt, gebrüllt, geschlagene fünf Minuten mit der Faust auf den Tisch eingedroschen und Dodge seine Unfähigkeit, sich endlich an Franklin Albrights Freundin Crystal heranzumachen, um die Ohren gehauen. »Und jetzt schaffen Sie gefälligst Ihren Hintern in diese Scheißfabrik zurück. Gehen Sie der Alten auf den Sack oder an die Wäsche, völlig egal. Nur tun Sie endlich was, damit wir diesen Drecksack festnageln oder ihn von der Liste der Verdächtigen streichen können«, hatte er ihn am Ende seiner Tirade angeschnauzt.

Danach hatte Dodge seine Bemühungen, eine Beziehung zu Crystal aufzubauen, verdoppelt. Stück für Stück hatte er erste Erfolge erzielt, winzige Etappensiege, über die er seinem Vorgesetzten berichten konnte:

»Gestern war ich im Lohnbüro und habe so getan, als hätte ich eine Frage zu meiner Lohnsteuer. Crystal und ich hatten davor schon ein paarmal Blickkontakt, aber jetzt haben wir geplaudert, und sie weiß, wie ich heiße.«

Oder:

»Ich sehe zu, dass ich immer zur selben Zeit Mittagspause mache wie sie. Am Montag hatte sie gerade kein Kleingeld zur Hand, also habe ich angeboten, ihr ein Päckchen Chips aus dem Automaten zu spendieren, und nach einigem Hin und Her und Wimperngeklimpere hat sie Ja gesagt. Am Dienstag hat sie mir das Geld zurückgegeben. Nein, ich habe nicht versucht, bei ihr zu landen«, sagte er und warf dem Kollegen, der die Frage gestellt hatte, einen vernichtenden

Blick zu. »Ich will nicht wie ein Schleimer dastehen und riskieren, dass der Schuss nach hinten losgeht. Heilige Scheiße, was für eine Schwachsinnsfrage. Aber das erklärt zumindest, wieso *du* es nie schaffst, ein Date mit einer Frau zu kriegen.«

Oder:

»Als Crystal heute Nachmittag in die Kaffeepause gegangen ist, habe ich vor der Damentoilette an irgendeinem Kabel herumgefummelt. Als sie herauskam, ist sie kurz stehen geblieben, um ein paar Worte mit mir zu wechseln. Sie wollte wissen, ob mir mit meiner Lohnabrechnung inzwischen alles klar sei oder ob ich noch Fragen hätte. Wenn ja, sollte ich einfach zu ihr kommen, und sie würde mir alles erklären. Was ich als Einladung genommen habe. Morgen werde ich mal bei ihr vorbeisehen.«

Und:

»Crystals Freundin, mit der sie normalerweise zu Mittag isst, hat gekündigt, weil sie ein Kind bekommt. Also habe ich mich auf den freien Platz an ihrem Tisch gesetzt, und Crystal hatte nichts dagegen. Ich habe versucht, das Gespräch auf persönlichere Themen zu lenken, indem ich die Schwangerschaft ihrer Freundin vorgeschoben habe. Ich habe sie gefragt, ob sie selbst auch Kinder hätte, worauf sie meinte, nein, aber sie wünsche sich eines Tages welche. Allerdings müsste sie vorher erst heiraten, was wohl nicht so bald der Fall sein würde. Und als ich fragte, woran das liege, meinte sie, ihr Freund hätte es nicht so mit dem Heiraten und so. Das war das erste Mal, dass sie Franklin erwähnt hat.«

Und:

»Heute hat Crystal mir erzählt, was für ein Spitzentyp Franklin ist. Ganz ehrlich, hat sie gemeint, so als müsste sie es extra noch betonen. Das einzige Problem sei, dass er ziemlich aufbrausend sein könne. Er sei in der Vergangenheit einige Male mit dem Gesetz in Konflikt gekommen, deshalb seien ihre Eltern alles andere als begeistert von ihm und hätten ihr gesagt, dass sie nichts mit ihr zu tun haben wollten, solange sie mit ihm zusammen sei. Das Ganze geht der Kleinen ziemlich nahe, aber sie liebt Franklin nun mal, deshalb bleibt sie bei ihm.«

Dann:

»Gestern Abend hatten Franklin und Crystal einen Streit. Er wirft ihr vor, sie hätte mit einem Verkäufer bei Radio Shack geflirtet, aber sie schwört Stein und Bein, dass das nicht stimmt. Ich meine, ist es ihre Schuld, dass der Typ sie angestarrt hat? Ich habe zu ihr gesagt, der arme Kerl hätte wahrscheinlich einfach nicht anders gekonnt, worauf sie lachen musste und mir einen Klaps auf die Hand gegeben hat. Tja, ich würde das eindeutig als Flirten bezeichnen. Was in diesem Stadium unserer Freundschaft absolut in Ordnung ist. Haben Sie eigentlich *irgendeine* Ahnung, wie Frauen ticken?«

Und dann:

»Sie sagt, sie wünschte, Franklin wäre nicht so schrecklich eifersüchtig. Wenn er zum Beispiel wüsste, dass wir jeden Tag zusammen zu Mittag essen, würde ihm das nicht gefallen. Ganz und gar nicht. Er würde nie kapieren, dass wir nur Freunde sind, sagt sie. Und darauf habe ich erwidert: ›Sind wir das denn? Nur Freunde?‹ Worauf sie rot wurde und wieder mit diesem Wimperngeklimpere anfing. Ich schwör's euch, die Dinger sind steif und schwarz wie die Beine einer toten Kakerlake. Wo war ich stehen geblieben? Ach ja. Jedenfalls mache ich eindeutig Fortschritte. Ein sicheres Zeichen sind ihre Röcke, die immer kürzer werden, und ihre Blusenausschnitte. Ja, ich muss zugeben, bei dem Anblick würdet ihr Arschlöcher sofort anfangen zu sabbern.«

Und schließlich:

»Heute hat sie mir die Hand auf den Schenkel gelegt. Nein, das ist mein voller Ernst, Blödmann. Zwar nur, weil sie etwas, das sie gesagt hatte, Nachdruck verleihen wollte, aber trotzdem. Wie weit oben? Tja, streng deine Fantasie mal ein bisschen an. Jedenfalls weit genug oben, dass es mir in den Eiern gejuckt hat. Nein, heute gab es keine Neuigkeiten über Franklin. Sie hat nur gesagt, es sei wohl keine gute Idee, wenn er mitkriegen würde, wie wir zusammen nach der Schicht aus der Fabrik kommen.«

Und dann endlich:

»Könnte sein, dass ich einen echten Durchbruch erzielt habe, also hört gefälligst genau zu, Leute. Nein, ich bin ihr nicht an die Wäsche gegangen. Herrgott, wie alt seid ihr eigentlich? Zehn? Hallo, hört mir jetzt mal einer zu? Okay. Also. Crystal hat mir erzählt, dass Franklin immer wieder zum Angeln an den Falcon Lake fährt. Er trifft sich dort mit seinem Cousin. Hat irgendeiner von euch Schwachköpfen eine Ahnung von der texanischen Geografie? Der Falcon Lake liegt direkt an der mexikanischen Grenze, wo sich sein, äh, *Cousin* niedergelassen hat.« Er hielt inne.

»Also, wenn Sie mich fragen … Bingo, Captain. Franklin raubt eine Bank aus, fährt runter zum Falcon Lake, steigt wahrscheinlich in ein Boot und übergibt seinem Cousin die Kohle, der sie dann nach Mexiko bringt, wo sie hübsch gewaschen wird und porentief rein wieder in die USA zurückkommt. Ich muss also nur noch aus Crystal herauskriegen, wann Franklin das letzte Mal beim Angeln war, und überprüfen, ob es mit dem Zeitpunkt des letzten Banküberfalls übereinstimmt. Falls ja, steigt Franklin auf der Liste unserer Verdächtigen gleich ein gutes Stück nach oben. Aber wie soll ich das bloß aus Crystal rauskriegen? Tja, das wüsstet ihr wohl gern, was?«

Caroline kämpfte mit allen Mitteln gegen die Müdigkeit an. Sie war bereits seit zweieinhalb Stunden hier und würde noch eine halbe Stunde bleiben müssen, doch sie bezweifelte, dass sie sie überstehen würde, ohne vor Langeweile einzuschlafen.

Gerade als sie endgültig einzunicken drohte, hielt ein Wagen am Straßenrand, ein Mann stieg aus und kam auf das Haus zu. Durch die Glasscheibe in der Haustür wirkte seine Silhouette riesig, und sie spürte einen Anflug von Beklommenheit, wie immer, wenn sie einem Mann ohne Begleitung ein Haus zeigen musste.

Er öffnete die Tür und trat in die Diele.

Beim Anblick von Dodge Hanley machte ihr Herz einen Satz, allerdings nicht vor Beklommenheit. Ihre heftige Reaktion erschreckte und verwirrte sie. Zwei Monate waren vergangen, seit sie ihn vor den Konsequenzen gewarnt hatte, falls er sich in Zukunft nicht aus ihrem Leben heraushalten sollte. Eigentlich hatte sie gedacht, sie würde ihn nie wiedersehen. Doch nun stand er vor ihr. Und sie spürte eine Erregung, die sie zutiefst beunruhigte.

Sie stand auf.

»Hi«, sagte er.

»Hi.«

Caroline hatte hinter einem Klapptisch mit einer goldfarbenen Tischdecke gesessen, auf dem sie Informationsblätter mit Angaben über das Haus und einen Stapel Visitenkarten arrangiert hatte – ein willkommenes Hindernis zwischen ihr und dem Polizisten, der seine Uniform abgelegt hatte und in lässiger Hose und einem Sportjackett vor ihr stand.

»Wie kommen Sie denn hierher?«

Er hielt die zusammengefaltete Zeitung in die Höhe und deutete auf eine Annonce im Immobilienteil. »Ein offener

Besichtigungstermin. Sonntag. Von zwei bis fünf. Mit Foto und Adresse und Ihrem Namen als zuständige Maklerin bei Jim Malone Immobilien.«

»Ich weiß, was in der Anzeige steht. Ich lese sie immer noch mal durch, bevor sie in Druck geht. Das erklärt aber trotzdem nicht, wie Sie hierherkommen.«

»Es handelt sich wie gesagt um einen offenen Besichtigungstermin.«

Seine Sturköpfigkeit hatte etwas nervtötend Entwaffnendes, und sie ertappte sich dabei, dass sie ein Grinsen unterdrücken musste. Sie kreuzte die Arme über der Magengegend, wo noch immer eine Horde Schmetterlinge zu tanzen schienen, und fragte betont gelassen: »Heißt das, Sie suchen ein Haus, Mr Hanley?«

»Könnte sein.« Er ließ langsam den Blick durch die Diele schweifen. »Was hat das Haus denn zu bieten? Und bitte sagen Sie jetzt nicht, die Tapete sei der größte Pluspunkt.«

Sie hatte Mühe, ihr Lächeln im Zaum zu halten. »Es hat einen hübschen Garten. Mit Zaun.«

»Aus Holz?«

»Maschendraht.«

Er runzelte die Stirn.

»Große einheimische Bäume«, fuhr sie fort. »Schön schattig. Und mit ein paar kleinen Reparaturarbeiten kann die Terrasse …«

»Reparaturarbeiten?«

»Mit minimalem Aufwand lässt sie sich wieder benutzen.«

»Hm.« Er warf einen Blick auf das mit türkisfarbenem Brokat bezogene Sofa im Wohnzimmer. »Was für potthässliche Möbel.«

»Das Mobiliar ist nicht im Kaufpreis enthalten.«

»Ein Glück.«

»Mit ein bisschen frischer Farbe und anderen Möbeln bekäme das Haus einen völlig neuen Look. Man braucht nur ein wenig Fantasie.«

»Eine ziemlich wilde Fantasie.«

Sie hatte sein Spielchen längst durchschaut und stieg darauf ein. »Es gibt drei Schlafzimmer, zwei oben, eines unten. Zwei Kamine, einer im Wohnzimmer, der zweite im Familienzimmer, das früher mal als Garage gedient hat. Bei der letzten Komplettrenovierung haben die Eigentümer sie umbauen lassen.«

Er blickte auf einen Riss in der Decke. »Wann war das?«

»1952.«

Er hob die Brauen. Caroline konnte sich nicht länger zurückhalten. »Das Haus ist eine absolute Katastrophe, ich weiß. Aber es ist mein erster Auftrag.«

»Herzlichen Glückwunsch.«

»Herzlichen Dank.«

Sie lächelten einander an. »Jim Malone Immobilien«, sagte er dann. »Der Typ ist eine ganz große Nummer, stimmt's? Seine Schilder sieht man in Houston an jeder Ecke.«

»Ich kann von Glück sagen, dass er mich engagiert hat.«

»Er kann von Glück sagen, dass er Sie bekommen hat.«

Sie nahm das Kompliment mit einem bescheidenen Nicken zur Kenntnis. »Seine Agentur genießt einen sehr guten Ruf. Und ich bin Neuling und habe noch eine Menge zu lernen.«

»Ist das der Grund, weshalb Sie diese Bruchbude am Hals haben?«

»Ich habe mich freiwillig gemeldet.«

»Sie haben Ehrgeiz, Ms King.«

»Ich wollte nicht in meinen alten Job zurück.«

»Das kann ich Ihnen nicht verdenken.« Wieder lächelte

er und blickte auf die Broschüren auf dem Tisch. »Wie viele Leute waren denn schon hier?«

»Sie sind der Dritte in knapp drei Stunden.«

»Und Sie mussten die ganze Zeit allein hier herumsitzen?«

»Na ja, es gibt noch einen Kater, der aber gleich die ersten Interessenten so angefaucht hat, dass ich ihn in die Vorratskammer gesperrt habe.«

»Und halten Sie noch« – er warf einen Blick auf seine Armbanduhr – »vierundzwanzig Minuten durch?«

»Ich zähle die Minuten und versuche, nicht einzuschlafen.«

Wieder lächelten sie einander zu, dann senkte sich Stille über den Raum. Dieser Mann löste ein Unbehagen in ihr aus, das sie nicht recht einordnen konnte. Nicht einmal während ihres Vorstellungsgesprächs bei Jim Malone höchstpersönlich war sie so nervös gewesen. Und ihn hatte sie davon überzeugen müssen, dass sie trotz ihrer Unerfahrenheit eine Bereicherung für sein Team wäre. Dodge Hanleys Gegenwart machte sie verlegen und unsicher, und sie wusste nicht, was sie sagen und wo sie hinsehen sollte.

Vielleicht war es eine völlig normale Reaktion auf Polizisten. Ähnlich der Tatsache, dass Autofahrer automatisch vom Gas gehen, sobald sie eine Radarfalle sehen, auch wenn sie gar nicht zu schnell gefahren sind. Vielleicht war es Dodges angeborene Autorität, die sie so einschüchterte.

Vielleicht lag es aber auch daran, dass sie sich immer noch für den Zustand schämte, in dem er sie bei ihrer ersten Begegnung angetroffen hatte – mit den deutlich sichtbaren Spuren von Rogers Schlag auf der Wange und der nicht minder verstörenden Wirkung auf ihre psychische Verfassung. Bereits damals hatte sie vergeblich versucht, ihre Verlegenheit vor ihm zu verbergen, ebenso wie jetzt.

Aber vielleicht hatte ihr Unbehagen in Wahrheit gar nichts mit ihr selbst, sondern mit *ihm* zu tun. Seine entschlossenen Züge, sein harsches Auftreten und seine unverhohlene Männlichkeit ließen ahnen, dass eine Gewaltbereitschaft in ihm schlummerte, die sich auf verheerende Weise Bahn brechen konnte – Roger hatte nach seiner Abreibung immerhin zehn Tage im Krankenhaus verbracht.

Allerdings hatte sie keinerlei Angst um ihre eigene Sicherheit. Dodge Hanley stellte keine Bedrohung für sie dar, vielmehr lag beinahe so etwas wie Ritterlichkeit und der Wunsch, sie zu beschützen, in seinem Verhalten – eine Haltung, die die Frau in ihr ansprach und eine geradezu magische Anziehungskraft auf sie ausübte.

Und diese instinktive Reaktion auf ihn ließ die Schmetterlinge in ihrem Bauch tanzen. Wann immer sie in seiner Nähe war, fühlte sie sich, als balanciere sie auf Zehenspitzen auf einem hohen Sprungbrett – ein beängstigendes und erhebendes Gefühl zugleich.

Erst in diesem Moment kehrte sie ins Hier und Jetzt zurück und bemerkte, dass sie einander wie gebannt angestarrt hatten. »Sind Sie immer noch bei diesem Sondereinsatzkommando?«, fragte sie, um die angespannte Stille zu brechen.

»Bis jetzt haben sie mich jedenfalls noch nicht rausgeschmissen.«

»Das heißt, der Täter ist immer noch nicht gefasst?«

»Wir arbeiten daran.«

»Ist es gefährlich?«

»Ein Kinderspiel.«

»Das bezweifle ich.« Wieder senkte sich Stille über sie. Ihr Blick fiel auf eine Spinnwebe in einer Ecke hinter ihm, während er ihr Gesicht fixierte. Sie spürte seine Augen, die über jedes Detail ihrer Züge wanderten. »Wie geht's Ihrem Partner?«

»Gonzales?«

»Genau, Officer Gonzales.«

»Tja, ihm geht es gut. Ich glaube, er kann seinen neuen Partner besser leiden als mich, was mich ein klein wenig kränkt.«

»Auch das bezweifle ich.«

»Was bezweifeln Sie? Dass er seinen neuen Partner besser leiden kann als mich oder dass mich so etwas kränkt?«

»Dass er seinen neuen Partner besser leiden kann.«

Er zuckte mit den Schultern. »Vielleicht will Gonzales mich nur eifersüchtig machen.« Sie lächelten, dann wurde Dodges Miene ernst. »Aber ich habe durchaus Gefühle, die verletzt werden können.«

»Sonst wären Sie wohl kaum ein menschliches Wesen.«

»Oh, ich bin durchaus menschlich. Sehr sogar.« Sein Blick fiel auf den Verlobungsring, der zentnerschwer an ihrem Finger zu wiegen schien. »Wie laufen die Hochzeitsvorbereitungen?«

Ein leicht gezwungenes Lächeln trat auf ihre Züge. »Toll. Es geht alles zügig voran. Allerdings gibt es noch eine Menge Kleinkram zu erledigen.«

»Partys, die Sie besuchen müssen.«

»Ja, wir waren bei der einen oder anderen.«

»Kürzlich habe ich Ihr Foto auf der Gesellschaftsseite des *Chronicle* gesehen.«

»Sie lesen die Gesellschaftsseiten?«

»Erst seit ein paar Monaten. Früher habe ich auch nie die Immobilienanzeigen gelesen, und heute verpasse ich keine einzige Ausgabe.« Er ließ seine Worte einige Sekunden lang im Raum stehen, ehe er fortfuhr. »Jedenfalls standen Sie und

Campton nebeneinander unter diesen – wie nennt man die Dinger noch mal?« Er deutete auf die Zimmerdecke. »Diese Dinger, die von den Bäumen hängen?«

»Japanische Lampions.«

»Genau. Sah aus, als wäre es eine echt schicke Fete gewesen. Sogar der Gouverneur sei da gewesen, hieß es.«

»Rogers Eltern sind mit ihm und seiner Frau befreundet.«

»Hm. Kommen sie auch zur Hochzeit?«

»Sie stehen auf der Gästeliste.«

»Und wer kommt von Ihrer Seite? Ihre Familie?«

»Ich habe keine Familie. Meine Eltern sind tot, und Geschwister habe ich keine.«

»Oh. Tut mir leid.«

»Muss es nicht. Meine Eltern waren schon etwas älter, als ich zur Welt kam. Sie hatten die Hoffnung auf Nachwuchs längst aufgegeben. Und dann kam ich auf einmal, das Menopausen-Überraschungsbaby.«

»Und was für eine wunderbare Überraschung.«

Sie lächelte. »Mom und Dad waren überglücklich, und ich hatte großes Glück, sie als Eltern zu haben. Sie waren typische Mittelstandsbürger und stolz darauf. Meine Mutter war eine echte Lady und mein Vater ein Gentleman. Meine Eltern liebten Gott, ihr Heimatland und mich. Eigentlich starben sie nicht ungewöhnlich früh, trotzdem war ich noch sehr jung, als ich sie verloren habe. Es ist nicht schön, Waise zu sein.«

»Es hat aber auch seine Vorteile.«

Sie sah ihn verblüfft an.

Er rollte die Schultern nach hinten, als sei ihm sein Jackett mit einem Mal zu eng geworden. »Meine Mom war ganz okay. Sie ist gestorben, als ich in der siebten Klasse war. Mein Dad und ich haben uns nicht sonderlich gut verstanden, deshalb sind wir uns so weit wie möglich aus dem

Weg gegangen, bis ich alt genug war, um von zu Hause auszuziehen.«

»Und wie alt waren Sie damals?«

»Siebzehn. Zwei Tage nach dem Highschoolabschluss habe ich meine Sachen gepackt. Ich wollte noch nicht mal bis zum Herbstsemester warten, sondern habe mich noch im selben Sommer auf der Texas Tech eingeschrieben.«

»Ihr Vater muss sehr stolz auf Sie gewesen sein.«

»Eigentlich nicht. Als ich ihm erzählt habe, dass ich Polizist werden will, hat er nur gelacht und gemeint, als Verbrecher hätte ich wahrscheinlich mehr Erfolg.«

»Aber bestimmt hat er seine Meinung geändert, als Sie Officer waren.«

»Das hat er nicht mehr erlebt. Er ist in dem Glauben gestorben, dass aus mir nichts Anständiges werden würde.«

Ihr fiel keine Erwiderung ein, die nicht banal geklungen hätte, also schwieg sie.

»Und wer führt Sie dann zum Altar?«, fragte er schließlich.

»Rogers Trauzeuge.«

»Wie praktisch.«

»Hmhm.«

»Und haben Sie Ihr Kleid schon?«

»Vergangene Woche war die letzte Anprobe.«

»Hübsch?«

»Ich denke schon.«

»Sie werden bestimmt toll aussehen.«

»Ich hoffe, mein Bräutigam sieht das so.«

»Er müsste blind sein.«

Hier endete die Unterhaltung, und Caroline fragte sich, weshalb die Diele geschrumpft zu sein schien, seit Dodge das Haus betreten hatte. Auch die Luft war mit einem Mal viel drückender als zuvor, so als hinge ein intensiver Moschusgeruch in den alten Räumen. Und obwohl sich keiner von ihnen vom Fleck gerührt hatte, schienen sie einander näher zu sein. Mittlerweile war sie noch dankbarer für den Klapptisch zwischen ihr und diesem Mann, der sie so nervös machte.

Sie warf einen Blick auf die Uhr. »Die Zeit ist fast um. Ich kann wohl langsam zusammenpacken.«

»Schade, dass sich niemand gefunden hat, der das Haus kaufen will.«

»Ja, ich muss den Verkäufern wohl nahelegen, sie müssen ein bisschen aggressiver werden.«

»Aggressiver?«

»Mit dem Preis heruntergehen.«

Er lachte leise.

Sie ging davon aus, dass er sich verabschieden und gehen würde, doch er rührte sich nicht. »Tja«, sagte sie mit einer knappen Geste.

»Ich warte lieber auf Sie. Könnte sein, dass der Kater ziemlich sauer auf Sie ist.«

Sie befreiten den Kater aus der Vorratskammer. Er war sichtlich verdrossen über seine Gefangenschaft, schien jedoch keine Rachegelüste zu hegen. Caroline drehte die Lichter ab, nahm das Tischtuch und faltete es zusammen. Dodge bestand darauf, den Tisch und den Stuhl zusammenzuklappen und alles im Kofferraum ihres Wagens zu verstauen. Schließlich nahm er eine ihrer Visitenkarten und schob sie in seine Tasche. Dann standen sie am Straßenrand.

Verlegen spielte sie mit den Wagenschlüsseln. »Danke, dass Sie vorbeigekommen sind.«

»Gern geschehen.«

»Es war nett, ein wenig Gesellschaft zu haben. Dadurch ging die letzte halbe Stunde wenigstens schneller vorbei.«

»Zumindest habe ich dafür gesorgt, dass Sie nicht einschlafen.«

»Und sollten Sie es sich wegen des Hauses noch mal überlegen …«

»… lasse ich es Sie wissen.«

Sie lächelte.

Er wartete einen Moment, dann sagte er: »Haben Sie vielleicht Lust, einen Kaffee trinken zu gehen?«

»Danke, aber ich kann nicht. Roger erwartet mich.«

»Oh, und Sie wollen Roger natürlich nicht warten lassen.«

Die Verbitterung in seiner Stimme war nicht zu überhören. »Er ist wirklich sehr lieb zu mir«, sagte sie.

»Gut. Sehr gut.«

»Was Sie und Officer Gonzales erlebt haben, war ein einmaliger Ausrutscher.«

»Das sagten Sie bereits. Mehr als einmal.«

»Tja, es entspricht auch der Wahrheit. Roger bedauert, was an diesem Abend vorgefallen ist. Zutiefst sogar. Er hat geschworen, nie wieder die Hand gegen mich zu erheben.«

»Eigentlich sollte ein Bräutigam einen solchen Schwur gar nicht erst leisten müssen, finden Sie nicht auch?«

»Er ist aufrichtig zerknirscht.«

Dodges Miene blieb skeptisch, was in ihr nur den Ehrgeiz weckte, ihn zu überzeugen.

»Roger denkt, der Angriff vor dem Fitnessklub sei ein vereitelter Raubüberfall gewesen, und ich habe ihn in dem Glauben gelassen.«

Dodge scherte sich keinen Pfifferling darum, ob Campton wusste, wer ihn verprügelt hatte. Obwohl es ihm schon lieber gewesen wäre, wenn auf dem Revier niemand etwas davon erfuhr. Aber vermutlich würde Campton selbst dafür sorgen, dass kein Mensch Wind von dem Vorfall bekam. Denn selbst wenn dieser Schwächling eine Ahnung hatte oder es über Dritte herausfinden sollte, wem er die Abreibung zu verdanken hatte, würde er es sich wohl verkneifen, damit zur Polizei zu rennen oder ihn zu verklagen, weil dadurch unweigerlich ans Licht käme, was er Caroline angetan hatte. Und höchstwahrscheinlich würde er auch nicht auf die Idee kommen, sich Dodge privat vorzuknöpfen – Männer, die Frauen verprügelten, waren meist ohnehin erbärmliche Feiglinge.

Damit war es für beide Männer nur von Vorteil, wenn die Wahrheit nicht ans Licht kam. Trotzdem verspürte Dodge den perversen Wunsch, sie diesem elenden Drecksack unter die Nase zu reiben.

»Er weiß nur noch, dass ihm der Täter irgendetwas ins Ohr geflüstert hat«, fuhr Caroline fort. »Aber er war schon halb bewusstlos und erinnert sich nicht mehr daran, was es war.«

Dodge sah noch skeptischer drein.

»Er ist heilfroh, dass er überhaupt noch lebt.«

»Kann er auch sein«, erklärte Dodge unverblümt.

»Seit dem Überfall und der langwierigen Heilung ist er extrem süß zu mir. Ich glaube, dieser Vorfall hat ihm bewusst gemacht, wie schnell es gehen kann. Jedenfalls ist er wieder ganz der alte Roger, so wie ich ihn kennengelernt habe. Er pflückt mir jeden Stern einzeln vom Himmel. Er ist charmant und rücksichtsvoll. Ich habe mich glatt noch einmal in ihn verliebt.«

Dodge schwieg, doch sein Blick wurde stählern.

»Ihre schlechte Meinung von ihm basiert lediglich auf diesem einen Vorfall«, fuhr sie hitzig fort. »Den wahren Roger haben Sie nie kennengelernt. An dem Abend, als er mich geschlagen hat, war er nicht er selbst.«

»Ach nein?«

»Nein. Wenn Sie ihn jetzt sehen und die beiden Rogers vergleichen könnten, würden Sie das selbst erkennen. Ich habe ihn noch nie vorher so erlebt, und seit dem Tag, als er zusammengeschlagen wurde, schon gar nicht.«

»Das heißt, er hat sich geändert, weil ich ihn verprügelt habe? Weil er dem Tod ins Auge gesehen hat? Das glauben Sie also?«

»Ja.«

»Quatsch. Ein Mann ändert sich genauso wenig, wie ein Leopard seine Flecke verliert. Mein Vater hatte völlig recht, was mich angeht. Ich bin ein Cop, und zwar ein verdammt guter, aber vor allen Dingen deshalb, weil ich wie ein Verbrecher denke. In mir steckt eine kriminelle Ader. Mein Daddy wusste es damals schon, und heute bekenne ich mich auch dazu. Die Leute ändern ihr Verhalten, damit sie in die Gesellschaft passen, in der sie leben. Sie integrieren sich, weil sie es müssen. Aber im Kern bleiben sie doch immer dieselben. Wenn Campton also wieder lieb und nett ist, liegt es nicht daran, dass er das helle Licht am Ende des Tunnels gesehen hat. Er lügt, wenn er behauptet, er könnte sich nicht daran erinnern, was der Typ, der ihn ausrauben wollte, zu ihm gesagt hat. Und wenn er im Liebestaumel um Sie herumscharwenzelt, dann liegt es nur daran, dass ich ihm geschworen habe, ihn umzubringen, wenn er Sie noch ein einziges Mal anrührt.«

Ihre Wangen waren jetzt vor Wut ganz rot. »Ich werde ihn trotz allem heiraten.«

»Weil Sie ihn lieben?«

»Ja! Sehr sogar.«

Er trat einen Schritt näher, sodass sie den Kopf in den Nacken legen musste, um ihm ins Gesicht sehen zu können.

»Soll ich Ihnen sagen, was ich denke?«

»Es interessiert mich nicht, was Sie denken.«

»Ich denke, Sie ziehen die Hochzeit nicht durch, weil Sie ihn so wahnsinnig lieben, sondern weil Sie ein Sturkopf sind. Niemand darf Caroline Kings Urteilsvermögen infrage stellen. Sie wollen nicht bewiesen bekommen, dass Sie sich geirrt haben.«

»Sie wissen rein gar nichts über mich.«

»Eins weiß ich genau«, sagte er und trat noch etwas näher. »Ich weiß, dass Sie das Einzige sind, woran ich denken kann.«

Seine Worte trafen sie wie ein Schlag in die Magengrube und raubten ihr den Atem. Ihr Herzschlag stockte, und sie wünschte, sie könnte abspringen, sich von dem Sprungbrett in die Tiefe stürzen.

Sie fürchtete sich davor, dass er sie küssen würde. Und zugleich hatte sie Angst, dass er es nicht tun würde.

Er tat es nicht.

Nach einer gefühlten Ewigkeit wandte sie sich ab, ging um den Wagen herum zur Fahrerseite, öffnete die Tür und stieg ein. Er machte keine Anstalten, sie aufzuhalten, als sie Gas gab und davonfuhr.

Es war bereits das dritte Mal, dass sie ihn stehen gelassen hatte: Das erste Mal, als sie, zutiefst gerührt von der Besorgnis des Polizisten, ins Haus zurückgekehrt war. Das zweite Mal, nach ihrer Begegnung vor dem Bürogebäude, hatte sie kehrtgemacht und war in den Unterricht zurückgegangen. Sie war aufgebracht gewesen, weil er Roger brutal zusammengeschlagen hatte, doch zugleich war ihr bewusst geworden, dass seine Sorge um sie nicht rein beruflicher Natur war.

Und diesmal war es weniger ein geordneter Rückzug als vielmehr eine Flucht. Vor ihm. Aber auch vor sich selbst und dem riesigen Fehler, den sie begangen hätte, wenn sie geblieben wäre.

Dodges Stimmung war auf dem Nullpunkt, als er sich am nächsten Tag auf den Weg in die Reifenfabrik machte. Er fluchte über den Stoßverkehr, über die Böden, die er würde wischen müssen, und über sich selbst und das Chaos, das er mit seinem Besuch bei Caroline King angerichtet hatte.

Eigentlich war alles ganz gut gelaufen. Er hatte sich sogar eingebildet, dass sie sich gefreut hatte, ihn zu sehen. Und das nicht nur, weil sie einen Sonntagnachmittag in einem leeren, potthässlichen Haus vergeudete. Jede Gesellschaft war da natürlich angenehmer, als mutterseelenallein auf Käufer warten zu müssen, die niemals kommen würden.

Aber dann hatte er es versaut, weil er von ihrem Verlobten angefangen hatte. Sie hatte Campton in Schutz genommen. So wie es sich gehörte, wenn sie tatsächlich entschlossen war, diesen Kerl zu heiraten.

Aber Dodge wusste verdammt noch mal ganz genau, dass er recht hatte. So zierlich Caroline King auch sein mochte, diese Frau besaß ein Rückgrat aus Stahl. Das hatte er bereits in dem Moment gespürt, als sie sich das erste Mal begegnet waren. Sie hatte gelitten wie ein Hund und war doch zu stolz und zu starrköpfig gewesen, eine Träne vor ihm zu vergießen. Dass sie so früh Waise geworden war, hatte zweifellos zu ihrem forschen Auftreten beigetragen. Oder aber sie war schon von Kindesbeinen an so unnachgiebig gewesen, und die Umstände hatten diesen Charakterzug nur noch verstärkt.

Jedenfalls war sie stur wie ein Esel, und genau das war der Hauptgrund, weshalb sie so entschlossen war, die Hochzeit mit Roger Campton durchzuziehen.

Dodge weigerte sich schlichtweg zu akzeptieren, dass sie diesen elenden Mistkerl von ganzem Herzen liebte.

Und wieder einmal war sie stinksauer gewesen, als sie ihn hatte stehen lassen. Er verfluchte sich für seine verdammte Dämlichkeit. Woran lag es nur, dass er jede andere Frau dazu bringen konnte, sich die Kleider vom Leib zu reißen oder ihm genau die Informationen zu geben, die er von ihr haben wollte, und ausgerechnet mit derjenigen war eine normale Kommunikation unmöglich, mit der er sie sich am meisten wünschte. In ihrer Gegenwart schien ihn seine Zungenfertigkeit jedes Mal im Stich zu lassen.

Er war nach Hause gefahren, hatte einen Sixpack geleert und eine unruhige Nacht verbracht, weil seine Blase ihn ein ums andere Mal aus dem Schlaf gerissen hatte. Am nächsten Morgen war er müde und übellaunig, was höchstwahrscheinlich der Grund war, weshalb er, als er Crystal mit ihrem Verbrecherfreund neben dessen aufgemotztem Pick-up mit Monsterreifen und Spritzlappen mit doppeldeutigen Sprüchen stehen sah, den Parkplatz überquerte und von hinten zu dem tief ins Gespräch versunkenen Paar trat.

»Hey, Crystal«, sagte er – gewissermaßen eine schriftliche Einladung an den Kerl, so richtig Ärger zu machen.

Sie wirbelte herum und starrte ihn an wie ein Reh im Scheinwerferlicht. Ihre Augen waren rot und verquollen vom Weinen. »Oh, hi«, sagte sie nervös. »Das ist, äh, Franklin. Mein Freund.«

Albright musterte ihn von oben bis unten. »Hübsche Uniform.« Er beugte sich vor und las den frei erfundenen Namen, der in roten Buchstaben auf Dodges linker Hemdbrust eingestickt war. »Marvin«, sagte er und grinste.

Dodge ignorierte ihn. »Wieso weinst du? Kann ich dir helfen?«, fragte er Crystal.

Franklin verpasste Dodge einen heftigen Schlag gegen die Schulter. »Ja, kannst du. Indem du dich um deinen eigenen Scheißkram kümmerst.«

Die Streitlust brodelte in Dodge, seit er auf den Parkplatz gefahren war, doch er unterdrückte den Impuls, dem Exsträfling eins zu verpassen. Stattdessen beschränkte er sich darauf, seine Hand abzuschütteln. »Achte gefälligst auf deine Ausdrucksweise in Gegenwart einer Dame.«

»Schon gut«, wiegelte Crystal eilig ab. »Ich habe gar nicht geweint. Das liegt nur an meiner Allergie. Ich nehme gleich eine Tablette, dann ist es bald besser.« Sie warf einen besorgten Blick auf Albright und nickte in Richtung Fabrikeingang. »Geh ruhig schon vor. Ich will nicht, dass du meinetwegen zu spät zur Arbeit kommst.«

»Hast du denn Medikamente dabei? Wenn nicht, besorge ich dir gern welche.«

»Ich habe ein Päckchen in meiner Schreibtischschublade liegen, danke. Und jetzt geh. Wenn du zu spät kommst, kürzen die dir noch den Lohn.«

»Du musst es ja wissen, Ms Gehaltsabrechnung«, gab er neckend zurück.

Sie lächelte zittrig, während Franklin Albright mit finsterer Miene danebenstand.

Dodge starrte ihn an – Franklin sollte ihn ruhig für einen Waschlappen halten, der den harten Kerl herauskehrte. Dann drehte er sich um und schlenderte in Richtung Werkstor, wo er einen letzten finsteren Blick über die Schulter warf. *Klappt ja wie am Schnürchen*, dachte er.

»Wie erwartet«, erklärte er den anderen Mitgliedern der Spezialeinheit am selben Abend beim Einsatztreffen, »hat mich der gute alte Franklin nach Feierabend abgefangen und ist mir auf den Pelz gerückt.«

»Auf den Pelz gerückt? Definieren Sie das genauer«, forderte der Captain ihn auf.

»Er hat mich bei den Schultern gepackt und gegen den Zaun gedrückt. Ich habe versucht, mich zu wehren, aber nicht allzu heftig. Schließlich sollte er nicht merken, dass ich ihn problemlos hätte fertigmachen können, wenn ich gewollt hätte.«

»Was hat er gesagt?«

»Dass ich mich von Crystal fernhalten soll.«

»Und was haben Sie geantwortet?«

»Dass ich tue, was mir verdammt noch mal in den Kram passt.«

»Und was hat er darauf erwidert?«

»Dass ich das natürlich gern machen könnte. Wenn ich es drauf anlegen wollte, dass er mir den Schädel abreißt und ihn als Kloschlüssel benutzt.«

»Franklin ist ein Typ, der gut mit Worten umgehen kann, was?«, warf einer der Officers ein.

»Haben Sie herausgefunden, wieso sie geweint hat?«

»In der Mittagspause hat sie mir erzählt, sie hätte ihn noch mal aufs Heiraten angesprochen, aber er hätte nur gesagt, das könnte sie sich in die Haare schmieren. Ich habe ihr zugehört und gesagt, der Typ sei nicht nur hässlich wie die Nacht, sondern auch noch dämlich.«

»Und wie hat sie reagiert?«

»Sie musste lachen. Sie findet mich süß und lustig und mutig, weil ich mich nicht von ihm habe runtermachen lassen. Aber sie hat mich gewarnt, ihn bloß nicht zu sehr zu reizen. Er könne ziemlich aufbrausend sein und hätte ein Messer, hat sie gemeint. Aber ich habe sie beruhigt, ich hätte keine Angst vor ihm.« Dodge zuckte selbstgefällig mit den Schultern. »Und jetzt bin ich ihr Held.«

»Das heißt, Ihre Deckung ist aufgeflogen.«

»Weil ich den Ritter gespielt habe? Wohl kaum.«

»Aber Albright hat Sie jetzt auf dem Kieker.«

»Der hält mich doch bloß für einen Schwachkopf, der auf seine Freundin abfährt. Wenn er jetzt mitkriegt, dass ich ihm hinterherspioniere, wird er nur glauben, ich sei scharf auf Crystal. Wäre ich allerdings ohne ersichtlichen Grund neugierig gewesen, hätte er sofort Verdacht geschöpft und wäre auf der Hut gewesen.«

»Und wie ist das Ganze ausgegangen?«, wollte der Captain wissen.

»Ja, genau, du hast uns noch nicht erzählt, was mit deinem Gesicht passiert ist«, bemerkte einer der Männer.

»Franklin war der Ansicht, wir wären uns einig. Er hat mir den Finger in die Brust gebohrt und gemeint: ›Du wirst Crystal in Zukunft nicht mehr volllabern, kapiert, Marvin?‹ Und ich habe gesagt: ›Klar, Franklin, geht in Ordnung. Ich kann sie auch vögeln, ohne dass ich mit ihr rede.‹«

»Heiliger …«

»Das hast du nicht ernsthaft gesagt.«

»Ich schwöre dir, Dodge …«

»Du wolltest es aber echt wissen, was?«

»Natürlich«, versicherte ihm Dodge. Er hätte ja gegrinst, doch seine aufgeplatzte Lippe schmerzte, als er den Mund verzog. Sein Auge hatte die Farbe einer Aubergine und war nahezu vollständig zugeschwollen. »Ich werde morgen mit Franklins Handschrift im Gesicht zur Arbeit erscheinen, und Crystal wird reumütig sein und sich tausend Mal entschuldigen. Aber unter ihren Riesentitten hämmert ihr kleines Herz, wenn sie daran denkt, dass ich mich nur wegen ihr mit dem großen, bösen Franklin angelegt habe. Und damit sind mir ihr Herz und ihre Loyalität sicher.«

»Aber er wird ihr doch erzählen, was du über sie gesagt hast. Darüber, dass du sie vögeln wirst.«

»Und ich werde es abstreiten. Ich werde so tun, als sei ich niedergeschmettert und zutiefst gekränkt, dass sie allen Ernstes glaubt, ich könnte so etwas Gemeines sagen. Meine Gefühle für sie seien doch absolut ehrenhaft und rein.«

»Ich muss gleich kotzen«, rief einer der Anwesenden.

»Wie kommen Sie darauf, dass sie Ihnen eher glaubt als Franklin?«, fragte der Captain.

Trotz der lädierten Lippe trat nun ein Grinsen auf Dodges Gesicht, und er sah sich im Raum um. »Weil sie es will.«

In diesem Augenblick musste er an Caroline King denken, und sein Lächeln verflog. »Selbst wenn er sich noch so schlimm aufführt, glaubt eine Frau immer noch, ihr Mann sei der Allerbeste«, sagte er, mehr zu sich selbst als zu den anderen.

15

Wie groß ist die Wahrscheinlichkeit?

Diese Frage stellte Oren sich bereits fast sein ganzes Leben lang. Wann immer das Schicksal ihm ein besonders gemeines Schnippchen geschlagen hatte, was mit unfairer Regelmäßigkeit geschah, hatte er sich gefragt, wie die Chancen standen, dass genau das passiert war – sofern es so etwas wie Schicksal überhaupt gab.

Offenbar war die Wahrscheinlichkeit, dass Oren Starks irgendetwas Schlimmes widerfuhr, ziemlich groß, denn das Pech schien ihm regelrecht an den Schuhsohlen zu kleben.

Der Freitagabend war das reinste Fiasko gewesen. »Der Vorfall im Haus am See«, wie die Medien es bezeichneten, war eine Niederlage desaströsen Ausmaßes gewesen, doch für einen Außenstehenden musste das Ganze geradezu lachhaft wirken: Der Bösewicht macht einen Abgang, indem er die Treppen hinunterfällt. Eine Farce, wie sie im Buche stand.

Der Angriff auf Ben Lofland konnte durchaus als Streit unter ehemaligen Kollegen abgetan werden. Komisch genug war der Vorfall jedenfalls. Niemand war ums Leben gekommen. Loflands Zustand war nicht einmal sonderlich ernst zu nehmen. Der Vorfall würde eine Reihe unerfreulicher Konsequenzen nach sich ziehen, danach aber im Handumdrehen in Vergessenheit geraten.

Doch nun war Oren Starks wegen der tödlichen Schüsse

auf einen sechzehnjährigen Jungen zur Fahndung ausgeschrieben. Das war eine völlig andere Hausnummer.

Wie groß war die Wahrscheinlichkeit?

In ein heruntergekommenes Motel einzubrechen, war ihm wie eine ausgezeichnete Idee vorgekommen. Die Wahrscheinlichkeit, dass das Zimmer unbelegt bleiben würde, war immerhin bei eins zu acht gestanden. Schließlich hatte es noch sieben andere – freie – Zimmer gegeben!

Aber nein, Davis Coldare und seine weibliche Begleitung hatten ausgerechnet dieses Zimmer zugewiesen bekommen müssen!

Wie groß war die Wahrscheinlichkeit, dass dieser Coldare auch noch ein ehrgeiziger Schüler, ein gefeierter Baseballspieler und ein Sohn, Freund und Klassenkamerad war, den alle schätzten und liebten? Wenn schon jemand durch die Tür dieses Motelzimmers kommen musste, wieso dann nicht ein Junkie, ein Dieb oder ein Pädophiler? In diesem Fall hätte man Oren Starks sogar als Helden feiern können, weil er die Gesellschaft von einem gefährlichen Subjekt befreit hatte.

Stattdessen suchten nun jeder Polizist und die gesamte Bürgerschaft nach dem herzlosen Mörder eines wunderbaren, einzigartigen Jungen.

Wie groß war die Wahrscheinlichkeit, dass das junge Mädchen, das die Schießerei mit angesehen hatte, kühlen Kopf bewahrte und den Täter später identifizieren konnte? Es hieß, sie hätte – auf Anhieb – Oren Starks' Foto aus einer ganzen Reihe von Täteraufnahmen herausgepickt. Und als wäre das nicht schon schlimm genug, handelte es sich auch noch um dieses beschissene Foto aus der Personalakte von Delray, das er schon immer gehasst hatte. Da war das Foto in seinem Führerschein schon wesentlich schmeichelhafter. Auf dem Personalfoto schien seine Stirn viel zu hoch, die

Augen standen zu dicht beisammen, und sein Kinn wirkte leicht fliehend.

Wie groß war die Wahrscheinlichkeit, dass er sich mit einer Katastrophe konfrontiert sah, mit der er nicht gerechnet hatte und von der er nicht wusste, wie er sie bewältigen sollte?

Die Wahrscheinlichkeit war ähnlich groß wie die, als Mike Reader sich das Genick brach, weil Oren ihn vom Karussell schubste. Der Sommer, in dem Oren neun wurde, war ein echter Rekordsommer gewesen, mit derart hohen Temperaturen, dass die meisten Kinder in Beaumont, Texas, lieber zu Hause blieben. Deshalb waren Oren und Mike Reader an diesem schicksalhaften Nachmittag ganz allein auf dem Spielplatz gewesen.

Oren stellte sein Fahrrad ab und näherte sich dem anderen Jungen mit einer Mischung aus Argwohn und Ehrfurcht. Mike war ein bekannter Schläger, der nicht nur zwölf Pfund schwerer, sondern auch mindestens einen Kopf größer war als er. Trotzdem war Oren froh über die Gelegenheit, bei einem beliebten Klassenkameraden ein bisschen Eindruck zu schinden. Sollten Mike und Oren sich in diesem Sommer anfreunden, würden auch Mikes zahlreiche Freunde Oren akzeptieren, wenn nach den großen Ferien die Schule wieder anfing.

Mike hingegen freute sich nur, Oren zu begegnen, weil er so jemanden hatte, den er drangsalieren konnte. Er lud Oren ein, eine Runde Karussell mit ihm zu fahren. Freudig stieg Oren auf. Doch in diesem Moment sprang Mike ab, packte eine der Eisenstreben und stieß das Karussell mit aller Kraft an, wieder und wieder und wieder, bis der Spielplatz in einem wilden Wirbel verschwamm. Oren klammerte sich fest, so gut er nur konnte, und wimmerte vor Angst.

Mike ließ das Karussell los und sprang zur Seite. Er begann sich über Oren lustig zu machen, weil er keinen Vater hatte, und als Oren schrie, er hätte sehr wohl einen Daddy gehabt, aber er sei gestorben, johlte Mike und lachte ihn aus, er sei doch bloß ein Muttersöhnchen. Nein, das stimme doch gar nicht, stammelte Oren, doch Mike Reader ließ sich nicht beirren und begann, lautstark einen Reim zu skandieren.

Mikes grausame Hänseleien fanden ein abruptes Ende, als Oren die Eisenstrebe für einen kurzen Moment losließ und Mike Reader mit beiden Händen einen kräftigen Stoß verpasste. Mike, der nicht mit Orens mutigem Widerstand gerechnet hatte, geriet ins Straucheln und stürzte rückwärts auf den festgebackenen Boden. Oren hörte ein Knacken, als hätte jemand einen Zweig über dem Knie zerbrochen.

Oren blieb auf dem immer langsamer werdenden Karussell stehen, während Mikes Gestalt wieder und wieder an ihm vorübersauste, bis es zum Stillstand kam. Erst dann stieg er ab und ging zu dem Jungen, der reglos auf dem Boden lag. Seine Blase und sein Darm hatten sich im Augenblick seines Todes entleert – eine Art ausgleichender Gerechtigkeit, wenn man die Gemeinheiten bedachte, die er Oren noch vor wegen Minuten an den Kopf geworfen hatte.

Oren wäre gern noch eine Weile vor dem toten Mike stehen geblieben und hätte sich an seinem Anblick geweidet, doch stattdessen zog er eilig sein Hemd aus und wischte damit sämtliche Fingerabdrücke ab, die er womöglich auf dem Karussell hinterlassen hatte. Dann zertrat er die Spuren seiner Turnschuhe auf der vertrockneten Erde vor dem Karussell. Hochzufrieden, sämtliche Beweise beseitigt zu haben, dass er jemals hier gewesen war, stieg er auf sein Rad und fuhr nach Hause, bevor ihn noch jemand sah, sorgsam darauf bedacht, auf dem Asphalt zu bleiben, um bloß keine weiteren Spuren zu hinterlassen.

Bis zum heutigen Tage galt Mike Readers Tod als tragischer Unglücksfall.

Und seit jenem heißen Sommernachmittag hatte Oren das Bedürfnis, jeden zu töten, der ihm das Leben zur Hölle machte. Er sehnte sich danach, jedem, der ihn drangsalierte, dasselbe Schicksal angedeihen zu lassen wie Mike Reader. Doch hatte er sich das stets selbst ausgeredet, weil die meisten es nicht wert waren, sich wegen ihnen erwischen zu lassen.

Aber Berry Malones Verrat war eine Klasse für sich. In ihrem Fall musste er Vergeltung üben.

Er hatte sich geschworen, dass sie sterben würde. Und an diesen Schwur würde er sich halten. Doch sein ursprünglicher Plan war gründlich schiefgelaufen, und nun würde er, wenn er nicht aufpasste, wegen Mordes an diesem kleinen Coldare festgenommen werden, während Berry unbesorgt ihr Leben weiterlebte. Das war inakzeptabel. Völlig ausgeschlossen.

Einen Pluspunkt hatte diese ganze Katastrophe allerdings: Oren Starks war daran gewöhnt, Pech im Leben zu haben, weil es ihn so oft schon ereilt hatte. So wusste er zum Beispiel, dass er nicht in Panik geraten durfte. Sich verrückt zu machen, nur weil etwas schiefgelaufen war, führte lediglich dazu, dass man den Verdacht auf sich zog.

An dem Tag, als Mike Reader gestorben war, hatte Oren sich zu Hause vor den Fernseher gesetzt, seine Fischstäbchen und eine Portion Makkaroni mit Käse gegessen, sich anschließend in die Badewanne gelegt und sich ansonsten genauso benommen wie sonst auch. Niemand, nicht einmal seine Mutter, wäre im Traum darauf gekommen, dass er die Schuld an der Tragödie auf dem Spielplatz zwei Blocks von seinem Haus entfernt trug. Als wenig später Polizei und Krankenwagen mit Sirenengeheul durch das Viertel gefahren waren, hatte er lediglich nach der Fernbedienung gegriffen und den Fernseher lauter gedreht.

Der Coldare-Junge war tot, und Oren blieb nichts anderes übrig, als es zu akzeptieren. Er musste Ruhe bewahren, durfte jetzt nicht den Kopf verlieren. Probleme zu lösen war seine große Stärke. Je komplizierter das Rätsel war, umso besser. Man brauchte Geduld und Scharfsinn, um sich seinen Weg aus einem komplizierten Labyrinth zu bahnen.

Und auch aus diesem Labyrinth gab es einen Ausweg. Er musste ihn nur finden.

Natürlich hatte er für den schlimmsten aller Fälle einen perfekten Fluchtplan in der Hinterhand. Doch im Augenblick stand er vor einem Hindernis, mit dem er nicht gerechnet hatte. Als einzige Möglichkeit blieb ihm der Rückzug. Es war eine bittere Entscheidung, doch um am Ende erfolgreich zu sein, mussten manchmal auch Opfer gebracht werden.

Aus diesem Grund war es nicht unbedingt nötig, dass Ben Lofland starb.

Der Mann war Zeuge von etwas geworden, das ihm Todesangst eingejagt hatte, außerdem war er – im wahrsten Sinne des Wortes – mit heruntergelassenen Hosen erwischt worden. Das mochte vielleicht nicht die Strafe sein, die er verdiente, doch Oren gelangte zu dem Entschluss, dass Lofland sich damit schon genug zum Narren gemacht hatte.

Berry hingegen musste sterben. Es gab keine andere Möglichkeit. Mit weniger würde er sich nicht zufriedengeben.

Aber wie sollte er das bewerkstelligen? Alle um sie herum waren in höchster Alarmbereitschaft. Orens Name und Gesicht waren in sämtlichen Medien verbreitet worden. Jeder, der auch nur ansatzweise Ähnlichkeit mit ihm besaß, würde sofort verhaftet, wenn nicht sogar von einem schießfreudigen Gesetzeshüter abgeknallt werden. Deshalb blieb ihm vorläufig nichts anderes übrig, als abzutauchen.

Doch sich zu verstecken war unproduktiv und langweilig noch dazu. Und das Schlimmste war: Auf diese Weise blieb Berry auch weiterhin am Leben. Aber wenn ihn jemand sah…

In diesem Augenblick fiel der Groschen.

Verwirrung stiften! Ja! Genau! Er würde für Verwirrung sorgen. Mit etwas Geschick, gutem Timing und einer Portion Glück – und hatte er nicht endlich auch mal ein bisschen Glück verdient? – würden Berry und all jene, die sie beschützten, sich ratlos am Kopf kratzen und sich einen Reim auf das scheinbar Unmögliche zu machen versuchen.

Allein die Vorstellung ließ Oren frohlocken.

16

Der Kuss.

Die Welt rings um ihn herum ging den Bach runter – und Ski Nylands Ecke der Welt war eindeutig die Überholspur auf diesem Weg. Allerdings konnte er sich nicht darauf konzentrieren, wie er es verhindern sollte, weil seine Gedanken unaufhörlich um Berry und diesen Kuss kreisten. Es schien, als wäre in seinem Kopf nur für eines Platz: die Erinnerung an ihren schlanken, geschmeidigen Körper, an ihren köstlichen Mund und an andere, noch viel erregendere Details.

Doch für seine Fantasien war ebenso wenig der richtige Zeitpunkt wie für einen Angelausflug oder eine Mütze voll Schlaf als Entschädigung für die vergangenen beiden Nächte, die er auf den Beinen gewesen war.

Er fuhr nach Hause, um sich zu rasieren, kalt zu duschen und sich ein frisches Hemd anzuziehen, während in der Küche die Kaffeemaschine durchlief. Er goss den Kaffee in einen Thermosbecher, bestrich eine Scheibe Toast dick mit Erdnussbutter, die er zusammenklappte und auf dem Weg zum Wagen verschlang. Der Kaffee war köstlich, bitter und so brüllend heiß, dass er sich die Zunge daran verbrannte.

Die Zunge, die gerade eben noch Berry Malones Mundhöhle erkundet hatte.

Die Arbeit an dem Fall würde als eine Art Stoßdämpfer auf seine erotischen Fantasien wirken. Er bezweifelte zwar, dass sie sich gänzlich vertreiben ließen, doch die Jagd auf

Oren Starks würde zumindest verhindern, dass sie die Oberhand gewannen, so wie vorhin in Caroline Kings Haus.

Außerdem war es geradezu beschämend egoistisch, an so etwas zu denken, solange sich der Mörder des Coldare-Jungen noch auf freiem Fuß befand.

Er schlug den Weg zum Motel ein, um sich die Besitzerin ein weiteres Mal vorzuknöpfen, und wählte währenddessen die Festnetznummer von Sheriff Drummond. Mrs Drummond ging an den Apparat. Der Sheriff stehe gerade unter der Dusche, sie würde ihm aber ausrichten, dass Ski angerufen habe, versprach sie.

Als Nächstes rief er auf dem Revier an. Andy hatte Dienst. Ski erzählte ihm, wohin er fahren würde, und bat darum, sofort informiert zu werden, sobald sich etwas Neues ergab.

Gerade als er den letzten Schluck Kaffee getrunken hatte, läutete sein Handy. »Guten Morgen, Sheriff Drummond«, sagte er, ohne auf das Display zu sehen.

»Nein, hier ist nicht der Sheriff, Ski, sondern Stevens. Ich habe den Wagen gefunden.«

In der Ferne ragte bereits das Motelschild mit dem Waschbärlogo empor, trotzdem legte Ski sofort eine 180-Grad-Wende hin, die seine Reifen quietschen ließ. Er war fünf Meilen von der Stelle entfernt, wo Deputy Stevens den dunkelbraunen Toyota entdeckt hatte. Ski schaltete das Blaulicht an und drückte aufs Gas. Es war Sonntagmorgen, deshalb herrschte nicht allzu viel Verkehr. Nach wenigen Minuten erreichte er sein Ziel.

Der Deputy stand auf der Fahrerseite des Toyota. »Sind Sie sicher, dass sich nirgendwo Fußspuren finden?«, rief er, während er aus dem Wagen stieg.

»Zumindest nicht auf dieser Seite, sonst würde ich wohl kaum hier stehen.«

Der Deputy hatte fünfzehn Dienstjahre mehr auf dem Buckel als Ski, aber offenbar hatte er es ihm nicht krummgenommen, als Ski ihn am Telefon mehrfach angewiesen hatte, bloß keine Spuren oder sonstiges belastendes Beweismaterial zu zerstören.

»Ich wünschte, ich hätte melden können, dass ich ihn schlafend hinterm Steuer vorgefunden habe«, erklärte Stevens, als Ski zu ihm trat.

»Ich auch.«

»Den elenden Dreckskerl hätte ich mir gern vorgeknöpft.«

»Nummer ziehen und hinten anstellen.«

Ski stützte die Hände auf die Knie, ging in die Hocke und spähte durchs Fahrerfenster. Weder auf den Sitzen noch im Fußraum war etwas zu sehen. Der Schlüssel steckte noch im Zündschloss. Starks hatte also nicht geplant, noch einmal zurückzukommen.

»Wie um alles in der Welt soll er ausgestiegen sein, ohne einen Fußabdruck zu hinterlassen?

»Andere Seite«, sagte Stevens nur.

Ski trat um die Motorhaube herum auf die Beifahrerseite, um nichts von den Reifenspuren zu zerstören, die der Wagen im weichen Boden am Straßenrand hinterlassen hatte. Auch Stevens war klug genug gewesen, nicht hineinzutreten, als er aus seinem Streifenwagen gestiegen war. Sie würden sie später mit den Abdrücken vergleichen, die sie in der Nähe von Caroline Kings Haus und dem Motel gefunden hatten.

Ski betrachtete die Spuren. Starks hatte beim Aussteigen einen vollständigen Abdruck mit dem rechten Fuß hinterlassen, gefolgt von einem vollständigen, etwas tieferen und deutlicheren seines linken Fußes und einem zweiten rechten Teilabdruck an der Stelle, wo er ins hohe Gras getreten war.

Danach wurde es schwierig. Es gab diverse Richtungen,

die er eingeschlagen haben könnte. Er konnte überall sein. Vor ihnen befand sich ein offenes, etwa fünfzig Meter breites Feld, das sich in beide Richtungen erstreckte, so weit das Auge reichte.

Jenseits der Bahngleise befand sich ein ähnliches Areal, an das sich ein Industriegebiet mit etlichen Lagerhäusern, einer Spedition, einer Vertriebszentrale für Papier und einer Fabrik für Arbeitshandschuhe am äußeren Zipfel der Innenstadt von Merritt anschloss.

Noch ernüchternder war der Anblick der verwaisten Fabrikationsstätten bankrotter Firmen – eine ganze Reihe mehrgeschossiger Hallen und Gebäude in unterschiedlichen Stadien des Verfalls, die massenhaft Möglichkeiten boten, sich zu verstecken. Hinter dem Industriegebiet befanden sich der Campus einer Mittelschule und ein öffentlicher Park mit einem städtischen Schwimmbad und Sportplätzen, die für Fußball- und Baseballspiele genutzt wurden.

Auf einem dieser Plätze hatte Davis Coldare am Montagabend sein letztes Spiel absolviert.

Ski stieß einen besonders deftigen Fluch aus, den er in der Armee aufgeschnappt hatte. Stevens, der auf der anderen Seite des Wagens stand, schwieg wohlweislich und schob lediglich den Kautabak von einer Wange in die andere.

Auf der anderen Straßenseite standen mehrere Häuser – einfache, mindestens siebzig Jahre alte Holzhäuser in einer bescheidenen Arbeitergegend, deren Besitzer hart arbeiten mussten, um über die Runden zu kommen. Vor einem der Häuser stand ein Sattelschlepper geparkt.

»Haben Sie schon mit den Anwohnern geredet?«, fragte Ski.

Stevens schüttelte den Kopf. »Ich wollte den Wagen nicht aus den Augen lassen, damit keiner kommen und die Spuren zertrampeln kann. Aber seit ich hier bin, ist niemand aufgetaucht oder weggefahren.«

Inzwischen waren drei weitere Deputys eingetroffen. Auch ihnen befahl Ski, gefälligst aufzupassen, wohin sie traten, um keine belastenden Spuren zu zerstören. »Ich knalle jeden ab, der Beweise ruiniert«, drohte er, nur halb im Scherz.

Er schickte einen von ihnen los, die Häuser abzuklappern und zu fragen, ob zufällig jemand den Mann gesehen hatte, der den Toyota am Straßenrand zurückgelassen hatte, und ihn, falls ja, sofort zu informieren.

Dann trat er mitten auf die Straße, wo er sich, die Hände in die Hüften gestemmt, einmal um die eigene Achse drehte. Er hoffte, so irgendeinen Hinweis darauf zu finden, wohin Starks geflüchtet sein könnte. War er längst über alle Berge, oder hielt er sich noch irgendwo in der Nähe auf? Es bestand durchaus die Möglichkeit, dass er die Männer in dieser Sekunde von seinem Unterschlupf aus beobachtete, vielleicht durch eines der blinden Fenster eines verlassenen Fabrikgebäudes.

Hatte Starks den Wagen aus einem bestimmten Grund hier abgestellt? Wahrscheinlich nicht. Weit und breit waren keine anderen Wagenspuren zu sehen, was darauf hingedeutet hätte, dass ihn jemand abgeholt und mitgenommen hatte. Vermutlich war er den ganzen Weg vom Motel hierhergefahren, ehe ihm aufgegangen war, was er angerichtet hatte. Er hatte Angst bekommen, jemand könnte den Wagen gesehen haben; jemand, der beobachtet hatte, wie er am Motel vorbeigefahren war, nachdem der tödliche Schuss gefallen war. Vielleicht hatte er auch befürchtet, dass Lisa Arnold gesehen hatte, in welche Richtung er geflüchtet war.

Was auch immer Oren Starks durch den Kopf gegangen sein mochte, er war zumindest so weit bei Verstand gewesen, um zu wissen, dass er den Wagen stehen lassen und sein

Glück zu Fuß versuchen musste. Wahrscheinlich war ihm diese Stelle einfach nur passend erschienen. In diesem Teil der Stadt gab es keine Straßenbeleuchtung, und die Straße wurde lediglich von den Anwohnern befahren. Außerdem gab es hier bestimmt keine Nachbarschaftswehr, die für Recht und Ordnung auf den Straßen sorgte.

Starks war auf Strümpfen unterwegs gewesen – ein echter Vorteil für Ski.

Er wandte sich zu Stevens um. »Stevens, Sie sind doch der Abdruckexperte des Departments. Nehmen Sie sich den Wagen vor, und durchkämmen Sie jeden Zentimeter davon.«

»Wird gemacht.« Der Deputy kehrte zu seinem Wagen zurück, um sein Fingerabdruckset zu holen.

Ski wandte sich an die anderen Deputys. »Ich rufe noch ein paar Reserveleute her, aber fangt schon mal ohne sie an, Jungs. Folgt Starks' Spur durch das Feld, so weit es geht, und seht euch auch auf der anderen Seite der Bahngleise um. Dann geht ihr in diese leeren Gebäude. Fangt im Erdgeschoss an und arbeitet euch nach oben vor. Haltet Ausschau nach allem, was aussieht, als wäre es erst kürzlich verändert worden. Ich will, dass ihr jeden Millimeter absucht. Falls einer etwas findet, informiert ihr mich sofort. Und sagt auch den anderen Bescheid, wenn sie kommen.«

Die Männer nickten.

»Andy hat Telefondienst. Ich sehe zu, dass er die Besitzer der Firmen anruft und die Erlaubnis einholt, dass wir die Gebäude betreten dürfen. Sie sollen sie auf Einbrüche, ausgehebelte Alarmanlagen und dergleichen überprüfen; auf alles, was irgendwie ungewöhnlich ist. Dasselbe gilt für die Mittelschule. Ich will ständig auf dem Laufenden gehalten werden. Alles, was ihr seht, hört oder findet – ich will sofort Bescheid wissen. Verstanden, Männer?«

»Geht klar. Und wohin wollen Sie?«

»Ich muss mit dem Boss reden.«

Sein Telefon hatte inzwischen zweimal geläutet – vermutlich Sheriff Drummond, der zurückrief –, doch er war nicht rangegangen. Nun drückte er die Wahlwiederholungstaste. Drummond nahm beim ersten Läuten ab. »Ski?«

»Morgen, Sir. Ich bräuchte Sie eine Minute.«

»Geht es um den Coldare-Jungen? Sein Großvater und ich sind bei den Rotariern. Schreckliche Sache. Sehr tragisch. Sind Sie ganz sicher, dass Starks der Täter war?«

»Ja, Sir. Er wurde bereits identifiziert. Ich kann in fünf Minuten bei Ihnen zu Hause sein.«

»Wir wollten um elf beim Gottesdienst sein.«

»Ich werde Sie auch nicht lange aufhalten.«

Ski legte auf, bevor der Sheriff Gelegenheit hatte, zu widersprechen. Als er vor dessen Haus vorfuhr, saß Mrs Drummond bereits auf dem Beifahrersitz der Lincoln-Limousine, die mit laufendem Motor in der Einfahrt stand. Der Sheriff selbst erwartete ihn, im Sonntagsanzug und mit der Bibel in der einen und seinem Stetson in der anderen Hand, am Gartentor.

Ski brachte die Automatik in Parkposition, ohne den Motor abzustellen, und stieg ebenfalls aus. »Tut mir leid, wenn ich Sie aufhalte, Sir«, sagte er. »Ich will gleich auf den Punkt kommen.«

»Sie brauchen sich nicht zu entschuldigen, Ski. Starks hat eiskalt einen Jungen abgeknallt. Das ist etwas anderes, als einen Mann im Zuge einer Dreiecksgeschichte anzuschießen. Was brauchen Sie?«

»Ihre Genehmigung.«

»Wofür?«

»Hunde.«

»Hey, Andy, stimmt's?«

Dodge, der dem Deputy bereits am Vorabend begegnet war, schlenderte mitten durch das Sheriff's Department und trat zu dem Schreibtisch, hinter dem Andy saß. Er hatte Glück. Außer Andy war niemand hier, und da er ihn bereits in Skis Gegenwart gesehen hatte, schien er sich nicht zu wundern, dass Dodge nun herumlief, als gehöre ihm der Laden.

Dodge stellte eine weiße Schachtel vor ihm auf den Schreibtisch. »Das Tollste an Kleinstädten ist, dass es immer einen Laden gibt, wo man morgens frische Donuts kriegt.«

»Das Donut Hole«, bemerkte Andy.

»Genau. Hier, bedienen Sie sich.«

»Danke.« Eifrig klappte Andy den Deckel auf und warf einen Blick auf die Auswahl.

»Danken Sie nicht mir«, sagte Dodge. »Das war nicht meine Idee. Ski hat mich hergeschickt, damit ich die Beweise im Fall Starks abhole, die er gestern Abend gefunden hat. Da Sie ja hier festsitzen und Telefondienst schieben müssen, während alle anderen draußen unterwegs sind, wollte er Ihnen etwas Gutes tun.«

Andy musterte ihn stirnrunzelnd und leckte sich einen Klecks Erdbeerguss von den Fingern. »Ich habe gerade erst mit Ski telefoniert. Er hat nichts gesagt …«

»Wie alt ist dieser Kaffee hier?«

Andy warf einen Blick auf die von Flecken übersäte Kaffeemaschine auf dem Tisch an der hinteren Wand. »Äh, ein, zwei Stunden, schätze ich.«

Dodge grinste. »Dann sollte er genau richtig sein.« Einen Blaubeerdonut zwischen die Zähne geklemmt, trat er vor die Kaffeemaschine, goss sich einen Styroporbecher voll ein und gab zwei Päckchen Zucker dazu. »Und, haben Sie die Sachen für mich?«, fragte er Andy über die Schulter.

Der sah ihn unsicher an. »Ski ist gerade auf dem Weg ins Motel, um die Besitzerin noch einmal zu befragen.«

»Stimmt. Und er will die Beweise haben, um ihr ein bisschen Feuer unterm Hintern zu machen.«

»Er … tut mir leid, Mr Hanley, aber als ich vorhin mit Ski geredet habe … das ist erst ein paar Minuten her, da …«

»Er hat kein Wort davon gesagt, stimmt's?«

»Nein, deshalb bin ich ja …«

»Puh. Gut.« Dodge mimte grenzenlose Erleichterung. »Der Mann hat eine Menge um die Ohren. Ich dachte, es sei ihm vielleicht rausgerutscht.«

»Ski? Rausgerutscht?«

»Na ja, Sie wissen schon … So müde, wie der arme Kerl ist … ich glaube, er hat seit Freitagabend keine Sekunde Schlaf bekommen. Da hat er vielleicht vergessen, dass er die Beweise noch zurückhalten wollte.«

»Zurückhalten?«

»Na ja, vor den Medien.«

»Den Medien.«

»Dem Radio, mein Sohn. Haben Sie das denn nicht mitbekommen? Ski lässt alle zehn Minuten eine Suchmeldung nach Oren Starks durchgeben.«

»Das weiß ich auch, aber …«

»Na ja, die Medien können sehr hilfreich sein, das steht völlig außer Frage. Durch ihre Berichterstattung wachen die Leute da draußen auf und halten schön die Augen auf. Andererseits, wir wollen natürlich nicht, dass jeder Hinterwäldler in Ost-Texas aus dem Radio erfährt, dass wir Beweise haben, mit denen wir Starks dingfest machen könnten.«

»Nein, Sir, aber …«

»Außerdem hört auch Starks bestimmt Radio. Darauf können Sie Ihren Arsch verwetten, mein Sohn. Und Ski will nicht, dass er erfährt, was wir gestern Abend gefunden haben.«

Die Augen des jungen Mannes begannen zu leuchten. »Damit wir ihn, wenn er geschnappt wird, mit diesen Fotos von Ms Malone zu Fall bringen können.«

Dodge rutschte das Herz in die Hose. Nur unter Aufbietung seiner gesamten Willenskraft gelang es ihm, dem jungen Deputy grinsend auf die Schulter zu klopfen und zu sagen: »Genau so ist es.« Er schob sich das letzte Stück Donut in den Mund und sah auf die Uhr. »Ski meinte, ich soll mich beeilen.«

Andy stand auf und verschwand in einem Kabuff, aus dem er Sekunden später mit einem Aktendeckel in einer verschließbaren Plastiktüte wieder auftauchte. »Sie müssen aber quittieren, dass …«

Dodge nahm ihm die Plastiktüte aus der Hand. »Kein langes Gefackle, hat Ski gesagt. Dafür haben wir heute keine Zeit.«

Dodge bedankte sich und marschierte mit der Tüte unter dem Arm davon.

Berrys Wunsch nach einem Nickerchen sollte sich nicht erfüllen.

Sie war ebenso feige vom Tatort geflüchtet wie Ski und hatte ihre Mutter und Dodge ohne weitere Erklärungen in der Küche stehen lassen. Sie war nach oben gegangen, hatte geduscht und sich nackt zwischen die herrlich kühlen Laken gleiten lassen. Dann hatte sie die Augen geschlossen und ihr Bewusstsein gezwungen, endlich abzuschalten und ihren Körper in den lang ersehnten Schlaf sinken zu lassen.

Doch weder ihr Kopf noch ihr Körper spielten mit. Die Gedanken an Ski Nyland wollten sich nicht vertreiben lassen. Wieder und wieder sah sie Bilder von sich und ihm in verschiedenen sexuellen Szenarien vor ihrem geistigen Auge. Ruhelos warf sie sich von einer Seite auf die andere, während ihr Körper regelrecht zu fiebern schien. Teile ihres Körpers sehnten sich danach, von seinen Augen, seinen Händen, seinem Mund berührt zu werden.

Die Tragödie, die sich gestern Abend abgespielt hatte, ließ ihre ungenierte Lust noch deplatzierter wirken. Angewidert warf sie die Decke zurück, stand auf und zog sich wieder an.

Als sie nach unten kam, saß ihre Mutter mit ihrem Handy in Reichweite und den neuesten Immobilienverzeichnissen am Esstisch und machte sich Notizen. »Arbeitest du?«, fragte Berry.

Caroline nahm ihre Lesebrille ab. »Heute ist Sonntag. Die Leute sind auf Haussuche. Ich habe meine Besichtigungstermine delegiert, wollte aber sicher sein, dass alles glattläuft.«

»Du solltest auch versuchen, ein bisschen zu schlafen.«

»Reine Zeitverschwendung.«

»Das kannst du laut sagen«, erwiderte Berry verdrossen. »Wo ist Dodge?«

»Keine Ahnung. Er hat gemeint, er hätte doch keine Zeit zum Frühstücken. Aber es gebe da etwas, dem er nachgehen müsste. Er ist fast genauso schnell verschwunden wie Ski.«

»Hmm.« Berry hoffte, dass das Thema Ski damit abgehakt wäre, doch ihre Mutter war berühmt für ihren untrüglichen Instinkt.

»Was ist da vorhin eigentlich zwischen euch abgelaufen?«, fragte sie. »Als Dodge und ich reinkamen, brannte hier förmlich die Luft. Wart ihr mitten in einem Streit oder … war es etwas anderes?« In diesem Moment läutete ihr Handy und rettete Berry. Caroline sah aufs Display. »Es ist das Büro.«

»Geh ruhig ran. Ich bin weg.«

»Wo gehst du hin?«

»Es ist Sonntag. Der Tag der Buße.«

Zwanzig Minuten später stand sie vor Ben Loflands Krankenzimmer, straffte die Schultern und klopfte leise. Amanda Lofland machte die Tür auf. Bei Berrys Anblick wurde ihre Miene feindselig und verdrossen.

»Ich würde gern Ben besuchen«, erklärte sie, noch bevor Amanda Gelegenheit hatte, etwas zu sagen.

»Weswegen?«

»Um mich dafür zu entschuldigen, dass er angeschossen wurde.«

Sichtlich verblüfft über Berrys Unverblümtheit, warf Amanda ihr einen argwöhnischen Blick zu. Dann aber machte sie doch einen Schritt zur Seite, um sie eintreten zu lassen. Ben saß, von mehreren Kissen gestützt, in seinem Bett.

Lächelnd trat Berry auf ihn zu. »Du siehst wesentlich besser aus als beim letzten Mal, als ich dich gesehen habe.«

»Fühlen tue ich mich allerdings wesentlich schlechter«, grummelte er. »Als du mich das letzte Mal gesehen hast, war ich bewusstlos und habe gar nichts gespürt.«

Mit säuerlicher Miene trat Amanda auf die andere Seite des Bettes.

»Hast du sehr starke Schmerzen?«, erkundigte sich Berry.

»Nur beim Atmen.«

»Helfen die Medikamente denn nicht?«

»Sagen wir mal so – ohne sie ist es unerträglich.«

»Wenn ich nur daran denke, wie schlimm das Ganze hätte ausgehen können, wird mir ganz anders.«

»Allerdings. Genau das denke ich – denken wir – auch die ganze Zeit.« Er nahm Amandas Hand und drückte sie. Die Eheleute lächelten einander zu, auch wenn Amandas Lächeln ein wenig angestrengt wirkte.

»Ich mache mir große Vorwürfe, weil ich Orens Geisteszustand völlig unterschätzt habe«, fuhr Berry fort.

»Wer hätte auch ahnen können, dass er etwas so Verrücktes tun würde?«

»Ich war gewarnt«, gab Berry zu. »Ich hatte ja bereits erlebt, wie es ist, wenn er komplett ausrastet.«

»Schon vor Freitagabend?«

»Ja. Aber nur einmal. Ich dachte damals, es sei ein einmaliger Ausrutscher, ein spontaner Ausbruch. Aber offenbar habe ich die Situation falsch eingeschätzt.« Sie holte tief Luft. »Deshalb dachte ich ja auch, dass es nicht schlimm wäre, ihn anzurufen.«

Verblüffung zeichnete sich auf Bens bleichem Gesicht ab. »Du hast ihn angerufen? Wann?«

»Am Donnerstagnachmittag.«

Er starrte sie fassungslos an. »Hast du vollständig den Verstand verloren?«

»Es war ein Fehler. Das ist mir inzwischen klar, aber ich hatte Dinge zu ihm gesagt, die mir leidtaten und für die ich mich entschuldigen wollte. Außerdem war es doch sein Recht zu erfahren, dass wir das Projekt, an dem er die ganze Zeit gearbeitet hatte, erfolgreich abgeschlossen hatten. Ich hatte das Gefühl, wir, besser gesagt, ich sei ihm das schuldig.«

Ben fuhr sich mit der Zunge über die Lippen. Sein Blick glitt zwischen Berry und seiner Frau hin und her und blieb schließlich an Berry hängen. »Ich wünschte, du hättest das vorher mit mir besprochen.«

»Ich auch. Vielleicht hättest du es mir ausgeredet, und all das wäre nie passiert.«

»Ich fasse es nicht«, murmelte Amanda. »Das Ganze ist *tatsächlich* ganz allein deine Schuld.«

Berry konnte ihr nicht widersprechen, trotzdem hatte sie das Bedürfnis, sich gegen den Vorwurf zu verteidigen. »Ich dachte, Oren wäre mir dankbar und der Fall damit endgültig erledigt. Aber offenbar hat er nur eines aus dem Gespräch herausgehört, nämlich dass Ben und ich den ganzen Freitag zusammen verbringen würden. Es tut mir so unendlich leid.«

»Es gibt da so einiges, was dir leidtun sollte.«

»Das ist völlig richtig, Amanda. Aber Ehebruch gehört definitiv nicht dazu. Ben und ich sind seit langer, langer Zeit nur Freunde, mehr nicht. Schon bevor er dich überhaupt kannte.«

»Genau dasselbe habe ich ihr auch gesagt«, warf er ein. »Und sie glaubt mir.«

Wieder spürte Berry Amandas argwöhnischen Blick auf sich ruhen. »Das mag ja sein, aber mir glaubst du nicht?«

»Ich glaube Ben, dass er mir treu war und sein Ehegelübde nicht gebrochen hat. Aber dir traue ich nicht über den Weg. So wie ich es sehe, hattest du nicht nur die Kampagne im Sinn, als du verlangt hast, dass er hierherkommt. Du bist aus Houston weggegangen, weg aus deinem Büroalltag und von der Arbeit, die dir ja allem Anschein nach so wichtig ist. Du hast deine Freunde und dein gesamtes Privatleben zurückgelassen und dich zurückgezogen, in die Pampa. Und letzte Woche ist dir auf einmal langweilig geworden, deshalb hast du einen Grund erfunden, weshalb Ben unbedingt herkommen und mit dir den Tag und dann auch noch die Nacht verbringen sollte. Du wusstest genau, dass er kommen würde, weil diese Kampagne für euer beider Karriere ja so wahnsinnig wichtig ist. Aber ich glaube, das war nur ein Köder, um ihn herzulocken. Du brauchtest ein bisschen Abwechslung, eine Pause vom öden Landleben. Du brauchtest Sex und hast dir meinen Mann ausgesucht, um zu bekommen, was du wolltest.«

»Das stimmt nicht«, widersprach Berry mit Nachdruck. »Ich habe Ben nicht nach Merritt gelockt, um Sex mit ihm zu haben.« Sie hielt einen Moment inne. »Aber vor ein paar Monaten hätte ich es vielleicht noch getan.«

Das Eingeständnis schien die beiden zu schockieren. Berry war selbst erschrocken darüber, trotzdem fuhr sie fort. »Hätte ich vor meiner Abreise hierher den Eindruck gehabt, dass ich beruflich davon profitieren könnte, wenn ich mit Ben schlafe, hätte ich es höchstwahrscheinlich getan.«

Ben saß immer noch mit offenem Mund da, während Amanda sie mit einer Mischung aus Wut und Selbstgefälligkeit anstarrte. »Also gibst du es doch zu.«

»Ich gebe zu, dass meine Prioritäten ziemlich fragwürdig waren«, räumte Berry ein. »Ich habe Dinge getan, die ich alles andere als gut finde, nur um auf der Karriereleiter aufzusteigen. Das Ganze ging so weit, dass ich nicht mehr in den Spiegel sehen konnte. Ich habe Houston verlassen, um Oren aus dem Weg zu gehen. Aber auch, um zur Ruhe zu kommen und neue Perspektiven zu finden. Ich bin nach wie vor ehrgeizig und will ganz nach oben, aber ich bin nicht länger bereit, meine Seele dafür zu verkaufen.«

Sie musterte Ben eindringlich, doch statt ihren Blick zu erwidern, starrte er auf die zeltförmige Erhebung, die seine Füße unter der weißen Bettdecke am Fußende bildeten.

Keiner der Loflands hatte ihre Entschuldigung bislang angenommen, zumindest nicht ausdrücklich. Es sah so aus, als würden sie, vor allem aber Amanda, ihr auch weiterhin übel nehmen, was vorgefallen war. Und sie konnte ihnen noch nicht einmal einen Vorwurf daraus machen. Immerhin hatte der Vorfall Ben um ein Haar das Leben gekostet.

Doch sie konnte nicht mehr tun, als vor ihnen zu Kreuze zu kriechen. Allerdings würde sie sich nicht länger vor den beiden erniedrigen, da sie allem Anschein nach nicht bereit waren, ihr zu verzeihen.

»Ich fahre heute Abend noch nach Houston zurück. Und gleich morgen früh gehe ich ins Büro und präsentiere die Kampagne.«

Amanda fuhr herum. »Ohne Ben?«, rief sie.

»Ich werde dafür sorgen, dass er dieselbe Anerkennung dafür bekommt wie ich.«

»Ja, ganz bestimmt.«

»Ich werde alles daransetzen, Amanda, das verspreche ich.«

Amanda stieß ein abfälliges Schnauben aus.

Berry sah Ben an. »Ich werde mir den Erfolg nicht allein ans Revers heften, sondern sorge dafür, dass du auch gut dastehst.«

Er nickte. »Klar. Danke.«

Berry hatte sich einen positiveren Ausgang ihres Besuchs erhofft und war enttäuscht über den bitteren Nachgeschmack, doch sie hatte immerhin Gelegenheit gehabt, loszuwerden, was ihr auf der Seele gebrannt hatte. Eisige Stille herrschte im Raum. Ohne ein weiteres Wort ließ sie die Loflands zurück und ging.

Eine Pflegerin mit einem Haarnetz und grüner Krankenhauskleidung, die einen Metallwagen voller Patientenmahlzeiten vor sich herschob, trat neben sie. »Sie sind Ms Malone, stimmt's?«

»Ja.«

»Ihr Freund kommt schon wieder auf die Beine.«

»Ja. Es scheint ihm schon besser zu gehen.«

Berry ging weiter, doch die Frau ließ sich nicht abschütteln. »Eine echte Schande, was mit dem Coldare-Jungen passiert ist. Mein Sohn spielt in derselben Baseballmannschaft.«

»Ja, es ist eine Tragödie.«

»Der Kerl, der ihn erschossen hat…« Die Frau schnalzte mit der Zunge. »Den müssen sie schnappen. Und zwar schleunigst.«

»Das sehe ich ganz genauso.« Inzwischen hatten sie den Aufzug erreicht. Berry drückte den Rufknopf.

Die Frau schob ihren Wagen an ihr vorbei. »Die Belohnung wird ganz bestimmt helfen.«

Berry sah ihr verwirrt nach. »Moment mal. Es gibt eine Belohnung? Seit wann das denn?«

»Ich hab's vor einer halben Stunde im Radio gehört«, rief ihr die Frau über die Schulter zu. »Ihre Mutter hat das Geld zur Verfügung gestellt.«

17

Rausgeschmissenes Geld, wenn du mich fragst.«

»Tja, ich frage dich aber nicht.«

Carolines gelassene Erwiderung machte Dodge noch reizbarer und fahriger, falls das überhaupt möglich war. Wann immer er sich eine Zigarette anzündete, musterte sie ihn mit stummer Missbilligung, was ihm schlagartig die Lust am Rauchen nahm. Mittlerweile hatte ihm das ein dramatisches Defizit seiner täglichen Mindestnikotindosis beschert. Vermutlich fehlte ihm inzwischen mindestens ein Viertel. Seine Haut schien von innen zu jucken, und seine Übellaunigkeit wuchs mit jeder Stunde.

Sie saßen in ihrem Wagen, und selbst wenn er sich am liebsten über ihren Protest hinweggesetzt und sich eine angezündet hätte, konnte er sich nicht dazu durchringen. Aber sobald sie ihr Ziel erreicht hätten, würde er eine rauchen, bis zum Filter hinunter, und wenn es ihr nicht passte, hatte sie eben Pech gehabt.

Er hatte angeboten zu fahren, weil auf diese Weise wenigstens seine Hände beschäftigt waren. »Gibt es nur einen Walmart in Merritt?«

»Ja. Soll ich dir sagen, wie du fahren musst?«

»Nein. Ich habe ihn gestern schon gesehen.«

»Vor oder nach deinem Plauderstündchen mit Grace?«

Mit Genugtuung registrierte er, dass Caroline sich immer noch über seine Unterhaltung mit der Barfrau ärgerte, doch er beschränkte sich darauf, sie boshaft anzugrinsen. »Fünfundzwanzig Riesen?«, fragte er – das war die Summe, die Caroline dem Sheriff als Belohnung zugesagt hatte. »Damit bildet sich garantiert jeder kurzsichtige Hinterwäldler in Südost-Texas ein, er hätte Oren Starks gesehen.«

»Ich bin sicher, Skis Leute sind ausreichend geschult, um die Spinner ganz schnell herauszufiltern, die bei der Hotline anrufen.«

»Als würde das helfen«, murmelte Dodge. »Damals bei unserem Bankräuber hat die Spezialeinheit auch eine Hotline eingerichtet. Soll ich dir sagen, was reingekommen ist?«

»Meldungen über ein russisches U-Boot in der Fahrrinne, UFO-Sichtungen, die Wiederkunft des Herrn, ein Rudel freilaufender Wölfe, die das Krankenhausviertel in Angst und Schrecken versetzten, und eine Frau, die Abend für Abend angerufen und jedem Gratissex angeboten hat, der Interesse zeigte.«

»Habe ich dir das etwa erzählt?«

»Vor einunddreißig Jahren hast du jedes Mal damit angefangen, wenn du frustriert warst, weil ihr bei der Suche nicht weitergekommen seid.«

»Dann musstest du es dir wohl ziemlich oft anhören.«

»Mindestens tausend Mal.«

»Oh Mann.«

»Ski ist bestimmt klar, dass so einige Schwachköpfe anrufen werden«, fuhr sie fort, »aber vielleicht geht ja auch ein nützlicher Hinweis ein. Außerdem habe ich durch die Belohnung das Gefühl, meinen Teil dazu beizutragen, dass Oren Starks geschnappt wird. Und das ist immerhin besser, als nur herumzusitzen und Däumchen zu drehen.«

Dodge murmelte etwas Unverständliches.

»Was?«, fragte Caroline.

»Gar nichts.«

»Du hast doch gerade etwas über das Geld gesagt. Was war es?«

»Ich sagte, dass dir die Summe bestimmt nicht fehlen wird. Ist ja nur ein Taschengeld für dich.«

»Das war aber nicht alles.«

»Die Schimpfwörter habe ich weggelassen.«

»Wieso hast du Schimpfwörter verwendet?«

»Wäre es dir lieber, ich würde sie noch mal wiederholen?«

»Weshalb benutzt du Schimpfwörter, wenn du über mein Geld sprichst?«

Er kannte diesen Tonfall: Sie würde das Thema nicht auf sich beruhen lassen. Was ihm eigentlich gerade recht kam, da ihm ihre finanzielle Lage schon die ganze Zeit aufstieß. Deshalb wäre dies die perfekte Gelegenheit, seinem Unmut ungeniert Luft zu machen.

»Du würdest ein Geldproblem doch nicht mal erkennen, wenn es dir in den Hintern beißt, weil du so was noch nie hattest.« Beim Anblick ihrer wütenden Miene fügte er bissig hinzu: »Oder etwa doch?«

»Ich hatte bisher immer Glück.«

»Allerdings. Glück genug, dir den reichen, erfolgverwöhnten Boss zu schnappen.« In seiner Verdrossenheit hatte er den Bogen überspannt, und kaum waren die Worte über seine Lippen, wurde ihm bewusst, was er getan hatte.

»Wage es nicht, mich dafür zu kritisieren, dass ich Jim geheiratet habe.«

»Das habe ich gar nicht getan.«

»Nicht ausdrücklich, aber du hast es angedeutet.«

»Wenn das so ist, hörst du Andeutungen heraus, wo gar keine sind, weil du auf alles, was mit deiner Ehe zusammenhängt, hypersensibel reagierst.«

»Dafür gibt es keinerlei Grund.«

»Ach nein?«

»Nein, ich habe sechsundzwanzig Jahre lang eine gute Ehe geführt. Bis zu dem Tag, als Jim starb, waren wir sehr glücklich miteinander.«

»Gratulation.«

Der sarkastische Unterton in seiner Stimme entging ihr nicht. »Wäre es dir lieber, wenn ich unglücklich gewesen wäre?«

»Es wäre mir lieber, du wärst mit *mir* glücklich gewesen«, erwiderte er laut.

»Und wer ist schuld daran, dass ich es nicht war?«, schoss sie zurück.

Er fluchte. Eine Zeit lang herrschte Stille im Wagen. »Wie ist Malone gestorben?«, fragte er schließlich.

Sie ließ sich so lange Zeit mit ihrer Antwort, dass er schon glaubte, sie wolle gar nicht darauf reagieren. »Er hat einen Schlaganfall erlitten. Während er im Büro am Schreibtisch saß. Er fiel ins Koma. Zwei Tage später starb er, ohne noch einmal das Bewusstsein erlangt zu haben, was in Wahrheit ein Segen war. Der Neurologe meinte, Jim hätte schwere Hirnschädigungen davongetragen.«

Dodge verfiel in nachdenkliches Schweigen. »Dann hast du den Kerl also geliebt, ja?«

»Ja, Dodge, das habe ich. Am meisten dafür, dass er mich und Berry geliebt hat. Sie war fast ein Jahr alt, als er mir einen Antrag gemacht hat. Er war vierzig Jahre lang eingefleischter Junggeselle gewesen und trotzdem bereit, so plötzlich die Rolle von Ehemann und Vater zu übernehmen.«

»Er wollte dich, und du hattest eben ein Baby.« Dodge zuckte vielsagend mit den Schultern.

»Für ihn war Berry kein Opfer, das er bringen musste, um

mich heiraten zu können. Er hat sie ohne weitere Erklärungen oder Bedingungen akzeptiert. Er hat sie von ganzem Herzen geliebt und sie wie sein eigenes Kind behandelt. Was gut war, weil wir ja keine gemeinsamen Kinder bekommen haben.«

»Wieso nicht?«

»Es gab keinen konkreten Grund. Es ist eben nie passiert. Und wir haben nie ein Drama daraus gemacht. Wir waren beide vollauf damit beschäftigt, das Geschäft am Laufen zu halten und weiter auszubauen, und haben beide sehr viel gearbeitet. Und wir waren zufrieden mit der Tochter, die wir hatten.«

Dodge spürte einen scharfen Stich in der Brust – entweder lag es am Nikotindefizit oder daran, dass er sich anhören musste, wie ein anderer Mann seine eigene Tochter geliebt und großgezogen hatte. Trotzdem gelang es ihm nicht, sich die Fragen zu verkneifen, die ihm seit über dreißig Jahren auf der Seele brannten. »Wie war Berry als Kind? War sie glücklich?«

Caroline sah ihn an und lächelte. »Sehr. Absolut glücklich. Sie sprühte förmlich vor Energie. War klug. Reif für ihr Alter. Sportlich. Ehrgeizig. Manchmal auch sturköpfig, aber niemals frech und vorlaut.«

»Starrsinnig wie du.«

»Durchtrieben wie du.«

»Hat sie das typische Rothaarigentemperament geerbt?«

»Ich habe kein Rothaarigentemperament.«

Er lachte über ihre bissige Erwiderung, und sie stimmte mit ein. Schließlich wurde er wieder ernst. »Hast du es ihr jemals gesagt?«

»Was?«

»Muss ich es noch mal buchstabieren, Caroline?«

Sie wandte den Kopf ab und sah zum Fenster hinaus, während sie ihre Hände knetete – eine Angewohnheit, die er nur allzu gut kannte und die man immer dann an ihr beobachten konnte, wenn sie ihre Gedanken ordnete, vor allem unangenehme.

»Ja, ich habe es ihr gesagt. Jim hat sie adoptiert, und sie hat seinen Nachnamen bekommen. Trotzdem fand ich, dass sie wissen sollte, dass er nicht ihr leiblicher Vater ist. Ich wollte nicht, dass irgendwo ein düsteres Geheimnis in unserem Leben lauert, das nur darauf wartet, ans Tageslicht zu kommen und unsere Beziehung zu gefährden.«

Es schmerzte Dodge in der Seele, wieder einmal daran erinnert zu werden, dass er jeglichen Anspruch auf ein Sorgerecht für Berry abgetreten hatte. Es war eine sehr sachliche Angelegenheit gewesen, die ihre Anwälte für sie geregelt hatten. Er war stinksauer gewesen und hatte das Gefühl gehabt, dass man ihm keine andere Wahl ließ, als zu unterschreiben.

Er fragte sich, was wohl passiert wäre, wenn er sich damals gesträubt hätte. Wäre alles ganz anders gekommen, wenn er sich geweigert hätte, die Erziehung seiner Tochter in die Hände eines anderen Mannes zu legen?

Doch heute, dreißig Jahre später, konnte er sich nicht vorstellen, welchen Vorteil ein solches Tauziehen hätte haben sollen. Es hätte das Unvermeidliche nur unnötig in die Länge gezogen, noch tiefere Feindseligkeiten heraufbeschworen und sämtlichen Beteiligten, allen voran Caroline und Berry, noch größeren Kummer bereitet.

»Als Berry groß genug war, um zu erfahren, woher die Babys kommen«, fuhr Caroline fort, »habe ich ihr erzählt, dass Jim nicht der Mann war, der den Samen in Mamis Bauch gepflanzt hat.« Ein zärtliches Lächeln trat auf ihre Züge. »Aber ich habe ihr versichert, dass Jim trotzdem ihr Daddy ist. Und sie hat es akzeptiert.«

Dodge blieb an einer Ampel stehen. Er betastete das Zigarettenpäckchen in seiner Brusttasche, rutschte ein Stück tiefer im Fahrersitz und fluchte über den Fahrer im Wagen vor ihm, der offenbar nicht wusste, dass man in die Kreuzung fahren durfte, um links abzubiegen, sobald die Ampel auf Gelb sprang. Damit raubte er Dodge die Chance, ebenfalls Gas zu geben, ehe sie endgültig wieder rot wurde.

Er räusperte sich. »War sie nie neugierig, wer den Samen stattdessen in Mamis Bauch getan hat? Hat sie nie gefragt, was aus ihrem richtigen Daddy geworden ist, wieso er sie verlassen hat und nie zurückgekommen ist?«

»Nur einmal«, sagte Caroline. »Damals war sie in einem Alter, in dem ich dachte, ich müsste sie vor der Gefahr warnen. Du weißt schon, in der Hitze des Gefechts Sex zu haben, ohne ihren Verstand einzuschalten oder, wenn der schon nicht mehr funktionierte, sich wenigstens ausreichend zu schützen. Damals wollte sie wissen, ob mir das passiert sei. Sie hat gefragt, ob sie ein Unfall gewesen sei, ein Missgeschick, für das der Vater die Verantwortung nicht hatte übernehmen wollen, weshalb er sich aus dem Staub gemacht hatte.«

Sie sahen einander an.

»Die Verletzlichkeit in ihrer Stimme hat mir beinahe das Herz gebrochen. Offenbar hatte ihr die Vorstellung, ihre Empfängnis könnte ein unglücklicher Zufall gewesen sein, mächtig zugesetzt. Sie hatte unbedingt die Wahrheit wissen wollen, sich aber aus Angst, ihr Verdacht könnte sich bestätigen, nie getraut, mich zu fragen.«

»Großer Gott«, stöhnte Dodge.

»Aber ich konnte das klarstellen. Ich habe ihr ausdrücklich versichert, dass ich in einer sehr glücklichen Phase meines Lebens mit ihr schwanger geworden sei und dass weder ich noch ihr leiblicher Vater die Schwangerschaft bereuen würden. Stattdessen hätte es Probleme zwischen uns gegeben, die nichts mit ihr zu tun gehabt hätten, jedoch schwerwiegend genug gewesen seien, um nicht länger zusammenbleiben zu können. Und dass du, also ihr Vater, es für besser erachtet hättest, wenn sie bei mir bliebe.« Sie blickte auf ihre Hände, die sie noch immer rhythmisch knetete. »Sie hat mir geglaubt. Zumindest nehme ich es an, denn sie hat das Thema nie wieder zur Sprache gebracht.«

»Und jetzt?«

»Jetzt?«

Er musterte sie zweifelnd. »Sie ist ein kluges Mädchen, Caroline. Sie muss doch etwas ahnen, meinst du nicht auch?«

»Kann sein. Sie hat nicht konkret danach gefragt, aber zumindest versucht, mehr über dich zu erfahren.«

»Dann vermutet sie also, dass ich nicht nur jemand bin, den dir eine Freundin empfohlen hat.«

»Wahrscheinlich. Aber von einer gewissen Neugier, was deine Referenzen betrifft, zu der Schlussfolgerung, du könntest ihr leiblicher Vater sein, ist es ein ziemlich weiter Weg. Kann sein, dass sie zwar zwei und zwei zusammenzählt, aber noch nicht vier als Lösung herausbekommt.« Caroline hielt einen Moment inne. »Allerdings wäre da noch eine Sache.«

»Was?«

»Selbst wenn sie es ahnt, wird sie es erst preisgeben, sobald sie es für richtig hält.«

»Das heißt, sie lässt sich nicht gern in die Karten sehen?«

Caroline lächelte. »Was das angeht, ist sie genau wie ich.«

Der Walmart tauchte vor ihnen auf. Auf dem Parkplatz herrschte reges Treiben. Streifenwagen des Sheriff's Department und der Highway-Polizei standen mit rotierenden

Blaulichtern herum. Hunde rannten schnüffelnd vor einer Reihe Mülltonnen im Kreis, während Beamte verschiedener Polizeibehörden, darunter auch der Merritt City Police, die Schaulustigen in Schach zu halten versuchten.

Und mittendrin stand Ski Nyland.

Dodge war inzwischen klar, weshalb die Anweisungen des Deputys so knapp gewesen waren. Er und einige andere Ordnungshüter hatten sich um einen schmerbäuchigen Mann mittleren Alters in blauer Walmart-Weste versammelt. Als Ski Dodge auf den Parkplatz biegen sah, löste er sich aus der Gruppe und kam auf sie zu.

»Der Kerl will unsere Tochter flachlegen«, bemerkte Dodge.

»Wenn ich es richtig sehe, beruht das absolut auf Gegenseitigkeit«, gab Caroline zurück.

»Wo steckt Berry?«, fragte Ski.

»Sie ist ins Krankenhaus gefahren, um Ben zu besuchen«, antwortete Caroline. »Ich konnte sie auf dem Handy nicht erreichen.«

»Versuchen Sie es noch mal und sagen Sie ihr, sie soll herkommen.« Er hielt kurz inne, ehe er ein »Bitte« hinzufügte, obwohl Caroline seine Schroffheit nicht bemerkt zu haben schien. Sie zog ihr Handy heraus und drückte die Kurzwahltaste von Berrys Nummer.

Dodge stieg aus dem Wagen und zündete sich eine Zigarette an.

Ski starrte ihn finster an. »Was zum Teufel sollte das, Dodge?«, fragte er wütend.

Dodge ließ sein Feuerzeug zuschnappen und blies eine Rauchwolke gen Himmel. Ski brauchte ihm nicht zu erklären, weshalb er so sauer war. »Ich hatte so eine Ahnung und habe entsprechende Maßnahmen ergriffen.«

»Sie haben Beweismaterial manipuliert.«

»Verklagen Sie mich doch. Außerdem habe ich gar nichts manipuliert. Ich weiß nur, wie man mit Beweisen umgeht.«

»Wo sind sie jetzt?«

»Sicher verstaut. Und was wollen Sie jetzt tun? Unsere unterschiedlichen Ansichten über Polizeiprotokoll und Beweisführung vor aller Welt debattieren? Oder wollen wir uns lieber darüber unterhalten, was die Fotos zu bedeuten haben?«

Ski nahm seine Sonnenbrille ab und wischte sich mit dem Hemdsärmel den Schweiß von der Stirn. Dann sah er zu Caroline, die noch immer im Wagen saß und telefonierte. »Ich kann nur so viel sagen, dass die Fotos mit einem Teleobjektiv aufgenommen wurden«, sagte er leise.

»Aber er ist trotz allem beängstigend nahe herangekommen.«

Ski nickte ernst. »Nahe genug. Die Dinger sind eine Dokumentation von Berrys Leben hier, verdammt noch mal. Er hat das Haus aus sämtlichen Blickwinkeln fotografiert und sie auf Schritt und Tritt überwacht.«

»Und sie trägt jedes Mal andere Sachen«, fügte Dodge hinzu. »Das heißt, er ist ihr mehrmals gefolgt, bei unterschiedlichen Gelegenheiten.«

»Und die Aufnahmen sind zum Teil sehr privat.«

Die Kiefermuskeln des Deputys spannten sich an. Dodge wusste, dass er auf die Fotos anspielte, die Berry in ihrem Schlafzimmer und am Bootssteg beim Sonnenbaden zeigten. Offenbar hatte sie nicht die leiseste Ahnung, dass der Mann, der geschworen hatte, sie umzubringen, sie ungeniert beobachtet und auf eine perverse Art missbraucht hatte, die Dodges Blut zum Kochen brachte.

»Ziemlich leichtsinnig von ihm, die Fotos im Motelzimmer zurückzulassen.«

»Dort habe ich sie nicht gefunden«, widersprach Ski, »sondern in einer Mülltonne am Straßenrand hinter dem Motel, ganz in der Nähe von der Stelle, wo er den Wagen zurückgelassen hat.«

»Also hat er, nachdem er gerade den Jungen getötet hatte, immer noch die Geistesgegenwart besessen, sie mitzunehmen und später zu entsorgen.«

»Offenbar wollte er nicht mit belastendem Beweismaterial erwischt werden.«

»Diese elende Drecksau. Denkt offenbar an alles.«

»Berry hat mir erzählt, er liebt Rätsel aller Art und geht bei der Lösung sehr methodisch vor. Er wird nicht von allein aufhören.«

»Dann müssen wir eben dafür sorgen, dass er's tut.« Dodge warf seinen Zigarettenstummel weg.

»Er ist zu Fuß unterwegs. Zumindest war es bisher so.«

»Was haben Sie herausgefunden? Schießen Sie los.«

»Wir haben einen braunen Toyota am Straßenrand gefunden. Ich habe mir die Reifen angesehen und bin ziemlich sicher, dass es derselbe Wagen war wie der, dessen Spuren wir auch am Haus und hinter dem Motel gefunden haben. Starks hatte beim Aussteigen keine Schuhe an.«

»Und Sie haben die Hunde auf ihn angesetzt«, folgerte Dodge mit einer Geste auf die drei Schäferhunde, die mit den Nasen am Boden im Kreis liefen und auf dem Asphalt herumschnüffelten.

»Ein alter Freund aus Armeezeiten hat in der Nähe von Tyler eine Spür- und Rettungshundestaffel. Er hat einen seiner besten Hundeführer angerufen, der sofort mit seinen Tieren hergekommen ist. Wir hatten Starks' Schuhe aus dem Motel. Die Hunde haben seine Witterung aufgenommen und sind ihr an den Bahngleisen entlang bis zu der Stelle gefolgt, wo sie den Highway 287 kreuzen, etwa eine halbe Meile von hier.«

Caroline stieg aus dem Wagen und trat zu ihnen. »Ich habe Berry erwischt, als sie gerade aus dem Krankenhaus kam. Sie wird gleich hier sein.«

»Und dann?«, fragte Dodge und wandte sich wieder Ski zu. »Nachdem Starks hier war?«

»Nichts. Danach wird die Spur kalt.«

»Scheiße.«

»Allerdings«, knurrte Ski. »Alle Hunde wittern etwas da hinten bei den Mülltonnen. Entweder hat Starks ein Auto geklaut, was ich allerdings bezweifle, da keine Diebstahlsanzeige vorliegt, oder er hat jemanden entführt, oder jemand hat ihn hier abgeholt.«

»Dass ihn eine Horde Aliens in ein Raumschiff gebeamt haben, schließen Sie also aus?«

Ski schnaubte. »Wenigstens wüsste ich in diesem Fall, wo ich mit der Suche anfangen soll. Aber leider endet die Spur hier.« Er deutete auf den Walmart-Mitarbeiter, der sich angesichts der allgemeinen Aufmerksamkeit mächtig in die Brust geworfen hatte. »Das ist der Filialleiter. Starks ist auf mehreren Überwachungsbändern zu sehen. Zumindest bin ich ziemlich sicher, dass er es ist. Deshalb wollte ich, dass Berry einen Blick auf die Videos wirft.«

»Da kommt sie ja«, sagte Caroline.

Auf dem Parkplatz wimmelte es von Polizisten und Schaulustigen, darunter sogar ein Kleinbus mit Senioren aus einem nahegelegenen Altersheim, doch Berry machte das Trio auf Anhieb aus.

Sie hielt neben ihnen an und stieg aus.

»Danke, dass Sie so schnell gekommen sind.«

»Mutter sagte, Oren sei hier gewesen«, erwiderte sie mit derselben Förmlichkeit.

Er schilderte kurz, was vorgefallen war, seit sie den verlassenen Wagen aufgefunden hatten. »Ich dachte, Sie könnten vielleicht einen Blick auf die Videos werfen und bestätigen, dass es sich um Starks handelt.«

»Natürlich.«

»Ich hole den Manager. Wir treffen uns im Laden, gleich neben dem Eingang.« Er marschierte mit weit ausholenden Schritten zu den Polizisten hinüber, die noch immer um den Mann in der blauen Weste herumstanden.

Während Dodge, Caroline und Berry zum Supermarkt gingen, erkundigte sich Caroline nach Ben.

»Er ist heilfroh, dass er Schmerzmittel bekommt.«

Berry machte keine Anstalten, näher darauf einzugehen, und war erleichtert, als ihre Mutter sich damit zufriedengab. Die klimatisierte Luft des Supermarkts war eine echte Wohltat nach der Bruthitze auf dem Parkplatz. Ski und ein älterer Deputy, den Berry nur als Stevens kannte, betraten in Begleitung des schmerbäuchigen Mannes den Laden. »Hier entlang«, wies er sie mit wichtigtuerischer Miene an und klimperte geschäftig mit einem Schlüsselbund, der an seinem Gürtel befestigt war.

Dodge wies auf die Snackbar des Supermarkts. In einer der Nischen lümmelte ein sichtlich gelangweilter und unwilliger junger Mann. Ihm gegenüber saß eine säuerlich dreinblickende Beamtin des Sheriff's Department von Merritt County, die verdrossen mit dem Stift auf ihren Notizblock tippte.

»Wer ist der Kerl da?«, fragte er.

»Der Kassierer, der Starks' Einkauf abkassiert hat. Aber bisher konnten wir nicht viel aus ihm herausholen.«

»Darf ich es mal versuchen?«

Ski zuckte mit den Schultern. »Wieso nicht.«

Stevens warf Ski einen erstaunten Blick zu, hatte jedoch nichts einzuwenden.

Dodge schlenderte zu den beiden hinüber und sagte etwas zu der Beamtin, ohne den jungen Mann zu beachten. Die Polizistin warf Ski einen Blick zu, worauf er nickte. Achselzuckend stand sie auf und verließ den Laden durch den Haupteingang, während Dodge ihren Platz in der Nische einnahm.

»Ich dachte, seine Spezialität seien Frauen«, bemerkte Berry.

Caroline lächelte dünn. »Er weiß auch Männer ganz gut zu überzeugen.«

»Ich muss wieder nach draußen, deshalb überlasse ich Sie jetzt Deputy Stevens«, erklärte Ski.

Er verschwand, während der Filialleiter Berry, Caroline und Stevens in sein Büro im hinteren Teil des Supermarkts führte. Er schien ein wenig enttäuscht zu sein, als Berry Oren Starks gleich auf dem ersten Video erkannte, das er in den Rekorder einlegte.

»Das ist er, ganz eindeutig«, sagte sie. Auf dem Bildschirm war zu sehen, wie Starks den Supermarkt betrat. »Er hat sogar dieselben Sachen an.« Das Video war schwarzweiß, und seine Kleider sahen zerknittert aus, trotzdem war deutlich erkennbar, dass es dieselben waren wie bei seinem Überfall zwei Tage zuvor.

»Und er humpelt«, fügte sie hinzu. Er machte einen netten und freundlichen Eindruck, ein durchschnittlich aussehender, nicht im Mindesten bedrohlich wirkender Mann. Trotzdem überkam Berry bei seinem Anblick eine Mischung aus Angst und Ekel.

»Ist denn niemandem aufgefallen, dass er auf Strümpfen herumlief?«, fragte Caroline.

»Der Laden hat rund um die Uhr geöffnet.« Der Deputy deutete auf die Zeitanzeige am unteren Bildschirmrand. »Er kam um drei Uhr zwölf herein. Der Laden ist zwar riesig, um diese Uhrzeit aber nur mit wenig Personal besetzt. Es waren noch ein paar andere Kunden da, aber man sieht genau, dass Starks die Gänge meidet, in denen sich Leute aufhalten.«

Oren hatte sich kurzerhand ein paar Sportschuhe geschnappt und bezahlt. Der Einkauf war innerhalb weniger Minuten über die Bühne gegangen. »Wieso hat er die Schuhe nicht gleich im Laden angezogen und ist damit rausmarschiert? Weshalb das Risiko eingehen, dass der Kassierer sich sein Gesicht merkt?«, fragte Caroline.

»Wieso das Risiko eingehen, beim Ladendiebstahl erwischt zu werden?«

»Außerdem hätte das sein Spielchen ruiniert«, warf Berry ein. Die anderen sahen sie fragend an. »Er wusste schließlich, dass überall Überwachungskameras hängen. Das hier ist eine Botschaft an uns, nach dem Motto ›Seht her, ich mag ein Mörder sein, aber ein Dieb bin ich nicht‹.«

»Und Sie sind sicher, dass das unser Mann ist?«, fragte Stevens.

»Absolut.«

»Ski war sich auch sicher, wollte aber seinen Eindruck trotzdem bestätigt haben. Was das angeht, ist er sehr vorsichtig.«

Sie verließen das Büro und gingen in Richtung Ausgang. Von Dodge und dem jungen Mann war weit und breit nichts zu sehen, doch als sie den Laden verließen, stand er bei der Beamtin, die die Befragung durchgeführt hatte, bevor Dodge auf den Plan getreten war. Inzwischen schien er deutlich redseliger zu sein, denn die Beamtin machte sich hektisch Notizen.

»Schätze, Ihr Mann hat das Kerlchen geknackt«, bemerkte Stevens, während er Berry und Caroline zu Ski und Dodge führte, die in ein Gespräch vertieft waren. Dodge zog gierig an seiner Zigarette. »Nicht zu fassen, wie kooperativ die Typen werden, sobald man ihren Schwanz als Druckmittel in der Hand hat«, hörte Berry ihn sagen, während er eine dichte Qualmwolke ausstieß.

Sie konnte sich ein Lächeln nicht verkneifen. »Darf ich fragen, worum es geht?«

Dodge verzog das Gesicht zu einem beängstigend grimmigen Grinsen. »Um den kleinen Kassierer da drüben. Ich hab ihm erklärt, er müsste seine Einstellung überdenken. Und zwar verdammt noch mal schnell, sonst passiert was. Offenbar ist die Botschaft angekommen.«

»Und was hat er über Oren gesagt?«

Dodge drückte seine Zigarette aus und zündete sich sofort die nächste an, deshalb antwortete Ski für ihn. »Er hatte noch nie von Oren Starks gehört. Er ist gerade aus Fort Worth zu seiner Großmutter hergezogen und sieht außer dem Wetterkanal kein Fernsehen. Da er hier nicht zur Schule gegangen ist, kannte er auch Davis Coldare nicht. Er hasst seinen Job, hasst den Filialleiter, hasst die Arbeitszeiten, braucht aber das Geld.«

»Für Dope«, warf Dodge ein. »Eine halbe Stunde, bevor Starks aufgetaucht ist, hatte er Pause und hat einen Joint geraucht.«

»Das haben Sie aus ihm rausgequetscht?«, fragte Ski.

Dodge zuckte mit den Schultern. »Wie gesagt, wir haben eine Übereinkunft getroffen.«

»Jedenfalls kam Starks mit dem Schuhkarton an die Kasse. Der Kassierer hat den Barcode eingescannt, und Starks hat bar bezahlt. Der Kassierer hat ihm herausgegeben. Drei Zwanziger und einen Zehner. Er erinnert sich noch genau daran, weil alle anderen Kunden mit Kreditkarte bezahlt haben. Dann hat er Starks gefragt, ob er eine Tüte haben will, aber Starks hat abgelehnt und ist mit dem Karton in der Hand rausgegangen. Den Karton haben wir mit der Quittung in einer der Mülltonnen gefunden. Vermutlich hat er dort die neuen Schuhe angezogen.«

»Und dann hat er sich aus dem Staub gemacht«, erklärte Dodge.

»Und das war alles? Die ganze Unterhaltung?«, fragte Berry. »›Wollen Sie eine Tüte haben?‹ – ›Nein.‹ Mehr ist nicht passiert?«

»Ich fürchte, ja«, sagte Dodge. »Ich habe ihn gefragt, ob Starks sich irgendwie seltsam benommen habe. Aber er meinte, nein. Ich wollte wissen, ob er gehetzt gewirkt habe, und er hat gefragt, was *gehetzt* bedeutet. Also habe ich es ihm beschrieben, und er meinte: ›Na ja, jetzt, wo Sie's sagen, ja, irgendwie schon. Könnte sein.‹ Und darauf dürfen wir uns jetzt einen Reim machen.«

Bevor sie allerdings dazu kamen, läutete Berrys Handy. Sie zog es aus ihrer Handtasche und berührte das Display. »Hallo?«

»Hallo, Berry.«

Ihr Herz drohte ihr aus der Brust zu springen. Trotz all der Menschen und des Lärms, der auf dem Parkplatz herrschte, gab es keinen Zweifel – es war Orens Stimme.

»Bist du überrascht, dass ich es bin?«, fragte er.

Caroline und Dodge kabbelten sich, weil er sich bereits die nächste Zigarette angezündet hatte, während Skis graue Augen immer noch auf ihr ruhten. Er schien ihre schockierte Miene richtig einzuschätzen, denn er hob die Hand, brachte die beiden Streithähne mit einer knappen Geste zum Schweigen und musterte Berry fragend.

Sie nickte und fuhr sich mit der Zunge über die Lippen. »Ja, Oren. Ich bin sogar sehr überrascht. Wo bist du?«

Er lachte, ein abscheuliches Geräusch, bei dessen Klang sich die Härchen auf ihren Armen aufrichteten. »Das wüsstest du wohl gern, was?« Er begann die ersten Töne eines Lieds zu summen.

Berry hielt das Telefon in Skis Richtung, damit er die Nummer vom Display ablesen konnte. Er kritzelte sie in seine Handfläche und hielt sie Dodge hin, der ohne zu zögern seine Zigarette fallen ließ, kehrtmachte und zu einer Gruppe Deputys rannte.

Ski gab Berry mit einer Handbewegung zu verstehen, weiterzureden und Oren hinzuhalten, doch sie schien Mühe zu haben, inmitten des Trubels einen klaren Gedanken zu fassen. Einen Moment lang überlegte sie, auf Lautsprecher zu schalten, doch sie hatte Angst, Oren könnte merken, dass er weitere Zuhörer hatte, und auflegen.

»Sag mir, wo du bist, Oren, damit ich kommen und dir helfen kann.«

»Mir helfen?« Er schnaubte abfällig. »Wer's glaubt.«

»Aber du brauchst Hilfe. Du bist verletzt.«

»Ziemlich ungeschickt von mir, die Treppe hinunterzufallen. Wäre das nicht passiert, hätte ich getroffen, und du wärst jetzt tot.«

Es fiel ihr schwer, die Bemerkung zu ignorieren. »Ist dein Bein gebrochen?«

»Ich bin nicht sicher«, antwortete er mit einer Lässigkeit, als hätte sie ihn gefragt, ob es wohl morgen regnen würde. »Es ist blau und schwarz verfärbt. Und dick angeschwollen.«

»Ich bin sicher, es tut sehr weh.«

»Nichts, was sich mit ein paar Ibuprofen nicht wieder in den Griff kriegen ließe.«

»Trotzdem solltest du dich untersuchen lassen. Vielleicht hast du dir eine Infektion eingefangen, die im schlimmsten Fall tödlich verlaufen kann.«

»Oh, so unrühmlich werde ich ganz bestimmt nicht sterben, Berry. Und schon gar nicht, ohne dich mitzunehmen.«

Sie erschauderte. Ski legte die Hand auf ihren Arm. Sein Griff war fest und beruhigend und gab ihr die Kraft, fortzufahren. »Bitte sei doch vernünftig, Oren. Du steckst in der Klemme. Ben wird wieder gesund werden, aber der Junge, auf den du gestern Abend geschossen hast, ist tot.«

»Das war nicht meine Schuld.«

»Genau das glauben wir auch.«

»Wir? Von wem redest du? Von dir und Deputy Nyland?«

Bei der Erwähnung seines Namens schossen Skis Brauen in die Höhe. Sie sah ihn fragend an, doch dann fiel ihr ein, dass er ihn durchs Telefon hören konnte.

»Woher kennst du Deputy Nylands Namen?«

»Er taucht in sämtlichen Nachrichten auf.«

»Tja, jedenfalls glaubt er auch, dass du den Coldare-Jungen nicht mit Absicht erschossen hast.« Ski nickte bekräftigend. »Er glaubt, dass es ein tragischer Unfall war.«

»Oh, das tut er ganz bestimmt, jede Wette.«

»Doch, wirklich. Er hat es mir selbst gesagt. Es gilt die Unschuldsvermutung, Oren, aber durch dein Verhalten machst du dich verdächtig. Stell dich der Polizei, dann …«

»Er steht direkt neben dir und hört dir zu.«

»Nein, tut er nicht. Ich bin allein.«

»Du lügst. Im Hintergrund höre ich Lärm.«

»Ich bin in einem Fast-Food-Restaurant und warte auf mein Essen.«

»In welchem?«

»Was bringt es dir, wenn ich es dir sage?«

»Welches Fast-Food-Restaurant? Mittlerweile kenne ich mich in Merritt ziemlich gut aus. Bist du im Chicken Shack oder im Smokehouse?« Er lachte. »Egal, spar dir die Antwort. Ich weiß sowieso, dass es nicht stimmt.«

»Oren …«

»Halt den Mund und hör mir zu, Berry. Ich werde dich töten. Ganz langsam. Ich werde zusehen, wie du stirbst, und ich werde jeden Moment davon genießen. Und jetzt dreh dich um.«

»Wieso?«, krächzte sie.

»Es herrscht große Hektik bei Walmart heute Morgen. Tja, ich gehe jede Wette ein, dass man problemlos mittendrin stehen könnte, ohne dass einer merkt, dass man da ist.«

Sie wirbelte herum und ließ hektisch den Blick über die Gesichter schweifen.

»Buh!«, machte er und ließ erneut sein hohes Kichern vernehmen, ehe er erneut summend eine Melodie anstimmte. Dann war die Leitung tot.

Ihre Hand mit dem Telefon fiel schlaff herab. Caroline trat einen Schritt vor und nahm es ihr ab, ehe es zu Boden fallen konnte. Ski stand noch immer vor ihr, solide wie ein Fels in der Brandung, die Finger noch immer um ihren Bizeps gelegt.

Dodge kehrte schnaufend zurück. »Sie haben das Handy geortet. Irgendwie hat Starks es geschafft, wieder nach Houston zurückzugelangen, denn der Anruf kam von dort.«

»Aber das ist unmöglich«, wandte Berry mit schwacher Stimme ein.

Dodge musterte sie fragend. »Er hat behauptet, er könnte sie sehen. Weil er hier sei.«

»Hier? Blödsinn. Er versucht doch nur, Ihnen Angst einzujagen.«

»Tja, mit Erfolg, wie man sieht. Er hat gesagt, er wisse genau, dass Ski neben mir stehe. Und dass große Hektik bei Walmart herrsche. Woher sollte er das wissen, wenn er nicht hier ist und uns sieht?«

»Das ist leicht zu erraten«, erklärte Dodge. »Inzwischen weiß er, dass wir seine Spur hierher zurückverfolgt haben und dass wir uns als Erstes die Überwachungsvideos anschauen würden, auf denen er zu sehen ist. Er spielt mit Ihnen.«

Er wandte sich an Ski. »Sein genauer Aufenthaltsort konnte nicht ermittelt werden, aber die GPS-Koordinaten wurden an die Polizei von Houston und an das Büro des Sheriffs von Harris County weitergeleitet. Man hat schon ein paar Beamte darauf angesetzt. Verdammt, ich wünschte, wir hätten so was auch gehabt, als ich noch Cop war.«

Berry hatte keinen Zweifel daran, dass Ski jedes Wort mitbekommen hatte, doch seine Augen waren immer noch auf sie gerichtet. »Sie haben das toll gemacht«, sagte er leise.

Sie lächelte schwach und nickte. »Danke.«

»Wie klang dieser elende Dreckskerl?«, fragte Dodge.

»Blasiert«, antwortete Ski.

»Und was hat er gesagt?«

»Dass er sie umbringen wird. Ganz langsam. Und dass er dabei zusehen und jeden Moment genießen wird.«

Dodge stieß einen unterdrückten Fluch aus. »Und hat er Ihnen irgendwelche Hinweise gegeben, wo er steckt?«

»Auf dem Walmart-Parkplatz«, antwortete Berry düster.

»Aber er ist nicht hier«, erklärte Dodge beharrlich. »Der Anruf kam aus Houston. Haben Sie Hintergrundgeräusche gehört?«

»Ich habe nichts Auffälliges bemerkt. Was ist mit Ihnen, Berry?«, meinte Ski.

Sie schüttelte den Kopf.

Ski legte ihr die Hand auf die Schulter und drückte sie behutsam. »Sie haben das wirklich toll gemacht«, wiederholte er, ehe er sich an die anderen wandte. »Wenn er tatsächlich aus Houston angerufen hat…«

»Hat er«, bekräftigte Dodge nachdrücklich.

»Dann muss ich da hin. Dodge, haben Sie Ihre Pistole noch?«

»Was glauben Sie denn?«

»Könnten Sie bei Berry bleiben?«

»Ich will dabei sein, wenn die dieses Arschloch hopsnehmen«, wandte Dodge ein.

»Noch haben sie ihn nicht.«

»Aber wenn es so weit ist.«

»Sie hoffen immer noch darauf, dass Sie ihn selber abknallen können.«

»Auch. Das ganz besonders.«

Ski schüttelte den Kopf. »Aber Sie sind kein Polizeibeamter. Und falls Starks uns noch einmal durch die Lappen gehen sollte, ist Berry in Ihrer Nähe sicherer als bei jedem anderen.«

Dodge stieß einen Fluch aus und sah zuerst Caroline, dann Berry an. »Na gut«, sagte er schließlich. »Ich werde sie nicht aus den Augen lassen.«

»Danke.«

»Aber ich werde dieses Arschloch abknallen, wenn ich die Gelegenheit dazu bekomme. Ich kenne rein zufällig einen erstklassigen Strafverteidiger.«

Ski grinste, wandte sich um und trabte davon.

»Und, Ski, noch etwas«, rief Dodge ihm hinterher, worauf er stehen blieb. »Diese Nummer, von der Starks gerade angerufen hat…«

»Ich bin sicher, die Houstoner Polizei kann sie zuordnen.«

»Das ist nicht mehr nötig«, meinte Dodge. »Haben Sie sie nicht wiedererkannt? Das war Sally Bucklands Handynummer.«

18

Es ist rein gar nichts dabei herausgekommen«, sagte Dodge, während er einen Schluck Bourbon in ein Glas goss und es Berry reichte.

»Nein, danke.«

»Nur ein, zwei kleine Schlucke, damit Sie sich ein bisschen beruhigen.«

»Ich kann jetzt keinen Alkohol trinken. Ich fahre gleich nach Houston.«

Er drückte ihr das Glas in die Hand. »Nur ein, zwei kleine Schlucke.«

Dodge war Berry und Caroline ins Haus am See gefolgt, ohne sie auch nur eine Sekunde aus den Augen zu lassen. An der Abzweigung hatte er das Fahrerfenster heruntergelassen und dem wachhabenden Reservedeputy die Anweisung gegeben, sofort zu schießen und erst danach Fragen zu stellen, falls er irgendjemanden auf dem Grundstück sehen sollte, der nicht hierhergehörte.

»Und was sagt Ski dazu?«

»Dass Sie sicherheitshalber gleich zweimal abdrücken sollen«, log Dodge. »Und sagen Sie das auch Ihrem Kollegen am Bootsanleger.«

Gemeinsam hatten die drei das Haus betreten und überprüft, ob jemand während ihrer Abwesenheit versucht hatte, die Alarmanlage zu deaktivieren. Dodge hatte Caroline gefragt, ob sie etwas Hochprozentiges im Haus hätte, worauf

Caroline auf den Wohnzimmerschrank gedeutet hatte. Er hatte eine Flasche Bourbon herausgenommen und etwas davon in ein Glas gegossen, an dem Berry nun nippte.

»Danke.«

»Was ist mit Sally Buckland?«, fragte Caroline.

Dodge seufzte, doch ihm war klar, dass sie erst Ruhe geben würde, wenn er ihr alles haarklein dargelegt hatte. »Wie gesagt, das erste Gespräch mit ihr hat gar nichts gebracht. Also habe ich sie angerufen…«

»Wieso das denn?«

»Weil ich dachte, ich könnte vielleicht mehr aus ihr herausholen als Ski. Er ist ein guter Mann, kein Zweifel, aber seine Manieren könnten noch ein bisschen Schliff vertragen.«

»Wohingegen Ihre ganz ausgezeichnet sind, wie wir alle wissen.«

»Mutter, bitte«, warf Berry müde ein. »Lass ihn doch erzählen, was er herausgefunden hat.« Sie wandte sich an Dodge. »Wie sind Sie überhaupt an Sallys Nummer gekommen?«

»Dazu komme ich gleich. Der Punkt ist, dass ich mehrmals versucht habe, sie zu erreichen, aber es ging niemand ran. Irgendwann habe ich sie auf ihrem Festnetzanschluss erwischt, allerdings habe ich genauso wenig aus ihr herausgekriegt wie Ski. Die Schüsse auf Ben Lofland in Carolines Haus würden sie nichts angehen, sie hätte keinerlei Kontakt zu den alten Kollegen von Delray, blablabla.«

»Hat sie Ihnen auch erzählt, dass meine Behauptung, Oren sei ein Stalker, eine Lüge ist?«

»Quasi mit demselben Wortlaut wie Ski.«

»Ich verstehe das einfach nicht«, murmelte Berry.

»Sie hat mir genau dasselbe erzählt wie ihm. Deshalb habe

ich beschlossen, sie erst mal eine Nacht darüber schlafen zu lassen und es morgen früh noch mal zu versuchen. Ich hatte gehofft, sie wäre vielleicht ein bisschen kooperativer, aber ich habe sie nicht erreicht, weder auf dem Handy noch auf dem Festnetz.«

»Sie hat bestimmt Ihre Nummer erkannt, wollte aber nicht mit Ihnen reden und ist deshalb nicht rangegangen.«

»Genau das dachte ich auch«, sagte Dodge. »Deshalb wollte ich heute hinfahren, um mit ihr persönlich zu reden. Aber Sie haben ja mitgekriegt, was hier los ist.«

Sie wusste nichts von den Fotos, die er dem Deputy abgeluchst hatte, und er würde ihr, zumindest vorläufig, auch nichts davon erzählen. Und Ski schien derselben Meinung zu sein. Orens Anruf hatte sie völlig aus der Bahn geworfen. Und auch Caroline schien ziemlich mitgenommen zu sein. Ski hatte ihm die Aufgabe zugewiesen, die beiden zu beschützen, und wenn das bedeutete, ihnen Details vorzuenthalten, die sie nicht unbedingt zu kennen brauchten, würde er auch das tun. Die Tatsache, dass Oren Fotos von Berry gemacht hatte, würde sie nur noch mehr verängstigen.

»Gestern hat Ms Buckland Oren Starks in Schutz genommen. Und heute benutzt er ihr Handy«, fuhr Dodge fort.

Berry sog an ihrer Unterlippe. »Das bedeutet nichts Gutes, was?«

»Absolut nicht.«

»Ich mache mir Sorgen um sie.«

»Durchaus berechtigt.«

»Glauben Sie, Sally ist in Gefahr?«

Dodge runzelte die Stirn. »Eigentlich wollte ich etwas anderes sagen.«

»Sie haben doch irgendetwas im Sinn«, stellte Caroline fest. »Was?«

»Starks und Sally Buckland könnten Komplizen sein.«

»Ich weigere mich, das zu glauben«, erklärte Berry.

»Dann geben Sie mir eine bessere Erklärung.«

»Das kann ich nicht, Dodge. Aber ich weiß mit Sicherheit, dass Sally Oren verabscheut hat und vielleicht sogar ähnlich große Angst vor ihm hatte wie ich.«

»Selbst Antagonisten können sich zusammentun, um einen noch ärgeren Feind zu bekämpfen.«

»Mich? Bin ich dieser noch ärgere Feind?«

»Jetzt werden Sie doch nicht gleich sauer. Ich spiele nur ein paar Möglichkeiten durch. Ist es so undenkbar, dass sie sich zusammengetan haben, um sich für irgendetwas an Ihnen zu rächen?«

Berry nippte erneut an ihrem Bourbon. Dodge fiel auf, dass ihre Hand zitterte.

Die Stille hing schwer über dem Raum. »Ich bin sicher, Ski wird schon ein paar Antworten aus Sally Buckland herausholen«, sagte Caroline schließlich.

»Als Erstes wird er sie wegen Amanda Lofland befragen«, erklärte Dodge ohne Vorwarnung und beobachtete gespannt Berrys Reaktion auf die Bombe. Ihre Verblüffung wirkte aufrichtig, selbst für ein geübtes Auge wie seines. »Amanda und Sally? Was haben die beiden denn miteinander zu tun?«

»Wissen Sie das denn nicht?«

»Ich wusste noch nicht mal, dass die beiden sich kennen.«

»Tja, tun sie aber.«

»Woher wissen Sie das?«

»Ich habe mir gestern Amanda Loflands Telefon unter den Nagel gerissen.«

»Sie haben *was* getan?«, rief Berry. »Aber wieso?«

Er zuckte mit den Schultern. »Aus reiner Neugier. Ich habe ihre Kontakte und ihre Anrufprotokolle überprüft.«

»Und dabei sind Sie auf Sally Bucklands Nummer gestoßen«, warf Caroline ein.

»Genau. Die beiden haben über Wochen hinweg immer wieder telefoniert – offenbar löscht diese Frau ihr Anrufverzeichnis nie. Danach habe ich das Telefon Ski gegeben. Falls er seine Hausaufgaben gemacht hat, wovon ich ausgehe, wird ihm genau dasselbe aufgefallen sein. Auch er wird sich fragen, was die beiden Damen außer Oren Starks gemeinsam haben. Und da er ein schlaues Kerlchen ist, wird er zum selben Ergebnis kommen wie ich.« Er sah Berry an. »Nämlich Sie.«

Berry senkte wortlos den Kopf und starrte auf den bernsteinfarbenen Inhalt ihres Glases.

»Aber Ski hat nicht explizit mit Ihnen über Amanda Lofland gesprochen, richtig?«, fragte Caroline.

»Das nicht, aber er hat mich vorhin auf der Fahrt hierher angerufen. Er denkt dasselbe wie ich. Er wollte wissen, ob ich es für möglich halte, dass Sally Buckland und Oren zusammenarbeiten. Ob sie Starks vom Walmart-Parkplatz abgeholt haben könnte.«

»Wie kommt er darauf?«, wollte Caroline wissen.

»Er hatte inzwischen eine Meldung der Houstoner Polizei bekommen, dass die Beamten in Sally Bucklands Haus niemanden angetroffen hätten. Die Garage sei leer. Sie haben ihren Wagen zur Fahndung ausgeschrieben. Auf ihrem Handy springt nur die Mailbox an. Was keine Überraschung ist, schließlich ist Starks schlau genug, das Telefon nicht eingeschaltet zu lassen, nachdem er Berry damit angerufen hat.«

»Was mich zu einer anderen Frage bringt«, fuhr Caroline fort. »Wieso hat er ausgerechnet dieses Telefon benutzt, um Berry anzurufen? Wieso hat er sie überhaupt angerufen?«

»Diese Frage macht Ski und mir auch immer noch zu schaffen«, räumte Dodge ein. »Es ergibt keinerlei Sinn. Starks muss doch gewusst haben, dass wir den Anruf zurückverfolgen können. Das Problem ist nur, dass er sich einen verdammt guten Ort für das Telefonat ausgesucht hat. Raten Sie mal, aus welcher Gegend der Anruf kam.« Er gab ihnen die Antwort, noch bevor sie Gelegenheit hatten, etwas zu sagen. »Aus dem Minute Maid Park, und zwar genau in dem Moment, als das Spiel der Astros zu Ende war. Natürlich wimmelte es dort nur so von Polizisten des HPD, aber kein Mensch weiß, was für einen Wagen Starks fährt.«

»Den von Sally Buckland vielleicht?«, schlug Caroline vor.

»Durchaus möglich, allerdings kann das niemand mit Gewissheit sagen. Und selbst wenn, hat es eine ganze Weile gedauert, das Nummernschild zur Fahndung auszuschreiben. Deshalb konnte er flüchten, noch bevor irgendjemand wusste, dass er überhaupt gesucht wird. Außerdem kamen Tausende von Fans aus dem Stadion, und überall herrschten Staus.« Dodge hielt inne. »Ein echt cleverer Schachzug von diesem elenden Dreckskerl«, knurrte Dodge widerwillig.

»Sie wollen uns damit also sagen, dass er schon wieder entwischt ist«, krächzte Berry heiser.

»Ja«, stöhnte er. »Genau das will ich damit sagen. Allerdings muss ich hinzufügen, dass es ziemlich dumm ist von einem Flüchtigen, die Polizei ausgerechnet an so einen Ort zu locken.«

»Oren ist nicht dumm. Weit gefehlt. Er hat Sallys Telefon aus einem ganz bestimmten Grund benutzt. Wir wissen zwar noch nicht, aus welchem, aber eines kann ich Ihnen versichern – alles, was Oren tut, ist ein Teil seines großen Plans.« Sie stellte das Glas mit dem restlichen Bourbon auf den Couchtisch und stand auf. »Ich muss jetzt packen.«

»Sie können diesen Whiskey genauso gut austrinken, weil Sie nämlich heute Abend ganz bestimmt nicht mehr nach Houston fahren werden.«

Ihr Kinn hob sich einige Zentimeter. »Oh doch, das werde ich.«

»Nein, Ma'am. Schlagen Sie sich das lieber gleich aus dem Kopf.«

»Ich muss morgen früh bei Delray Marketing sein und die Kampagne präsentieren.«

»Haben Sie das mit Ski abgesprochen?«

»Das ist nicht nötig.«

»Er wird ausflippen, wenn er das erfährt.«

»Er hat seine Arbeit, ich meine. Morgen ist die Deadline für diese Kampagne. Man hat mich damit beauftragt, und wir haben ein ganzes Jahr lang daran gearbeitet. Dieses Projekt ist mein Baby. Und deshalb werde ich es pünktlich präsentieren.«

»Berry, mir ist klar, wie wichtig das für dich ist, aber angesichts der Umstände wird wohl jeder bei Delray und auch euer Kunde verstehen, wenn du um einen Aufschub bittest«, sagte Caroline.

»Würdest du etwa einen wichtigen Abschluss aufschieben?«

Caroline schien dies bejahen zu wollen, doch dann besann sie sich eines Besseren und sagte leise: »Wahrscheinlich nicht.«

»Dann verstehst du sicher auch, wieso ich morgen früh dort sein muss. Ben kann das logischerweise nicht übernehmen. Ich habe ihm versprochen, die Präsentation auch in seinem Namen zu halten. Der Kunde erwartet das von mir und Delray genauso.«

»Pfeif auf Delray, pfeif auf Lofland, Ihren Kunden und

gottverdammt noch mal alle anderen«, entfuhr es Dodge. »Haben Sie etwa beide vergessen, dass ein durchgeknallter Irrer gedroht hat, Sie umzubringen?«

»Wenn ich mich hier verkrieche und mein ganzes Leben auf Warteschleife stelle, hat Oren doch gewonnen«, wandte Berry ein. »Ich lass mir das nicht verbieten.« Sie verließ den Raum und marschierte zur Treppe.

Dodge stemmte die Hände in die Hüften und starrte Caroline hasserfüllt an. »Und du willst einfach danebenstehen und zusehen? Tu doch etwas. Du musst sie aufhalten.«

»Wie denn? Ich habe es doch versucht. Ich bin offen für jeden Vorschlag, was ich noch tun kann.«

»Keine Ahnung, wie du es anstellst, aber tu etwas. Bring sie zur Vernunft.«

»Das ist unmöglich, Dodge.«

»Genau. Weil sie so sturköpfig ist wie du.«

Sie schob sich an ihm vorbei und ging zur Treppe. »Und so ehrgeizig wie du.«

Berry war nicht davon abzubringen, ihren Termin am nächsten Morgen wahrzunehmen, und Caroline war nicht minder entschlossen, sie nicht allein gehen zu lassen. Dodge hatte Ski fest versprochen, Berry keine Sekunde aus den Augen zu lassen. Das hieß: Sie würden alle nach Houston fahren.

Dodge erhob zwar glaubwürdige Einwände und maulte über die lange Fahrt, die ihnen bevorstand, doch insgeheim war er froh darüber. Berrys Sturköpfigkeit lieferte ihm die perfekte Ausrede, dorthin zu fahren, wo er ohnehin sein wollte. Er wollte dem elenden Dreckskerl, der seinem Mädchen solche Angst eingejagt hatte, in die Augen sehen. Wenn Oren Starks erst einmal in Untersuchungshaft saß, wäre es erheblich schwieriger, ihm klarzumachen, dass er dem lieben

Gott auf Knien danken konnte, überhaupt noch am Leben zu sein.

Sollte Dodge ihn allerdings vor der Polizei in die Finger kriegen, würde es höchstwahrscheinlich gar nicht erst dazu kommen, dass er eine Gefängniszelle von innen sah.

Sie einigten sich darauf, Carolines Wagen zu nehmen, da er mehr Platz und Komfort bot als der Mietwagen. Wohl wissend, dass er während der Fahrt nicht rauchen konnte, zündete Dodge sich eine Zigarette nach der anderen an, während er darauf wartete, dass die beiden Frauen ihre Sachen packten.

Berry kam als Erste aus dem Haus. Sie stieg mit einer großen Lederaktentasche und einem Köfferchen in der Hand die Hintertreppe herunter und ließ den Blick über die Zigarettenstummel wandern, die er in der Blumenerde der Kaladien ausgedrückt hatte. »Reichen die, um Ihren Pegel ausreichend hoch zu halten, bis wir dort sind, was meinen Sie?«

»Bleibt mir etwas anderes übrig, als es zu hoffen?«

Sie musste über seine Verdrossenheit lächeln. Gemeinsam verstauten sie ihr Gepäck im Kofferraum. Sie öffnete die hintere Wagentür, zögerte jedoch. »Ich weiß, dass Sie nicht gerade begeistert sind, den Babysitter spielen zu müssen. Klar würden Sie lieber richtig loslegen. Trotzdem bin ich froh, Sie hinter mir zu haben, Dodge.« Sie berührte seine Hand. »Danke.«

Er hatte andere Leute insgeheim immer ausgelacht, wenn sie feuchte Augen bekamen, sobald die Sprache auf ihre Kinder kam. Für ihn waren sie nichts als Idioten, Langweiler und höchstwahrscheinlich Heuchler gewesen. Doch als Berry ihn nun anlächelte und über seine Hand strich, dämmerte ihm, was diese absurde, unerklärliche und grenzenlose Elternliebe wirklich bedeutete.

Es dauerte mehrere Minuten, bis er wieder Luft bekam und das Druckgefühl in seiner Brust nachließ.

Auf dem Weg nach Houston versuchte er, Ski zu erreichen, doch es sprang lediglich die Mailbox an. Er hinterließ ihm eine Nachricht, in der er in knappen Worten schilderte, was sie vorhatten. Erst auf halber Strecke, als sie an einer großen Tankstelle haltmachten, rief Ski zurück.

Dodge, der vor der Damentoilette Wache stand, warf einen Blick aufs Display und wappnete sich mit einem Seufzer für das, was gleich kommen würde. »Mir blieb nichts anderes übrig, ich schwöre«, sagte er und ließ Ski geschlagene dreißig Sekunden toben und wettern, bevor er das Wort wieder ergriff. »Sie ist wild entschlossen, morgen früh diese Präsentation zu halten.«

Ski ließ den Atem entweichen und mit ihm einen Schwall heftiger Flüche. »Ich will aber, dass sie wieder nach Merritt zurückfährt, sobald sie fertig ist.«

»Alles klar. Wie sieht's bei Ihnen aus?«

Ski schilderte ihm mehrere Minuten lang, was vorgefallen war, ehe er fragte: »Wie geht es Berry? Abgesehen davon, dass sie eine echte Nervensäge ist?«

»Sie ist ungewöhnlich still.«

»Hat sie Angst?«

»Ja. Dabei weiß sie noch nicht mal von den Fotos.«

»Sie haben ihr und Caroline nichts davon gesagt?«

»Genau.«

»Sehr gut.« Er hielt einen Moment inne. »Ich habe einen Deputy gebeten, Amanda Lofland ihr Handy zurückzubringen. Ich weiß, dass Sie darin herumgestöbert haben, also tun wir gar nicht erst so, als hätten Sie's nicht getan.«

»Sie haben also auch gesehen, dass sie mehrfach mit Sally Buckland telefoniert hat?«

»Das war schwer zu übersehen.«

»Berry wusste nicht mal, dass die beiden sich kennen.«

»Haben Sie sie gefragt?«

»Ja, und sie schien ziemlich überrascht zu sein, dass die beiden in Kontakt standen. Worüber haben die beiden wohl geredet, was meinen Sie?«

Ski gab keine Antwort. »Fahren Sie vorsichtig«, sagte er nur und legte auf.

Gerade als Dodge das Telefon in die Hülle an seinem Gürtel zurücksteckte, kamen Caroline und Berry aus der Toilette.

»Mit wem haben Sie telefoniert?«, erkundigte sich Berry.

»Mit Ski.«

»Und? Neuigkeiten?«

»Wir reden im Wagen darüber.« Er wartete, bis sie auf dem Highway waren, ehe er erzählte, was er von Ski erfahren hatte. »Er steht vor Sally Bucklands Haus und hofft, dass der Durchsuchungsbefehl bald kommt. Aber heute ist Sonntag, das heißt, sie müssen erst einen Richter aufstöbern, der ihn ausstellt.«

Er warf Berry im Rückspiegel einen Blick zu. »Er hat mir auch erzählt, was – den Kraftausdruck lasse ich jetzt mal weg – Ihnen einfällt, nach Houston abzuhauen. Er war jedenfalls alles andere als begeistert, das kann ich Ihnen versichern. Seiner Meinung nach waren Sie unter meinem und dem Schutz seiner schwer bewaffneten Leute im Haus Ihrer Mutter am sichersten.«

»Ich brauche aber seine Erlaubnis nicht.«

»Wenn Sie ihm das sagen, kaufe ich mir gern eine Eintrittskarte und sehe zu. Aber bis es so weit ist, müssen wir uns erst mal ein Hotelzimmer suchen. Er hat nämlich verboten, dass wir in Ihrem Haus übernachten. Trotz der Beamten der Houstoner Polizei, die vor der Tür Wache stehen, ist ihm nicht ganz wohl bei dem Gedanken, dass Sie dort bleiben. Starks könnte Sie ohne Weiteres dort finden.«

»Und wo werden wir stattdessen übernachten?«, fragte Caroline.

»Ski reserviert uns Zimmer in einem Hotel. Da Sie und der Sheriff ja so dicke Freunde sind, wird er ihn sicher dazu bringen, die Ausgaben zu genehmigen, hat er gesagt.« Ski hatte sich mit keiner Silbe zu den engen freundschaftlichen Banden zwischen dem Sheriff und Caroline geäußert. Vielmehr trieb Dodge die blanke Eifersucht zu dieser Behauptung.

»Sobald die Zimmer reserviert sind, gibt er uns Bescheid, wohin wir fahren müssen. Er wird versuchen, ein Hotel in der Nähe von Delray zu finden. Und noch etwas, Berry – er will, dass Sie Ihren, äh, *Allerwertesten* morgen gleich nach der Präsentation wieder nach Merritt schaffen. Ich habe versprochen, dass ich dafür sorgen werde. Keine Widerrede. Habe ich mich klar ausgedrückt?«

»Klar und deutlich. Und genauso leuchtet mir ein, dass es vernünftig ist, in einem Hotel zu übernachten. Trotzdem muss ich vorher noch mal zu Hause vorbeifahren.«

»Wieso?«

»Ich brauche etwas Passendes zum Anziehen.«

»Was ist so verkehrt an dem, was Sie tragen?«

Berry und Caroline sahen ihn an, als hätte er den Verstand verloren.

»Fünf Minuten. Klar?«, sagte er darauf resigniert.

»Klar«, erwiderte Berry.

»Sagen Sie mir bitte, wie ich da hinkomme.«

Der Verkehr nahm spürbar zu, als sie sich Houston näherten. Allem Anschein nach strömte die Hälfte der Bevölkerung von ihrem Wochenendausflug in die Stadt zurück.

Dodge lechzte nach einer Zigarette und war grenzenlos erleichtert, als Berry ihn aufforderte, an der nächsten Ausfahrt den verstopften Highway zu verlassen.

Das Wohnviertel, in das sie ihn dirigierte, war auffallend gepflegt und verströmte die Aura von Reichtum und Geld. Schließlich hielten sie vor ihrem Haus. Dodge konnte nicht leugnen, dass er mehr als beeindruckt war. Er hätte seiner Tochter nie im Leben etwas so Luxuriöses bieten können. Zwar hatte Caroline wohl einiges dazu beigesteuert, aber trotzdem.

Mit einer Mischung aus Beschämung, Ehrfurcht und einem Gefühl der Unzulänglichkeit folgte er den beiden die Auffahrt hinauf bis zur Haustür, zog seine Waffe aus dem Holster und steckte sie in den Hosenbund, um für alle Fälle gerüstet zu sein. »Ich gehe als Erster rein.«

»Ich muss aber vorher die Alarmanlage ausschalten.«

»Vergessen Sie nicht, was mit Davis Coldare passiert ist.«

Ohne weitere Diskussion nannte Berry ihm den Code und wartete neben Caroline auf der Veranda, während Dodge hineinging, die Alarmanlage deaktivierte, von Raum zu Raum schlich und die Beleuchtung einschaltete, sodass das eingeschossige Gebäude in helles Licht getaucht war. Nachdem er sich vergewissert hatte, dass Starks nirgendwo auf der Lauer lag und auf Berrys Rückkehr wartete, steckte er seine Waffe ins Holster zurück und ging zur Tür, um die beiden Frauen hereinzulassen.

»Machen Sie es sich bitte bequem«, sagte Berry und ging den Korridor entlang ins Schlafzimmer.

»Fünf Minuten«, rief er ihr hinterher.

Unter anderen Umständen hätte er das Haus seiner Tochter bestimmt gern genauer unter die Lupe genommen. Wie jemand sich einrichtete und sein Heim pflegte, verriet eine

Menge über einen Menschen – Dinge, die er nur zu gern über seine Tochter wüsste. Doch schon dieser kurze Einblick in ihr Zuhause zeigte, dass Berry in puncto Ordnung und geschmackvoller Einrichtung eindeutig Caroline nachschlug und nicht ihm.

Gerade als er eine Bemerkung dazu machen wollte, gellte ein Schrei durchs Haus.

19

Überall vor dem Haus standen Einsatzfahrzeuge der Polizei und Krankenwagen und blockierten die Straße. Der Vorgarten war mit gelbem Polizeiband abgesperrt. Schaulustige hatten sich versammelt und rätselten, was in dem Haus passiert sein mochte.

Ski bahnte sich einen Weg durch die Menschentrauben und hielt dem Streifenpolizisten vor der Haustür seine Dienstmarke vor die Nase. Er solle hineingehen, Detective Rodney Allen vom HPD erwarte ihn bereits, sagte er.

Ski betrat die Diele mit dem gefliesten Sandsteinboden und dem hohen, üppigen Ficusbaum in der Ecke. Eigentlich verströmte der Eingangsbereich eine einladende Atmosphäre, doch nun, mit der Entdeckung von Sally Bucklands Leiche im Schlafzimmerschrank, war das Haus zum Tatort geworden und die gemütliche Heimeligkeit jäh zerstört.

Mitarbeiter der Spurensicherung und ein Tatortfotograf saßen im Wohnzimmer herum. »Suchen Sie Detective Allen?«, fragte einer der Männer mit Latexhandschuhen, als er Ski im Türrahmen stehen sah. Ski nickte. »In der Küche«, sagte der Mann und wies mit dem Kopf in Richtung eines kurzen Flurs.

»Was machen Sie da?«

»Wir warten darauf, dass der Leichenbeschauer das Schlafzimmer freigibt, damit wir reinkönnen.«

Ski folgte dem leisen Murmeln, bis er die Küche fand. Dodge stand mit dem Rücken gegen die Granitarbeitsplatte gelehnt und redete mit einem durchtrainierten, gut aussehenden Schwarzen mit rasiertem Schädel und unübersehbarem Sixpack.

Jeder Muskel seines kompakten Körpers schien angespannt zu sein wie eine Feder, als sei er bereit, jederzeit loszuschlagen, während Dodge ein Gesicht machte, als würde er am liebsten jemanden umbringen.

Caroline und Berry saßen an einem rechteckigen rustikalen Tisch, der aussah, als sei er nach dem Ersten Weltkrieg aus einem französischen Bauernhaus gerettet worden. Caroline hatte fürsorglich einen Arm um Berrys Schultern gelegt.

Ihnen gegenüber saß ein weiterer Mann. Als Ski hereinkam, warf er ihm einen Blick über die Schulter zu, schob seinen Stuhl zurück, erhob sich und streckte ihm die Hand entgegen.

Er war mittleren Alters, ein hochgewachsener Mann mit einem leichten Bauchansatz, der ansonsten nichts Weiches an sich hatte. In seinem Blick lag die müde Abgeklärtheit des erfahrenen Großstadtpolizisten. Jahrelang mit dem Schlimmsten konfrontiert zu sein, was Menschen einander antun konnten, hatte unauslöschliche Spuren auf seinen Zügen hinterlassen. Sein Handschlag war trocken und fest, seine Handfläche hart wie ein Pferdehuf. Das Netz aus blassen Falten, das sich strahlenförmig um seine durchdringend blauen Augen ausbreitete, stand in scharfem Kontrast zu seiner Sonnenbräune, die, wie Ski vermutete, das ganze Jahr über erhalten blieb.

»Rodney Allen.«

»Ski Nyland.«

»Das ist Detective Somerville.«

Der Schwarze nickte knapp, sagte jedoch nichts.

»Setzen Sie sich«, forderte Allen ihn auf.

Während Ski Platz nahm, begegnete Berry für einen kurzen Moment seinem Blick, ehe sie den Kopf senkte. »Danke, dass ich dabei sein darf«, sagte er zu Allen.

»Er war schließlich Ihr Mann, bevor wir ihn bekommen haben. Sofern der Täter, der Ms Buckland getötet hat, auch den Jungen in Merritt auf dem Gewissen hat.«

»Oren Starks ist in jedem Fall eine Person von besonderem polizeilichem Interesse.«

»Von *besonderem polizeilichem Interesse*, meine Fresse«, murmelte Dodge. »Der Typ ist ein beschissener Frauen- und Kindermörder, so sieht's aus.«

Nachdem die Polizei über Berrys grausigen Fund in ihrem Kleiderschrank verständigt worden war, hatte Dodge sofort Ski angerufen, der noch immer vor Sally Bucklands Haus am anderen Ende von Houston gestanden und auf den Durchsuchungsbefehl gewartet hatte. Trotz Blaulicht und dem Affenzahn, mit dem er durch die Stadt gebrettert war, hatte die Fahrt über eine halbe Stunde gedauert.

Währenddessen waren Allen und Somerville eingetroffen, um die Ermittlungen im mutmaßlichen Mord an Sally Buckland aufzunehmen. Im Zuge der ersten Befragung hatte Dodge den beiden Beamten von Skis Ermittlungen in Merritt erzählt. Allen hatte ihn nicht nur aus kollegialer Freundlichkeit gebeten, dazubleiben, sondern weil er Informationen brauchte, die Ski und er ihm liefern konnten.

Mit knappen Worten schilderte Ski den Angriff auf Berry und Ben Lofland am Freitagabend. »Allein dafür haben wir schon nach ihm gefahndet. Aber seit vorgestern Abend steckt er richtig tief in der Scheiße.«

»Der Junge«, bemerkte Allen brüsk.

»Davis Coldare wurde in einem Motel erschossen. Eine Augenzeugin hat Oren Starks zweifelsfrei identifiziert. Er ist vom Tatort geflüchtet, hat seinen Wagen mehrere Meilen entfernt zurückgelassen und ist zu Fuß zu einem Walmart gegangen. Dort wurde er von den Überwachungskameras aufgezeichnet.« Er schilderte Allen den Schuhkauf und die Gründe dafür.

»Um wie viel Uhr war er in diesem Laden?«, hakte Allen nach.

»Gegen drei Uhr früh. Aber danach verliert sich seine Spur. Jemand muss ihn abgeholt und nach Houston zurückgefahren haben. Wahrscheinlich Ms Buckland«, antwortete Ski.

»Wie kommen Sie darauf?«

»Weil er heute Nachmittag gegen vier Uhr Ms Malone von ihrem Telefon aus angerufen hat. Der Anruf wurde in der Nähe des Minute Maid Parks getätigt. Es waren überall Polizisten in der Gegend, aber Starks hat das Telefon danach sofort ausgeschaltet. Außerdem war das Spiel gerade zu Ende, es herrschte dichter Verkehr, und wir wissen nicht, in welche Richtung er gefahren ist. Möglich, dass er mit Sally Bucklands Wagen unterwegs war, vielleicht aber auch nicht. Die Spur ist längst kalt.« Er hielt inne. »Das ist der derzeitige Stand der Dinge.«

»Sally Buckland kann ihn jedenfalls nicht in diesem Walmart abgeholt und nach Houston gefahren haben«, erklärte Allen, »weil sie heute früh um drei Uhr längst tot war. Laut der ersten Einschätzung des Leichenbeschauers ist der Tod vor mindestens vierundzwanzig Stunden eingetreten, vielleicht sogar noch früher.«

Ski rechnete im Geiste nach. »Ich habe gestern Nachmittag noch mit ihr telefoniert.«

»Ich auch«, meinte Dodge.

»Dann muss sie kurz danach getötet worden sein«, folgerte Allen. »Nach der Autopsie können wir den Todeszeitpunkt noch etwas genauer eingrenzen, aber der Leichenbeschauer, der sie sich gerade angesehen hat, ist ein alter Hase und versteht sein Handwerk. Seiner ersten Einschätzung nach ist sie irgendwann im Lauf des gestrigen Nachmittags getötet worden.«

Dodge stieß einen unterdrückten Fluch aus. »Sie hörte sich fahrig und nervös an, außerdem hat sie Starks in Schutz genommen. Ich dachte, das liege daran, dass sie früher mal Kollegen waren, aber jetzt dämmert mir, dass sie Angst hatte.« Er tauschte einen Blick mit Ski. »Starks war offenbar bei ihr, als ich mit ihr gesprochen habe.«

Berrys Schultern sackten herab, und sie schlang sich die Arme um den Oberkörper.

»Das ist Ihre Vermutung«, bemerkte der Detective.

»Ich glaube, er liegt richtig damit«, meinte Ski. »Mein Gespräch mit ihr war auch irgendwie merkwürdig. Bisher konnte ich mir nicht erklären, inwiefern, aber jetzt wird mir einiges klar. Entweder hat sie jemand dazu gezwungen, oder aber sie hat das gesagt, wovon sie wusste, dass Starks es hören will. Sie hat versucht, sich selbst zu retten.«

»Sie wurde in die linke Schläfe geschossen«, erklärte Allen. »Und zwar aus nächster Nähe. Aber nicht hier. Sie wurde anderswo erschossen und dann hergebracht.«

»Aber wie konnte er die Leiche ins Haus schaffen, ohne dass die Alarmanlage losging?«

»Darüber wollten wir gerade reden«, meinte Allen.

Alle Augen richteten sich auf Berry.

»Oren hatte die Angewohnheit, hier auf mich zu warten, wenn ich nach der Arbeit oder nach dem Ausgehen heimkam«, erklärte Berry mit angespannter Stimme. »Ich habe immer die Alarmanlage ausgeschaltet und bin dann ins Haus gegangen. Und er stand … jedes Mal dicht neben mir. Vielleicht hat er ja die Zahlenfolge mitbekommen. Eigentlich wollte ich sie ändern, aber dann bin ich nach Merritt gezogen, deshalb gab es keinen Grund mehr dafür.«

»Er ist ein enormes Risiko eingegangen, indem er die Leiche hierhergeschafft hat«, bemerkte Ski.

»Das war es ihm offensichtlich wert«, gab Berry zurück. »Er wollte, dass ich Sally finde. Das ist Teil meiner Bestrafung.«

Einen Moment lang herrschte Stille. »Der Tatort wird uns weitere Aufschlüsse geben«, sagte Allen dann, »aber zuerst einmal müssen wir ihn finden.«

»Das haben wir bereits«, meldete sich Somerville zu Wort, dessen Bass perfekt zu seinem muskulösen Körperbau passte. »Ich habe gerade eine Nachricht aufs Handy bekommen. Die Kollegen konnten inzwischen Sally Bucklands Haus betreten und haben Blut in ihrem Bett gefunden. Viel Blut. Das ganze Kopfkissen ist voll davon. Außerdem waren irgendwelche Rückstände auf den Laken zu erkennen. Höchstwahrscheinlich Sperma. Das passt auch zu dem, was der Leichenbeschauer auf den sterblichen Überresten gefunden hat, rings um …«

»Danke, Detective«, unterbrach Allen und setzte dem schauerlichen Bericht seines Untergebenen damit ein abruptes Ende.

Trotzdem war Caroline leichenblass, und Berry presste sich die Fingerknöchel auf die Augen und massierte sie rhythmisch. Dodge murmelte etwas, dann sagte er: »Ich brauche eine Zigarette«, und verschwand durch die Hintertür.

Ski blickte auf Berrys gesenkten Kopf, während er die Neuigkeiten verdaute. Er dachte an die Fotos von Berry in ihrem Schlafzimmer und beim Sonnenbaden, daran, wie bildschön und lebendig sie darauf aussah, so schutzlos und ohne die leiseste Ahnung, was Starks gerade trieb. Er rang darum, seine professionelle Distanz zu wahren, doch es gelang ihm nicht. Er musste Oren Starks finden, und dann würde er ihm wehtun. Sehr sogar.

»Detective Allen, wenn Sie den ballistischen Bericht zu der Kugel bekommen, mit der Sally Buckland getötet wurde, würde ich ihn gern mit dem zu dem Geschoss vergleichen, mit dem Davis Coldare zu Tode gekommen ist«, sagte er.

»Ich werde dafür sorgen, dass wir ihn so schnell wie möglich bekommen«, versprach Allen.

»Und vergessen Sie nicht, ihm von der Nachricht zu erzählen«, sagte Berry.

Ski sah zuerst sie an, dann Allen. »Nachricht?«

»Die Leiche steckte in einem Kleidersack. Einer von denen, wie meine Frau sie benutzt, um die Winterklamotten aufzubewahren; mit einem Metallbügel innen und einem Haken oben dran.«

Ski nickte.

»Auf der Außenseite stand etwas mit Blut geschrieben. Allem Anschein nach Ms Bucklands Blut.«

»Und was stand da?«

Ski hatte die Frage an Detective Allen gerichtet, doch stattdessen antwortete Berry mit tonloser Stimme: »›Das hat Sally dir zu verdanken‹.«

Wenig später wurde Sally Bucklands Leiche abtransportiert, und das Team der Spurensicherung ging in Berrys Schlafzimmer, um mit der Suche nach Beweismaterial zu beginnen. Somerville entschuldigte sich, er müsse telefonieren. Als er zurückkehrte, erklärte er, man habe Sally Bucklands Wagen in einem mehrstöckigen Parkhaus im Krankenhausviertel von Houston gefunden.

»Das Ticket lag auf der Mittelkonsole, abgestempelt gestern Abend um neunzehn Uhr siebzehn.«

»Mehrere Stunden, nachdem ich mit ihr gesprochen hatte«, bemerkte Ski.

»Die Überwachungskameras haben diesen Mann hier aufgezeichnet.« Somerville streckte sein Handy vor, damit Ski das Standfoto auf dem Display erkennen konnte.

Die Aufnahme war grobkörnig und verschwommen, trotzdem bestand keinerlei Zweifel daran, wer hinterm Steuer saß. »Das ist er.«

Somerville hielt als Nächstes Berry das Telefon hin. Sie sog ihre Lippen zwischen die Zähne und nickte.

»Das wurde bei der Einfahrt in die Parkgarage aufgenommen«, fuhr Somerville fort, »aber auf den restlichen Kameras innerhalb des Gebäudekomplexes ist er nirgendwo zu sehen.«

»Er hatte in der Nähe einen zweiten Wagen stehen«, sagte Ski. »Wahrscheinlich den braunen Toyota.«

»Die Streifenbeamten, die den Wagen entdeckt haben, meinten, auf dem Fahrersitz und im Kofferraum haben sich Blutspuren gefunden. Es sieht so aus, als hätte Starks Sally Buckland in ihrem Haus getötet und sie dann in ihrem Wagen hierhergebracht. Dann ist er damit in die Parkgarage gefahren und hat den Wagen dort abgestellt, wo er eine ganze Weile stehen konnte, bis ihn jemand entdecken würde. Manchmal bleiben Patienten oder Familienmitglieder mehrere Tage am Stück in diesen Behandlungszentren.«

»Er hat also in der Garage die Autos getauscht und ist mit dem anderen wieder rausgefahren«, folgerte Allen.

»Aber bei der Ausfahrt werden keine Aufnahmen gemacht«, fügte sein Partner hinzu. »Leider.«

»Was ist, Deputy Nyland?«, fragte Allen beim Anblick von

Skis zweifelnder Miene. »Sind Sie mit unserer Vermutung über den Tathergang nicht einverstanden?«

»Doch, aber das würde bedeuten, dass Starks vorher einen Wagen in dieser Garage abgestellt und zu Fuß zu Sally Bucklands Haus gegangen sein muss, wo er sie dann getötet hat und mit ihrem Wagen weitergefahren ist. Richtig?«

»Sieht ganz so aus.«

»Na schön. Aber wie weit ist es vom Krankenhausviertel bis zu ihrem Haus? Drei Kilometer? Mindestens.«

Somerville zuckte lässig mit den Schultern. »Ein Spaziergang von einer halben Stunde.«

»Für Sie und mich vielleicht. Aber nicht für einen Mann mit einem verletzten Bein.«

»Er hat erzählt, es sei komplett verfärbt und geschwollen«, sagte Berry.

»Ein Mann, der humpelt, würde in dieser Gegend jedenfalls nicht weiter auffallen«, meinte Somerville. »Dort steht eine Reha-Klinik und chirurgische Tagesklinik neben der anderen. Man sieht ständig Leute auf Krücken, im Rollstuhl.«

»Mag sein«, räumte Ski ein, doch er schien immer noch nicht überzeugt zu sein. »Trotzdem ist es ein ziemlich weiter Weg für jemanden mit einer Verletzung.« Er erklärte den beiden Polizisten, dass zwischen der Stelle, wo sie den verlassenen Toyota gefunden hatten, und der Walmart-Filiale in Merritt gut anderthalb Kilometer lagen. »Teilweise querfeldein, außerdem war es dunkel. Wenn Sie richtig liegen, hat er die Strecke zurückgelegt, *nachdem* er vom Krankenhausviertel zu Sally Bucklands Haus gegangen war. Und noch etwas. Wieso hat er die Autos getauscht? Wieso hat er sie in ihrem Wagen hergebracht und nicht mit dem Toyota?«

»Er wollte verhindern, dass Nachbarn den Toyota sehen und später identifizieren«, schlug Somerville vor.

Die Erklärung mochte zwar mager sein, klang aber durchaus logisch. Außerdem fiel Ski nichts Plausibleres ein.

»Und was wissen wir über den Toyota?«, wollte Allen wissen.

»Die Fahrgestellnummer wurde entfernt«, antwortete Ski. »Das Kennzeichen gehört zu einem blauen Taurus, Baujahr 2001, der in Conway, Arkansas, angemeldet ist. Einer unserer Männer hat schon mit dem Besitzer gesprochen. Er war kürzlich in Houston. Dabei wurde das Kennzeichen gestohlen, allerdings weiß er nicht genau, wann und wo.«

»Starks, der seine Vorbereitungen getroffen hat.«

»Sieht ganz danach aus. Allerdings war es nicht sonderlich schlau von ihm, dass er gestern Abend nach Merritt zurückgekehrt ist, nachdem er Sally Buckland getötet hatte«, sagte Ski. »Ihm musste doch klar sein, dass jeder Polizist in Ost-Texas nach ihm Ausschau halten und ihn wegen des Vorfalls in Caroline Kings Haus festnehmen würde. Trotzdem ist er, nachdem er ihre Leiche hier deponiert hat, nach Merritt zurückgefahren und hat sich dort in einem heruntergekommenen Motel versteckt. Wieso nur, zum Teufel?« Frustriert schüttelte er den Kopf. »Das ist doch völlig unlogisch.«

»Er hatte in Merritt noch eine Rechnung offen«, sagte Berry leise. »*Hat*, genauer gesagt. Ich bin ja immer noch am Leben.«

Caroline drückte sie noch etwas fester an sich. »Ist das vorläufig alles, Detective?«

Sie standen auf und gingen gemeinsam mit Allen und Somerville zur Tür. Ski fiel auf, dass Berrys Blick immer wieder den Gang entlang zu ihrem Schlafzimmer schweifte. Als sie sich umdrehte, standen Tränen in ihren Augen. Es würde noch lange Zeit dauern, bis sie das Zimmer wieder betreten und den Schrank würde öffnen können, ohne an die grauenhafte Entdeckung denken zu müssen – falls überhaupt. Durch diese Tat hatte Oren Starks auch ihr Haus mit seiner Bösartigkeit besudelt.

Schließlich traten Caroline und Berry nach draußen. »Bitte eine Sekunde noch, Deputy«, sagte Allen.

»Klar.«

»Wer ist der Typ da?«, fragte er und nickte in Dodges Richtung, der mit einer Zigarette in der Hand innerhalb der Absperrung stand und sich mit einem Beamten der Houstoner Polizei unterhielt.

»Er ist Privatermittler und arbeitet für Ms King.«

»Er trägt eine Waffe.«

»Darf er auch. Er hat eine Lizenz.«

»Behauptet er.«

»Wo liegt dann das Problem?«

Der Detective zuckte mit den Schultern. »Keine Ahnung. Gibt es eins?«

»Nein. Er ist sauber. Er war früher mal Cop hier. Wann sind Sie dazugekommen?«

»Sechsundachtzig.«

»Dann haben Sie sich verpasst. Er ist neunundsiebzig aus dem Dienst ausgeschieden.«

»Aus einem bestimmten Grund?«

Ski sah über Allens Schulter hinweg zu Somerville hinüber, der mit dem Telefon in der Hand gegen die Hauswand gelehnt dastand. »Hat Ihr Mann ihn schon überprüft?«

»Hat er.« Allen grinste freudlos.

»Dodge hatte ein paar Probleme mit der Disziplin gegenüber seinen Vorgesetzten, aber man hat ihn nicht gefeuert. Er ist von selbst gegangen.«

»Gut. Kein Revier braucht einen Mann wie diesen.«

Ski sah ihm in die Augen. »Sie haben völlig recht. Davon

wären schon Tausend nötig«, gab er mit eisiger Stimme zurück und machte eine effektvolle Pause. »Wenn Sie mich jetzt entschuldigen würden«, fügte er dann hinzu.

Gerade als er zu Berry und Caroline trat, gesellte auch Dodge sich wieder zu ihnen. Ski sah ihm an, dass er Neuigkeiten hatte. »Und?«

Dodge warf den Frauen einen vorsichtigen Blick zu. »Nehmen Sie keine Rücksicht auf das schwache Geschlecht, Dodge. Was haben Sie erfahren?«, sagte Caroline.

Er nahm einen letzten Zug von seiner Zigarette, ehe er sie wegschnippte. »Dieser Cop da drüben war einer der Ersten am Tatort. Der Typ redet gern.« Er sah Berry an. »Gab es regelmäßig Männer in Sally Bucklands Leben?«, fragte er unvermittelt.

»Nicht dass ich wüsste. Jedenfalls war das nicht der Grund, weshalb sie Oren zurückgewiesen hat. Wie kommen Sie ausgerechnet jetzt darauf?«

»Weil er mir erzählt hat, sie sei vollkommen nackt gewesen. Bis auf ein einzelnes Schmuckstück. Ein silbernes Armband.«

Sämtliche Farbe wich aus Berrys Gesicht. »Mit einem herzförmigen Anhänger.«

Dodge starrte sie eindringlich an, dann wandte er sich Ski zu, der seine stumme Frage beantwortete. »Starks hat Berry ein solches Armband geschenkt.«

Er ging nicht weiter darauf ein. Das war auch nicht nötig. Ihnen allen war klar, was das zu bedeuten hatte: Oren Starks war auf zwei Frauen fixiert, denen er ein identisches Schmuckstück geschenkt hatte. Und eine davon war tot.

»Sie hatten übrigens recht, Berry«, sagte Dodge. »Sie hatten von Anfang an Angst um Sally, und ich habe die Zeichen falsch interpretiert.«

»Dasselbe gilt für mich«, ergänzte Ski.

»Keiner von Ihnen hätte sie retten können«, entgegnete Berry traurig. »Als Oren mich von ihrem Handy aus angerufen hat, war sie längst tot.«

»Berry muss jetzt dringend schlafen«, schaltete sich Caroline ein, ehe einer der Männer etwas erwidern konnte. »Welches Hotel haben Sie für uns gebucht, Ski?«

»In der Nähe von Delray gibt es ein Sheraton. Dort herrscht ziemlich viel Betrieb. Ich wollte, dass möglichst immer Leute um Sie herum sind.«

Caroline legte den Arm um Berrys Taille und führte sie zum Wagen. Die Männer folgten ihnen.

»Ich fahre vor Ihnen her, aber sehen Sie zu, dass der Abstand nicht zu groß wird«, sagte Ski zu Dodge.

»Setzen Sie doch Ihr Blaulicht aufs Dach, das macht es einfacher.«

»Ich will nicht, dass uns jemand folgt.« Ski hob das Kinn.

Dodge sah in die Richtung, in die Ski gewiesen hatte. Der Übertragungswagen eines Fernsehsenders versuchte eben, sich an den Einsatzfahrzeugen vorbeizuquetschen.

20

Caroline hatte nicht erwartet, dass Ski sie ins Hotel begleiten würde, doch sie war heilfroh, als er es tat. Sie war so müde, dass sie sich kaum noch auf den Beinen halten konnte, und Berry sah aus, als würde sie jeden Moment aus den Latschen kippen. Dank Skis Autorität gingen die Formalitäten schnell und reibungslos über die Bühne. Er stellte sich dem Hoteldirektor vor, der sie höchstpersönlich zu ihren Zimmern begleitete. Berry, so versicherte er Ski, sei hier hundertprozentig in Sicherheit.

»Sie sind als ›Special Guests‹ eingecheckt, Deputy Nyland. Ohne Namen«, informierte er ihn.

»Sollte jemand sie hier finden, und das gilt auch und vor allem für die Medien, weiß ich also, woher sie den Tipp bekommen haben.« Die Ansage war dezent, zeigte jedoch unübersehbare Wirkung.

Augenblicklich legte sich der Hoteldirektor noch mehr ins Zeug, füllte die Eiskübel in den beiden durch eine Verbindungstür getrennten Zimmern und machte sich dienstbeflissen an den Raumthermostaten zu schaffen. »Das hier sind Nichtraucherzimmer«, sagte er vorsichtig, als sein Blick an dem Zigarettenpäckchen in Dodges Brusttasche hängen blieb.

Dodge starrte ihn finster an und schob das Jackett ein Stück zurück; darunter kam seine Waffe zum Vorschein. Eilig wünschte ihnen der Manager eine geruhsame Nacht und trat den Rückzug an.

Berry zuckte zusammen, als ihr Handy klingelte. Angespannt warteten Caroline, Dodge und Ski, während sie aufs Display sah. »Er ist es nicht«, sagte sie, während ihre Schultern vor Erleichterung heruntersackten. »Aber ich muss trotzdem rangehen. Entschuldigung.« Sie ging ins Badezimmer. Caroline fiel auf, dass Ski einige Momente lang mit starrem Blick die Badezimmertür fixierte, ehe er sich abwandte.

Mit jeder Stunde, seit Berry von Davis Coldares Tod erfahren hatte, war sie stiller geworden. Auf der Fahrt nach Houston hatte sie kaum noch gesprochen, sondern hatte ungewöhnlich distanziert und in sich gekehrt gewirkt.

Caroline vermutete, dass ihre Stimmung von den traumatischen Erlebnissen der vergangenen Tage und Stunden herrührte. Trotzdem fragte sie sich, ob da nicht noch etwas anderes sein konnte. Natürlich hatte Berry jedes Recht auf Privatsphäre, andererseits half es häufig, auszusprechen, was einen quälte. Wie lange sollte sie noch warten, ehe sie Berry behutsam aufforderte, ihr anzuvertrauen, was ihr so offenkundig auf der Seele brannte?

Ski und Dodge überprüften inzwischen sämtliche Türschlösser, um sicherzugehen, dass sie einem Einbruch standhalten würden, ehe sie hinaus auf den Balkon traten – vorgeblich, um auch dort nach dem Rechten zu sehen, doch Caroline entging ihr leises Gemurmel nicht.

Als sie wieder hereinkamen, baute sie sich mit in die Hüften gestemmten Händen mitten im Zimmer auf und verlangte, dass sie sie aufklärten, worüber sie sich unterhalten hatten. »Los. Raus mit der Sprache. Weder Berry noch ich wollen geschont werden.«

»Was soll das denn heißen?«

»Sie wissen genau, was das heißt, Dodge«, gab sie verärgert zurück. »Was ist hier los?«

»Die Medien haben die Story aufgegriffen«, sagte Ski.

Caroline stöhnte.

»Diese elenden blutrünstigen Schakale«, warf Dodge ein.

»Mein Büro sagt, der Mord an Sally Buckland sei als wichtige Sondermeldung gesendet worden«, fuhr Ski fort. »Es heißt, in den Zweiundzwanzig-Uhr-Nachrichten würden die Zuschauer die ganze Story erfahren. Sie haben Aufnahmen von Berrys Haus und dem Transporter der Spurensicherung gezeigt, Allen und Somerville, wie sie mit versteinerten Mienen aus dem Haus treten. Wir haben Berry gerade noch rechtzeitig weggebracht. Der Reporter am Tatort sagte, sie sei zu keiner…«

»…zu keiner Stellungnahme bereit.« Berry trat aus dem Badezimmer und warf ihr Handy aufs Bett. »Was natürlich so klingt, als hätte ich etwas zu verbergen. Kein Mensch hat mich um eine Stellungnahme gebeten – nicht dass ich eine hätte abgeben wollen, weit gefehlt. Trotzdem schwingt in dem Satz etwas Negatives mit, oder etwa nicht?«

»Wie haben Sie davon erfahren?«, fragte Ski.

Sie deutete auf ihr Telefon, setzte sich auf die Bettkante, stützte die Ellbogen auf die Knie und barg ihr Gesicht in den Händen. »Gott, hat denn dieser Albtraum nie ein Ende?«

»Man weiß inzwischen, dass Sie die Tochter der Immobilienmogule Caroline King und des verstorbenen Jim Malone sind, was Ihnen eine Art Prominentenstatus verleiht, weil jeder in der Stadt Ihre Eltern kennt. Und auch die Schüsse im Haus Ihrer Mutter wurden erwähnt«, sagte Ski nach kurzem Zögern.

»Als Resultat einer Dreiecksgeschichte«, warf sie ein, ohne die Hände von ihrem Gesicht zu lösen.

»So wurde es dargestellt, ja.«

Dodge stieß einen Fluch aus. Caroline setzte sich ebenfalls

auf das Bett und unterdrückte den Impuls, die Arme auszustrecken und Berry an sich zu ziehen.

»Was mich an der Sache ankotzt – bitte entschuldigen Sie, Caroline –, ist, dass die sich dermaßen in dieser Sache mit der Dreiecksgeschichte festbeißen«, meinte Ski.

Berry hob den Kopf. »Es gab keine Dreiecksgeschichte«, stieß sie wütend hervor.

»Das hab ich auch kapiert, Berry«, schoss er im selben Tonfall zurück. »Es geht mir darum, dass der Mord an Davis Coldare damit in den Hintergrund gerückt wird. Inzwischen ist er kaum noch mehr als eine Fußnote. Die Medien spekulieren sogar, wie Sally Buckland in dieses schmutzige kleine Arrangement hineingepasst haben könnte. Die wirklich wichtigen Fakten wie die Tatsache, dass Oren Starks ein kaltblütiger Mörder ist und immer noch frei herumläuft, spielen scheinbar keine Rolle.«

Berry beruhigte sich ein klein wenig. »Die Leute bleiben eben nur am Ball, wenn man ihnen pikante Details serviert. Sex und Skandale, das törnt sie an. Oder ab.« Sie legte den Kopf in den Nacken und fasste ihr Haar mit beiden Händen zusammen. Caroline entdeckte die getrockneten Tränenspuren auf ihren Wangen. »Mein Boss bei Delray war jedenfalls alles andere als begeistert davon, dass ich da drinstecke.«

Caroline warf einen Blick auf das Handy. »War er das gerade am Telefon?«

Berry nickte. »Delray ist Geschichte.«

»Wie bitte?« Caroline sprang auf. »Er hat dich gefeuert?«

»Sei nicht albern, Mutter«, erwiderte Berry und lachte bitter. »Würde er mich deswegen feuern, würde ich die Firma verklagen. Das weiß er ganz genau. Allerdings – und das hat er extra betont – liegt Delray die psychische Verfassung seiner Mitarbeiter sehr am Herzen. Angesichts der Traumata, die ich in den vergangenen Tagen erleben musste, sei es gewiss zu meinem eigenen Besten und folglich auch zum Besten der Firma, wenn ich eine längere Auszeit nehmen würde. Als ich ihm versichert habe, dass meine psychische Gesundheit garantiert wieder hergestellt ist, sobald Oren Starks in Untersuchungshaft sitzt, hat er darauf bestanden, dass ich mich zurückziehe, um mich von den tragischen Ereignissen zu erholen. Mit anderen Worten – er und der Rest der Firma verlangen von mir, dass ich mich rar mache.«

»Und was ist mit der Präsentation morgen?«

»Ach ja, die Präsentation. Was meine künftige Beteiligung an der Kampagne betrifft, möchte mich unser Kunde in dieser schwierigen Zeit selbstverständlich keinesfalls einer weiteren Belastung aussetzen. Deshalb hat man sich darauf geeinigt, zu warten, bis Ben wieder vollständig genesen ist und die Kampagne selbst präsentieren und in weiterer Folge auch die Verantwortung für ihre Umsetzung übernehmen kann.«

Caroline kochte vor Wut. »Moment mal! Du willst damit sagen … verstehe ich das richtig, dass sie glauben, dein seelisches Gleichgewicht sei durch das, was passiert ist, gestört, Bens aber nicht?«

»Sieht ganz danach aus, ja. Und nur für den Fall, dass es Zweifel an Bens Kräften, und zwar seinen körperlichen und/oder mentalen, geben sollte, hat Amanda meinem Boss heute Nachmittag in einem ausgiebigen Gespräch bestätigt, dass Ben bereits in den Startlöchern steht und die Sache gern in die Hand nehmen wird. Ich gehe davon aus, dass sie mich als das miese Luder dargestellt hat, das nun die Folgen ihrer eigenen Hinterhältigkeit zu spüren bekommt.«

»Dieses elende Miststück!«

»Sie hat die Krallen ausgefahren, das kann man nicht anders sagen.« Wieder stieß Berry ein bitteres, freudloses Lachen aus. »Ob ich wohl als Heldin dagestanden wäre, wenn Oren mich anstelle von Ben erwischt hätte? Oder wäre ich trotzdem die Schlampe gewesen, die versucht, eine intakte Ehe zu zerstören, und die nun ihre gerechte Strafe dafür bekommt? Das ist doch ein hervorragendes Diskussionsthema, oder was meint ihr?«

»Ich meine«, erklärte Dodge, »dass Ihre Bosse in dieser Drecksbude feige Arschlöcher sind. Seien Sie froh, dass Sie nie wieder einen Fuß in diesen Laden setzen müssen.«

»Das sehe ich genauso, aber ich bin sicher, Delray hat darauf spekuliert, dass ich genau so darauf reagiere«, sagte Berry. »Die angebliche Sorge um mein Wohlergehen ist in Wahrheit nur ein raffinierter Trick, um sich abzusichern. Er will, dass ich gehe. Und zwar aus eigenem Antrieb, damit er sich die Hände nicht schmutzig machen muss. Ich habe mich vorläufig noch nicht dazu geäußert, sondern werde sie erst mal ein paar Wochen schmoren lassen. Aber ich weiß schon jetzt, wie ich mich entscheiden werde.«

»Wenn Sie mich fragen, sind Sie viel zu gut für die«, warf Ski ein.

Sie blickte ihn aus tränenfeuchten Augen an. »Danke«, krächzte sie.

»Gern geschehen.«

Sekundenlang schienen die beiden völlig vergessen zu haben, dass Caroline und Dodge sich im selben Zimmer aufhielten. Ski kehrte als Erster ins Hier und Jetzt zurück. Die Pflicht rief.

»Ich sollte mich allmählich auf den Weg machen.«

»In meinem Zimmer nebenan steht ein zweites Bett«, sagte Dodge. »Sie können es gern haben.«

Ski dankte ihm, schlug das Angebot jedoch aus. »Der Mord an Sally Buckland gehört der Houstoner Polizei, aber ich habe immer noch Davis Coldares Fall, um den ich mich kümmern muss.«

»Aber zuletzt soll Starks sich in Houston aufgehalten haben.«

»Das stimmt, Dodge, aber ich denke trotzdem …«

»Was?«

Ski massierte sich das Genick. »Oren wollte mir und allen anderen, die ihn suchen, eine lange Nase machen. Deshalb ist er heute hierhergefahren, um Berry anzurufen. Er wusste, dass wir ihm folgen und versuchen würden, ihn hier zu schnappen. Er wollte Verwirrung stiften und dafür sorgen, dass wir wie die letzten Idioten dastehen und uns auch so fühlen.« Er lächelte schief. »Was ihm durchaus gelungen ist.«

»›Spinning Wheel.‹«

Alle Blicke richteten sich auf Berry, aus deren Mund die geflüsterten Worte gekommen waren.

»Blood, Sweat and Tears«, sagte sie. »›Spinning Wheel‹. Das ist die Melodie, die er am Telefon gesummt hat.«

»Verdammt, Sie haben recht«, sagte Ski.

»Ist unser Junge nicht goldig?«, ätzte Dodge. »Ich werde diesen elenden Drecksack umbringen. Das ist mein voller Ernst«, fügte er hinzu, inzwischen ohne jeden Anflug von Humor, Sarkasmus oder sonst etwas.

»Er hat Sally vergewaltigt, stimmt's?«, fragte Berry.

»Ob eine Penetration vorlag, weiß ich nicht«, erwiderte Ski ausweichend. »Vielleicht hat er auch nur …« Zu Carolines Erleichterung ließ er seine Stimme verklingen. »Das kann ich erst sagen, wenn Detective Allen den Autopsiebericht an mich weitergeleitet hat.«

Einen Moment lang herrschte bedrückte Stille, während sie alle daran dachten, was die junge Frau erlitten haben mochte. »Sie waren gerade dabei, uns die möglichen Motive zu erklären, weshalb er bei Berry angerufen hat«, erinnerte Caroline ihn schließlich.

»Genau. Meine größte Sorge ist, dass er irgendetwas anrichten könnte, solange wir nicht in Merritt sind.«

»Was zum Beispiel?«, hakte Dodge nach.

»Keine Ahnung. Deshalb muss ich ja zurück.« Er blickte auf Berry hinab. »Sie werden vermutlich morgen auch wieder zurück nach Merritt fahren?«

»Ja. Schließlich hält mich hier nichts mehr.«

»Okay. Ich sorge dafür, dass meine Leute weiterhin beim Haus Ihrer Mutter Wache stehen, nur wird es so aussehen, als wären sie abgezogen worden. Keine Sorge, sie sind da, nur werden Sie sie nicht zu Gesicht bekommen.«

»Sie stellen ihm eine Falle?«, fragte Dodge.

»Oren wird nie im Leben darauf reinfallen«, erklärte Berry.

»Das glaube ich auch nicht«, erwiderte Ski, »trotzdem kann es nicht schaden, ein paar Leute dort zu haben. Nur für alle Fälle.«

Er wies Dodge an, die Augen offen zu halten, ehe er sich noch einmal an Berry wandte. »Kommen Sie klar?«

Es war eine private Frage, die eindeutig über seine beruflichen Verpflichtungen hinausging, und sein Tonfall war so sanft, dass Caroline und Dodge erneut das Gefühl hatten, ausgeschlossen zu sein. Berry nickte, wenn auch zögerlich. Eine scheinbare Ewigkeit sahen sie einander in die Augen, dann machte Ski kehrt und verließ ohne ein weiteres Wort das Zimmer.

Kaum fiel die Tür hinter ihm ins Schloss, sprang Berry vom Bett auf und lief quer durch den Raum bis zur Tür, wo sie abrupt stehen blieb. Caroline beobachtete, wie ihr kurzer Anfall von Energie verpuffte. Sie ließ sich nach vorn sinken, lehnte die Stirn gegen das Holz und blieb mehrere Sekunden lang so stehen, ehe sie mit einer entschlossenen Geste den Riegel vorschob und die Kette einrasten ließ.

Dann wandte sie sich um und ging ins Badezimmer. »Ich lege mich eine Weile in die Wanne.«

Es dauerte fast eine Stunde, bis sie wieder auftauchte. Als sie schließlich aus dem Badezimmer kam, hatte sie sich in ein Handtuch gehüllt und ein zweites um ihren Kopf geschlungen. Ihre Haut war rosig, ihre Augen gerötet und verquollen.

»Du hast geweint«, bemerkte Caroline.

»Jetzt ist es wenigstens draußen«, gab sie zurück, löste das Handtuch und schüttelte ihr nasses Haar. »Aber eigentlich habe ich keinen Grund zu weinen. Zumindest nicht, wenn ich an Sallys letzte Stunden denke. Sie und Davis Coldare, sie sind die wahren Opfer, nicht ich.« Sie öffnete den Reißverschluss ihres Köfferchens und zog ein Top und ein Paar Boxershorts heraus.

»Ich habe mit dem Roomservice noch gewartet«, sagte Caroline.

»Du hättest ruhig etwas bestellen können. Ich habe keinen Hunger. Wo ist Dodge?«

»In seinem Zimmer. Er dachte, wir beide bräuchten etwas Zeit für uns.«

Berry löste das Handtuch um ihren Körper und schlüpfte in ihre Sachen. »Gibt es etwas Neues von Ski?«

»Er hat vor einer Viertelstunde bei Dodge angerufen, aber Neuigkeiten gibt es nicht. Er wollte nur hören, ob es dir gut geht. Er wirkte nicht allzu glücklich, als er vorhin aufgebrochen ist.«

»Er hätte erst ein paar Stunden schlafen sollen, bevor er nach Merritt zurückfährt. Er sah völlig fertig aus. Hast du seine Augen gesehen?«

»Er kann sie nicht von dir lassen.« Berry wandte den Kopf und blickte ihre Mutter an, die sanft hinzufügte: »*Das* ist mir jedenfalls nicht entgangen.«

Berry legte sich aufs Bett, stopfte sich zwei Kissen in den Rücken und schnappte sich ein weiteres, das sie fest umschlang. Nervös zupfte sie an einem Zipfel herum. »Das zwischen uns würde doch sowieso nie funktionieren.«

»Wieso denn nicht?«

»Aus mindestens Tausend Gründen.«

»Nenn mir doch mal ein paar.«

»Damit du sie alle entkräften kannst?«

»Einen nach dem anderen.«

Berry musterte ihre Mutter. »Dir gefällt die Idee, dass aus uns ein Paar werden könnte?«

»Nur wenn du sie gut findest, Berry. Aber meinen Segen hättest du jedenfalls.«

»Mach dir mal keine allzu großen Hoffnungen. Wir sind doch grundverschieden.«

»Stimmt. Er ist ein Mann und du eine Frau.«

Berry lächelte. »Du weißt genau, was ich meine. Wir haben unterschiedliche Ziele.«

»Aber wollt ihr denn einander?« Wieder warf Berry ihr einen scharfen Blick zu. Caroline lachte. »Du brauchst nicht darauf zu antworten. Spar dir die Mühe. Du hast es gerade getan. Außerdem spürt man es ganz deutlich, wann immer ihr im selben Raum seid.«

Sie lächelte ihre Tochter liebevoll an. »Mag sein, dass ihr unterschiedliche Ziele habt und grundverschieden seid, aber all das ist völlig unwichtig, solange man sich zueinander hingezogen fühlt. Er kämpft genauso dagegen an wie du, aber es ist nicht zu übersehen, dass er dich mag.«

Berry wandte sich ab und starrte an die Zimmerdecke.

Eine einzelne Träne löste sich aus ihrem Augenwinkel und sickerte in ihr Haar. »Aber nicht mehr lange.«

»Was meinst du damit?«

»Nicht jetzt, Mutter, okay?«

Caroline zögerte kurz. »Okay«, sagte sie dann.

Sie hatte Berry eingeladen, sich ihr anzuvertrauen, aber wenn sie noch nicht bereit dazu war, würde sie sie nicht bedrängen. Sie legte ihren Koffer aufs Bett, öffnete den Reißverschluss und nahm das Nachthemd heraus, das sie hastig hineingestopft hatte, bevor sie aufgebrochen waren. Es kam ihr vor, als wäre seitdem eine halbe Ewigkeit vergangen, obwohl es gerade einmal ein paar Stunden waren.

In der Hektik vor ihrem überstürzten Aufbruch hatte Berry den Inhalt ihrer Aktentasche überprüft, um sicher zu sein, dass sie alles hatte, was sie für die Präsentation brauchte. Und nun würde sie sie nicht halten.

Dodge hatte auf sie und Berry gewartet und eine Zigarette nach der anderen geraucht, ohne mitzubekommen, dass Caroline ihn durchs Schlafzimmerfenster beobachtete. Sie hatte sich gefragt, wie es möglich war, dass sein Gesicht trotz des Zynismus und der unübersehbaren Spuren jahrelangen gesundheitlichen Raubbaus an sich selbst bis heute das Einzige war, bei dessen Anblick ihr Herzschlag stockte. Dreißig Jahre – und doch hatte seine Anziehungskraft auf sie nichts eingebüßt.

Sie konnte Berry so einiges über Anziehungskraft erzählen, schließlich war sie sich ihrer ungeheuren Intensität mehr als deutlich bewusst. Auch wenn es noch so unlogisch erscheinen mochte oder ganz und gar falsch war – passierte es einem, hatte man keine Chance, sich dagegen zur Wehr zu setzen.

»Ich dachte immer, Roger Campton sei es.«

Caroline war so in ihre Tagträume versunken, dass sie im ersten Moment nicht mitbekam, was Berry gesagt hatte. Doch dann erstarrte sie für den Bruchteil einer Sekunde, ehe sie sich langsam umdrehte, das Nachthemd wie einen Schutzschild gegen ihre Brust gepresst.

»Ich dachte immer, Roger Campton sei mein leiblicher Vater.«

Caroline war so verdattert, dass sie kein Wort herausbekam.

»Ich war noch in der Mittelstufe«, fuhr Berry fort. »In der achten Klasse, um genau zu sein. Roger Campton kam bei einem Flugzeugabsturz in Mexiko ums Leben. Eine Klassenkameradin meinte, ihre Mutter hätte erzählt, dass du mit ihm verlobt gewesen wärst, bevor du Daddy geheiratet hast. Und sie wollte wissen, ob du traurig über seinen Tod wärst. Ich hatte noch nie von Roger Campton gehört. Weder du noch Daddy habt den Namen je erwähnt. Ich habe dem Mädchen gesagt, sie irre sich. Aber sie hat steif und fest behauptet, ihre Mutter sei keine Lügnerin. Weshalb sollte sie so etwas auch erfinden? Also habe ich am nächsten Tag Daddys Zeitung genommen und alles über das Flugzeugunglück nachgelesen. Es stand ein langer Artikel über Roger Campton drin. Er sei in Houston aufgewachsen und nach seinem Wirtschaftsabschluss an der SMU in die Firma seines Vaters eingestiegen. Seine Familie hätte massenhaft Geld und großen Einfluss. Houstoner Society. Es war auch ein Foto dabei, auf dem er sehr attraktiv aussah. Da er zu dem Zeitpunkt nicht verheiratet war, habe ich mir eine romantische Geschichte zusammengesponnen, nach dem Motto: Es hat ihm das Herz gebrochen, als er erfahren hat, dass du Daddy anstelle von ihm heiratest, und deshalb ist er allein geblieben. Aber dann dachte ich, eine vernünftige Frau wie du hatte bestimmt einen guten Grund, weshalb du dich für Daddy entschieden hast.« Sie hielt inne.

»Ich war zufrieden damit, wie es gekommen war. Ich habe Daddy von ganzem Herzen geliebt und konnte nicht um einen Mann trauern, den ich nie kennengelernt hatte. Trotzdem war ich froh darüber, dass ich das Geheimnis um meinen leiblichen Vater gelüftet hatte.« Sie blickte Caroline einige Momente lang in die Augen. »Aber es war gar nicht Roger Campton, stimmt's, Mutter?«

Caroline schüttelte den Kopf.

»Nach Daddys Tod habe ich dir immer wieder zugeredet, dich nach einem neuen Partner umzusehen, aber du hast gesagt, du hättest kein Interesse, eine neue Beziehung einzugehen. Du hättest eine gute Ehe mit einem wunderbaren Mann geführt. Du hättest die Liebe deines Lebens bereits gefunden, hast du damals zu mir gesagt. Und ich dachte, du meinst ein- und denselben Mann damit.« Berry lächelte wehmütig. »Aber so war es nicht.«

Caroline ließ sich auf die Bettkante sinken.

»Mein leiblicher Vater war die Liebe deines Lebens.«

Ihre Mutter nickte.

»Dodge.«

Tränen quollen aus Carolines Augen und liefen ihr über die Wangen.

21

Houston, Texas, 1978

Dodge wartete auf Caroline, als eine Schwester sie im Rollstuhl zum Klinikeingang fuhr. Eigentlich brauchte sie keinen, doch das Krankenhaus hatte nun mal seine Vorschriften.

Er hatte seinen Wagen im Halteverbot am Straßenrand abgestellt, doch das 20 mal 23 Zentimeter große Schild mit dem Logo der Houstoner Polizei verlieh ihm einen offiziellen Charakter, sodass er keine Gefahr lief, einen Strafzettel zu kassieren.

Lässig, mit gekreuzten Knöcheln und vor der Brust verschränkten Armen, stand er gegen die Fahrertür gelehnt da. Als die Schwester den Rollstuhl durch die Automatiktür schob, stieß er sich ab und ging auf sie zu.

Caroline blickte durch die dunklen Gläser ihrer Sonnenbrille zu ihm hoch. »Ich habe ein Taxi bestellt.«

»Und ich habe dem Fahrer schon zehn Mäuse in die Hand gedrückt. Ich werde Sie jetzt nach Hause bringen.«

Sein Tonfall ließ keinen Widerspruch zu. Er bedeutete der Schwester, den Rollstuhl zu seinem Wagen zu fahren. »Ms King?«, fragte sie zögernd und wartete darauf, dass Caroline nickte.

Sie trug dieselben Sachen wie bei ihrer Einlieferung drei Tage vorher und hatte nichts außer ihrer Handtasche bei sich. Dodge nahm sie ihr ab und legte sie auf den Rücksitz, ehe er ihr die Hand reichte und ihr half, aus dem Rollstuhl aufzustehen. Sie bedankte sich bei der Schwester, die ihr alles Gute und eine schnelle Genesung wünschte, ehe sie kehrtmachte und den Stuhl zum Eingang zurückschob.

Dodge fragte Caroline, ob sie sich lieber auf den Rücksitz legen wollte.

»Nein, ich setze mich auf den Beifahrersitz.«

Einen Moment lang schien er Einwände erheben zu wollen, vor allem, als er sah, wie steif und vorsichtig sie sich bewegte, doch dann half er ihr, es sich so bequem zu machen, wie es ihr Zustand erlaubte. Dann ging er um den Wagen herum und setzte sich hinters Steuer. Drei Häuserblocks lang herrschte Schweigen.

Schließlich blieb er an einer Ampel stehen und wandte sich ihr zu. »Wie fühlen Sie sich?«

»Schwach. Als hätte ich drei Tage nur im Bett gelegen.«

»Haben die Ihnen denn nichts zu essen gegeben?«

»Doch, aber ich hatte keinen Appetit.«

»Kann ich mir denken«, meinte er und verzog das Gesicht. »Krankenhauskost.«

»Waren Sie schon mal im Krankenhaus?«

»Nein, noch nie. Aber ich habe es mir sagen lassen.«

Sie lächelte, doch ihre Lippen zitterten ein wenig.

»Tut es weh?«, fragte er.

»Nicht so sehr, wie man annehmen würde. Es sieht nur schlimm aus. Ich glaube, eine der Schwestern hatte großes Mitleid mit mir. Von ihr habe ich die Sonnenbrille.«

Er versuchte, hinter die dunklen Gläser zu spähen, um sich ein Bild vom Ausmaß des Schadens zu machen, doch in diesem Augenblick sprang die Ampel auf Grün, und der Fahrer hinter ihm begann zu hupen.

»Wie haben Sie davon erfahren?«, fragte sie.

»Jimmy Gonzales hat es mir erzählt.«

»Aber er war doch gar nicht da.«

»Er hatte an dem Abend frei, aber trotzdem ist es sein Revier. Er hat es am nächsten Morgen gehört. Allerdings war ich ein paar Tage nicht erreichbar, deshalb konnte ich erst gestern Abend mit ihm reden. Ich habe gleich heute Morgen im Krankenhaus angerufen und erfahren, dass Sie entlassen werden.«

»Müssen Sie heute denn nicht arbeiten?«

»Ich habe mich krank gemeldet.«

Minutenlang fuhren sie schweigend weiter. »Haben Sie sich Roger vorgeknöpft?«, fragte sie dann.

»Das hätte ich am liebsten getan. Und würde es immer noch gern. Ich könnte den Kerl umbringen.« Seine Finger umklammerten das Steuer so fest, dass seine Knöchel weiß hervortraten. »Aber ich werde es nicht tun.«

Sie wartete schweigend.

Schließlich bremste er an der nächsten Ampel und sah sie wieder an. »Ich habe ihn nur aus einem einzigen Grund nicht kaltgemacht: Weil Sie mich angebettelt haben, es nicht zu tun. Das bedeutet mir mehr als das Versprechen, das ich ihm an dem Abend gegeben habe, als ich ihn verprügelt habe.«

Die restliche Fahrt verlief schweigend. Er half ihr die Einfahrt hinauf zur Tür und folgte ihr ins Haus. Eine zerbrochene Vase und mehrere welke Rosen lagen auf dem Wohnzimmerboden. Auf dem Teppich prangte ein Fleck. Eines der Bilder an der Wand hing schief. Eine Stehlampe mit eingedrücktem Schirm lag auf dem Boden.

Inzwischen schämte sie sich nicht länger für die stummen Zeugnisse von Rogers Gewaltbereitschaft. Stattdessen machten sie sie wütend. Doch mindestens genauso wütend war sie auf sich selbst, weil sie all die Monate Ausreden für sein Verhalten gesucht, ihn viel zu lange hatte gewähren lassen. Trotzig nahm sie die Sonnenbrille ab und wandte sich Dodge zu.

Sein Kiefer spannte sich an, und er wippte rhythmisch auf den Fußballen vor und zurück, als drohe ihn die Wut zu übermannen. »Vielleicht überlege ich es mir ja noch mal und bringe ihn doch um.«

»Nein. Er ist es nicht wert.« Er schien etwas erwidern zu wollen, verkniff es sich jedoch. »Ich bin Ihnen sehr dankbar, dass Sie mich nach Hause gebracht haben. Danke«, sagte sie.

»Gern geschehen. Ich warte, bis Sie ein paar Sachen zusammengepackt haben.«

»Was für Sachen?«

»Ihre Sachen. Was Sie mitnehmen wollen. Sie bleiben erst mal eine Weile bei mir. Mein Apartment ist zwar nicht gerade ein Palast, aber …«

»Wovon reden Sie da? Ich kann nicht bei Ihnen bleiben.«

»Sie können und Sie werden.«

»Vergessen Sie's.«

»Holen Sie jetzt Ihre Sachen.«

»Woher nehmen Sie das Recht, mich herumzukommandieren?«, fragte sie wütend. »Nur weil Sie eine Dienstmarke haben? Weil Sie recht hatten, was Roger angeht? Sie haben mir vorgeworfen, ich würde aus reiner Sturköpfigkeit bei ihm bleiben. Ja, na gut, Sie hatten recht, ich gebe es zu. Ich hätte diese Beziehung schon vor Monaten beenden sollen, habe es aus Stolz aber nicht getan. Ich wollte mir nicht eingestehen, dass ich mich in ihm getäuscht und seinen wahren Charakter nicht erkannt hatte. Im Gegensatz zu Ihnen. Das gibt Ihnen aber noch lange nicht das Recht, Rogers Platz einzunehmen und mich zu bevormunden.«

Sie richtete sich zu voller Größe auf, trotzdem überragte

er sie immer noch um ein ganzes Stück. »Das war das letzte Mal, dass mich jemand terrorisiert hat, Dodge. Ich lasse mich nicht noch einmal herumschubsen, weder emotional noch körperlich noch sonst irgendwie.«

Er stieß den Atem aus. »Okay, Caroline, es fällt mir schwer zu sagen, was ich empfinde. Bei mir hört es sich immer an, als würde ich jemanden herumkommandieren, selbst wenn ich es gar nicht so meine. Und ich will es auch gar nicht. Das schwöre ich. Ich versuche nur, nett zu Ihnen zu sein… ein Freund. Sie brauchen Hilfe, und ich kann sie Ihnen geben. Aber wie ich es auch drehe und wende, und auch wenn Sie sich noch so sehr dagegen sträuben, ich werde Sie hier nicht allein zurücklassen. Ende der Diskussion.«

»Das klingt für mich definitiv nach Herumkommandieren.«

»Verklagen Sie mich doch.«

Ein Lächeln erschien auf ihren Zügen, verblasste jedoch sofort wieder. »Ich bin hier sicher. Roger sitzt im Gefängnis.«

»Er ist schon wieder auf freiem Fuß. Seit gestern Abend. Seine Familie hat die Kaution gestellt.«

»Aber er wird nicht mehr herkommen.«

»Woher wollen Sie das wissen?«

»Weil er es gesagt hat. Er war stocksauer und meinte, er sei fertig mit mir.«

»Trotzdem kann er seine Meinung jederzeit ändern. Und ich will nicht, dass Sie dann hier sind. Sie sollten sich sogar eine ganz neue Bleibe suchen. Ich meine, Sie sind doch Maklerin. Verkaufen Sie das Haus und suchen Sie sich etwas anderes.«

Sie lachte freudlos. »Das wäre wahrlich ausgleichende Gerechtigkeit.«

»Was meinen Sie damit?«

»Genau das war der Punkt, der ihn so auf die Palme gebracht hat. Ich war völlig aus dem Häuschen wegen eines Auftrags. Wenn ich es schaffe, das fragliche Haus zu verkaufen, wird das mein bisher größter Deal. Ich habe mich so gefreut und die ganze Zeit davon geschwärmt, aber dann hat Roger gemeint, er könnte nur hoffen, dass ich den Deal noch unter Dach und Fach kriege, bevor ich kündige.« Sie hielt inne.

»Im ersten Moment dachte ich noch, ich hätte mich verhört, aber als ich gefragt habe, was er damit meint, hat er klipp und klar gesagt, dass ich nicht länger würde arbeiten können, wenn ich erst mal Mrs Roger Campton sei. Es wäre unangemessen, wenn wir beide berufstätig seien. Was würden die Leute bloß denken? Dass er nicht einmal fähig sei, seine eigene Frau zu ernähren? Aber ich solle mir keine Sorgen machen, ich hätte garantiert alle Hände voll zu tun, schließlich würde ich mich ja um ihn kümmern müssen. Und er würde schon dafür sorgen, dass mir die Arbeit nicht ausgeht. Ich musste sogar lachen und habe zu ihm gesagt, dass er wohl nicht ganz bei Verstand sei, wenn er auch nur eine Sekunde glaube, ich würde meinen Job und meine Karriere an den Nagel hängen, nur weil ich heirate.« Sie hob die Hände. »Tja, wie man sieht, war er nicht ganz damit einverstanden«, fügte sie sarkastisch hinzu.

»Dieser elende Dreckskerl hat Ihnen beinahe ein Auge ausgeschlagen.«

Im ersten Moment hatte es sich angefühlt, als wäre es ihm sogar gelungen. Der Augenarzt hatte nach der Untersuchung in der Notaufnahme gemeint, sie hätte riesiges Glück gehabt, dass sie als Folge des heftigen Schlags nicht ihr Augenlicht auf einem Auge eingebüßt hätte.

»Gonzales hat mir erzählt, er hätte von seinen Kollegen

gehört, Sie hätten nicht einmal mehr aufrecht stehen können.«

»Roger hat mich auch in die Rippen getreten. Ich dachte erst, sie sind gebrochen. Es war zwar nicht so, aber die Prellung hat wahnsinnig wehgetan. Und tut es immer noch, wenn ich eine ruckartige Bewegung mache oder tief Luft hole.«

»Großer Gott«, flüsterte Dodge. »Dieser Typ…« Er stemmte die Hände in die Hüften und ging ein paar Schritte im Kreis. Wieder schien er Mühe zu haben, seine unbändige Wut unter Kontrolle zu bringen. »Packen Sie jetzt Ihre Sachen«, befahl er knapp, als er wieder vor ihr stand.

»Gut. Ich packe. Sie können mich irgendwo anders hinbringen. Aber seien Sie vernünftig, Dodge. Bei Ihnen kann ich nicht bleiben.«

»Wieso nicht?«

»Wir kennen uns doch kaum.«

Er winkte ab. »Dann lernen wir uns eben kennen. Wenn Sie Angst haben, ich könnte…«

»Nein, habe ich nicht.«

»Gut. Denn falls doch, können Sie jederzeit Jimmy Gonzales anrufen. Sollte ich auf die Idee kommen, Sie anzurühren, reißt er mir den Arsch auf.«

»Ich könnte vielleicht… zu… einer Freundin ziehen.«

»Kennt Roger Ihre Freundinnen nicht? Glauben Sie etwa, er sucht nicht dort nach Ihnen, wenn er Sie hier nicht finden kann? Ich wette, Sie haben keiner Ihrer Freundinnen erzählt, dass er Sie schlägt. Sie werden Ihre Verletzungen erklären müssen. Außerdem ist Ihnen klar, was das bedeuten würde, sonst hätten Sie längst jemanden angerufen.«

»Dann eben ein Motel mit Langzeitzimmern?«

Nachdenklich kreuzte er die Arme vor der Brust. »In solchen Etablissements habe ich schon massenhaft Leute verhaftet. Das ist nur was für abgehalfterte Vertreter, Huren, Drogendealer und Hehler.«

»Aber das sind nicht automatisch schlechte Menschen. Einige von ihnen sind sogar ganz nett.«

»Na gut, sagen wir mal, Sie ziehen in eines, in dem die Gäste halbwegs vertretbar sind. Trotzdem wäre es ein ziemlicher Aufwand.«

»Aufwand?«

»Für mich. Ich müsste mehrmals am Tag hinfahren, um zu sehen, ob alles in Ordnung ist.«

»Aber das würde ich nicht von Ihnen erwarten.«

»Aber ich. Und woher wollen Sie wissen, dass Campton Sie nicht irgendwann aufstöbert?«

»Er könnte mich auch bei Ihnen finden.«

»Das stimmt. Aber bevor er Sie kriegt, müsste er mich umbringen. Und jetzt«, fuhr er fort, »haben wir genug Zeit vergeudet. Packen Sie Ihre Sachen.«

Seine Eigentumswohnung befand sich in einem Vier-Parteien-Haus in einer Anlage aus zehn identischen Einheiten mit gepflegten Rasenflächen und gut beleuchteten Wegen. Es gab einen Gemeinschaftspool, einen Tennisplatz und ein Klubhaus. Hier lebten unverkennbar alleinstehende Berufstätige; Menschen, die Zeit, Geld und Mühe scheuten, sich eine dauerhafte Bleibe einzurichten.

Dodge hatte zwei Kommodenschubladen und die eine Hälfte seines Kleiderschranks für sie frei geräumt, bevor er ins Krankenhaus aufgebrochen war – mehr Platz, als sie benötigen würde. »Kleider für die Arbeit werde ich sowieso nicht brauchen«, erwiderte sie, als er bemerkte, wie überschaubar ihr Gepäck war.

»Ach ja, Ihr Job. Was ist damit?«

»Ich habe Mr Malone am Tag nach dem Vorfall aus dem Krankenhaus angerufen und angedeutet, mir sei ein kleines weibliches Malheur passiert, das einen chirurgischen Eingriff erforderte. Wie erwartet, hat er nicht weiter nachgefragt. Ich habe darum gebeten, mich für einen Monat zu beurlauben, um mich zu erholen und wieder zu Kräften zu kommen. Er meinte, ich solle mir alle Zeit nehmen, die ich brauche.«

»Einen ganzen Monat? In diesem Fall müssen Ihre Verletzungen schwerer sein, als Sie mich glauben machen wollten.«

»So lange wird es nicht dauern, bis ich wieder auf dem Posten bin. Aber ich habe Ihnen ja schon erzählt, dass ich leicht schlimme blaue Flecke kriege. Es wird Wochen dauern, bis das hier«, sagte sie und deutete auf ihr Auge, »wieder verschwunden ist. Bis dahin werde ich die ganze Farbpalette durchlaufen. Um mir Fragen von Kunden und Kollegen zu ersparen, will ich erst wieder anfangen, wenn nichts mehr zu sehen ist.«

Zwar beruhigte ihn ihre Erklärung ein wenig, trotzdem versetzte ihm die Art, wie sie in den höchsten Tönen von Jim Malone schwärmte, einen eifersüchtigen Stich. Andererseits war er froh, dass sie nicht für ein ungeduldiges Arschloch arbeitete, das keine Krankheitstage duldete und sie so schnell wie möglich wieder bei der Arbeit sehen wollte.

Nachdem sie ihre Sachen verstaut hatte, zwang er sie, von dem Kartoffelomelett zu essen, das er aus Resten zubereitet hatte. Er gab zu, dass er nicht gerade ein Gourmet war, sich jedoch ganz gut versorgen konnte. Und auch sie würde er nicht verhungern lassen, obwohl sie aussah, als sei sie bereits auf dem besten Weg dazu.

Brav aß sie, so viel sie konnte, dann nahm sie eine Schmerztablette und ließ sich von ihm ins Bett stecken. Sie schlief sechzehn Stunden am Stück und wachte am nächsten Morgen gerade noch rechtzeitig auf, um sich zu verabschieden, ehe er in die Reifenfabrik aufbrach.

»Marvin?«, fragte sie blinzelnd beim Anblick des bestickten Namenszugs auf seinem Hemd.

Er runzelte die Stirn. »Das wollen Sie nicht wissen, glauben Sie mir.«

Er bläute ihr ein, die Tür verschlossen zu lassen, in der Wohnung zu bleiben oder auch im Bett, wenn sie Lust dazu hatte. Sie versprach es. Dann instruierte er sie, seine Nummer stets griffbereit zu halten und ihn anzupiepen, falls sie irgendetwas brauchen sollte. Er würde sie nicht anrufen, um sie nicht zu stören, es aber, falls es doch einmal nötig sein sollte, ein Mal läuten lassen, wieder auflegen und es gleich danach noch einmal versuchen, damit sie wisse, dass er es sei.

Trotz allem war ihm nicht wohl dabei, sie allein zurückzulassen.

Nach seiner Schicht in der Reifenfabrik ging er zum allabendlichen Briefing der Sondereinheit, wo er berichtete, er und Franklin Albright seien nach wie vor alles andere als dicke Freunde. Albright hatte ihm einen Reifen zerstochen. »Ziemlich dämlich. Mein Wagen stand auf dem Parkplatz einer Reifenfabrik, Scheiße noch mal!« Er hatte im Handumdrehen einen neuen Reifen aufgezogen gehabt.

Zwar konnte er nicht beweisen, dass es Albright gewesen war, doch außer ihm hatte er keine Feinde bei der Arbeit, außerdem hatte er ihn reichlich frech angegrinst, als Crystal nach der Schicht an seiner Seite das Fabrikgebäude verlassen hatte. Abgesehen davon wusste Dodge, dass Albright eine Schwäche für Messer hatte.

Den dämlichen Prügelknaben für den gewalttätigen Exknastbruder hergeben zu müssen, war Dodge mittlerweile ziemlich lästig, aber er hatte sich die Rolle ausgesucht und würde sie wohl oder übel weiterspielen müssen. Mittlerweile wurde seine Beziehung zu Crystal immer enger – einmal hatte sie ihm sogar über den Schenkel gestreichelt und gemeint, wie sehr sie es bedauere, dass sie ihm nicht schon eher begegnet sei.

Zu schade, dass sie nichts über Franklin wisse, was ihn für lange, lange Zeit wieder hinter Schloss und Riegel befördere und es ihr erspare, ihn in die Wüste zu schicken, um endlich mit ihm – Marvin – zusammen sein zu können, hatte Dodge erwidert.

Ihr Lächeln war in sich zusammengefallen, und sie hatte eilig das Thema gewechselt. Dodge schloss daraus, dass ihr irgendetwas im Hinblick auf Albright zu schaffen machte, sie aber noch nicht bereit war, zu verraten, dass er einen Banküberfall plante.

Dodge hatte das Gefühl, auf der Stelle zu treten, aber nach wie vor hatte keiner von ihnen etwas Konkretes in der Hand. Deshalb musste er notgedrungen weiter in der Reifenfabrik Dienst schieben und Crystal bearbeiten – in der Hoffnung, etwas über Albright herauszufinden, das ihn entweder als Täter entlarvte oder ihn aus dem Kreis der Verdächtigen ausschloss. Und währenddessen hatte er alle Hände voll zu tun, denn er musste verhindern, dass Albright ihn aus Eifersucht kaltmachte. Am Leben zu bleiben hatte inzwischen oberste Priorität für Dodge. Er wollte leben.

Mit Caroline.

Als er an diesem ersten Abend nach Hause kam, lag sie auf dem Sofa und döste. Verlegen setzte sie sich auf und entschuldigte sich für ihr zerzaustes Haar und ihre zerknautschten Kleider, während sie die Hände abwechselnd zu Fäusten ballte und wieder löste. Ihre schüchterne Unsicherheit schnürte ihm vor Rührung die Kehle zu.

»Wie war Ihr Tag?«, fragte er.

»Ich habe keinen Finger gekrümmt.«

»Perfekt.«

Er hatte einen Behälter voll sämiger Tomatencremesuppe mit Basilikum mitgebracht – die Spezialität des Cafés, in dem er häufiger aß. Sie setzten sich an den Küchentisch, löffelten ihre Suppe und aßen Baguette dazu, von dem er grobe Stücke abriss und dick mit Butter bestrich.

»Wollen Sie etwa, dass ich fett werde?«, fragte sie, als er ihr das zweite Stück reichte.

»Ich versuche Sie nur in einen Zustand zu bringen, in dem ich Ihr Profil erkennen kann.«

Nach dem Essen, dessen Abschluss eine großzügige Portion Vanilleeis mit Schokoladensoße bildete, sahen sie eine Weile fern, doch um zehn Uhr konnte Caroline ihr Gähnen nicht länger unterdrücken. »Tut mir leid. Es hat nichts mit Ihnen zu tun, ganz ehrlich.«

»Sie brauchen sich nicht zu entschuldigen. Ich bin auch völlig erledigt.«

Wie schon am Vortag weigerte sie sich, in seinem Bett zu schlafen, sondern bestand darauf, das Sofa zu nehmen. »Ich bin viel kleiner als Sie. Außerdem ist es Ihr Haus. Mir macht es nichts aus.«

»Mir aber.«

Er ließ sich nicht davon abbringen, ihr das Bett zu überlassen, bis sie am Ende nachgab. Und Dodge verbrachte die zweite verdammte Nacht auf diesem harten, unnachgiebigen Scheißding von Sofa, doch er genoss jede einzelne Minute seiner qualvollen Schlaflosigkeit in der Gewissheit, dass Caroline gleich nebenan in seinem Bett lag und schlief.

Es folgten weitere Tage, die exakt nach demselben Muster abliefen: Sie stand jeden Morgen auf, um sich von ihm zu verabschieden, und wartete abends, dass er von der Arbeit nach Hause kam. Auf ihr Betreiben hin hatte er seine Vorratskammer und den Kühlschrank mit mehr Lebensmitteln aufgestockt, als er je besessen hatte, damit sie jeden Abend das Essen zubereiten konnte.

»Das ist das Mindeste, womit ich mich für Ihre Gastfreundschaft revanchieren kann.«

Er ließ es zu, wenn auch unter der Bedingung, dass sie ihre Hälfte brav aufaß und ihm versprach, sich nicht zu übernehmen.

Die Haut um ihr Auge wechselte von Aubergine zu Violett und schließlich zu Avocadogrün, während ihr Teint mit jedem Tag frischer und gesünder wirkte. Nach und nach legte sie ein wenig zu, bis sie nicht mehr aussah, als stehe sie an der Schwelle zur Unterernährung.

Sie schimpfte zwar über ihre Untätigkeit, doch für Dodges Begriffe war sie durchaus umtriebig. Tagtäglich studierte sie die Immobilienteile der Tageszeitungen, beklagte sich über die Angebote, die ihr durch die Lappen gingen, und legte sich eine Strategie zurecht, wie sie die verlorene Zeit wieder aufholen könnte, wenn sie erst wieder zu Jim Malone Immobilien zurückgekehrt war.

Sie machte sich massenhaft Notizen auf einem Spiralblock und hielt Ideen fest, die ihr in den Sinn kamen. Wie es aussah, tat die kurzfristige Zwangspause ihrem Ehrgeiz keinen Abbruch. Stattdessen schien sie entschlossener denn je, sich einen Namen als Maklerin zu machen – höchstwahrscheinlich um es Roger Campton und seiner Familie, die sich über jeden Zweifel erhaben glaubten, so richtig zu zeigen, vermutete Dodge.

Sie legte ihm ihre Karrierepläne in aller Ausführlichkeit dar, als könne ausgerechnet er ihr einen Rat geben, wie sie ihre Ziele in dem von ihr selbst gesteckten Zeitrahmen erreichen konnte. Natürlich hatte er nicht allzu viel beizutragen, was sie jedoch gar nicht zu bemerken schien. Und es schmeichelte ihm, dass sie so großen Wert auf seine Laienmeinung legte.

Sie war wesentlich kultivierter als er, hatte mehr Bücher gelesen, mehr Symphonien gehört, mehr Lesungen besucht und mehr Museen von innen gesehen. Heilige Scheiße, er selbst hatte nur ein einziges Mal einen Fuß in ein Museum gesetzt – und das auch nur wegen einer Ausstellung, die ausschließlich den Gemälden nackter Schönheiten gewidmet war.

In intellektueller Hinsicht war Caroline ihm weit überlegen, doch die Art und Weise, wie sie ihm lauschte, wenn er etwas sagte, gab ihm das Gefühl, klüger zu sein, als er in Wahrheit war. So als halte sie jedes Wort von dem Unsinn, der aus seinem Mund kam, für wertvoll und überdenkenswert.

»Sie haben in der Schule bestimmt immer nur Einsen geschrieben, jede Wette«, neckte er sie eines Abends.

Sie errötete, was Antwort genug war.

Er lachte. »Während ich mich mit Hängen und Würgen durch meinen Abschluss gemogelt habe.«

»Dafür haben Sie eine anständige Portion gesunden Menschenverstand.«

»Ich würde es eher als Gewieftheit bezeichnen.«

»Unterschätzen Sie deren Wert nicht«, erklärte sie ernst. »In Ihrer Branche ist so etwas unerlässlich, um am Leben zu bleiben.«

Natürlich durfte er ihr nichts von seiner Aufgabe bei der

Spezialeinheit erzählen; stattdessen hielt er sie mit Geschichten über alte Fälle bei Laune – manche amüsant, andere tragisch. Selbst die banalste Geschichte schien sie noch spannend zu finden.

An seinem freien Tag verließen sie zum ersten Mal gemeinsam das Haus. Er lud sie ins Kino ein. Allerdings nahm Caroline ihre Sonnenbrille erst ab, als sie auf ihren Plätzen saßen und das Licht im Saal ausging.

Sie teilten sich eine Tüte Popcorn. Von Zeit zu Zeit berührten sich ihre Hände, wenn sie gleichzeitig hineingriffen. Einmal stieß sie beim Versuch, die Beine übereinanderzuschlagen, mit dem Fuß gegen seine Wade, entschuldigte sich jedoch sofort und zog ihn zurück.

Der Film handelte von zwei Brüdern, einem anständigen Kerl und einem Fiesling, die ihren tyrannischen Vater zwar gleichermaßen hassten, jedoch in dieselbe Frau verliebt waren. Irgendwann waren die beiden Hauptdarsteller in einer Liebesszene zu sehen – leidenschaftlich, gierig und verboten. Noch nie hatte Dodge eine Filmszene so angetörnt, und nicht nur, weil er einen Blick auf das berühmte Paar Brüste der Hauptdarstellerin erhaschen konnte, das aller Wahrscheinlichkeit nach bei Lloyd's in London für eine Million Dollar versichert war. Vielmehr rührte seine Erregung von der Tatsache her, dass Caroline neben ihm saß. Deren Brüste waren zwar klein, sorgten jedoch dafür, dass er sich Nacht für Nacht verdrossen und schwitzend auf seinem verdammten Sofa hin und her warf.

Er wollte sie. O Gott, und wie er sie wollte. Aber er rührte sie nicht an. Und schon gar nicht während einer heißen Filmszene. Selbst die leiseste Andeutung in diese Richtung würde das Vertrauen, das sie zu ihm gewonnen hatte, jäh zerstören. Keiner, der ihn kannte, würde ihm abkaufen, dass ihre

Beziehung keusch und züchtig war, doch ihre missliche Lage auszunutzen, wäre schlimmer als alles, was Campton ihr je angetan hatte.

Dodge verbot sich jeden Gedanken daran, wie es sein würde, wenn sie ihn abends nach der Arbeit nicht mehr in seinem Apartment empfangen würde, wenn ihr Summen nicht mehr aus der Küche dringen und ihm nicht länger der Duft ihres Shampoos in die Nase steigen würde. Er tat so, als gehe das Leben ewig so weiter. Von den wilden Achterbahnfahrten seiner Libido einmal abgesehen, hätte er nicht zufriedener sein können.

Bis zu dem Tag jener sinnlosen, völlig unnötigen Katastrophe, jenem Tag, an dem er am liebsten einen Baseballschläger genommen und Gott damit niedergeknüppelt hätte, wo auch immer er sein mochte.

An diesem Tag rief Dodge nach seiner Schicht in der Reifenfabrik bei Caroline an und sagte ihr, er sei in etwa einer Stunde zu Hause, ehe er sich auf den Weg zum allabendlichen Briefing der Spezialeinheit machte.

Er hätte die gedämpfte Stimmung schon beim Hereinkommen spüren müssen. Doch er war viel zu beschäftigt mit seinen Gedanken an Caroline und den Schmorbraten, den es zum Abendessen geben würde. Schmorbraten war viel mehr als nur ein Gericht – er stand für Geborgenheit, für ein Zuhause. Für Beständigkeit.

Er war so in seinen Tagträumen versunken, dass ihm die Stimmung erst auffiel, als er feststellte, dass seine Kollegen den Blickkontakt mieden.

»Was habe ich angestellt?«, fragte er in den Raum hinein.

Niemand antwortete.

»Was ist hier los?«

Stille.

»Verdammt noch mal! Gab's einen weiteren Raubüberfall? Ist noch jemand getötet worden? Los, sagt schon, verdammt noch mal! War es Albright? Welche Bank? Wann?«

»Darum geht's nicht, Dodge. Es ist, äh …«, meldete sich ein einziger tapferer Kollege zu Wort.

»Was? Was ist los?«

»Es geht um Gonzales.«

Dodge brauchte einige Sekunden, um seine Gedanken von dem mutmaßlichen Täter zu lösen und auf seinen ehemaligen Partner und besten Freund zu lenken, doch dann stellte er augenblicklich die Verbindung zwischen der Stimmung und Jimmys Namen her.

Sein Herzschlag setzte aus. Ihm stockte der Atem, und er schluckte hektisch, doch sein Mund war staubtrocken.

»Es gab einen Unfall«, fuhr ein anderer Beamter fort, »Gonzales war … er hat's nicht geschafft.«

»Tut mir leid, Dodge.«

»Hey, Mann, echt üble Sache.«

»So was ist nun mal Berufsrisiko, trotzdem … Scheiße.«

»Wenn ich irgendwas tun kann, Dodge, völlig egal, was … sag einfach Bescheid. Okay?«

Er registrierte die gemurmelten Kondolenzbekundungen nur am Rande. Abrupt wandte er sich von den Männern ab und versuchte, den Sinn der Worte zu erfassen. Es ging nicht. Er drehte sich wieder um. »Jimmy ist tot?« Der Anblick der ernsten Gesichter, der nickenden Köpfe schnürte ihm die Luft ab.

»Hey, ganz ruhig, Dodge.«

»Wo ist er?«

»Im Leichenschauhaus. Seine Familie ist gerade bei ihm.«

»Ich muss …«

»Du kannst da jetzt nicht hin!«

Er stürzte zur Tür, doch einige der Männer bekamen ihn zu fassen und zogen ihn zurück. Er begann sich heftig zu wehren und versuchte, sie abzuschütteln. »Du kannst nicht zu ihm, Dodge. Jimmy war ein Cop!«

»Denk doch mal nach, Mann!«

»Du riskierst, dass deine Tarnung auffliegt!«

»Scheiß auf die Tarnung!«, schrie er. »Und auf euch auch. Lasst mich sofort los!«

Er brüllte weitere Obszönitäten, bis ihn die Erschöpfung übermannte und die Beschwichtigungen der Männer endlich Wirkung zeigten. Sie ließen ihn los. Dodge sank auf einen Stuhl und saß eine scheinbare Ewigkeit reglos da, während er sich bemühte, zu begreifen, was so unglaublich schien. Schließlich hob er den Kopf. »Es war also ein Unfall. Was ist passiert?«

Ein Rockstar, der am selben Abend ein Konzert im Astrodome geben sollte, war an diesem Tag am Hobby Airport gelandet. Gonzales hatte Überstunden schieben wollen und sich freiwillig für die Polizeieskorte gemeldet, die der Limousine des Sängers Geleit geben sollte. Allerdings war die Ankunftszeit des Stars durchgesickert, und eine Horde Paparazzi und ein Konvoi fanatischer, mit Drogen vollgepumpter Fans hatten die Limousine quer durch die Stadt gejagt.

Gonzales und ein weiterer Polizeibeamter hatten im Fahrzeug direkt hinter der Limousine gesessen. Einer der Verfolger hatte versucht, sich zwischen den Streifenwagen und die Limousine zu schieben, und dabei die vordere Stoßstange des Polizeifahrzeugs gestreift. Sie waren mit so hohem Tempo unterwegs gewesen, dass der Fahrer die Kontrolle über den Streifenwagen verlor. Er war ins Schleudern geraten und mit der Seite mit solcher Wucht gegen einen Telefonmast geprallt, dass er fast in zwei Hälften zerrissen wurde.

Ebenso wie Jimmy Gonzales.

In zwei Hälften.

Der Captain bot Dodge an, mit einem Geistlichen oder einem Therapeuten zu reden. Doch Dodge schnauzte ihn nur an, er solle zum Teufel gehen, und verließ das Headquarter.

Eine Zeit lang fuhr er ziellos durch die Stadt, in der Hoffnung, irgendetwas zu finden, woran er seine Wut auslassen konnte. Doch irgendwann wurde ihm bewusst, dass er eine Gefahr für unschuldige Verkehrsteilnehmer und alle anderen auf der Straße darstellte. Am Ende würde er selbst noch jemanden totfahren – eine Ironie, der niemand etwas würde abgewinnen können. Am allerwenigsten Jimmy Gonzales, der in zwei Hälften in der Kälte des Leichenschauhauses lag.

Am Ende landete er in einem Baseball-Schlagkäfig. Es tat gut, etwas Hartes und potenziell Tödliches in der Hand zu halten und auf etwas einzudreschen, das ähnlich chancenlos war wie Gonzales gegen die Gesetze der Fliehkraft und diesen gottverdammten Telefonmast.

Erst Stunden später kehrte er nach Hause zurück. Der Schmorbraten war längst beiseitegeräumt worden. Tiefes Mitgefühl stand in Carolines Augen, als sie ihm die Tür aufmachte. »Es war in den Zweiundzwanzig-Uhr-Nachrichten. Das tut mir so leid, Dodge.«

Er nickte, ging an ihr vorbei in die Küche und riss den Kühlschrank auf, ohne zu wissen, wonach er suchte. Er stand da und starrte blicklos auf den Inhalt.

»Ich würde Ihnen so gern helfen«, sagte sie sanft, »aber ich weiß nicht, was ich tun soll.«

Er knallte die Kühlschranktür so heftig zu, dass die Gläser

klirrten. »Sie können nichts tun. Genauso wenig wie ich. Ich kann noch nicht mal zu seiner Beerdigung gehen, weil ich den Befehl bekommen habe, wegzubleiben. Und seine Eltern darf ich auch nicht besuchen. Nette Leute übrigens. Die waren immer so stolz auf ihren Jimmy, den Cop.« Seine Kehle wurde eng. »Großer Gott«, stöhnte er.

Caroline trat einen Schritt auf ihn zu, doch er stieß sie weg. »Sie können nichts tun, verstanden?«, schrie er. »Kapieren Sie's nicht? Dieses blöde Arschloch hätte gar nicht im Dienst sein sollen. Und jetzt ist er tot! Und wieso? Nur weil er diesen aufgeblasenen Affen mit den rosa Haaren und den grünen Satinhosen, der klingt, als würde eine Katze in den Arsch gefickt, beschützen wollte. Und der Dreckskerl, der diesen Unfall verursacht hat, ist einfach abgehauen. Der Typ hatte noch nicht mal genug Anstand im Leib, die Verantwortung dafür zu übernehmen, dass er einen großartigen Cop und tollen Kerl getötet hat. Wahrscheinlich irgendein Arschloch, das bis zur Hutschnur mit Koks vollgepumpt war. Sollte ich jemals herausfinden, wer das …« Er hob die Hände und ballte sie zu Fäusten. »Sollte ich jemals herausfinden, wer Jimmy getötet hat, bringe ich ihn eigenhändig um.«

»Dodge, Sie sind im Moment …«

»Sie glauben, ich meine es nicht ernst?«

»Dodge.«

»Denken Sie noch mal in Ruhe drüber nach, Süße. Immerhin habe ich Ihren Verlobten grün und blau geprügelt, schon vergessen?«

»Sie sind im Moment nicht ganz Sie selbst.«

»Ich bin absolut ich selbst.« Er bleckte die Zähne. »Genau das bin ich, Caroline.« Er schlug sich mit der Faust auf die Brust. »Sehen Sie genau hin. Das ist mein wahres Ich.«

Er spürte die Wut, die in seinen Venen pulsierte. Ihm war bewusst, dass seine Augen vor Zorn sprühten, dass er bei jedem Wort winzige Speicheltröpfchen ausstieß, dass er wie ein wildes Tier aussah.

Dass er höchstwahrscheinlich aussah wie sein Vater.

Trotzdem konnte er nicht verhindern, dass die Worte über seine Lippen kamen, die sein Vater ihm so oft entgegengeschleudert hatte. »Lassen Sie mich verdammt noch mal in Ruhe, verstanden?«

Mit bemerkenswerter Gefasstheit trat Caroline an ihm vorbei und verließ den Raum.

Nun hatte er niemanden mehr, gegen den er seinen Zorn richten konnte. Er ließ sich auf einen Küchenstuhl fallen, schlug die Hände vors Gesicht und weinte, bis sich seine Kehle rau und wund anfühlte.

Er blieb in der Küche sitzen, bis der Morgen anbrach, wie betäubt vor Kummer und voller Hass auf sich selbst.

Erst als die ersten Sonnenstrahlen in den Raum fielen, stand er auf, zog seine Schuhe aus und schlich auf Zehenspitzen ins Badezimmer, wo er sich kaltes Wasser ins Gesicht klatschte. Sein Hemd hing ihm aus der Hose, das Haar stand ihm auf einer Seite vom Kopf ab, und sein Kinn und seine Wangen waren von borstigen Stoppeln überzogen. Er sah aus, als hätte er eine wochenlange Sauftour hinter sich, doch er war – körperlich und seelisch – zu erschöpft, um sich in Ordnung zu bringen.

Die Tür zum Schlafzimmer am anderen Ende des Flurs war nun angelehnt – keine Einladung, aber auch kein klares Zeichen, dass sie sich vor ihm zurückzog. Und dazu hatte sie nach dem, wie er sich am Vorabend aufgeführt hatte, nicht nur jedes Recht, sondern war im Grunde regelrecht dazu verpflichtet.

Er trat vor die Tür und öffnete sie. Die Scharniere quietschten, aber sie war ohnehin wach. Er spürte es, obwohl sie ihm den Rücken zugekehrt hatte. Sie lag vollständig bekleidet mit angezogenen Knien auf der Seite, nur die Schuhe hatte sie abgestreift, sodass er ihre perfekt geformten rosigen Zehen erkennen konnte.

Bei ihrem Anblick verflog die Verbitterung, die ihn die ganze Nacht hindurch im Würgegriff gehalten hatte, und wich einem Gefühl tiefer Leere.

Er trat zum Bett und legte sich neben sie, dicht neben ihrem Rücken, ohne sie zu berühren. Er ging davon aus, dass sie ihn fortschicken würde, dass sie seinen Anblick, seinen Geruch nicht würde ertragen können, doch sie tat es nicht. Stattdessen lag sie reglos da. Die stumme Hinnahme seiner Gegenwart verlieh ihm den Mut, etwas zu sagen.

»Ich habe mich geirrt«, sagte er – zumindest für sein Empfinden – im Flüsterton, doch in Wahrheit hallte seine Stimme laut in der Stille des Raums wider. »Als ich gesagt habe, du könntest mir nicht helfen, habe ich mich geirrt«, fuhr er eine Spur leiser fort. »Es gibt durchaus etwas.«

»Was denn?« Ihre Stimme wurde vom Kopfkissen unter ihrer Wange gedämpft.

»Du tust es gerade.«

»Ich tue doch gar nichts.«

»Oh doch. Du … du *bist* einfach nur.« Er schob sich näher, schloss die Augen und vergrub sein Gesicht in ihrem Haar.

»Ich bin einfach nur?«

»Das genügt schon. Es ist sogar eine ganze Menge.«

Sie drehte sich zu ihm um und sah ihn an. Sie schien es ihm nicht übel zu nehmen, dass er sein Gesicht in ihrem Haar vergraben hatte, und in ihrem Blick lag keinerlei Verachtung. Sondern vielmehr so etwas wie Zärtlichkeit.

»Tut mir leid, dass ich so ausgerastet bin.« Er schnaubte. »Ausgerastet. Das ist wohl die Untertreibung des Jahrhunderts. Ich habe mich wie ein Verrückter aufgeführt.«

»Du warst außer dir.«

»Allerdings. Und bin es immer noch. Trotzdem gibt es keine Entschuldigung für mein Verhalten und für die Dinge, die ich gesagt habe.«

»Ich habe es nicht persönlich genommen.«

»Gut. Ich habe es nämlich auch nicht persönlich gemeint.«

»Ich weiß. Und ich verstehe das.« Ihre Miene verriet ihm, dass sie es auch tat.

Ihm zog es die Kehle zu. »Kannst du mir verzeihen, was glaubst du?«

»Ich habe dich in deinem schlimmsten Zustand gesehen und bin immer noch hier.«

Er schüttelte traurig den Kopf. »Das war nicht mein schlimmster Zustand. Bei Weitem nicht.«

»Ich bin immer noch hier«, wiederholte sie sanft.

Er sah in ihre sherryfarbenen Augen, die ihn ruhig musterten, und spürte, wie sich hauchdünne Risse durch den dicken Panzer um sein Herz zogen. Schon früh hatte es sich mit dem Tod seiner geliebten Mutter verschlossen, war hart geworden unter der strengen Hand seines Vaters, der keine Liebe für ihn übriggehabt hatte. Und der tägliche Kampf gegen die scheinbar endlosen Grausamkeiten, mit denen die Menschen einander quälten, hatte es vollends zu Stein erstarren lassen.

Doch unter Carolines Blick war jeder Widerstand zwecklos. Winzige Haarrisse zogen sich über seine verkrustete Oberfläche und gestatteten, dass ihre Sanftmut, ihre Freundlichkeit und ihre Güte in sein Inneres vordrangen.

Die Sehnsucht nach ihr schnürte ihm die Luft ab. »Caroline.« Er hielt inne, schluckte hart und versuchte es noch einmal. »Caroline, vor ein paar Wochen warst du noch mit einem anderen Mann verlobt.« Wieder unterbrach er sich und rang nach Worten. »Ich werd's vermasseln, verdammt. Was ich sagen will …«

»Ich weiß, was du sagen willst.« Im Gegensatz zu seinen stümperhaften Versuchen, leise zu sprechen, gelang es ihr scheinbar mühelos. Ihre Stimme war kaum mehr als ein Lufthauch, der eher über seine Haut strich, als dass er sie hörte.

Sie beugte sich vor und berührte seinen Mund mit ihren Lippen. Nach wenigen Momenten löste sie sich und ließ ihre Augen suchend über seine Züge wandern, von denen er wusste, dass sie alles andere als dem klassischen Schönheitsideal entsprachen. Nicht einmal ansatzweise. Bis zum heutigen Tag hatte er keinerlei Gedanken auf sein Äußeres verschwendet. Beklommen fragte er sich, ob es irgendetwas an seinem asymmetrischen Gesicht gab, das sie anziehend fand.

Sie hob die Hand, und er spürte ihre Fingerspitzen, kühl und weich wie Blütenblätter, über sein stoppeliges Kinn und die Wangen streichen. Dann beugte sie sich erneut vor und küsste ihn. Und diesmal machte sie keine Anstalten, ihre Lippen wieder zu lösen.

Er gab einen Laut von sich, der ihm, wäre er eine Frau gewesen, das Blut in den Adern gefrieren lassen hätte. Es klang wie etwas, das man im tiefsten Dschungel erwarten würde, doch Caroline zeigte keinerlei Reaktion. Stattdessen entspannten sich ihre Lippen einladend, während er seine Zunge dem Instinkt folgen ließ. Sekunden später war jede Erinnerung an die Küsse mit anderen Frauen vergessen, denn es gab nur noch Caroline. Mit einem Mal hatte das Wort *Kuss* eine völlig neue Bedeutung für ihn, wurde zu einem Liebesspiel, einem Akt der Verschmelzung, nicht allein von zwei Mündern, sondern von zwei Seelen.

Und sie erwiderte seinen Kuss mit einer unverblümten Leidenschaft und Innigkeit, die ihn verblüffte und zugleich faszinierte. Und sie war auch diejenige, die sich als Erste von ihm löste, um sich anderen Teilen seines Körpers zuzuwenden. Sie schob den Kragen seines Hemds beiseite und presste ihre geöffneten Lippen auf seinen Hals. Wenn sie so etwas tat, hatte sie gewiss nichts dagegen einzuwenden, wenn er seine Hand unter ihre Bluse schob und ihre nackte Haut berührte. Sie hatte nichts dagegen. Seine Finger strichen über ihr zartes Rückgrat und zogen sie enger an ihn. Bereitwillig rutschte sie näher, bis sich ihre Körper fanden und sie sich im Rhythmus ihrer Zungen zu bewegen begannen.

Er war nicht sicher, wie man es bewerkstelligte, eine Frau wie sie ihrer Kleider zu entledigen. Damit fehlte ihm jegliche Erfahrung. Doch Caroline löste das Problem, indem sie sich anmutig aus ihren Sachen zu schälen begann, während er sich die Klamotten vom Leib riss, als stünden sie in Flammen.

Als sie nackt neben ihm lag, überkam ihn ein unvermittelter Anfall von Lampenfieber. Sie war so bildschön, dass er sich vorkam, als sei er drauf und dran, ein Nationalheiligtum oder einen Kirchenschatz zu stehlen. Manch einer könnte behaupten, dass ihre Nase eine Spur zu spitz oder ihre Lippen zu schmal waren, doch für ihn besaß sie das schönste Gesicht, das er je gesehen hatte. Zwar entsprach ihr zierlicher Körper nicht ganz seiner Idealvorstellung von Weiblichkeit, dennoch hatte er noch nie jemanden mit einer solchen Leidenschaft begehrt.

Sonnenstrahlen drangen durch die Ritzen in den Jalousien und warfen pfirsich- und cremefarbene Streifen auf ihre blasse, mit bezaubernden Sommersprossen gesprenkelte Haut und ihre unschuldig rosa Brustwarzen und verliehen dem Haar zwischen ihren Beinen einen sanften goldenen Schimmer.

Sie lächelte ihn an. »Hast du vor, mich heute noch anzufassen?«

Behutsam legte er eine Hand auf ihren Bauch und stellte fest, dass sie ihn nahezu vollständig bedeckte, von der einen Seite ihrer Taille bis zur anderen. Er kam sich neben ihr vor wie ein Bulle. Behaart. Riesig. »Du bist so… rosa. Und so klein. Ich habe Angst, dass ich dir wehtue.«

»Das wirst du nicht.«

»Aber deine Rippen…«

»Sie tun schon fast nicht mehr weh.« Damit legte sie ihm die Hände auf die Schultern und zog ihn zu sich herab. »Du wirst mir nicht wehtun, Dodge.«

Sie begannen wieder, sich zu küssen, und seine Vorbehalte waren wie weggefegt. Eine kurze Berührung seiner Zunge genügte, dass ihre unschuldig rosigen Brustwarzen sich keck und lüstern aufrichteten. Seufzend flüsterte sie seinen Namen und begann sich unter ihm zu bewegen, während ihre zarte Hand ihn umfasste und dirigierte. Behutsam stieß er sie mit seiner Erektion an. Sie fühlte sich feucht und warm an, bereit, ihn in sich aufzunehmen. Mit einem tiefen Stöhnen drang er in sie.

Er strich ihr mit den Händen durchs Haar und umfasste ihren Hinterkopf, während er seine Lippen an ihr Ohr legte. »Schon als ich dich das erste Mal sah, wollte ich genau das«, flüsterte er. »Ich wollte in dir sein, ganz tief. Genau wie jetzt. Ich wollte spüren, wie sich deine… deine…« Er kannte nur die derben Worte, das war sein Metier, nicht jedoch die romantischen, zuckersüßen. »Ich weiß nicht, wie ich es am besten sagen soll.«

Sie wandte sich ihm zu und strich mit den Lippen an seinem Kinn entlang. »Du machst es genau richtig.«

Er stieß noch etwas fester zu und stöhnte. »Gott, du fühlst dich so gut an.«

»Du auch.« Sie schlang ihm die Beine um die Hüften und wölbte sich ihm entgegen. »Bleib, solange du willst.«

Doch das tat er nicht. Er konnte nicht. Nicht beim ersten Mal, nach all den Monaten, in denen sich die Leidenschaft in ihm angestaut hatte und sich nun entlud. Doch beim nächsten Mal ließ er sich länger Zeit, und beim übernächsten …

Dodge hatte nicht gewusst, dass ein solches Glück überhaupt existierte. Er hatte es nie kennengelernt. In den darauffolgenden Tagen und Wochen spürte er einen so tiefen Frieden und eine Zufriedenheit, die nicht einmal seine Trauer um Jimmy Gonzales schmälern konnte.

Er vermochte sich nicht vorzustellen, dass er noch glücklicher hätte sein können.

Er sollte sich irren.

Sechs Wochen nach diesem ersten Morgen eröffnete Caroline ihm schüchtern, dass sie ein Baby erwarteten.

22

Aufwachen, Ladys. Ski hat gerade angerufen.« Mit einem Ruck zog Dodge die Verdunklungsvorhänge zur Seite.

Berry stützte sich auf die Ellbogen und blinzelte gegen das morgendliche Sonnenlicht an.

Caroline fuhr hoch. »Was ist passiert?«

»Starks hat es schon wieder versucht. Ich erzähle Ihnen alles im Wagen.« Dodge verschwand durch die Verbindungstür ins angrenzende Zimmer.

Caroline und Berry tauschten einen Blick, während ihnen wieder einfiel, wo sie waren, weshalb sie hier in den Hotelbetten lagen, was mit Sally Buckland passiert war und worüber sie am Abend zuvor geredet hatten.

Dann, als hätte jemand einen Startschuss abgegeben, sprangen sie aus ihren Betten. Als Dodge fünf Minuten später wieder hereinkam, waren sie angezogen und abfahrbereit. Da sie über das Büro des Sheriffs eingecheckt worden waren, das auch die Rechnung übernehmen würde, blieb ihnen die Prozedur des Auscheckens zum Glück erspart.

Amüsiert beobachtete Berry, wie Dodge den Mitarbeiter des Parkservice anschnauzte, weil er für sein Empfinden viel zu lange brauchte, ihren Wagen vorzufahren. Seine Ungeduld war ihr nur allzu vertraut. Wie der Vater, so die Tochter, dachte sie und lächelte.

Sie musste dringend über alles nachdenken, was ihre Mutter ihr am Vorabend erzählt hatte. Caroline hatte geredet, bis sie völlig erschöpft und Berry zu müde gewesen war, um noch irgendwelche Details über die unorthodoxe Liebesgeschichte aufnehmen zu können, der sie ihr Leben zu verdanken hatte. Sie hatten vereinbart, ihr Gespräch am nächsten Morgen fortzusetzen, aber offenbar hatte sich die Situation in Merritt erneut zugespitzt, deshalb würde der Rest der Geschichte ihrer Eltern, insbesondere jener Teil, weshalb die Beziehung letzten Endes gescheitert war, noch ein wenig warten müssen.

Dodge beschwerte sich lautstark über den morgendlichen Houstoner Stoßverkehr. Caroline bestand darauf, dass sie bei einem Drive-in anhielten, um Kaffee zu besorgen. »Ohne Ihre Dosis Koffein sind Sie ungenießbar.«

»Ich schätze, eine Zigarette kommt wohl nicht infrage, was?«

Sie machte sich noch nicht einmal die Mühe, die Frage zu beantworten. »Wann erzählen Sie uns endlich, was passiert ist? Ist Oren Starks geschnappt worden?«, fragte sie stattdessen.

»Nein.«

»Was dann?«

»Erst wenn ich meinen Kaffee getrunken habe.«

»Sie sind nur bockig, weil ich Ihnen nicht erlaube, im Wagen zu rauchen.«

»Verklagen Sie mich doch.«

Die Drive-in-Schlange bei McDonald's war endlos, doch irgendwann hielten sie endlich ihre Becher voll dampfendem Kaffee in den Händen. »Also, Dodge, erzählen Sie«, sagte Berry vom Rücksitz.

Dodge schilderte in groben Zügen, was vorgefallen war, doch Caroline und Berry bombardierten ihn augenblicklich mit Fragen. »Mehr weiß ich nicht«, rief er über ihre Stimmen hinweg. »Ski wurde weggerufen, bevor er etwas Genaueres sagen konnte. Er meinte nur, ich soll Sie sofort nach Merritt zurückbringen, was ich gerade tue. Außerdem kann ich es selber kaum erwarten, endlich zurückzufahren.«

»Sie haben es satt, den Babysitter für mich zu spielen.«

Er sah ihr im Rückspiegel in die Augen. »Nein. Ich will nur vor Ort sein, wenn sie diesen Scheißkerl schnappen. Im Fall Creighton Wheeler hatte ich keine Gelegenheit, ein Wörtchen mit ihm zu reden, obwohl ich ziemlich sauer auf ihn war wegen dem, was er Maggie angetan hat.«

»Wer ist Maggie?«

»Dereks Hund.«

Er erzählte ihnen die Geschichte von dem Playboy aus Atlanta, der inzwischen eine lebenslängliche Gefängnisstrafe absaß. »Die haben ihn in eine Abteilung mit echt üblen Psychos gesteckt, aber das ist trotzdem noch viel zu gnädig für ihn. Seine Familie kann einem allerdings echt leidtun. Eigentlich ganz nette Leute, dafür, dass sie so reich sind. Wegen Creighton haben sich die meisten ihrer Freunde von ihnen abgewandt. Nur Julie redet noch mit ihnen.«

Er fuhr fort. Berry war bewusst, dass seine Schilderung nichts als ein Versuch war, sie und ihre Mutter während der Fahrt ein wenig abzulenken, aber es störte sie nicht. Mittlerweile war sie für alles dankbar, was sie über ihn in Erfahrung bringen konnte.

Nun, da sich ihr Verdacht im Hinblick auf ihn bestätigt hatte, fiel es ihr schwer, so zu tun, als wüsste sie nicht längst Bescheid. Sie sehnte sich danach, innezuhalten, ihn in Ruhe zu betrachten und ihm zuzuhören, um möglichst viel über ihn und sein Leben zu erfahren.

Deshalb lauschte sie seinem scheinbar endlosen Monolog, ohne ihn zu unterbrechen, genoss den Klang seiner Reibeisenstimme und sog jedes Wort in sich auf, auch wenn es noch so deftig, respektlos oder banal war. Während er in aller Ausgiebigkeit von Derek und Julie Mitchell schwärmte, gelang es Berry, sich aus den unfreiwilligen Andeutungen und Details ein Bild des Lebens zusammenzureimen, das er im Augenblick führte – und was sie sah, war reichlich deprimierend.

»Ski sagte, wir dürfen zum Tatort kommen, wenn wir versprechen, ihnen nicht im Weg zu stehen. Schaffen Sie das?«, meinte er, als sich die Fahrt dem Ende näherte.

Sie und Caroline versprachen, nichts zu tun, was die Ermittlungen in irgendeiner Weise gefährden könnte. Dodge hielt vor dem Eingangstor zu einem Campingpark, vor dem ein Wagen mit den Insignien des Sheriff's Department geparkt stand. Ein Deputy stieg aus und trat auf die Fahrerseite. »Mr Hanley?«

»Allerdings.«

»Fahren Sie den Hauptweg entlang bis zur ersten Gabelung, und biegen Sie dann links ab. Sie sehen es dann schon.«

Der Deputy stieg in seinen Wagen und setzte ein Stück zurück, damit Dodge das Tor passieren konnte. Die Anlage war sehr hübsch und gepflegt. »Was hat Ski noch mal gesagt, wie alt die Leute waren?«, erkundigte sich Berry.

»In den Siebzigern.«

»Großer Gott«, stöhnte Caroline. »Wer tut Menschen dieses Alters so etwas an?«

»Derselbe Mann, der auch einer Frau in den Kopf schießt und sie dann in einen Kleidersack steckt.«

Etwa hundert Meter nach der Weggabelung war von der Stille des Parks nicht mehr viel zu spüren – etwa doppelt so viele Polizeibeamte wie auf dem Walmart-Parkplatz liefen hin und her, umringt von einer ähnlichen Zahl an Campern, die sich, aufgeschreckt von der morgendlichen Schockmeldung, eingefunden hatten und das Geschehen neugierig verfolgten.

Uniformierte Polizeibeamte befragten sie in Gruppen oder einzeln, andere standen mit Walkie-Talkies oder Handys am Ohr da. Einige schienen nichts zu tun zu haben, versuchten jedoch krampfhaft, beschäftigt zu wirken. Und über dem Szenario kreiste ein Hubschrauber mit laut flappenden Rotoren.

Dodge fuhr so dicht wie möglich an das gelbe Absperrband und kam neben einem Krankenwagen zum Stehen. Durch die geöffneten Hecktüren konnte Berry einen jungen Mann – definitiv nicht in den Siebzigern – erkennen, der gerade von einem Notarzt untersucht wurde. Dodge stieg aus und stieß einen schrillen Pfiff aus. »Deputy!«

Der junge Deputy namens Andy drehte sich um. Bei Dodges Anblick färbten sich seine Apfelbäckchen vor Wut dunkelrot, und er stapfte auf ihn zu. Berry ließ die Scheibe herunter, um das Gespräch verfolgen zu können.

»Wegen Ihnen habe ich so richtig Ärger mit Ski bekommen«, fuhr Andy ihn ohne Umschweife an.

Dodge machte keine Anstalten, sich dafür zu entschuldigen. »Geschieht Ihnen ganz recht. Sie haben sich wie ein naiver Holzkopf benommen. Wenn Sie schlau sind, nehmen Sie es als Lehre. Also, wo ist Ski?«

»Im Wohnwagen.« Andy nickte in Richtung eines großen grauen Campinganhängers mit einer hellblauen Welle auf der Seite, dessen Türen weit offen standen. »Die Spurensicherung der Texas Rangers ist gerade fertig geworden. Ski redet noch mit ihnen, hat aber gesagt, ich soll ihn wissen lassen, wenn Sie hier sind.« Er zückte das Funkgerät an seinem Gürtel.

»Ist das da drüben das Opfer?«, fragte Dodge und wies auf die Gestalt im Krankenwagen.

Der Deputy schüttelte den Kopf. »Nein. Die Herrschaften wurden schon ins Krankenhaus gebracht. Das ist der Typ, der sie gefunden hat. Eine Spinne hat ihn gebissen, und der Notarzt war gerade da, deshalb …«

Skis Stimme ertönte aus dem Walkie-Talkie. »Was gibt's?«

»Hey, Ski. Andy hier. Sie sind da.«

»Fünf Minuten.«

Sie warteten. Nach gut fünf Minuten trat Ski aus dem Wohnwagen und kam mit zusammengepressten Lippen und grimmiger Miene auf sie zu. Berry und Caroline stiegen ebenfalls aus dem Wagen und gesellten sich zu Dodge, der vor dem Absperrband gewartet hatte.

Ski tauchte unter der Absperrung durch. Seine Augen suchten Berrys Blick und hielten ihn mehrere Sekunden lang fest. »Wir wissen jetzt, wie Starks vom Walmart-Parkplatz weggekommen ist.«

In knappen Worten schilderte er ihnen, wie Starks die Besitzer des Wohnwagens mit gezogener Waffe gezwungen hatte, ihn mitzunehmen. »Ein älteres Ehepaar, Mr und Mrs Mittmayer, die gerade aus Iowa gekommen waren. Sie wollten ein paar Tage hier bleiben, bevor sie weiter nach Corpus Christi und dann zur Padre Island reisen wollten.«

»Was um alles in der Welt hatten sie um drei Uhr früh auf dem Walmart-Parkplatz zu suchen?«, wollte Dodge wissen.

»Eigentlich hatten sie vorgehabt, die Nacht in einem Wohnwagenpark im Ozarks-Gebirge zu verbringen, allerdings war der völlig überfüllt, deshalb haben sie beschlossen, bis zur nächsten Station auf ihrer Reiseroute weiterzufahren. Sie haben sich auf den Walmart-Parkplatz gestellt, um dort die restliche Nacht zu verbringen, bis das Büro des Campingplatzes aufmacht. Mrs Mittmayer hat ausgesagt, Starks sei herübergehumpelt. Er hätte ziemlich mitgenommen ausgesehen, als hätte er große Schmerzen. Ihr Mann habe ein großes Herz und hätte ihm die Tür aufgemacht, obwohl sie ihn gewarnt hätte, es lieber nicht zu tun. Starks sei hereingesprungen und hätte ihrem Mann mit dem Pistolengriff eins übergezogen, worauf er ohnmächtig geworden sei. Dann hätte er sie gepackt, ihr den Arm auf den Rücken gedreht und ihr gedroht, zuerst ihren Mann und dann sie abzuknallen, wenn sie nicht sofort aufhören würde zu schreien. Dann hat er sie beide in den hinteren Teil des Wagens gezerrt, gefesselt und geknebelt.«

Dodge fuhr sich mit der Hand übers Gesicht, während Caroline den Blick über die umstehenden Bäume schweifen ließ und den Kopf schüttelte über diese unnötige Grausamkeit. Ski sah Berry in die Augen und fuhr fort.

»Gestern früh um neun Uhr ist Starks mit dem Wohnwagen hierhergefahren und hat Mrs Mittmayer gezwungen, ins Büro zu gehen und einzuchecken, als wäre nichts passiert. Er hat ihr gedroht, wegzufahren und ihren Mann zu töten, wenn sie ihn verrät.«

»Und wo waren sie in der Zwischenzeit?«, fragte Berry. »Nachdem sie den Walmart-Parkplatz verlassen hatten?«

»Das weiß sie nicht. Sie hat die ganze Zeit hinten im Wohnwagen gekauert und konnte nichts sehen. Außerdem kennt sie sich hier nicht aus. Sie weiß nur, dass Starks etwa eine halbe Stunde gefahren ist und dann wieder angehalten hat. Er hat in der Vorratskammer herumgestöbert, ein Stück Brot und eine Dose Thunfisch gegessen und zwei Dosen Cola light getrunken. Sein Bein hätte ihm schlimme Schmerzen bereitet, meinte sie. Als er das Hosenbein hochgezogen hätte, um es zu untersuchen, hätte sie gesehen, dass es geradezu grotesk angeschwollen und verfärbt gewesen sei. Er hat offenbar eine Handvoll Schmerztabletten aus ihrem Medizinschränkchen eingeworfen, dann sei er eingeschlafen …«

»Aber haben sie denn nicht versucht …«

Ski schüttelte den Kopf. »Sie hatte wahnsinnige Angst. Und hat sich Sorgen um ihren Mann gemacht, weil er immer wieder das Bewusstsein verlor. Außerdem hatte er eine blutende Wunde am Kopf. Sie hatte Angst, Starks würde ihn auf der Stelle erschießen, wenn sie nur einen Mucks machte. Im Morgengrauen ist Starks wieder aufgewacht, hat ein paar Cracker mit Erdnussbutter gegessen, eine dritte Cola light getrunken und noch ein paar Schmerztabletten eingeworfen. Dann fragte er, wohin sie wollten. Sie solle gar nicht erst auf die Idee kommen, ihn anzulügen, er würde es sofort merken. Also hat sie ihm den Namen des Campingplatzes genannt, und er ist mit dem Wohnwagen hergefahren.«

»Wo alles in bester Ordnung schien«, folgerte Berry.

»Sie hatten reserviert und wurden bereits erwartet«, fuhr Ski fort, »deshalb hat niemand geahnt, dass etwas nicht stimmen könnte. Starks hat Mrs Mittmayer erneut gefesselt und geknebelt, dann hat er noch eine Weile geschlafen, sich gewaschen und von Mr Mittmayer ein paar frische Sachen zum Wechseln genommen. Er hat sie eingeschlossen, ihr Fahrzeug vom Wohnwagen abgekuppelt und ist davongefahren. Das war gestern um die Mittagszeit, als wir gerade auf dem Walmart-Parkplatz waren.«

»Dann ist er mit ihrem Auto nach Houston gefahren und hat vom Stadion aus Berry angerufen«, folgerte Dodge.

»Genau das ist auch meine Vermutung. Wir haben den Wagen der Mittmayers bereits zur Fahndung ausgeschrieben.«

»Und wie geht es den Mittmayers?«, erkundigte sich Caroline.

»Der Deputy hat erzählt, der junge Mann da drüben hätte sie gefunden«, sagte Dodge.

Der Mann mit dem Spinnenbiss, dessen Arm verbunden worden war, redete gerade mit Andy. »Er hatte den Stellplatz neben ihnen«, erklärte Ski. »Irgendwann ist es Mrs Mittmayer gelungen, zur Wand des Wohnwagens zu robben und mit der Faust dagegenzuhämmern. Der Mann war früh aufgestanden, weil er eine Wanderung machen wollte, und hat das Klopfen gehört. Er hat Starks gestern beobachtet, wie er den Wagen abgekuppelt hatte und damit davongefahren war, deshalb wurde er neugierig. Also hat er nachgesehen und die beiden gefunden. Mrs Mittmayer war zwar völlig dehydriert, aber ansonsten geht es ihr den Umständen entsprechend. Sie wird gerade im Krankenhaus behandelt.«

Berry, Dodge und Caroline musterten ihn erwartungsvoll.

Er blickte zu Boden und ließ den Atem entweichen. »Ihr Mann hat einen Schädelbruch erlitten. Er hat es leider nicht geschafft. Er war sechsundsiebzig.«

Dodge stieß einen Fluch aus. Caroline stöhnte bekümmert. Berry stand reglos da und wünschte inbrünstig, all das sei nur ein böser Traum.

»Mrs Mittmayer hat Starks anhand des Fotos identifiziert«, fuhr Ski fort. »Das einzig Gute an dem Ganzen ist, dass wir damit noch mehr hieb- und stichfeste Beweise haben. Fingerabdrücke, DNA-Spuren und eine Augenzeugin. Zur Liste seiner Verbrechen kommt jetzt auch noch Entführung hinzu, neben dem Kapitalverbrechen, für das er ohnehin angeklagt werden wird.«

»Nicht, wenn ich ihn vorher in die Finger kriege«, murmelte Dodge, der sich trotz der Rauchverbotsschilder eine Zigarette ansteckte.

»Ich wollte, dass Sie es von mir erfahren statt aus den

Nachrichten oder sonst woher, nachdem schon allerlei Gerüchte die Runde gemacht haben.« Er wandte sich an Dodge. »Bringen Sie die beiden nach Hause. Ich habe eine Kollegin zu Carolines Haus geschickt, außerdem behalten zwei meiner Leute das Grundstück und das Ufer im Auge. Sie stehen in ständigem Kontakt mit mir und allen anderen zuständigen Beamten.«

»Nach allem, was wir wissen, ist Oren immer noch in Houston«, sagte Berry.

»Nach allem, was wir wissen«, wiederholte Ski. »Aber das lässt darauf schließen, dass er alles auf eine Karte setzt. Ich will kein Risiko eingehen.«

»Ich bringe die beiden nach Hause«, erklärte Dodge, »aber dann komme ich wieder her und beteilige mich an der Suche.«

Ski zögerte einen Moment, ehe er widerstrebend nachgab. Dodge, der es offensichtlich kaum erwarten konnte, schob Caroline um den Wagen herum zur Beifahrerseite, während Ski Berry die hintere Wagentür aufhielt. »Alles okay?«

»Absolut nicht.«

»Sie haben seit Freitagabend einen Schock nach dem anderen erlitten.«

»Allerdings waren nicht alle schlimm«, gab Berry mit einem Seitenblick auf Dodge zurück.

Skis Handy läutete. Er hob es ans Ohr. »Nyland.«

Berry spürte sofort, dass es etwas Dringendes war. »Ja. Ja. Wie war das? Okay«, stieß Ski hervor und ging in Richtung seines Geländewagens davon, zuerst zügigen Schrittes, dann verfiel er in Trab. Er klappte sein Telefon zu. »Sie haben den Wagen der Mittmayers gefunden«, rief er Dodge über die Schulter zu.

»Meine Tochter sagt, es gibt 'ne beachtliche Belohnung.«

»Fünfundzwanzigtausend Dollar.«

Der Mann verzog das Gesicht zu einem breiten Grinsen und gab den Blick auf eine Reihe schiefer, von Kautabak dunkelbraun verfärbter Zähne frei. »Wann kann ich sie abholen?«

»Bald«, versprach Ski. »Im Augenblick sind wir alle ziemlich beschäftigt.«

»Weil ihr hier 'nen flüchtigen Verbrecher jagt, was?« Der Mann nickte wissend.

»Das steht im Augenblick an oberster Stelle, Mr Mercury«, bestätigte Ski.

Ski war am Telefon und wartete darauf, dass sein Armeefreund und Besitzer der Suchhundestaffel wieder an den Apparat kam, sonst hätte er wohl kaum seine kostbare Zeit mit Ray Van Mercury (»Mercury-so-wie-das-Auto«) vergeudet. Dieser Mann besaß die Lästigkeit eines Insekts, das scheinbar ziellos umherschwirrte, sich jedoch mit nervtötender Regelmäßigkeit auf Caroline Kings Belohnung stürzte wie eine Wespe auf ein Marmeladenglas.

»Bist du noch dran, Ski?«, hörte er seinen Kumpel am anderen Ende der Leitung fragen. »Was gibt's Neues? Ich hoffe, du hast gute Nachrichten.«

»Ich suche immer noch nach einem Tatverdächtigen. Soll ich lieber später noch mal anrufen?«

Ski schilderte ihm die Dringlichkeit der Lage.

»Alles klar.«

Sein Freund legte auf. »Er muss zurückrufen«, sagte er zu Dodge, der offenbar genug von Ray Van Mercury (»Mercury-so-wie-das-Auto«) gehört hatte und ein Stück beiseitegetreten war, um sich eine Zigarette anzünden.

»Mit jeder Minute, die wir hier herumstehen, gewinnt Starks Land«, grollte er.

»Aber nur, wenn er sich nicht hier drin herumtreibt.«

Ski blickte in Richtung Wald. Abdrücke von Sportschuhen von der Sorte, wie Starks sie im Walmart gekauft hatte, führten von dem zurückgelassenen Wagen des alten Ehepaars in den dichtesten Teil von Big Thicket. Absolutes Niemandsland.

Zahlreiche Legenden und Geheimnisse rankten sich um das Big Thicket National Preserve – von einem Bigfoot, der hier leben sollte, bis hin zu Irrlichtern, deren Quelle niemand kannte, war die Rede. Legendäre texanische Banditen und Geächtete hatten der Überlieferung nach in den endlosen Sümpfen und dichten Wäldern Unterschlupf gesucht.

Die Gegend war ein beliebtes Ziel für Frischluftbegeisterte jeglicher Art. Es gab Campingplätze, ausgewiesene Wander- und Wasserwege, die mit Anglerbooten und Kanus befahren werden konnten, doch der Großteil des schier endlosen Naturschutzgebiets bestand aus einem dichten Netz von Sümpfen und Morasten und so dichten Wäldern, dass nicht einmal eine Stechmücke hindurchschlüpfen konnte, geschweige denn ein menschliches Wesen – eine perfekte Heimat für allerlei Giftschlangen und andere Reptilien, blutrünstige Insekten und sonstige angriffslustige Räuber.

»Ich kapiere nicht, wieso wir nicht einfach …«

»Das habe ich Ihnen doch schon erklärt«, schnauzte Ski ihn an. »Sie haben keine Ahnung, wie es da drinnen ist. Wir würden seine Spur im Handumdrehen verlieren, und meine Männer würden im Kreis laufen, sich verirren und im Schlamm versinken, während sie nach der Nadel im Heuhaufen suchen.«

»Da könnt ihr Jungs froh sein, dass ich den Wagen gefunden hab, he? Sonst wär euch der Typ glatt durch die Lappen gegangen, was?«, meldete sich Ray Van Mercury zu Wort.

Van Mercury war ein drahtiges altes Männchen, das nach Skis Schätzung höchstens sechzig Kilo wiegen konnte. Sein schmieriges graues Haar war zu einem Zopf geflochten, der ihm bis knapp über den Hosenbund reichte. Seine ledrige Haut war tief gebräunt und faltig wie eine Walnussschale – was deutlich zu erkennen war, denn er trug nichts als eine schmutzstarrende Jeans, die auf Höhe seiner knorrigen Knie abgeschnitten war.

»Ja, genau, ihr Jungs könnt echt froh sein, dass ich heute Morgen beschlossen hab, 'ne Runde angeln zu gehen. Na ja«, meinte er und senkte verschwörerisch die Stimme, »eigentlich muss man ja auf den Wanderwegen bleiben und darf bloß in den ausgeschilderten Gebieten fischen. Die Parkranger machen einem die Hölle heiß, wenn sie einen schnappen, aber mich ham'se bisher nich' erwischt und werden's auch nie. Ich komm schon mein ganzes Leben her und bin an Stellen durchs Unterholz geschlüpft, wo nich' mal 'n Moskito durchpasst. Meine Mama hat zum Alabama-Coushatta-Stamm gehört. Ja, ja, ich weiß ja, dass ich nich' so ausseh. Bin eben mehr nach meinem Daddy gekommen. Hat meine Mama jedenfalls immer gesagt. Er war 'n Ölsucher. Leider kein besonders guter. Trockene Löcher, mehr hat er nicht zustande gekriegt. Bis er sich mit 'nem Investor in die Wolle gekriegt hat. Und dann, eines Tages, hat er sich mitten in der Nacht vom Acker gemacht und meine Mama allein gelassen, mit mir im Bauch. Egal. Jedenfalls …« Er hielt inne, spuckte eine Ladung braunes klebriges Zeug ins Unterholz und wischte sich mit dem Handrücken den Mund ab. »Okay. Wo war ich?«

»An der Stelle, wo ich dich gleich umbringe, wenn du nicht endlich das Maul hältst, Alter«, grollte Dodge.

Mercury legte den Kopf schief wie ein Vögelchen und musterte Ski fragend. »Was is'n mit dem los?«

»Er hat Angst, unser flüchtiger Verdächtiger könnte uns entwischen. Wieso warten Sie nicht einfach dort drüben, Mr Mercury, damit Sie gleich in Reichweite sind, falls wir weitere Informationen brauchen.«

»Da drüben?«, fragte er und zeigte auf eine Reihe am Straßenrand geparkter Streifenwagen.

»Ganz weit da drüben«, meldete sich Dodge zu Wort.

»Meine Tochter hat Ihnen unsere Nummer gegeben, ja? Dann können Sie ja anrufen und mir sagen, wo ich die Belohnung abholen kann, okay?«

Ski klopfte auf seine Brusttasche. »Hier drin ist sie.«

Der alte Mann grinste sie ein letztes Mal an und trottete auf seinen knorrigen O-Beinen davon.

»Ölsucher, meine Fresse«, knurrte Dodge. »Seine Mama hat offenbar ihren eigenen Bruder gevögelt.«

Wieder läutete Skis Handy. Er ging ran und lauschte. »Ich bin dir was schuldig«, sagte er und legte auf. »Einer seiner Hundeführer ist schon unterwegs. In zwanzig Minuten ist er am Parkeingang. Ich gebe den anderen Bescheid.«

Ski hatte einen Deputy beauftragt, Berry und Caroline zum Haus am See zu folgen, wo der weibliche Deputy sie in Empfang nehmen würde. In der Zwischenzeit waren Ski und Dodge in den Geländewagen gestiegen und zu der mehrere Meilen entfernten Stelle gerast, wo Ray Van Merurcy das zurückgelassene Fahrzeug entdeckt hatte.

Mercury-so-wie-das-Auto lebte mit seiner Tochter und deren drei Kindern in einem Trailerpark eine knappe Viertelmeile vom äußeren Rand des Big Thicket entfernt.

Er war gerade auf dem Weg zu seinem Lieblingsteich gewesen, als er den verlassenen Wagen bemerkt hatte. Würde er das Naturschutzgebiet nicht wie seine Westentasche kennen, hätte er ihn möglicherweise übersehen, da Starks ihn in einem von Gestrüpp überwucherten Wäldchen zurückgelassen hatte. Mr Mercury war kein Mann, der sich gern in die Angelegenheiten anderer Leute einmischte. Deshalb war er weitergegangen und hatte in aller Ruhe geangelt, bis er einen stattlichen Fang im Korb gehabt hatte. Dann war er in den Trailerpark zurückgekehrt und hatte seiner Tochter von seinem Fund erzählt, während sie die Fische ausgenommen hatte.

Sie sei »gleich komplett aus dem Häuschen gewesen«, hatte er erzählt. »Ich schau mir ja nie die Nachrichten an. Außer *Glücksrad* und alten Western interessiert mich sowieso nix von dem Zeug, was im Fernsehen läuft.« Aber seine Tochter, die sich jeden Tag die Frühnachrichten ansah, hatte von dem flüchtigen Verdächtigen und dem älteren Ehepaar gehört, das er in ihrem Wohnwagen gefesselt zurückgelassen hatte, ehe er in ihrem Auto geflohen war. Sie hatte im Büro des Sheriffs angerufen, und Mercury hatte Ski und Dodge schließlich zu dem gestohlenen Fahrzeug geführt.

Innerhalb einer Stunde hatte Ski einen beachtlichen Suchtrupp aus mehreren Reservedeputys, Beamten des Department of Public Safety, einem Cop von der städtischen Polizei von Merritt, zwei Agenten des nächstgelegenen FBI-Büros und mehreren Texas Rangern zusammengestellt.

Er trat zu den am Straßenrand geparkten Streifenwagen, wo sich die Männer versammelt hatten und auf weitere Anweisungen warteten. Der Hubschrauber des Department of Public Safety war ihnen zum Fundort gefolgt und auf einer Lichtung in der Nähe des Wohnwagens der Mercurys gelandet.

Einige der Beamten waren mit Pferden gekommen, andere mit Geländewagen mit Vierradantrieb, doch Ski bezweifelte, dass sie ihnen viel nützen würden. Es gab nur eine Möglichkeit, diesen Teil des Big Thicket zu durchstreifen – zu Fuß, und selbst das war in einigen Bereichen schlicht unmöglich. Abgesehen von der Unwegsamkeit des Geländes gab es noch einige andere Faktoren, die ihr Fortkommen behindern würden – gefährliche Wildtiere, blutdürstige Insekten und die brütende Hitze. Die Suche würde alles andere als ein Sonntagsspaziergang werden.

Ski verkündete, dass die Suchhunde bereits auf dem Weg seien. »Mit einem der besten und erfahrensten Hundeführer, habe ich mir sagen lassen.« Er wies seine Leute an, die Wartezeit zu nutzen, um ihre Ausrüstung vorzubereiten, Sonnenschutz und Insektenschutzmittel aufzutragen und dafür zu sorgen, dass ihre Wasserflaschen gefüllt waren.

Dann kehrte er zu Dodge zurück, der im Schatten eines Baums stand. Er nahm einen letzten Zug von seiner Zigarette, ehe er sie sorgfältig am Baumstamm ausdrückte und zwischen den Handflächen zerrieb, um sicherzugehen, dass kein Glutrest mehr übrig war, der einen Waldbrand verursachen könnte.

»Ich krieg's einfach nicht zusammen«, sagte er.

»Was?«

»Starks.«

»Was genau meinen Sie?«

»Alles. Nichts von dem, was er bisher getan hat, ergibt ein Muster.«

»Das sehe ich genauso«, bestätigte Ski. »Nachdem er gestern die Mittmayers gefesselt hatte, ist er nach Houston gefahren, um Berry anzurufen und ihr einen Heidenschreck einzujagen. Er wollte, dass wir blöd dastehen und uns fragen, was das Ganze soll. Was wir ja auch tun. Und dann diese Melodie, die er am Telefon gesummt hat.«

»Okay. Aber dann ist er auf direktem Weg wieder zurückgefahren. Das ergibt doch keinerlei Sinn, oder?«

»Ich habe nicht die leiseste Ahnung. Fest steht, er ist uns entwischt. Und er war mit einem Fahrzeug unterwegs, von dem wir nichts wussten. Weshalb sollte er wieder zurückkommen?«

Ski dachte einen Moment nach. »Um Unterschlupf zu suchen? In diesem Wohnwagen war er ziemlich sicher, hatte ausreichend zu essen, einen Kühlschrank, einen Fernseher, auf dem er verfolgen konnte, was passierte.«

»Und Schmerztabletten«, fügte Dodge hinzu.

»Er hatte jeden erdenklichen Komfort. Die Mittmayers haben den Stellplatz für drei Nächte reserviert und stellten keinerlei Bedrohung dar. Starks hätte sich ohne Weiteres dort verkriechen und ausruhen können, während sein Bein weiter verheilt.«

»Oder verfault.«

Ski lächelte grimmig. »Die Nachbarn wechseln ständig, deshalb hätte keiner gemerkt, dass sich in dem Wohnwagen nichts rührt. Er hätte sich dort verstecken können, bis er das Gefühl gehabt hätte, dass es der richtige Zeitpunkt war, um sich noch einmal an Berry heranzumachen.«

Dodge runzelte die Stirn. »Okay, gehen wir mal davon aus, dass er das vorhatte. Aber was hatte er dann hier, quasi im Vorgarten von Mercury-so-wie-das-Auto, zu suchen?«

»Er hat sich verlaufen.«

Dodge sah ihn zweifelnd an.

Ski zuckte mit den Schultern. »Er könnte auf dem Rückweg aus Houston eine falsche Abzweigung genommen haben. So einfach könnte es gewesen sein.«

»Möglich«, meinte Dodge. »Aber nicht für einen Mann, dessen Spezialgebiet Labyrinthe sind.«

»Scheiße«, fluchte Ski, nahm seine Sonnenbrille ab und wischte sich den Schweiß von der Stirn, der ihm bereits in die Augen lief. »Wir übersehen irgendetwas.«

»Oder jemanden.«

Ski sah ihn nachdenklich an. »Genau das denke ich auch schon die ganze Zeit. Jemand muss ihm geholfen haben.«

»Ich dachte an Amanda Lofland.«

»Ich auch. Aber seit sie hier ist, hat sie das Krankenhaus keine Sekunde verlassen. Sie verbringt sogar die Nächte im Krankenzimmer ihres Mannes.«

»Haben Sie das überprüft?«

»Heute früh, bevor die Mittmayers entdeckt wurden«, erwiderte Ski. »Ich bin ins Krankenhaus gefahren, um die Loflands wegen des Mordes an Sally Buckland zu befragen. Dabei habe ich die Telefongespräche von ihr und Amanda zur Sprache gebracht.«

»Und?«

»Sie meinte, sie hätte Sally Buckland nur flüchtig gekannt. Sie sei ihr ein paar Mal bei Firmenfeiern über den Weg gelaufen.«

»Und wie hat sie all die Anrufe erklärt?«, fragte Dodge.

»Klassischer Fall von Hinterhertelefonieren. Amanda hatte angerufen, weil sie Ms Bucklands Adresse haben wollte, damit sie ihr eine Einladung zur Party zu Bens Vierzigstem im Herbst schicken kann.«

»Und wie hat sie reagiert, als Sie sie darauf angesprochen haben?«

»Sie war stocksauer, weil es eigentlich eine Überraschung für ihren Mann hätte werden sollen.«

Dodges Lachen klang, als hätte er einen Bronchialkrampf. »Ein ziemliches Biest, was? Aber sie kann unmöglich zur selben Zeit an zwei verschiedenen Orten gewesen sein. Wenn sie also nicht Starks' Komplizin ist, dann war es vielleicht doch Sally Buckland.«

»Die ihren Zweck erfüllt hatte? Und Starks hat sie beseitigt, weil er keine Zeugen für seine Tat haben wollte?«

»Kann sein. Verdammt, ich weiß es doch auch nicht.« Dodge zog seine Zigaretten aus der Tasche.

»Die können Sie gleich stecken lassen«, sagte Ski. »Die Hunde sind da.«

Er und Dodge gingen zu dem Pick-up mit den Hundekäfigen auf der Ladefläche hinüber. »Ich sollte nach einem Ski fragen«, sagte der Fahrer, der gerade ausgestiegen war.

Ski bahnte sich einen Weg an den Polizisten vorbei und schüttelte ihm die Hand.

»Ich habe einen zusätzlichen Führer mitgebracht«, erklärte der Hundeführer und stellte den Mann in seiner Begleitung vor. »Und zwei zusätzliche Hunde. Nur für alle Fälle.«

»Danke. Könnte sein, dass wir sie brauchen. Mit wie vielen fangen wir an?«

»Mit drei. Das sind meine besten.«

Er ließ die Tiere aus den Käfigen und legte sie an dicke Leinen. Der erste Hundeführer übernahm zwei schwarze Labradore, der zweite einen einzelnen Schweißhund. Die Tiere konnten es offenbar kaum erwarten. Ski ließ sie an den schmutzigen Sachen schnüffeln, die Starks im Wohnwagen zurückgelassen hatte.

»Okay, sie sind so weit«, erklärte der Hundeführer.

»Dann lassen wir sie mal losdüsen«, meinte einer der FBI-Männer.

Ski musste ein Grinsen unterdrücken. Wenn es ein unpassendes Wort dafür gab, wie man sich durch diesen Teil des Naturparks bewegte, dann war es *düsen*.

Was sie schon sehr bald feststellen sollten – sie hackten,

schlugen und robbten sich mühsam durchs Unterholz. Innerhalb von einer halben Stunde hatten diejenigen, die den Rat, sich großzügig mit Insektenspray einzureiben, nicht beherzigt hatten, alle Hände voll zu tun, sich gegen die dichten Schwärme stechwütiger Mücken zur Wehr zu setzen, während selbst die dicksohligsten Stiefel chancenlos im teerartigen Schlamm versanken.

Dornen, teils daumendick, teils dünn wie menschliches Haar, zerfetzten Kleidung und Haut. Zwar galt ihre Suche vordergründig Oren Starks, doch sie mussten auch nach Alligatoren, Berglöwen, Wildschweinen, Mokassin- und Klapperschlangen Ausschau halten, die alles andere als begeistert davon waren, in ihrer friedlichen Abgeschiedenheit gestört zu werden.

Ski konnte sich nicht vorstellen, dass es einen unwirtlicheren Ort auf der Welt geben könnte als diesen. Nach einer Stunde hatten sie gerade einmal hundert Meter zurückgelegt – die Hitze haute sogar die stärksten Männer schlicht um, und auch jene Beamten, die ihre Fitness regelmäßig trainierten, schnappten nach Luft. Selbst den Hunden schien allmählich die Puste auszugehen. Doch sie hatten Oren Starks' Witterung, und ihr Instinkt und ihre hervorragende Ausbildung verliehen ihnen neue Entschlossenheit. Sie zerrten an den Leinen und zogen die Führer ins dichte Unterholz, dem sie nur mit Macheten Herr wurden.

Ski hielt sich dicht bei den Hunden, und als der zweite Hundeführer in ein Loch in der Erde trat und sich den Knöchel verstauchte, reichte er die Leine an ihn weiter. »Wenn Sie sie regelmäßig loben, sollten Sie keine Probleme mit dem Mädchen haben«, sagte er.

Ski gelang es, die Hündin gut unter Kontrolle zu halten, doch seine größere Sorge galt Dodge, der bereits während ihres nächtlichen Ausflugs durch die Wälder hinter Carolines Haus Mühe gehabt hatte, Schritt zu halten – ein Marsch, der im Vergleich hierzu der reinste Parkspaziergang gewesen war. Doch erstaunlicherweise hielt sich der ältere Mann dicht hinter ihm; zwar japste und ächzte er und stieß wilde Flüche aus, marschierte jedoch eisern weiter.

»Haben Sie Ihre Meinung inzwischen geändert und machen mich doch zum Deputy?«, fragte er, als sie kurz stehen blieben, um einen Schluck Wasser zu trinken.

»Sie können ihn nicht erschießen, Dodge.«

»Einen Teufel kann ich. Sie sollten mal sehen, wie gut ich ziele.«

»Das habe ich nicht damit gemeint.«

»Ich weiß genau, was Sie damit gemeint haben.« Dodge schraubte seine Flasche zu und schob einen Dornenzweig beiseite, der im Weg war. »Aber wenn wir ihn finden, sollte er besser die Hände auf dem Kopf liegen haben und den lieben Gott um Gnade anflehen«, sagte er.

»Sonst?«

»Sonst überlege ich mir, ob ich nicht zufällig einen Verdächtigen vor mir habe, der zu fliehen versucht.«

Der Nachmittag zog sich weiter dahin. Die Temperatur stieg stetig, die Wasserflaschen leerten sich nach und nach. Einer nach dem anderen gab sich den Elementen geschlagen, bis nur noch eine Handvoll besonders hartgesottener Männer übrig war. Doch auch deren Zahl schwand mit jeder Minute.

Als sie eine weitere Pause einlegten, trat Ski neben Dodge, dessen Bronchien bei jedem Atemzug pfiffen. »Sie sollten es für heute gut sein lassen.«

»Erst wenn die Hölle zufriert.« Er wischte sich mit einem Taschentuch das gerötete Gesicht ab. »Was nicht mehr lange dauern kann, wenn Sie mich fragen.«

»Dodge«, schnauzte Ski, »ich habe keine Lust, dass Sie mir hier ins Gras beißen.«

»Wieso? Stehen Sie neuerdings auf mich?«

Ski ging nicht darauf ein. »Die beiden Frauen in Ihrem Leben werden es mir nie verzeihen, wenn Sie in meiner Obhut den Löffel abgeben.«

Dodge schien eine scharfe Bemerkung auf der Zunge zu haben, verkniff sie sich jedoch. Stattdessen steckte er sein Taschentuch wieder ein und sah Ski an. »Ich gebe nicht auf.«

Ski sah ihn fest an. »Wie Sie wollen«, presste er hervor.

Es wurde noch schlimmer. Einer der Hunde begann zu lahmen. »Sie hat sich einen Dorn eingetreten«, sagte der Hundeführer zu Ski, nachdem er die Vorderpfote der Hündin untersucht hatte.

»Schafft sie es zurück?«

»Sie muss. Aber sie wird nicht allzu schnell gehen können.«

»Kümmern Sie sich um sie. Ich nehme so lange den anderen.«

Der Hundeführer reichte Ski die Leine des zweiten Hundes. »Diese beiden mögen sich nicht besonders. Aber vielleicht sind sie auch schon zu müde, um Ärger zu machen.«

Inzwischen hatte sich der Suchtrupp auf gerade einmal eine Handvoll Männer reduziert. Als einer der FBI-Agenten vorschlug, für heute Schluss zu machen, stieß Dodge verächtlich hervor: »Sie können gern kneifen, aber ich nicht.«

Ski erklärte, dass auch er nicht vorhabe, die Suche abzubrechen. »Die Hunde sind noch am Ball. Sie haben immer noch Starks' Fährte.«

Auch die Ranger wollten die Suche fortsetzen. Einer von ihnen musterte Dodge besorgt, dessen mühsames Keuchen man kaum mitanhören konnte. Ski unternahm einen weiteren Versuch, ihn zum Aufgeben zu bewegen. »Ich weiß ja, dass Sie dabei sein wollen, wenn wir ihn schnappen, aber …«

»Los, gehen Sie weiter, Deputy.«

»Ich kann Ihnen auch befehlen zurückzugehen. Oder einem der Ranger den Auftrag geben, dass er Sie zurückbringt.«

»Dafür müssten Sie mich aber zuerst erschießen.«

»Wenn Sie so weitermachen, bleibt mir der Aufwand erspart.«

Er bedeutete Ski weiterzugehen. »Los. Ich bleibe direkt hinter Ihnen.«

Und genau das tat er auch, selbst als die anderen längst die weiße Flagge schwenkten. Skis Drohung, ihn von einem der Männer zurückbringen zu lassen, hatte Dodge offenbar neue Kraft verliehen. Doch irgendwann musste selbst seine wilde Entschlusskraft vor den Elementen und der Unwegsamkeit des Geländes kapitulieren.

Er und die wenigen noch übrigen Männer fielen immer weiter zurück, bis Ski ganz allein mit den beiden Hunden voranging, die ihre einstigen Differenzen offensichtlich dem gemeinsamen Ziel untergeordnet hatten. Mit unverminderter Energie bahnten sie sich ihren Weg durchs Unterholz und zerrten Ski durch Sümpfe und Moraste.

Und dann hatten sie plötzlich gefunden, wonach sie die ganze Zeit gesucht hatten.

Oren Starks hatte weder die Hände erhoben, noch flehte er den lieben Gott um Gnade an. Stattdessen saß er mit dem Rücken gegen den Stamm einer Riesenzypresse gelehnt, die aus dem modrigen Wasser eines Sumpfs ragte. Sein Oberkörper war ein Stück zur Seite gerutscht, sodass seine Stirn beinahe den Oberschenkel berührte.

Begeistert über ihren Fund, platschten die Hunde bellend durchs Wasser und die Entengrütze, die wie eine dicke

Schicht Erbsensuppe auf der Oberfläche trieb. Ski näherte sich der Gestalt bis auf wenige Meter, band die Hundeleinen um einen Baumstamm und gab drei Schüsse in die Luft ab, um die Männer wissen zu lassen, dass die Suche beendet war. Dann watete er durch das knietiefe Wasser, sorgsam darauf bedacht, nicht über die in der trüben Brühe verborgenen Wurzeln zu stolpern, zu Starks hinüber.

Eine Einschusswunde klaffte direkt über seinem Wangenknochen am äußeren Augenwinkel. Offensichtlich hatte er sie sich selbst beigebracht. Er hielt die Pistole noch in der Hand, deren Lauf einige Zentimeter ins sumpfige Wasser hing.

Ski ging vor der zusammengesunkenen Gestalt in die Hocke. Das Blut um die kreisförmige Wunde war bereits geronnen, doch noch nicht vollends getrocknet. Sein Gesicht war von einem Netz aus Kratzern und geschwollenen Insektenstichen bedeckt.

Einer seiner neuen Schuhe fehlte, an seiner Socke hingen Kletten, und die grauen Hosen starrten vor Schmutz. Er trug die Kleider des Mannes, den er getötet hatte. Ski erkannte sie anhand der Beschreibung, die Mrs Mittmayer ihm gegeben hatte. Sein grün-blau gestreiftes Hemd war zerrissen und schmutzig und stank nach ausgetretenen Körperflüssigkeiten.

Die restlichen Mitglieder der Suchmannschaft schlossen auf und traten im Halbkreis hinter Ski, der noch immer neben dem leblosen Körper hockte. Ein Murmeln ging beim Anblick des grausigen Funds durch die Reihen.

Ski hörte Dodges pfeifende Atemzüge hinter sich. »Tja, Scheiße«, sagte er. Vermutlich war er enttäuscht, weil Starks ihn um die Chance gebracht hatte, ihm höchstpersönlich das Lebenslicht auszublasen.

Vögel saßen in den Baumwipfeln und protestierten flügelschlagend gegen die rüde Störung ihres Friedens durch die bellenden Hunde und die lärmenden Menschen. Die Suchhunde, denen der Sabber von den heraushängenden Zungen tropfte, standen hechelnd daneben.

Der erste der Texas Ranger hatte bereits mit dem Piloten des DPS-Hubschraubers Funkkontakt aufgenommen und wies ihn an, auf die Leuchtrakete zu achten, die sie zünden würden, um ihm ihre Position anzuzeigen. Außerdem würden sie eine Trage benötigen, um die Leiche darauf festzuschnallen und aus dem Dickicht zu heben.

Ski lauschte den Worten mit einem Ohr, ohne den Blick von Starks zu lösen. Er sah zu, wie eine Ameise über seinen Nasenrücken krabbelte und den Abstieg über die Wange begann. Ein winziger Fisch knabberte an einem Finger, der ins Wasser hing.

»Um die Leiche rauszuholen …«, sagte der Ranger im Hintergrund gerade.

»Das ist keine Leiche«, sagte er. »Er lebt noch.«

23

Bei dem weiblichen Deputy, der zur Bewachung von Caroline und Berry abgestellt worden war, handelte es sich um dieselbe Frau, die tags zuvor den aufsässigen Walmart-Kassierer befragt hatte, ehe Dodge ihn sich vorgeknöpft hatte. Sie stellte sich als Deputy Lavell vor und gab sich betont geschäftsmäßig.

Erst recht, als sie ins Wohnzimmer kam, wo Caroline und Berry die Zeit totschlugen, und verkündete, Oren Starks sei gefunden und in Gewahrsam genommen worden.

Die beiden bestürmten sie mit Fragen, doch sie zeigte sich so steif wie ihre Uniform. »Über die Details kann ich Ihnen keinerlei Auskunft geben. Ski meinte, Sie sollten bitte warten. Er würde sich melden.«

Berry wollte am liebsten sofort ins Gerichtsgebäude fahren, doch Caroline hielt sie zurück. »Was sollen wir denn dort? Wir stehen den Leuten doch nur im Weg. Oren Starks sitzt in Untersuchungshaft, und du bist in Sicherheit, das ist das Allerwichtigste. Ski wird sich melden und uns mehr erzählen, sobald er Zeit hat.«

»Wieso hat Dodge noch nicht angerufen? Er muss doch wissen, dass wir hier fast durchdrehen.«

»Ich bin sicher, dass er mitten im Getümmel steckt. Hab ein bisschen Geduld und lass die Polizei ihre Arbeit machen.«

»Ich gebe ihnen eine Stunde.«

Dreiundfünfzig Minuten später hörten sie einen Wagen die Einfahrt heraufkommen. Berry rannte zur Tür, dicht gefolgt von Caroline. Nebeneinander quetschten sie sich nach draußen auf die Veranda und sahen Dodge aus einem fremden Wagen vor dem Haus aussteigen.

»Was um alles in der Welt ist passiert?«, rief Caroline und rannte die Treppe hinunter.

Er hob die Hand. »Kommen Sie mir bloß nicht zu nahe. Ich kann mir Gott weiß was in diesem gottverlassenen Stück Erde eingefangen haben.«

»Wo um alles in der Welt sind Sie gewesen?«

»Einmal in der Hölle und wieder zurück, wobei die verdammte Hölle in diesem Fall Big Thicket heißt.«

»Und dort haben Sie Oren gefunden?«

»Am Rand eines Sumpfs in einem Zypressenhain. Mit einer Schusswunde, die er sich selbst beigebracht hatte.« Berry und Caroline starrten ihn verblüfft an. »Dieselbe Stelle wie bei Sally Buckland. Offenbar hat er eine Schwäche für Schläfen.«

Berry brachte keinen Ton heraus. »Ist er tot?«, fragte Caroline.

»So gut wie. Er hat sich beim Sturz von der Treppe das Schienbein gebrochen, und die Wunde hat sich inzwischen infiziert. Wie schwer die Schädigung des Gehirns ist, können die Ärzte erst sagen, wenn die Schwellung zurückgegangen ist. Jedenfalls ist unser kleiner Freund in einer ziemlich lausigen Verfassung.«

Sekundenlang herrschte Schweigen, dann bedeutete Caroline Dodge, ins Haus zu kommen. »Sie müssen dringend unter die Dusche. Was ist das für ein fürchterlicher Gestank?«

»Sumpfgas. Hundescheiße. Gürteltierscheiße. Gott weiß was. Hätte Ski mir nicht diese Gummistiefel geliehen, wäre es noch viel schlimmer.« Er trat auf die Veranda, streifte sich die Jägergummistiefel von den Füßen, knöpfte seine Hose auf und schlüpfte heraus. Dann zog er seine restlichen Sachen aus, die er als stinkenden Haufen mitten auf der Veranda liegen ließ, und ging, lediglich in Unterhosen, ins Haus.

Im Türrahmen stand Deputy Lavell mit perfekt sitzender Frisur und musterte ihn mit strenger Missbilligung.

»Ich soll Ihnen von Ski ausrichten, Sie sollen sich im Büro des Sheriffs melden.«

»Wieso sagt er mir das nicht selber?«

Dodge sah ihr fünfzehn Sekunden lang in die Augen und wiederholte, was er gerade gesagt hatte. Wort für Wort. Ganz langsam. Sie zuckte mit den Schultern und ging davon, ohne sich noch einmal umzudrehen.

Berry registrierte die Unhöflichkeit der Beamtin nur am Rande. Am liebsten hätte sie Dodge sofort ausgequetscht und sich die Details erzählen lassen, doch er bestand darauf, zuerst unter die Dusche zu gehen. »Bevor diese verdammten Biester ihre Eier auf mir ablegen können. Und dann will ich einen anständigen Bourbon haben, bitte«, sagte er über die Schulter hinweg und ging die Treppe hinauf.

Zehn Minuten später kam er, frisch geschrubbt, nach Seife duftend und mit aus dem Gesicht gekämmtem Haar wieder herunter. Er trug ein kurzärmeliges Hemd und ein Paar Freizeithosen und hatte sein Sportjackett in der Hand. Nachdem er sich von all dem Schlamm und Schmutz befreit hatte, waren die Kratzer und Stiche auf seiner Haut umso deutlicher sichtbar.

»Haben Sie ein Antiseptikum draufgegeben?«, wollte Caroline wissen und reichte ihm seinen Drink.

»Nein.« Er nahm einen großzügigen Schluck von dem Whiskey.

»Fangen Sie erst an zu erzählen, wenn ich wieder da bin.«

»Aber nichts von dem Zeug, das so höllisch brennt«, rief er ihr hinterher, während sie die Treppe hinauflief.

Er ließ sich auf den Schaukelstuhl sinken, auf dem er bei seinem ersten Besuch gesessen hatte. Das war am Samstag gewesen. Heute war Montag. Berry konnte nur staunen, wie vertraut er ihr in dieser kurzen Zeit geworden war, wie viele unglaubliche Dinge seitdem passiert waren und wie viel sie mit ihrem Vater erlebt hatte, von dessen Existenz sie achtundvierzig Stunden zuvor nichts geahnt hatte.

»Geht es Ski gut?«

»Unserem großen Helden des Tages?«

»Ist er das?«

»Er hat bis zum bitteren Ende durchgehalten. Neben ihm haben sogar die Texas Rangers wie die reinsten Memmen dagestanden.« Er nahm noch einen Schluck aus dem Glas. »Er sieht ein bisschen lädiert aus, so wie ich, aber ansonsten geht es ihm gut.«

»Wo ist er jetzt?«

»Als ich ihn das letzte Mal gesehen habe, stand er vor dem Krankenhaus und wurde von Reportern mit Fragen bombardiert. Sämtliche Houstoner Sender hatten jemanden geschickt, dazu ein Sender aus Tyler und einer aus Lafayette, soweit ich das mitbekommen habe. Die Leute stehen eben immer noch auf Geschichten vom schlimmen Bösewicht, der von der Polizei geschnappt wird. Noch dazu im Big Thicket. Das macht diese Hölle noch legendärer, als sie sowieso schon ist.«

Berry schüttelte verwundert den Kopf. »Ich kann mir beim besten Willen nicht vorstellen, wie Oren auf die Idee gekommen ist, sich in die Wildnis zu schlagen.«

»Ich kann mir vieles von dem, was er getan hat, nicht vorstellen.« Argwöhnisch beäugte er das Fläschchen mit dem Antiseptikum und die Tüte Wattebäusche, mit denen Caroline wieder herunterkam. »Brennt das Zeug?«

»Es tut jedenfalls weniger weh, als wenn sich die Wunden entzünden«, sagte sie. »Außerdem sollten Sie sich eine Tetanusspritze geben lassen.«

»Vergessen Sie's.«

Stirnrunzelnd ging sie neben dem Schaukelstuhl in die Hocke, tränkte einen Wattebausch mit dem Antiseptikum und betupfte damit einen bösen Stich auf seinem Handrücken.

Unter deftigen Flüchen wegen des brennenden Mittels schilderte Dodge den beiden Frauen, was sich in den vergangenen Stunden abgespielt hatte.

»Wie stehen Orens Chancen?«, fragte Berry, als er geendet hatte.

»Zu überleben? Er *wird* nicht überleben. Entweder gibt er gleich den Löffel ab, oder er wird wegen dreifachen Mordes angeklagt und mithilfe der Gesetze des Bundesstaats Texas sterben. Das war's für ihn, so oder so.«

Berry stand auf und trat ans Fenster, das Ausblick auf den See bot. Die Sonne ging gerade unter, während ein Schwarm Vögel darüber hinwegflog. Die Pinien warfen lange, kerzengerade Schatten auf das gekieste Ufer. Es war ein malerischer Anblick voll stiller Friedlichkeit, genauso wie vergangenen Freitag, als sie und Ben ihre Arbeit beendet und nichts ahnend beschlossen hatten, ein paar Steaks auf den Grill zu legen und den Abschluss eines Projekts zu feiern, in das sie fast ein ganzes Jahr Zeit und Arbeit investiert hatten. Bei der Erinnerung verzog sie das Gesicht.

Sie wandte sich wieder zu ihren Eltern um. Seltsam, dass sie Caroline und Dodge inzwischen automatisch als Einheit betrachtete. Als *Paar*. Ihre Eltern.

»Ich will Oren besuchen.«

Dodge knallte sein Glas auf den kleinen Beistelltisch neben ihm. »Herrgottnochmal!«

»Was ist los?«

»Ski hat mir prophezeit, dass Sie genau das sagen würden. Er hat mich sogar gezwungen, eine Wette darauf abzuschließen. In dieser Sekunde habe ich fünf Mäuse verloren.«

»Wem gehört eigentlich das Auto da draußen?«

Er nahm sein Glas und kippte den restlichen Inhalt in einem Zug hinunter. »Dem Deputy, der im Krankenhaus vor Starks' Zimmer Wache steht. Ski meinte, ich könnte es haben, um herzufahren und zu duschen.«

»Tja, jetzt, wo Sie wieder sauber sind, können Sie es ja zurückbringen. Mutter und ich fahren Ihnen mit Ihrem Wagen nach.«

Berry konnte es kaum erwarten, mit Ski zu reden oder ihn wenigstens zu sehen, selbst wenn es nur aus der Ferne war.

Und sie konnte es kaum erwarten, Oren zu sehen. Sie wünschte sich verzweifelt, diesen Abschnitt ihres Lebens endlich abschließen zu können, doch das würde ihr erst gelingen, wenn sie sich dazu bekannt hatte, welche Rolle sie in Orens abscheulichen Taten spielte.

Wie es aussah, hatte Oren schon die ganze Zeit unter einer Geistesstörung gelitten, aber möglicherweise war sie diejenige, die dafür gesorgt hatte, dass sein ohnehin labiles Gleichgewicht gekippt war und er vollends den Verstand verloren hatte. Wäre sie toleranter und netter zu ihm gewesen, hätten seine zerstörerischen Impulse möglicherweise weiter tief in seinem Innern geschlummert, bis er eines Tages im hohen Alter eines natürlichen Todes gestorben wäre.

Doch erst wenn sie die Schuld für all die schlimmen

Dinge, die ihretwegen passiert waren, auf sich genommen hatte, würde sie ihren Frieden finden.

Falls sein Zustand tatsächlich so ernst war, wie Dodge behauptet hatte, lief ihr die Zeit davon. Zu allem Übel kamen ihnen, als sie auf dem Weg zur Intensivstation die Krankenhauslobby durchquerten, auch noch Amanda und Ben Lofland entgegen.

»Das ist also unser Ben«, stieß Dodge zwischen zusammengebissenen Zähnen hervor. Sein Tonfall ließ keinen Zweifel daran, was er von dem Mann hielt.

»Geht ihr beide ruhig schon vor«, meinte Berry. »Ich komme gleich nach.«

Widerstrebend nahm Dodge Carolines Arm und führte sie in Richtung Aufzug davon, um Berry der bevorstehenden Begegnung mit den Loflands zu überlassen. Ein Pfleger schob Ben in einem Rollstuhl vor sich her. Er war blass und wirkte dünn und ausgezehrt. Amanda hingegen drang die Boshaftigkeit aus sämtlichen Poren.

»Hallo, Ben. Amanda«, sagte Berry.

Ben bat den Pfleger, sie einen Moment allein zu lassen. Kaum war er verschwunden, setzte Amanda zum Angriff an. »Wieso hast du mir diesen Deputy auf den Hals gehetzt?«, herrschte sie Berry an.

»Ski?«

»*Ski*?«, äffte sie Berry höhnisch nach. »Ihr seid also schon beim Vornamen, ja? Tja, das ist wohl kein Wunder.«

»Ich weiß nicht, wovon du sprichst, Amanda.«

»Er stand heute in aller Herrgottsfrühe auf der Matte und hat mich wegen Sally Buckland verhört. Der Typ hat mich *verhört!* Er hat herausgefunden, dass ich sie mehrfach vom Handy aus angerufen habe. Weshalb sollte er mein Anrufprotokoll überprüfen, wenn du ihn nicht darauf angesetzt hast?«

Wäre der Mord an Sally nicht so tragisch gewesen, hätte Berry angesichts von Amandas melodramatischer Wortwahl lediglich die Augen verdreht. »Ich habe nur gesagt, dass ich mir nicht bewusst war, dass ihr beide euch kennt, das ist alles«, gab sie zurück.

»Haben wir auch nicht. Aber wir beide kennen dich. Wir wussten beide, wozu du fähig bist, du miese Verräterin.«

»Lass doch, Amanda«, warf Ben müde ein. Vermutlich musste er sich ihr Gezeter bereits seit Stunden anhören. »Welche Rolle spielt das jetzt noch, wo Sally tot ist und ihr Mörder in Untersuchungshaft sitzt.«

»Ihr habt das von Oren also gehört?«, fragte Berry.

»Der Fernseher in meinem Zimmer war eingeschaltet«, sagte Ben. »Üble Sache, das Ganze. Und das mit Sally…« Er fuhr sich mit der Hand übers Gesicht. »Großer Gott.«

»Du hast ja keine Ahnung. Es war entsetzlich, sie so zu finden. Sie glauben, dass Oren sie vergewaltigt und stundenlang gequält hat, bevor er sie erschossen hat.«

»Ich hoffe, dieser Irre kratzt ab«, warf Amanda ein. »Immerhin hat er mich um ein Haar zur Witwe gemacht.«

»Mrs Mittmayer hatte nicht ganz so großes Glück«, bemerkte Berry leise.

»Wie gesagt, ich hoffe, er kratzt ab.« Amanda starrte sie finster an. »Bist du hier, weil du ihn sehen willst?«

»Ja, das würde ich gern.«

»Wieso das denn?«, fragte Ben völlig perplex.

»Das weißt du genau, Ben. Aus demselben Grund, weshalb ich ihn auch am Donnerstag angerufen habe.«

Ben wand sich unbehaglich unter ihrem vielsagenden Blick. »Aber was nützt es, jetzt noch mit ihm zu reden?«

»Vielleicht gar nichts. Trotzdem will ich ihm sagen, was meiner Meinung nach gesagt werden muss.«

Amanda schien es eilig zu haben und sah demonstrativ immer wieder auf die Uhr. Doch Berry beschloss, dass sie viel zu selbstsüchtig und niederträchtig war, um beachtet zu werden.

Sie wandte sich wieder Ben zu. »Viel Glück mit der Kampagne. Sie gehört ja jetzt allein dir.«

»Damit hatte er nichts zu tun«, erklärte Amanda eine Spur zu hastig. Berry ging jede Wette ein, dass das genaue Gegenteil der Fall war. Und offenbar stand es ihr ins Gesicht geschrieben, denn Ben kam seiner Frau eilig zu Hilfe.

»Ich schwöre bei Gott, Berry, ich hätte nie im Leben gedacht, dass Delray so eine harte Linie fährt. Schon gar nicht bei dir«, erklärte er.

Berry musste lachen. »Schon gar nicht bei mir? Bei der Frau, die nicht davor zurückschreckt, eine Ehe zu zerstören? Das war doch das Bild, das Amanda von mir gezeichnet hat, oder etwa nicht?«

»Das stimmt nicht, Berry. Sie haben ihre eigenen Rückschlüsse daraus gezogen, was im Haus deiner Mutter passiert ist und wieso. Ich schwöre, ich … wir … haben nicht …«

»Lass gut sein, Ben. Mir ist inzwischen egal, was du oder Amanda ihnen erzählt habt, interessiert mich genauso wenig wie deine fadenscheinigen Entschuldigungen. Du hast mich über die Klinge springen lassen, und das war unaufrichtig und illoyal. Aber ich bin gar nicht traurig darüber. Ich hab keine Lust, für eine Firma zu arbeiten, die so wenig Wertschätzung für mich übrighat, dass sie sofort das Schlimmste von mir annimmt, ohne mir auch nur die Chance zu geben, etwas zu meiner Verteidigung vorzubringen.« Sie straffte die Schultern. »Das Portfolio mit allen Unterlagen, von den ersten Entwürfen bis zu den letzten Änderungen, liegt im Haus meiner Mutter. Ich lasse es dir per Kurier zuschicken.«

»Ben ist auf deinen Großmut nicht angewiesen«, warf Amanda ein. »Und das Portfolio kannst du behalten. Er hat sowieso von allem Kopien gemacht.«

Berry sah von Amanda zu Ben, dem das schlechte Gewissen ins Gesicht geschrieben stand. »Oh. Verstehe.« Sekundenlang erwiderte Berry seinen gequälten Blick, ehe sie ohne ein weiteres Wort kehrtmachte und davonging.

Sie hatte fast eine geschlagene Stunde lang vor Orens Zimmer auf der Intensivstation gewartet, ehe Ski endlich auftauchte, frisch geduscht und mit sauberen Sachen, wie es schien. Bei seinem Anblick beschleunigte sich ihr Herzschlag, doch seine geschäftsmäßige Zurückhaltung hinderte sie daran, ihrem Impuls nachzugeben und ihm die Arme um den Hals zu schlingen. Stattdessen trat sie ihm mit derselben, der Situation angemessenen Reserviertheit entgegen.

Er wandte sich dem Deputy auf dem Fiberglasstuhl zu, der abgestellt worden war, Oren Starks' Zimmer zu bewachen. »Möchten Sie vielleicht kurz Pause machen?«, fragte er.

Entweder der Deputy verstand den Wink, oder er hatte tatsächlich länger keine Pause gehabt, denn er bedankte sich, sprang auf und ging eilig davon.

»Dodge hat mir von deinem heldenhaften Einsatz bei der Suche nach Oren erzählt«, sagte sie leise.

Er winkte ab. »Eigentlich hätte ich ihn schon viel früher schnappen müssen.«

»Und ich hätte ihn nicht anrufen dürfen. Genauso wenig hätte ich Ben am Freitag hierher einladen dürfen. Ich hätte Oren nicht so schlecht behandeln dürfen. Seine Eltern und Lehrer hätten seine psychotischen Neigungen erkennen müssen.« Sie lächelte schwach. »Die Liste der Schuldigen reicht viel weiter zurück.«

Sie sahen durch die Glasscheibe in das Zimmer, wo eine ganze Reihe piepsender Apparate Orens Vitalfunktionen überwachten. »Sie haben mich zu ihm reingehen lassen. Es gab da ein paar Dinge, die ich ihm sagen wollte, und das habe ich auch getan.« Sie schüttelte wehmütig den Kopf. »Aber ich glaube nicht, dass er mich gehört hat.«

Sie spürte das Gewicht von Skis prüfendem Blick auf sich ruhen. »Wieso wolltest du mit ihm reden, Berry? Wieso bist du immer noch hier?«

»Das kann ich auch nicht so genau erklären. Etwas sagt mir, dass ich hier sein sollte. Ist es makaber, an seinem Bett zu wachen und darauf zu warten, dass etwas passiert?«

»Ihm gegenüber ein schlechtes Gewissen zu haben, das ist makaber.« Neben all den Schläuchen und Drähten, die in seinem Körper steckten, war Oren an Handgelenken und Knöcheln ans Bettgestell gefesselt. »Er hat drei Menschen getötet. Eiskalt. Eigentlich dürften wir kein Mitleid mit ihm haben.«

»Das habe ich auch nicht. Ich kann nicht genau sagen, was ich empfinde, Ski. Einerseits bin ich erleichtert, dass er nicht länger eine Bedrohung für mich oder sonst jemanden darstellt, gleichzeitig bin ich völlig durcheinander und weiß nicht, was ich denken soll.« Ihr Blick richtete sich wieder auf ihn. »Über diese Sache.«

Er wusste genau, worauf sie anspielte. »Stimmt. *Das*«, sagte er mit gesenkter Stimme. »Dieser Kuss hat meine ganze Welt auf den Kopf gestellt. Was ich davon halten soll, weiß ich genauso wenig. Ich weiß nur, was ich tue. Und zwar die ganze Zeit.« Er beugte sich kaum merklich vor. »Es hat mir gestern Abend gar nicht gefallen, dass du weggegangen bist.«

»Ich wäre dir um ein Haar hinterhergefahren.«

»Ehrlich?«

»Ich stand schon an der Tür. Ich wusste ja, dass du gehen musstest, aber ich wollte in deiner Nähe sein.«

Sie blickten einander mit unverhohlener Begierde an, doch in diesem Moment drangen laute Stimmen vom Ende des Gangs zu ihnen. Sie drehten sich um und sahen den Deputy, der aus der Pause zurückkehrte und sich mit Lisa Arnold angelegt hatte.

»Ich will sofort mit Detective Nyland sprechen.«

»Schon gut«, sagte Ski, worauf der Deputy beiseitetrat. Die Flipflops des Mädchens schmatzten auf dem Linoleumboden, als sie auf sie zukam.

»Ms Arnold, wie geht es Ihnen?«, fragte Ski höflich.

Sie strich sich eine rabenschwarz gefärbte Haarsträhne hinters Ohr, das eine ganze Reihe silberner Ringe zierte. »Ganz gut. Na ja, geht eben so. Irgendwie bin ich wegen Davis immer noch ziemlich durch den Wind.«

»Verständlich.«

Ihr Blick fiel auf Berry. Ski stellte sie einander vor.

»Ich weiß, wer Sie sind«, sagte das Mädchen. »In Ihrem Haus hat alles angefangen. Er hat auf Ihren Freund geschossen, stimmt's?« Ehe Berry sie korrigieren konnte, hatte sie sich abgewandt und blickte durch die Glasscheibe in das Krankenzimmer. Mehrere Momente lang betrachtete sie Oren. »Ich hab im Fernsehen gesehen, dass die ihn geschnappt haben. Der Deputy, der vor dem Haus Wache gehalten hat, ist an die Tür gekommen und hat gesagt, dass er jetzt geht, weil es ja keinen Grund mehr gibt, noch länger auf mich aufzupassen.«

»Ist das der Mann, den Sie im Motel gesehen haben und der Davis Coldare erschossen hat?«, fragte Ski.

»Allerdings, das ist er. Dieser elende Mistkerl.« Ein verächtliches Grinsen spielte um ihre Lippen, das jedoch abrupt verschwand, als ihre Gefühle sie zu übermannen drohten.

»Ich hab Davis überredet, in dieses Motel zu fahren. Wären wir im Autokino geblieben, würde er noch leben.«

»Sie können nichts dafür, deshalb sollten Sie sich deswegen keine Vorwürfe machen«, sagte Ski sanft.

Sie drehte sich um und schenkte ihm ein dankbares, tränenfeuchtes Lächeln. »Na ja, ich wollte nur noch mal vorbeikommen und mich bei Ihnen bedanken, dass Sie ihn geschnappt haben.«

»Ich hatte eine Menge Hilfe.«

»Und noch was … ich wollte Danke sagen, weil Sie in der Nacht, als es passiert ist, so nett zu mir waren.«

»Gern geschehen.«

»Tut mir leid, dass meine Stiefmutter so biestig war.«

Ski lächelte. »Ist schon okay.«

»Nehmen Sie's nicht persönlich. Sie ist immer so, egal zu wem.« Das Mädchen warf einen letzten, vernichtenden Blick auf Oren, ehe sie sich verabschiedete und den Korridor entlang zum Fahrstuhl ging, aus dem ihr Dodge und Caroline entgegenkamen.

Skis Handy läutete. Er trat ein paar Schritte beiseite und hob ab.

»Irgendetwas Neues?«, fragte Dodge.

»Nein«, antwortete Berry.

»Reine Zeitverschwendung, hier herumzustehen und ihn anzustarren.«

»Kann sein, trotzdem …«

Das Telefon gegen die Brust gepresst, trat Ski zu ihnen. »Es gibt ein kleines Problem im Büro. Der Mann, der den Wagen der Mittmayers gefunden hat …«

»Heiliger Herr Jesus. Dieser inzestuöse alte Sack?«, fragte Dodge angewidert.

Ski lächelte. »Mr Mercury verlangt seine Belohnung und

beschuldigt jeden im Department, er versuche, sie ihm vorzuenthalten. Ich belästige Sie ja nur ungern, Caroline, aber würde es Ihnen etwas ausmachen …«

»Natürlich nicht«, sagte sie schnell. »Ich stelle ihm gern einen Scheck aus.«

Sie beschlossen, gemeinsam ins Gerichtsgebäude zu fahren und die Sache aus der Welt zu schaffen. »Tja, dann bleiben wir beide wohl übrig. Wenn Sie mich fragen, sollten Sie den Typen allmählich abhaken. Je früher, umso besser für Sie«, sagte Dodge zu Berry.

»Wahrscheinlich haben Sie recht.«

»Allerdings. Ich hab jedenfalls Hunger. Wie sieht's mit Ihnen aus?«

»Ich auch«, sagte sie, während ihr aufging, dass sie sich nicht erinnern konnte, wann sie das letzte Mal etwas gegessen hatte. »Aber für hiesige Verhältnisse ist es schon ziemlich spät. Ich habe keine Ahnung, was noch geöffnet hat.«

»Ich schon.«

»Hi, Grace.«

»Hi, Dodge.« Das Lächeln der Frau hinter der Bar verblasste ein wenig, als sie sah, dass Berry bei ihm war. »Das ist Berry Malone.«

»Wir sind uns schon mal begegnet«, sagte Berry und lächelte die Barkeeperin an.

»Sie müssen wahnsinnig erleichtert sein, dass sie diesen Starks endlich geschnappt haben.«

»Das können Sie laut sagen.«

»Lebt er noch?«

»Sein Leben hängt am seidenen Faden«, antwortete Dodge. »Gibt's bei Ihnen um diese Uhrzeit noch etwas zu essen?«

Sie wies mit dem Kopf auf die Nischen an der hinteren

Wand. »Suchen Sie sich einen Tisch, ich bringe Ihnen gleich die Speisekarte. Was wollen Sie trinken?«

Dodge bestellte eine Flasche Bier. »Klingt gut«, meinte Berry. Sie suchten sich eine Nische und setzten sich einander gegenüber auf die mit Kunstleder bezogenen Bänke. Der Tisch bestand aus lackiertem Holz. Ein roter Glasbehälter mit einer brennenden Kerze spendete flackerndes Licht. Grace brachte ihnen ihr Bier. Nach einem kurzen Blick auf die laminierte Speisekarte entschieden sie sich für Cheeseburger und Pommes frites.

Grace kehrte zur Bar zurück. Dodge sah zu, wie Berry einen Schluck aus ihrer Flasche nahm, und lachte leise.

»Was ist?«, fragte sie.

»Gar nichts.«

»Sie wundern sich, dass ich direkt aus der Flasche trinke.«

Sie hatte den Nagel auf den Kopf getroffen, doch er bestätigte ihren Verdacht nicht.

»Mutter würde so was nie im Leben tun«, fuhr Berry fort. »Sie findet, so etwas gehört sich nicht für eine Dame.« Sie nahm einen weiteren Schluck und blickte ihn über die beschlagene Flasche hinweg an. »Aber das weißt du ja sowieso längst, Dodge«, sagte sie, als sie die Flasche wieder abstellte.

Er ließ sich gegen die dick gepolsterte Lederrückenlehne sinken und musterte sie einen Moment lang prüfend. »Das ist nur eine von Carolines Zimperlichkeiten«, knurrte er.

»Aber du hast sie trotzdem geliebt.«

Er griff nach seiner Flasche, doch obwohl sich sein Mund staubtrocken anfühlte, war ihm der Bierdurst schlagartig vergangen. Er fuhr mit der Hand über die Kondensstreifen und starrte auf das vertraute Etikett. »Also weißt du Bescheid. Über mich. Über uns.« Es erforderte all seinen Mut, trotzdem sah er auf und blickte seiner Tochter in die Augen.

Sie nickte.

»Caroline wird schäumen vor Wut, wenn sie es herausfindet.«

»Sie weiß es schon.«

»Ach ja? Seit wann?«

»Seit gestern Abend. Ich hatte es mir gedacht. Und sie hat meinen Verdacht bestätigt.«

»Sie wollte nicht, dass du es erfährst.«

Berry hob die Brauen. »Nein? Wieso hat sie dich dann herkommen lassen?«

Grace servierte die Burger, trat jedoch den Rückzug an, nachdem sie sich erkundigt hatte, ob sie noch etwas brauchten. Berry stürzte sich mit Begeisterung auf ihr Essen. Dodge hingegen war der Appetit vergangen.

»Wie bist du darauf gekommen? Ich bin doch nicht anders mit dir umgegangen als …«

»Es lag nicht daran, wie du mit mir umgegangen bist«, unterbrach sie ihn und leckte sich einen Klecks Senf vom Mundwinkel, »sondern an der Art, wie du und Mutter miteinander umgegangen seid. Erstens war sie das reinste Nervenbündel, was sie sonst nie ist. Ich bin die Ungeduldige von uns beiden, die leicht einmal das Flattern kriegt. Sie habe ich noch nie so angespannt gesehen. Anfangs dachte ich noch, es liegt an dem, was passiert ist. Aber dann habe ich gemerkt, dass es etwas mit dir zu tun hat. In Daddys Nähe war sie nie so.«

Dodges Magen hatte sich zu einem festen Knoten zusammengezogen. Er sehnte sich nach einer Zigarette, und auch wenn es noch so schäbig sein mochte, hätte er alles darum gegeben, zu erfahren, inwiefern Caroline sich in seiner Gegenwart anders verhielt als in Jim Malones. »Wie war sie denn in seiner Gegenwart?«

»Ihre Ehe war sehr solide. Sie haben einander aufrichtig geliebt, davon bin ich fest überzeugt. Aber sie waren immer reserviert und höflich zueinander. Sie und Daddy haben sich nie so gekabbelt wie ihr beide. Ihrer Beziehung fehlte … na ja … das Feuer. Ich kannte es ja nicht anders, deshalb habe ich mir nie etwas dabei gedacht. Zumindest nicht, bis ich euch beide erlebt habe. Zwischen euch gibt es so etwas wie höfliche Reserviertheit nicht.«

»Sondern loderndes Feuer?«

Sie lachte. »Allerdings.« Einen Moment lang sah sie ihn nachdenklich an, ehe sie fortfuhr. »Wenn ich an Mutters Beziehung zu Daddy zurückdenke, habe ich das Gefühl, als hätte sie stets ihr Bestes gegeben, nur damit er mit ihr zufrieden ist. Bei dir tut sie das nicht.«

»Meine Ansprüche sind auch nicht so hoch wie seine.«

Berry lächelte. »Das stimmt. Bei dir weiß sie, dass du mit ihr zufrieden bist. Bedingungslos.«

Grace trat erneut an ihren Tisch. »Stimmt etwas mit dem Burger nicht, Dodge?«

»Nein. Ich hatte wohl doch nicht so großen Hunger.«

»Ich mache gleich Zigarettenpause. Wollen Sie mit rauskommen?«

»Danke, aber ich werde wohl passen.«

Sichtlich enttäuscht räumte sie die Teller ab. Berry sah ihr nach, als sie davonging, ehe sie den Blick wieder auf Dodge richtete. »Sie mag dich.«

Achselzuckend griff er nach seinem Bier.

»Du hast ein Händchen für Frauen.«

»Das ist völlig übertrieben.«

»Das glaube ich nicht. Mutter sagte so was in diese Richtung.«

»Ehrlich?«

»War das das Problem zwischen euch?«, hakte Berry nach.

Er sah sie an, sagte jedoch nichts.

»Du kommst sehr gut bei Frauen an, Dodge. Ist das der Grund, weshalb du meine Mutter nicht geheiratet hast?«

24

Houston, Texas, 1979

Ohne diesen beschissenen Job wäre Dodges Leben absolut perfekt gewesen.

Roger Campton war von seiner Familie kurzerhand nach Südamerika verfrachtet worden, wo er sich vorgeblich um die Ölgeschäfte in Venezuela kümmern sollte. Eine gute Entscheidung für alle Beteiligten, nur vielleicht für die Venezolaner nicht, dachte Dodge.

»Ich hoffe, die sperren da unten ihre Töchter ein«, sagte er zu Caroline, als er die Notiz im Wirtschaftsteil der Zeitung entdeckte.

Carolines Bauch wies inzwischen eine hinreißende kleine Wölbung auf, von der er beim besten Willen die Finger nicht lassen konnte, auch wenn sie sich manchmal darüber ärgerte.

»Dodge, du bist im Weg.«

»Wann soll es anfangen zu treten?«

»Das dauert noch eine Weile.«

»Das fühlt sich bestimmt seltsam an, oder? Wenn sich etwas in deinem Bauch bewegt.«

»Wieso, du hast dich doch auch in meinem Bauch bewegt«, gab sie zwinkernd zurück.

»Oh, schmutziges Gerede ist offenbar eine Begleiterscheinung der Schwangerschaft. Gefällt mir.«

Sie schlug seine Hände beiseite, die sich schon wieder auf

Wanderschaft begeben hatten. »Ich verspreche dir, dass du es als Erster erfährst, wenn sich das Baby bewegt. Aber bis dahin braucht das Kleine etwas zu essen, und wenn du nicht endlich aufhörst, mich zu betatschen, kriege ich nie was auf den Tisch.«

Mit einem boshaften Grinsen legte er die Hände auf ihre mittlerweile recht üppigen Brüste. »Und was diese beiden Hübschen hier angeht …«

Sie hatte ihr Haus und Dodges Wohnung über Jim Malone Immobilien zum Verkauf ausgeschrieben und innerhalb weniger Tage beide Objekte an den Mann gebracht. Wenig später hatte sie ein, wie sie es nannte, »Puppenhaus« in einer gutbürgerlichen Gegend gefunden. Dodge hatte sein Mobiliar der Wohlfahrt gespendet, da nicht mehr viel damit anzufangen gewesen war, und Carolines Sachen in das neue Haus geschafft.

Vier Abende lang hatte er gebraucht, um das zusätzliche Zimmer in einem neutralen Gelb zu streichen, und drei weitere, bis das Kinderbettchen zusammengebaut gewesen war. »Ich hoffe nur, es gefällt dem Kleinen auch. Ich werde so was nämlich nicht noch mal machen«, erklärte er.

»Hör auf, mein Baby ›das Kleine‹ zu nennen.«

Er nahm Carolines Hand und zog sie auf den Boden des Kinderzimmers, auf dem noch immer das Werkzeug herumlag. »*Unser* Baby. Und wie soll ich es deiner Meinung nach nennen?«

»Der Mädchenname meiner Mutter war Carter. Wie findest du das? Carter Hanley?«

»Und wenn es ein Mädchen wird?«

»Ich überlege noch.«

»Du bist so hübsch, wenn du überlegst.« Er küsste sie auf die Nasenspitze, und dann liebten sie sich auf dem Teppich des Kinderzimmers.

Auch mit dem Hochzeitsdatum ließen sie sich Zeit. »Mich persönlich macht ein Blatt Papier nicht glücklicher, als ich ohnehin schon bin«, sagte er zu ihr, »trotzdem will ich, dass unsere Beziehung offiziell ist.«

»Okay. Bevor das Baby zur Welt kommt«, sagte sie.

Doch ein konkretes Hochzeitsdatum wurde nie festgelegt. Sie waren zufrieden damit, wie die Dinge zwischen ihnen liefen, deshalb sah keiner die Notwendigkeit, sich wegen einer Formalität den Kopf zu zerbrechen. Aus Tagen wurden Wochen, dann Monate, ohne dass sie den Drang verspürten, ihre Beziehung feierlich zu legalisieren.

Kaum war die Verfärbung um ihre Augen abgeklungen, war sie zur Arbeit zurückgekehrt und hatte ihre Bemühungen, zur Spitzenverkäuferin aufzusteigen, verdoppelt.

Dodge hatte nichts gegen ihre unregelmäßigen Arbeitszeiten einzuwenden, da er an den meisten Abenden nach seiner Schicht in der Reifenfabrik ohnehin an den Einsatzbesprechungen der Sondereinheit teilnehmen musste. Allmählich beschlich ihn der Verdacht, dass die Suche nach dem Bankräuber eine reine Verschwendung von Zeit und Steuergeldern war. Ohne den Anreiz einer Beförderung zum Detective vor der Nase hätte er längst darum gebeten, die Einheit verlassen zu dürfen. Er hasste es, jeden Tag acht Stunden in dieser Fabrik Fußböden aufzuwischen und Glühbirnen zu wechseln – Tätigkeiten, die rein gar nichts mit Polizeiarbeit zu tun hatten.

Doch hätte er das Handtuch geworfen und wäre zum Streifendienst zurückgekehrt, hätte er das Gefühl gehabt, nicht nur seine neue kleine Familie, sondern auch sich selbst und vor allem Jimmy Gonzales zu verraten. Also blieb er am Ball, auch wenn die Aufgabe, sein neues Vertrauensverhältnis zu Crystal zu pflegen, längst jeden Reiz für ihn verloren hatte. Für ihn gab es nur noch eine Frau – Caroline, und die Leidenschaft, die er für sie empfand, schien ihn mit Haut und Haar zu verzehren. Deshalb war es schier unmöglich, auch nur einen Funken Begeisterung für seine vermeintliche Romanze mit Crystal zu entwickeln.

Dennoch zeigten seine Bemühungen offenbar Wirkung, denn als sie eines Tages gemeinsam in der Kantine zu Mittag aßen, bekam sie plötzlich feuchte Augen. »Ich mache mir Sorgen wegen Franklin.«

»Inwiefern?«

»Er benimmt sich so seltsam.« Sie sog ihre Unterlippe zwischen die Zähne. »Vielleicht sollte ich lieber nichts sagen. Wahrscheinlich bilde ich es mir nur ein.«

Dodge mimte aufrichtige Besorgnis. »Aber was, wenn du recht hast und seine Rehabilitation im Knast nicht funktioniert hat?«

Sie lächelte schwach. »Er hat versprochen, dass er sich nicht mehr strafbar macht. Nie mehr.«

»Und du glaubst ihm? Kann dieser Mann überhaupt ein Versprechen halten, egal wem gegenüber?«

Sie schmiegte sich an ihn und lehnte den Kopf an seine Schulter. Er legte den Arm um sie. »Du bist so nett zu mir, Marvin.«

Er drückte ihr einen Kuss auf die Wange. »Ich will doch nur, dass es dir gut geht.«

Die anderen Beamten der Sondereinheit waren völlig aus dem Häuschen, als er beim abendlichen Briefing von den jüngsten Entwicklungen erzählte. »Albright plant seinen nächsten Raubüberfall, und sie weiß es!« Der Captain rieb sich begeistert die feisten Hände.

»Genau das glaube ich auch«, bestätigte Dodge. »Ich muss unbedingt zu ihr nach Hause. Sie haben eine Doppelhaushälfte gemietet. Die andere Hälfte steht leer, und Albright benutzt sie als Lager, ohne dass der Vermieter etwas davon weiß.«

»Und was lagert er dort?«

»Das weiß Crystal nicht.«

»Und glauben Sie ihr?«

»Ja. Es ist ein ständiger Streitpunkt zwischen ihnen. Ich muss herausfinden, was er dort aufbewahrt.«

»Aber was Sie dort finden, kann vor Gericht nicht verwendet werden«, gab der Captain zu bedenken.

»Das stimmt, doch falls ich irgendetwas Verdächtiges entdecken sollte, könnten wir eine dauerhafte Überwachung für ihn erwirken. Und wenn es etwas Belastendes wäre, könnte ich es als Druckmittel benutzen, um Crystal zu überreden, als Zeugin der Anklage gegen ihn auszusagen.«

»Aber dafür müssten Sie ihr erst mal verraten, dass Sie Polizist sind.«

»Nein, das ist nicht nötig. Zumindest nicht sofort. Ich könnte nach wie vor den besorgten Freund spielen, der sie dazu bringt, ihrem Gewissen zu folgen und das Richtige zu tun.«

»Ich bezweifle, dass sie mitspielen würde«, wandte einer der anderen Beamten ein. »Nicht, wenn sie dafür ihren Freund verpfeifen muss.«

Dodge warf ihm einen geringschätzigen Blick zu. »Wenn es so einfach wäre, hätte man garantiert *dich* auf sie angesetzt.«

»Schaffen Sie es, in das Haus zu gelangen, ohne dass Albright Wind davon bekommt?«, fragte der Captain.

»Ich werde mich bemühen. Aber sollte ich plötzlich verschwinden, sucht als Erstes dort nach mir.«

»Die Sache ist ernst, Dodge. Seien Sie vorsichtig. Ich will

nicht, dass Sie dabei draufgehen. Wenn das passiert, stehen wir noch blöder da, als wir es ohnehin schon tun«, warnte der Captain mit grausamer Freimütigkeit.

»Ich will sehen, was sich tun lässt.«

Dodge machte sich keine Illusionen. Sein persönliches Risiko stieg gewaltig, wenn er versuchte, sich Zugang zu Albrights Haus zu verschaffen. Doch sollte es ihm gelingen, etwas Brauchbares zu finden und Albright ans Messer zu liefern, hätte er die Detective-Marke praktisch schon in der Tasche.

Mehrere Tage später kehrte er nach einem besonders langen, anstrengenden Arbeitstag völlig geschafft nach Hause zurück. Caroline begrüßte ihn an der Haustür und schlang die Arme um ihn. Er beugte sich vor, um sie zu küssen, doch sie schob ihn von sich und schnüffelte an seinem Hemd. »Ist das *Tabu*?«

»Was?«

»Das Parfum.«

Oh Scheiße, dachte er, während er sein Hemd aufknöpfte und es sich über den Kopf zog. Er hielt es sich vor die Nase und sog den Geruch ein. »Tut mir leid. Mir war nicht bewusst, dass der Geruch so intensiv ist.«

Er trat in den kleinen Raum neben der Küche und warf das Hemd in den Korb mit der schmutzigen Wäsche. Als er sich umdrehte, stand Caroline mit schief gelegtem Kopf hinter ihm und musterte ihn.

»Eine Frau in der… bei der Arbeit. Sie ist eine Kollegin von Marvin und hat ihn heute umarmt.«

»Sie hat dich umarmt?«

»Nein, sie hat Marvin umarmt. Mit mir hatte das rein gar nichts zu tun.« Er ging zum Kühlschrank, holte ein Bier heraus, machte die Flasche auf und nahm einen langen Zug.

Caroline musterte ihn immer noch – offensichtlich wartete sie auf eine weitere Erklärung. »Ich kann nicht darüber reden, Caroline.«

»Und wie sieht sie aus?«

»Ich sage doch, ich kann nicht darüber reden.«

»Und wieso habt ihr euch bei der Arbeit umarmt?«

Er warf ihr einen warnenden Blick zu. Doch entweder bemerkte sie ihn nicht, oder sie *wollte* ihn nicht bemerken. »Das ist eine dieser Situationen, von denen Jimmy gesprochen hat, stimmt's?«

»Von denen Jimmy gesprochen hat? Jimmy Gonzales?«

»An dem Abend, als er zum Essen vorbeigekommen ist.«

Einige Tage, bevor sie ein Paar geworden waren, hatte sie ihm in den Ohren gelegen, seinen Partner doch mal zum Abendessen einzuladen. »Officer Gonzales hat mir mehrere Male geholfen und war immer sehr nett zu mir. Deshalb würde ich mich gern mit einem Abendessen revanchieren.«

Also hatte er Jimmy eingeladen. Er war kurz vor Dodge eingetroffen, und die beiden hatten auf dem Sofa gesessen und angeregt geplaudert, als er nach Hause gekommen war.

»Was hat Jimmy dir an diesem Abend erzählt?«, fragte er argwöhnisch.

»Vermutlich dachte er damals, dass wir zusammen sind, denn er hat mir erzählt, dass du vom ersten Augenblick an hin und weg von mir gewesen wärst.«

»Was du ja mittlerweile selbst schon gemerkt hattest.«

»Aber dann meinte er: ›Tja, dann wird er seinen Titel als Revier-Romeo jetzt wohl an jemand anderen abtreten müssen.‹ Als ich ihn gefragt habe, was er damit meint, hat er ganz schnell einen Rückzieher gemacht. Aber die Quintessenz war, dass du als derjenige mit dem größten Talent giltst, Informationen aus Frauen herauszukitzeln.« Caroline zwang ihn, ihr in die Augen zu sehen. »Stimmt das? Warst du oder, besser gesagt, *bist* du der Revier-Romeo?«

»Das ist doch nur Gerede, Caroline. Männer quatschen nun mal, und das meiste ist blanker Unsinn.«

»Das meiste?«

Sie machte keine Anstalten, den Blick von ihm zu lösen. Ihm war vollkommen klar, dass sie so lange weiterbohren würde, bis sie erfuhr, was sie wissen wollte.

»Okay, ich kann dir nur so viel sagen, dass das Mädchen in der Firma sich wegen etwas aufgeregt hat, was ihr Freund getan hat. Und ich bin ihr Kumpel. Ich bin derjenige, der ihr zuhört, ein freundliches Wort für sie übrig hat und manchmal auch eine Schulter zum Anlehnen bietet. Und sie war mir dankbar, deshalb hat sie mich umarmt. Das ist alles, und mehr darf ich dir leider nicht erzählen.«

Das schien sie zu beschwichtigen, doch selbst wenn es nicht so war, durfte er nichts Genaueres durchsickern lassen. Er würde ihr nicht beschreiben, wie Crystal aussah, damit sie gar nicht erst auf die Idee kommen konnte, sie sei mehr für ihn als ein Mittel, um an Albright heranzukommen. Und er würde ihr auch nicht von der Bedrohung erzählen, die Albright für ihn darstellte. Er setzte alles daran, dass die Gefahren seiner verdeckten Ermittlungen möglichst überschaubar blieben, um zu verhindern, dass sie vor Sorge beinahe den Verstand verlor, wann immer er morgens das Haus verließ.

Er entschuldigte sich und ging unter die Dusche. Obwohl der schwere, süßliche Parfumgeruch beim Abendessen längst verflogen war, verhielt sich Caroline ungewöhnlich still, und als sie zu Bett gingen, lagen sie Rücken an Rücken.

Eine Stunde lang versuchte er vergeblich, Schlaf zu finden. Und er spürte, dass auch sie hellwach war. Schließlich drehte er sich auf die andere Seite. »Alles, was ich tue, tue ich nur für uns«, sagte er, an ihren Rücken gewandt.

Sie schwieg.

Er legte ihr die Hand auf die Schulter. »Ich versuche, den Sprung zum Detective zu schaffen, Caroline. Wenn ich bei der Sondereinheit gute Arbeit abliefere, steigen meine Chancen auf eine Beförderung ganz erheblich. Ich würde nicht nur eine Gehaltserhöhung bekommen, sondern müsste auch nicht mehr Streife fahren. Genau das habe ich mir immer gewünscht, seit ich dabei bin. Sogar schon vorher. Als kleiner Junge.«

Sie drehte sich zu ihm um und berührte seine Wange. »Ich weiß, wie sehr du dir das wünschst, Dodge. Und ich verstehe auch, dass du nicht über den Fall reden darfst. Wirklich.«

»Aber?«

»Aber ich wäre wohl keine Frau, wenn ich nicht nachhaken würde, wieso du abends beim Nachhausekommen nach einem billigen Parfum riechst.«

Er hätte ihr eine Fülle an Gründen nennen können, weshalb sie der Inbegriff der perfekten Frau für ihn war, doch er verkniff es sich, sie aufzulisten. Sie war nicht in der Stimmung, sich umgarnen zu lassen. »Alles, was ich im Moment tue, tue ich nur für uns. Für dich, für mich, für das Baby.«

»Und dazu gehört auch, eine andere Frau zu umarmen?«

»Das ist rein geschäftlich. Ich schwöre.«

Sie dachte einige Momente lang nach. »Und du bist nur ihr Kumpel? Mehr nicht?«

»Mehr nicht.«

»Und sie hat wirklich einen Freund?«

»Ja. Genauso wie du.« Seine Hand glitt zu ihrer Brust und begann sie zu liebkosen.

»Ich fühle mich so fett und hässlich. Lach nicht!«

Er küsste sie. »Du bist schwanger, nicht fett. Und hässlich bist du schon gar nicht.«

»Du liebst mich also immer noch?«

»Musst du mich das allen Ernstes fragen?«

An dieser Stelle endete die Diskussion, und für die folgenden zweiundsiebzig Stunden fiel der Name Crystal nicht mehr zwischen ihnen.

Bis zu dem Abend, als er nach Hause kam und aussah, als komme er geradewegs vom Set von *Texas Chainsaw Massacre.*

Zwölf Stunden zuvor hatte er während der Vormittagskaffeepause Crystal erwischt, wie sie mit ihrer Kollegin aus der Lohnbuchhaltung klatschte. »Er ist ein Arschloch«, hörte Dodge sie sagen.

»Ich hoffe bloß, du redest nicht von mir«, sagte er.

Sie lächelte ihn an. »Hey, Marvin. Nein, du bist nicht das Arschloch, von dem ich rede.«

»Lass mich raten – du meinst das Oberarschloch. Franklin Albright. Was hat er jetzt schon wieder angestellt?«

»Seit einer geschlagenen Woche ist der Abfluss in der Küche verstopft, und er hat versprochen, ihn zu reparieren. Aber er kommt jeden Abend mit einer anderen Ausrede daher, und heute Abend klappt es wieder nicht, weil er zu einem Freund zum Pokern geht.«

Bingo!

Er erbot sich, den Abfluss zu reparieren, und Crystal sagte begeistert zu. Es war fast zu einfach.

»Franklin wollte zwischen halb neun und neun los«, sagte sie und warnte ihn, bloß nicht früher aufzukreuzen. »Wenn er wüsste, dass ich allein mit einem anderen Mann bin, würde er stinksauer werden.«

»Ich komme erst, wenn ich sehe, dass sein Pick-up nicht mehr vor der Tür steht.«

In der Mittagspause rief er den Captain an, der den Einsatz zwar absegnete, jedoch nicht ohne eine eindringliche Warnung, vorsichtig zu sein. »Sehen Sie zu, dass Sie so viel wie möglich herausfinden, aber lassen Sie sich nicht von dem Kerl umbringen, Hanley.«

»Das brauchen Sie mir nicht zweimal zu sagen, Sir.«

Der Captain bot ihm an, zwei Zivilbeamte in der Nähe patrouillieren zu lassen, für den Fall, dass es Ärger gab. »Das wird wohl nicht nötig sein«, wiegelte Dodge ab. »Ich komme schon klar.« Abgesehen davon wollte er, falls das Ganze erfolgreich über die Bühne ging, die Lorbeeren für sich allein beanspruchen. Er würde die Sache im Alleingang durchziehen. Es war sein Einsatz, seine Show. »Einen Gefallen können Sie mir allerdings tun, Sir.«

»Schießen Sie los.«

»Reden Sie mit meinem Boss, und sorgen Sie dafür, dass ich heute früher gehen kann. Ich habe noch etwas zu erledigen.«

Der Captain versprach, sich darum zu kümmern. Als Erstes fuhr Dodge zum 7-Eleven, wo Doris arbeitete. Er betrat den Laden gerade, als ihre Schicht anfing.

Bei seinem Anblick strahlte sie. »Dodge! Na, sind Sie hier, um mich endlich zum Tanzen auszuführen?«

»Nein, ich komme wegen etwas Geschäftlichem.«

Augenblicklich wurde ihre Miene ernst. »Gehen wir nach hinten.«

Sie bat eine Aushilfe, solange die Kasse zu bedienen, und führte Dodge quer durch den Lagerraum und die Hintertür nach draußen. Sie traten in einen Hinterhof und zündeten sich, inmitten von Mülltonnen, eine Zigarette an. Doris stieß eine Qualmwolke aus. »Ich hab das von Jimmy Gonzales gehört. Tut mir echt leid.«

»Ja, üble Sache.«

»Ich hab ihn sehr gemocht.«

»Ich auch. Er war ein toller Partner. Der beste, den man sich wünschen konnte.«

»Aber er hatte keine Ahnung, oder?«, fragte sie und sah Dodge ins Gesicht. »Er hat nie erfahren, dass Sie und ich nebenbei manchmal was am Laufen haben, oder?«

»Nein. Nie. Er hätte es nicht gutgeheißen. Er war ein Cop, wie er im Buche stand, ein grundehrlicher Kerl.« Dodge und Doris hatten einander bereits mehr als einmal einen Gefallen getan – und nicht immer waren diese Gefälligkeiten im Rahmen der Gesetze. Und moralisch einwandfrei schon gar nicht.

Eine Zeit lang herrschte Schweigen. Schließlich fragte sie, was er brauchte.

Er sagte es ihr.

»Bis wann?«

Er nannte ihr den Zeitpunkt.

»Heute Abend noch! Heiliger Strohsack, viel verlangen tun Sie ja nicht, was?«

»Kriegen Sie das hin?«

»Das wird Sie aber mehr kosten als ein Tänzchen.« Sie hob vielsagend die Brauen.

»Tut mir leid, aber das geht nicht.«

»Wieso? Sind Sie neuerdings schwul?«

Er lächelte. »Ganz im Gegenteil. Es gibt eine Frau in meinem Leben.«

»So richtig?«

»So richtig.«

»Heiliger Strohsack. Was haben Sie stattdessen anzubieten?«

»Wie ist der Stand der Dinge bei Ihrem kleinen Bruder?«

»Er schmort immer noch in seiner Zelle und wartet auf den Prozess, während sich der Assistent des Staatsanwalts, der noch grün hinter den Ohren ist, sein schwachköpfiger Pflichtverteidiger und der Richter mit wichtigeren Fällen beschäftigen.«

»Die Anklage lautet auf Einbruch, stimmt's? Wie heißen die Kollegen, die ihn festgenommen haben?«

Sie nannte sie ihm – zwei Kumpels von Dodge. Sollte sie ihm rechtzeitig beschaffen können, was er brauchte, könnte er die beiden möglicherweise zu einem spontanen Gedächtnisverlust überreden, wenn der Fall ihres Bruders vor Gericht verhandelt wurde. »Für zwei hübsche Flaschen Scotch kommt Ihr kleiner Bruder wahrscheinlich mit ein paar Tagen Knast davon, die noch dazu auf die Untersuchungshaft angerechnet werden, das heißt, er kann gleich nach der Verhandlung nach Hause gehen.«

»Die paar Tage geschehen dem kleinen Mistkerl ganz recht. Für seine Blödheit.«

»Aber eins will ich gleich klarstellen, Doris. Wenn er das nächste Mal Scheiße baut, kann er sehen, wie er wieder rauskommt. Ich kriege was von Ihnen, Sie kriegen was von mir, und damit sind wir quitt.«

»Klar.«

Sie versprach ihm, bis zum Abend zu besorgen, was er brauchte – zwar gebraucht und ein bisschen ramponiert, aber trotzdem. »Funktionieren sie denn auch?«

»Wenn Sie 'ne Garantie wollen, müssen Sie in den Elektromarkt gehen.«

»Wie läuft's eigentlich mit Ihrem Araber-Boss?«, erkundigte er sich, ehe er aufbrach.

»Er verdächtigt mich immer noch, dass ich ihn beklaue.«

Dodge lachte. »Verstehe gar nicht, wie er darauf kommt.«

Aus einer Telefonzelle rief er Caroline an und sagte ihr, sie solle nicht mit dem Essen auf ihn warten. Sie wollte wissen, ob er länger arbeiten müsse. Er bejahte. Sie fragte, ob es gefährlich werden würde. Er verneinte. Sie hakte nicht nach, ob diese Frau etwas damit zu tun hatte. Er war nicht sicher, ob er es ihr gesagt hätte – falls doch, hätte er ihr höchstwahrscheinlich eine reichlich weit gesteckte Version der Wahrheit aufgetischt.

Um neun Uhr fuhr er an Franklins und Crystals Doppelhaushälfte vorbei. Albrights Pick-up war weit und breit nicht zu sehen, trotzdem erschien es ihm klüger, noch eine Weile zu warten, um ganz sicher zu sein. Um Viertel nach neun stellte er seinen Wagen am Straßenrand ab und ging mit seinem Koffer voll Klempnerwerkzeug, das er am Nachmittag in einem Eisenwarenladen erstanden hatte, die Einfahrt hinauf.

Die Haustür stand offen. Er spähte durch die Fliegentür in ein Wohnzimmer, dem deutlich anzusehen war, dass sich jemand große Mühe gegeben hatte, mit wenig Geld eine möglichst gemütliche Atmosphäre zu schaffen. Das Mädchen hatte es immerhin versucht, das musste man ihm lassen, dachte er liebevoll.

Er klopfte. »Jemand zu Hause?«

Eine Gestalt erschien im Türrahmen am anderen Ende des Raums. Sie trug abgeschnittene Jeans und ein rotes T-Shirt, das sie unter ihren Brüsten – ohne BH – zusammengeknotet hatte. Ihr Haar hatte sie zu einem losen Dutt auf dem Kopf frisiert. Sie sah wie ein Mädchen vom Lande in einem Pornostreifen aus, das eine Horde Hinterwäldler in Fahrt bringen sollte.

Ihre nackten Füße patschten über den Holzboden, als sie

herbeigeeilt kam und die Fliegentür entriegelte. »Danke«, hauchte sie leicht atemlos und ließ ihn eintreten. »Das blöde Ding ist immer noch total verstopft. Es ist echt ekelhaft.«

Er schwenkte seinen Handwerkskoffer. »Ich bin zwar kein Experte, aber das kriegen wir schon hin.«

»Komm mit.«

Er folgte ihr in die Küche. »Hätte die Tür nicht offen gestanden, hätte ich gar nicht gewusst, in welcher Hälfte des Hauses du wohnst«, sagte er beiläufig mit einer Kopfbewegung in Richtung des Nebengebäudes. »Ist das da drüben der Teil, in dem Franklin seine Vorräte aufbewahrt?«

»Seine Vorräte?«

»Na ja, er hat dir doch verboten, reinzugehen«, sagte er und machte ein unschuldiges Gesicht. »Deshalb habe ich automatisch auf Drogen getippt.«

»In meiner Gegenwart nimmt er nie Drogen.« Nervös kaute sie auf ihrer Unterlippe herum und deutete auf das Spülbecken. »Da. Das Problem sieht man ja auf den ersten Blick.«

Er stieß einen Pfiff aus. Eine zähflüssige braune Brühe schwamm im Becken herum. Ekelhaft, wie sie gesagt hatte. Sie trat an den Kühlschrank, nahm zwei Flaschen Bier heraus und öffnete sie. Sie stießen auf freie Abflüsse an, dann machte er sich an die Arbeit.

Mit einem Satz schwang sie sich auf die Arbeitsplatte und setzte sich so hin, dass sie ihm zusehen konnte, während sie rhythmisch die Fersen gegen die Schranktür schlug und die kühle Flasche auf ihrer Unterlippe hin und her rollte.

Sie lachte über irgendeine Bemerkung von Dodge, als sie unvermittelt stockte. »Franklin!«, stieß sie mit erstickter Stimme hervor.

25

Der Dreckskerl war so geräuschlos wie ein Panther hereingekommen. Dodge registrierte Albright erst, als er praktisch hinter ihm stand. Allerdings musste er der Fairness halber zugeben, dass er sich einen Moment lang von Crystals ungehindert unter dem roten T-Shirt schaukelnden Brüsten hatte ablenken lassen.

Mit einem zornigen Grollen packte Albright sie bei den Haaren, zerrte sie von der Arbeitsplatte, riss ihr die Bierflasche aus der Hand und schleuderte sie an die Wand. Ein Regen aus Scherben und kaltem Bier ergoss sich über sie. Er schüttelte Crystal an den Haaren wie ein Terrier eine Ratte und beschimpfte sie als beschissene Schlampe, ehe er sie gegen den Esstisch warf. Darauf lag ein Schraubenschlüssel, den Dodge erst am Nachmittag gekauft hatte. Albright schnappte ihn sich und ließ ihn auf Dodges Schädel niedersausen.

Zumindest versuchte er es. Ohne Dodges angeborene und durch den jahrelangen Einsatz auf der Straße und hartes Polizeitraining noch zusätzlich geschulte Reflexe hätte Albright ihm höchstwahrscheinlich den Kopf zu Brei geschlagen. Stattdessen tauchte Dodge unter dem Hieb durch, sodass das Werkzeug ihn lediglich an der Schulter traf. Obwohl es höllisch schmerzte, verfehlte der Hieb seine tödliche Wirkung.

Albright warf den Schraubenschlüssel weg und stürzte sich mit bloßen Fäusten auf Dodge.

Unter normalen Umständen hätte Dodge sich gewehrt und den Kerl im Handumdrehen erledigt, doch Marvin war kein geborener Kämpfer. Es kostete Dodge gewaltige Überwindung, die Prügel einzustecken, ohne sich zur Wehr zu setzen. Doch als Albright ein Messer aufschnappen ließ, Dodge bei den Haaren packte – offenbar hatte er eine Schwäche für Haare –, seinen Kopf zurückriss und die Klinge knapp über seinem Adamsapfel gegen die Haut drückte, geriet er für einen kurzen Moment in Versuchung, es dem Kerl so richtig zu zeigen.

»Wenn ich dich noch ein einziges Mal in ihrer Nähe erwische, schlitze ich dir die Kehle auf, kapiert, Marvin?«

Dodge hatte keinen Zweifel daran, dass es dem Kerl ernst war. Am liebsten hätte er ihn in dieser Sekunde kaltgemacht und damit dem texanischen Steuerzahler eine Menge Geld erspart. Albright war ein mieses Stück Dreck, ein Arschloch, das eines Tages jemanden ermorden würde – möglicherweise dieses Mädchen, das sich aus unverständlichen Gründen weigerte, ihn zu verlassen. Aber sie hatte es nicht verdient, zu sterben, nur weil sie keine gute Menschenkenntnis besaß.

Leider hatten sie nach wie vor keine hieb- und stichfesten Beweise gegen Albright in der Hand, deshalb verdrehte er die Augen und winselte und stammelte, er hätte die Warnung verstanden.

Albright ließ los, riss ihn herum und verpasste ihm einen Schlag in die Nieren, der ihn von den Füßen fegte und durch die Hintertür nach draußen taumeln ließ. Er fiel mit dem Gesicht voran auf die Einfahrt und schlitterte mehrere Meter über den Asphalt. Seine Haut fühlte sich an, als würde sie vom Knochen gezogen werden. Schließlich rappelte er sich auf und robbte auf allen vieren zu seinem Wagen.

Es gelang ihm, nach Hause zu fahren, ohne das Bewusstsein zu verlieren. Doch als er vor der Tür stand, schien jede einzelne Zelle seines Körpers vor Schmerz zu brüllen. Bei seinem Anblick schrie Caroline auf und ließ die Unterlagen, in denen sie gerade geblättert hatte, fallen. Immobilienauflistungen segelten quer durchs Wohnzimmer und trudelten auf den Fußboden. Sie sprang auf und lief so schnell zu ihm, wie ihr achter Schwangerschaftsmonat es erlaubte.

Was um alles in der Welt war passiert? Wie schwer waren seine Verletzungen? Sollte sie einen Arzt rufen? Die Fragen prasselten wie ein Kugelhagel auf ihn ein. »Ich fahre dich ins Krankenhaus«, erklärte sie, als er verneinte.

»Das ist nicht nötig. Ein paar Aspirin und ein bisschen Jodsalbe, dann bin ich morgen früh wieder auf dem Posten.«

»Bitte, lass mich einen Krankenwagen rufen«, bettelte sie und kämpfte mit den Tränen.

Er schüttelte hartnäckig den Kopf – prompt wurde ihm schwindlig. Vermutlich hatte er eine leichte Gehirnerschütterung erlitten, als Albright ihm eins übergezogen hatte.

»Das war der Freund dieser Frau, stimmt's?«, fragte Caroline, während sie ihm aus den Kleidern half.

»Caroline, ich…«

»Du kannst nicht darüber reden. Das verstehe ich ja, aber ich weiß trotzdem, dass das hier etwas mit diesem Mädchen zu tun hat. Ihr Freund war genauso sauer wie ich, weil du sie umarmt hast. Der Typ ist kriminell, stimmt's? Nein, du brauchst nicht zu antworten. Ich weiß, dass du nichts erzählen darfst, aber daran besteht kein Zweifel. Er hätte dich umbringen können.« Sie konnte die Tränen nicht länger zurückhalten.

Dodge zog sie an sich und hielt sie trotz der höllischen Schmerzen in den Armen. »Scht. Aber er hat mich nicht umgebracht. Und das wird er auch nicht tun.«

»Bitte, du darfst nicht sterben. Wenn dir etwas passieren würde …«

»Mir passiert nichts.«

»Woher willst du das wissen?«

»Weil ich es eben weiß.«

»Aber das kannst du gar nicht wissen.«

»Ruhig. Es tut dem Baby nicht gut, wenn du weinst.«

»Ich habe Angst.«

Er drückte ihr einen Kuss aufs Haar. »Das brauchst du nicht.«

Sie löste sich von ihm und betrachtete sein zugeschwollenes Auge. »Was bringt es, Detective zu werden, wenn du dabei ums Leben kommst?«

Er musste über ihre Logik lachen, was jedoch augenblicklich mit üblen Schmerzen bestraft wurde. »Ich kann ganz gut auf mich aufpassen.«

»Das weiß ich. Ich habe schließlich gesehen, was du mit Roger an dem Abend vor dem Fitnessklub angestellt hast. Du hättest dich gegen diesen Kerl wehren können, aber du hast es nicht getan.«

»Nein.«

»Wieso nicht?«

»Weil ich meine Tarnung nicht riskieren darf. Es hängt sehr viel davon ab.«

»Die Beförderung zum Detective.«

»Und dass wir den Täter schnappen.«

»Was in diesem Fall ein- und dasselbe ist.«

»Genau. Insofern ist der Preis nicht allzu hoch.«

»Aber auch nicht gerade klein, Dodge«, schluchzte sie. »Sieh dich nur an!«

Zärtlich legte er die Hände um ihr Gesicht und sah sie an. »Du hast wegen mir einen reichen Mann verlassen, Caroline«, sagte er ernst. »Ich muss das tun, und ich werde es anständig machen. Ich kann dich nicht enttäuschen.«

»Genauso wenig wie Jimmy Gonzales.«

Er schwieg.

»Mir ist klar, dass all das sehr wichtig für dich ist«, sagte sie mit zittriger Stimme. »Aber *wie* wichtig, Dodge?«

»Es ist nicht nur wichtig«, entgegnete er, und auch seine Stimme bebte. »Es bedeutet mir alles.«

Auch Tage nach Albrights brutalem Angriff tat Dodge noch jeder Knochen im Leib weh.

Aber die Schmerzen waren es wert.

Die Mission war zwar nicht so erfolgreich verlaufen wie erhofft, da es ihm nicht gelungen war, sich Zutritt zur anderen Haushälfte zu verschaffen und herauszufinden, was Albright dort aufbewahrte. Aber zumindest hatte er die Gelegenheit genutzt, eine Wanze unter dem Küchentisch anzubringen, während Crystal ihm den Rücken zugekehrt hatte, um das Bier aus dem Kühlschrank zu nehmen.

Obwohl es ziemlich kurzfristig gewesen war, hatte Doris ihm alles Notwendige beschaffen können. Er hatte noch weitere Abhörgeräte in der Tasche gehabt, die er an zentralen Punkten des Hauses hatte anbringen wollen, aber eine Wanze war immerhin besser als gar nichts.

Bislang war das Abhörmanöver von seinen Vorgesetzten noch nicht genehmigt worden – offiziell galt die dringende Vermutung, dass Albright ihr Mann war, nicht als »hinreichender Tatverdacht«. Noch nicht. Für Dodge hingegen war die Sache sonnenklar. Sollte allerdings jemand herausfinden, dass er die Wanze ohne Genehmigung installiert hatte, würde er auf der Stelle aus der Sondereinheit fliegen, möglicherweise sogar den Polizeidienst gänzlich quittieren müssen.

Aber wenn alles so lief, wie er es sich erhoffte, war es das Risiko definitiv wert.

Am Tag nach der Prügelei meldete er sich in der Reifenfabrik krank. Kaum hatte Caroline das Haus verlassen, fuhr er zu Crystals und Albrights Haus, um einen Testlauf durchzuführen. Er parkte einen Häuserblock entfernt am Straßenrand und lauschte den Fetzen ihrer Unterhaltung am Frühstückstisch – die größtenteils aus wüsten Beschimpfungen und heftigen Schreianfällen seinerseits bestand, während Crystal weinend leugnete, dass irgendetwas zwischen ihr und Marvin passiert sei.

Dodge konnte Albrights Erwiderung nicht genau verstehen, doch als das Wort *Eunuch* fiel, ballte er wütend die Fäuste. Er konnte es kaum erwarten, bis dem Exsträfling aufging, dass nicht Marvin, der Schwachkopf, der scharf auf seine Freundin war, ihn über den Tisch gezogen hatte, sondern Dodge Hanley, der angehende Detective.

Sein ramponiertes Gesicht sorgte für einiges Aufsehen unter den Kollegen in der Reifenfabrik, als er sich zum Dienst zurückmeldete. Sie bestürmten ihn mit Fragen, was um alles in der Welt passiert sei. Er behauptete, er hätte einen Autounfall gehabt – zum Glück nur ein kleiner Blechschaden. Trotzdem sei der Aufprall heftig genug gewesen, dass er mit dem Gesicht gegen die Windschutzscheibe geknallt war. Das sei ihm eine Lehre, sich künftig immer brav anzuschnallen, meinte er.

Crystal hingegen mied ihn. Beim Mittagessen in der Kantine schenkte sie ihm zwar ein verschämtes, mitfühlendes Lächeln, setzte sich jedoch zu ihren Kolleginnen an den Tisch. Am nächsten Tag lief es genauso ab. Sie tauschten Blicke, doch sie gab ihm keine Gelegenheit, in ihre Nähe zu kommen.

Während ihm der Captain in den Ohren lag, endlich brauchbare Resultate zu liefern, hielten andere Kollegen der Sondereinheit sein versuchtes Abhörmanöver für einen Flop auf der ganzen Linie.

Jeden Abend erfand er nach dem Essen neue Ausreden, um sich loszueisen und zu der Doppelhaushälfte fahren zu können. Er parkte dicht genug davor, um jeden Mucks zu hören, der sich im Haus abspielte, jedoch weit genug entfernt, dass Crystal oder Albright ihn nicht ertappen konnten.

Nur ein einziges Mal schien es ernst zu werden. Er hörte Crystal Albright fragen, was um alles in der Welt er eigentlich dort drüben mache. Wieso es so ein Riesengeheimnis sei und sie keinen Fuß in das Haus nebenan setzen dürfe. Und falls der Vermieter herausfinden sollte, dass Albright es als Lagerraum nutzte, würde er sie auf der Stelle hochkant hinauswerfen. Sie fragte ihn, ob er mit Drogen deale, und drohte, auf der Stelle auszuziehen, falls dem so sei.

Albright gab zurück, dass sie erst ihre Sachen packen würde, wenn er es ihr sagte, und keinen Tag früher. Dann brüllte er sie an, sie solle gefälligst die Schnauze halten und sich nicht in Angelegenheiten einmischen, die sie nichts angingen.

Bester Dinge fuhr Dodge nach Hause, doch sein Hochgefühl verflog augenblicklich bei Carolines Anblick, die auf der Bettkante saß, mit der einen Hand ihren ausladenden Bauch streichelte und mit der anderen ihren Rücken massierte.

Er lief zu ihr. »Oh Gott, kommt das Baby?«

Liebevoll zerzauste sie ihm das Haar. »Nein, das dauert bestimmt noch zwei Wochen. Ich habe nur Braxton-Hicks-Kontraktionen.«

»Was zum Teufel sind… wie hieß das Zeug?«

»Das ist völlig normal. Es kneift nur ein bisschen.«

»Wenn du mich fragst, sieht es aber nicht so aus.«

»Diese Vorwehen sind ganz normal, bevor es richtig losgeht, sagt der Arzt.«

»Und woher weißt du, wann es richtig losgeht?«

Sie lachte. »Er sagt, das würde ich dann schon merken.«

In dieser Nacht ließ er seine Hand auf ihrem Bauch liegen, auch als sie längst schlief, und fragte sich, wie um alles in der Welt sie bei all dem Aufruhr dort drinnen überhaupt ein Auge zutat.

Tiefe Besorgnis quälte ihn. Wenn ihre Gebärmutter in Proportion zu ihrem restlichen Körper stand, musste sie winzig sein. Für ihn grenzte es ohnehin an ein Wunder, dass eine so zierliche Frau wie sie überhaupt ein Baby austragen konnte. Was, wenn ihr Kind ungewöhnlich groß war? Er konnte sich nicht erinnern, dass ihm jemand erzählt hätte, wie viel er bei der Geburt gewogen hatte, und selbst wenn – er hatte keine Ahnung, wie viel Babys im Allgemeinen auf die Waage brachten, wenn sie zur Welt kamen. Folglich fehlte ihm jede Vergleichsmöglichkeit. Was, wenn er und Caroline ein Riesenbaby gezeugt hatten? Sein Sprössling könnte sie schlicht und einfach von innen heraus zerreißen.

Er lag die ganze Nacht wach und wurde von Visionen einer anatomischen Katastrophe gequält. Folglich fühlte er sich am nächsten Tag wie gerädert, als er sich auf den Weg in die Fabrik machte. Auch Crystal war nicht zur Arbeit erschienen, was seine Stimmung nicht gerade hob. War sie krank? Hatte Albright sie gezwungen, wegen ihres neuen Freundes Marvin zu Hause zu bleiben? War er ein weiteres Mal auf sie losgegangen? Und hatte er sie diesmal etwa verletzt?

Am Ende seiner Schicht machte Dodge sich eilig auf den Weg nach Hause, um nach Caroline zu sehen, bevor er ein weiteres Mal zu Crystals Haus fahren wollte. Um ein Haar rannte er Crystals Kollegin aus der Buchhaltung über den Haufen, die ihm den Weg vertrat.

»Hi, Marvin.«

»Hi. Entschuldigung, aber ich hab's eilig.«

»Ich habe eine Nachricht von Crystal an Sie.«

Er blieb abrupt stehen.

Die Frau drückte ihm einen Zettel in die Hand. »Sie sollen sie unter dieser Nummer anrufen.«

»Geht es ihr gut?«

Die Frau antwortete nicht. Entweder sie wusste es tatsächlich nicht, oder sie wollte es ihm nur nicht sagen. »So schnell wie möglich, hat sie gesagt.«

»Okay. Danke.«

Er fuhr zur nächsten Telefonzelle. Crystal hob beim zweiten Läuten ab. »Hallo«, sagte sie mit leiser, zögernder Stimme.

»Hi, hier ist Marvin, geht es dir gut?«, fragte er.

Beim Klang seiner Stimme brach sie in Tränen aus. »Nein, nein, mir geht's überhaupt nicht gut. Ich habe solche Angst.«

Dodge beruhigte und tröstete sie, bis sie endlich mit der Sprache herausrückte. Sie hatte Albright verlassen, erklärte sie.

»Ich bin geflohen, das trifft es wohl eher«, schluchzte sie. »Er ist … er ist …«

»Wo steckst du?«

Zwanzig Minuten später klopfte er an die Tür ihres Motelzimmers und warf einen Blick über die Schulter. Er konnte nur hoffen, dass Albright nicht in diesem Moment auf seinen Hinterkopf zielte.

Crystal bot einen erbarmungswürdigen Anblick. Ihr Gesicht war fleckig und verquollen vom Weinen, und sie war völlig durcheinander. Dodge setzte sich neben sie auf die

Bettkante und hielt sie im Arm, bis ihr Zittern allmählich nachließ. Er strich ihr das tränenfeuchte Haar aus dem Gesicht und drängte sie, ihm alles zu erzählen.

»Ich kann dir erst helfen, wenn ich weiß, was passiert ist.« Doch vorher musste er herausfinden, was mit Albright war – ob er Angst haben musste, dass der Kerl ein weiteres Mal hereinplatzen und versuchen würde, seine Drohung wahrzumachen und Dodge die Kehle aufzuschlitzen. »Weiß er, dass du ihn verlassen hast?«

»Inzwischen schon, vermute ich«, stieß sie schluchzend hervor. »Er ist aus dem Haus gegangen und hat gemeint, er würde erst in ein paar Stunden zurückkommen, aber ich traue ihm nicht. Nicht nach allem, was neulich Abend passiert ist. Sobald er weg war, habe ich mir ein Taxi gerufen. Ich habe nur das Allernötigste eingepackt. Ich hatte solche Angst, dass er zurückkommt und mich erwischt, bevor ich verschwinden kann.«

»Und du hast keinen Zettel dagelassen oder sonst etwas, woraus er schließen könnte, wo du bist?«

»Nein! Ich habe ihn verlassen, und zwar endgültig. Ich gehe nicht mehr zurück. Oh Marvin, wenn er mich findet, bringt er mich um!«

»Nein, das wird er nicht. Weil ich es nicht zulassen werde.«

Sie klammerte sich an ihn. Sie hätte keine Ahnung, was sie ohne seine Freundschaft und seinen Schutz tun würde, sagte sie und küsste ihn aus reiner Dankbarkeit auf den Mund.

»Hör zu, Crystal«, entgegnete er und löste sich aus ihrer Umarmung. »Gibt es noch andere Gründe, weshalb du vor Franklin Angst haben müsstest?«

Sie blickte ihn aus tränennassen Augen an. »Was meinst du damit?«

Er zwang sich, einen Gang runterzuschalten, um sie nicht

zu verschrecken. »Keine Ahnung… plant er vielleicht seinen nächsten Coup?«

Sie wandte den Blick ab. »Kann sein. Ich glaube, er führt irgendetwas im Schilde.«

»Großer Gott.«

»Er hat in letzter Zeit ständig telefoniert. Mit seinem Cousin in Mexiko. Erinnerst du dich? Der, von dem ich dir erzählt habe.«

Dodge nickte. Sein Puls raste.

»Ich glaube, die beiden haben irgendwas vor.« Wieder füllten sich ihre Augen mit Tränen. »Und ich habe schreckliche Angst, dass die Polizei glauben könnte, ich sei ihre Komplizin.« Sie schniefte und wischte sich mit dem Handrücken die Nase ab. »Meine Eltern haben mich noch vor ihm gewarnt. Wieso habe ich nur nicht auf sie gehört?«

»Vielleicht solltest du ja zur Polizei gehen.«

Sie hob den Kopf und sah ihn erschrocken an.

»Na ja«, fuhr er fort und drückte ihre Hand. »Wenn du ihnen einen Tipp gibst, was Franklin vorhat, wissen die, dass du nicht in der Sache mit drinsteckst. Verstehst du?«

Während der nächsten halben Stunde versuchte er, aus ihr herauszukitzeln, was Franklin vorhatte, doch es gelang ihm nicht, irgendetwas Handfestes in Erfahrung zu bringen. Wieder und wieder kamen ihr die Tränen, während sie jammerte und den Tag verteufelte, an dem sie sich mit Franklin Albright eingelassen hatte. Wieso hatte sie nicht mehr Glück haben und Marvin schon früher kennenlernen können? Mit ihm wären ihre Eltern ganz bestimmt einverstanden gewesen. Und sie müsste jetzt nicht hier sitzen und sich vor der Polizei und einem eifersüchtigen, gewalttätigen Exhäftling fürchten.

»Oh Gott, was für ein Chaos! Du bist der einzige Lichtblick in meinem Leben, Marvin. Der einzige Mensch, dem ich vertrauen kann.«

Beim zweiten Mal schwang noch etwas anderes als Dankbarkeit in ihrem Kuss mit. Dodge kannte sich gut genug mit Frauen und Küssen aus, um den Unterschied auf Anhieb zu erkennen. Sie schob ihm die Zunge in den Mund, und als sie sich nach hinten aufs Bett sinken ließ, wehrte er sich nicht.

»Franklin ist doch ein Schwätzer. Nichts als heiße Luft«, sagte er, während sie seinen Hals zu liebkosen begann.

»Du bist so süß zu mir.« Sie nahm seine Hand und schob sie zwischen ihre Schenkel.

»Albright wird im Gefängnis landen, und dann können wir zusammen sein, ohne Angst vor ihm haben zu müssen. Je früher, desto besser. Du solltest der Polizei helfen, damit sie ihn am besten auf frischer Tat ertappen.«

Sie wölbte sich vor, seiner Hand entgegen. »Ich will mit dir zusammen sein.«

»Dann lass uns zur Polizei gehen. Ich komme mit.«

Sie zögerte. »Ich werde es mir überlegen.«

»Am besten, wir machen uns gleich auf den Weg. Bevor Franklin die Chance hat, die Sache durchzuziehen, was auch immer er vorhat.«

»Vielleicht morgen.« Sie zog den Reißverschluss seiner Hose herunter.

»Versprochen?«

»Ich verspreche, dass ich es mir überlegen werde. Aber ich will jetzt nicht mehr darüber reden.«

Also schwiegen sie.

Zumindest bis sie neben ihm lag, dicht an ihn gekuschelt wie ein Kätzchen, und schnurrend das dichte Haar auf seiner Brust bewunderte, in dem noch die Schweißperlen ihrer beider Körper glitzerten.

Und dann, endlich, ließ sie sich, schläfrig und wohlig vom Sex, dazu bewegen, weiter über Franklin zu sprechen, ohne Hemmungen und Vorbehalte. Hatte sich eine Frau einem erst einmal hingegeben, war sie bereit, einem alles anzuvertrauen, selbst die tiefsten Geheimnisse, die in ihrem Innern schlummerten. Zumindest war dies die Erkenntnis, auf der sein legendärer Ruf als Revier-Romeo fußte.

Und Crystal packte aus. Alles, was sie wusste. Erstklassige Informationen, die sie aus Telefongesprächen zwischen Albright und seinem Cousin in Mexiko aufgeschnappt hatte, darunter auch Stichworte wie »Fluchtauto«, »Halbautomatik«, »jeden umnieten, der uns in die Quere kommt« und »am Fünfundzwanzigsten«. Der Fünfundzwanzigste, das war in zwei Tagen.

Schließlich schlief sie ein.

Dodge schnappte sich das Telefon, ging damit, soweit es die Telefonschnur gestattete, ins Badezimmer und schloss die Tür. Er wählte die Privatnummer des Captains, der bereits geschlafen hatte, und erzählte ihm alles, was er aus Crystal herausgekitzelt hatte.

Zu seiner Verblüffung und Verärgerung zeigte der Captain sich skeptisch. »Wie verlässlich ist sie? Vielleicht steht sie auch nur auf Sie und erzählt Ihnen irgendwelchen Blödsinn, nur um Sie rumzukriegen.«

Dodge öffnete die Tür einen Spaltbreit und spähte hinüber zum Bett, wo Crystal den Schlaf der Gerechten schlief. »Das kann ich mir nicht vorstellen, Sir. Sie hat panische Angst vor Albright, da bin ich mir ganz sicher. Außerdem fürchtet sie, die Polizei könnte sie für seine Komplizin halten, nur weil sie mit ihm zusammengelebt hat, während er die Tat plante. Abgesehen davon war am Anfang nichts Brauchbares aus ihr herauszukriegen. Erst … danach.«

Der Captain schwieg.

»Das Mädchen versucht nicht, mich breitzuschlagen oder so was. Sie benutzt Wörter, die sie gar nicht kennen kann, es sei denn, sie hat sie von jemandem wie Albright aufgeschnappt. Ich weiß es einfach«, fuhr Dodge beharrlich fort.

Der Captain seufzte. »Na gut. Mir bleibt sowieso nichts anderes übrig, als Ihrem Instinkt zu vertrauen, Hanley. Und Ihrer Erfahrung im Umgang mit Frauen«, fügte er unnötigerweise hinzu. »Ihr Einsatz in der Reifenfabrik ist hiermit beendet. Melden Sie sich gleich morgen früh in der Einsatzzentrale, und geben Sie Ihren Bericht ab. Der Fünfundzwanzigste ist schon übermorgen, das heißt, uns bleibt nicht mehr viel Zeit.«

Dodge dankte ihm für sein Vertrauen und legte auf. So leise wie möglich wusch er sich und zog sich an. Er hinterließ Crystal eine Nachricht, sie solle erst wieder zur Arbeit erscheinen, wenn er sich gemeldet hätte, er würde sich um alles kümmern. Sie solle ihm vertrauen und bleiben, wo sie war, bis er sie holen kam.

Er fuhr durch die menschenleeren nächtlichen Straßen und zerbrach sich den Kopf, wie er Caroline erklären sollte, wieso er die ganze Nacht weggeblieben war, ohne sich zu melden. Selbst wenn die allabendlichen Briefings einmal länger gedauert hatten – wenn auch nie bis fünf Uhr morgens –, hatte er sie stets angerufen und ihr versichert, sie brauche sich keine Sorgen zu machen.

Er würde – und das wäre noch nicht einmal gelogen – einfach behaupten, etwas Wichtiges sei dazwischengekommen. Sie hätten einen unerwarteten Durchbruch erzielt, und er hätte keine Gelegenheit gehabt, sie anzurufen. Und als er endlich Zeit gefunden hätte, sei es viel zu spät gewesen, da sie längst geschlafen hätte.

Er hatte sich alles im Geiste zurechtgelegt, als er in die Auffahrt bog und sah, dass ihr Wagen nicht in der Garage stand.

»Großer Gott.«

Er nahm sich nicht einmal die Zeit, den Motor abzuschalten, sondern stieg aus und rannte zur Hintertür. Ungeduldig fummelte er den Schlüssel ins Schloss und riss die Tür so abrupt auf, dass er förmlich über die Schwelle flog.

Er stürzte quer durchs Haus, stolperte gegen die Wände und über den Teppich in der Diele und stürmte ins Schlafzimmer, wo er abrupt stehen blieb, als sein Blick auf den Blutfleck auf dem Bettlaken fiel. Er war noch feucht.

Seine Lungen brannten. Sein Herz hämmerte. Er trat vor den Schrank und riss ihn auf. Ihr Köfferchen, das sie bereits Wochen zuvor gemeinsam gepackt hatten, um auf alles vorbereitet zu sein, war verschwunden.

Er machte kehrt und stürmte zurück, rammte – ungeachtet der Tatsache, dass er verdeckt ermittelte – das Blaulicht auf das Dach seines Wagens und raste ins Krankenhaus.

Vor der Notaufnahme sprang er aus dem Wagen, ließ ihn im Halteverbot stehen, stürmte hinein und hämmerte mit der Faust auf den Rufknopf ein, bis der Aufzug endlich kam. In der Wöchnerinnenstation war niemand zu sehen.

»Wo zum Teufel sind denn alle?« Seine Stimme hallte von den sterilen Oberflächen des verwaisten Korridors wider.

Die Türen waren mit blauen oder rosa Bändchen und einem Plüschbärchen geschmückt, den jede frischgebackene Mutter vom Krankenhaus geschenkt bekam. Endlich trat eine Schwester aus einem der Zimmer. Er rannte sie um ein Haar über den Haufen. »Kann ich Ihnen helfen?«, fragte sie.

»Caroline King?«

»Und Sie sind?«

»Der … Der Vater.«

Sie lächelte. »Herzlichen Glückwunsch. Das Kind ist bildschön.«

Er fühlte sich, als hätte ihn jemand gepackt und mit dem Kopf voran in den gefliesten Boden gerammt. »Ist es schon da?«

»*Sie* ist schon da«, korrigierte die Schwester lachend. »Möchten Sie sie gern sehen?«

Wie betäubt folgte er ihr den langen Korridor entlang bis zu einem Fenster, dessen Jalousien geschlossen waren. »Warten Sie hier. Ich bringe sie gleich.« Sie wandte sich zum Gehen. »Moment noch. Wo ist Caroline?«, fragte er.

»Zimmer vierhundertachtzehn.«

»Geht es ihr gut?«

»Sie hatte nur ganz kurze Wehen und eine leichte Geburt. Tut mir leid, dass Sie es nicht rechtzeitig geschafft haben.«

Er hatte Crystal gevögelt, als Carolines Fruchtblase geplatzt war, als sie ganz allein ihr sorgfältig gepacktes Köfferchen zum Wagen getragen hatte und in die Klinik gefahren war, um ihre gemeinsame Tochter zur Welt zu bringen.

Er begann zu hyperventilieren. Der Abscheu vor sich selbst und dem, was er getan hatte, schnürte ihm die Luft ab. Blindlings starrte er auf die Jalousien, bis sie geöffnet wurden und die Schwester mit dem winzigsten Wesen vor ihm stand, das er je in seinem Leben gesehen hatte.

Ihr Gesicht war rot, ihre Nase platt und ihre Augen dick geschwollen. Sie war in eine Decke gehüllt wie ein Indianerbaby und trug ein rosa Strickmützchen, unter dem rötlicher Flaum zum Vorschein kam, als die Schwester es herunterzog. Sein Blick fiel auf die Fontanelle in ihrem winzigen Schädel, unter dem ihr Puls schlug.

Tränen schossen ihm in die Augen, während sich seine Kehle vollends zuschnürte.

Er nickte der Schwester zu und formte lautlos ein *Danke* mit den Lippen, dann wandte er sich ab, um sich auf die Suche nach Zimmer 418 zu machen. Schließlich stand er vor der Tür, strich sich das Haar zurück und fuhr sich mit den Händen übers Gesicht, ehe er den Griff umfasste.

Die Tür war unerwartet schwer. Er öffnete sie einen Spaltbreit und trat ein. Über ihrem Bett brannte eine Lampe, die gerade genug Licht spendete, dass er Caroline ausmachen konnte. Sie lag auf dem Rücken und hatte das Gesicht abgewandt. Ihr Bauch war flach, ein ungewohnter Anblick. Als sie die Tür leise ins Schloss fallen hörte, drehte sie den Kopf.

Sie sah ihn an. Und er erkannte, dass sie wusste, was er getan hatte.

Er trat zum Bett. Der Weg dorthin erschien ihm endlos lang. Er, der sonst nie um Worte verlegen war, wusste plötzlich nicht, was er sagen sollte. Stumm stand er vor ihr.

»Als du nicht nach Hause gekommen bist und dich nicht gemeldet hast, habe ich auf dem Revier angerufen. Ich habe dem Mann am Telefon erzählt, es handle sich um einen Notfall und dass ich dich dringend erreichen müsste. Du würdest verdeckt ermitteln, hat er gemeint, aber er würde die Nachricht an dich weiterleiten und dafür sorgen, dass du mich anrufst. Aber du hast dich nicht gemeldet. Also habe ich es noch mal versucht. Inzwischen war ich schon halb verrückt vor Sorge. Der Mann meinte, er hätte dich nicht erreichen können, aber es liege jedenfalls keine Meldung vor, dass du verletzt oder gar getötet worden wärst, falls mich das trösten würde.« Ihre Stimme klang ausdruckslos, ihr Blick war leer. »Du hast mit ihr geschlafen, oder? Um diesen Kerl zu schnappen, hast du mit seiner Freundin geschlafen.«

Es wäre ihm lieber gewesen, wenn sie geweint oder ihn angeschrien hätte. Er wünschte, sie würde die Hand heben und ihm eine schallende Ohrfeige verpassen. Mit ihrer Wut könnte er umgehen. Doch ihr beherrschter Zorn war zu viel für ihn. Er machte ihm Angst.

Er öffnete den Mund, um etwas zu erwidern, doch sein Kopf war immer noch wie leer gefegt. Er dachte nicht einmal daran, es abzustreiten. Er würde seinen Verrat nicht auch noch mit einer Lüge krönen und damit Salz in ihre Wunden streuen. Außerdem wäre es ohnehin sinnlos.

»Ich will, dass du ausgezogen bist, bevor ich mit dem Baby nach Hause komme.«

Panik erfasste ihn. »Caroline ...«

»Ich meine es ernst. Ich will, dass du verschwindest. Aus meinem Leben. Aus unserem Leben. Du wirst nichts mehr mit uns zu tun haben, Dodge. Nie wieder.«

»Aber du kannst nicht ...«

»Oh doch, ich kann. Und ich *werde*.«

»Ich ...«

»Du hast alles kaputt gemacht.«

»Ich habe eine Riesendummheit begangen.«

»Nenne es, wie du willst. Was du mir angetan hast, ist schlimmer als alles, was Roger Campton je getan hat.«

Die Worte bohrten sich wie ein Speer durch sein Herz. »Wie kannst du so etwas sagen?«

»Wie konntest du so etwas tun?« Ihre Stimme brach. »Wie konntest du so etwas tun?«, wiederholte sie, wobei sie jede einzelne Silbe betonte.

Genau dieselbe Frage stellte er sich ebenfalls. Er hatte keine Entschuldigung vorzubringen, aus dem einfachen Grund, weil es keine gab.

Sie wandte den Kopf ab. »Du siehst mich heute zum letzten Mal, Dodge. Ich will nichts mehr mit dir zu tun haben. Unsere Tochter wird dich niemals kennenlernen und du sie genauso wenig. Viel Spaß bei deiner Karriere als Detective. Genieße dein Leben. Und jetzt verschwinde.«

Geschlagene zwei Minuten lang stand er an ihrem Bett, doch sie weigerte sich, ihn anzusehen. Schließlich verließ er das Zimmer und das Krankenhaus, weil es grausam gewesen wäre, eine Frau zu quälen, die gerade erst ein Kind zur Welt gebracht hatte. Er wollte keine Szene machen und Caroline vor dem Krankenhauspersonal und all den anderen jungen Müttern blamieren, deren Partner an ihrer Seite gewesen waren, als ihre Kinder das Licht der Welt erblickt hatten.

Er ging hinaus, wo er sich prompt mit dem Krankenhausparkplatz-Nazi anlegte, der ihn bezichtigte, sich fälschlicherweise als Polizist ausgegeben zu haben. Da er keine Dienstmarke trug, solange er sich in Crystals und Albrights Nähe aufhielt, konnte er dem Idioten das Gegenteil nicht beweisen. Also schob er ihn beiseite und zeigte ihm den Stinkefinger. »Verklag mich doch«, schnauzte er ihn an, stieg ein und schoss davon, während der Kerl hinter ihm wetterte und drohte, ihn anzuzeigen.

Er fuhr nach Hause, zog das verschmutzte Laken ab und bezog das Bett neu. Dann saugte er das Wohnzimmer, leerte sämtliche Mülleimer und schrubbte das Badezimmer, bis die Fliesen glänzten. Und währenddessen grübelte er darüber nach, wie er Carolines Gunst zurückgewinnen könnte.

Am Tag ihrer Entlassung aus der Klinik stellte er ihr Blumen ans Bett. Und auch ins Kinderzimmer. Rosafarbene. Er würde den Kühlschrank und die Vorratskammer mit Carolines Lieblingsspeisen bestücken. Er würde ihr jeden Abend Schokolade aufs Kopfkissen legen. Er würde mit ihr aufstehen, wann immer das Baby Hunger hatte. Er würde sich um alles kümmern, würde ihr den Rücken massieren, wenn er schmerzte. Er würde dem Baby Plüschtiere und hübsche Rüschenkleidchen kaufen, die Caroline zwar als überkandidelt abtun, insgeheim aber heiß und innig lieben würde. Er würde alles für sie tun, absolut alles, wenn sie nur ihre Meinung änderte.

Er *musste* ein Teil ihres Lebens sein, sonst wäre sein eigenes Dasein keinen Pfifferling mehr wert. So einfach war das. Er musste sie dazu bringen, ihren Entschluss rückgängig zu machen. Aber vorher musste er beweisen, dass er es verdient hatte.

Als er alles im Haus so perfekt arrangiert hatte, wie er nur konnte, duschte er, rasierte sich, zog sich an und fuhr zur Einsatzzentrale des Sonderkommandos. Nur ein einzelner Beamter war dort. Er telefonierte. Bei seinem Anblick legte er auf. »Wo warst du? Wieso hast du nicht auf deinen Pieper reagiert?«

»Ich …«

»Ist sowieso schon egal. Er hat heute Morgen um acht Uhr sieben eine Bank überfallen. Gleich nachdem man aufgesperrt hatte.«

»Großer Gott. Das ist völlig unmöglich. Crystal hat gesagt, am Fünfundzwanzigsten. Offenbar hat Albright …«

»Albright? Vergiss Albright. Ein beschissener Pharmamanager ist unser Mann. Keine Vorstrafen. Wir hätten den Kerl nie im Leben finden können. Nicht in einer Million Jahren. Ist das zu fassen?«

26

Dodge kam zum Ende seiner Schilderung.

»Dieser Pharmatyp hielt sich für schlauer als alle anderen. Die erste Bank hat er aus reinem Jux ausgeraubt, nur weil er sehen wollte, ob es funktioniert. Und dann hat er es ein zweites Mal versucht. Und noch mal. Es sei wie eine Sucht gewesen, meinte er. Ich schätze, den jungen Wachmann zu erschießen, hat ihm einen besonderen Kick verpasst. Ich frage mich, wie es gewesen sein mag, im Todestrakt zu sitzen. Inzwischen ist er bestimmt längst hingerichtet worden, es sei denn, man hat ihn begnadigt. Nach meinem Umzug nach Atlanta habe ich den Fall nicht weiterverfolgt.« Er verlagerte sein Gewicht auf der Kunstlederbank und senkte die Stimme. »Aber für dich ist dieser Teil der Geschichte wahrscheinlich am uninteressantesten.«

Berry hatte ihm fast eine Stunde lang gelauscht, ohne ein Wort zu sagen. Sie räusperte sich und nahm einen Schluck aus ihrem Wasserglas, das Grace nachgeschenkt hatte, ohne dass es ihr aufgefallen war. »Was ist aus Franklin Albright geworden?«

»Das ATF hat ihn und seinen vermeintlichen Cousin bei einem lukrativen Deal mit Automatikwaffen geschnappt. Sie haben sie an Drogenkartelle jenseits der Grenze verkauft.«

»Und Crystal?«

Dodge seufzte und schüttelte reumütig den Kopf. »Ich schätze, irgendwann dämmerte ihr, dass Marvin nicht zurückkommt und sie rettet. Ich habe keine Ahnung, was aus ihr geworden ist.«

»Du hast sie also nie wiedergesehen?«

»Nein. Marvin ist endgültig aus ihrem Leben verschwunden.«

Berry zögerte. »Und Mutter?«, fragte sie mit leiser Stimme.

»Ich hatte es nicht geschafft, all meine Versprechen einzuhalten. Also habe ich getan, was sie verlangt hat, und bin ausgezogen, bevor sie aus dem Krankenhaus entlassen wurde. Letzten Samstag habe ich sie das erste Mal wiedergesehen. Und dich auch.« Er musterte sie. »Du hast zwar immer noch rotes Haar, aber deine Nase ist nicht mehr so platt gedrückt.«

Sie erwiderte sein wehmütiges Lächeln. Während der vergangenen Stunde hatte sie eine ganze Bandbreite an Gefühlen durchlebt – Neugier, Wut und aufrichtiges Mitgefühl –, ohne zu wissen, welches davon am Ende die Oberhand gewinnen würde. Stattdessen hatte sie einfach dagesessen, ihm gelauscht und gewartet, während sie nacheinander aufflackerten und wieder verebbten.

»Die Sondereinheit wurde aufgelöst«, sagte sie.

»Ja.«

»Und du wurdest zum Detective befördert.«

»Nein. Mein Ruf innerhalb des HPD war im Eimer. Für die einen war ich eine Witzfigur, für die anderen hatte ich den Fall schlicht und einfach gegen die Wand gefahren. Ich wurde in einen anderen Bezirk versetzt und bekam einen neuen Partner zugeteilt. Ehrlich gesagt sogar mehrere, weil ich sie alle mies behandelt habe und keiner mehr mit mir zusammenarbeiten wollte. Ich fing an, meinen Job zu vernachlässigen. Miese Arbeitsmoral, kein Respekt vor meinen Vorgesetzten, das Übliche eben.« Er tätschelte seine Brusttasche. »Ich fing an zu rauchen, weil ich irgendetwas brauchte, woran ich mich abreagieren konnte. Ich musste mich beschäftigen und den Schmerz betäuben, weil ich Caroline und dich verloren hatte. Außerdem ist Nikotin nicht so gefährlich wie Alkohol oder Koks. Nach einem halben Jahr dieser selbst auferlegten Hölle habe ich angefangen, mich wie ein Verrückter durch die Betten zu vögeln. Ich hatte die Selbstmitleidsphase hinter mir und bin in die nächste übergegangen, die Ich-werde-es-ihr-schon-zeigen-Phase. Monatelang habe ich alles flachgelegt, was mir in die Quere kam, und am Ende hatte ich mir nur eines bewiesen: Wie sehr ich deine Mutter geliebt habe. Eines Morgens bin ich aufgewacht und wusste, dass ich sie nie zurückgewinnen würde, wenn ich so weitermachte, also habe ich die Notbremse gezogen. Ich habe einen radikalen Schlussstrich gezogen und mich stattdessen darauf konzentriert, meinen Job zu retten, der zu dieser Zeit ziemlich auf der Kippe stand. Die Zigaretten sind geblieben, aber in puncto Frauen habe ich mich auf kalten Entzug gesetzt. Ich habe wie ein Mönch gelebt.« Er hielt inne. Ein Ausdruck tiefer Bekümmerung grub sich in seine zerfurchten Züge.

»Aber es hat nicht angehalten?«, fragte Berry leise.

»Nur bis zu dem Tag, als das mit Carolines Hochzeit mit Jim Malone bekannt wurde.«

»Du hast in der Zeitung davon gelesen?«

»Ja. Es hat mich wie ein Blitzschlag getroffen. Das beweist wieder mal, wie grausam das Schicksal sein kann. Ich hatte noch nicht mal gewusst, dass sie mit ihm zusammen war. Privat, meine ich. Und dann stand es da – schwarz auf weiß. Sie würde ihn heiraten.«

Seine erstickte Stimme ließ keinen Zweifel daran, dass es ihn auch heute noch, nach all den Jahren, schmerzte.

Einen Augenblick lang saß er da und starrte ins Leere. »Über unsere Anwälte wurde vereinbart, dass Malone dich adoptiert und du seinen Nachnamen annimmst«, fuhr er fort. »Ich habe mich nicht dagegen gewehrt, weil ich sowieso nicht hätte mithalten können. Du würdest einen neuen Daddy bekommen, der ein anständiger Kerl zu sein schien. Bei ihm würdest du ein angenehmes Leben führen, das ich dir nicht mal ansatzweise hätte bieten können.« Er hielt inne. »Ich bin weggegangen und nie wieder zurückgekommen.«

Nach einer Weile richtete er den Blick wieder auf sie. »Das war's, Berry. Unter einer netten Gutenachtgeschichte, die ein Daddy abends seiner Tochter erzählt, stellt man sich etwas anderes vor, was? Ein Märchen ist es jedenfalls nicht gerade.«

»Es ist eine sehr traurige Geschichte. Zumindest für dich.«

»Ich habe sie nicht erzählt, um dein Mitleid zu erregen oder um mich als tragischen Helden darzustellen, der vergangenen Zeiten hinterhertrauert. Ich habe schwere Fehler gemacht und dafür bezahlt. Ich habe es dir nur erzählt, damit du vielleicht daraus lernst und dir nicht dasselbe passiert. Mehr kann ich nicht für dich tun, auch wenn ich es weiß Gott gern getan hätte.«

Sie sahen einander an. In diesem Moment läutete Dodges Handy. Er sah aufs Display. »Es ist Caroline.« Er hob ab und lauschte. »Okay, wir sind gleich da«, sagte er.

Er legte auf und erzählte Berry, Caroline und Ski seien inzwischen fertig. »Dieser Schwachkopf von Mercury hat seinen Scheck bekommen. Allerdings muss Ski noch bleiben, weil alle etwas von ihm wollen. Sie hat gefragt, ob wir sie abholen könnten.«

Berry nahm ihre Tasche und rutschte von der Bank. »Du kannst mich im Krankenhaus absetzen.«

»Irrtum. Ich fahre dich nach Hause. Keine Widerrede«, erklärte er streng, noch bevor sie protestieren konnte. »Ob es dir nun gefällt oder nicht, ich bin dein Vater, und ich sage dir, dass du jetzt nach Hause gehen und dich eine Weile ausruhen wirst.«

Auf dem Weg zu Carolines Haus beobachtete Dodge seine Tochter im Rückspiegel, die wortlos und mit ausdrucksloser Miene aus dem Fenster in die nächtliche Dunkelheit starrte. Er hätte einen Tausender darum gegeben, zu erfahren, wo sie mit ihren Gedanken war. Bei ihm? Bei Starks? Bei ihrem Job, den sie verloren hatte? Vielleicht dachte sie ja auch an Ski. Wer wusste es schon, verdammt noch mal?

Was auch immer sie quälen mochte, er wollte ihr unbedingt helfen. Allerdings war es ziemlich schwierig, den Vater zu mimen, wenn das eigene Kind längst erwachsen war. Im Gegenteil – das machte es vielleicht sogar noch schwieriger. Er hatte ihr verboten, am Bett eines Verbrechers zu wachen, der bereits hirntot war. Doch abgesehen davon wusste er nicht weiter. Alles, was ihm einfiel, klang dumm, banal oder überflüssig oder wie eine Mischung aus allem, also hielt er lieber den Mund. Und Caroline erging es offenbar ähnlich, denn auch sie war auffallend gedämpfter Stimmung gewesen, als sie vor dem Gerichtsgebäude eingestiegen war. Sie hatte auf der ganzen Fahrt kaum ein Wort gesprochen.

Er folgte ihnen ins Haus und die Treppe hinauf zur Galerie, wo die beiden Frauen in eine Richtung und er in die andere davongingen. Er betrat das Badezimmer, in dem die Tragödie ihren Lauf genommen hatte, stellte sich unter die Dusche und schlug sogar die Bettdecke zurück. Doch er fand keine Ruhe. Er musste sich vergewissern, dass mit Berry alles in Ordnung war. Also zog er sich frische Sachen an und ging nach unten, um auf Caroline zu warten.

Fast eine Stunde lang saß er im dunklen Wohnzimmer, bis

er ihre leisen Schritte auf der Treppe hörte. Sie bemerkte ihn nicht, sondern ging in ihr Zimmer.

Nach ein paar Minuten klopfte er leise an ihre Tür. »Ich bin's.«

Sie machte auf. Er sah ihr an, dass sie bereits die nächste Katastrophe vermutete. »Was ist jetzt schon wieder passiert?«

»Gar nichts. Ich wollte nur hören, ob mit Berry alles in Ordnung ist, bevor ich mich hinlege. Sie sah ziemlich mitgenommen aus.«

Caroline bedeutete ihm, hereinzukommen, und schloss die Tür. Er sah sich um. Das Zimmer verströmte eine unübersehbar feminine Atmosphäre, ohne jedoch kitschig oder überladen zu wirken. Am Kopfende des schmiedeeisernen Bettes türmten sich zahllose Zierkissen, an den drei Fenstern hingen Vorhänge, deren Stoff sich üppig bauschte, und der zarte Gelbton an den Wänden sah genauso aus wie der, in dem er vor all den Jahren Berrys Kinderzimmer gestrichen hatte. Ansonsten war fast alles weiß im Raum, auch der Frotteebademantel, den Caroline sich um den schlanken Körper geschlungen hatte.

»Berry ist völlig erschöpft«, sagte sie. »Und durcheinander.«

»Hoffentlich nicht wegen Starks. Er bekommt, was er verdient; das heißt, sofern er nicht friedlich einschläft, denn das wäre definitiv keine gerechte Strafe für ihn.«

»So grausam es klingen mag, aber das sehe ich genauso. Dieser Mann quält Berry sogar jetzt noch, wo er im Sterben liegt. Sie gibt sich die Schuld an allem, was passiert ist.«

»Soll ich dir sagen, wie ich darüber denke?«, meinte Dodge. »Wenn du mich fragst, hat Starks sie nach allen Regeln der Kunst benutzt. Er hat dafür gesorgt, dass er ihr leidtut.«

»Allerdings«, bestätigte Caroline. »Dieser Kerl manipuliert andere Menschen wie kein anderer.«

Dodge trat ans Fenster und blickte auf den hinteren Teil des Grundstücks mit dem Wäldchen, dem Pool, der Terrasse und dem See dahinter. Der Ausblick war wunderschön. Der Mond glitzerte auf dem Wasser, das leise plätschernd gegen das Ufer schlug. Die Reservedeputys waren inzwischen zurückgepfiffen worden, und das hübsche Fleckchen Land hatte zu seiner gewohnten stillen Friedlichkeit zurückgefunden.

»Ich kapiere immer noch nicht, wieso er in diesen verdammten Sumpf gelaufen ist. Ski genauso wenig«, sagte er.

»Das werden wir wohl nie erfahren. Ich bin nur froh, dass ihr ihn geschnappt habt.«

»Ich werde wohl erst endgültig Ruhe finden, wenn er unter der Erde liegt«, erklärte Dodge mit Nachdruck.

Er blickte ein letztes Mal auf das Grundstück hinaus und wandte sich zu Caroline um, die auf der Bettkante saß. Er zögerte. »Berry und ich haben uns unterhalten«, sagte er, trat zu einem Lehnsessel und nahm Platz. »Bei einem Cheeseburger, während du und Ski euch mit Mercury herumgeschlagen habt.«

»Sie weiß Bescheid.«

»Nicht erst seit heute, vermute ich.«

»Und was hast du ihr erzählt?«

»Alles. Die ganze hässliche Wahrheit.«

»Das hättest du nicht zu tun brauchen, Dodge.«

»Doch. Nicht für sie, sondern für mich. Es war mir wichtig, dass sie alles erfährt.«

»Wieso?«

»Erstens, damit sie nie auf die Idee kommen kann, dir die Schuld an unserer Trennung zu geben. Nicht dass sie das jemals tun würde, aber ich wollte absolut sicher sein. Zweitens sollte alles, was sie für mich empfindet, auf knallharten

Tatsachen beruhen und nicht auf irgendeiner romantischen Daddy-Fantasie. Ich habe damit zwar riskiert, dass sie mich ablehnt, aber vielleicht erkennt sie auch meinen Wunsch nach Wiedergutmachung, indem ich gar nicht erst versuche, mich besser darzustellen, als ich in Wahrheit war. Besser gesagt, *bin*. Ich hoffe, sie erkennt zumindest an, dass ich ehrlich bin.«

»Das wird sie ganz bestimmt tun. Sie war immer ein fairer Mensch, außerdem ist sie nicht nachtragend. Und sie mag dich. Sie findet dich sogar süß.«

Er brach in schallendes Gelächter aus.

»Zumindest auf eine schroffe Weise.«

»Genau das meine ich«, grollte er. »Ich stehe besser da, als ich in Wirklichkeit bin.« Er sah Caroline an, während ihn – zum millionsten Mal – ein scharfer Schmerz durchfuhr. »Ganz im Gegensatz zu dir. Du hast mich genauso gesehen, wie ich bin.«

»Und ich habe dich trotzdem geliebt.«

Stille senkte sich über sie, während sie einander ansahen. Keiner rührte sich vom Fleck. »Du hast nicht an meiner Tür geklopft, weil du über Berry reden wolltest«, stellte sie fest.

Dodge holte tief Luft und ließ sie wieder entweichen, ehe er für einen kurzen Moment den Blick abwandte. »Ich habe dir nie gesagt, dass es mir leidtut, Caroline. Als ich heute Abend über die Vergangenheit gesprochen habe, ist alles wieder hochgekommen …« Er hielt inne und seufzte. »Es ist einfach passiert, und ich konnte es nicht mehr rückgängig machen. Es war zu spät. Die Sache mit Crystal war noch der geringste Teil. Auch wenn es abgedroschen klingt, aber ich schwöre bei Gott, dass es nichts bedeutet hat. Es war völlig mechanisch, und währenddessen habe ich mir überlegt, wie mein nächster Schritt aussehen soll, wenn es vorbei ist. Ich habe dich nicht mit meinem Schwanz betrogen, sondern mit meinem Ego. Nichts, was ich damals gesagt habe oder heute sage, ändert noch etwas daran. Ich habe es getan und kann es nicht mehr rückgängig machen. Aber ich wollte, dass du weißt, wie leid mir das alles tut. Als du meintest, ich hätte dir mehr wehgetan als Roger Campton mit allem, was er dir je angetan hat, war das wie ein Schlag ins Gesicht für mich. Ich habe mich dafür gehasst, dass ich alles zerstört habe, was wir hatten.« Er hielt inne und holte ein weiteres Mal Luft. »Das will ich dir schon seit dreißig Jahren sagen. Es tut mir leid, dass ich dir so wehgetan habe.«

Sie holte zittrig Luft. »Entschuldigung angenommen.«

»Danke.« Bevor er sich vollends zum Narren machen konnte, schlug er sich auf die Oberschenkel und stand auf. »Ich bin völlig erledigt. Ich kann mich nicht mal mehr erinnern, was heute Morgen war.«

»Du bist in unser Zimmer in Houston gekommen und hast uns geweckt.«

»Das war erst heute?«

»Es war ein langer Tag. Aber wenigstens habt ihr Oren Starks geschnappt. Wir können in Ruhe schlafen, ohne uns Sorgen um die Sicherheit unserer Tochter machen zu müssen.« Als er an ihr vorbeitrat, nahm sie seine Hand und hielt sie fest. »Danke, Dodge.«

»So viel habe ich gar nicht dazu beigetragen.«

»Du hast auf meinen Hilferuf reagiert.«

»Ich bin froh, dass du mich geholt hast.«

»Du warst der erste und einzige Mensch, den ich fragen konnte.«

Ein Moment verging, und noch einer, ohne dass sie Anstalten machte, seine Hand loszulassen. Stattdessen betrachtete sie sie und strich mit der Fingerspitze über die hervortretenden Venen auf seinem Handrücken. Dann drehte sie sie langsam um, hob sie an die Lippen und küsste die Innenfläche. Eine scheinbare Ewigkeit lang hielt sie seine Handfläche an ihre Lippen gepresst und sah ihn an. Es war, als drohe er in ihren Augen zu versinken.

»All die Jahre«, sagte sie mit belegter Stimme, »und trotzdem bist du mir immer noch so vertraut. Ich würde diese Hand unter allen Händen dieser Welt erkennen.«

Er sah sie nur an, unfähig sich zu bewegen, unfähig zu glauben, dass all das wirklich passierte.

»Seit damals hattest du viele Frauen. Du warst zweimal verheiratet und bist mit vielen anderen zusammen gewesen.«

Er zuckte kaum merklich mit der Schulter.

»Erinnerst du dich ...«

»Was?«

»Erinnerst du dich noch an mich?«

»An jedes Detail«, erwiderte er mit rauer Stimme.

Sie lächelte mit einem Anflug von Unsicherheit und Traurigkeit. »Ich bin nicht mehr so jung und so grazil wie damals.«

Er hatte sich so lange wie möglich beherrscht, doch nun zog er sie an sich und hielt sie fest, fester, als er sie je gehalten hatte, und vergrub das Gesicht in ihrem Haar, während Dinge über seine Lippen kamen, von denen er nicht gedacht hatte, dass er sie je in seinem Leben noch einmal zu ihr sagen würde.

»Ich habe immer nur dich geliebt, nur dich, bei Gott.« Er legte die Finger unter ihr Kinn und hob es an. »Ich habe alles versaut, Caroline, aber ich wollte dich von der ersten Sekunde an, als ich dich gesehen habe, und daran hat sich nichts geändert.«

Sie lag neben ihm, die Wange auf seine Brust gebettet, während sein Kinn auf ihrem Kopf ruhte. »Du bist so still«, flüsterte sie.

»Ich bin alt. Du hast mich ganz schön rangenommen.«

Behutsam stieß sie mit dem Knie zwischen seine Beine. »Du bist immer noch ein echter Hengst.«

»Findest du?«

Sie stützte sich auf den Ellbogen und sah ihn an. »Hmhm.« Er lächelte. Sie lächelte ebenfalls, strich mit dem Finger an seinem Kinn entlang und betrachtete ihn liebevoll. »Bis zum heutigen Abend hast du mir nie gesagt, dass es dir leidtut. Und ich habe mich nie bei dir bedankt.«

»Bei mir?«

»Ja. Für Berry.«

Seine Kehle wurde eng. Er strich ihr durchs Haar. »Oh doch, das hast du. Wann immer du sie ansiehst, erkenne ich, wie sehr du sie liebst. Das ist Dank genug, Caroline.«

Sie küssten sich. Schließlich löste sie sich von ihm. »Wann willst du es mir endlich sagen?«

»Was denn?«, fragte er mit ausdrucksloser Miene.

»Was dich beschäftigt.«

»Was mich beschäftigt? Im Augenblick nur du. Nackt. Deine Sommersprossen, die mich immer noch wahnsinnig scharf machen. Die auf deinen Brüsten liebe ich ganz besonders.«

Sie lachte, trotzdem ließ sie sich nicht vom Thema abbringen. »Du willst es mir also nicht erzählen?«

»Es gibt nichts zu erzählen.«

Sie sah ihn einen Moment lang forschend an. »Okay«, sagte sie dann und legte ihre Wange wieder auf seine Brust. Hier endete ihre Unterhaltung, mit Ausnahme der einen oder anderen Anzüglichkeit von Dodge, die Caroline auflachen, seufzen oder erröten ließ. Oder sie verzichteten ganz auf Worte und zeigten einander auf die älteste Art und Weise, was sie füreinander fühlten.

»Eigentlich will ich nicht, dass es aufhört, aber mir fallen schon die Augen zu«, murmelte Caroline schläfrig und schmiegte ihr Gesicht an seinen Hals.

Er küsste sie behutsam auf den Mund, drehte sie zur Seite und zog sie an sich. »Die Löffelstellung mochtest du immer am liebsten, das weiß ich noch.«

»Und ich weiß noch, was du am liebsten mochtest«, sagte sie, legte seine Hand auf ihre Brust und bedeckte sie mit ihrer. »Allerdings sind sie nicht mehr so fest wie früher.«

»Feste Brüste werden sowieso völlig überbewertet. Und jetzt schlaf.«

Im Handumdrehen war sie eingeschlafen, während Dodge noch lange Zeit neben ihr wach lag. Auch er war völlig erledigt, doch er wollte keine Millisekunde dieser Nacht mit Caroline verpassen. Wie könnte er die Zeit mit Schlafen vergeuden, wenn er sie in den Armen halten, ihre weiche Wärme spüren und ihren Atemzügen lauschen konnte?

Und außerdem war da diese andere Sache, jener anhaltende Unmut, den Caroline vorhin gespürt hatte, dieses Etwas, das er nicht benennen konnte und das in den Tiefen seiner Seele schlummerte. Dieses Etwas, das an seinem Unterbewusstsein nagte wie ein hungriges Tier, das ihm verbot, endlich in den erholsamen Schlaf zu sinken und Ruhe zu finden.

Trotz ihrer Aufgewühltheit war Berry in einen tiefen, traumlosen Schlaf gefallen, aus dem sie jedoch bereits bei Sonnenaufgang erwachte. Sie duschte, zog sich an und ging hinunter, um Kaffee zu machen. Gerade als er fertig war, betrat

Dodge die Küche und sah sie mit einer Mischung aus Verlegenheit und Trotz an. Berry blickte in die Richtung, aus der er gekommen war – das Schlafzimmer ihrer Mutter.

Sie unterdrückte den Drang, ihn damit aufzuziehen, und schenkte ihm stattdessen eine Tasse Kaffee ein. »Danke«, sagte er, gab zwei Löffel Zucker hinein und nippte daran. »Dieses Armband mit dem Herzanhänger. Erzähl mir davon.«

»Es war eines von mehreren Geschenken, die Oren mir im Lauf der Zeit gemacht hat.« Sie erzählte ihm, dass Oren sich geweigert hatte, die Geschenke zurückzunehmen. »Irgendwann habe ich sie eben behalten, weil ich dachte, auf diese Weise müsste ich ihn wenigstens nicht mehr sehen. Wieso kommst du ausgerechnet jetzt darauf?«

»Mir ist aufgefallen, dass wir nie darüber geredet haben, nachdem klar war, dass Sally Buckland genau dasselbe getragen hat. Du wusstest nicht, dass er ihr auch eines geschenkt hat, richtig?«

Sie schüttelte den Kopf.

»Wo ist deines? Hier?«

»Oben. Ich habe Orens Geschenke mitgebracht, als ich nach Merritt gekommen bin.«

»Scheint, als hättest du geahnt, dass du die Sachen als Beweis brauchen würdest.«

»Vielleicht habe ich diese Art von Intuition ja von dir geerbt.«

Ein schöner Gedanke, doch er ließ sich seine Freude nicht anmerken. »Dürfte ich mir das Armband mal ansehen?«, fragte er.

Sie ging nach oben. Als sie wenige Minuten später in die Küche zurückkehrte, stand Caroline da und schenkte sich gerade eine Tasse Kaffee ein. Ihr Haar war ein wenig zerzaust, doch sie schien förmlich von innen heraus zu strahlen. Verlegen lächelte sie Berry an und begrüßte sie, doch sie hatte sichtlich Mühe, den Blick von Dodge zu lösen.

Berry hatte alles, was Oren ihr geschenkt hatte, in einen Stoffbeutel gepackt, den sie nun auf dem Küchentisch auskippte, um nach dem Armband zu suchen. Auf den ersten Blick konnte sie es nirgendwo entdecken, also nahm sie die Sachen genauer in Augenschein.

Schließlich sah sie Dodge und Caroline verständnislos an. »Es ist nicht da. Aber wie kann das sein? Als ich das letzte Mal nachgesehen habe, war es noch hier.«

»Wann war das?«, wollte Dodge wissen.

»Das weiß ich nicht mehr genau.«

»Bevor du hergezogen bist oder danach?«

»Danach. Ich habe mir gesagt, es sei besser, einen klaren Schlussstrich zu ziehen und alles wegzugeben, was mich an ihn erinnert. Ich habe es mir zwar anders überlegt, aber trotzdem war das Armband bei den anderen Sachen, ganz sicher. Es war das persönlichste Geschenk von allen.«

»Vielleicht hast du es irgendwo hingelegt und weißt es nur nicht mehr.«

»Natürlich würde ich das noch wissen!« Erschrocken über ihren Ausbruch, nahm sie Carolines Hand und drückte sie. »Ich würde es noch wissen, Mutter«, sagte sie, diesmal eine Spur sanfter, und ließ sich stöhnend auf einen Küchenstuhl sinken. »Du glaubst doch nicht …«

»… dass das dein Armband war an Sally Bucklands Handgelenk?«, fiel Dodge ein und sprach damit ihre Befürchtung laut aus.

Sie verspürte den Drang, es zu leugnen, damit es nicht zur Tatsache wurde. »Aber das ist völlig unmöglich. Wann hätte Oren es stehlen sollen?«

Dodge räusperte sich. »Es besteht die Möglichkeit – ich wiederhole, die *Möglichkeit* –, dass Starks hier im Haus war.«

»Hier? In diesem Haus?«

Ungläubig lauschten Berry und Caroline, als Dodge ihnen von den Fotos erzählte, die in der Mülltonne in der Nähe des Motels gefunden worden waren.

»Sieht ganz so aus, als hätte er versucht, sich ein Bild von der Lage hier zu machen. Er hat das Haus aus jeder Perspektive fotografiert. Und dich auch«, fügte er unbehaglich hinzu. »Dafür musste er ziemlich dicht herankommen, selbst wenn er ein Teleobjektiv benutzt hat. Vielleicht war er auch dreist genug, hereinzukommen und es sich hier gemütlich zu machen, während du weg warst.«

»Also hat er an dem Abend, als er auf Ben Lofland geschossen hat, ganz genau gewusst, wo dein Zimmer ist«, folgerte Caroline.

Berry schlang sich die Arme um den Oberkörper und rieb sich die nackten Arme, um die Gänsehaut zu vertreiben. »Du meinst, er hat meinen Schreibtisch durchsucht und in meinen Sachen gekramt?« Allein bei der Vorstellung wurde ihr speiübel.

»Das wissen wir nicht genau. Aber es ist möglich.«

»Ich will die Fotos sehen«, sagte Berry.

»Nein, das willst du nicht, glaub mir.«

»Ich will sie sehen, Dodge.«

Er stieß einen unterdrückten Fluch aus. »Da wirst du schon Ski fragen müssen«, sagte er. »Er hat sie mir abgeknöpft.«

In diesem Augenblick läutete sein Handy. Er sah aufs Display. »Wenn man vom Teufel spricht...« Er hob ab und lauschte. »Sind schon unterwegs«, erklärte er und legte auf. »Wie es scheint, kommt Starks zu sich.«

»Es sieht ziemlich schlimm aus«, sagte Ski, als sie vor Orens Zimmer auf der Intensivstation zu ihm traten.

Ein Arzt und mehrere Schwestern machten sich mit konzentrierter Hektik an den verschiedenen Apparaturen zu schaffen, während sie versuchten, den sichtlich erregten Patienten, der heftig an seinen Fesseln zerrte, in Schach zu halten.

Eine der Schwestern, die sie bemerkt hatte, kam heraus. »Sie können dort hinten warten, Deputy Nyland, ein Stück den Korridor hinunter. Ich komme Sie holen, sobald er vollends bei Bewusstsein ist und sprechen kann«, sagte sie – eine subtile Aufforderung an sie, die Kurve zu kratzen.

Gemeinsam machten sie sich auf den Weg in den Wartebereich. Berry und ihre Mutter nahmen auf einem Zweiersofa Platz. »Eine Tortur ...«, flüsterte Caroline kopfschüttelnd und ließ ihre Stimme im Raum verklingen – die beiden Worte sagten mehr als genug.

Dodge setzte sich auf einen Stuhl, zog seine Zigaretten heraus, schüttelte eine aus dem Päckchen, drehte sie zwischen den Fingern hin und her und schob sie wieder zurück. Ski blieb an der Wand neben der Tür stehen, angespannt und hellwach, wie ein Soldat in Erwartung des Schusses, der einem kurzen Waffenstillstand ein jähes Ende setzte.

Eine Weile lang herrschte Stille, doch dann hielt Berry dem Druck nicht länger stand. »Ich habe ihn bestohlen. Oren, meine ich«, platzte sie heraus.

Die drei sahen sie verständnislos an.

»Ihr wisst ja, dass Oren an der Kampagne gearbeitet hat, die Ben und ich am Freitag zu Ende gebracht haben«, fuhr sie fort, ehe sie es sich noch einmal überlegen oder einer der drei etwas erwidern konnte. Sie nickten. »In dieser Zeit ist die Sache mit Sally vollends aus dem Ruder gelaufen. Sie hat gekündigt, und es war allgemein bekannt, dass Oren der Grund dafür war.«

Sie zögerte und senkte den Kopf. »Nein, das ist nicht ganz korrekt. Ich habe dafür *gesorgt*, dass es allgemein bekannt wurde.«

»Was willst du damit sagen, Berry?«, hakte Caroline nach.

»Die Firmenleitung hat mich wegen Sallys Kündigung befragt. Und ich habe ihnen erzählt, Oren sei der Grund dafür.«

»Was ja auch so war.«

»Bitte, Mutter, lass mich einfach erzählen.« Sie holte tief Luft, um sich zu sammeln. »Ich habe es so dargestellt, als wäre die Firma nur knapp einem teuren Prozess wegen sexueller Belästigung entgangen, obwohl Sally nie etwas in diese Richtung angedeutet hat. Ich bin sogar noch einen Schritt weiter gegangen und habe ihnen aufgetischt, auch andere Frauen würden bereits mit dem Gedanken spielen. Das hat sie mächtig in Aufruhr versetzt. Sie wollten von mir wissen, wie schlimm es sei und wie man aus meiner Sicht, also der einer weiblichen Mitarbeiterin, mit Oren verfahren sollte. Ob es reichen würde, ihn zu verwarnen und ihm eine offizielle Bewährungsfrist aufzubrummen, oder ob sie ihn lieber gleich vor die Tür setzen sollten. Sie wollten wissen, ob er meiner Meinung nach ersetzbar sei.« Wieder hielt sie inne.

»Ihr könnt euch wohl vorstellen, was ich gesagt habe. Ich habe mit keiner Silbe erwähnt, dass Oren bis dahin hervorragende Arbeit geleistet hatte. Außerdem habe ich unterschlagen, dass seine ursprüngliche Idee mit Abstand die beste war und als Basis für Bens und meine Kampagne diente. Stattdessen habe ich ihre Panik noch geschürt und sie glauben lassen, dass sie vom Schlimmsten ausgehen müssten, wenn er noch länger in der Firma bliebe. Am nächsten Tag hatte er seine Kündigung auf dem Tisch. Man hat ihm verboten, auch nur eine von seinen Unterlagen mitzunehmen. Der Sicherheitsdienst hat ihn sogar aus dem Gebäude begleitet, als wäre er ein Verbrecher.« Ihre Stimme war kaum mehr als ein Flüstern. »Und genau das ist aus ihm geworden.«

Wieder herrschte Schweigen im Raum, ehe Dodge das Wort ergriff. »Eine Sekunde mal! Du kannst dir nicht die Schuld daran geben, was aus Oren geworden ist. Viele Menschen verlieren ihren Job und werden deswegen noch lange nicht zum Mörder. Er war auch schon vor der Kündigung der Mann, der er heute ist.«

»Er hat recht, Berry«, sagte Ski ein wenig leiser, jedoch nicht minder beharrlich.

»Aber das ist noch nicht alles. Nach seinem Rauswurf hat er mich mehrmals gebeten, ein gutes Wort für ihn einzulegen. Ich habe ihn hingehalten und behauptet, ich hätte alles versucht, damit er seinen Job wiederbekommt, aber der Entschluss der Geschäftsleitung stehe fest. Das war eine glatte Lüge. Ich habe mich nicht für ihn starkgemacht. Mit keiner Silbe. Ganz im Gegenteil. Nachdem er weg war, habe ich mir das Lob für seine Arbeit ans Revers geheftet. Dasselbe gilt für Ben, wenn auch eher deshalb, weil er den Mund gehalten hat. Er wusste, was ich getan hatte, und hat stillschweigend mitgespielt und niemandem erzählt, welchen erheblichen Anteil an der Kampagne Oren geleistet hatte.« Sie senkte die Stimme. »Inzwischen weiß ich, dass er mir danach nie mehr über den Weg getraut hat.«

Sie holte tief Luft. »Was Sally angeht – ich habe ihr geraten, ebenfalls zu kündigen. Solange sie bei Delray bleiben würde, könnte sie die Sache mit Oren nie hundertprozentig hinter sich lassen.«

»Auch das stimmt«, warf Caroline ein.

»Höchstwahrscheinlich«, meinte Berry. »Aber auch das habe ich aus egoistischen Gründen getan. Sie war eine gute Kollegin, die alle wegen ihrer angenehmen Art sehr mochten, sowohl die Kunden als auch die Geschäftsleitung. Das hat sie zur Gefahr für mein eigenes Fortkommen gemacht. Also habe ich dafür gesorgt, dass sie mir nicht länger im Weg steht. Ich habe Sally manipuliert, damit sie kündigt, und dann habe ich dafür gesorgt, dass Oren rausgeworfen wird. Und all das nur, weil ich ganz nach oben wollte.«

Sie wandte sich Caroline zu. »Ich bin unglaublich stolz auf deine außerordentlichen Erfolge, Mutter, aber es ist schwer, ihnen gerecht zu werden. Ich bin genauso ehrgeizig wie du, aber leider schaffe ich es nicht, meine Ziele mit so viel Geduld, Stil und Klasse zu verfolgen wie du. Ich bin ein bisschen anders gestrickt, wie es aussieht«, sagte sie mit einem Seitenblick auf Dodge.

»Jedenfalls wurden meine Schuldgefühle immer größer. Deshalb habe ich dich an diesem Tag so angefahren und mich später mit Oren auf der Veranda in die Haare gekriegt. Ich bin nach Merritt gezogen, um einen klaren Kopf zu bekommen und meine Prioritäten neu zu ordnen. Und dabei wurde mir klar, dass ich zugeben muss, was ich getan habe, und den Schaden wiedergutmachen sollte. Deshalb habe ich am Donnerstag Oren angerufen und ihm gesagt, dass ich seinen Namen bei der Präsentation der Kampagne nennen würde.« Sie unterbrach sich. »Aber das war nicht genug.«

Schwer lag die Stille über dem Raum. Schließlich stieß Dodge einen Seufzer aus. »Wenn du mich fragst, ist das alles Unsinn. Okay, mag sein, dass dein Ehrgeiz ein bisschen überhandgenommen hat. Aber Sally Buckland war eine erwachsene Frau mit einem freien Willen. Du hast sie zwar ein wenig unter Druck gesetzt, aber letzten Endes war es ihre Entscheidung, ihren Job hinzuschmeißen. Und was Starks angeht …«, fuhr er mit angewiderter Miene fort, »hinter der glatten Fassade verbirgt sich ein widerlicher Mistkerl mit einem Hang zur Gewalt, die regelrecht danach schreit, ans Licht zu kommen.« Er deutete mit dem Finger auf Berry. »Und du … du hast dein Gewissen erleichtert, und jetzt lass es gut sein.«

Eine Woge der Zuneigung überkam sie. Gern hätte sie ihm gesagt, wie sehr sie ihn mochte, doch in diesem Moment erschien der diensthabende Arzt im Türrahmen. »Ist eine Berry hier?«

Sie stand auf.

»Er sagt ständig Ihren Namen.«

»Soll ich …«

Er zuckte die Achseln. »Das bleibt Ihnen überlassen«, erklärte er und verschwand so schnell, wie er aufgetaucht war.

Caroline griff nach Berrys Hand. »Geh nicht da rein. Wir hätten gar nicht erst herkommen sollen.«

Berry sah Dodge an – eine stumme Bitte, ihr zu sagen, was er von all dem hielt. »Ich wünschte, er wäre in diesem verdammten Sumpf draufgegangen, damit dir das hier erspart geblieben wäre.«

Skis Blick war auf sie geheftet. »Wenn du reingehst, gehe ich auch. Ich muss hören, was er zu sagen hat.«

Sie trat zu ihm. Er legte eine Hand um ihren Ellbogen. Gemeinsam verließen sie den Raum und gingen den Korridor hinunter.

In Orens Zimmer bot sich ihnen das reinste Horrorszenario. Beklommen trat Berry an sein Bett. Seine Lider flatterten, und er murmelte wieder und wieder ihren Namen wie ein Mantra. Seine Hände fuhren ruhelos über die Bettdecke, seine Finger krallten sich in die Laken, und er zerrte heftig an den Fesseln.

»Kann er mich hören?«, fragte sie.

»Sie können es versuchen«, meinte die Schwester.

Berry überwand ihre Angst. »Oren?« Als er nicht reagierte, räusperte sie sich. »Oren? Hörst du mich? Ich bin's, Berry«, sagte sie ein wenig lauter.

Flatternd hoben sich seine Lider, doch seine Augen rollten in den Höhlen nach hinten, während er mit rauer Stimme noch einmal ihren Namen ausstieß.

»Ja. Ich bin hier«, erwiderte sie und suchte nach Worten, die nicht komplett schwachsinnig klangen. »Du bist im Krankenhaus. Die Ärzte und Schwestern tun alles, um dir zu helfen.«

»Berry.« Wieder kam ihr Name über seine Lippen, während er hektisch blinzelte und versuchte, klar zu sehen. »Berry.«

»Ich bin hier.«

»Du lebst.«

»Ja.«

»Aber du solltest tot sein.«

Mit einem scharfen Atemzug wich sie zurück. Ski legte ihr die Hand auf die Schulter. »Komm, lass uns gehen.«

Doch ehe sie sich abwenden konnte, gelang es Oren, seine Finger in den Fesseln so zu drehen, dass er ihr Handgelenk zu fassen bekam. Jetzt waren seine Augen offen und auf sie gerichtet. Beim Anblick des Irrsinns darin schluchzte sie vor Furcht auf.

»Du wirst sterben«, spie er ihr voller Bösartigkeit entgegen. »Du wirst sterben.«

Sie entwand ihm ihr Handgelenk und taumelte rückwärts gegen Ski, doch es gelang ihr nicht, den Blick von Orens Augen zu lösen, in denen der blanke Wahnsinn stand. Mit einem Mal begannen seine Lider wieder zu flattern, während sich sein Kopf in einem anatomisch unmöglichen Winkel nach hinten bog und aufs Kissen fiel. Der Verband seitlich an seinem Schädel verschob sich ein Stück und gab den Blick auf das Einschussloch frei, aus dem gräuliche Hirnmasse quoll. Sein Körper wurde von unkontrollierten Zuckungen geschüttelt.

»Er krampft«, rief eine Schwester hektisch.

Ski drehte Berry an den Schultern herum und schob sie eilig aus dem Zimmer auf den Korridor, wo sie in seine Arme sank.

27

Ski wusste nur allzu genau, was ihn erwartete, wenn er unmittelbar nach Oren Starks' Tod ins Gerichtsgebäude zurückkehren würde – eine gierige Meute aus Journalisten und anderen Deputys, die allesamt nach blutigen Details geiferten. Doch er brauchte eine kleine Auszeit, ehe er sich wieder ins Getümmel stürzte, deshalb beschloss er, die wichtigsten Anrufe vom Küchentisch seines Hauses aus zu erledigen.

Außerdem würde er hier nicht alle paar Sekunden gestört werden. Mit seinem Handy, einer großen Kanne starken Kaffee und einer Liste der Leute, mit denen er reden musste, setzte er sich an den Tisch. Als Erstes wählte er die Nummer von Sheriff Drummond, der sein angemessenes Bedauern über Oren Starks' vergeudetes Leben zum Ausdruck brachte, ehe er Ski zu seinem Fahndungserfolg beglückwünschte.

»Das war nicht allein mein Werk, Sheriff.«

Der Sheriff meinte, er solle nicht so bescheiden sein, und erkundigte sich nach Caroline und Berry, denen es, wie Ski ihm versicherte, den Umständen entsprechend gut ginge. Zu seiner Verblüffung erklärte er, dass er nicht vorhabe, sich noch einmal zur Wiederwahl zu stellen.

»Es wird Zeit, das Zepter aus der Hand zu geben«, erklärte er und hielt inne. »Und es wird mir eine Freude sein, Sie als meinen Nachfolger vorzuschlagen. Einen besseren Kandidaten gibt es wohl nicht. Und das sage ich nicht nur, weil Sie unser großer Held des Tages sind.«

»Ihr Vertrauen ehrt mich sehr, Sir.«

»Sie haben es sich verdient. Denken Sie darüber nach. Wir unterhalten uns später darüber.«

Auch wenn Ski sich noch so freute und geschmeichelt fühlte, war jetzt nicht der richtige Zeitpunkt, um in Zukunftsträumen zu schwelgen. Er nahm den nächsten Anruf auf seiner Liste in Angriff, das Pflegeheim, in dem Oren Starks' Mutter untergebracht war. Die Leiterin der Einrichtung führte ihm noch einmal das Ausmaß ihrer Erkrankung vor Augen. »Sie nimmt ihre Umwelt gar nicht mehr wahr. Niemand dringt zu ihr durch, Deputy Nyland.«

»Das verstehe ich, Ma'am. Ich war nur der Ansicht, dass ich sie offiziell über den Tod ihres Sohnes in Kenntnis setzen sollte.«

Da sich in Starks' Haus keinerlei Unterlagen über eine anwaltliche Vertretung fanden und seine Mutter nicht in der Verfassung war, Entscheidungen dieses Ausmaßes zu treffen, beauftragte Ski ein Bestattungsinstitut in Merritt, sich um das Begräbnis zu kümmern.

Als Letztes rief er Detective Rodney Allen in Houston an und brachte ihn auf den neuesten Stand. »Mit dieser Kopfverletzung hatte er so gut wie keine Überlebenschance. Er ist heute früh gestorben, allerdings nach einer grauenhaften Szene, bei der er Ms Malone noch einmal den Tod gewünscht hat.«

»Sie können froh sein, dass Sie den Kerl los sind.«

»Allerdings.«

Allen bat um ein paar Unterlagen, um seine Akte über den Mord an Sally Buckland offiziell schließen zu können. Ski versprach, ihm die Papiere zukommen zu lassen, sobald er sie abgezeichnet hatte.

»Ich habe mir diesen Hanley mal ein bisschen genauer

angesehen«, fuhr der Detective nach einer kurzen Pause fort.

»Ein Mann, den man bei so einem Fall gut gebrauchen kann.«

»Wenn Sie es sagen.«

»Ja, sage ich.« Ski beendete das Gespräch, ehe der Detective noch etwas hinzufügen konnte. In diesem Augenblick klopfte es an der Hintertür.

Berry spähte durch das Fenster in der oberen Türhälfte, in der Hoffnung, eine Reaktion auf ihr unangekündigtes Auftauchen von seinem Gesicht ablesen zu können, bevor sie eintrat. Doch er war schneller. Barfuß, in Jeans und einem weißen T-Shirt, das ihm aus der Hose hing, trat er an die Tür und öffnete sie.

»Hi.«

»Hi.«

Er trat beiseite. Sie nahm die letzte Stufe und ging in die Küche, aus der ihr köstlicher Kaffeeduft in die Nase stieg. Ihr Blick fiel auf die Unterlagen auf dem Tisch, auf den Schreibblock mit den in entschlossener, maskuliner Handschrift abgefassten Notizen. »Du arbeitest?«

»Ich musste ein paar Anrufe erledigen. Wie geht es dir?«

»Gut.« Minuten, nachdem Ski sie aus dem Krankenzimmer geschoben hatte, war ein Arzt erschienen und hatte Oren für tot erklärt. »Wenn auch immer noch ein bisschen wacklig auf den Beinen.«

»Es war eine grässliche Szene.«

»Allerdings.«

Er schob die Hände in die Hosentaschen, zog sie jedoch gleich wieder heraus und nickte in Richtung Küchentresen. »Willst du einen Kaffee?«

»Nein, danke.«

»Du sagtest vorhin, du würdest nach Hause fahren und dich eine Weile hinlegen.«

»Das wollte ich auch. Aber als wir nach Hause kamen, meinte Mutter, wir sollten dringend etwas essen. Dodge ist losgefahren, um ein paar Sachen einzukaufen, und ich wollte dich fragen, ob du Lust hast, uns beim Brunch Gesellschaft zu leisten.« Sie holte tief Luft, wohl wissend, dass sie alles auf eine Karte setzte, doch sie war bereit, das Risiko einzugehen. »Aber in Wahrheit ist die Einladung zum Brunch nur eine Ausrede. Eigentlich bin ich aus einem ganz anderen Grund hier. Ich bin hergekommen, weil ich will, dass du mich festhältst.«

Mit einem einzigen Schritt hatte er die Küche durchquert, legte die Arme um sie und zog sie an sich. Lange Zeit standen sie so da, eng umschlungen und stumm. Dann hob er ihr Kinn und küsste sie mit verblüffender Zärtlichkeit, ehe er sich von ihr löste und ihr suchend in die Augen blickte, als wolle er um Erlaubnis bitten.

Er schien die Antwort in ihrem Blick zu finden, denn er neigte den Kopf und strich mit den Lippen über ihre, ehe sich ihre hungrigen Münder fanden. Sie schlang die Arme um ihn. Ihre Hände tasteten sich über sein Rückgrat. Sie küssten sich mit wachsender Leidenschaft, immer weiter, bis er sich von ihr löste und seine Lippen über ihren Hals bis zu der Stelle unterhalb ihres Ohrs wandern ließ.

»Könnten wir vielleicht ohne Kleider weitermachen?«

Sie gab ein summendes Geräusch von sich, das er als Ja wertete. Er nahm sie bei der Hand und führte sie durchs Haus in ein geräumiges Schlafzimmer. Beeindruckt registrierte sie, dass das Bett gemacht war, auch wenn es nicht lange so bleiben sollte. Er schlug die Decke zurück, dann wandte er sich wieder ihr zu und machte sich an den Knöpfen ihrer Bluse zu schaffen. Er öffnete den Verschluss an der Vorderseite ihres BHs, schob die Körbchen beiseite und legte eine Hand um ihre Brust, während er sie weiter küsste.

Lippen, Zungen, Fingerspitzen. Ein Gefühl der Atemlosigkeit, der Hilflosigkeit überkam sie, und sie war sich nicht einmal mehr bewusst, dass die winzigen Laute, die in der Stille des Raums widerhallten, aus ihrer Kehle drangen. Er liebkoste sie mit den Lippen, während seine Hände unter ihren Rock glitten – die eine legte sich über ihr Hinterteil, die zweite schob sich in ihr Höschen.

Sie gab ein Wimmern von sich. Er wusste ganz genau, was er tat, und er machte seine Sache gut. Innerhalb weniger Minuten hatte er sie mit dem geschickten Spiel seiner Finger an die Grenze des Erträglichen geführt. »Halt. Stop. Ski. Hör auf.«

»Nein«, murmelte er, ihre Brustwarze zwischen den Lippen.

Es fühlte sich so wunderbar an. Der Druck seiner Finger, der federleichte Strich seines Daumens. Sie wölbte sich seiner Hand entgegen, ritt sie förmlich, während er sie mit leidenschaftlichen Worten ermutigte, bis sie jede Kontrolle aufgab und sich von ihrer Lust mitreißen ließ. Wogen der Begierde schwappten über ihr zusammen, bis sie erschlaffte und ihn mit beiden Beinen umschlang.

Er ließ sie auf die Kissen sinken und strich ihr das Haar aus dem Gesicht. Zärtlich küsste er sie und zog ihr die restlichen Kleider aus. Ohne den Blick von ihr zu lösen, erhob er sich, trat ans Fußende des Bettes und zog sich das T-Shirt über den Kopf. Mit geübten Bewegungen knöpfte er seine Jeans auf und stieg heraus.

Er trug keine Unterwäsche unter der Jeans – ein Anblick

von unglaublicher Sinnlichkeit, der erneut die Begierde in ihr aufwallen ließ. Er legte sich auf sie, wobei er sich auf seinen muskulösen Armen abstützte. Verlegen wand sie sich unter seinem ungenierten Blick, doch zugleich verspürte sie den Drang, ihn zu berühren. Sie gab ihm nach. Er schloss die Augen. Seine Atemzüge wurden rauer, heftiger. Scharf sog er den Atem ein, als ihr Daumen über seine empfindlichste Stelle strich und einen feuchten Tropfen darauf verwischte.

Als er sich in sie schob, biss sie sich auf die Unterlippe, um das Stöhnen zu unterdrücken, das über ihre Lippen zu dringen drohte. Seine Arme entspannten sich, während sie seinen Körper willkommen hieß. Instinktiv zog sie die Knie an, um ihn tiefer in sich aufzunehmen, und er reagierte nicht nur mit seinen Bewegungen, sondern mit einer grollenden Litanei aus Vulgaritäten – der ursprünglichen, elementaren Sprache eines vollkommen im Liebesakt versunkenen Mannes.

Ski lag auf dem Rücken und hatte Berry eng an sich gezogen. Ihre Beine waren noch immer fest ineinander verschlungen. Obwohl sein Körper erschlafft war, spürte er noch das Prickeln der verebbenden Lust in seinen Nervenenden. Kein Wunder. Das Objekt seiner Begierde lag nackt neben ihm, in seinem Bett. Und sie war unglaublich.

»Dass du mich geküsst hast, fand ich besonders erregend.«

Ihre Reibeisenstimme sandte eine neuerliche Welle der Erregung durch seinen Körper. Er wandte den Kopf und sah sie an.

»Währenddessen, meine ich. Das war toll. Sehr sexy. Und auch« – sie sah ihn ebenfalls an – »unglaublich süß. Etwas Besonderes.«

Auch ihm hatte der Sex mit ihr viel bedeutet. Noch nie zuvor hatte er eine Frau so leidenschaftlich, auf eine derart innige Art und Weise, geküsst, während er mit ihr geschlafen hatte. Aber das würde Berry ihm wahrscheinlich nicht glauben. Es war noch viel zu früh, solche Dinge zu sagen. Und damit nicht genug – es war noch viel zu früh, um überhaupt solche Gefühle für eine Frau zu entwickeln, die er gerade einmal seit vier Tagen kannte. Aber er konnte es nun mal nicht leugnen.

Als er sie ansah, wurde ihm bewusst, wie verdammt schön es wäre, für den Rest seines Lebens beim Aufwachen in dieses Gesicht zu sehen. Bei dem Gedanken spürte er eine Regung tief in seinem Innern. Es fühlte sich an wie Sehnsucht.

»Und jetzt«, fuhr sie fort, »will ich wissen, wo du all diese unartigen Worte gelernt hast. In der Army?«

»Oh Gott«, stöhnte er. »Was habe ich denn gesagt?«

»Weißt du das denn nicht mehr?«

»Nein, ich war viel zu vertieft. Sollte ich dich in irgendeiner Art und Weise beleidigt haben, entschuldige ich mich.«

Ein freches Lächeln trat auf ihre Züge. »Ich fand es eigentlich ganz schön.«

»Ach ja?«

»Ja.«

Sie küssten sich. Schließlich zog sie sich zurück. »Und stammt diese Narbe auch aus deiner Zeit bei der Army?«, fragte sie.

Er blickte auf die erhabene, gezackte Linie auf seinem Oberschenkel. Zwar hatten hervorragende Chirurgen ihr Möglichstes getan, der Wunde etwas von ihrer Schauerlichkeit zu nehmen, trotzdem sah sie immer noch aus, als hätte jemand das Fleisch mit einem rostigen Dosenöffner aufgeschlitzt und die Ränder mit Stacheldraht wieder zusammenflickt. »Ich hätte dich warnen sollen.«

»Ist es okay für dich, darüber zu reden?«

Er begann ihr Ohrläppchen zu massieren. Es fühlte sich unglaublich weich an zwischen seinen Fingern. »Das ist in Afghanistan passiert. Für Ordnung sorgen und Hilfe leisten, aber den Feind nicht ermutigen, so lautete der Befehl. Doch offenbar hatten die Taliban das Memo nicht bekommen. Meine Einheit sollte einen Mann aufsuchen, der sich als Übersetzer ausgegeben hatte, um die Sicherheit in der Schule des Orts zu besprechen. Nur war es eine Falle. Er gehörte zu den Taliban, und diese Typen kämpfen bis zum bitteren Ende. Gewinnen oder den Gegner zum Aufgeben zwingen, etwas anderes gibt es für sie nicht. Es war das reinste Blutbad. Wir haben sie alle getötet. Zwei Frauen und einen Jungen, der höchstens dreizehn gewesen sein kann. Ich und ein Kamerad haben als Einzige unserer Einheit überlebt. Nach allem, was ich gehört habe, ist er bis heute psychisch völlig am Ende.« Sein Blick löste sich von ihrem Ohrläppchen und richtete sich auf ihr Gesicht. »Ich hatte Riesenglück.«

»Tut es weh?«

»Manchmal spüre ich es noch, aber nicht sehr oft.« Er grinste verschmitzt. »Reiben hilft.«

»Und wie ist es mit küssen?«

Ohne auf seine Antwort zu warten, rutschte sie tiefer und fuhr mit der Fingerspitze behutsam an der Narbe entlang, die sich vom Knie bis zur Leiste zog, ehe sie eine Spur federleichter Küsse folgen ließ. Er legte die Hand auf ihren Hinterkopf, ganz behutsam, gerade fest genug, um sie spüren zu lassen, wie verdammt gut sich die Berührung anfühlte; wie süß es war, dass sie sich nicht davon abgestoßen fühlte.

Sie küsste seinen Penis, nahm die Spitze zwischen die Lippen. Jede Zelle seines Körpers begann zu prickeln. »Heilige Scheiße.« Er packte sie bei den Haaren und zog ihren Kopf zurück. »Hör auf, Berry.« Er zog sie nach oben, bis sie einander ins Gesicht sehen konnten. Auf ihrer Miene lag eine Mischung aus Unsicherheit und Kränkung.

Er fuhr mit dem Daumen über ihre Lippen. »Ich will ja, dass du das tust. Gott allein weiß, wie sehr ich es mir wünsche. Es war unglaublich, und in fünf Minuten werde ich mich wahrscheinlich in den Hintern beißen, weil ich dich davon abgehalten habe. Aber ich muss vorher noch ein paar Dinge klarstellen.«

»Was denn?«

»Ich werde nicht von hier weggehen.«

Sie schüttelte verwirrt den Kopf. »Was meinst du?«

»Aus Merritt. Ich lebe hier, und ich werde auch weiterhin hier bleiben. Viele fragen sich, wieso. Es geht das Gerücht, es fehle mir an Ehrgeiz und dass ich hier in der Pampa mein Talent verschwenden würde. Vielleicht stimmt das sogar in gewisser Weise. Aber die Wahrheit sieht folgendermaßen aus: Als ich aus der Army ausgeschieden bin, hatte ich es bis obenhin satt, ständig nur Blut und sterbende Menschen sehen zu müssen. Menschen, die in einem hässlichen Krieg ihr Leben lassen. Ich wollte Polizist sein, schon mein ganzes Leben lang, aber nicht in einer Großstadt, wo Gewalt und Blut an der Tagesordnung sind.«

»Gewalt gibt es doch überall. Wie man sieht«, gab sie zurück.

»Das stimmt, aber so etwas passiert nicht tagtäglich. Von den letzten paar Tagen mal abgesehen, verbringe ich meine Zeit damit, für Recht und Ordnung zu sorgen. Natürlich verfrachte ich Leute hinter Gitter, wenn sie gegen das Gesetz verstoßen. Ich habe schon Meth-Buden auffliegen lassen, und manchmal enden solche Razzien auch mit blutigen Verletzungen. Allerdings musste ich noch nie eine Frau töten, bevor sie mich tötet, und noch nie einem Jungen, der sich noch nicht mal rasieren muss, die Rübe wegblasen.«

»Aber das war …«

»Ja, im Krieg. Am anderen Ende der Welt. Das ist mir klar. Doch auch ich lese Zeitung, Berry. Ich will hier sein, wo das Risiko, dass mich jemand abknallt, wesentlich geringer ist. Vielleicht kandidiere ich für den Posten als Sherriff, wenn Drummond in den Ruhestand geht, mehr aber auch nicht. Ich will nicht, dass du dich zu tief in diese Sache zwischen uns verstrickst, nur um dann festzustellen, dass ich nicht der Mann bin, für den du mich gehalten hast oder der ich deiner Meinung nach sein sollte.«

Sie lächelte, wenn auch beinahe grimmig. »Irgendwie ist es witzig.«

»Finde ich eigentlich gar nicht.«

»Doch. Denn Dodge hat gestern Abend im Grunde genau dasselbe zu mir gesagt.«

»Großer Gott, klinge ich etwa schon wie Dodge?«

Sie wandte sich ihm zu und schmiegte sich an ihn. »Er und meine Mutter haben gestern Nacht miteinander geschlafen«, sagte sie dicht an seinem Ohr.

»Und vermutlich nicht zum ersten Mal.«

»Er ist mein Vater.«

»Seit wann weißt du das schon?«

Sie musterte ihn erstaunt. »Du weißt es also auch?«

»Ich habe es vermutet.«

»Und wie kommst du darauf?«

»Die Art, wie er sie ansieht, passt nicht zu seinem sonstigen Wesen. Den Rest der Welt kann er nur mit Mühe ertragen, aber ihr beide liegt ihm am Herzen, das sieht man. Also musste ich nur noch zwei und zwei zusammenzählen.«

Sie schilderte ihre Unterhaltung mit Dodge vom Vorabend.

»Ich finde es so traurig«, sagte sie schließlich. »Er hat einen schrecklichen Fehler gemacht und dreißig Jahre lang dafür gebüßt. Das ist eine entsetzlich lange Zeit für eine einzige Sünde. Und Mutter tut mir auch leid. Er war die Liebe ihres Lebens, und sie musste all die Jahre ohne ihn leben.«

»Und was ist mit dir?«

»Was mit mir ist?«

»Dodge ist weggegangen, und Caroline hat es zugelassen. Kannst du ihnen das verzeihen?«

»Ja. Sie hatten beide recht und auch wieder nicht.«

»Hm.«

Sie stützte sich auf den Ellbogen, um ihm ins Gesicht sehen zu können. »Das war ein sehr vielsagendes *Hm*. Was willst du damit ausdrücken?«

»Dodge und du, ihr seid euch sehr ähnlich.«

»Wir sind beide flachbrüstig, das stimmt.«

Er grinste. »Das war nicht der Punkt, den ich im Sinn hatte.«

»Welchen dann? Dass wir beide andere Menschen manipulieren? Dass ich in seine Fußstapfen getreten bin und versucht habe, mit unethischen Mitteln und um jeden Preis meine Karriere voranzutreiben?«

»Ich wollte eigentlich sagen«, erklärte er betont geduldig, »dass ihr beide bereit seid, jedem zu verzeihen, nur euch selbst nicht.«

Sie blickte ihm tief in die Augen und runzelte die Stirn. »Kann sein. Ich glaube jedenfalls nicht, dass ich mir je verzeihen werde, was Oren diesen Menschen angetan hat.«

»Aber du bist nicht schuld daran, dass dieser Kerl völlig den Verstand verloren hat. Wenn jemand so komplett aus dem Ruder läuft und man sein Verhalten und die Umstände untersucht, unter denen er aufgewachsen ist, muss man sich fragen, wieso all das nicht schon viel früher passiert ist. Fest steht jedenfalls, dass du keine Schuld an dem trägst, was passiert ist.«

»Ich bin froh, dass du das sagst.«

»Und ich sage es nicht nur, weil du neben mir im Bett liegst, Berry. Es ist mein voller Ernst. Die Vorfälle bei Delray und deine Selbstvorwürfe stehen in keinem Verhältnis zu dem, was er getan hat. Wie geht die Firma mit der Arbeit eines Mitarbeiters vor, wenn derjenige vor Abschluss eines Projekts die Agentur verlässt?«

»Die kreativen Vorschläge bleiben Eigentum der Firma«, antwortete sie leise.

»Hat Sally ihre Arbeit mitgenommen, als sie gekündigt hat?«

»Ich verstehe, worauf du hinauswillst«, gab sie mit einem Anflug von Schärfe zurück. »Trotzdem hatte ich das Gefühl, dass es nicht richtig von mir war. Meine Motive waren es ganz eindeutig nicht.«

»Okay, mag ja sein, dass dein Ehrgeiz etwas mit dir durchgegangen ist. Du hast ein bisschen geschwindelt. Und unmoralische Abkürzungen genommen. Aber wie Dodge gesagt hat, lass die Dinge ruhen. Wenn nicht, werden sie dich innerlich zerfressen.«

»Ich weiß aber nicht, wie das geht, sich selbst etwas zu verzeihen.«

»Das kann man lernen.«

Sie musterte ihn eingehender. »Wirklich?«

»Ja. Man muss es jeden Tag üben.«

Sie berührte seine Wange. »Spricht da etwa die Erfahrung?«

»Ich war derjenige, der die Jungs in meiner Einheit davon überzeugt hat, dass wir unserem Dolmetscher trauen könnten«, sagte er und blickte ihr in die Augen.

Sie legte ihren Kopf auf seine Brust und schlang die Arme um ihn. Er zog sie hoch, sodass sie bäuchlings auf ihm ruhte. Einen Moment lang lag sie reglos da, während seine Finger über ihr Rückgrat wanderten. Er strich über ihr Hinterteil und die Rückseite ihrer Oberschenkel. Sie lag so still da, dass er dachte, sie sei eingeschlafen. Was völlig in Ordnung gewesen wäre. Er hätte mit dem größten Vergnügen über Stunden oder gar Tage so dagelegen, doch irgendwann bewegte sie sich und stieß ein Stöhnen aus. Unvermittelt veränderte sich die Natur seiner Liebkosung.

»In dieser Nacht im Haus deiner Mutter«, flüsterte er, schob seine Hand zwischen ihre Leiber und legte sie über ihren Schoß, »habe ich einen Blick auf das hier erhascht.«

»Das dachte ich mir.«

»Ja. Und ich wollte es. Jede Minute, seit ich es das erste Mal gesehen habe.« Er streichelte sie und spürte ihren heißen, schneller werdenden Atem in seinem Mund. »Und jetzt …«

»Ski …«, japste sie.

»Will ich dich.«

28

Berry und Ski betraten das Haus durch den Hintereingang, verlegen, aber ohne jede Reue. Die Küche war leer. Im Haus herrschte Stille. »Klopf, klopf«, rief Berry.

»Hier«, antwortete Caroline aus dem Essbereich.

»Gott sei Dank. Ich dachte schon, wir erwischen sie vielleicht, wie sie genau das tun, was uns beide vom Brunch abgehalten hat«, bemerkte Ski halb laut, während er Berry durch die Küche folgte.

»Psst.«

Kichernd betraten sie das Esszimmer, wo Caroline allein am Tisch saß. Beim Anblick ihrer verzweifelten Miene blieb Berry abrupt stehen.

»Was ist passiert?«, fragte sie.

»Dodge ist weg.«

»Was meinst du mit *weg*?«

»Was gibt es denn daran nicht zu verstehen?« Ihr schnippischer Tonfall überraschte sie alle, am allermeisten jedoch Caroline selbst. Sie sank in sich zusammen und fasste sich an die Stirn. »Es tut mir leid.«

Berry setzte sich neben sie auf einen Stuhl und sah Ski, der ebenfalls Platz nahm, fragend an. Er zuckte mit den Schultern. Offenbar hatte auch er keine Ahnung, wie sich das Blatt so schnell hatte wenden können.

»Wann ist er denn gegangen?«, fragte Berry.

»Er ist zum Supermarkt gefahren und nicht mehr zurückgekommen.« Caroline ließ die Hand sinken und begann sie rhythmisch zu kneten. »Nach einer halben Stunde habe ich es auf seinem Handy versucht, aber er ist nicht rangegangen. Ich hatte so ein Gefühl…« Ein unterdrücktes Schluchzen drang aus ihrer Kehle. »Ich bin nach oben ins Gästezimmer. Seine Sachen waren weg.« Sie hielt inne. »Er ist abgehauen«, fügte sie kläglich hinzu.

Ihre Augen füllten sich mit Tränen, die ihr über die Wangen kullerten. Mit einer wütenden Handbewegung wischte sie sie fort. »Dreißig Jahre habe ich ohne diesen Mann gelebt. Und zwar gut. Sogar besser als gut. Dann sehe ich ihn wieder, und… innerhalb von vier Tagen ist er wieder zu einem wichtigen Teil meines Lebens geworden. Und jetzt…« Sie vergrub das Gesicht in den Händen. »Ich hasse mich selbst dafür, dass ich schon wieder wegen ihm weine.«

Eine Zeit lang sagte keiner ein Wort. Schließlich ließ sie die Hände sinken.

»Eure Versöhnung war nicht einseitig. Ihr habt immerhin die Nacht zusammen verbracht, Mutter.«

Caroline lächelte unter Tränen und nickte kaum merklich.

»Und war es… gut?«

Sie lachte leise. »Als wären wir nie voneinander getrennt gewesen.«

»Wenn das so ist, würde er doch nie im Leben einfach verschwinden, ohne ein Wort zu sagen.«

»Genau das hat er aber getan.«

»Und er hat keinerlei Andeutungen gemacht?«

»Irgendetwas hat ihn beschäftigt. Ich habe ihn schon gestern Abend danach gefragt und heute Morgen noch mal, aber er hat abgewiegelt und gemeint, es sei nichts. Allerdings glaube ich…«

»Was?«, fragte Ski.

»Ich glaube, er hatte alles erledigt, weswegen er hergekommen war. Der Übeltäter ist geschnappt, und er wollte einen unnötig langen Abschied vermeiden.« Hilflos zuckte sie mit den Schultern.

Ski stand auf, trat ans Fenster und schob seine Hände mit den Handflächen nach außen in die Gesäßtaschen seiner Jeans – eine liebenswerte Angewohnheit, die Berry in den vergangenen Tagen schon häufiger an ihm beobachtet hatte. »Bei allem gebotenen Respekt, Caroline, aber ich glaube nicht, dass das der Grund war. Zumindest nicht der einzige. Ich weiß, dass ihm irgendetwas mächtig gegen den Strich gegangen ist.«

»Was denn?«

»Als wir nach Starks' Tod aus dem Krankenhaus kamen, fing er wieder mit Berrys fehlendem Armband an. Es ärgere ihn, dass er jetzt nie erfahren würde, was es damit auf sich hatte, sagte er. Ob es dasselbe Armband gewesen sei, das Sally Buckland getragen hätte, oder nicht. Er meinte, mit diesem Fall hätte von Anfang an etwas nicht gestimmt. Es hätte kein klar erkennbares Tatmuster gegeben, was für einen methodischen Menschen und Rätselliebhaber wie Starks merkwürdig sei. Irgendetwas hat ihm Kopfzerbrechen bereitet, und es war bestimmt nicht nur die Angst vor einem tränenreichen Abschied.«

»Aber weshalb sollte er denn sonst ohne ein Wort verschwinden? Und wieso geht er nicht ans Telefon?«

»Weil er ein Feigling ist«, warf Berry ein.

»In Situationen wie dieser ist er das, das stimmt.« Caroline griff nach Berrys Hand und drückte sie traurig lächelnd. »Selbst wenn er sich von mir nicht verabschieden wollte, hätte ich doch angenommen, dass er dir etwas sagen möchte, bevor er geht.«

Es ist besser so, dachte Dodge bestimmt zum hundertsten Mal.

Er war hergekommen, und jetzt kehrte er nach Hause zurück. Er hatte seine Aufgabe erledigt. Er hatte seiner Tochter aus der Patsche geholfen. Der Täter war Geschichte. Mission erfüllt.

Persönliche Angelegenheiten, die ihn jahrzehntelang beschäftigt hatten, waren geklärt worden. Er hatte seine Tochter kennenlernen dürfen. Sie hatten sich gut verstanden. Besser, als er sich jemals hätte erhoffen dürfen.

Und was ihn und Caroline anging – eher hätte er geglaubt, dass die Hölle zufriert, als dass er noch einmal mit ihr im Bett landen würde. Und letzte Nacht war …

Hör auf!

Wenn er sich diesen Gedanken nicht auf der Stelle untersagte, würde er eine so schnelle Kehrtwendung hinlegen, dass er sich den Hals ausrenkte. Sie lieben zu dürfen und von ihr geliebt zu werden, war ein Geschenk gewesen, mit dem er nicht gerechnet hatte. Und das er nicht verdiente. Bis zum Ende seiner Tage würde er dafür dankbar sein. Und es dabei belassen.

Weshalb sollte er sich die schönen Stunden mit einem tränenreichen Abschied versauen? Ein sauberer Schnitt war eindeutig die bessere Lösung.

Ohne ihn würde im Handumdrehen wieder Normalität im Leben der beiden Frauen einkehren. Sie würden ihn kaum mehr vermissen als eine Hand, die einem hilft, einen Eimer zu tragen – diesen Spruch hatte sein Vater immer gebracht, wenn er ihm gedroht hatte, von zu Hause wegzulaufen.

»Und soll ich dir auch verraten, was passiert, wenn du deine Hand wegnimmst? Es ist, als wäre sie gar nie da gewesen. Also, hau doch ab! Du wirst schon sehen, ob ich dich vermisse.«

Und genauso würde es auch bei ihnen sein. Caroline hatte ihre Arbeit, die ihr Halt gab, und Berry war stark und talentiert. Sie würde sich von den traumatischen Ereignissen der letzten Tage schnell erholen. Wenn sie Hilfe brauchte, wäre Nyland mit seinen starken Schultern bereitwillig zur Stelle. Und vermutlich auch mit einem beachtlichen Schwanz.

Sollte der Deputy ihr allerdings jemals wehtun und er erfuhr davon, würde er zurückkommen und ihn eigenhändig umbringen.

Sein Telefon läutete zum x-ten Mal. »Wieso gibt dieses verdammte Weib nicht endlich auf?«

Doch dann stellte er fest, dass das Dereks Nummer auf dem Display war. Er hatte es schon früher am Morgen versucht. Beim ersten Mal war Dodge nicht an den Apparat gegangen, aber jetzt beschloss er, dass er es ebenso gut hinter sich bringen konnte. Er riss sein Telefon aus der Halterung am Gürtel. »Ja?«, bellte er.

»Dodge?«

»Wieso fragst du das? Du wolltest doch mich anrufen, oder etwa nicht?«

Derek lachte. »Dir auch einen schönen guten Tag.«

»Tag.«

»Wie geht es dir? Alles in Ordnung?«

»Wieso sollte es mir nicht gut gehen?«

»Julie und ich haben uns Sorgen gemacht. Du sagtest doch, du würdest anrufen. Hast du aber nicht.«

»Ich hatte eine Menge zu tun.«

»Wie läuft's da unten?«

»Gut.«

»Wieso klingst du dann so sauer?«

»Weil ich höchstwahrscheinlich eine Strafe aufgebrummt kriege, weil ich in meinem Mietwagen geraucht habe.«

»Völlig zu Recht.«

»Das ist Diskriminierung. Ich werde einen guten Anwalt brauchen, der mich da rausboxt. Allerdings kenne ich leider keinen.«

»Ah, wieder mal ein Schlag unter die Gürtellinie. Das bedeutet, es geht dir gut, und du bist wegen irgendetwas sauer. Was ist los?«

»Gar nichts. Ich bin praktisch auf dem Rückweg.«

»So schnell?«

»Heute Abend noch. Oder morgen früh. Kommt darauf an.«

»Worauf?«

»Vielleicht bleibe ich noch einen Abend hier und gehe zur Abwechslung mal anständig mexikanisch essen. Was in Atlanta ja schlicht unmöglich ist.«

»Dieses Problem, weswegen du hingeflogen bist, ist also gelöst?«

»Ja.«

»Gut. Sehr gut. Moment.« Er hörte jemanden im Hintergrund flüstern. »Julie will wissen, wie deine Tochter so ist.«

»Nett.«

»Also hast du sie getroffen.«

»Ja.«

»Und es lief gut?«

»Ja.«

»Wie ist sie so?«

»Wie ihre Mutter.«

»Ist das gut oder schlecht?«

»Hör mal, Anwalt, du verbrauchst mein Telefonguthaben. Kriege ich das erstattet?«

»Komm schon, Dodge, rede mit mir.«

»Ich dachte, dass ich das die ganze Zeit schon tue.«

»Wenn es ein Problem gibt und du Hilfe brauchen solltest …«

»Es gibt kein Problem, und die einzige Hilfe, die ich von dir brauche, ist ein Zuschuss zu meiner Telefonrechnung.«

Einen Moment lang herrschte Schweigen in der Leitung. »Hör auf mit dem Unsinn und erzähl mir endlich, was los ist«, sagte Derek.

»Da gibt es nichts zu erzählen.«

»Das fällt mir schwer zu glauben.«

»Verklag mich doch.«

»Du hast erzählt, deine Tochter stecke in Schwierigkeiten. Eine Polizeiangelegenheit.«

»Du hast ein beeindruckendes Gedächtnis, Anwalt. Hat dir das schon mal einer gesagt?«

»Ist die Angelegenheit mit der Polizei geklärt?«

»Ja. Größtenteils zumindest.«

»Größtenteils?«

»Ja. Der Täter ist tot und sie in Sicherheit.«

»Wieso bist du dann nicht zufrieden?«

»Wer sagt, dass ich es nicht bin?«

»Du klingst nicht so.«

Einen Moment lang war er versucht, Derek alles zu erzählen und zu hören, was er davon hielt. Er schätzte Dereks Meinung sehr, auch wenn er es bis zu seinem letzten Atemzug leugnen würde. Doch das hätte bedeutet, dass er ihm die traurige Geschichte seines Lebens erzählen müsste, bei der er alles andere als gut wegkam. Er wollte auf keinen Fall Dereks und Julies Achtung verspielen, auch wenn sie ohnehin nicht besonders groß sein konnte. Und was seine Befürchtungen im Hinblick auf die »Polizeiangelegenheit« betraf, konnte er nur sagen, dass sie unbegründet, diffus und zumindest für den Augenblick irrelevant waren.

»Passiert in deinem Leben so wenig, dass du dir von mir ein bisschen Drama leihen musst?«, fragte er verdrossen.

Derek seufzte. »Komm gut zurück.«

Sie beendeten das Gespräch. Dodge war viel zu aufgebracht, um weiterzufahren, außerdem brauchte er dringend eine Zigarette, also fuhr er an den Straßenrand und zündete sich eine an. Er stand an einem Scheidepunkt. Und zwar im wahrsten Sinne des Wortes. Vor ihm teilte sich der Freeway – über die Abzweigung nach rechts würde er zum Flughafen gelangen, von wo am selben Abend bestimmt noch eine Maschine nach Atlanta abging, während ihn am Ende der linken Abzweigung ein höchstwahrscheinlich fruchtloses Unterfangen erwartete.

Wieso überlegte er überhaupt? Wieso fuhr er nicht einfach weiter? Er hatte doch einen klaren Schlussstrich gezogen, oder etwa nicht?

Das war Unsinn. Unsinn, den er sich nicht einmal selbst abkaufte.

Er hatte keinen klaren Strich gezogen, sondern sich bei Nacht und Nebel davongemacht.

Er war abgehauen, weil er zu feige gewesen war, Abschied zu nehmen. Und die beiden Frauen, die er zurückgelassen hatte, waren bestimmt stinksauer, zutiefst enttäuscht und vielleicht sogar ein klein wenig traurig.

Abgesehen von ihren verletzten Gefühlen gab es noch etwas anderes, was ihn nicht losließ, obwohl er doch zusehen sollte, dass er endlich aus diesem verdammten Texas herauskam.

»Scheiße.« Er nahm einen letzten Zug von seiner Zigarette und warf sie aus dem Fenster. Mit einem derben Fluch legte er den Automatikhebel vor und schoss quer über vier Fahrspuren, um die linke Abzweigung noch zu erwischen.

»Eigentlich dürften Sie gar nicht hier sein. Haben Sie die Schilder etwa nicht gelesen? Die Besuchszeiten sind längst vorbei.«

Dodge wandte sich vom Bett ab. Die Schwester, die sich im Türrahmen aufgebaut hatte, war höchstens einsfünfzig groß, etwa genauso breit und trug eine Kluft mit aufgedruckten Clownsgesichtern. Ihr Haar war zu Zöpfen frisiert, die ihr bis über die Schultern reichten und an deren Enden bunte Perlen baumelten.

Er schenkte ihr sein schönstes Strahlelächeln. »Ihr Haar gefällt mir.«

Sie stemmte eine Hand von der Größe einer kleinen Schinkenkeule in ihre ausladende Hüfte.

Dodge kapierte sofort und änderte die Taktik. »Ich muss das Schild übersehen haben«, erklärte er reumütig.

»Ja, ja«, sagte sie, als hätte sie diesen Spruch schon tausend Mal gehört, kam hereingewatschelt und blickte auf die winzige Gestalt im Bett hinunter. »Wie geht's Ihnen, Schätzchen? Wollen Sie sich vielleicht aufsetzen und ein bisschen mit dem Gentleman hier plaudern?«

Mit unübersehbarem Mitgefühl strich sie über das kurz geschnittene weiße Haar der Patientin. Die Augen der Frau, die Oren Starks das Leben geschenkt hatte, waren zwar geöffnet, doch ansonsten zeigte sie keinerlei Anzeichen einer bewussten Wahrnehmung.

»Ist sie immer so, Glenda?«, erkundigte sich Dodge mit einem Blick auf das Namensschild über ihrer Brust.

Sie musterte ihn von oben bis unten. »Gehören Sie zur Familie?«

»Ich bin ein Freund der Familie.«

»Kennen Sie den Sohn, der erschossen worden ist? Wir haben es heute Morgen erfahren.«

»In Wahrheit hat er sich selbst erschossen. Ich hatte nie das zweifelhafte Vergnügen, ihn persönlich kennenzulernen, weiß aber eine ganze Menge über ihn. Er hat ein paar ziemlich schlimme Dinge getan.« In einem seltenen Anflug von Redseligkeit fügte er hinzu: »Ich war dabei, als er geschnappt wurde.«

»Oh.« Wieder unterzog ihn Glenda einer eingehenden Musterung. »Sie sehen aus wie ein Cop. Tragen Sie eine Waffe?«

Er kehrte ihr den Rücken zu und hob den Saum seines Jacketts.

»Waffen sind hier aber nicht erlaubt«, schnaubte sie.

»Offenbar habe ich auch dieses Schild übersehen.«

Sie schnalzte tadelnd mit der Zunge, als wäre er ein hoffnungsloser Fall, und wandte ihre Aufmerksamkeit wieder der Patientin zu. »Ich glaube nicht, dass der Tod ihres Jungen ihr viel ausmacht.«

»Wie lange ist sie schon in diesem Zustand?«

»Der Prozess ist schleichend. Das ist bei dieser Krankheit üblich. Aber seit etwa einem Jahr reagiert sie überhaupt nicht mehr. Einige meiner jämmerlichen Kollegen hier lassen sie völlig links liegen. Reden kein Wort mit ihr. Aber ich kümmere mich um sie. Wir unterhalten uns regelmäßig.« Sie zupfte ein Papiertaschentuch aus einer Schachtel auf dem Nachttisch und wischte eine Speichelspur von Mrs Starks' schlaffen Lippen. »Ist es nicht so, Herzchen? Sie können jederzeit etwas sagen, wenn Sie Lust haben.«

»Sie sind eine wahre Heilige, Glenda.«

»Und Sie ein elender Schleimer.«

»Nein, ich meine es ernst.«

»Ich auch.« Doch sie grinste.

Er lachte. »Erwischt.«

»Also, was wollen Sie hier, Mr Cop?«

»Keine Ahnung.«

»Keine Ahnung?«

»Nein. Und das ist mein voller Ernst.« Er betrachtete Mrs Starks nachdenklich. »Schätzungsweise habe ich gehofft, dass sie Licht ins Dunkel bringen kann.«

»Wie denn?«

»Na ja, indem sie mir etwas über Oren verrät, das erklärt, wieso er auf einmal komplett ausflippt, eine Frau, einen sechzehnjährigen Jungen und einen alten Mann tötet und noch auf dem Sterbebett einem anderen Menschen den Tod an den Hals wünscht.«

»Gütiger Gott.« Wieder schüttelte die Schwester den Kopf, sodass die Perlen klackerten. »Tut mir leid, Sir, aber sie kann Ihnen nicht helfen. Bei Orens letzten Besuchen hat sie ihn noch nicht einmal mehr erkannt oder mitbekommen, dass er überhaupt da ist.«

Dodge erkundigte sich, wie oft Oren seine Mutter besucht hätte und wann er das letzte Mal dort gewesen sei.

»Ist schon eine ganze Weile her«, antwortete Glenda. »Mindestens ein paar Monate. Ehrlich gesagt… mal ganz unter uns, und ich sage das nur, weil das arme Ding uns sowieso nicht hören kann.«

»Meine Lippen sind versiegelt.«

Sie beugte sich vor. »Ich mochte ihn nicht«, flüsterte sie.

»Niemand mochte ihn. Ich kannte ihn noch nicht mal und mochte ihn auch nicht.«

»Wenn Sie mich fragen, war er nicht ganz richtig im Kopf. Man hatte immer ein komisches Gefühl, wenn man sich mit ihm unterhalten hat, verstehen Sie?«

Dodge nickte.

»Ich war immer froh, wenn ich ihn von hinten sah.« Mit verblüffender Zärtlichkeit streichelte Glenda mit ihrer Pranke

Mrs Starks' dürren Arm. »Die arme alte Dame. Nicht mal meinem ärgsten Feind würde ich wünschen, dass er so daliegen muss, aber in ihrem Fall bin ich froh, dass sie nicht mitbekommt, wie tief ihr Junge gesunken ist. Das hat sie nicht verdient. Nicht nach dieser anderen traurigen Geschichte.«

Dodges Herzschlag setzte kurz aus, und die Härchen auf seinen Armen richteten sich auf. »Glenda, meine Hübsche.«

»Ja?«

»Welche andere traurige Geschichte?«

»Musst du wirklich schon gehen?«, fragte Berry, als Ski ihr an der Hintertür einen Abschiedskuss gab.

»Die Pflicht ruft. Ich muss vor den Medien ein offizielles Statement abgeben. Die werden alles wissen wollen, bis ins kleinste Detail.«

»Kommst du zum Abendessen wieder? Ich schätze, Mutter würde sich besser fühlen, wenn du hier wärst.« Sie rieb sich aufreizend an ihm. »Und ich würde mich auch besser fühlen.«

Er vergrub das Gesicht an ihrem Hals. »Falls das überhaupt möglich ist.«

»Ich bin ein schamloses Flittchen«, sagte sie lachend.

»Ich habe es dir auch nicht gerade schwer gemacht.« Er drückte ihr einen Kuss auf die Lippen. »Halt meinen Platz schön warm.«

Sie winkte und sah ihm wie ein liebeskranker Welpe nach, bis er in seinen Geländewagen gestiegen und davongefahren war. Dann ging sie nach oben in das Gästezimmer.

Als sie eintrat, fiel ihr Blick auf den Beutel mit Orens Geschenken, der auf dem Bett lag. Bei seinem Anblick überlief sie ein Schauder. Sie hatte ihn am Morgen aus dem Kleiderschrank des Zimmers geholt, in dem Dodge bis gestern

Abend geschlafen hatte. Nach Skis Anruf waren sie überstürzt ins Krankenhaus aufgebrochen, um dabei zu sein, wenn Oren das Bewusstsein wiedererlangte. Sie hatte den Beutel samt Inhalt auf dem Küchentisch liegen lassen.

Wer hatte die Sachen eingepackt und wieder nach oben gebracht? Sie wollte die Sachen nicht ständig sehen müssen, aber anfassen wollte sie sie genauso wenig, also ließ sie den Beutel, wo er war. Sie sehnte sich nach den wärmenden Sonnenstrahlen auf ihrer Haut, der kühlen Umarmung des Sees. Bestimmt würde eine Runde Schwimmen helfen, die Gedanken an die letzten Momente von Oren Starks' Leben aus ihrem Gedächtnis zu verbannen.

Eilig zog sie ihren Badeanzug an, rannte die Treppe hinunter und betrat das Zimmer ihrer Mutter. Eigentlich hatte sie vorgehabt, sie nach dem Beutel zu fragen, doch Caroline lag zusammengerollt und mit dem Kissen, auf dem Dodge geschlafen hatte, im Arm auf ihrem Bett. Wahrscheinlich hatte sie sich in den Schlaf geweint. Berry beschloss, sie in Ruhe zu lassen.

Sie trat ans vordere Ende des Anlegers, sprang ins kühle Wasser und blieb so lange unter der Oberfläche, wie ihre Lungen es zuließen, ehe sie sich hochschnellen ließ und mit kräftigen Kraulbewegungen hinauszuschwimmen begann. Die Anspannung in ihren Armen wich einem angenehmen Brennen.

Nach einer Weile drehte sie sich auf den Rücken und ließ sich treiben. Sie paddelte sanft vor sich hin, blickte zu den weißen Schäfchenwolken über ihr am Himmel hinauf und dachte an die bizarren Vorfälle, die sich ereignet hatten, seit sie das letzte Mal hier geschwommen war.

So viele grauenhafte Dinge.

Aber auch schöne Dinge.

Sie hatte Dodge kennengelernt, und auch wenn ihre Mutter

anderer Meinung war, konnte sie sich nicht vorstellen, dass er sie ein zweites Mal im Stich lassen würde. Er liebte Caroline, darauf würde Berry jede Wette eingehen. Und er mochte sie. Auch daran gab es nicht den geringsten Zweifel.

Nein, dachte sie. Dodge war definitiv noch nicht aus ihrem Leben verschwunden. Selbst wenn er es glaubte – sie würde es auf keinen Fall zulassen.

Und Ski. Sie hatten einen etwas holprigen Start hingelegt, doch auf sexueller Ebene passten sie nicht nur gut zusammen, die Leidenschaft explodierte förmlich zwischen ihnen. Ihr Zusammentreffen hatte sie zutiefst befriedigt und Gier nach mehr zurückgelassen, und ihm schien es ganz genauso zu gehen. Sie hatten sich beinahe bis zur Erschöpfung geliebt, und trotzdem wollten sie immer noch mehr.

Doch abgesehen von dem unglaublichen Sex mochte sie seine Zuverlässigkeit, bewunderte seine pragmatische Sichtweise und seine unbeirrbare Aufrichtigkeit, die selbst vor seinen eigenen Unzulänglichkeiten nicht haltmachte. Er übte eine ungeheure Anziehungskraft auf sie aus – physisch, intellektuell und emotional. Es gab wohl keinen Mann, der ihrer Vorstellung von *dem Richtigen* näherkam als er.

Mit den Gedanken noch immer bei den verführerischen Aussichten auf eine gemeinsame Zukunft, drehte sie sich auf den Bauch, tauchte unter und schwamm zum Anleger zurück. Sie streckte die Hände nach der obersten Sprosse der Leiter aus und wollte sich gerade aus dem Wasser ziehen, als ein Kopf oberhalb der Holzkante erschien.

»Buh!«

29

Überraschung!« Oren Starks grinste sie an.

Berry schrie auf und versuchte, sich von der Leiter abzustoßen, doch Oren bekam sie zu fassen, ließ die Handschelle zuschnappen und zerrte sie hoch. »Los, raus aus dem Wasser!«

Weg hier!, war ihr erster Gedanke. Sie trat wild um sich, strampelte mit den Füßen und versuchte, sich zu befreien, doch das kalte Metall schnitt sich schmerzhaft in ihre Haut.

»Wenn du nicht auf der Stelle aus dem Wasser kommst, werde ich deine Mutter töten, Berry!« Er hämmerte mit dem Lauf seiner Pistole zweimal auf die Holzkante. »Bumm-bumm und tot ist sie.«

Augenblicklich hörte Berry auf sich zu wehren.

Er strahlte. »Herzlichen Dank, meine Süße.«

In einer Mischung aus Entsetzen und Verblüffung starrte sie ihn an. Ihre Zähne klapperten vor Angst. Sie brachte keinen Ton heraus.

»Du siehst aus, als hättest du ein Gespenst gesehen. Du dachtest, ich sei tot, was?«

Sie nickte.

»Tja, wie du siehst, irrst du dich.« Er zerrte an der Handschelle. »Und jetzt raus aus dem Wasser.«

»Ich … ich kann nicht.«

»Ber-ry«, hob er im Singsang an. »Ich zähle bis drei. Eins. Zwei.«

»Gut.« Sie holte tief Luft. »Ich komme heraus, aber du musst meine Hand loslassen, sonst kann ich nicht an der Leiter hochklettern.«

Er richtete die Pistole auf ihren Nasenrücken. »Ich bin sicher, das wird mit deinen langen, schlanken Schenkeln keinerlei Problem sein.«

»Ich brauche aber beide Hände, um mich hochzuziehen.«

»Hör gut zu: Entweder du schaffst es mit einer Hand, oder ich blase dir das Hirn raus, bevor ich ins Haus gehe und dasselbe mit deiner Mutter mache. Aber erst nachdem ich sie in jede einzelne Körperöffnung gefickt habe. Falls du mir nicht glaubst – denk an Sally.«

Wenn er fähig war, von den Toten aufzuerstehen, war ihm alles zuzutrauen. Sie stellte den Fuß auf die unterste Sprosse, doch sie zitterte so heftig, dass sie abrutschte, nach vorn fiel und mit dem Kinn auf der Metallstrebe aufschlug.

»Los, mach schon!«, zischte Oren.

Offenbar dachte er dasselbe wie sie – dass ein Boot nahe genug ans Ufer kommen und sie sehen könnte. Sein Blick schweifte zwischen ihr und dem See hin und her, doch leider herrschte an Wochentagen wenig Betrieb. Weit und breit war keine Menschenseele zu sehen.

Berry schwang sich vollends auf den Anleger. Einen Moment lang überlegte sie, sich geduckt auf ihn zu stürzen und ihn mit einem Überraschungsangriff auszuschalten, doch es bestand nach wie vor die Gefahr, dass er auf sie schießen würde. Und falls er das tat, wäre Caroline ihm hilflos ausgeliefert.

Außerdem war sie nicht sicher, ob sie die Kraft dafür aufbringen könnte. Sie zitterte vor Angst und vor Kälte, nun da sie aus dem Wasser gestiegen war. Ihre Zähne klapperten vernehmlich.

Oren grinste boshaft und stieß spielerisch mit dem Pistolenlauf ihre Brustwarze an. »Ich habe genau so ein Foto von dir gemacht. Hast du es gesehen? Du hast auf dem Anleger gelegen, und offenbar kam gerade eine Bö auf.« Er streckte die Zunge heraus und bewegte sie obszön hin und her.

Berry stand noch immer fassungslos da. Wie um alles in der Welt war das möglich? Sie hatte doch sein Gehirn aus der Schusswunde an seiner Schläfe quellen sehen, hatte zugesehen, wie sein Körper von heftigen Krämpfen geschüttelt wurde. Der Arzt hatte ihn für tot erklärt. Und nun stand er hier, scheinbar kerngesund und wohlbehalten. Keine Spur von den Kratzern und Schrammen im Gesicht und auf den Armen, die er sich bei der Flucht durchs Thicket zugezogen hatte. Und auch sein Schienbein war völlig intakt.

Der einzige Unterschied zwischen dem Oren von jetzt und dem Mann, der am Freitagabend den Duschvorhang beiseitegerissen hatte, war der kahl rasierte, wie eine Billardkugel glänzende Schädel.

Er riss sie brutal herum, zerrte ihren Arm auf den Rücken und ließ die zweite Handschelle einrasten. Dann stieß er sie vorwärts und zwang sie, vor ihm her über den Anleger in Richtung Haus zu taumeln.

»Wer bist du?«

»Ich bin Oren, Dummchen, was glaubst du denn?«

»Aber du bist doch tot.«

»Falsch. Tote haben keinen Ständer so wie ich, nachdem ich deine steifen Nippel gesehen habe.«

»Stimmt, du musst Oren sein«, erklärte sie. »Denn diese kindische, geschmacklose Bemerkung ist typisch für dich.«

Ohne Vorwarnung rammte er ihr den Pistolenknauf gegen die Schläfe. Ein scharfer Schmerz fuhr durch ihren Schädel, während ihre Knie nachgaben und sie hart auf dem Boden aufschlug. Ihr drehte sich der Magen um. Galle stieg in ihrer Kehle auf. Sie spuckte sie aus, als der Schmerz sie nach Luft schnappen ließ. Er packte sie bei den Haaren und zerrte ihren Kopf nach hinten. Blut sickerte in ihr Auge.

»Siehst du, was du anrichtest?«, säuselte er. »Deine pampige Art hat dich überhaupt erst in diese Lage gebracht, Berry. Du bist selbst schuld.«

Er riss sie hoch. Schwankend stand sie da, halb blind vor Schmerzen und wegen des Blutes, das ihr in die Augen lief. Sie spürte, wie all der Hass und die Verachtung für ihn und seine Taten in ihr hochkochten. »Fick dich.«

Er lachte ungerührt. »Ficken? Kann sein. Ich habe mich noch nicht entschieden. Im Augenblick siehst du wie der leibhaftige Teufel aus. Nicht besonders verführerisch. Aber ich werde es mir überlegen. Versprochen. In der Zwischenzeit wird deine Mutter bestimmt gern einspringen. Und du darfst zusehen«, fügte er hinzu, als wäre ihm diese großartige Idee gerade erst in den Sinn gekommen. »Und dann darfst du zusehen, wie ich sie töte. Und dann, aber erst dann, Berry, werde ich mich mit dir befassen.«

»Er ist ein Zwilling!«

»Wie bitte?«

»Ein eineiiger Zwilling!«

Ski fuhr abrupt von seinem Schreibtischstuhl hoch.

Dodges Atem am anderen Ende der Leitung klang, als hätte er Heuballen gewuchtet. »Ich bin in das Pflegeheim gefahren, in dem seine Mutter untergebracht ist«, fuhr er schnaufend fort. »Die Schwester hat mir erzählt, Mrs Starks hätte Zwillinge. Zwei Jungs, die einander gleichen wie ein Ei dem anderen.«

»Verdammte Scheiße!«

»Das können Sie laut sagen. Der Kerl, den wir im Sumpf geschnappt haben, ist Orens Zwillingsbruder Carl. Darauf verwette ich meine Eier.«

»Mist!«

»Ich wusste doch, dass da irgendetwas nicht stimmt. Mir kam nur nicht, was.«

»Dieser Fall war von Anfang an merkwürdig. Der Oren, den Berry beschrieben hatte, wäre nie im Leben in die Sümpfe im Thicket gelaufen.«

»Jetzt ergibt alles einen Sinn. Das war gar nicht Oren.«

»Aber er hat sich das Ganze ausgedacht.«

»Das glaube ich auch.«

»Was bedeutet …«

»Dass er hinter Berry her ist.«

»Ich bin schon unterwegs.« Ski trat um seinen Schreibtisch herum. »Wo sind Sie jetzt?«

»Ich brettere gerade durch Houston. Ich bin so schnell da, wie es geht.«

Ski vergeudete keine Zeit mit langen Dankesfloskeln. Er legte auf und rief die anderen Deputys im Einsatzraum zu sich, während er die Festnetznummer von Carolines Haus wählte. Caroline hob ab.

»Caroline, Ski hier. Wo ist Berry?«

»Äh … ich weiß nicht, ich habe geschlafen. Ich …«

»Sie müssen Sie finden.«

»Sie meinte vorhin, sie würde vielleicht schwimmen gehen.«

»Wenn Sie draußen ist, holen Sie sie rein. Bleiben Sie im Haus und schalten Sie die Alarmanlage ein. Und halten Sie die Pistole in Reichweite.« Er legte die Hand über die Sprechmuschel. »Ihr haltet euch bereit, Jungs. Neue Entwicklung im Starks-Fall«, befahl er, ehe er sich wieder an

Caroline wandte. Die war inzwischen hellwach und wollte wissen, was los war.

»Oren Starks ist noch am Leben.«

»Was?«

»Der Mann im Krankenhaus war sein Zwillingsbruder.«

»*Was*?«

»Dodge ist in das Pflegeheim in Houston gefahren, wo seine Mutter untergebracht ist. Eine der Schwestern hat es ihm erzählt. Mehr weiß ich im Moment auch nicht.«

»Wo ist Dodge jetzt?«

»Auf dem Rückweg hierher. Warnen Sie Berry. Okay?«

»Ja. Natürlich.«

»Und, Caroline?«

»Ja?«

»Rufen Sie mich an, sobald Sie beide im Haus sind. Ich muss noch ein paar Anrufe erledigen, gehe aber ran, wenn ich sehe, dass Sie es sind. Nicht vergessen.«

»Ich verspreche es.«

Sie legten auf, und Ski wandte sich an die Deputys, die sich inzwischen versammelt hatten. »Eines der Boote soll so schnell wie möglich beim Grundstück von Mrs King vorbeifahren.«

»Ich dachte, dieses Arschloch ist tot.«

»Das war sein Zwillingsbruder. Starks ist immer noch auf freiem Fuß, aller Wahrscheinlichkeit nach bewaffnet und sehr gefährlich.«

Er teilte seine Männer ein und übertrug dem Disponenten in der Leitstelle den Befehl, die anderen Polizeibehörden zu informieren. »Städtische, DPS, FBI, Rangers, die ganze Mannschaft, verstanden?«

»Verstanden.«

Dann rief er die beiden Detectives des HPD an. Rodney

Allen war nicht zu erreichen, aber wenigstens bekam er Somerville an die Strippe, der sich genauso verschlossen zeigte wie tags zuvor. Wortlos und scheinbar ohne jede Gefühlsregung lauschte er Skis haarsträubender Schilderung. »Ich werde Detective Allen informieren«, sagte er dann. »Wir überprüfen Oren Starks' Wohnung und schreiben ihn zur Fahndung aus.«

»Noch etwas.«

»Ja?«

»Sagen Sie Detective Allen, Dodge Hanley sei draufgekommen.«

Nachdem er aufgelegt hatte, trat Ski vor den verschlossenen Waffenschrank und nahm ein großkalibriges Gewehr mit Zielfernrohr heraus. Stevens, der am Telefon war, hob die Brauen, als Ski mit dem Gewehr auf der Schulter an seinem Tisch vorbeiging.

»Jetzt fahren Sie aber schwere Geschütze auf, was?«

»Darauf können Sie Ihren Arsch verwetten.«

Caroline kam in der Sekunde in die Küche gelaufen, als Oren Berry vor sich her durch die Hintertür stieß. Sie schrie auf und machte einen Satz, um ihrer Tochter zu Hilfe zu eilen, die vorwärts taumelte und hart mit der Schulter auf dem Fußboden aufschlug.

Oren rammte ihr die Waffe in den Magen. »Telefon fallen lassen! Los, lassen Sie sofort das Telefon fallen!«

»Mutter, tu, was er sagt. Mir geht's gut. Tu nur, was er sagt.«

Caroline legte das schnurlose Telefon auf den Boden. Oren stieß es mit den Zehenspitzen an, sodass es über den Boden schlitterte, beförderte es mit einem Tritt durch die Hintertür nach draußen und schlug sie zu.

Berry rappelte sich hoch, schüttelte sich das Haar aus dem

Gesicht und versuchte, gegen das Blut anzublinzeln, das ihr noch immer in die Augen lief. Caroline schrie entsetzt auf, als sie die blutende Kopfwunde sah. »Was haben Sie mit ihr gemacht?«, rief sie.

»Schnauze! Wenn Sie noch mal schreien, knalle ich Sie ab!«

»Ich bin okay, Mutter.« Berry versuchte aufzustehen, doch Oren legte ihr die Hand auf die Schulter und drückte sie zurück. »Habe ich dir erlaubt aufzustehen?«

»Tun Sie ihr nicht weh«, flehte Caroline.

»Oh, Schmerzen wird sie haben. Und Sie auch.«

»Meine Mutter hat nichts mit all dem zu tun. Ich bin doch diejenige, die du willst. Lass sie in Ruhe.«

Er lachte. »Das hättest du wohl gern. Carl hatte meine Erlaubnis, auch sie zu töten, wenn sie am Freitagabend zufällig hier gewesen wäre.«

Berry starrte ihn verständnislos an. »Carl?«

»Mein Zwillingsbruder.«

»Dein Zwillingsbruder?«, echote sie leise.

»Mein Zwillingsbruder«, äffte er sie nach.

Berry wandte den Kopf und suchte den Blick ihrer Mutter, doch Caroline starrte wie gebannt auf Oren. Ihre Miene war vollkommen ausdruckslos – wahrscheinlich eine Reaktion auf den Schock, dass er jetzt vor ihnen stand, wo sie doch davon ausgegangen waren, dass er seit Stunden tot war.

»Carl war mein ganzes Leben lang der Mühlstein um meinen Hals«, fuhr er fort. »Ich durfte nie Freunde mit nach Hause bringen, weil Carl so ein Psycho war. Niemand wollte zu uns zum Spielen kommen, und ich durfte nicht zu den anderen Kindern gehen, weil ich mich mit ihm beschäftigen musste. Am Ende hat meine Versagerin von Mutter ihn endlich in eine Anstalt einweisen lassen, wo er die nächsten Jahre geblieben ist. Pssst. Das große, schmutzige Familiengeheimnis. Danach sind wir von Beaumont nach Houston gezogen. ›Wir erzählen lieber niemandem von deinem Bruder und seiner Krankheit, Oren‹, hat sie zu mir gesagt. Als wäre ich scharf darauf gewesen, damit hausieren zu gehen, dass mein Zwillingsbruder, also gewissermaßen mein zweites Ich, nicht ganz dicht ist. Ein Glück, dass ich ihn endlich los bin. Diesen dämlichen Schwachkopf. Er sollte sich selber das Licht ausblasen, aber nicht mal das hat er hingekriegt.« Unvermittelt veränderte sich sein Tonfall. »Wo zum Teufel wollen Sie hin?«

Er hatte Caroline dabei ertappt, wie sie sich zentimeterweise in Richtung Essbereich geschoben hatte. Dort lag, wie Berry sich erinnerte, ihr Handy auf dem Tisch.

Dodge, wieso bist du nicht hier?

Wo bist du, Ski?

Doch sie konnte nicht auf ihre Hilfe zählen. Ebenso wenig wie auf irgendjemand anderen. Das hier war ihre Schlacht. Sie musste dafür sorgen, dass ihre Mutter und sie am Leben blieben.

Ski lief in Richtung Haus, als sein Telefon läutete. Er hob ab, ohne auf das Display zu schauen. »Berry?«

»Nein. Sheriff Drummond. Sehe ich das richtig, dass sich Oren Starks immer noch auf freiem Fuß befindet?«

»Ich fürchte, ja, Sir.«

Ski schilderte ihm mit knappen Worten, was sie herausgefunden hatten. Gerade als Drummond etwas erwiderte, ertönte das Piepen, das einen weiteren Anruf ankündigte. »Entschuldigen Sie, Sir, sobald ich mehr weiß, melde ich mich bei Ihnen, aber gerade kommt ein Anruf herein, den ich annehmen muss.«

Ohne die Erwiderung seines Vorgesetzten abzuwarten, beendete er das Gespräch und meldete sich auf der anderen Leitung. »Berry?«

Einer der Deputys war am Apparat. »Ski, wir haben hier ein Problem.«

»Was ist los?«

»Ein paar Pferde sind aus ihrer Koppel ausgebrochen.«

Ski, dessen Gedanken ausschließlich um die angespannte Lage kreisten, brauchte einen Moment, um den Sinn dieser Worte zu begreifen. »Pferde?«, wiederholte er.

»Sie laufen am Highway entlang und sind völlig von der Rolle. Sie behindern sogar den Verkehr. Eigentlich sollten Andy und ich doch sämtliche Bootsverleiher abklappern, aber wir können uns nicht aufteilen, und wenn jemand eines der Pferde überfährt …«

Der Deputy brauchte ihm die Folgen nicht zu schildern. Der Verlust eines Pferdes wäre zu verkraften, doch ein Autofahrer könnte bei dem Unfall schwer verletzt oder sogar getötet werden. »Sind Sie zusammen unterwegs?«

»Ja. Stevens wollte …«

»In Ordnung. Sehen Sie zu, dass Sie die Pferde einfangen und dorthin zurückbringen, wo sie hingehören. Und dann kümmern Sie sich um die Bootsverleiher. Halten Sie mich auf dem Laufenden.«

»Alles klar.«

Ski überprüfte sein Telefon auf weitere Anrufe. Nichts. Er drückte die Kurzwahltaste von Carolines Festnetznummer. Es klingelte, dann sprang der Anrufbeantworter an. Fluchend wählte er Berrys Handynummer. Der Anruf ging direkt auf die Mailbox. Er sah auf die Uhr. Sieben Minuten waren vergangen, seit er mit Caroline gesprochen hatte. Er versuchte es noch einmal mit der Festnetznummer, ehe er, als erneut niemand abhob, Dodge anrief.

»Und?«

»Könnten Sie Caroline für mich auf dem Handy anrufen? Ich habe die Nummer nicht. Sie hatte versprochen, sich sofort bei mir zu melden, sobald sie und Berry wieder im Haus sind. Aber ich habe nichts von ihnen gehört.«

»Und Sie sind gerade auf dem Weg dorthin?«

»Ja. Ich biege in dieser Sekunde auf die Lake Road ab. Ich versuche es noch einmal auf Berrys Handy. Und Sie rufen Caroline an.«

»Alles klar.«

Ski wählte Berrys Handynummer. Dann noch einmal den Festnetzapparat des Hauses. Beide Male ging niemand ran. Elf Minuten waren verstrichen. Mehr als genug Zeit für Caroline, um Berry hereinzurufen. Es sei denn, dachte er mit einem Anflug von Erleichterung, sie war gar nicht im Pool schwimmen gegangen, wovon er automatisch ausgegangen war. Aber vielleicht war sie ja in den See gesprungen. In diesem Fall würde es länger dauern, bis die beiden Frauen ins Haus zurückgekehrt waren.

Caroline hätte ans Ende des Anlegestegs gehen müssen. Vielleicht war Berry ein ganzes Stück hinausgeschwommen, und Caroline hatte mehrere Minuten gebraucht, um sie auf sich aufmerksam zu machen, und weitere Minuten waren vergangen, bis Berry zurück ans Ufer geschwommen, aus dem Wasser gestiegen und zum Haus zurückgekehrt war.

Wieder läutete sein Telefon. »Berry?«

»Nein, ich bin's«, sagte Dodge. »Sie geht nicht ran.«

»Verdammt. Ich hätte sie bitten müssen, dass sie das Telefon mit nach draußen nimmt.«

»Sie ist nicht dämlich, Ski.«

Er hatte recht. Caroline brauchte keine Extraanweisung. Ihr musste auf der Stelle klar gewesen sein, was es bedeutete, dass Starks nach wie vor am Leben war. Sie hätte alle notwendigen Vorsichtsmaßnahmen ergriffen, wozu auch gehörte, das Telefon nicht aus den Augen zu lassen.

Dodge schien ähnlich zu denken. »Es gibt nur einen Grund, weshalb sie nicht zurückruft: Sie kann nicht.«

Ski rutschte das Herz in die Hose. Er fluchte, stieß ein Gebet aus und trat das Gaspedal bis zum Anschlag durch.

Mit vorgehaltener Waffe zwang Oren die beiden Frauen, ins Wohnzimmer zu gehen. Er deutete aufs Sofa und befahl Caroline, sich hinzusetzen, während er vor Berry trat und ihr die Waffe an die Schläfe hielt. »Hübsch hier«, sagte er im Plauderton und sah sich um.

»Du warst doch schon mal hier«, erinnerte ihn Berry. »Als du das Armband zurückgebracht hast.«

Er lachte. »Du hast also gemerkt, dass es fehlte? Ich habe mich schon gefragt, ob es dir aufgefallen ist, und dachte, du suchst danach, als es bei Sally entdeckt wurde. Und ich hatte recht.«

»Heute Morgen, als wir unterwegs waren, bist du hier eingebrochen.«

Er lachte. »Du hast den Beutel im Gästezimmer entdeckt? Ich kann es dir nicht übel nehmen, dass du umgezogen bist. Du kannst dir bestimmt vorstellen, wie überrascht ich war, als all meine Sachen auf dem Küchentisch verstreut lagen. Ich habe sie wieder in den Beutel getan und noch ein paar Abzüge der Fotos dazugelegt, die ich von dir gemacht habe. Die Nahaufnahmen.« In einer obszönen Geste leckte er sich die Lippen.

Angewidert wandte Berry den Blick ab, doch er presste den Pistolenlauf gegen ihre Wange und zwang sie, ihn anzusehen. »Carl war derjenige, der letzten Freitag hier im Haus war. Ich hatte alles vorbereitet, hatte ihm die Fotos gezeigt und einen Grundriss des Hauses aufgezeichnet. Ich hatte ihm tausend Mal eingebläut, zu warten, bis du und Ben es euch im Bett gemütlich gemacht habt. Er sollte reingehen, euch beide abknallen und dann verschwinden. Ohne großes Tamtam. Aber manchmal nützt eben die beste Planung nichts ...« Er seufzte.

Mit der freien Hand nahm er ein gerahmtes Foto von einem Beistelltisch und betrachtete es. »Sie sind sehr fotogen. Genauso wie Berry«, sagte er zu Caroline.

Die starrte ihn nur finster an.

»Du sagtest vorhin, Carl sei in einer Anstalt gewesen«, meinte Berry. »Wann wurde er entlassen?«

»Vor zwei Jahren. Er galt offiziell als geheilt. Und weil meine Mutter für nichts mehr zu gebrauchen war, haben sie ihn mir aufs Auge gedrückt. Zuerst war er der Fluch meiner Kindheit, und jetzt sollte ich auf einmal für den Rest meines Lebens für ihn verantwortlich sein. Toll. Ganz hervorragend. Aber dann«, fuhr er fort, »als ich mir überlegt habe, wie ich mich an all den Delray-Leuten, die ich aus tiefster Seele hasse, rächen könnte, fiel mir auf der Stelle ein, wie sich dieser Schwachkopf nützlich machen könnte. Ich habe ihn einer Gehirnwäsche unterzogen, wie gemein und bösartig du wärst und dass du unbedingt sterben müsstest und dass es seine Aufgabe sei, dafür zu sorgen, wenn er in den Himmel kommen und bis in alle Ewigkeit dort mit Mutter leben wollte.« Sein Kichern jagte Berry einen Schauder über den Rücken. »Tja, es hat funktioniert.«

»Allerdings nicht besonders gut«, warf Caroline kühl ein.

Berry konnte nur staunen, wie ihre Mutter trotz allem Haltung bewahrte. Sie war ihr überaus dankbar dafür. Sie musste ebenso große Angst haben wie sie selbst, und trotzdem ließ sie sich nichts anmerken, sondern wirkte ruhig und beherrscht. »Mutter hat recht, Oren«, bekräftigte Berry. »Carl hat Fehler gemacht. Ben ist noch am Leben. Er ist in Panik geraten und konnte nicht auf mich schießen. Er …«

»Halt's Maul!«, schrie Oren. »Das weiß ich selber.«

»Von Carl? Du hast ihn also noch mal gesehen, nachdem er am Freitagabend hier war?«

»Er ist der Idiot von uns beiden, Berry, nicht ich. Natürlich habe ich ihn nicht mehr gesehen. Aber ich hatte ihm ein Handy gegeben, damit wir in Verbindung bleiben können. Er sollte mich anrufen, sobald es vorbei ist. Aber er hat nur herumgejammert und geheult, er hätte es nicht geschafft und dass er deswegen jetzt nicht in den Himmel kommen würde. Ich hatte schon in den Nachrichten gehört, was passiert war. Oren Starks stand auf der Fahndungsliste, deshalb musste ich dafür sorgen, dass Carl von der Bildfläche verschwindet. Ich habe zu ihm gesagt, er solle sich ein Versteck suchen.«

»Das Motel.«

»Die Idee war grundsätzlich gut«, gab er trotzig zurück. »Dass dieser Patzer …«

»Ein unschuldiger Junge wurde erschossen.«

Oren zuckte mit den Schultern. »Seine Zeit war nun mal abgelaufen.«

»Und Mr Mittmayers offenbar auch.«

»Ich war stinksauer auf Carl. Einen Wohnwagen zu kidnappen, war wirklich schlau von ihm, aber dem alten Mann so eins überzuziehen, dass er am Ende den Löffel abgibt, war reiner Leichtsinn.« Oren tippte sich nachdenklich mit dem Finger gegen die Lippen. »Aber letzten Endes war es dann gar nicht so schlecht. Dieser Blutrausch, wie es im Fernsehen bezeichnet wurde, ließ ihn noch verrückter wirken, als er ohnehin schon war.«

»Er hat vollends den Boden unter den Füßen verloren.«

»Du hast ja keine Ahnung, wie sehr.« Oren verdrehte die Augen.

»Also hast du ihm eingeredet, es gebe nur eine Möglichkeit, in den Himmel zu kommen – indem er sich umbringt.«

»Genau. Ich habe zu ihm gesagt, er soll sich im Big Thicket verstecken.«

»Sehr raffiniert. Wieso ausgerechnet dort?«

»Ganz einfach. Je schwieriger sich die Jagd nach ihm gestaltete, umso erschöpfter wären alle, wenn es ihnen endlich gelänge, ihn zu schnappen. Dein Freund Nyland wäre so erleichtert, dass er seine Wachsamkeit für einen Augenblick vergessen würde, verstehst du?«

Berry schwieg. »Carl sollte das Handy wegwerfen, damit es keiner findet, und sich dann erschießen. Ich habe ihm versprochen, dass es nicht wehtun und er auf dem direkten Weg in den Himmel kommen würde. Dort könnte er auf Mutter warten, bei der es sowieso nicht mehr lange dauern würde. Du hättest ihn mal hören sollen. Er war so erleichtert und so glücklich, dass er geflennt hat. Aber« – Oren stieß einen weiteren melodramatischen Seufzer aus – »nicht mal das hat dieser Schwachkopf hinbekommen.«

»Hast du deswegen Sally selbst erschossen? Weil du sicher sein wolltest, dass es auch richtig erledigt wird?«

Er lachte. »Ganz genau. Außerdem sollte auch ich meinen Spaß haben, nicht nur Carl.«

Berry hatte Mühe zu schlucken.

»Als sie heimkam, habe ich schon auf sie gewartet.« Er lächelte bei der Erinnerung daran. »Sie hatte von der Schießerei am Abend zuvor gehört und wusste genau, was mein Auftauchen zu bedeuten hatte. Sie hatte schon eine Ahnung, was ich mit ihr vorhatte. Aber nur eine Ahnung.« Er lachte leise. »Ich hatte doch die eine oder andere Überraschung für sie in petto.«

Wieder musste Berry gegen eine Woge der Übelkeit ankämpfen.

»Ich habe ihr versprochen, sie am Leben zu lassen, wenn sie es schafft, die Polizei, die sich auf kurz oder lang bei ihr melden würde, von meiner Spur abzulenken. Und sie hat mir tatsächlich geglaubt!«, erklärte er lachend. »Wir haben es uns recht nett gemacht, aber ich glaube, sie war doch ziemlich froh, als ich sie endlich getötet habe.«

Berry sah zu Caroline hinüber. Ihre Blicke begegneten sich – es stand völlig außer Frage, dass auch ihnen dieses Schicksal bevorstand, wenn sie es nicht verhinderten. Während Orens Schilderung hatte Berry den Blick auf der Suche nach irgendetwas, das als Waffe geeignet wäre, im Raum umherschweifen lassen. Das Kaminbesteck? Der Messingkerzenleuchter? Die Kristallvase?

Doch nichts wirkte schwer genug, um ihn tödlich zu verletzen, und selbst wenn sie etwas entdeckt hätte – ihre Hände waren nach wie vor auf dem Rücken gefesselt, und ihre Mutter war viel zu klein und zart, um ihn zu überwältigen. Er würde sie erschießen, ohne mit der Wimper zu zucken.

Nein, es gab nur eine Möglichkeit, lebend hier herauszukommen – sie musste Orens Ego streicheln, indem sie ihm weiter Fragen stellte. Und wenn er für einen Moment unachtsam war, würde sie zuschlagen. Wie er selbst schon bemerkt hatte, besaß sie ziemlich lange, kräftige Beine.

»Du hattest das Ganze sicher sehr sorgfältig geplant«, sagte sie.

»Oh ja, allerdings.«

»Es war ziemlich riskant, mich von Sallys Handy aus anzurufen, nachdem man dich im Walmart gesehen hatte.«

»Tja, das war natürlich Carl in dem Laden. Ich war zwischenzeitlich zu Sally gefahren, um mir zu überlegen, was ich mit ihrer Leiche anstellen soll. Oren Starks hat um drei Uhr früh einen Walmart betreten und sich ein Paar Schuhe gekauft. Und Stunden später stand er vor dem Stadion in Houston. Es war tatsächlich riskant, dich anzurufen, aber es hat das Ganze noch verwirrender gemacht und außerdem die Suche nach Carl auf Merritt und Umgebung eingegrenzt. Zumindest so lange, bis man am nächsten Morgen diese beiden Alten in ihrem Wohnwagen finden würde. Aber da hatte ich ihn längst überredet, ins Thicket zu gehen und Schluss zu machen.«

»Wieso hast du Sallys Leiche zu mir nach Hause geschafft?«

»Weil du mir erzählt hattest, am Montag sei die Präsentation bei Delray. Ich kannte dich und wusste, dass dich die Vorfälle in Merritt nicht davon abhalten würden, deinen Job zu erledigen. Und ich hatte recht, stimmt's? Ich bin davon ausgegangen, dass du am Sonntagabend nach Houston fahren würdest, um dich vorzubereiten, und dachte, es wäre ganz nett, wenn du dort eine kleine Überraschung vorfändest. Außerdem wäre die Verwirrung damit perfekt. Und genauso war es ja auch. Eigentlich wollte ich dich die ganze Zeit schon fragen, ob dir die Melodie bekannt vorkam, die ich gesummt habe, als ich dich angerufen habe. ›Spinning Wheel‹. Hast du den Song erkannt?«

Berry weigerte sich, ihm die Genugtuung zu verschaffen, darauf zu antworten. »Du wirst nie im Leben damit durchkommen, Oren.«

»Würde ich irgendetwas unversucht lassen, Berry? Nein. Ich habe mir übers Wochenende mehrere Alibis zurechtgelegt. Am Sonntagmorgen bin ich in aller Frühe nach Louisiana gefahren, wo ich eine Hütte über den gesamten Sommer gemietet habe. Tiefste Pampa. Cajun-Land, wo jeder jeden kennt und alle sofort merken, wenn ein Fremder auftaucht. Ich bin zum Friseur gegangen und habe mir den Schädel kahl scheren lassen. Der Friseur wird sich garantiert an mich erinnern, weil ich ein ziemliches Trara um die drastische Veränderung gemacht habe. Im Supermarkt habe ich mich fürchterlich wegen einer Flasche Milch aufgeregt, die sauer geworden war. Ich hatte sie ein paar Tage vorher gekauft und den Kassenzettel aufbewahrt. Sämtliche Leute, die in dem Laden waren, werden sich an mich erinnern. Dafür habe ich gesorgt. Wenn die Behörden die Hütte untersuchen, wird es so aussehen, als sei ich die ganze Zeit über dort gewesen. Mehrere Wochen alter Müll, frische Lebensmittel im Kühlschrank. Es gibt weder Fernseher, Radio noch einen Computer mit Internetanschluss, deshalb war ich vollständig von der Außenwelt abgeschnitten und habe keine Nachrichten gehört. Erst als ich nach Texas zurückgekehrt bin, habe ich erfahren, dass mein geisteskranker Bruder während meiner Abwesenheit drei Menschen getötet hat. Und dass auch er tot ist. Oh, wie grauenhaft! Ich bin am Boden zerstört.« Er griente. »Du siehst also, es ist alles perfekt organisiert.«

»Zumindest glaubst du das. Bis auf einen Punkt – ich bin noch am Leben.«

»Aber nicht mehr lange.«

»Wenn du mich umbringst, wird die Polizei wissen, dass Carl nicht der Täter war.«

»Ach wo. Ein wahlloser Akt der Gewalt«, erklärte er lässig. »Zwei Frauen allein in einem einsamen Haus am See. Und plötzlich kommt ein Perverser daher…« Er zuckte mit den Schultern und ließ seine Stimme verklingen.

»Das wäre schon ein sehr ungewöhnlicher Zufall, Oren«,

wandte Berry ein. »Ich kann mir nicht vorstellen, dass irgendein Polizist auf der Welt so etwas glauben würde.«

»Ein Polizist wie dein Muskelpaket Nyland?«, ätzte Oren.

»Sollte Mutter und mir jetzt noch etwas zustoßen, wärst du der Erste, auf den der Tatverdacht fällt.«

»Nyland könnte etwas ahnen, aber …«

»Nyland weiß es.«

Alle drei fuhren beim Klang der Stimme herum. Berrys Beine drohten vor Erleichterung nachzugeben. Dodge stand mit erhobenen Händen im Türrahmen zwischen Küche und Essbereich.

Oren stieß einen Schrei aus und rammte den Pistolenlauf gegen Berrys Schläfe. »Ich werde sie umbringen!«

»Nein!« Dodge wedelte hektisch mit den Händen. »Bitte nicht!«

Sein Gesicht war dunkelrot, und er schnaufte heftig, als wäre er eine Meile weit gelaufen. Das Hemd klebte ihm am Körper. Berry sah zu ihrer Mutter hinüber, die nicht sonderlich überrascht zu sein schien über sein Auftauchen. In dieser Sekunde dämmerte ihr, dass Caroline aus welchem Grund auch immer gewusst hatte, dass Dodge zur Stelle wäre, wenn sie ihn am dringendsten brauchten.

»Ich will nur mit Ihnen reden, Oren.«

»Wer sind Sie denn?«

»Berrys Vater.«

»Nie im Leben«, stieß Oren hervor. »Jim Malone ist tot. Halten Sie mich für komplett dämlich? Sie sind ein Cop, der hergeschickt wurde, um …«

»Ich bin kein Cop, Oren. Sondern Berrys Vater. Und ich halte Sie auch nicht für dämlich. Sie sind viel zu schlau, um abzudrücken. Denn wenn Sie das tun, wird Nyland Ihnen das Licht ausblasen. Der Kerl war früher bei der Army. Spezialeinheit. Die allerbesten unter den übelsten Burschen. Und in dieser Sekunde zielt er mit einer Knarre auf Sie, mit der er Ihnen aus einer Meile Entfernung ein Auge ausschießen könnte. Wenn Sie Berry töten, wird er Sie umlegen. Es gibt nur einen Grund, weshalb er es nicht längst getan hat – weil das winzige Restrisiko besteht, dass er Sie verfehlen und stattdessen Berry treffen könnte. Aber wenn Sie sie töten, hat er nichts mehr zu verlieren. Er wird abdrücken, und Ihnen wird der Schädel davonfliegen, das kann ich Ihnen versprechen.«

Oren fuhr sich mit der Zunge über die Lippen und umfasste den Griff seiner Pistole fester. »Sie versuchen mich auszutricksen.«

»Während Sie meiner Kleinen eine Waffe an den Kopf halten? Nie im Leben.«

»Sie ist nicht Ihre Kleine.«

»Doch, das ist sie. Ich habe sie am Tag ihrer Geburt im Krankenhaus zurückgelassen und gerade erst wiedergefunden. Nehmen Sie sie mir nicht wieder weg. Bitte.«

»Sie brechen mir das Herz«, höhnte Oren.

»Okay. Wir sind Ihnen völlig egal, aber denken Sie doch auch an sich. Glauben Sie bloß nicht, Nyland hätte mich hereingeschickt, damit ich mit Ihnen verhandle. Seien Sie nicht so blöd. Der Mann ist ein Cowboy. Der will Sie sterben sehen. Ich musste mich mit diesem Dreckskerl anlegen, um hier reinzukommen. Ich dachte, der jagt mir jede Sekunde eine Kugel in den Rücken.«

»Sie sind ein Cop.«

»Nein, das bin ich nicht, ich schwöre.«

»Er hat recht, Oren«, meldete sich Caroline zu Wort. »Er ist Berrys leiblicher Vater. Er hat uns verlassen, wie er gesagt hat.«

»Ich glaube Ihnen kein Wort.«

»Wer außer einem verzweifelten Vater würde sich mit Nyland anlegen, was glauben Sie wohl?« Er sah Berry an. »Du blutest. Hast du große Schmerzen?«, fragte er in völlig verändertem Tonfall.

»Nein. Mir geht's gut.«

»Maul halten! Haltet endlich alle miteinander das Maul!«, kreischte Oren. »Ich falle auf euren Scheiß nicht rein.«

»Bitte«, flehte Dodge. »Bitte, tun Sie meinem Mädchen nichts.« Unvermittelt verzog er das Gesicht, sog pfeifend den Atem ein und ließ ihn langsam wieder entweichen. »Nyland ist so stocksauer auf mich, dass er mich höchstwahrscheinlich auch abknallt. Aber wenn Sie meine Tochter und Caroline töten…« Sein Blick schweifte zu ihr und ruhte für mehrere Sekunden auf ihr, ehe er sich wieder auf Oren richtete. »Wenn Sie den beiden etwas tun, sind Sie tot.«

Aus dem Augenwinkel konnte Berry Orens Profil erkennen. Schweiß glänzte auf seinem Gesicht. Sie registrierte seine Anspannung, seine Unentschlossenheit. Von seinem aufgesetzten Wagemut war mittlerweile nichts mehr zu spüren. Stattdessen roch sie förmlich seine Angst, dass Dodge die Wahrheit sagen könnte.

Dodge trat einige Schritte auf sie zu, doch Oren drückte die Pistole noch fester gegen ihre Schläfe. Augenblicklich blieb Dodge stehen. »Schon gut, schon gut«, sagte er schnell. »Ich komme auch nicht näher. Aber wenn Sie am Leben bleiben wollen, müssen Sie sich ergeben, Oren.«

»Nein!« Er schüttelte trotzig den Kopf wie ein Kind, das sein Gemüse nicht essen will.

»Lassen Sie diesen Unsinn, Oren. Jetzt ist nicht der richtige Zeitpunkt dafür. Nyland weiß von Ihrem Bruder. Er wusste, dass Sie herkommen würden, um sich Berry zu schnappen. Er hat …« Dodge zuckte zusammen, während ihm die Stimme versagte.

»Dodge?« Caroline sprang auf. Oren herrschte sie an, sich sofort wieder hinzusetzen. Sie gehorchte, verharrte jedoch auf der Sofakante, ohne Dodge aus den Augen zu lassen.

»Mir geht's gut«, sagte er und winkte ab. »Ich bin nur ein bisschen außer Atem von meinem Gerangel mit Nyland.« Er sah wieder zu Oren hinüber. »Das Haus ist umstellt. Nyland war als Erster hier und hat durchs Fenster gesehen, dass Sie mit der Waffe auf Berry zielen. Er hat eine ganze Batterie an Männern bei sich. Sheriff's Department, Texas Rangers, jeden Uniformierten, den er nur kriegen konnte, alle bis an die Zähne bewaffnet und in Position. Die drehen fast durch, weil sie es nicht erwarten können, Sie abzuknallen.«

Schuldbewusst sah er zum Fenster hinüber. »Natürlich dürfte ich Ihnen all das nicht erzählen. Aber hören Sie mir gut zu, Oren, Sie kommen hier nicht mehr raus. Bitte. Lassen Sie Berry gehen. Sie und Caroline. Geben Sie auf.«

»Ich habe Nein gesagt!«

»Gut. Dann ergeben Sie sich eben nicht. Nehmen Sie mich dafür als Geisel. Ich helfe Ihnen, hier lebend rauszukommen. Ich werde mit ihnen verhandeln …« In diesem Moment stieß er einen lauten Schrei aus und umfasste mit der rechten Hand seine linke Schulter. Sein Oberkörper sackte nach vorn, und er taumelte mehrere Schritte vorwärts. Währenddessen wanderte seine Hand zu der Pistole, die in ihrem Holster an seinem hinteren Hosenbund steckte.

Doch er kam nicht mehr dazu, sie zu benutzen. Stattdessen kippte er nach vorn und schlug, von unübersehbaren Schmerzen gepeinigt, hart auf dem Boden auf. Die Pistole entglitt seinen schlaffen Fingern und schlitterte quer über den Holzfußboden.

Caroline sprang auf und stürzte zu Dodge, ohne auf Oren zu achten. Der schrie sie an, sie solle sich sofort wieder hinsetzen. Sie kauerte sich neben ihn und rief wieder und wieder seinen Namen.

»Mutter! Dodge!«, schrie Berry.

In seiner Panik, weil er die Kontrolle zu verlieren drohte, stieß Oren Berry zu Boden und beförderte Dodges Waffe mit einem Fußtritt außer Reichweite, ehe er sich hinunterbeugte und versuchte, Caroline hochzuzerren. »Maul halten! Los, hier rüber!«, schrie er.

Berry nahm all ihre Kraft zusammen und versetzte ihm einen Tritt seitlich gegen das Knie. Für einen Moment gaben seine Beine unter ihm nach. Trotzdem machte er keine Anstalten, von Caroline abzulassen, die sich immer noch an Dodge klammerte und laut seinen Namen rief.

Oren zerrte noch heftiger an ihr.

Berry begann wild zu strampeln und trat so fest nach ihm, wie sie mit ihren nackten Füßen nur konnte.

Oren ließ Caroline los, wirbelte herum und richtete die Waffe auf die am Boden kauernde Berry. »Ich sagte doch, ich werde dich umbringen!«

In diesem Augenblick ertönte ein lauter Knall. Zwei Schüsse wurden in rascher Folge abgegeben. Noch bevor Berry einen Blick auf Orens verwunderte Miene erhaschen konnte, stürzte er zu Boden. Zwei leuchtend rote Flecke breiteten sich blütenförmig auf seiner Hemdbrust aus.

Ski kam mit gezogener Waffe hereingestürmt, gefolgt von weiteren Polizisten, die sich an ihm vorbeischoben und sich vor Orens lebloser Gestalt aufbauten. Ski beugte sich zu Berry hinunter. »Hilf mir«, sagte sie und versuchte, auf die Beine zu kommen.

Er zog sie hoch und hielt sie am Ellbogen fest. Berry taumelte zu den beiden Gestalten am Boden hinüber, ließ sich neben ihre Mutter fallen und stimmte in ihre verzweifelten Rufe ein.

»Starks ist tot, Ski«, rief einer der Deputys ihm zu.

Doch Berrys Angst um Dodge hielt sie im Würgegriff, sodass sie kaum mitbekam, was um sie herum vorging. In diesem Augenblick schob Dodge Caroline von sich und stützte sich auf die Ellbogen auf. Berry entfuhr ein erleichtertes Schluchzen. Erst da bemerkte sie die kleine Pistole mit dem stumpfen Lauf in seiner Hand.

Caroline schlang die Arme um ihn und klammerte sich an ihm fest. Jetzt ließ sie ihren Tränen freien Lauf. »Du hast mich beinahe zu Tode erschreckt!«, schluchzte sie.

»Diese elende Drecksau hat sich der Verhaftung widersetzt«, stieß er mühsam hervor und sah zu Ski hoch.

»Sie hatten keine andere Wahl. Er hätte Berry erschossen«, bestätigte Ski und blickte ihn mit hochgezogenen Brauen an. »Sie haben mir nichts von der zweiten Pistole erzählt. Knöchelholster?«

Dodge, der noch immer nach Atem rang, nickte.

»Tja, dem haben Sie ja ein hübsches Schauspiel geboten«, fuhr er fort. »Vor allem die Nummer mit dem Herzinfarkt.«

In diesem Moment schien Caroline zu begreifen. Sie stieß einen entsetzten Schrei aus.

»Das war nicht gespielt«, keuchte Dodge.

Epilog

Ich rufe wegen Dodge Hanley an«, erklärte Ski Derek Mitchells höflicher, aber unerbittlicher Sekretärin. Die hatte ihn informiert, dass der Anwalt nicht zu sprechen sei. »Wenn er da ist, stellen Sie mich durch. Wenn nicht, sagen Sie mir, wie ich ihn erreichen kann.«

Ski wurde gebeten, einen Moment zu warten. Sekunden später meldete sich der Verteidiger. »Deputy Nyland? Hier ist Derek Mitchell. Marlene sagte, Sie rufen wegen Dodge an. Was ist los? Geht es ihm gut?«

»Ich fürchte, nein, Mr Mitchell.« Ski rückte ohne Umschweife mit der Sprache heraus, wofür ihm der Anwalt, wie er vermutete, dankbar war. »Es hat ihn ziemlich übel erwischt. Noch auf der Fahrt ins Krankenhaus ist er zweimal kollabiert. Sie konnten ihn gerade noch mal wiederbeleben. Ich rufe erst jetzt an, weil ich bis vor ein paar Minuten selbst noch nichts Genaues wusste. Aber gerade war der Herzchirurg da und hat uns alles erklärt. Dodge hat die Operation zwar überstanden, aber der Arzt hat von *Infarkt* und völlig hinüber gesprochen und keine allzu rosige Prognose gegeben.«

»Und zwar?«

»Seine Überlebenschancen stehen bei fünfzig zu fünfzig. Und das sei noch optimistisch, meinte er. Es besteht das Risiko, dass er einen zweiten Infarkt oder einen Schlaganfall erleidet. Erst wenn Dodge die nächsten achtundvierzig Stunden überlebt hätte, sei er zuversichtlicher, dass er es schaffen würde.«

Einen Moment lang herrschte betroffene Stille. Ski konnte Derek Mitchells Sorge förmlich spüren. Er musste sich zweimal räuspern, ehe er etwas sagen konnte. »Sie sprachen von ›uns‹.«

»Inwieweit sind Sie über die Lage hier informiert, Mr Mitchell?«

»Ich weiß nur, dass Dodge weggeflogen ist, um seiner Tochter zu helfen, die er seit dem Tag ihrer Geburt nicht mehr gesehen hat. Ich habe heute Vormittag noch mit ihm telefoniert, aber er wollte mir nicht mehr sagen, als dass es ihm gut gehe. Er war ziemlich mies gelaunt und ausweichend, aber das ist ja nichts Neues bei ihm.«

Ski musste grinsen. »Ja, das kenne ich inzwischen auch.« Er schilderte dem Anwalt mit knappen Worten, was während der letzten Stunden vorgefallen war, und erklärte ihm, Dodge habe darauf bestanden, ins Haus zu gehen und mit Starks zu verhandeln. »Er wollte sich nicht davon abbringen lassen und meinte, er würde so oder so reingehen, ob nun mit meiner Erlaubnis oder ohne. Keine zehn Pferde könnten ihn davon abbringen. Er würde diese beiden Frauen retten oder beim Versuch notfalls draufgehen.«

Die Ironie seines Schwurs war Ski nicht entgangen. »Berry war geistesgegenwärtig genug, Starks zu beschäftigen, indem sie mit ihm geredet hat, während Dodge und ich draußen wertvolle Zeit mit Diskussionen vergeudet haben, ob er nun in dieses Haus gehen soll oder nicht. Am Ende habe ich mich breitschlagen lassen. Er war überzeugt, dass er Starks dazu bringen konnte, Berry und Caroline freizulassen und sich anschließend zu ergeben. Er hätte es beinahe geschafft. Er hat ihm ein Riesentheater vorgespielt, nur der Herzinfarkt war leider echt. Als ich gesehen habe, wie ihm die Pistole aus der Hand gefallen und er nach vorn gekippt ist, hätte ich beinahe selber einen Herzinfarkt bekommen. Ich dachte, das sei das Ende. Was es für Starks auch war. Dodge hatte mir nicht erzählt, dass er eine zweite Waffe bei sich trug.« Er hielt einen Moment inne, ehe er trocken hinzufügte: »Wie es aussieht, hat er auch mich hinters Licht geführt.«

»Knöchelholster?«

»Ja. Woher wissen Sie das?«

»Er geht nie ohne das Ding aus dem Haus.«

»Das weiß ich jetzt auch.«

Ski sah zu Berry hinüber, die mit Caroline an einem Tisch in der Krankenhauscafeteria saß. Der Chirurg hatte gemeint, es würde wohl noch eine Weile dauern, bis jemand zu ihm dürfe, deshalb waren sie hergekommen, um einen Kaffee zu trinken. Doch ihre Tassen waren unberührt. Sie saßen nebeneinander, die Hände fest ineinander verschlungen, als helfe ihnen die Berührung, Kraft zu schöpfen und sie an den anderen abzugeben.

Die beiden Männer verabschiedeten sich. »Was hat er gesagt?«, fragte Berry, als er an den Tisch zurückkehrte.

»Er hat sich von ganzem Herzen bedankt, dass ich ihn angerufen habe. Er wird eine Privatmaschine chartern und heute Abend noch mit seiner Frau herfliegen. Ich schicke jemanden, der die beiden abholt und herbringt. Wahrscheinlich werden sie erst in den frühen Morgenstunden ankommen, aber er wollte nicht bis morgen früh warten.«

Keiner der drei fragte genauer nach, weshalb Derek Mitchell es so eilig hatte.

»Dodge wird bestimmt froh sein, wenn sie kommen. Er redet ständig von ihnen. Er liebt die beiden«, bemerkte Berry.

»Es hörte sich ganz danach an, als beruhe es auf Gegenseitigkeit.«

»Dodge glaubt, er verdiene es nicht, geliebt zu werden«, sagte Caroline mit leiser Stimme, die vom Weinen noch rauer war als sonst. Bis zu diesem Moment war Ski sich nicht einmal sicher gewesen, ob sie der Unterhaltung gefolgt war. Berry beugte sich über den Tisch. »Wie kommst du denn darauf, Mutter?«

»Das hat ihm sein Vater gesagt. Wenn nicht mit Worten, dann zumindest mit der Art und Weise, wie er ihn behandelt hat. Und Dodge hat ihm geglaubt. Bis zu dem Tag deiner Geburt, als ich ihn aus unserem Leben verbannt habe, hat er darum gekämpft, von allen Menschen akzeptiert und respektiert zu werden. Und geliebt.« Sie blickte auf ihre Hände, die ineinander verkrallt auf dem Tisch lagen. »Seit diesem Tag versucht er verzweifelt, möglichst so zu sein, dass man ihn auf keinen Fall lieben kann.«

Ski teilte ihre Meinung, und Berry vermutlich ebenfalls, doch keiner von ihnen war bereit, es laut auszusprechen, weil damit Caroline indirekt die Schuld dafür tragen würde. Dodge hatte sie mit voller Absicht betrogen. Damit hatte er das Beste weggeworfen, was ihm je in seinem Leben passiert war. Und Caroline hatte sich geweigert, auch nur einen Millimeter von ihrem Standpunkt abzuweichen. Auf diese Weise hatten sie einander verloren.

Der Verlust war für sie beide gewaltig gewesen und hatte die Weichen dafür gestellt, wie ihrer beider Leben in den nächsten dreißig Jahren weiter verlaufen war. Jahre, in denen sie alle hätten glücklicher sein können. Wäre er ihr nur treu gewesen. Und wäre sie nicht so hart geblieben.

Das Läuten von Carolines Handy ließ sie aufschrecken – sie hatte der Schwester auf der Intensivstation die Nummer gegeben. Beklommen meldete sie sich und lauschte mehrere Sekunden lang. »Ich bin gleich da«, sagte sie dann und legte auf. Sie zitterte, als sie ihren Stuhl zurückschob und sich erhob. »Er kommt wieder zu sich.«

»Gott sei Dank«, flüsterte Berry, der die Erleichterung ebenso ins Gesicht geschrieben stand wie Ski. Wie es aussah, hatten sich ihre schlimmsten Befürchtungen doch nicht bewahrheitet.

»Sie hat gesagt, wenn ich sofort komme, darf ich ihn fünf Minuten sehen.«

»Los, schnell«, drängte Berry sie mit einer ungeduldigen Handbewegung. »Geh schon. Wir kommen später nach.«

Caroline warf ihr einen dankbaren Blick zu und rannte davon.

Schwankend erhob sich Berry. Einen Moment lang blickte sie Ski aus tränennassen Augen an, dann verzerrten sich ihre Züge, und sie begann zu weinen. Er zog sie an sich und hielt sie in den Armen.

»Wein ruhig.«

Ohne die anderen Gäste in der Cafeteria zu beachten, standen sie da. Beschwichtigend streichelte er ihr über den Rücken, während sie von heftigem Schluchzen geschüttelt wurde. Möglicherweise würde sie den Vater verlieren, den sie gerade erst gefunden hatte. Das war bitter. Noch dazu trug sie die Schuld an allem, was passiert war. Daran würde sie bestimmt noch lange zu knabbern haben.

Er konnte sie nur dafür bewundern, dass sie die Verantwortung übernahm – ein oberflächlicherer Mensch hätte sich vielleicht mit ein paar lahmen Ausreden herausgewunden und das Ganze ad acta gelegt –, trotzdem mischte sich ein Anflug von Mitgefühl unter seine Bewunderung. Er wusste aus eigener Erfahrung, wie schwer die Last der Schuld auf den Schultern sein konnte. Sie würde all ihre Kraft brauchen, um ihr Leben wieder in die Hand nehmen und sich eines Tages verzeihen zu können. Doch er war sicher, dass sie das Zeug dazu hatte – immerhin war sie die Tochter von zwei Menschen, denen es selbst nicht an Starrsinn und nüchterner Entschlossenheit fehlte.

Nach einer Weile löste sie sich von ihm, zupfte ein Papiertaschentuch aus einer Schachtel auf dem Tisch und tupfte sich Augen und Wangen damit trocken. »Was für ein Theater.«

»Eigentlich nicht. Außerdem – wen kümmert es?«

Sie lächelte zittrig. »Danke.«

»Gern geschehen.«

»Wir sollten nach oben gehen. Mutter braucht mich vielleicht.«

Eine Hand um ihren Nacken gelegt, führte Ski sie durch die Cafeteria und die Eingangshalle zu den Aufzügen. Sie betraten eine leere Kabine und fuhren nach oben zur Intensivstation.

Er beugte sich vor und küsste behutsam die winzige Klammer an ihrer Schläfe. Orens Hieb mit der Pistole hatte eine klaffende Wunde hinterlassen, die hatte geschlossen werden müssen.

Sie lehnte sich gegen ihn. »Ich weiß ja, dass die Pflicht ruft. Trotzdem wäre es mir lieber, wenn du noch eine Weile bleiben würdest.«

»Ich werde hier sein.«

Sie sah ihn an. »Überleg es dir lieber gut, bevor du solche Zusagen machst, Ski. Es könnte noch eine ganze Weile dauern, und wir wissen nicht, wie das Ganze ausgeht.«

Ihm war durchaus bewusst, dass sie damit auch auf ihre Zukunft anspielte und nicht nur davon sprach, dass sie noch eine Weile an Dodges Bett würden wachen müssen. Er legte die Hände um ihr Gesicht und küsste sie zärtlich. »Ich werde hier sein.«

Dodge hatte keine Ahnung, wo er war, als er wieder zu sich kam. Er wusste nur, dass er sich angenehm benebelt fühlte. Alles um ihn herum war leicht verschwommen, wie weichgespült, und er war von einer köstlichen Schläfrigkeit erfüllt. Zwar fühlte es sich an, als laste ein zwanzig Kilo schweres Gewicht auf seiner Brust, doch eigentlich war es gar nicht so schlimm. Und das Beste war, Caroline beugte sich über ihn und strich ihm übers Haar.

Wenn dies das Leben nach dem Tod sein sollte, war es eigentlich gar nicht so übel. Er fragte sich, ob man hier wohl rauchen durfte. Wenn ja, wäre es der reinste Himmel.

Aber vielleicht war dies auch nur ein Zwischenstadium, dessen Ausgang noch im Ungewissen lag.

Erst jetzt bemerkte er, dass das Gewicht mit jeder Sekunde schwerer zu werden schien und sich in einen dumpfen Schmerz in seiner Brust verwandelte. Es gab noch eine Menge zu sagen, bevor er endgültig auf die andere Seite wechselte, deshalb sollte er wohl lieber damit anfangen.

Blinzelnd sah er zu Caroline hoch. »Ich bin einfach abgehauen.«

Sie lächelte und legte ihm die Hand auf die Wange.

»Ohne Auf Wiedersehen zu sagen.« Er versuchte zu schlucken, doch sein Mund fühlte sich staubtrocken an. Schlimmer noch. Seine Zunge schien am Gaumen festzukleben, sodass er Mühe hatte, die Worte zu formen – nicht dass ihm allzu viele eingefallen wären. »Ich kann dir nichts bieten. Damals nicht. Und jetzt nicht. Nie.«

»Schhh.« Sie strich ihm das Haar aus der Stirn.

Verdammt, er musste sie dazu bringen, ihm zuzuhören. Er schüttelte den Kopf und bemerkte erst jetzt die Schläuche, die in seiner Nase steckten. Heilige Scheiße, ging es noch würdeloser? Er hob die Hand und zog die Kanüle heraus. Zumindest versuchte er es. Caroline schob sie wieder hinein, und ihm blieb nichts anderes übrig, als sie gewähren zu lassen, weil er nicht die Energie aufbrachte, die Hand zu heben und es noch einmal zu versuchen.

Der dumpfe Schmerz wurde stärker, während allmählich die Erinnerung zurückkehrte – er, auf einer Trage liegend, wie er durch die Krankenhausgänge gerollt wurde und die gleißenden Neonlampen an der Korridordecke an ihm vorüberzogen. Menschen, aufgeregt und laut rufend. Hatte dieser Typ mit dem Ziegenbärtchen sich tatsächlich über ihn gebeugt und auf seine Brust eingehämmert, oder hatte er das nur geträumt?

Hatten diese fürchterlich grellen Lichter in einen Operationssaal gehört? Wahrscheinlich hatte irgendein arrogantes Arschloch mit einem hübschen, jungen Blondchen als Frau, einer Mitgliedschaft im Nobel-Golfklub und einem stattlichen Jahresgehalt im oberen sechsstelligen Bereich in seiner Brust herumgekramt, weshalb ihm jetzt alles wehtat, so als wäre ein Bus darübergefahren.

In diesem Augenblick drang eine beschwichtigende Stimme vom Fußende seines Bettes. »Eine Minute noch, Ms King. Dann müssen Sie leider wieder gehen.«

Er merkte erst, dass er die Augen geschlossen hatte, als er versuchte, sie wieder zu öffnen. Caroline war immer noch da. Er sah in ihr Gesicht und dachte, was für ein Glückspilz er doch war, dass er sie noch einmal sehen durfte. Wieder einmal konnte er nur staunen, wie schön sie war. Er spürte die Wärme seiner Tränen, die ihm über die Wangen liefen.

Toll, ganz, ganz toll. Er lag in diesem Bett, drauf und dran, den Löffel abzugeben, in seiner Nase steckten Schläuche, und er heulte wie ein Baby.

Er zwang seine unwillige Zunge, sich zu bewegen, bevor seine letzte Minute auf dieser Welt anbrach und er Caroline unwiderruflich verlieren würde. »Tut mir leid, dass ich …«

Scheiße. Sechzig Sekunden reichten einfach nicht, um all die Dinge aufzuzählen, für die er sich entschuldigen musste. Er musste ihr sagen, wie sehr er sie liebte, immer geliebt hatte und auch immer lieben würde. Und er musste sich beeilen, denn die fremde Frau mit der beschwichtigenden Stimme spritzte bereits irgendetwas in den Schlauch in seinem Arm. Augenblicklich spürte er, wie ihn eine wattig weiche Wärme und ein köstliches Gefühl der Leichtigkeit durchströmte. Das Zeug, das die einem hier gaben, war der absolute Hammer, aber so großartig es auch sein mochte, wehrte er sich dennoch mit aller Kraft gegen seine Wirkung.

Er musste alles sagen, was gesagt werden musste, und er musste dafür sorgen, dass er es auf eine Art und Weise tat, die Caroline die Tiefe seiner Liebe für sie begreifen ließ.

Er tastete nach ihrer Hand, fand sie und drückte sie mit aller Kraft, die er aufbrachte. »Ich würde sofort wieder für dich sterben.«

Sie drehte seine Hand um und presste seine Handfläche auf ihre Brust. Er spürte den steten, kräftigen Schlag ihres Herzens. Sie beugte sich vor und küsste ihn auf den Mund. Nicht behutsam. Sondern voller Leidenschaft, einer Leidenschaft, die sie an den Tag legte, wenn sie entweder sehr erregt oder stinkwütend war.

Schließlich löste sie sich von ihm. »Ich weiß, dass deine Liebe groß genug ist, dass du für mich sterben würdest,

Dodge. Aber ist sie auch groß genug, um zu leben?«, wisperte sie.

Diese Frau! Verdammt! Er konnte nicht einfach die Kurve kratzen. Nicht jetzt, da sie ihm ein weiteres Mal etwas gegeben hatte, das er ihr beweisen musste.

Danksagung

Mein ganzer Dank gilt:

Meinem langjährigen Freund Barry Hanson, der mir alle notwendigen Informationen über das Big Thicket National Preserve zur Verfügung gestellt hat. Ohne seine Hilfe hätte ich mich hoffnungslos im Dickicht verlaufen.

Sheriff J.B. Smith vom Smith County, Texas, der all meine Vorurteile und Fehlvorstellungen über die Jungs und Mädels mit dem Blechstern auf der Brust ausgeräumt hat. Na ja, zumindest die meisten.

Und Dodge Hanley. Er mag zwar eine fiktive Figur sein, aber eine mit ausreichend Geduld und innerer Stärke, um während des Entstehungsprozesses eines weiteren Romans an meiner Seite zu sein. Ich kann nur hoffen, dass ich ihn stolz gemacht habe.

Sandra Brown

Wem kannst du vertrauen, wenn nichts ist, wie es scheint?

geb. Ausgabe, 512 Seiten, ISBN 978-3-7645-0454-0

Vor zwei Jahren verlor Honor Gillette ihren geliebten Ehemann Eddie bei einem tragischen Unfall – das glaubte sie jedenfalls, bis plötzlich ein fremder Mann blutüberströmt in ihrem Vorgarten auftaucht. Honor ahnt nicht, dass es sich um Lee Coburn handelt, der wegen Mordes an sieben Menschen gesucht wird – bis er sie und ihre kleine Tochter als Geiseln nimmt und behauptet, Eddies Tod sei kein Unfall gewesen. Honor hat keine andere Wahl: Um sich und ihre Tochter zu schützen, muss sie Coburn vertrauen und tun was er verlangt ...

Lesen Sie mehr unter: www.blanvalet.de